想象另一种可能

理想国
imaginist

许子东 著

许子东文集 8

重读20世纪
中国小说 I

九州出版社
JIUZHOUPRESS

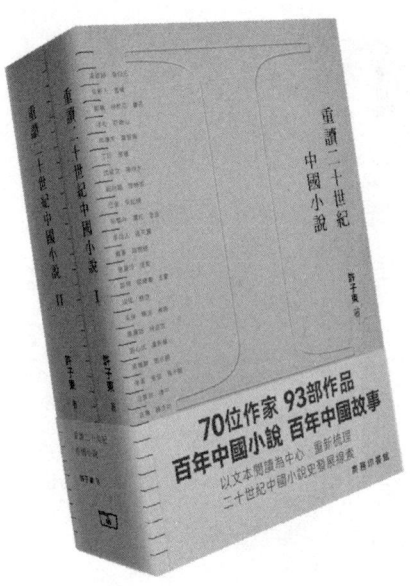

《重读 20 世纪中国小说》繁体版
许子东　著
香港商务印书馆 2021 年版

《重读20世纪中国小说》简体版
许子东　著
上海三联书店 2021 年版

《重读 20 世纪中国小说》音频节目
许子东　主讲

编者的话

《许子东文集》共十卷。前三卷均为作家论；四至六卷，包括两项专题研究和一本论文集；七至九卷，都是以文本细读为中心的文学史论述。卷一至卷九只收学术文章，有文体分类，也按时序编排。最后一卷是自传。

关于作家论，研究中国现代文学的同行，大都从此起步，后来或进入文学史、思想史或文化研究。一再耕耘作家论的学者不多。作者却在几十年间，陆续写了三本（卷一《郁达夫新论》、卷二《细读张爱玲》、卷三《重读鲁迅》）。何以如此执着这种在今天学术生产工业中已不那么为人重视的研究方法和出版体例呢？作者意在探索，如何走进中国现代文学研究最重要的基础课题。

关于专题研究及论文集，起因是探讨小说如何研究历史。卷四《当代小说中的现代史》，开始把更多精力投入中国当代文学批评，介入文学现场。卷五是一项借用俄国形式主义理论的专题研究，题目里的"集体记忆"，并非研究1966—1976年的文学，而是考察20世纪80年代中国小说如何叙述"十年"。卷六，到了90年代，尤其作者到香港任教以后，同时也打开了一个新的研究领域。

关于文学史的论述，最早其实来自课堂讲述。卷七《许子东现代文学课》(《文集》收入的是增订本）是作者在岭南大学本科一年级课程的课堂实录，当时有腾讯新闻现场直播，保留了教学现场的气氛、效果和局限。卷八《重读20世纪中国小说》（上下册）及续篇卷九《21世纪中国小说选读》是作者近些年的学术工作，以代表作文本细读为主体，但不按传统的以时代为中心，或以作家类型排序梳理。这些研究既是声音也是文字，始终重视文本，也正视一些复杂的文学史课题。

卷十作者自传，有感于时代循环迅速，过去也不会消失。人有可能两次进入同一河流？自传见证神奇的时代。《文集》记录作者几十年的文学批评实践。

目 录

I

自 序 小说史与中国故事……001

第一部 ……1902—1916……

1902 梁启超《新中国未来记》……009
　　20世纪中国小说的起点

1903 李伯元《官场现形记》……024
　　贪腐是一种官场的"刚需"?

1903 吴趼人《二十年目睹之怪现状》……042
　　第一人称的出现

1903 曾朴《孽海花》……052
　　读书人、名妓与官场

1903 刘鹗《老残游记》……064
　　清官比贪官更可怕?

1912 徐枕亚《玉梨魂》……078
　　20世纪的文言小说

第二部 ……1917—1941……

1918 鲁迅《狂人日记》《药》《阿Q正传》……095
　　"五四"新文学,到底"新"在哪里?

1921 冰心《超人》、许地山《商人妇》《缀网劳蛛》……111
　　文学研究会

1921	郁达夫《沉沦》《茫茫夜》《秋柳》	120
	民族·性·郁闷	
1925	鲁迅《伤逝》	131
	"五四"爱情小说模式	
生态篇	作家的一天	137
	1927年1月14日的郁达夫日记	
1928	叶圣陶《倪焕之》	147
	个人命运与大时代	
1928	丁玲《莎菲女士的日记》	154
	20年代的女性主义	
1928	批判鲁迅	162
	为文学而革命,还是为革命而文学?	
1929	茅盾《创造》《动摇》	169
	新女性与新官场	
1930	沈从文《柏子》《萧萧》《丈夫》	180
	乡村底层人物	
1930	张恨水《啼笑因缘》	190
	鸳鸯蝴蝶派代表作	
1930	刘呐鸥《游戏》、穆时英《白金的女体塑像》《上海的狐步舞》	198
	十里洋场中的红男绿女	
1931	巴金的《家》	209
	细思极恐的爱情故事	
1932	吴组缃《官官的补品》	219
	怎样让读者讨厌主人公?	
1933	茅盾《子夜》	223
	"中国民族资产阶级没有出路"?	
1933	施蛰存《梅雨之夕》	235
	"第三种人"的困境	
1934	沈从文《边城》	244
	怀疑"现代性"?	

1934　老舍《断魂枪》..251
　　　武侠三境界

1934　萧红《生死场》..259
　　　"人和动物一起忙着生，忙着死"

1935　李劼人《死水微澜》..271
　　　"一女多男"写中国？

1936　老舍《骆驼祥子》..278
　　　中国现代文学的转折

生态篇　作家的一天..283
　　　1936年8月5日的鲁迅日记

1938　张天翼《华威先生》..299
　　　官场与国民性

1941　丁玲《我在霞村的时候》..................................308
　　　贞贞、"我"和霞村的三角关系

第三部　……1942—1976……

1943　赵树理《小二黑结婚》......................................319
　　　无意之中开启新时代

1943　张爱玲《第一炉香》《倾城之恋》..................327
　　　张爱玲的香港传奇

1943　张爱玲《金锁记》《红玫瑰与白玫瑰》..........334
　　　张爱玲的上海故事

1945　孙犁《荷花淀》..347
　　　好风景，血战场，新妇女，旧美德

1945　路翎《财主底儿女们》......................................352
　　　篇幅最长的中国现代小说

1947　钱锺书《围城》..364
　　　方鸿渐的意义

生态篇　作家的一天......377
　　　　1952年3月22日的巴金日记

1956　王蒙《组织部来了个年轻人》......387
　　　"干部"与"官场"

1957　钱谷融《论"文学是人学"》......395
　　　50年代的文学评论

1957　梁斌《红旗谱》......404
　　　农村阶级斗争模式

1957　曲波《林海雪原》......416
　　　红色武侠小说

1957　吴强《红日》......425
　　　战争小说中的文戏

1958　杨沫《青春之歌》......433
　　　像恋爱那样革命

1959　柳青《创业史》......443
　　　唯一描写"十七年"的"红色经典"

1961　罗广斌、杨益言《红岩》......455
　　　发行上千万册的"信念文学"

1966—1976　"十年"代表作是哪一部？......463

II

第四部 ......1977—2006

1977　刘心武《班主任》、卢新华《伤痕》......475
　　　伤痕文学的泪点

1979　高晓声《李顺大造屋》《陈奂生上城》......483
　　　卑微的农民和好心的干部

1979	茹志鹃《百合花》《剪辑错了的故事》..................492
	"三红"与"一创"的拼贴

1979	张洁《爱，是不能忘记的》、张弦《挣不断的红丝线》..........501
	70年代末的爱情小说

1979	蒋子龙《乔厂长上任记》..................511
	改革文学与官场斗争

1980	汪曾祺《受戒》《大淖记事》..................518
	礼失求诸野

1981	古华《芙蓉镇》..................527
	一本书了解"十年"

1981	韩少功《飞过蓝天》、梁晓声《这是一片神奇的土地》、张承志《绿夜》
	知青文学三阶段..................535

1984	阿城《棋王》..................542
	革命时代的儒道互补

生态篇	作家的一天..................551
	1984年12月14日，杭州会议与韩少功的一天

1984	张贤亮《绿化树》《男人的一半是女人》..................561
	一个知识分子的身心历程

1985	残雪《山上的小屋》..................577
	当代版"狂人日记"

1986	史铁生《插队的故事》..................585
	最杰出的知青小说

1986	张炜《古船》..................593
	"民族心史的一块厚重碑石"

1986	莫言《红高粱》..................603
	当代小说的世界意义

1986	路遥《平凡的世界》..................611
	改变青年三观的"中国故事"

| 1987 | 马原《错误》 | 622 |

叙述的圈套

| 1987 | 王蒙《活动变人形》 | 631 |

对一个"新派"知识分子的审判及其他

| 1987 | 王朔《顽主》《动物凶猛》 | 644 |

"流氓"的时代

| 1988 | 杨绛《洗澡》 | 655 |

从"国民"变成"人民"

| 1988 | 铁凝《玫瑰门》 | 665 |

非常年代与女性命运

| 1993 | 陈忠实《白鹿原》 | 676 |

"政权""族权""神权"

| 1993 | 余华《活着》 | 696 |

几十部当代小说的缩写本

| 1993 | 贾平凹《废都》 | 713 |

"一本写无聊的大书"

| 1994 | 王小波《黄金时代》 | 731 |

身体快乐,是我们唯一的精神武器

| 1996 | 王安忆《长恨歌》 | 745 |

写女人,还是写上海?

| 2006 | 刘慈欣《三体》 | 764 |

中国故事与科幻小说

纵论篇　20世纪中国小说中的人物形象及若干问题 783

参考书目 813

图　录　本书的"老照片"(部分)/许子东笔注 842

2021版后记　重读20世纪中国小说 844

自 序

小说史与中国故事

本书尝试以文本阅读为中心，重新梳理20世纪中国小说的若干发展线索，并讨论"小说"与"中国"与"20世纪"三者之间的关系。大致上按照作品发表或出版的时间顺序，阅读和研讨中国近代、现代、当代文学史上比较知名、比较有代表性的近百部（篇）中短长篇小说。从1902年梁启超《新中国未来记》，一直到2006年刘慈欣的《三体》。这些作品，基本上以前都读过，所以这次是"重读"，实事求是。

这些"比较知名""比较有代表性"的篇目，并不完全依据我个人兴趣选择。首先，会参考一些主流文学史的看法，例如王瑶、唐弢的现代文学史，夏志清的《中国现代小说史》，钱理群、温儒敏、吴福辉的《中国现代文学三十年》，吴福辉的《中国现代文学发展史》，洪子诚的《中国当代文学概说》，王德威的《哈佛新编中国现代文学史》等，还有陈思和、陈晓明、许志英、丁帆、黄修己、朱栋霖、陈平原等人的当代文学史或小说史论著。其次，会尽量参照钱谷融主编的《中国现当代文学作品选》。这套作品选已出到第四版，很多学校使用，我自己也是这套作品选的编委会委员，本书"重读"的小说相当部分也被选入这套作品选（或存目）。[1]最后，我还会参考《亚洲周刊》1999年的"20世纪中文小说100强"评选名单。[2]"100强"中的名篇，大部分也都在本书"重读"目录中，除了三点不同：第一，1949年以后台湾和香港的小说暂时没有列入，因为本书重点之一是探讨"当代文学生产机制"，台湾、香港的文学当时不在这个机制之内；第二，《亚洲周刊》"20世纪中文小说100强"名单里，"十七年"小说只选了《组织部来了个年轻人》和《艳阳天》，而我以为"三红一创"及《林海雪原》《青春之歌》的文学史意义不应忽视；第三，本书还收入21世纪初才出版的刘慈欣的小说。其实近20年来还有很多小说想读，本书已经太厚，只能留待日后续集。而香港、台湾的小说则另需专著研讨。

黄子平、陈平原、钱理群早在1985年就提出"20世纪中国文学"的概念，近年来"五四"与晚清的关系又成为学术界热点。事实上，阅读20世纪中国小说，从梁启超、李伯元读起，还是从鲁迅、郁达夫读起，有很大分别。20世纪中国小说最重要的关键词是"革命"（我将1978年以后的"改革开放"也理解成"革命"）。70多位作家，近百部作品，都在记录革命的不同阶段，描绘革命的不同方式，当然也包括革命的经验教训。而革命的关键课题则是阶级关系的调整和变化，所以本书特别注意小说中不同人物之间的阶级关系及其变化。学术界一向认为知识分子和农民是现代中国文学的主要人物形象，但如果联系晚清及当代，会发现官员（干部）也是20世纪中国小说的一条不可忽视的人物形象主线。如果说知识分子和农民

---

[1] 引自钱谷融主编：《中国现当代文学作品选》第四版，上海：华东师范大学出版社，2020年。

[2] 20世纪中文小说100强，是《亚洲周刊》于1999年6月仿效西方的"20世纪百大英文小说"而提出的20世纪中文小说书单。但两者不同之处在于，"20世纪百大英文小说"只评选长篇小说，而《亚洲周刊》书单则将短篇小说集涵盖在内一同评等。

的关系构成现代文学的"启蒙救亡"主题,那么知识分子与官场的"互相改造"关系、民众与官员的"矛盾依托"关系,也都值得分别梳理。近代、现代、当代文学相通连贯之处甚多,这是其中一条线索。

当然,按编年体重读小说,同时又会使我们更加证实三个历史阶段的不同文学生态,从晚清的报人文学,到现代文学与教育制度的联盟,再到50年代以后独特的当代文学生产机制(作家干部化、稿费代替版税、作协系统的文学批评),等等。简而言之,20世纪中国小说,三个阶段文学相通,三个学科界限仍在。

本书尝试回到文本阅读的基本方法,梳理背后的文学史线索。百年来,我们会抽样讨论某位作家的一天日常生活,依据作家的日记、书信或其他第一手材料,目的是探讨几十年间中国作家生态的具体变化。一些关键的文学史场景,比如20年代末的"批判鲁迅",30年代"两个口号"之争,80年代的剧本创作座谈会与杭州会议等,本书有专章讨论。百年间最难处理的当然是1966年到1976年,虽然没有找到合适(合乎20世纪中国小说平均水平)的代表作,但我们还是从文学角度"艰辛探索",不留空白。总体上,从作品出发而不是从作家或理论出发,是本书的写作原则。

当然,近百部小说,并不能代表整个20世纪中国文学,只代表我个人理解的作品。这些作品的题材、篇幅、主题、人物、风格、方法、精神、技巧都不一样,如一定要概括其共通点,那就是几乎所有作品有意无意都在努力讲述作家个人心目中的"中国故事"。这些故事有时互相补充,有时互相矛盾,有时互相印证,有时互相冲突,每个作家都可能表现他的洞见和局限,读者却可以看到这些洞见和局限,如何汇合成一个大的"中国故事"。百年来,中国怎么会走到今天?会走向怎样的明天?我们虽然缺乏梁启超的"神预言"能力,至少也可以在小说里回头看看——《老残游记》有句话:"眼前路都是从过去的路生出来的,你走两步回头看看,一定不会错了。"

钱谷融主编《中国现当代文学作品选》小说选目

《狂人日记》（鲁迅）
《阿Q正传》（鲁迅）
《在酒楼上》（鲁迅）
《伤逝》（鲁迅）
《铸剑》（鲁迅）
《沉沦》（郁达夫）
《迟桂花》（郁达夫）
《缀网劳蛛》（许地山）
《海滨故人》（庐隐）
《酒后》（凌叔华）
《潘先生在难中》（叶绍钧）
《竹林的故事》（冯文炳）
《桥》（废名）
《拜堂》（台静农）
《莎菲女士的日记》（丁玲）
《夜》（丁玲）
《太阳照在桑干河上》（丁玲）
《为奴隶的母亲》（柔石）
《春蚕》（茅盾）
《子夜》（茅盾）
《上海的狐步舞》（穆时英）
《春阳》（施蛰存）
《边城》（沈从文）
《长河》（沈从文）
《啼笑因缘》（张恨水）
《家》（巴金）
《寒夜》（巴金）
《山峡中》（艾芜）
《九十九度中》（林徽因）
《菉竹山房》（吴组缃）
《八月的乡村》（萧军）
《断魂枪》（老舍）
《骆驼祥子》（老舍）
《鸨鹭湖的忧郁》（端木蕻良）
《死水微澜》（李劼人）
《风萧萧》（徐訏）
《华威先生》（张天翼）
《在其香居茶馆里》（沙汀）

《呼兰河传》（萧红）
《小城三月》（萧红）
《受苦人》（孔厥）
《北望园的春天》（骆宾基）
《小二黑结婚》（赵树理）
《李有才板话》（赵树理）
《封锁》（张爱玲）
《金锁记》（张爱玲）
《倾城之恋》（张爱玲）
《识字班》（孙犁）
《荷花淀》（孙犁）
《伍子胥》（冯至）
《财主底儿女们》（路翎）
《果园城记》（师陀）
《围城》（钱锺书）
《暴风骤雨》（周立波）
《山地回忆》（孙犁）
《我们夫妇之间》（萧也牧）
《初雪》（路翎）
《保卫延安》（杜鹏程）
《组织部来了个年轻人》（王蒙）
《红豆》（宗璞）
《红旗谱》（梁斌）
《青春之歌》（杨沫）
《百合花》（茹志鹃）
《"锻炼锻炼"》（赵树理）
《创业史》（柳青）
《永远的尹雪艳》（白先勇）
《射雕英雄传》（金庸）
《爱，是不能忘记的》（张洁）
《人到中年》（谌容）
《陈奂生上城》（高晓声）
《海的梦》（王蒙）
《受戒》（汪曾祺）
《大淖记事》（汪曾祺）
《对倒》（刘以鬯）
《芙蓉镇》（古华）
《黑骏马》（张承志）

《哦，香雪》（铁凝）
《美食家》（陆文夫）
《铃铛花》（陈映真）
《绿化树》（张贤亮）
《棋王》（阿城）
《命若琴弦》（史铁生）
《冈底斯的诱惑》（马原）
《透明的红萝卜》（莫言）
《爸爸爸》（韩少功）
《访问梦境》（孙甘露）
《古船》（张炜）
《平凡的世界》（路遥）
《十八岁出门远行》（余华）
《顽主》（王朔）
《洗澡》（杨绛）
《黄金时代》（王小波）
《哀悼乳房》（西西）
《刺青时代》（苏童）
《白鹿原》（陈忠实）
《废都》（贾平凹）
《丰乳肥臀》（莫言）
《长恨歌》（王安忆）
《马桥词典》（韩少功）
《尘埃落定》（阿来）
《永远有多远》（铁凝）
《城邦暴力团》（张大春）
《流浪地球》（刘慈欣）
《花腔》（李洱）
《地球上的王家庄》（毕飞宇）
《驮水的日子》（温亚军）
《戒指花》（格非）
《大老郑的女人》（魏微）
《那儿》（曹征路）
《妇女闲聊录》（林白）
《穿堂风》（刘庆邦）
《骄傲的皮匠》（王安忆）

《亚洲周刊》20世纪中文小说100强

- 《呐喊》（鲁迅）
- 《边城》（沈从文）
- 《骆驼祥子》（老舍）
- 《传奇》（张爱玲）
- 《围城》（钱锺书）
- 《子夜》（茅盾）
- 《台北人》（白先勇）
- 《家》（巴金）
- 《呼兰河传》（萧红）
- 《老残游记》（刘鹗）
- 《寒夜》（巴金）
- 《彷徨》（鲁迅）
- 《官场现形记》（李伯元）
- 《财主底儿女们》（路翎）
- 《将军族》（陈映真）
- 《沉沦》（郁达夫）
- 《死水微澜》（李劼人）
- 《红高粱》（莫言）
- 《小二黑结婚》（赵树理）
- 《棋王》（阿城）
- 《家变》（王文兴）
- 《马桥词典》（韩少功）
- 《亚细亚的孤儿》（吴浊流）
- 《半生缘》（张爱玲）
- 《四世同堂》（老舍）
- 《胡雪岩》（高阳）
- 《啼笑因缘》（张恨水）
- 《儿子的大玩偶》（黄春明）
- 《射雕英雄传》（金庸）
- 《莎菲女士的日记》（丁玲）
- 《鹿鼎记》（金庸）
- 《孽海花》（曾朴）
- 《惹事》（赖和）
- 《嫁妆一牛车》（王祯和）
- 《异域》（柏杨）
- 《曾国藩》（唐浩明）
- 《原乡人》（钟理和）

- 《白鹿原》（陈忠实）
- 《长恨歌》（王安忆）
- 《吉陵春秋》（李永平）
- 《黄祸》（王力雄）
- 《狂风沙》（司马中原）
- 《艳阳天》（浩然）
- 《公墓》（穆时英）
- 《旧址》（李锐）
- 《星星·月亮·太阳》（徐速）
- 《台湾人三部曲》（钟肇政）
- 《洗澡》（杨绛）
- 《旋风》（姜贵）
- 《荷花淀》（孙犁）
- 《我城》（西西）
- 《受戒》（汪曾祺）
- 《铁浆》（朱西甯）
- 《世纪末的华丽》（朱天文）
- 《蜀山剑侠传》（还珠楼主）
- 《又见棕榈，又见棕榈》（於梨华）
- 《浮躁》（贾平凹）
- 《组织部来了个年轻人》（王蒙）
- 《玉梨魂》（徐枕亚）
- 《香港三部曲》（施叔青）
- 《京华烟云》（林语堂）
- 《倪焕之》（叶圣陶）
- 《春桃》（许地山）
- 《桑青与桃红》（聂华苓）
- 《蓝与黑》（王蓝）
- 《二月》（柔石）
- 《风萧萧》（徐訏）
- 《芙蓉镇》（古华）
- 《地之子》（台静农）
- 《城南旧事》（林海音）
- 《古船》（张炜）
- 《酒徒》（刘以鬯）
- 《未央歌》（鹿桥）
- 《沉重的翅膀》（张洁）

- 《果园城记》（师陀）
- 《人啊，人！》（戴厚英）
- 《黄金时代》（王小波）
- 《狗日的粮食》（刘恒）
- 《棋王》（张系国）
- 《赖索》（黄凡）
- 《妻妾成群》（苏童）
- 《霸王别姬》（李碧华）
- 《杀夫》（李昂）
- 《楚留香》（古龙）
- 《窗外》（琼瑶）
- 《沉默之岛》（苏伟贞）
- 《白发魔女传》（梁羽生）
- 《古都》（朱天心）
- 《尹县长》（陈若曦）
- 《四喜忧国》（张大春）
- 《喜宝》（亦舒）
- 《男人的一半是女人》（张贤亮）
- 《将军底头》（施蛰存）
- 《蓝血人》（倪匡）
- 《二十年目睹之怪现状》（吴趼人）
- 《活着》（余华）
- 《冈底斯的诱惑》（马原）
- 《十年十癔》（林斤澜）
- 《北极风情画》（无名氏）
- 《雍正皇帝》（二月河）

第一部

······1902—1916······

```
     1850  1860  1870  1880  1890  1900  1910  1920  1930  1940  1950  1960
```

梁启超   1873   1929

李伯元   1867   1906

吴趼人   1866   1910

曾朴   1872   1935

刘鹗   1857   1909

徐枕亚   1889   1937

1902 梁启超《新中国未来记》
1903 李伯元《官场现形记》
1903 吴趼人《二十年目睹之怪现状》
1903 曾朴《孽海花》
1903 刘鹗《老残游记》

1912 徐枕亚《玉梨魂》

1902

梁启超《新中国未来记》
20世纪中国小说的起点

以梁启超（1873—1929）的《新中国未来记》，一部在今日大众心目中不那么出名的小说，来作为《重读20世纪中国小说》的开端，至少有四个理由：第一，发表时间比较早，1902年，刊于中国早期小说期刊《新小说》[1]上。第二，梁启超是当时最重要的思想家、政治家、文学家之一。就在《新中国未来记》发表前一年，梁启超发表了《中国史叙论》，提出"中国民族"这个概念[2]。第三，政治幻想小说这个文类在中国十分罕见，梁启超之后传承者也不多，

---

[1] 1902年梁启超于日本横滨创办《新小说》杂志，次年迁至上海。《绣像小说》（李伯元、欧阳钜源编，1903年）、《月月小说》（吴趼人、周桂笙编，1906年）、《小说林》（徐念慈、曾朴编，1907年），都是在《新小说》的影响下创刊。后来"新小说"一词亦成为概括在小说界革命中产生的一批小说作品的专有名词。

[2] 1901年，梁启超在《中国史叙论》一文中首次提出"中国民族"概念，用以指称"华夏族"或总称有史以来中国各民族。而"中华民族"这一概念，目前学界多认为首次出现于1902年《论中国学术思想变迁之大势》一文："上古时代，我中华民族之有海思想者厥惟齐，故于其间产生两种观念焉，一曰国家观，二曰世界观。"此处"中华民族"意指"汉"文化群体即狭义的"汉人"。至1905年，梁启超在《历史上中国民族之观察》一文中进一步将"中华民族"视为一个多民族融合发展形成的共同体："今之中华民族，即普通俗称所谓汉族者，自初本为一民族乎？抑由多数民族混合而成乎？此吾所欲研究之第一问题。……以故吾解释第一问题，敢悍然下一断案曰：现今之中华民族自始本非一族，实由多数民族混合而成。"参见梁启超：《饮冰室合集》，北京：中华书局，1989年。其《中国史叙论》，见第一册"文集六"，第1—12页；《论中国学术思想变迁之大势》，（接下页）

可谓稀有品种,今天亦少有实验,所以特别值得保存。第四,也因为梁启超的小说理论,对后来百年中国文学的发展有着无可比拟的影响。

一 20世纪中国小说的开幕礼

梁启超为20世纪中国小说准备的开幕礼是非常戏剧性的,序言之后,《新中国未来记》正文第一句:"话表孔子降生后二千五百一十三年,即西历二千零六十二年……正系我中国全国人民举行维新五十年大祝典之日。"[1]这一句中的"2062年"是笔误,梁启超太激动了,他想的是1962年,也就是小说写作的60年以后。"其时正值万国太平会议新成,各国全权大臣在南京……恰好遇着我国举行祝典,诸友邦皆特派兵舰来庆贺,英国皇帝、皇后,日本皇帝、皇后,俄国大统领及夫人,菲律宾大统领及夫人,匈加利大统领及夫人,皆亲临致祝。""那时我国民决议在上海地方开设大博览会……竟把偌大一个上海,连江北,连吴淞口,连崇明县,都变作博览会场。"这个世博会场地比后来2010年真的上海博览会还要大。

20世纪中国小说的开篇,竟然是一个政治幻想,不能不令人感慨万千。1898年,百日维新失败,清廷下令通缉康有为、梁启超。在逃亡日本的军舰上,舰长送了一本日本政治小说《佳人奇遇》给梁启超消磨时间。没想到,梁启超喜欢上了日本作家柴四郎的政治幻想小说。明治维新时期,日本有很多这类小说。到日本后,梁启

(接上页)见第一册"文集七",第21页;《历史上中国民族之观察》,见第八册"专集四十一",第2—4页、第13页。

[1] 梁启超《新中国未来记》1902年发表于小说期刊《新小说》。参见徐俊西主编,李天纲编:《海上文学百家文库·梁启超卷》,上海:上海文艺出版社,2010年。以下小说引文同。

超创办《清议报》,翻译《佳人奇遇》。几年以后,他试笔写了小说《新中国未来记》。梁启超思想不如康有为有系统,革命又不如谭嗣同那么有决心,但是,文笔、文风、文才却是当时第一人。毛泽东后来和友人谈起梁启超,说他有点虎头蛇尾。[1] "蛇尾"大概是指梁启超后来在北洋军阀时期政治立场摇摆,"虎头"显然就是佩服梁启超办《清议报》《时务报》时的书生意气,挥斥方遒,指点江山。《新中国未来记》虽然小说本身未完成,也有点虎头蛇尾,但小说写在梁启超生龙活虎的前期,和他的理论一起,替20世纪中国小说开了个"虎头"。

除了上海博览会以外,小说中对于后来中国社会的发展有很多"神预言"。写中华民国1912年成立,比辛亥革命晚了一年(宣统帝颁布退位诏书,确是1912年)。定都南京,实行共和制,完全正确。领袖人物叫黄克强,本意大概是炎黄子孙克敌自强。正好辛亥革命领袖黄兴,字克强。至于还要和后来其他领导同名,那应该是纯属巧合。预言、巧合不是我们重读这小说的主要理由。政治幻想小说看似神奇,其实非常难写。假如邀请今天的一线作家,请他们每个人写一部小说,描写10年、20年以及60年以后的中国,看看他们怎么写?难度太高。梁启超自己很清楚,所以事先声明,"兹编之作,专欲发表区区政见,以就正于爱国达识之君子",但是,"国家人群,皆为有机体之物,其现象日日变化,虽有管葛,亦不能以今年料明年之事,况于数十年后乎!"政治幻想,不可能料事如神,而且自己政见也在变化之中:"人之见地,随学而进,因时而移,即如鄙人自审十年来之宗旨议论,已不知变化流转几许次矣。"小说发表时,梁启超29岁,之前他已有很多惊天动地之举:考科举、拜康有为为师、

---

[1] 中央文献研究室编辑部编纂:《毛泽东谈文史:吴冷西回忆片段》,选自《治国与读史:领袖人物谈历史文化》,北京:中央文献出版社,2008年,第298—305页。

公车上书、维新救世、变法见皇帝、"顶层设计"、主张君主立宪等等。为人为文轰轰烈烈，与时俱进充满变化。梁启超也料到自己"前后意见矛盾者，宁知多少"，所以小说开篇先说明，"故结构之必凌乱，发言之常矛盾，自知其决不能免也。"凌乱矛盾如首句就把"1962"写成了"2062"。这个"2062"，象征中国20世纪小说开端的慌乱青春和粗糙热情。认真读下去，人们会发现梁启超的政治寓言，有的天真可爱、可笑可叹，有的却会令人笑不出来。

回到1962年的上海博览会，这博览会中心会场，是京师大学校文学科内的史学部（真是抬举文科地位）。其中一科，现任全国教育会会长文学大博士孔老先生，讲《中国近六十年史》。每周讲三次，每次三小时。第一天，"听众男男女女买定入场券来听者，足有二万人"（等于演唱会或足球场，怎么演讲文学历史？），两万人中间"有一千多系外国人，英、美、德、法、俄、日、菲律宾、印度各国人都有。""看官，这位孔老先生在中国讲中国史，一定系用中国话了"（"系用"——广东官话）。"外国人如何会听呢？原来自我国维新以后，学术进步甚速，欧美各国纷纷派学生来游学，据旧年统计表，全国学校共有外国学生三万余名。"希望外国人能听能说国语，从晚清，到春晚，一直是中国梦的一部分。"闲话休题……诸君欲知孔老先生所讲如何，请看下回分解"，于是小说进入第二回："孔觉民演说近世史，黄毅伯组织宪政党。"小说沿用旧式章回体，叙述中加入小字，是作者点评，有点张竹坡加布莱希特的效果。

二　梁启超的神预言：一个政党，一个领袖

主讲的孔先生，字曲阜，身穿国家制定的大礼服，胸前悬挂国民勋章与各国所赠勋章——"我们今日得拥这般的国势，享这般的光荣，有三件事是必要致谢的。第一件是外国侵凌压迫已甚，唤起

人民的爱国心。第二件是民间志士为国忘身，百折不回，卒成大业。第三件是前皇英明，能审时势，排群议，让权与民。这三件事便算是我这部六十年史的前提了。"我们今天如果站在广场上参加纪念大会，也是第一感谢人民爱国，第二感谢烈士奋斗，第三感谢……当然，不是"君主立宪"。孔曲阜（或者说梁启超）回顾中华民族兴盛六十年："三件里头，那第二件却是全书主脑。诸君啊，须知一国所以成立，皆由民德、民智、民气三者俱备，但民智还容易开发，民气还容易鼓励，独有民德一桩，最难养成。"孔觉民将1902年到1962年中国历史，分成六个阶段。一是预备时期，从八国联军破北京到广东自治，之后清朝灭亡。下面还有五个阶段：自治，设全国国会；第一个大统领时期，影射光绪的退位；黄克强任大统领时期；之后又有殖产时代、外竞时代、雄飞时代。孔老先生面对两万人作演讲，也不只是喊口号煽情，而且逐条排政治流水账："诸君啊，你道我们新中国的基础在那一件事呢？其中远因、近因、总因、分因虽有许多，但就我看来，前六十年所创的'立宪期成同盟党'算是一桩最重大的了。"

所有的成功，全靠一个党——虽然党的名字很长而且绕口，"立宪期成同盟党"。孔老先生解释："原是当时志士想望中国行立宪政体，期于必成，因相与同盟，创立此党，合众力以达其目的。"后来梁启超真的做过中国民主党的领袖，又加入共和党，又合并成进步党，就是没有这个预言中的"立宪期成同盟党"。他的小说里也有几个不同的党，主张中央政权势力有国权党，主张地方自治有爱国自治党，主张民间事务有自由党，但都不如"立宪期成同盟党"重要，为什么？"诸君啊，第一件，须知道那党是个最温和的，最公平的，最忍耐的。……第二件，须知道那党是最广大的，最平等的。第三件，须知道那党是个最整齐严肃有条理的，他仿照文明各国治一国之法以治一党。"仿照文明各国之法治党，这是关键。而且还有种种具体方法：职务设定、民主投票、干部体制。孔博士说这个"党初办时，不过百数十人，在上海创始"（精准吧，1902年写的，不得不服）。说该党到了广东自治时代，相当于北伐时期，已有1400万人。《新中国未来记》的艺术性如何先不论，20世纪第一部中国小说对后来百年中国的预见性，不得不令人震惊。

"诸君，且说这宪政党到底用甚么方法，能够做成如此隆盛、如此巩固呢？老夫也不能细述，只把他初立党时公拟的办事条略背诵一回罢。"然后是"（子目一）扩张党势……（子目二）教育国民……（子目三）振兴工商……（子目四）调查国情……（子目五）练习政务……（子目六）养成义勇……（子目七）博备外交……（子目八）编纂法典。"孔老先生把这些冗长的子目念完以后，歇了片刻，重复开讲，赞叹几声道："诸君啊，你看当时诸先辈谋国何等忠诚，办事何等周密，气魄何等雄厚！其实我新中国的基础，那一件不是从宪政党而来。"小说在"十年后清朝结束""共和定都南京""俄国会有革命"等等"神预测"后，最关键一条预言，就是有一个党对中国百年发展这么重要。而且孔先生说，这个转移中国的党，是由一位英雄豪杰造就。是谁呢？且听下回分解。

三　两个朋友，两条道路

小说第三回全是孔老先生复述黄克强和李去病两人对话（两万听众现场耐心倾听）。黄克强是广东人，父亲是个儒生。据说在甲午海战后，看定中国前途要有大变动，因此打发儿子，和他一个得意门生李去病，一起到英国读书。两人进了恶斯佛大学（Oxford，牛津）。三年后，黄克强、李去病听到戊戌政变失败的消息，一起痛哭。两人曾想回乡救国，但又想到要唤醒民众，先要把自己的预备功夫做好。说到这里，小说里面加了一行小字，"爱国青年听着"，这是梁启超小说在章回体之中的另一种叙事策略，叙事者直接插入点评。值得学习。

两人后来分别去了德国、法国，一两年后，再一起从俄国搭火车经西伯利亚回国，途中眼见关外变成哥萨克殖民地的样子（日俄战争前，东三省一度被俄国侵占），"正是石人对此，也应动情，何况这满腔热血的英雄"。接下来就是两人在西伯利亚火车上有一场关于中国未来前途的冗长的对话和辩论。事关重大，我们必须抄几段：

李君说："哥哥，你看现在中国还算得个中国人的中国吗……我中国的前途，那里还有复见天日之望么？"

黄君道："可不是吗！但天下事是人力做得来的……我想凡是用人力可以弄坏的东西，一定还用人力可以弄好转来（至理）……但是我们十年来读些书是干甚么的？（青年读书诸君想想）难道跟着那些江湖名士，讲几句慷慨激昂的口头语，拿着无可奈何四个字，就算个议论的结束吗？（青年读书诸君想想）"

黄君的意思，责任再大，四万万人分担就不吃力。但国人多数还在睡梦里，所以我们要尽自己力量去做，做得一分是一分，"安见中国的前途就一定不能挽救呢？"后来"五四"关于黑房子开不开窗的对话，梁启超早就预见了，而且黄君一个人把鲁迅、钱玄同两个人的话都说完了。

李去病和黄克强，救国之心一样，但是方法不同。他们有三个分歧。第一，对当时统治者看法不同。李去病说："哥哥，你看现在中国衰弱到这般田地，岂不都是吃了那政府当道一群民贼的亏吗？（是是）……这样的政府，这样的朝廷，还有甚么指望呢？……不到十年，我们国民便想做奴隶也够不上……替那做奴才的奴才做奴才了。""奴才"与"奴隶"这两个概念，后来都是鲁迅的关键词。

黄克强认为："中国人做中国事，不能光看着外国的前例……看真我们的国体怎么样，才能够应病发药的呀！"（没看错，这是梁任公说的，不是近年报纸社论）。李去病强调，我也不是要以暴易暴，而是要以仁易暴，可"那十九世纪欧洲民政的风潮，现在已经吹到中国，但是稍稍识得时务的人，都知道专制政体是一件悖逆的罪恶。（果真人人都知道？）"孔老先生说到这里，作家梁启超没忘记让满堂拍掌如雷，两万人一起拍手。两人又继续谈论法国革命的代价，拿破仑的功过。黄克强认为："现在朝廷……汉人、满人亦差不多平等了……中国今日若是能够一步升到民主的地位便罢，若还不能，这个君位是总要一个人坐镇的。"

从怎样看"君位"，便引出第二个分歧：民主大众政治，还是顶层精英治国。李去病倾向前者，认为政权总归是要归多数人的手，国家才比较安宁。而黄克强认为，卢梭他们那些理论在欧洲都已经过时了，议会里面说到底也是少数人决定（今日国内一些新派学者亦如是说）。李去病说，卢梭理论在现在欧洲自然变成摆设，但是在今天的中国却最合用。黄克强不同意，他说"必须依靠干涉政策"。什么叫干涉政策？"若能有一位圣主，几个名臣，有着这权，大行干涉政策，风行雷厉，把这民间事业整顿得件件整齐，桩桩发达，这岂不是事半功倍吗？""兄弟，你看现在英国的民权和法国的民权，那一个强的啊！"看来黄克强的意思就是说，法国虽然革命，英国更有民权。

英法模式选择，革命或者改良，当然是两个人争论的核心，也是当时（何止当时）中国思想界、政治界讨论的关键问题。有趣的是，梁启超自己在理论上其实更倾向于黄克强（君主立宪），但是在辩论当中，更占上风的却好像是李去病。

李去病痛责晚清的官员，有些事情"虽然利在国民，怎奈要害到他这个乌纱帽，你叫我怎么能舍去呢""我已经在上海租界买了几座大洋房，在汇丰银行存有几十万银子，还怕累得到我不成？（官场诸公，试自己扪心想一想，李去病君到底是骂着我不成……）"所以他认为需要激烈的革命。而黄君担心若革起命来，一定玉石俱焚。李去病坚信不自由毋宁死，我们争取文明政府。黄克强怀疑："今日世界上那里有甚么文明野蛮，不过是有强权的便算文明罢了。（万方同概）"

到这时，讨论进入第三个层次，这是更深的分歧，涉及政治背后的道德层面。李去病说的是浪漫激情，黄克强看的是残酷事实。最后，李去病勃然大怒，读了一首叫《奴才好》的古乐府："奴才好，奴才好，勿管内政与外交，大家鼓里且睡觉。古人有句常言道：臣当忠，子当孝，大家切勿胡乱闹。满洲入关二百年，我的奴才做惯了。"整个小说第三回，数万言、四十多个回合，全部是两个人的对话论争。从小说体例上来看，极为罕见。不用理论家批评，梁启超早有自知之明，"似说部非说部，似稗史非稗史，似论著非论著，不知成何种文体，自顾良自失笑。虽然，既欲发表政见，商榷国计，则其体自不能不与寻常说部稍殊"。

辩论中李去病言辞更激烈、更有气势，但小说情节大纲里，最后成功者是黄克强，就是那个党。而在真实中国百年历史中，情况又有些相反：成功的是李去病的大众革命理论，晚近才有黄克强的"精英顶层治国"论。所以，梁启超预言的未来和我们经历的过去，中间有些吊诡的对比。

终于两个人争完了，没有结论。小说第四回渐渐有点像新派的章回小说。黄李回国，经过东三省，路上听人讲述俄国在东北的殖民行径，对华人酷苛，俄国官员贪腐得更厉害。小说议论，说比起英、法、美、日等，俄国是最容易抵抗的——因为俄国人自己是专制政体，由于国内内乱才出外侵略，专制政体民力断不能发达——又是神预言，十五年后俄国果然爆发革命。

两个读书人气愤民众如何被官府（包括洋人）欺负，这一种"士见官欺民"的三角关系，后来经晚清四大谴责小说详细演绎，逐渐成为20世纪中国小说三种主要人物形象的基本关系模式。而努力"觉世"之"士"可以成为救民新官，这是50年代革命文学的模型，居然也是在梁启超笔下率先出现雏形。

小说第五回，黄李来到了北京、上海，见到了当地革命党人，参加一些政治集会。黄李两人用嘲讽的眼光看待晚清上海各色人等，轮番出场的有买办、洋奴、交际花、洋场少年、革命党人等等，就像一场大戏刚刚要开场。但这已经是梁启超小说的最后一回了。现实当中他要去美国考察。夏志清说，小说的基调找不到了[1]。大概梁启超想，我与其写小说，不如自己来做。

小说发表前三个月，梁启超已经发表过一个情节大纲（全书结构）：南方一省独立，后来成立共和政府，和全球平等。之后就有了联邦大共和国，东北也改成君主立宪，加入了联邦，所以举国国民都齐心，文学、国力富强，冠绝全球。后来，因为西藏、蒙古跟俄罗斯打仗，外交上联合了英、美、日三国大破俄军，然后又煽动了俄国革命。美英诸国又虐待黄种人，因此中国作为盟主，联合日本、菲律宾等与欧洲开战。最后是匈牙利人出面调停，所以就有了中国京师开了万国平和大会，中国宰相是这个世界大会的议长，从此黄白两类人权利平等，全书结束。

从大纲看，五回《新中国未来记》只是刚刚开头。

---

[1] 夏志清：《新小说的提倡者：严复与梁启超》，见《人的文学》，福州：福建教育出版社，2010年，第91—96页。

四　欲新一国之民,不可不先新一国之小说

梁启超后来很忙,办《清议报》《时务报》《新民丛报》,又和孙中山同盟会论战,又被光绪派到海外考察。辛亥革命时,他一会儿和袁世凯合作,一会儿又在段祺瑞下面做官。梁启超自己的政治活动,成为他小说的一个极为反讽的注解。比起他不太成功的政治生涯来说,梁启超作为学者,其实有更大的贡献。他是近代新史学的奠基人,在目录学方面也有贡献,对图书馆学亦有独特见解。作为小说,梁启超的《新中国未来记》的缺点和价值都很独特。缺点是议论多、概念化,谈不上性格刻画,而且没写完。价值方面,一是很多神预言。二是中国罕见的乌托邦幻想小说,基本上前无古人,似乎也无来者。三是主人公身兼知识分子和政治家(官员)双重身份,想象政事,设计国体——"士"和"官"后来在20世纪中国小说中,有时身份重叠,有时互相改造,但是再也没有像在梁启超身上这般高度统一。后来的文学史对这部未完成小说的重要性估计不足,认为小说"采取的是将演说词、新闻报道、章程、论文与幻想虚构混杂记叙的方式","不按照文学的规律来搞文学"。[1] 其实这部小说的价值,不仅是神预测清朝灭亡、定都南京、上海世博等,更在于超前提出了一些甚至是21世纪的政治问题:精英治国还是大众民主?如何以党治国,又以国法治党?专制为什么会限制国力(以俄罗斯为例)?……

鲁迅《中国小说史略》将清代小说细分成七类,包括拟晋唐小说、讽刺小说、人情小说、才学小说、狭邪小说、侠义与公案小说,以及第七种谴责小说[2]。王德威则把晚清小说归纳成四类:狭邪小说、

---

[1] 吴福辉:《中国现代文学发展史》,北京:北京大学出版社,2010年,第38页。
[2] 鲁迅:《中国小说史略》,《鲁迅全集》第9卷,北京:人民文学出版社,2005年。

侠义公案、丑怪谴责、科幻奇谭[1]。范伯群、陈伯海、夏晓虹、袁进等学者，对晚清文学也有类似的分类。虽然"五四"以后谴责小说批判写实成为主流，但并不代表其他文类就必然被压抑。

第一类青楼小说传统，往上可追溯到《品花宝鉴》《青楼梦》《花月痕》《九尾龟》等等，往后则演变成"鸳鸯蝴蝶派"，如《玉梨魂》《啼笑因缘》《秋海棠》。但是这种才子与风尘女子的文学传统，也对20世纪的主流文学，比方说郁达夫、张爱玲、张贤亮、贾平凹等人的作品，隐隐产生影响。晚清的"青楼家庭化"（"长三堂子"）如何悄悄转化成革命时代的"家庭青楼化"（"美国饭店"），再如何渗透在知识分子与大众的关系演变史中，都是很值得探究的文学史现象。

第二类侠义公案小说，本来两个文体互相矛盾："儒以文乱法，侠以武犯禁"，侠客总是用武艺做好事的捣乱分子；清官断案或者现代侦探，都要维护法律秩序，李逵怎么跟包公合作？可是晚清小说，侠义与公案居然并存，强盗和法官有共谋关系。比如《施公案》《三侠五义》《七侠五义》《彭公案》，以及改写自《水浒传》的《荡寇志》等等。"五四"以后中国的侦探公案小说虽不发达，但是金庸、梁羽生等人现代武侠小说，因为契合中华民族心理（包括集体无意识），一度拥有最多的读者人口。即使革命文学中也有侠义精神传承，从《林海雪原》模拟土匪的英雄到《红高粱》土匪真的成为英雄。

第三类所谓政治幻想小说，除了梁启超未完成的小说以外，还有吴趼人《新石头记》、老舍《猫城记》等，文本不是很多，神魔奇幻大规模复兴要到20世纪晚期。但梁启超的小说革命理论，比他的小说更加著名。在《亚洲周刊》"20世纪中文小说100强"中，《官场现形记》《二十年目睹之怪现状》《老残游记》《孽海花》全部入选。在某种意义上，晚清四大名著都受到梁启超小说革命论的直

---

[1] 王德威：《被压抑的现代性：晚清小说新论》，台北：麦田出版社，2003年，第26页。

接间接影响。晚清小说革命的动因,一是时局刺激,二是印刷工业,三是租界环境。在 1895 年《马关条约》之前,中国只有 5 种期刊,全部在上海。梁启超发表《新中国未来记》的 1902 年,是一个重要的时间点。在 1902 到 1911 年这十年当中,中国有了 170 家出版社。[1] 仅在梁启超提倡新小说以后,就出现了至少 30 家小说出版社,有 21 家以"小说"作为名字的期刊。[2] 晚清时代一共有 90 种期刊,上海有 75 种,占 83%。上海是当时中国的文化中心,梁启超无疑是中心人物之一。

在《新中国未来记》之前十年,韩邦庆在 1892 年创办了中国第一本专业小说杂志叫《海上奇书》[3]。《海上花列传》[4] 虽然是那个时期最好的中文小说(后来也只有《老残游记》可以比较),但以吴语写成,读者范围有限。张爱玲晚年,曾将小说从吴语译成国语。[5] 另一个与中国新小说起源有关的事件是 19 世纪末,英国传教士傅兰雅(John Fryer,1839—1928)在上海的《万国公报》上刊登征文启事:"窃以感动人心,变易风俗,莫如小说,推行广速,传之

---

[1] 时萌:《晚清小说》,上海:上海古籍出版社,1989 年,第 11 页。
[2] 陈伯海、袁进主编:《上海近代文学史》,上海:上海人民出版社,1993 年,第 60—69 页。
[3] 《海上奇书》为第一本近代小说刊物,1892 年 2 月于上海创刊,办至第 15 期停刊。其中第 1—10 期为半月刊,第 10—15 期为月刊。
[4] 《海上花列传》最早连载于《海上奇书》杂志,每期刊登 2 回。该杂志停办时《海上花列传》连载至 30 回(胡适在《〈海上花列传〉序》又称共出版 14 期,共刊 28 回)。之后韩邦庆继续写作新回目有 34 回并于 1894 年成书。参见魏绍昌主编:《中国近代文学大系·史料索引集》一,第 46—47 页。
[5] 张爱玲 1967 年着手翻译《海上花列传》英文版本,1975 年完成,但直到张爱玲 1995 年过世,都未完成定稿。1982 年张起灵(张爱玲)英译版本《海上花列传》的前两章,刊登在香港中文大学《译丛》(Renditions)期刊。2005 年,哥伦比亚大学出版经由孔慧怡(Eva Huang)修编的英译本《海上花列传》:The Sing-song Girls of Shanghai,Columbia University Press,2005;1982 年 4 月至 1983 年 10 月,张爱玲译注国语版本在《皇冠》杂志连载,1983 年 11 月出版专书。韩邦庆著,张爱玲注释:《海上花开:国语海上花列传一》、《海上花落:国语海上花列传二》,台北:皇冠出版社,1983 年初版。参见单德兴:《含英吐华:析论张爱玲的美国文学中译》,《翻译与脉络》,台北市:书林出版有限公司,2009 年。

不久，辄能家喻户晓，习气不难为之一变。"原来梁启超提倡的小说革命论，这位传教士说得更早。"今中华积弊最重大者计有三端：一鸦片，一时文，一缠足，若不设法更改，终非富强之兆……兹欲请中华人士愿本国兴盛者，撰著新趣小说……述事务取近今易有，切莫抄袭旧套。立意毋尚稀奇古怪，免使骇目惊心。"征文启事登在1895年6月的《万国公报》上。傅兰雅一生翻译过数百种著作，号称是"半生心血，惟望中国多兴西法，推广格致，自强自富"。征文小说后来收到162卷，但是没有一卷完全符合传教士的理想，所以勉强发了奖，小说没有印出来。1896年，傅兰雅去了美国，担任了加州大学伯克利分校东方文学语言教授。王德威主编的英文版《哈佛新编中国现代文学史》有韩南教授的文章，说这些征文稿现在加州大学伯克利的图书馆。[1]这是一批"'新小说'兴起之前的'新小说'"，很有意思。

简而言之，晚清四类小说，青楼狎邪、侠义公案、社会谴责、政治幻想，"五四"以后貌似第三类批判写实成为主流，其实不同文类传统各自发展，且互相渗透，但直接间接都受到梁启超小说理论的影响：

> 欲新一国之民，不可不先新一国之小说。故欲新道德，必新小说；欲新宗教，必新小说；欲新政治，必新小说；欲新风俗，必新小说；欲新学艺，必新小说；乃至欲新人心，欲新人格，必新小说。[2]

这段名言，脍炙人口。不管赞同与否，文章气势、排比格局铿

---

[1] Patrick Dewes Hanan：" The 'New Novel' Before the Rise of the New Novel ", *A New Literary History of Modern China* , The Belknap Press of Harvard University Press, 2017. pp.139-143.

[2] 梁启超：《论小说与群治之关系》，《新小说》创刊号，1902年11月14日。

锵有力、震撼人性。主张"我手写我口"的同时代人黄遵宪赞叹说："惊心动魄，一字千金，人人笔下所无，却为人人意中所有……从古至今，文字之力之大，无过于此者矣。"[1] 毛泽东后来形容梁启超的文风是，立论锋利，条理分明，感情奔放，痛快淋漓。[2] 仅就文字、文风、文章气势，已经先声夺人。

梁任公把小说抬到那么高的位置——新国民、新道德、新宗教、新政治，新风俗、新学艺、新人心、新人格，都要新小说——一方面，显然对后来鲁迅等人用小说启蒙救亡有直接影响。另一方面，表面激烈反传统，其实内心还是延续了儒家"文以载道"的精神。梁启超的内在精神矛盾，也构成了百年中国小说的内在精神矛盾。就像黄克强李去病的思想矛盾，贯穿了百年中国社会的政治变迁。

在大力宣传新小说的同时，梁启超对中国古典小说采取了激烈否定态度。他认为旧小说"述英雄则规画《水浒》,道男女则步武《红楼》。综其大较，不出诲盗诲淫两端"。[3]《论小说与群治之关系》批评中国国民有几个要不得的思想——状元宰相思想、佳人才子思想、江湖盗贼思想、妖巫狐鬼思想，皆来自旧小说。所以，"旧小说是中国群治腐败之总根原"。虽然梁启超在理论上把小说抬得这么高，但他自己的创作实践却更看重诗歌。以夏晓虹的书名概括，梁启超早先为文觉世，后来却以学问传世。[4]

受他影响的日后中国小说的发展，是否也会一直存在着"觉世与传世"的艰难选择？还是说，只有觉世者才可能传世？

---

[1] 黄遵宪：《致梁启超函》，选自陈铮编《黄遵宪全集》（上），北京：中华书局，2005年，第441—442页。

[2] 中央文献研究室编辑部编纂：《毛泽东谈文史：吴冷西回忆片段》，选自《治国与读史：领袖人物谈历史文化》，北京：中央文献出版社，2008年，第304页。

[3] 任公：《译印政治小说序》1898年12月，原载《清议报》第一册，参见陈平原、夏晓虹编：《二十世纪中国小说理论资料》第1卷，北京：北京大学出版社，1997年，第37页。

[4] 夏晓虹：《觉世与传世：梁启超的文学道路》，北京：中华书局，2006年。

1903

李伯元《官场现形记》
贪腐是一种官场的"刚需"?

李伯元(1867—1906),名宝嘉,又名宝凯,字伯元,别号南亭亭长。江苏武进人,生于同治六年,死于光绪三十二年,年仅40岁。他为20世纪初期的小说界留下重要遗产,当时毁誉参半。随着时间的推移,人们可能发现以前对他重视不够。

李伯元的祖父、伯父都是科举出身的官员,家里有点官场的背景。他虽然少年有才,但只考上秀才没有中举。仕途失意进不了官场,对他后来的创作有很大影响。1896年,而立之前的李伯元来到上海办报,一说创办《指南报》[1],后来再办的叫《游戏报》[2]。这是中国最早的小报,其实比较像杂志的形式,又改为《繁华报》[3],还受商

---

[1] 《指南报》创刊于1896年6月6日,终刊日期不详。李伯元于1896年至沪办报,《指南报》是否由其创办,或只是在该报社工作,尚待考证。参见魏绍昌编:《李伯元研究资料》,上海:上海古籍出版社,1980年,第4—5页。
[2] 《游戏报》由李伯元创刊于1897年6月24日,约于1910年终刊,共约5000号。参见魏绍昌编:《李伯元研究资料》,上海:上海古籍出版社,1980年,第5页。
[3] 《繁华报》全称《世界繁华报》,创刊于1901年4月7日,于1910年3月13日停刊,属"消闲"小型报纸。内容约分为讽林、艺文志、野史、小说等。其中,李伯元参与办报约五年。参见魏绍昌编:《李伯元研究资料》,上海:上海古籍出版社,1980年,第5页。

务印书馆之聘编杂志《绣像小说》[1]。1903—1905年,《官场现形记》六十回开始连载发表于《世界繁华报》。20世纪中国小说的早期阵地,主要依靠租界环境和现代印刷工业的兴起。李伯元小说对"官本位"的中国社会的全面嘲讽批判,在文学史上,既少有前人,亦罕见来者。《游戏报》上的嬉笑怒骂文章虽然都是让租界市民出出气,但鲁迅说:"命意在于匡世"[2],动机还是疗救社会。写《官场现形记》时,李伯元住上海六合路,当时叫劳合路。附近不少妓院,作家就在门口挂一个对联:"老骥伏枥,流莺比邻"——形象概括了一个都会职业文人的笔耕生态,产量很多,劳累过度,40岁就去世了。

"官场"这个名词从何而来?杜牧《冬至日寄小侄阿宜诗》就有所谓"朝廷用文治,大开官职场"的说法[3],这里的"官职场"有点像今天讲的职场。《宋史·食货志》对"官场"的定义是:"贾物至者,先入官场,官以船运至京。"[4]意思是政府或国企的仓库。到《辞海》查"官场",会直接引用《官场现形记》:"京城上中下三等人都认识,外省官场也很同他拉拢。"[5]百度解释说,"官场"旧时指官吏阶层及其活动范围(贬义,强调其中的虚伪、欺诈、逢迎、倾轧等特点)。这是否意味,"官场"作为带有贬义的现代社会学和文学概念,一定程度上和李伯元的小说有关?本来官职场、官府仓库,或者考场、职场都不带褒贬。本书中讨论官员、官场、干部等,除

---

1 《绣像小说》半月刊创刊于1903年5月,于1906年4月停刊,共出72期,每期刊登文章10种左右,约80页。李伯元为主编。参见魏绍昌编:《李伯元研究资料》,上海:上海古籍出版社,1980年,第7页。
2 鲁迅:《鲁迅全集》第9卷,北京:人民文学出版社,2005年,第291页。
3 杜牧撰,吴在庆校注:《杜牧集系年校注·樊川文集》第1卷,北京:中华书局,2008年,第81页。
4 脱脱等撰,中华书局编辑部点校:《宋史》(卷一百八十六·志第一百三十九·食货下八·商税),北京:中华书局,1985年,第4544页。
5 上海辞书出版社编辑:《辞海·词语分册》上册,上海:上海辞书出版社,1977年,第1069页。

特别说明，也都是中性概念。

一　两个艺术特点

《官场现形记》有两个艺术特点，一是无中心人物，全书六十回，几十万字，由几十个独立故事构成。有的故事可能是登报征集而来，并非纯虚构。在一回或数回中有一二主要人物，比方说A是主角，A的故事中有B、C、D等人物；然后D去了某处吃饭见到了E，E的儿子转去某省做官，于是故事就转到某省，E或F成了主角……又过了几回，F的一个亲戚到了京城，故事又以H、I为主角展开了。读者如果忘了之前的人物也没关系，因为几十回中，之前出现过的A也好，F也好，完全可能不会再出现。

《水浒传》《金瓶梅》都有情节主线，主要人物迟早有呼应。《官场现形记》却是故事不离题，"跑人跑不停"。这个写法也受《儒林外史》的影响。《官场现形记》可以说是一系列中短篇，读者追看的不是某一两个中心人物，而是追看的就是一个不变的场景——官场。

第二个艺术特点，作家对故事里的种种人物，持一种无差别的描写态度。嘲讽也好，理解也好，批判也好，总之一视同仁。最简单的说法就是没完全的好人，也没绝对的坏人。小说里有各种不同官员，知县、臬司、藩台、巡抚，直至军机处的中堂，按今天的说法就是县级、地委、省部级，甚至到中央。各种不一样的计谋、策略、胸怀、韬略，无数不同的风度、举止、对话、神态，但就是没有明显的"好人""坏人"之分，没有明确的道德批判或同情。好像人人都在做坏事，但人人又都有做坏事的理由。既有做坏事的合理性，是否就不算是绝对邪恶？明明描写很荒谬的事情，潜台词是，否则怎么办呢？（"假如是你，你又能怎么样呢？"）作家无差别地对待他笔下所有人物，大官或小官、官员或仆人、跟班或百姓、男人或女人。后来百年中国小说很少出现这种"无差别批判"。

二 官场的"一国两制":科举和捐官

小说第一回,讲赵家与方家都是小镇上有地位有财产的士绅,一直较劲。突然赵家儿子赵温中举,方家觉得受了重大打击——这个故事只是引子,后来也没下文,却很唯物主义地解释了人们为什么要参加科举并做官。刚刚中举的赵温少爷进京会考,考前拜见老师吴赞善,不想老师不见,原来"这些当穷京官的人……指望多收几个财主门生,好把旧欠还清,再拖新账"[1]。吴老师知道赵温家里是朝邑县的土财主、暴发户,所以他想学生礼物至少两三百两。不料赵温少爷不懂事,"贽见"只拿了二两(见老师送重礼,等于侮辱了师生关系)。于是吴老师不再帮忙,赵温的进士便考得不好。此时,他父亲和爷爷来信,汇上二千两银子:"倘若联捷,固为可喜,如其报罢,即赶紧捐一中书,在京供职……所以东拼西凑,好容易弄成这个数目。望你好好在京做官,你在外面做官,家里便免得人来欺负。千万不可荒唐,把银子白白用掉……"

这封家信,第一说明家中有人在京做官,地方士绅在乡镇就比较安稳。这是官场为什么热闹的经济基础原因。第二说明官场"一国两制",或科举或捐官。中国从秦代商鞅开始就有捐官现象,但都是特殊情况。朝廷有严重经济困难,蝗灾瘟疫或者和异族打仗,这时卖官筹款,唐宪宗也曾经说"入粟助边,古今通制"。[2] 南宋是"岁

---

[1] 1903年,李伯元《官场现形记》发表于《世界繁华报》。本文中的引文来自徐俊西主编,袁进编:《海上文学百家文库·李伯元卷》,上海:上海文艺出版社,2010年。以下小说引文同。

[2] 李纯:《令定州入粟助边诏》,参见周绍良主编:《全唐文新编》第一部第三册,长春:吉林文史出版社,2000年,第748页。

收谷五百石免本户差役一次,至四千石补进武校尉"。[1] 明代"贱商",不准商人科举,但通过纳捐可以成为监生、贡生,也是一种弥补。中国历史悠久的捐官文化,只有到了清代,才变成了跟科举一样重要,变成了一种合法的常规的官员升迁制度。乾隆刚刚即位的时候,曾经一度要停捐,可是到了1774年,为了打仗,为了开运河,又开放捐官,且明码标价,一个郎中是9600两银子,那是五品。知府13300两,四品。知县七品,官低一点,4620两。所以也很公平,多大的官卖多大的钱。有统计说地方官员用钱捐的,乾隆二十九年(1764)占22.4%,到了同治、光绪年间达到50%左右。[2]

《官场现形记》第二十回,曾经借一个官员之口总结捐官有三类:

> 头一等是大员子弟。世受国恩,自己又有才干,不肯暴弃,总想着出来报效国家,而又屡试不售,不得正途。于是才走了这捐班一路。这是头一等。
>
> 第二等是生意卖买人,或是当商,或是盐商,平时报效国家已经不少;奖叙得个把功名,出来阅历阅历,一来显亲扬名,二来也免受人家欺负,这种人也还可恕。
>
> 第三等最是不堪的了,是自己一无本事,仗着老人家手里有几个臭钱,书既不读,文章亦不会做;写起字来,白字连篇。在老子任上当少爷的时候,一派的纨绔习气;老子死了,渐渐的把家业败完,没有事干了,然后出来做官,不是府,就是道。你们列位想想看,这种人出来做了官,这吏治怎么会有起色呢?[3]

---

[1] 毕沅:《续资治通鉴》第3册"卷一二九宋纪一二九",北京:团结出版社,1996年,第1961页。

[2] 统计数据来自清代的《爵秩全览》,参见何炳棣:《明清社会史论》,台北:联经出版事业股份有限公司,2013年,第54页。

[3] 徐俊西主编,袁进编:《海上文学百家文库·李伯元卷》,上海:上海文艺出版社,2010年,第258页。

严重的制度问题还不仅在捐官。捐官得到的只是一个名义，府、道、台等。等于一个级别，处级、局级、副部级等，但是名义上的官很多，实际上的职位少。很多人捐官以后，还要去争取实际的官位——叫"实缺"。"有油水"的实缺就是"肥缺"。这个"缺"怎么来的呢——这才是官场，或者说《官场现形记》里最关键的地方。

小说里有不少世家，为十几岁的儿子捐官。有位老爷，为大太太的成年儿子、大姨太太的七岁儿子捐了官以后，怀孕的二姨太太跟另一个还未怀孕的新姨太太，也吵着要让自己儿子捐官（不能输在起跑线）。最关键是正式捐官钱归朝廷，谋求实缺的钱可入了官员私人口袋。所以捐官或对国家有益，谋缺却对社会有弊。运用公共权力谋取私人利益，这是"贪腐"的现代定义。小说里没有这个定义，但是整部长篇都是这个定义的注释与例证。

三　贪腐是一种"刚需"？

小说第三回，赵温少爷为了买官转托徐都老爷写推荐信，徐本不愿意，但"家里正愁没钱买米，跟班的又要付工钱，太太还闹着赎当头，正在那里发急，没有法子想，可巧有了此事。心下一想，不如且拿他来应应急"。第二天，答应的钱迟迟没送来，徐都老爷心下发急："不要不成功！为什么这时候还不来呢？……原来昨日晚上，他已经把这话告诉了太太和跟班的了。大家知道他就有钱付，太太也不闹着赎当，跟班的也不催着付工钱了。谁知第二天左等不到，右等不到，真正把他急的要死。"所以，在某种意义上，受贿已经成为官员的一种"刚需"。当一个官员的正常收入不能应付他的日常支出时，贪腐就成为"刚需"了。因为不论哪个时代，官员都需要收支平衡。晚清官员的"支出"至少有三项。第一是生活开销，做了官，应酬多，还可能纳妾，花销会增加。第二是捐官成本，官如是买来，买来多少钱，之后必须赚回来。第三，还有日后的保险。赵温少爷身边的钱典史调任江西，故事转到江西黄知府。初见黄知府趾高气扬，钱在椅子上只敢坐半个屁股。但不久黄知府受"军装案"调查，惊恐万状。此时谁也不理他，最后必须靠输送银子，才得以解脱。说明为官的有事没事，总得保持一些向上送钱的管道。不怕要送钱，就怕没处送钱。按现在经济学的概念，叫政治生命的保险金。平常好像没用，紧要关头必需。

所以官员的支出有三项，是铁项。A.生活开销；B.捐官本钱；C.政治保险。应付这样三项支出，官俸常常不够，这时就要靠或明或暗的受贿（所以要公开官员财务状况一向有困难）。面包总要贵过面粉，楼价总要高于地价。既然捐官投资这么多（金钱投资外，还有才能、人格、情感方面的投资），为官任期怎能虚度年华？小说第一至第七回，把"贪腐成为刚需"的经济学理由讲得十分清楚。第四回有两位卖官的官员，不仅算收入和官位的关系，而且考虑时间因素。同一官位如果做一年可以卖多少钱？做两年又值多少钱？不一定简单两倍。有效期、年龄在官场游戏规则中极其重要。

小说虽由一连串不大相关的故事勉强串接，却从官场角度展现了晚清社会的方方面面，有对外经贸，有军事行动，有官府整顿，有救灾抢险，还有慈善事业、文化建设、外交问题等等，可以读成晚清政治的清明上河图。

第七到第十一回，主角是山东陶子尧，因为得到山东抚院赏识，拿了两万银子到上海买外国机器。这是美差。陶子尧一到了花花世界上海，地方官员人傻钱多，马上就被姓魏姓仇两个中介，带到四马路花天酒地。叫局来了个女人叫新嫂嫂，外带一个十几岁女生陆兰芬，搞不清楚怎么玩法。很快陶先生陷入情网，要娶新嫂嫂（晚清小说里青楼与家庭的界限常常不太严密），买机器的钱就在四马路用掉很多。只好通过经纪跟外国人签了一份带水分的合约，"两万银子"买便宜次货。不料此时山东方面改了指令，说不要买机器，此款转给另一官员出洋考察。该官员马上就到上海。可想而知陶子尧慌了手脚。这时他浙江老家的原配夫人又打闹到上海。折腾了好几回，最后经纪给他建议伪造合同，让洋人请山东洋总督出面。果然洋人一出面，山东官府就认账，还追加钱款。这么一个花心糊涂的贪官陶子尧从事外贸经济，安全解脱有惊无险。陶之后就消失了。作家解释："做书的人到了此时，不能不将他这一段公案先行结束，免得阅者生厌。"原来"跑人跑不停"还是为了照顾读者趣味（租界期刊连载文化制约）。接着陶的助手周果甫转到杭州做官。周果甫和浙江刘中丞，还有胡统领，便成为后面一系列"军事行动"故事的主角。

小说写官场人事斗争十分微妙。周果甫与刘中丞的助手戴大理面和心不和。中丞本来想给戴一个肥缺，"他辛苦了多年，意思想给他一个缺，等他出去捞两个。"（"下去地方锻炼锻炼"？）一旁周果甫不悦，便猛夸戴大理非常能干，省里少他不得。表面是抬，实际坏人一肥缺。戴也知道被姓周的坑了，不久，严州地区有匪患，戴就向刘中丞建议，"姓周的厉害，办事妥当，让他去协助胡统领去剿匪"。（官场之中的"好话""称赞"，不一定就是好话和称赞）接下来第十二到第十七回，是全书（也是晚清小说）中罕见的描述军队的故事。第六回曾铺垫："中国绿营的兵，只要有两件本事就可以当得：第一件是会跑。大人看操的时候，所有摆的阵势，不过是一个跟一个的跑……第二件是会喊。瞧着大人轿子老远的来了，一齐跪在田里……要一齐张嘴，不得参差。"跑步要整齐，喊口号要整齐，都不是为了打仗，而是为了给上司检阅，能检阅的部队就是好部队。军队从杭州出发，两天的水路，在钱塘江上居然走了六天——因为军官们都上了"江山船"。"江山船"上有歌伎，有宴会，等于浮动的夜总会。还没有打仗，胡统领和众将官已在船上花天酒地。作者描写这支剿匪部队，笔调并无嘲讽，好像非常正常。或者是嘲讽不露痕迹，或者是小说也写出军官上"江山船"的合理性：想想不少军官也是捐来的，此时不乐更待何时？

军队开到严州，才知匪情是虚报。胡总正想向上级汇报，周果甫说没土匪，我们就没有战功，钱也报不了。只有夸大匪情才算凯旋。（夸大敌情是不少官员的政治技巧，有时敌情被"夸"以后真会变大）小说里的"军事行动"，主要是军官在船上丢失财物，错怪一个"江山船"女，害伎女投河。士兵也不闲着，没有土匪，士兵自己去扰民，抢劫强奸等等。地方官员，再想办法来平息民愤。最后胡总回省城时，十二"江山船"一字排开庆功。只是庆功领赏分配不均，周果甫不满意，暗地里找人写揭发信去北京。最后省官和首领都受处罚，周果甫自己请假回乡。这算是全书中少有的不完全负面的角色，但后来也就不见了（小说的主线是"事"，不是"人"）。

因为有人检举揭发，上面派来钦差调查，第十八至第二十二回，就写清廷内部审查机制如何反贪腐以维系王朝和官场运作。来了两个钦差，查了两百多个人。钦差也有来历，由一个地位很高的太监推荐，也说某人做官苦了很多年，就派他去，也好叫他捞回几个。于是在佛爷面前把差事求了下来。钦差非常感激，问："我这个案该怎么办呢？"回答说，佛爷有话："通天底下一十八省，哪里来的清官？"太监解释："我教给你一个好法子，叫做'只拉弓，不放箭'。"原来，买机器、剿匪是肥缺，调查贪腐也是肥缺。

这时小说已写到慈禧，奇怪怎么还能发表？原因等会儿再讨论。

钦差"只拉弓，不放箭"，抓了官员，就谈银码。开口两百万，刘中丞不服，这样的事情就来敲两百万，那以后敲两千万怎么办？结果就真的给判了。佩服李伯元写这些事情，情节荒诞，笔调平淡。好像不论职位高低，佛爷也好，公公也好，知县、师爷、店主、仆人……人与人之间的主奴关系、金钱关系结构是相同的。整个官僚体制，互相理解，上下同心。对官员的教育规劝，"法"不管用，就强调"德"。傅钦差以身作则，不喜欢穿好衣服，看到别人穿好衣服他也反感。钦差接替做杭州省官，很快他的属下官员全都流行破衣服。有的一时来不及换，来不及买，就把衣服反穿。反穿以后受表扬，还被人模仿。一时间内，杭州城里旧衣比新衣贵（和上司同僚穿同款衣服，类似丛林保护色）。傅钦差觉得官场风气不好，要求所有捐官的都要重新考试，不及格的就刷。有个官员衣着太好，眼看要倒霉，最后找到了一个外地的裕记票号。原来这个票号就是帮傅抚院（傅钦差）存钱的。中丞自己坚决不收钱，要送就要送他姨太太，送他儿子。

贾臬司负责一省司法，也讲究道德，每次办案都要当着众人的面，跪在老母面前听指示，甚至断案决定不了，也让母亲来定犯人生死。他儿子不愿只做官二代，主动要求去黄河决堤处任地方官。原来救灾也是官场热门肥缺——谁都知道黄河决堤后，其实自己会合拢，所以谁合拢，谁就会升官。从第二十五回到第三十回，主角就是黄河救灾立功的贾大少爷，情节不是治水患，而是如何晋京认识更高的官员。"跑部进京"，学问可深了。

黄胖姑是层次比较高的财经人士，办事有技术含量，打通了军机处的几位中堂，华中堂、徐中堂，还有一位黑大叔，都是高官要员。小说偶尔还写官员被今上（光绪）接见，轻轻一笔，没有贬义。《官场现形记》的《世界繁华报》初版本一共两卷，各30回。上卷讲官场、科举、经贸、军事、吏治整顿，下卷写赈灾、捐款、慈善、官员交接制度，还有外交问题。第三十三回，小说里出现了一个书局。总算有知识分子了，推销劝善书，还收集了几百种该禁的淫书。"申义甫立刻摆出一副忧国忧民的面孔，道……""摆出一副忧国忧民的面孔"，李伯元也用嘲讽语气。果不其然，书局找省官支持，目的是借官方名义卖书。写到这里，作家比较客气："办捐的人能够清白乃心，实事求是，不于此中想好处的虽然也有；至于像这回书上所说的各节,却亦不能全免。"这是全书里最笔下留情的一段,是一个无差别批判中的一个小小例外。总体上,小说的主角是官员,民众是虚的背景,知识分子几乎缺席。

《官场现形记》没有贯穿始终的中心情节,只有一系列故事碎片串接。在作家自己,可能是零星收集(甚至登报征集)资料匆忙赶稿。在研究者看来,将笑话、逸闻(等于今日的段子)及日记、游记等传统文体融入长篇结构里,"协助完成了中国小说叙事模式的转变与过渡。……大量小插曲的介入使中国长篇小说结构解体。"陈平原说:"新小说家几乎没有创作出一部结构完整的长篇小说,要么写不完,要么勉强收场可又变成轶事的集合,不在于新小说家没能力讲述完整的长篇故事,而在于缺乏一个把握全面的哲学意识和整体框架。"[1]当然,自觉有了"把握全面的哲学意识和整体框架",比如《子夜》《创业史》等,也未必然保证艺术价值。仅就文体结构而言,《官场现形记》独立一格,后来也有萧红《生死场》、西西《我城》等作品延续这种中长篇结构。

李伯元在租界写,在租界发表,上卷写到洋人比较客气。下卷第三十三回,写一个省官到上海汇丰查账,出洋相的也还是老土省官,洋人和中国职员都很公事公办。到第三十九回,讲官员瞿耐庵摔坏腿,看病也是外国大夫比较灵。但是,下卷连载,外国人形象开始转差。不知是因为读者反映,还是作家态度变化。第五十二回,徐中堂女婿伪造丈人签名,将安徽矿产卖给洋人。显然是洋人勾结贪官掠夺中国财产。第五十七回,洋人在湖南街上打死小孩激起民愤。当地判他五年,外国领事还不服,告到北京。公使找王爷,找到了几位中堂,书里描写中堂大人们都支支吾吾不敢表态:"张大人看了摇摇头,王大人看了不则声,李大人看了不赞一辞,赵大人

---

[1] 陈平原:《中国小说叙事模式的转变》,北京:北京大学出版社,2010年,第164页。

看了仍旧交回给司员。"这样写朝廷大臣,虽然有点漫画化,但当时官场"不怕百姓,只惧洋人",大概也是真有其事。

"新小说的特点第一在于骂大官也骂小官,但重点在大官。……第二个特点是骂虚官也骂实官,但重在实官。……第三个特点是写汉官也写满官,但不时点出满官比汉官更昏庸。"[1]陈平原引晚清人语"'如今洋人怕百姓,百姓怕官,官又怕皇上,已成牢不可破的循环公理了',其实还应该加皇上怕洋人,这循环公理才真正成立。"[2]这个虚拟循环结构很有意思,但在小说或现实世界都有两处会断裂:一是洋人未必真的顾虑中国百姓(民主可能是假);二是皇上也从不会承认他怕洋人(害怕民众是真)。

小说最后一回,作家正面表述为什么写这本书:"上帝可怜中国贫弱到这步田地,一心想救救中国。……中国一向是专制政体,普天下的百姓都是怕官的,只要官怎么,百姓就怎么,所谓上行下效……中国的官,大大小小,何止几千百个。至于他们的坏处,很像是一个先生教出来的。因此……编几本教科书教导他们……等到到了高等卒业之后,然后再放他们出去做官,自然都是好官。"这段话非常重要,可以视为晚清谴责小说的共同声明。李伯元的意思,此书应是官场教材。现在发表的只是前半部分,批评官员,后半部分才是正面教育。可是他后半部分也没写出来,过几年就去世了。这段话的重要之处,一是知识分子旁观官欺民,二是作家认为"官本位"是中国种种社会矛盾的症结。"官怎样,百姓就怎样,上行下效。"李伯元理解的官,既是士农工商之外的一个特权阶级,又从士农工商之中产生,如果"士废其读,农废其耕,工废其技,商废其业,皆注意于官之一字。盖官者,有士农工商之利,无士农工

---

[1] 陈平原:《20世纪中国小说史(第一卷):1897—1916》,北京:北京大学出版社,1989年,第194—195页。

[2] 同上,第200页。

商之劳者也"。就是说,士农工商各个行业的"精英",都想做官;可是一旦做官,其业便废。作者以无差别的冷酷笔触,从官场角度观看晚清社会的方方面面,经济活动、军事行动、内部整顿、慈善事业、外交动态等等。按学者袁进的统计,《官场现形记》写了30多个官场故事,涉及11个省市,大小官吏百余人,上至太后、皇帝,下至佐杂、小吏。其间军机大臣、太监总管、总督、巡抚、知府、知县、统领、管带应有尽有。就官场题材而言,历代文学写官场的面这么之广,层次这么之多,确实空前。

四　官场的规则与货币

李伯元笔下的官场,有自己的游戏规则,和常用流通货币。第四十六回,钦差童子良,讨厌洋货,银圆不收。本来鸦片进口也要抵制,但下面的人改称云南土熬,他便开始享用。银圆不收,银票可用,家里有房专贴银票。出门随身带一盒,每晚点数多少张。后来他儿子发现他只点张数,便以小额换大额的。之后每天点数,钱却大部分被偷走了。

古董文物也是官场流通货币。第二十四回,贾大少爷买了一个珍贵的鼻烟壶,送军机处华中堂。卖烟壶的文物店,也是华家的背景(什么店或公司有什么人的背景,总是官场入门知识)。送礼后,中堂回话说烟壶非常好,很喜欢,要是再有一个凑成对就好了。怎么办呢?贾少爷又到那家文物店,果然还有一模一样的,但是价钱贵了好几倍。贾少爷奇怪了,旁边中介黄胖姑说"马上买,好机会"。其实是同一个文物,多次买卖,循环流通,促进内需。

另一种官场货币是艺术。贾制台喜欢画梅,热爱艺术,不求卖画,只要有人欣赏。下面官员知道了,以后不用送礼,只求他画画。某候补知县说您送我的画,有个东洋人一定要买。制台一听特别兴奋,接着帮知县再画，公事也停了，外边的人都等着，而且事后特别提拔这位知音。

信息也是流通货币。第四十一回，瞿耐庵老婆认了一个干妈，比自己年轻20岁，因为她是上峰喜欢的丫头。如此委曲终于换来官位，但瞿耐庵新上任，不知原来旧官有个账簿记下各种潜规则：什么人来送礼要收多少，什么官什么时候要送多少等等。信息本是要另花钱买的，少了这个先遣图、密电码，结果就闹出不少麻烦。

除了艺术品、货币、账簿以外，还有一种流通货币就是女人。官员办事，吃饭"叫局"是必须的。兵营统领，兵马未动，女人先行。女人被当作礼物是常见桥段，但也有些特例。第三十回冒得官犯了过失，为求上司杨统领包涵，想把自己年轻女儿作为礼物。这事不能明说明做，怎么办？冒得官当着太太、女儿的面，假装吃鸦片寻死。家人一看他吃鸦片，马上拿粪给他吃，好让他吐出来（"狗血"情节样板）。这时冒得官才诉说他已处于绝境，办法只有女儿给统领做小。一番折腾以后小姐说："罢罢罢！你们既不容我死，一定要我做人家的小老婆，只要你老人家的脸搁得下，不要说是送给统领做姨太太，就是拿我给叫化子，我敢说得一个不字吗？现在我再不答应，这明明是我逼死你老人家，这个罪名我却担不起！横竖苦着我的身子去干！但愿从今以后，你老人家升官发财就是了！"这是一个典型范例，李伯元把极荒唐事写得也有其合理性。之后统领果然接受了这份礼物，也提拔了他的丈人。

湖广总督旗人湍多欢已有十个姨太太，还有人拍马屁，替老爷在上海欢场买了两个新人，送过去就是十一、十二姨太太。某晚湍制台正批公文，刚要写上某新官名字，突然十二姨太打了他一下，笔都掉了。怎么回事？十二姨太说有个蚊子——其实是十二姨太受人之托，想制台把此"缺"给另一官员。制台发火，搞什么搞，我给人家做官，你们插什么嘴！但是这个女人，因为受宠，一番胡搅蛮缠，最后制台也没办法，好吧，那我就换了他吧。这时女人不仅是货币，货币也可以异化倒过来管制主人。《官场现形记》中有官员与女人两段对话，尤其精彩。

一是山东陶子尧睡着四马路新嫂嫂，说："我们做官的人，说不定今天在这里，明天就在那里，自己是不能作主的。"新嫂嫂道："那末，大人做官格身体，搭子讨人身体差勿多哉。"陶子尧问了半天才知"讨人"就是欢场女子，也叫"小姐"，也叫"先生"。新嫂嫂说："耐勿要管俚先生、小姐，卖拨勒人家，或者是押账，有仔管头，自家做勿动主，才叫做讨人身体格。耐朵做官人，自家做勿动主……阿是一样格？"不料这个陶子尧没有幽默感："你这人真是瞎来来！我们的官是拿银子捐来的，又不是卖身，同你们堂子里一个买进，一个卖出，真正天悬地隔，怎么好拿你们堂子里来比？"说着，那面色很不快活。

另一处精彩对话在第十五回。周老爷问起船上小妹凤珠是不是"清"的。她姐姐龙珠回答："我们吃了这碗饭，老实说，哪里有什么清的！……我想我们的清倌人也同你们老爷们一样。"周老爷听了诧异说："怎么说我们做官的同你们清倌人一样？你也太糟蹋我们做官的了！"那龙珠便详细叙述她们认识的一个官员，从杭州来，行李只有几个箱子，但是回去时带的东西拿都拿不动，民众还要送伞，拼命说他是清官，不要钱。"做官的人得了钱，自己还要说是清官，同我们吃了这碗饭，一定要说清倌人，岂不是一样的吗？"周老爷气得一句话也说不出，倒反朝女人笑了。

清官，清倌人，不仅有"身不由己"的象征意义，而且在写实层面，也证明官员民众之间，主要沟通途径是风尘女子。不像后来大部分现当代小说，总有一个"士"的角色或角度旁观官民关系。

五　政治批判小说的历史背景

钱杏邨（阿英）在《晚清小说史》中分析当时政治批判小说兴盛的三个原因。

"第一，当然是由于印刷事业的发达，没有前此那样刻书的困难……第二，是当时智识阶级受了西洋文化影响……第三，就是清室屡挫于外敌，政治又极窳败，大家知道不足与有为，遂写作小说，以事抨击，并提倡维新与革命。"[1]

阿英把印刷工业技术原因放在首位。生产力改变生产关系，现代印刷工业制造市民读者群（犹如21世纪网络手机又在制造新一代后浪读者群）。知识界受西方影响，还有清室腐败，当然也都是历史原因。但更具体的，租界也是重要原因。从朝廷到县官全都批判，显然小说是在租界发表，读者也首先是租界的中国市民居多。

有意思的是，清廷虽然腐败，却没有想办法来禁止李伯元的小说。顾颉刚《〈官场现形记〉之作者》一文记载："《现形记》一书流行其广，慈禧太后索问是书，按名调查，官交有因以获咎者，致是书名大震，销路大广。"[2] 李伯元竟然用小说参与了清廷的反腐。

胡适1927年为当亚东图书馆版的《官场现形记》写序，基本同意鲁迅对晚清政治小说的批评："虽命意在于匡世，似与讽刺小说同伦，而辞气浮露，笔无藏锋，甚且过甚其辞，以合时人嗜好，则其度量技术之相去亦远矣。故别谓之谴责小说。"[3] 鲁迅有两层意思，一是写得太露。二是投时人所好。可能是和《儒林外史》比较，鲁迅才说它笔无藏锋。其实和30年代后不少批判现实的小说比，

1　阿英:《晚清小说史》，北京：东方出版社，1996年，第1—2页。
2　顾颉刚:《〈官场现形记〉之作者》，参见魏绍昌编：《李伯元研究资料》，上海：上海古籍出版社，1980年，第16页。
3　鲁迅:《鲁迅全集》第9卷，北京：人民文学出版社，2005年，第291页。

李伯元写官场千奇百怪，文字却若无其事，并非"笔无藏锋"。今天回头看，是李伯元看得太穿了？写得太现实了？还是胡适、鲁迅太理想主义了，只将晚清官场看成中国社会的一种病例？

投时人所好，迎合读者需求，倒是可以从文学场域解释。李伯元既是作家也是报人，1896年到上海不久帮人打文字工，后来自己办报。小报要八卦、要趣味，要考虑读者趣味，曾因报道江苏官员嫖娼，差点被封掉。之后《游戏报》兼办"艳榜之科"（妓女选美），被人指责。还被怀疑有人代笔。王德威也有批评："谴责小说的盛行是政治动机与经济动机混合的结果。虽然谴责小说家口口声声说要表达对当下现实的关注，然而只有在有利可图的前提下，他的才，才显得兴致勃勃。为迎合市场需求，他们以骇人的速度粗制滥造，急速发展的印刷和出版事业是晚清小说迅速兴起的主因之一。"[1] 可是努力迎合读者追求产量的李伯元，半生拼命写作，40岁去世时，还欠了人家的钱。《官场现形记》也被人盗版。

鲁迅在《中国小说史略》中评《官场现形记》："况所搜罗，又仅'话柄'，联缀此等，以成类书，官场伎俩，本小异大同，汇为长编，即千篇一律。"[2] 陈平原认为："其中'话柄'与'类书'两个词下得很重，带有明显的褒贬色彩……也体现出论者奇特的思路，不只是从小说史的发展线索上为《官场现形记》的结构形式找根源，同时也涉及其他文类的编撰形式——可惜这一点没有深入展开。"[3] 的确，胡适在《官场现形记·序》说这"是一部社会史料"，相当于政界段子（话柄）大全，更有数据库（类书）的功能价值。小说成了中国官僚文化的数据库，问题就在于读者怎么去阅读，以什么

---

1 王德威：《被压抑的现代性：晚清小说新论》，台北：麦田出版社，2003年，第216—217页。
2 鲁迅：《鲁迅全集》第9卷，北京：人民文学出版社，2005年，第283—284页。
3 陈平原：《20世纪中国小说史（第一卷）：1897—1916》，北京：北京大学出版社，1989年，第131页。

视野、目光和兴趣去阅读。1941年在日军轰炸声中，张爱玲躲在港大冯平山图书馆怎么也要将《官场现形记》看完，不知是对"官场规则"还是对小说写法更感兴趣。

胡适和鲁迅将《官场现形记》与《儒林外史》比较，不只因为叙述结构类似。"吴敬梓是个有学问，有高尚人格的人，他又不曾梦想靠做小说吃饭……他的人格高，故能用公心讽世。……近世做谴责小说的人大都是失意的文人，在困穷之中，借骂人为糊口的方法。"[1]在胡适看来，职业写作并且自己办报（后来金庸也边办《明报》边写武侠），就不完全是公心。鲁迅、胡适对李伯元小说的批评，虽有道理，但要求太高。李伯元办小报格调不高，长篇小说整体上欠结构，缺人物主线，对世界好像没有善恶之分，无差别批判。但无论如何，《官场现形记》是一部未完成的、夸张的晚清官场百科全书。也许鲁迅、胡适在批评李伯元时，认为小说里的官场都要过去，甚至一去不复返。他们对李伯元小说的重要性估计不足，因为他们对中国的前景可能过分乐观。他们或许想象不到，百年以后的中国读者，仍然需要研究小说中的种种官场游戏规则。

---

[1] 1927年胡适在亚东图书馆版的《官场现形记》所写序文，参见胡适：《中国章回小说考证》，实业印书馆，1934年，第453页。

1903

吴趼人《二十年目睹之怪现状》
第一人称的出现

晚清四大名著中,吴趼人(1866—1910)《二十年目睹之怪现状》与李伯元(1867—1906)《官场现形记》都是通篇嘲笑、讽刺官场社会种种现象,书里都少有令人同情或赞赏的人物。《官场现形记》1903—1905年在上海《世界繁华报》上连载;《二十年目睹之怪现状》(以下或简称《怪现状》)最初在日本横滨《新小说》月刊连载(1903年到1905年),1906年由上海广智书局出版排印本。李伯元和吴趼人私下也是朋友,经历比较相似,或被拒绝或主动拒绝考试入仕途,他们都是上海(也是中国)最早的报人。虽然多产畅销,也被人诟病,说是政治动机与经济动机混合,作品已然是他们要批判的社会腐败现象的一部分。但实际上,李伯元40岁去世时,还欠吴趼人两万块,吴趼人为他付了医药费,烧了借据。几年以后,吴趼人去世的时候,身上据说也只剩下四角小洋。

这两部小说相似之处比较明显,但一些不大被人重视的差异,其实却有文学史意义上的重要性。

一 从"话说"到"我道"

两部小说的差异，最简单的概括，就是从"话说"到"我道"。《官场现形记》沿袭中国章回小说传统，不少章节首句都是"话说……"，叙事者偶尔也会冒个泡，故事讲到一半，插一句"此乃作书的人持平之论"等等，但总体上是第三人称全知。《怪现状》除引子外，全篇绝大部分由第一人称"我"叙述。研究者袁进认为吴趼人的第一人称叙事方法受到外国文学影响："以'九死一生'的见闻为线索，显然是从林纾翻译的《巴黎茶花女遗事》的叙述视角得到启示，故而小说也用第一人称叙事。只是《茶花女》的'余'是整个故事的主要人物，而《二十年目睹之怪现状》的'我'则是所有事件的旁观者耳闻者，第一人称叙述的优越性并未在小说中充分显示出来。不过小说有了几个时隐时现，贯穿始终的人物，毕竟有了一点连贯性，较之《官场现形记》是一个进步。在中国小说的近代变革上，也起过一定的作用。"[1] 第一人称是不是一定比全知叙述进步？这很难说。更何况袁进认为《怪现状》只是"旁观者第一人称"，如符霖的《禽海石》才是"投入者"的第一人称。[2] 以李伯元、吴趼人这两部长篇为例。前者没有中心人物，只有中心场景；后者以"我"及几个旁观者串联数百个故事，有点像现代连续剧，甚至也接近文化工业的生产方式。除了人称变换，《怪现状》还有新旧白话的过渡痕迹。新旧白话最明显的区别之一，就是"说"与"道"。旧白话通常是"张三道""李四道"，"道"的表情、姿态、动作，均由"道"的内容体现。新白话会形容"说"的姿势表情动作："他又愤愤地说""他又怀疑

---

[1] 袁进：《编后记》，徐俊西主编，袁进编：《海上文学百家文库·吴趼人卷》，上海：上海文艺出版社，2010年。

[2] 袁进：《鸳鸯蝴蝶派》，上海：上海书店出版社，1994年，第26页。

地慢声地说""又领悟地说""用坚决的声音说"[1]，等等，是比较欧化的新文艺腔，像话剧剧本中给演员的提示。当然，在"道"与"说"之间，也有一些折中，比如张恨水、张爱玲在"五四"以后还是用"道"，或"笑道""低声道"。李劼人在《死水微澜》里，有"愕然道""双手一拍道""生气道"等等。吴趼人小说里的典型场面是"我道……"既用旧白话"道"，又用新白话"我"。所以"我道"就成了过渡形态的标志——标志以第一人称叙事来达到（或达不到）"全知目睹"效果。

"全知"与"目睹"当然自相矛盾。从"话说"到"我道"有三个结果：第一个是既扩展又局限了小说的批判视野；第二个是作家后来忍不住违反第一人称的局限来讲故事，等于用"我道"来"话说"；第三个是全书的基调因为"我"的存在，便从无差别批判转为有选择的嘲讽。三种情况需要一层一层讨论。

第一回是引子。"死里逃生"在上海豫园买了部手抄本。卖者并不讲价，只看是否知音。手稿署名"九死一生"，死里逃生后来把手稿改成小说，拿到横滨《新小说》发表。卖书者叫文述农。接下去有一百多回，都是九死一生"我"的讲述。

"我"15岁时，经商的父亲去世。之后20年，"我"主要在帮一个年长十岁的旧同窗吴继之做事。吴继之因为官员身份不便经商，所以就由"我"来出面做"白手套"（代理人）。吴继之被称为"我国小说里最早出现的新兴资产阶级形象"[2]。小说上部，吴继之官位商机上升，"我"的事业也兴盛。到第五十九回，吴继之不愿意给上司多送礼，仕途开始受挫，后来"我"和吴家的生意都失败。但他们的命运起伏只是一条串联线索，小说里的主要篇幅，是他们所目

---

1 巴金：《家》，台北：远流出版公司，1993年，第242页。
2 见百度百科《二十年目睹之怪现状》词条，"形象分析"。

睹所议论的各种各样社会现象，共有190多个"怪现状"故事。

试把书名拆开，《二十年·目睹·怪现状》。

第一个关键词是时间，大约1883年到1902年。20年间，主人公性格和背景其实并无太大变化。

第二个关键词是"目睹"，因为要"我"亲眼看见或至少亲耳听说，所以视野就和《官场现形记》不同。李伯元以全知角度写官场各个领域：经贸、军队、反腐、黄河、外交、慈善以及京城内幕，批判"级别"很高，写到中堂、公公，甚至老佛爷还有"今上"。可吴趼人笔下的"我"，一个年轻生意人，不可能见到那么多高官，视角受身份限制，但相对比较接地气。"高度"上有限制，"广度"上有扩展，不仅写官场政界，还写洋场商界，写世俗百态。不仅写府台、藩台、臬台，还写恶棍、骗子、狂徒、巡捕、强盗、烟鬼、秀才、文盲、江湖医生、人口贩子等等。

第三个关键词"怪现状"更重要，什么是"怪"？以什么标准觉得怪？王德威把这一类小说称为"丑怪现实主义"，并总结成魅幻价值观、荒诞和狂欢三个特点，概括成一种以丑怪为能事的叙事方式。[1] 但问题是，人们今天重读九死一生目睹的怪现状，有时反而并不特别感觉丑怪、荒诞。这种阅读感受令人感到有点害怕。到底是作家、研究者夸大了晚清的丑怪荒诞，还是读者日积月累，习惯现状，以至于见怪不怪？

---

[1] 王德威：《被压抑的现代性：晚清小说新论》，台北：麦田出版社，2003年，第253页。

二　"怪现状"之五种骗局

所有190多个"怪现状"故事，最基本的共通点就是虚假或欺骗。细细分类，又可分成至少五种——商业欺骗、人际欺骗、男女欺骗、科场欺骗，还有官场欺骗。合在一起，成为20世纪中国小说中的骗术大全。至今都有参考价值。

第一种"商家之骗"很普遍。第四十九回，上海道让儿子做买办，开洋行被外国人骗。第五十五回，一个辽东人叫劳佛，和赌博起家的富翁合办药行，医药师真懂外文，但卖的药水是假的，汇丰存折也是假的。虽然这种故事跨时空到处都有，但像小说第三十一回还有插图教人操作实用江湖骗术，十分罕见。有些骗局也有技术含量。比如第五回，南京有个大珠宝店掌柜，告诉"我"（九死一生），店里有租客寄卖文物，明明值三千却要卖两万。竟然真有人愿买，付了五千定金。租客突然要奔丧，名义上文物已卖，店家便先给租客一万九，结果买客也再不出现了。也就是说，串通起来一个局。"我"又兴奋又愤怒地把这个精心骗局告知吴继之，不想到继之淡淡地说：你知道吧，骗子就是这家珠宝店的东家——原来一切都是编出来的，兜了一个大圈子，目的就是要店里的众伙计分摊损失。

也有一些比较另类的骗局。第五十四回，写某穷县县官的少爷，无处刮钱，找个当地当铺，搬去一个箱子，要当几百块钱。当铺问里边装了是什么财物，少爷说不许打开——其实里面装的都是石头。还有第八十一回，某官员利用职权囤积了大量的煤，人家问他干什么，他说有人劝他从煤里提炼煤油，可以赚钱。煤油是从煤里来的吗？骗局也可以很弱智。

小说写制度性的骗局，比较详细。比如议价处，不少商人串通压价，与官府商业政策配合。"那卖货的和那受货的联络起来，那个货却是公家之货，不是受货人自用之货，这个里面便无事不可为了……官场中的事情,只准你暗中舞弊,却不准你明里要钱。"[1]这几种骗局,当铺当石头,煤油与煤,还有议价处,其实都跟官府权力有关,也可以归在第五类官场政治之骗。

第二种"人情之骗",最不引人注目,可以见怪不怪,细思极恐。吴继之的根据地在南京、上海,派九死一生各处料理生意。"我"到了北京琉璃厂,"一只脚才跨了进去,里边走出一个白胡子的老者,拱着手,呵着腰道:'您来了(您,京师土语,尊称人也,发音时唯用一您字,你字之音,盖藏而不露者,或曰:"你老人家"四字之转音也,理或然欤),久违了!您一向好,里边请坐!'我被这一问,不觉棱住了,只得含糊答应,走了进去。"这个店"我"其实从未来过,完全不认识这个老者。因为对方推荐,便买了一些贵价纸张,说卖一张少一张。后来又进到一个书店,"劈头一个人在我膀子上一把抓着道:'哈哈,是甚么风把您吹来了!我计算着您总有两个月没来了。您是最用功的,看书又快,这一向买的是谁家的书,总没请过来?'""我"当然也不认识该店主,本来不想买书,被人这么热情拍着肩膀,不好意思了。事后想起来总结说,在京城做买卖的人未免太油腔滑调了。

把"套近乎"说成是欺骗,当然言重了。但是不是某种程度上功利虚伪已经渗透世俗乡情?有时你知道人家在说假话,也当作真的;说的人也知道你知道他是假话,他还照样说;你也知道他知道你已经知道他是假话,你还照样……循环下去,小说里各种官方训辞,亲人电报,明知是假,照样接受。生人叫欺骗,熟人就是友情,"生/熟"是关键。有些骗局还和亲情人伦有关,比如"我"回家乡,族人说修祠堂要一百两;"我"想带母亲姐姐离乡进城,卖地时亲

---

[1] 徐俊西主编,袁进编:《海上文学百家文库·吴趼人卷》下,上海:上海文艺出版社,2010年,第416页。以下小说引文同。

戚们又趁机杀价……现在叫"宰熟",骗人先从自己人下手。

第三种"男女之骗",处处可见。第六十五回,上海总办叫局,喜欢一个叫金红玉的女人,可是金红玉听人说嫁官种种坏处,先答应后反悔,怎么办?中介人舒淡湖献一妙计,找人在报纸上编了一段金红玉和马夫的绯闻,故意让总办看报,总办看了以后就主动撤退。这是利用现代传媒的骗局,结局各有所得,谁也不亏。

《怪现状》前四十五回在横滨《新小说》连载,基本上每回由"我"和继之、文述农等人议论一两个故事。等到了下半部在上海广智书局出版时,有些情节需要跨越好几回。比如第八十一到第八十四回,详述侯总镇娶府台千金前后过程。侯总镇原名朱狗,因和福建巡抚侯中丞同性恋而被提拔。另一官员言中丞,看到总镇深得领导赏识,便提出要把女儿嫁给他。不料言夫人反对把女儿嫁给"兔崽子"(结合上下文,应该是歧视同性恋)。一边太太坚决不肯,一边已答应上司,言中丞进退两难,参谋陆观察说:您女儿不愿意?这么着,我女儿顶上。其实也不是他女儿,是他自己玩过的一个丫鬟,假扮他女儿,再假扮言中丞女儿,嫁给了侯总镇。小说里这样写:"此刻武、汉一带,大家都说是言中丞的小姐嫁郧阳镇台,大家都知道花轿里面的是个替身,侯统领纵使也明知是个替身,只要言中丞肯认他做女婿,那怕替身的是个丫头也罢,婊子也罢,都不必论的了。就如那侯统领,哪个不知他是个兔崽子?就是他手下所带的兵弁,也没有一个不知他是兔崽子,他自己也明知自己是个兔崽子,并且明知人人知道他是个兔崽子。"

骗人本来是要隐瞒事实,但在中国,骗局的升华是大家明知是骗,依然有效(以假为真是智商水平,认假为真是情商境界)。作家这样概括:"说的是侯统领一个,其实如今做官的人,无非与侯统领大同小异罢了。"点睛之笔。

第四种"科场之骗",也很重要。第四十二回,"我"继之做考官评分，关在科场几天不能出来。带了支猎枪，无聊打下了一只鸽子，发现鸽子腿上绑着试题。"我"和吴继之一方面在"目睹"议论嘲笑种种"怪现状"，另一方面他们也在参与科场不少作弊的潜规则，并不敢揭穿。第四十八回，有个文书情节更加奇妙。某富家之子，犯了死罪解脱不了。家人就买了几个女人送进牢里，希望留下一点血脉。可是刑期快到，怎么办？这时要靠"秘书党"，不是改文件，只是故意发错地方，广东文件去了云南，云南去了山东。这样搞错兜圈回来，"留种"的时间就争取到了。

小说里九死一生的家人也替他买过官照，就是考官位用的文件。官照会过期，有时名字也会错。第七十五回写有人身边存了多本官照，为了嫖妓万一遇到"扫黄"，交出官照就不必当场被打屁股。文化积淀深厚，文书各种妙用。

当然，以上几种骗局：金钱、世俗、婚姻、文书，其实都关联第五种最关键的"官场之骗"。小说第五回，"我"和吴继之看到了江苏全省各县不同官位的详细价目，完全可以和《官场现形记》的捐官制度和贪腐刚需对照呼应。最离谱的个案，是第八十回四川某官员一次贩卖七八十个女孩，在茶楼里明码标价，小女孩七八岁的，就八吊、十吊钱，十六七岁的闺女就四五十吊。后来官员带了七八十人坐长江轮时被截下来问：你有这么多妻妾吗？最写实的官场故事是叶伯芬的"仕途"，从第九十回到第九十三回，不少全知角度细节，早已超出第一人称"我道"。大舅到海外做使官，叶伯芬私自跟去求职，但被廉洁大舅拒绝。回国以后，叶又巴结一个赵姓官员，叫局时牺牲自己心上人。尤其精彩的是大舅回来了，他变换方法再去讨好，不仅跟着谈画论字，请教学问，绝对不送礼，而且在说话姿态上做文章——

每说到甚么世受国恩咧、复命咧、先人咧、皇上咧这些话，必定垂了手,挺着腰,站起来才说的。起先一下子,大舅爷还不觉得;到后来觉着了,他站起来说,大舅爷也只得站起来听了。只他这一番言语举动,便把个大舅爷骗得心花怒放,说士三日不见,当刮目相待,这句话古人真是说得不错。这也是叶伯芬升官的运到了……所以一个极精明、极细心、极燎亮的大舅爷,被他一骗即上。

向朝廷表忠心,不仅是语言措辞,还要配合肢体动作。我们注意到,小说中详细描述的叶伯芬、苟才、侯总镇等人的仕途起伏规律,成败均取决于能否获得上司的好感,和他们的政绩表现没什么关系。所以形成了某种官场规则,水向低处流,官往上面看。

三　第一人称的限制与扩展

九死一生一面批判官场:"这个官竟不是人做的!头一件先要学会了卑污苟贱,才可以求得着差使,又要把良心搁在一边,放出那杀人不见血的手段,才能得着钱……"但另一方面,他自己又帮官员吴继之做生意,是官商勾结的代理人,所以才能20年间,京、沪、杭、广东,到处来去做生意,才能够在局外来目睹各种怪现状(真实生活当中,吴趼人当时在江南造船厂做抄写员)。吴继之和九死一生,身处读书人、商人与官府之间,既看不惯怪现状,又难免参与妥协,一种"互相改造"的过程就发生在他们的身上。

凡是涉及人伦底线的故事,比如苟才向上司献媳妇,或者他儿子设计把父亲害死,或者李景翼把弟媳秋菊卖去妓院等等,小说就写得非常详细,这时第三人称代替了"我道"。叙事者因此会自省:"你怎么知道得那么清楚?"王德威如此概括陈平原对晚清小说技巧的研究,"这些作家玩弄(从第一人称视角到笑料趣闻等)舶来与本土的资源,从而在此过程中更新了传统的叙事模式。"[1] 更新传统过程中,第一人称既限制又扩展了作家的社会视野;也因为第一人称,吴趼人就比李伯元更多情感议论:"二十年来回过头想,所遇见的只有三种东西:第一种是蛇虫鼠蚁,第二种是豺狼虎豹,第三种是魑魅魍魉。"同样批判社会,李伯元比较像案件调查,列出事实,偶尔演示一下深层原因。吴趼人就更似旁观者议论,感慨、嘲笑、愤怒,其实自己也有牵连。

从无差别批判到有选择谴责,既是两部作品叙事方式差异,也有两个作家观察世界方法不同,一个看欺骗行为,一个看实际原因。鲁迅批评谴责小说"辞气浮露,笔无藏锋"[2],应该主要讲的是吴趼人。在《亚洲周刊》"20 世纪中文小说 100 强"里,《官场现形记》排在第 13 名,《二十年目睹之怪现状》排在第 95 名,这个排名并不是没有道理的。

---

[1] 王德威:《被压抑的现代性:晚清小说新论》,台北:麦田出版社,2003 年,第 247 页。
[2] 鲁迅:《鲁迅全集》第 9 卷,北京:人民文学出版社,2005 年,第 291 页。

1903

曾朴《孽海花》
读书人、名妓与官场

《孽海花》成书过程比较复杂，最早的作者是金松岑，笔名爱自由者，1903年小说前两回在东京的留日学生杂志《江苏》第八期发表。正在创办"小说林"书社的曾朴看了前六回，觉得"金君的原稿，过于注重主人公，不过描写一个奇突的妓女，略映带些相关的时事，充其量，能做成了李香君的《桃花扇》、陈圆圆的《沧桑艳》，已算顶好的成绩了，而且照此写来，只怕笔法上仍跳不出《海上花列传》的蹊径"[1]。曾朴觉得应该"借用主人公作全书的线索，尽量容纳近30年来的历史，避去正面，专把些有趣的琐闻逸事，来烘托出大事的背景，格局比较的廓大"（好像想把狭邪类政治小说改成宏大历史叙事）。金松岑感觉这样改有违初衷，且"以小说非余所喜"，索性请曾朴写下去。曾朴"也就老实不客气的把金君四五回的原稿，一面点窜涂改，一面进行不息，三个月工夫，一气呵成了二十回"[2]。所以小说前面部分，是两人"成果"，从第六回起才完全是曾朴的

---

[1] 曾朴：《修改后要说的几句话》，参见徐俊西主编，袁进编：《海上文学百家文库·曾朴卷》，上海：上海文艺出版社，2010年，第5—6页。以下小说引文同。
[2] 同上。

作品。[1]原拟写六十回，包括五个时代："旧学时代""甲午时代""政变时代""庚子时代""革新时代""海外运动"。1905年出版前二十回。1907年《小说林》杂志发表第二十至第二十五回。过了二十年，曾朴又把第二十一到第二十五回废掉，从第二十一回再写起，1931年真善美书店出版三十回本。第三十一至第三十五回之后连载于《真善美》杂志。后来张爱玲的弟弟找出此书，让姐姐知道贵族家史，应该就是30年代的单行本了。这时已是现代文学的"第二个十年"，"左联"已经成立。此书真是跨越两个时代。

曾朴（1872—1935），比李伯元小五岁，比鲁迅大九岁。笔名东亚病夫，江苏常熟人，出身望族，书香世家。光绪十七年（1891）中举，次年赴京参加会试，据说有意弄脏试卷，被赶出了考场。他父亲马上出钱，替他捐了一个内阁中书。不过曾朴并没有留在北京做官，戊戌变法前后他到上海又做实业又参与变法，暗中还支持革命党。之后在两江总督端方幕下任职，民国时候做过一些处长、厅长之类的官职。基本上一辈子关心政治，也爱好文学。所以他笔下主角，也是兼有读书人与官员双重身份。20世纪中国小说里的知识分子和官员/干部形象，后来一直有一种"互相改造"的关系，这种矛盾关系最早就体现在《孽海花》主人公身上。

四大谴责小说，焦点都是官场，但是写法不同。《官场现形记》没有中心人物，主角就是官场；《怪现状》的中心人物"我"只是一个目击者、见证人，小说主角是"怪现状"。到了《孽海花》，终于有了核心人物，有了男女主角，支撑全书情节发展。小说写官场有三个特点：第一，从知识分子的角度写官场；第二，借异国情调写中国官场；第三，从男女角度写官场。

---

[1] 袁进：《编后记》，参见徐俊西主编，袁进编：《海上文学百家文库·曾朴卷》，上海：上海文艺出版社，2010年，第397页。

一　从知识分子的角度写官场

小说前五回，场面纷繁，写一群江南书生，颇以"学而优则仕"为荣。"同治五年（1866），大乱敉平，普天同庆……公车士子，云集辇毂，会试已毕，出了金榜。那一甲第三名探花黄文载，是山西稷山人；第二名榜眼王慈源，是湖南善化人；第一名状元是谁呢？却是姓金名汋，是江苏吴县人。"中国各个省份，以自己省里的人在京城取得成绩为荣，这个传统一直延续（今日各地作协，都会认真统计并庆祝本省市作家获得"茅盾文学奖"，一方面好像强调地方观念，另一方面其实巩固中央权威）。

男主角金汋（金雯青）和钱唐卿、陆輂如等几个好友，都是苏州有名人物，"唐卿已登馆选，輂如还是孝廉"。小说历数苏州的科场成绩："我们苏州人，真正难得！本朝开科以来，总共九十七个状元，江苏倒是五十五个。那五十五个里头，我苏州城内，就占了去十五个。如今那圆峤巷的金雯青，也中了状元了，好不显焕！"金雯青原型，是同治状元洪钧（1839—1893），曾任翰林院修撰，后出使俄国、德国、奥地利等国。洪钧和名妓赛金花的故事便是《孽海花》的情节主线。金雯青们先在苏州城内玄妙观雅聚园茶坊聚会，再到上海看繁华世界，嫌上海总带着江湖气，比起苏州就有雅俗之分。当年战乱时金雯青坐船到北京考试，船上认识了唐卿、珏斋、公坊，"既是同乡，又是同志，少年英俊，意气相投"，就有"海天四友"之称。"一见面，不是谈小学经史，就是讲诗古文词；不是赏鉴版本，就是搜罗金石。"之后到北京住景龢堂，"饰壁的是北宋院画，插架的是宣德铜炉，一几一椅，全是紫榆水楠的名手雕工。"不过书香、良辰、美景、雅苑之外，文化聚会也还要"叫条子"："肇廷叫了琴香，雯青叫了秋菱，唐卿叫了怡云，珏斋叫了素云。真是翠海香天，金樽檀板，花销英气，酒泼清愁；尽旗亭画壁之欢，胜板桥寻春之梦。"类似场面在李伯元、吴趼人笔下常见,不过金雯青们叫局醉酒仍在谈小学经史、赏鉴版本,充满文化道德自信。《孽海花》描写这些文人,并无讽刺意味。他们议论历代大儒,直到魏默深、龚定庵的学术思想变迁,同时也想"最好能通外国语言文字……学习一切声、光、化、电的学问"。金雯青听人谈西国政治艺术,他在旁默听,"茫无把握,暗暗惭愧",很有自知之明。

将《官场现形记》《怪现状》《孽海花》开头几回并置阅读,就不难看出文人理解官场的不同角度:李伯元觉得捐官乃制度根源,升官成本高,获权以后贪腐无可避免。吴趼人不谈官员财产来源,只忙着罗列各种奇葩现象(贩卖七八十个女人,囤煤为炼煤油;媳妇、女儿、丫鬟都可以献给上司)。《孽海花》似乎觉得,考的应比捐的好。一来用什么方法获得权力,大概也会用类似的方法来使用权力;二来儒生进入仕途成本较低,所以也不必急急地贪腐还债。这也是20世纪中国小说第一次讨论知识分子和官员体制的关系。之前《新中国未来记》是笼统假想好官必是读书人,《官场现形记》《怪现状》则批评官场总是黑暗,读不读书没大分别。

《孽海花》在探讨知识分子从政前途时重点描述分析了两个案例,一是张爱玲的祖父张佩纶,第二个就是男主角金雯青。张佩纶,在小说里面叫庄仑樵,对金雯青跟他的朋友们来说,是一个书生救国的榜样兼教训。皇上主持大考前,雯青的朋友珏斋已经预言,说庄仑樵"才大心细,有胆有勇,可以担当大事,可惜躁进些"。发榜成绩,庄考一等第一名,雯青、唐卿也在一等,其余都是二等,仑樵就授了翰林院侍讲学士,雯青得了侍讲,唐卿得了侍读。雯青升了官,有不少同乡应酬。可是庄仑樵,做了开坊的大翰林,还是很穷。原来庄仑樵(或者说张佩纶)是清流派,自己艰苦朴素,仇恨贪腐昏官,现在做翰林院侍讲学士,可以上折子,便向今上揭发。《孽海花》就把清流派的史实夸张渲染一番:"今日参督抚,明日参藩臬，这回劾六部，那回劾九卿，笔下又来得，说的话锋利无比，动人听闻。"更重要的是，"上头竟说一句听一句起来，半年间那一个笔头上，不知被他拨掉了多少红顶儿。""还有庄寿香、黄叔兰、祝宝廷、何珏斋、陈森葆一班人跟着起哄，京里叫做'清流党'的'六君子'，朝一个封奏，晚一个密折，闹得鸡犬不宁，烟云缭绕，总算得言路大开，直臣遍地，好一派圣明景象。"

这段文字，说明作家对于清流派反腐，态度有些矛盾。说他们是"起哄""鸡犬不宁"，这是贬义。同时又说"言路大开""直臣遍地""好一派圣明景象"，分明又是赞颂。在史实上，当时因为慈禧垂帘不久，开些言路，显得开放。所以张佩纶他们暂时好像可以参与政治。但不久，张佩纶（或者说庄仑樵）就放了官，会办福建海疆事务。"以文学侍从之臣，得此不次之擢，大家都很惊异。在雯青却一面庆幸着同学少年，各膺重寄，正盼他们互建奇勋，为书生吐气；一面又免不了杞人忧天，代为着急，只怕他们纸上谈兵，终无实际，使国家吃亏。"既希望书生成功，又害怕文臣失败。等后来看到海战失利，金雯青就生了不少感慨："在仑樵本身想，前几年何等风光，如今何等颓丧，安安稳稳的翰林不要当，偏要建什么业，立什么功，落得一场话柄！（张佩纶后来到张家口充军）在国家方面想，人才该留心培养，不可任意摧残，明明白白是个拾遗补阙的直臣，故意舍其所长，用其所短，弄得两败俱伤。"金雯青总结了两方面的教训，历代肯定有不少知识分子吸取前一个教训，却不知道国家方面有没有看到后一个教训。

张爱玲祖父的榜样，对金雯青以及此后进入官场的中国知识分子来说，都是一个课本，一个范例，说明书生意气在官场的价值与无价值。

小说第五回写："某日奉上谕，江西学政着金沟去；陕甘学政着钱端敏去;浙江学政着祝溥去。"几个读书人分别到各省去做学官。

从第六回开始，小说叙事就在曾朴笔下变得比较单纯、清晰。金雯青到了江西做学政，抚台设宴时，雯青坐了中间的一席的首座，藩、臬、道、府作陪。就是说布政使、按察使，主管经济和警察的官员都只能陪着这个省教育厅长（不知是写实还是文人想象）。

二 以海外风情写中国官场

《孽海花》的第二个特点是以海外风情写中国官场。从第七回开始，男主角就被委任清廷大使，派驻俄国、德国、荷兰几个不同国家。他带了新娶的姨太太傅彩云。《孽海花》写欧陆皇宫、海外风光，都是中国古代建筑风景的模样，满足当时由林琴南翻译作品培养出来的中国读者的异国梦想（林琴南本人很推崇《孽海花》，赞为奇绝）。"崇楼杰阁，曲廊洞房，锦簇花团，云谲波诡，琪花瑶草，四时常开，珈馆酒楼，到处可坐。每日里钿车如水，裙屐如云，热闹异常。园中有座三层楼，画栋飞龙，雕盘承露，尤为全园之中心点。其最上一层有精舍四五，无不金釭衔壁，明月缀帷，榻护绣襦，地铺锦罽……"这是《孽海花》描写一个柏林的花园。小说也写德国军官："一个雄赳赳的日耳曼少年，金发赫颜，丰采奕然，一身陆军装束，很是华丽。彩云想：那个少年不知是谁，倒想不到外国人有如此美貌的！我们中国的潘安、宋玉，想当时就算有这样的丰神，断没有这般的英武。"

文字既是"西洋景"，情节更加天方夜谭。金雯青他们在德国萨克森轮船上碰到了外国魔术师毕叶，同时能给三个人催眠，为所欲为。虚无党奇女子夏雅丽，能说包括中文在内的十几国语言，又漂亮又英武。后来为了无政府主义虚无党的利益，突然下嫁政敌加克，再谋杀亲夫，财产捐给自己政党。最后杀死丈夫时，她的情人克兰斯，正爬在别墅外面的大树上。夏雅丽还刺杀俄国沙皇，没有成功，最后自己牺牲。在这些地方，谴责小说里出现了武侠小说的趣味情节。

三 以情场写官场

除了知识分子角度、异国情调，《孽海花》的第三个特点就是以情场写官场。之前三部晚清长篇，很少有篇幅写爱情。《新中国未来记》里，孔先生、黄克强都忙于政治大业，顾不上男女之情。《官场现形记》和《怪现状》是百科全书式的社会众生相，男女老少，生老病死，小民大官，朝廷民间，无所不谈。其中男女感情无非两种，一种是家庭内部人伦关系，与其说是爱情，不如说是亲情。为了服从官场规则，亲情也可以被牺牲。一种是"爱情"，只发生在风尘女子和官员文人之间。官员办事、应酬、出差、吃饭，讲学术，谈生意，都免不了叫局。叫局通常就是以食为媒追逐性，或者是以性为媒讲究食，或者是以食色为媒而社交。"叫局"场面，有点模拟的家庭派对或俱乐部气氛。多渲染喝酒干杯美食嬉笑，少描写淫秽肉欲动作骚扰。风尘女子有的还会变成姨太太（家庭化），有的甚至"进入"官场影响历史（赛金花）。《官场现形记》里两个妓女，开玩笑说"你们做官的身体不属于自己，跟我们一样"，既是象征，也是写实。《怪现状》中叶伯芬的夫人不肯"拜臭婊子做师母"，叶伯芬就直言游戏规则："我不在场上做官呢，要怎样就怎样；既然出来做到官，就不能依着自己性子了，要应酬的地方，万不能不应酬。我再说破一句直捷痛快的话，简直叫做要巴结的地方，万不能不巴结！"官员与叫局的小姐，身份固然不同，身不由己相同。

所以《孽海花》既是谴责小说，也是青楼文学。鲁迅把近代青楼小说分成"溢美"到"近真"再到"溢恶"三类，《青楼梦》全书都讲妓女，但情形并非写实的，而是作者的理想。他以为只有妓女是才子的知己,经过若干周折,便及团圆,也仍脱不了明末的佳人才子这一派。到光绪中年,就有《海上花列传》出现,虽然也写妓女,但不像《青楼梦》那样的理想,却以为妓女有好,有坏,较近于写实了。一到光绪末年,《九尾龟》之类出,则所写的妓女都是坏人,狎客也像了无赖,与《海上花列传》又不同。"[1]《孽海花》中官员和妓女的关系属于哪一种?要看具体情况。李伯元小说好几回写钱塘江上的"江山船",集交通工具、社交场还有临时军部于一身。《孽海花》第七回也有"江山船"。浙江学台祝宝廷(原型是爱新觉罗·宝廷,和张之洞、陈宝琛、张佩纶一起被称为"清流党")到严州去开考,坐了一只最体面的头号大船。宝廷居然不懂游戏规则,糊里糊涂上了船,"看着那船很宽敞,一个中舱……外面一个舱空着,里面一个舱,是船户的家眷住的。"一路宝廷正看江景,忽然有个橘子皮打到他脸上,"正待发作,忽见那舱房门口,坐着个十七八岁很妖娆的女子,低着头,在那里剥橘子吃哩,好像不知道打了人……那时天色已暮,一片落日的光彩,反正照到那女子脸上。宝廷远远望着,越显得娇滴滴,光滟滟,耀花人眼睛。宝廷只是越看越出神,只恨她怎不回过脸儿来。忽然心生一计,拾起那块橘皮,照着她身上打去,正打个着。"可是女孩还没来得及反应,隔壁就有婆子叫唤了,她临走却回过头来,向宝廷嫣然地笑了一笑,飞也似的往后艄去了。当晚宝廷睡在中舱,怎么也睡不着了。听见隔壁婆子和少女议论(舱板一定要薄),婆子道:"那大人好相貌,粉白脸儿,乌黑须儿……"那女子道:"妈呀,你不知那大人的脾气儿倒好……"再听下去,就是隔壁女人脱衣服上床的声音。这个女孩子睡的地方,跟宝廷正好是一板之隔,一晚上那女子又叹气,又咳嗽,

---

[1] 鲁迅:《中国小说的历史的变迁》,《鲁迅全集》第 9 卷,北京:人民文学出版社,1981年,第 339 页。

直闹得整夜没睡着。

第二天，宝廷早起，见到珠儿，"就走近女子身边，在她肩上捏一把道：'穿的好单薄，你怎禁得这般冷！我知道你也是一夜没睡。'珠儿脸一红，推开宝廷的手低声道：'大人放尊重些。'"之后，她又帮宝廷倒水。宝廷见她进来，趁她一个不防，抢上几步，把小门顺手关上。这门一关，那情形可想而知。"那情形可想而知"是原文。当时小说文字，非常白话，很容易读。正当两人难分难解，老婆子过来，抓住宝廷说，你这是为官的强奸民女。当场提了三个条件，一是要娶这个女子为正室，二要银子四千两遮丑，三要养他们老夫妻一世。宝廷太太刚死，三个条件都答应，结果真的娶了那个少女为妻。

这么浪漫的妓女船，史上还真有其事。宝廷就此辞官，不爱江山只爱"江山船"。当然，"江山船"这种局，需少女纯真演技和官人浪漫痴情完美配合，才偶然成功。现实中那珠儿不久就病死了。

这个故事，只是《孽海花》中情场与官场复杂关系的一个序幕。之后金雯青在苏州见到船妓傅彩云，也是一见钟情，魂飞魄散。当时雯青丁忧，坐船时有朋友说："'那岸上轿子里，不是坐着个新科花榜状元大郎桥巷的傅彩云走过吗？'雯青听了'状元'二字，那头慢慢回了过去。谁知这头不回，万事全休，一回头时，却见那轿子里坐着个十四五岁的不长不短、不肥不瘦的女郎，面如瓜子，脸若桃花，两条欲蹙不蹙的蛾眉，一双似开非开的凤眼，似曾相识，莫道无情，正是说不尽的体态风流，丰姿绰约。雯青一双眼睛，好像被那顶轿子抓住了，再也拉不回来，心头不觉小鹿儿撞。"奇怪的是，那岸上轿子里的彩云，当时竟也一直盯着金雯青看。被请上船，也不问话，直接坐在雯青身边。"雯青本是花月总持、风流教主，风言俏语，从不让人，不道这回见了彩云，却心上万马千猱，又惊又喜。"没多久两个人就在船上独处了。"两人并坐在床沿上，相偎相倚,好像有无数休己话要说,只是我对着你、你对着我地痴笑。……雯青道:'你今年多少年纪了?'彩云道:'我今年十五岁。'雯青脸上呆了半晌,却顺手拉了彩云的手,耳鬓厮磨地端相的不了,不知不觉两股热泪,从眼眶中直滚下来,口里念道:'当时只道浑闲事,过后思量总可怜。'"

洪钧当年遇到赛金花时已经48岁,现在小说里遇到傅彩云,态度竟像15岁的贾宝玉。对当时官场中人来说,女人就是两种,一种是要负责任的家人,一种是要用金钱去购买的女人,而后者的希望就是又要成为他的家人(青楼与家庭,公私不分)。金雯青一千元替彩云赎身,之后带到北京为妾,正好朝廷就派他出使德、俄、荷。他夫人嫌外国风俗难对付,就把衣服名衔借给彩云,这就有了后来据说影响历史进程的赛金花德国之行了——小说的中心渐渐从男主角转向了女主人公,这是之前谴责小说里没有出现过的情况。

换成李伯元或吴趼人来写,这又是一个年过半百的朝廷命官买个雏妓做妾。可以理解,不必炫耀。可是在曾朴小说里,这个文官真的自欺欺人陷入爱情(当然,自欺欺人本来就是爱情的标志)。可是15岁女主角却不只满足于成为官员妾侍。在出国船上,雯青找夏雅丽学外文,用功学习的却是彩云。夏雅丽被魔术师催眠,觉得自己被冒犯,半夜要来杀金大使。有个外国人出面调停,让大使出一万块息事宁人。彩云当场翻译,把赔款说成一万五。马上就懂危难之中拿回扣,高达50%。在德国金大使被骗,高价买下中俄边界的地图。初心是为国,善良的昏庸(第一次出现"好心办坏事"的官员,这类形象后来在当代文学中有各种发展)。彩云则如鱼得水出入各种宫廷华宴,还获得俄国皇后好感。但她又和大使的小鲜肉男仆阿福关系暧昧,同时还跟英俊德国军官瓦德西眉目传情。彩云丢了首饰,偏偏被瓦德西找到。历史上,赛金花在德国跟洪钧生了一个女儿。这个情节被小说略去,只写她个性解放,各种明暗艳情。

大使回国后知道买地图上当，也发现傅彩云早就红杏出墙。雯青气急攻心，一时昏厥，对彩云说："我今儿个认得你了！"没想到彩云此时以攻为守——

  毫不怕惧，只管仰着脸剔牙儿，笑微微地道："话可不差。我的破绽老爷今天都知道了，我是没有话说的了。可是我倒要问声老爷，我到底算老爷的正妻呢，还是姨娘？"彩云的意思，如是正妻，就坏了门风，死不皱眉。但是，"你们看着姨娘本不过是个玩意儿，好的时抱在怀里、放在膝上，宝呀贝呀的捧；一不好，赶出的，发配的，送人的，道儿多着呢！……我的出身，你该明白了。当初讨我时候，就没有指望我什么三从四德、七贞九烈……你要顾着后半世快乐，留个贴心伏侍的人，离不了我！那翻江倒海，只好凭我去干！要不然，看我伺候你几年的情分，放我一条生路……若说要我改邪归正，阿呀！江山可改，本性难移。老实说，只怕你也没有叫我死心塌地守着你的本事嘅！"说罢了，只是嘻嘻地笑。

  这段话字字刺心，句句见血。既是传统的道德逻辑，也是新女性（主义？）声音。后来把阿福赶走，彩云又跟了另一个戏子。雯青气得重病不起，临死时昏昏沉沉又把彩云误认作他以前旧相好，曾在考状元路上相救（极其反讽）。纵观状元官与彩云前后关系，显然是"溢美"始，"近真"终，始终没有特别"溢恶"。

  《孽海花》探讨读书人与官场关系，重点描述两个案例：庄仑樵书生意气锋芒太露，结果战场失利——清流战胜不了酱缸。状元金雯青错买中俄边境地图，糊涂误国——科举人才的局限。在小说叙述结构里，雯青之死与中日战争相呼应。曾朴关心时代历史，还写李鸿章马关签约，日本浪人刺伤中堂，甚至还有清帝的房事等等。

小说中不少士大夫的国是议论，比如"历观各国立国，各有原质，如英国的原货是商，德国的原货是工，美国的原货是农。农工商三样，实是国家的命脉"，又如"政体一层，我国数千年来，都是皇上一人独断的，一时恐难改变。只有教育一事，万不可缓。现在我国四万万人，读书识字的还不到一万万，大半痴愚无知……"后人再读，不知应该嘲笑还是佩服晚清文人的政治眼光。

彩云在雯青去世前，已经跟唱戏的孙三儿私下在外租房，很快便离开金家。后来她又在一帮达官贵人的帮助下改名叫曹梦兰，在上海重新挂牌开业。小说结尾时，不少有钱男人围着她，似乎很风光。女主角原型赛金花，在上海妓院一度也很红，在北京也真和一个京剧票友孙三同居。当然赛金花最有名的事迹就是据说曾劝八国联军统帅德国人瓦德西，在北京不要滥杀无辜，所以当时人称"议和人臣赛二爷"。这段史实也有不少疑点。《孽海花》并没有再写女主角与瓦德西在北京来往。真实的赛金花，后来坐牢、嫁人，又挂牌为娼。1935 年左翼作家夏衍的剧本《赛金花》公演的时候，她还活着，但是没有去看戏。

《孽海花》情节主线是书生与官场及情场，部分细节过于神奇，文辞修饰比较讲究。鲁迅说《孽海花》虽有谴责小说通病，但"结构工巧，文采斐然"。[1] 胡适认为这个小说是第二流的，曾朴自己倒承认胡适的批评有道理[2]。在我读来，此书集历史小说、政治小说、官场小说、青楼小说，甚至武侠小说于一身。作为历史小说，细节有点虚；作为官场小说，谴责不严厉；作为青楼小说，不如《海上花列传》；作为政治小说，倒可能不只是二流水平，因为中国政治小说本来就不多，梁启超的《新中国未来记》也没写完。

1　鲁迅：《中国小说史略》,《鲁迅全集》第 9 卷, 北京：人民文学出版社, 1981 年, 第 291 页。
2　曾朴：《修改后要说的几句话》, 参见徐俊西主编, 袁进编：《海上文学百家文库·曾朴卷》, 上海：上海文艺出版社, 2010 年, 第 6 页。

1903

刘鹗《老残游记》
清官比贪官更可怕？

1903年是20世纪中国小说史上第一个重要的年份：晚清四大名著，全部在这一年开始发表。刘鹗（1857—1909）《老残游记》最早连载于上海商务印书馆编印的《绣像小说》半月刊（从1903年9月到1904年1月，共13回），作者笔名"洪都百炼生"。因杂志编辑擅自删改原作，作者停止续写。后改在《天津日日新闻》重新连载，作者"鸿都百炼生"。有学者怀疑"洪都"乃印刷之误。至于作者真名，当时不为人知。直到1920年后，蔡元培、胡适从刘鹗侄子那里获悉作家情况。1924年顾颉刚在《小说月报》第15卷第3期发表《〈老残游记〉之作者》一文，人们才正式知道作家的姓名。学术界一般认为《老残游记》是晚清艺术价值最高的一部小说。鲁迅、胡适、夏志清都十分赞赏推崇《老残游记》，不过赞赏角度不同。鲁迅注意的是官场批判："历来小说，皆揭赃官之恶。有揭清官之恶者，自《老残游记》始。"[1]胡适则认为："《老残游记》在中国文学史上的最大贡献却不在于作者思想，而在于作者描写风景人物的能力……《老残游记》最擅长的是描写的技术，无论写人

---

1 《鲁迅全集》第9卷，北京：人民文学出版社，2005年，第289页。

写景，作者都不肯用套语滥调，总想镕铸新词，做实地的描画。望这点上，这部书可算是前无古人了。"[1] 夏志清则对刘鹗小说的"中国情怀"评价极高："刘鹗与诗圣杜甫相形之下，毫不逊色；……两者同样忧时感世，虽然极其悲戚沮丧，但对中国的传统，信念坚贞不渝。"[2] 我手头使用 1979 年人民文学出版社版本的《老残游记》，里边也有出版说明："作家虽有同情民众疾苦、比较进步的一面，但他的基本政治观却是落后，甚至反动的。他坚决拥护封建统治，对帝国主义国家的侵略本质缺乏认识，反对资产阶级民主革命和义和团反侵略斗争。"

为什么关于《老残游记》的评论，如此强烈反差，南辕北辙？

一 《老残游记》的"中国情怀"

小说第一回浓缩了《老残游记》里的"中国故事"，寄托了刘鹗的"中国情怀"，同时也预言了作家自己的命运。其实 20 世纪大部分中国小说，每一部都在有意无意讲述不同角度的"中国故事"，只是没有《老残游记》的第一回那么刻意经营"民族国家寓言"。男主角铁英，号补残，人称老残，和两个朋友到山东海边蓬莱阁看日出。见海上有一大船，船身破败，处处伤痕，水已进入。管帆水手却忙于搜查船上男女乘客的财物，甚至杀人抛尸。老残等人认为驾船的人并没有错，只是习惯了太平日子，遇大风浪便慌了手脚。而且船上大概没有指南针，失了方向。所以三个人借了渔船，带着

---

[1] 胡适：《〈老残游记〉序》，洪都百炼生著，汪原放标点：《老残游记》，上海：亚东图书馆，1925 年。
[2] "The Travel of Lao Ts'an: An Exploration of Its Art and Meaning"，原刊 *Tsing Hua Journal of Chinese Studies*，7-2（1969），黄维梁译：《老残游记新论》，参见《夏志清论中国文学》，香港：香港中文大学出版社，2017 年，第 214 页。

罗盘，赶去相救。到了近处发现，船上还有人演讲，号召人们起来反抗。再靠近看，演讲人只叫别人造反，自己毫无行动。老残他们就想，原来英雄只叫别人流血。三个人跳上船，献上罗盘等机器，不料水手们喊："船主！船主！千万不可为这人所惑！他们用的是外国向盘，一定是洋鬼子差遣来的汉奸！"于是三个人逃回小船，小船也被大船撞沉了。

这一回只是老残的梦，大船象征晚清中国，驾船的是朝廷，水手是贪官污吏，船上乘客就是民众，鼓动演讲的是革命党。对朝廷的谅解，对革命党的幻灭，读者可能会有争议。但是把贪官作为社会矛盾的焦点，这和其他谴责小说及当时读者心理相通共鸣。最神奇的预言是献外国罗盘的被视为汉奸（公知？），打下船去。

刘鹗的生平十分传奇，他不像李伯元、吴趼人那样是报人和职业小说家，刘鹗从来没想到以文学留名。他早年学习算学、音律、天文、医药。他自己行过医，有数学、水利方面的研究专著。刘鹗还有一个重大学术贡献，就是从国子监的王懿荣那里买下不少殷商甲骨。《铁云藏龟》一书对早期的金文研究和"甲骨四堂"[1]都有影响。拥有多种学科专长，刘鹗却又忙着替河南巡抚吴大澂治理黄河，花了好些年，整了五本《黄河地图》。之后又到山西帮助外商开煤矿。八国联军到北京，他又问俄国人去买太仓的粮食，卖给民众解救饥荒。没想到此事被人告，加上在南京买地，最后被袁世凯指控。在大船上，送罗盘的士大夫被当作汉奸赶下海，不幸言中。刘鹗自己在清朝还没结束时被流放到乌鲁木齐，第二年病死。他的一生令人感慨，想做科学家、学者、医生、实业家、商人，甚至政客，以各种方法来报效国家，最后留下一本小说。有心栽花花不成，无心插柳柳成荫，这本小说却流芳百世，和《海上花列传》一样，代

---

1 "甲骨四堂"：罗振玉（号雪堂）、王国维（号观堂）、郭沫若（字鼎堂）、董作宾（字彦堂）。

表了晚清文学的最高水平。

都是在1903年发表的小说,《官场现形记》全篇没有主角;《怪现状》的主角只是旁观者;《孽海花》接近全知角度,主角并非叙事者;只有《老残游记》,主要人物是有局限的第三人称叙事。如果说前两部是记录素材新闻,《孽海花》是讲故事,老残却是一个抒情男主角。

老残在山东替一个大户人家看好了怪病,得银千两,八百寄回老家,自己仍然浪迹江湖。看看济南的风景,听听梨花大鼓,沿途行医也不计较报酬,名声渐渐传开。突然有山东巡抚庄宫保(部分人物原型可能是山东巡抚张曜)[1],想招贤纳士,请老残入府,特地派人送酒席到他住的旅馆。老残不想做官,次日留下信,感谢宫保厚谊,自己继续漂泊江湖。

虽然拒绝做官,可是老残却有一个关心国事民情的心。到了曹州府,他一路听说长官玉贤的政绩。当地人说玉大人是一个清官,办案实在卖力,只是手太辣了。当地有一于姓财主,家里被抢衣物就去报案,结果抓了强盗。强盗就此怀恨,不久以后,强盗白天放火,玉大人率兵追赶。追到于家附近,不见强盗,却在于财主家里搜出一些土枪、刀子等等。玉大人怀疑于家通匪,把家里三个男人抓到城里来拷问用刑。于家媳妇和管家送钱求情,于家的媳妇自杀守节。可是玉大人坚决不听别人劝。最后,于家父子三人就死在刑具站笼[2]里。

老残听说玉贤的官府面前共有12个站笼,已经死了两千多人,

---

[1] 据《老残游记》英译者谢迪克:"山东巡抚张曜邀刘鹗入其衙门,作治水顾问。1890至1893年他一直留在山东任此职。" *The Travels of Lao Ts'an*, Cornell University Press, 1952, p.11.

[2] 明清时木制刑具。木制囚笼,上下分层,囚犯纳于其中,蜷伏而不能屈伸,常用于审讯逼供或重罪犯。

九成都是冤枉的。于家人死后，甚至连设下圈套的强盗也后悔了，说本来就想让于家人吃几个月的官司，没想到送了四条人命。以此案为例，老残开始讨论一个现象：清官可能比贪官还坏。下面这段话，胡适和鲁迅都曾引用过："赃官可恨，人人知之；清官尤可恨，人多不知。盖赃官自知有病，不敢公开为非；清官则自以为不要钱，何所不可，刚愎自用，小则杀人，大则误国。吾人亲目所见，不知凡几矣。"[1] 这段话精辟分析了如果制度有问题，官场美德可以同时是恶行。本来为官，要靠智慧，凡事需判断；要讲清廉，避免以权谋私；还要有胸怀，至少允许批评。再有智慧的官员也可能会判断失误（比如玉贤上了强盗的当，误抓于姓财主）。如能接受批评，及时纠正，当然最好。如是贪官，收钱放人，也是潜规则。可玉贤太"廉洁"——清廉本是好事，但是太有道德自信，完全不听旁人劝造，结果酿成冤案。关键是不允许平级或下级有不同意见。贪官们一般害怕顾忌批评，"清官"却无所顾忌，如果心胸狭窄，又求政绩心切，官场里再缺乏可以提供不同意见的机制，小错就会变成大错。更重要的是，玉大人觉得所有提不同意见的，都是反对他，"无论是冤枉不冤枉，若放下他，一定不能甘心，将来连我前程也保不住。"[2] 将不同意见统统视为自己的敌人，所以"清官尤可恨"。无所顾忌，动刑镇压，手段更加凶残。别的官员也因为可能有贪腐把柄，不敢反他，这更助长了玉贤的专断。说句实在话，假如他贪财，那于家四条人命或许能保下。《官场现形记》《怪现状》里边很多类似官场故事，腐化荒唐离谱，但结局都没那么惨。

错杀于家四人不是个别案件。老残又问了其他曹州府人，民众说玉大人"是个清官！是个好官！衙门口有十二架站笼，天天不得

---

1 参见《夏志清论中国文学》，香港：香港中文大学出版社，2017年，第377页。
2 徐俊西主编，袁进编：《海上文学百家文库·刘鹗卷》，上海：上海文艺出版社，2010年，第37页。以下小说引文同。

空。"王家儿子在城里跟人议论，说玉大人怎么糊涂，怎么冤枉好人，被私访的人听见了，过几天也站死了。听到这里老残说："这个玉贤真正是死有余辜的人，怎样省城官声好到那步田地？煞是怪事！我若有权，此人在必杀之列。"听到这里，对面老乡叫他小声点（我读小说时也真替老残担心：您又不是钦差微服，您只是个江湖郎中，这么说话行事，在一个这么凶恶清官的地盘上）……老残又去打听一个案子，有人卖布，因为裁下来的布正好与某店被偷的布匹尺寸相当，就被当作强盗抓走了。老残还亲自进城看了那个站笼，"复到街上访问本府政绩，竟是异口同声说好，不过都带有惨淡颜色，不觉暗暗点头，深服古人'苛政猛于虎'真是不错。""异口同声"就可能有问题。老残还没见过更"完美"的政绩，苦难的民众还要齐出衷流泪感恩（玉贤大人之下的百姓还能脸色惨淡，说明这个酷吏也就只是一个酷吏）。

玉贤以谐音影射清代官员毓贤。毓贤官至山东、山西巡抚，曾支持义和团，杀害大量基督教徒。后来，"被流放新疆，途次兰州时，因慈禧太后徇联军之请，处以斩首极刑。"[1] 夏志清认为，"刘鹗真的把毓贤这酷吏恨之入骨；……他们一定曾与山东相遇，然而，刘鹗痛恨毓贤会否出于个人因素，则很难说。"[2] 我以为，即使刘鹗真的以个人恩怨亲身体验为题材，一旦写成"清官更坏"的文学典型，其意义早已远超出具体人事和特定时代。老残对玉贤一段评论，不幸可能成为日后某种官场现象预言："只为过于要做官，且急于做大官，所以伤天害理的做到这样。而且政声又如此其好，怕不数年时间，就要方面兼圻的吧？官越大，害越甚：守一府，则一府伤；抚一省，则一省残；宰天下，则天下死。"

---

1 参见《夏志清论中国文学》，香港：香港中文大学出版社，2017年，第222页。
2 同上，第379页。

二　清官尤可恨，人多不知

　　老残继续摇铃行医途中，遇到官员申东造，一起议论玉贤的暴行。东造劝老残出山："'无才者抵死要做官，有才者抵死不做官，此正是天地间第一憾事！'老残道：'不然。我说无才的要做官很不要紧，正坏在有才的要做官，你想，这个玉大尊，不是个有才的吗？'"申东造要在玉贤领导下做县官，请教老残，怎么样可以为民除害、维持治安？老残推荐一人叫刘仁甫，不仅会武功，少林出身，还有办法跟遵守江湖规则的大强盗搞合作，建立游戏规则。"凡是江湖上朋友，他到眼便知，随便会几个茶饭东道，不消十天半个月，各处大盗头目就全晓得了，立刻便要传出号令：某人立足之地，不许打搅的。"申东造听从老残建议，请老残写了封信，派自己的弟弟申子平，专程去一个叫柏树峪的地方请刘仁甫。小说从第八回到第十一回，突然就离开了老残的行踪视线，详细叙述申子平如何去请刘仁甫一路上的奇遇。从小说结构来讲，有点突兀。《老残游记》一共才二十回，最早发表才十三回，却有整整四回偏离主要情节。

　　第八回讲申子平和仆人们在雪地里走山路，非常艰难地过冰桥，还有一只老虎经过。整段文字精彩，画面神奇，可以单独拿来做语文教材。《老残游记》写景文章一流，很有名的"黑妞、白妞唱曲"[1]

1　"王小玉便启朱唇，发皓齿，唱了几句书儿。声音初不甚大，只觉入耳有说不出来的妙境，五脏六腑里，像熨斗熨过，无一处不伏贴，三万六千个毛孔，像吃了人参果，无一个毛孔不畅快。唱了十数句之后，渐渐的越唱越高，忽然拔了一个尖儿，像一线钢丝抛入天际，不禁暗暗叫绝。那知他于那极高的地方，尚能回环转折；几转之后，又高一层……节节高起，恍如由傲来峰西面攀登泰山的景象：初看傲来峰削壁千仞，以为上与天通；及至翻到傲来峰顶，才见扇子崖更在傲来峰上；及至翻到扇子崖，又见南天门更在扇子崖上——愈翻愈险，愈险愈奇。那王小玉唱到极高的三四迭后，陡然一落，又极力骋其千回百折的精神，如一条飞蛇在黄山三十六峰半中腰里盘旋穿插，顷刻之间，周匝数遍……"徐俊西主编，袁进编：《海上文学百家文库・刘鹗卷》，上海：上海文艺出版社，2010年，第18—19页。胡适："这一段写唱书的音韵，是很大胆的尝试。（接下页）

"子平一行雪山遇虎",还有后面山里碰到神奇女子玙姑和黄龙,鼓乐合奏,令人难忘。第八到第十一回虽离开老残的视线,却还是刘鹗的眼光。好像进入武侠小说境界,一行人天黑之后在山里边找到一家人家。荒山野岭,进去却是深宅大院,琴棋书画高雅宕魄。主人玙姑竟是一个20来岁的女子,和长者黄龙讲一大套的"儒""道""佛"道理。这个黄龙更向申子平预言一年、五年或更长远的社会前景,其中黄龙长者关于北拳南革的议论更加让人深思:"北拳的那一拳,也几乎送了国家的性命,煞是可怕!然究竟只是一拳,容易过的。若说那革呢,革是个皮,即如马革牛革,是从头到脚无处不包着的。莫说是皮肤小病,要知道浑身溃烂起来,也会致命的,只是发作的慢……诸位切忌:若搅入他的党里去,将来也是跟着溃烂,送了性命的!"后来20世纪不少小说都或隐或显贯穿"南革"线索,《老残游记》较早提出忧虑和警告。

第十二回起小说又回到老残的行踪。《老残游记》不仅是聚焦官场的谴责小说,也可视为侠义公案小说。男主人公总怀着打抱不平的侠客之心,甚至还做起了福尔摩斯,为冤案平反。因为黄河结冰,他被困在江边小店。巧遇了县官黄人瑞,两人在客栈里喝酒谈话。黄人瑞还叫了两个十几岁的妓女——翠花、翠环。翠花不是来上酸菜,是陪老残、黄人瑞喝酒、上鸦片。夏志清激赏:"从第十二回老残与黄人瑞在一傍晚邂逅时起,至第十六回他俩于翌晨入睡时止,我们读到将近四十页的叙述,生动活泼的道出两人在翠花翠环陪同下的言谈举止。这场面联机不断,无疑地记述了传统中国文学中最长的一夜。就小说技巧而言也是描摹最为逼真的一夜。"[1]小说画面有

(接上页)音乐只能听,不容易用文字写出,所以不能不用许多具体的物事来作譬喻。白居易(《琵琶行》)、欧阳修(《秋声赋》)、苏轼(《赤壁赋》)都用过这个法子。""刘鹗先生在这一段里连用了七八种不同的譬喻,用新鲜的文字、明了的印象,使读者从这些逼人的印象里,感觉那无形象的音乐的妙处。这一次的尝试总算是很成功的了。"
1 参见《夏志清论中国文学》,香港:香港中文大学出版社,2017年,第216页。

些暧昧琐碎，两男两女并排靠在炕上。也是晚清青楼小说传统，叫局以后，女人陪伴，全无肉欲情色细节，竟是一派家庭气氛，讲的是家庭往事，后来还真的成为家人。

翠环讲述身世，两年前该妓女还是地主家千金，怎么如今沦落为娼？原来前年庄府台，就是那个有意提拔老残的省官庄宫保，听了谋士史钧甫的建议来治理黄河，居然依据汉代贾让的一本《治河策》。真正是发扬传统文化，清代治河用汉代的书。书中说黄河年年水灾，主要是河道不够宽。史观察说："战国的时候，两边的堤相距五十里，今天（汉代）两岸河堤不足二十里，所以两条民埝之间就三十里。"所谓民埝就是民间自己筑的堤坝。所以史观察说应该放弃民间堤坝，放宽河道，便可成就治理黄河的千秋大业。贾让万没想到，他的书两千年以后得到知音。庄宫保说："这个道理，我也明白。只是这夹堤里面尽是村庄，均属膏腴之地，岂不要破坏几万家的生产吗？"谋士说："小不忍则乱大谋，为了大局出发，就要有所牺牲。而且还不能事先通知，否则几万百姓知道要破堤，一定拼死反抗。"于是，就出现了治理黄河的人为灾难。百姓不知道，以为水来了以后会退，没想到家园、村庄全部被淹，多少万人淹死。其中就有翠环的家人，那个地主的家。

在河边客栈火棚边，两个妓女哭哭啼啼对恩客诉苦，讲诉几年前的社会灾难。作家刘鹗自己参加过黄河治理，还出版《黄河地图》。也许他自己的专业知识也没被采纳在治河大业中，结果辗转成了小说素材。被翠环身世和身后的悲剧所感动，黄人瑞和老残决定合资替翠环赎身。人瑞身为官员，不能出头（当时官员不能买妓女）。老残可以，但他不肯受用。钱愿出，人不要。谈话间，客栈失火，把老残跟翠环的行李都烧了，大家一片忙乱，几乎一夜没睡。也是在同一个晚上，人瑞又跟老残讲了另一个案件。

当地有一姓贾的财主，全家及仆人十三口全部被杀。上面来了一个官员，叫刚弼（谐音刚愎，影射清代大臣刚毅），也是出了名的清官，如何判案？贾家十几口人被杀了以后，疑犯被抓，疑犯家里也有钱，管家赵立就去送钱。刚弼收下钱，立了字据，说这个就是证据，他们一定是犯罪，要凌迟。道理则是："如果不是你杀的，你为什么送钱给我？"严刑峻法，连县官都觉得太残酷了，可是无法阻止这位专断的刚弼。官府上下大家都看着这事不行，人瑞就找老残帮忙。你老残不是认识巡抚宫保吗？走走后门看（走后门做好事——官场问题还是要更大的官来解决）。老残急忙写信给庄宫保，要求重审此案。宫保倒是真的赏识他，马上回信同意。小说里有一段描写，很多评论都引用——老残一个人到衙门去，正好刚弼又要对贾魏氏（贾家媳妇）下重刑，要她供出奸夫。你既然杀了家里十几个人，定有奸情。贾魏氏受不了逼供刑，已经承认杀人，但奸夫实在编不出来，眼看又是一轮严刑拷打，小命都可能不保。下面是一段原文：

> 老残听到这里，怒气上冲，也不管公堂重地，把站堂的差人用手分开，大叫一声："站开！让我过去！"差人一闪。老残走到中间，只见一个差人一手提着贾魏氏头发，将头提起，两个差人正抓他手在上拶子[1]。老残走上，将差人一扯，说道："住手！"便大摇大摆走上暖阁，见公案上坐着两人，下首是王子谨，上首心知就是这刚弼了。

这是《老残游记》，甚至也是很多晚清小说最英雄主义的一个瞬间。请设想，一个平民闯入衙门，一介书生在法庭上高喊"住手"，只手阻止了一个悲剧继续恶化——当然，老残之所以没有被刚弼和差人马上赶走或者抓起来，就是因为他怀里有一封上峰的回信。这

---

[1] 旧时夹手指的刑具。

种英雄主义的瞬间，后来在当代中国小说里反复出现。王蒙笔下的林震，小说最后满怀希望地敲开区委一把手周书记的门……在周梅森《人民的名义》中，正、反官员对峙的紧要关头，桌上的红机子就响起来了——北京来电。不同的是，刘鹗笔下的庄宫保，却是更复杂的人物，也是更严酷的政治现实。招贤纳士赏识老残的是宫保；重用了玉贤、刚弼等酷吏的也是宫保；听了史钧甫建议，治理黄河伤害无数百姓的，亦是宫保；之后又心痛疾首，派船给灾民送馒头的还是宫保。

冲上衙门法庭那一瞬间，老残不会看到或者说不想看到宫保后面，还有军机处、公公们和老佛爷等。李伯元早已写出"官场"游戏规则的不同级别与相同结构。老残是侠，是冲动的堂吉诃德，他不是沉思的哈姆雷特。目睹官场丑恶，李伯元是看透根源，无差别批判。吴趼人对怪现状见怪不怪。曾朴对书生入官场，有期待有失望。但老残是真的生气，也有生气。文人、武士都是要有点傻有点冲动才能为侠。当然，《老残游记》的浪漫精神也附有两个现实主义注释：江湖郎中先赚到足够的钱，身上又有高官的信。现实中，刘鹗流放乌鲁木齐而死，小说里，老残却能够为翠环赎身。

几天以后，省里派来一个姓白的官员，他和县官、刚弼、人瑞一起吃饭时，老残被尊为上坐。白官员通过审问月饼里边不含砒霜的细节，排除了贾魏氏父女的罪责，当庭释放。刚弼很郁闷，原想指责老残，还派人收集老残的黑材料（受贿、买妓女）。可是听说上峰很器重这个江湖医生，便也无话可说。规则是，眼睛必须往上看。

白官员只是判定贾魏氏冤枉，谁是罪人他交给老残来做福尔摩斯。"福尔摩斯"这个文化符号在小说里，和翠环、衙门、鸦片并置，提醒读者这已经是20世纪！小说里几个重要情节，都跟判案有关。白公排除了月饼下毒，问答非常具体实在、丝丝入扣，真像本格派侦探小说。之后老残受官方委托微服探访，近乎武侠小说情节。摇铃郎中巧遇刚被释放的魏老头，正好又有工人王二见证吴二浪子下毒。王二不肯做证，要200两银子诱惑。法庭倒也并不顾忌利诱作供。最后结尾更充满侠客小说的浪漫：老残不仅找到真正的凶手（贾家女儿的情夫吴二），而且还上泰山玄珠洞，找到了青龙子，获得了解药"返魂香"。再将十三个棺材打开，烟熏几绕以后，众人复活，冤案平反，人命重生，这真是《老残游记》的光明尾巴。

三　眼前路，都是从过去的路生出来的

汉学家普实克说："《老残游记》是古老的中国文明在其衰落之前的最后一首伟大赞歌。""在20世纪初的所有作品当中，《老残游记》可能最接近于现代文学。"[1]在我看来，现代文学也很少有作品超越《老残游记》的水平。和其他几部谴责小说一样，《老残游记》关注的焦点还是官场。但特点有三，第一，更注意官场和民间的直接利害冲突。玉贤的站笼、刚弼的断案，直接牵涉民众的人命。宫保治黄河更是损害了多少万人民的家园生命，"官民对立"，这个晚清谴责小说主题在《老残游记》中表现得十分尖锐。第二，民众里边也包括财主，刘鹗的官民关系跟后来的"阶级论"不同。第三，李伯元、吴趼人、曾朴都冷观或怒斥官场贪腐成风，《老残游记》却揭示了贪腐并不是官场的唯一危机。有些官员号称清官，或者也有才，他的官也不是捐来的，是考出来的。但如果专制、不听意见、无仁慈之心，如玉贤、刚弼，照样可以祸国殃民。

陈平原对晚清小说的研究相当细致深入，但对其整体成就有所保留："比起此前此后的小说家晚清作家更加感到选择的困惑。……官场小说中分化出'忠奸对立'模式的消解和'官民对立'模式的

1　[捷]普实克：《普实克中国现代文学论文集》，李燕乔等译，长沙：湖南文艺出版社，1987年，第130页。

转化这两种趋势"，"新小说家同时断然否定当代官场中有忠贤与奸邪之争……没有清官的官场，不但缺乏戏剧性，连贪官的性格展现也都颇为困难——除非将其放到'官民对抗'的这一新的主题模式中。"陈平原惋惜晚清小说"没有留下一两个值得读者反复琢磨的典型形象"。[1] 其实，老残就是一个超过大多数"五四"小说人物的典型形象。

晚清是20世纪中国小说中，描写官场政治最全面、最大胆的一个时期。这是一个很短的时期，后来再也没有了。这是因为晚清的政治极其腐败，同时也因为这种腐败政治又给租界报人作家留下一定创作空间。"五四"以后，作家不再把"官场"作为解释、分析中国社会的核心或焦点。"五四"以后作家更关心人（延安以后文学的关键词则是"人民"）。到底是官场决定社会，还是社会决定官场？是有这样的皇帝，才有这样的百姓？还是有这样的百姓，必然有这样的皇帝？思考这些问题的时候，"五四"小说把文学关注的焦点，从官场转到了国人。这是"五四"和晚清的一个关键区别。

《老残游记》除了混杂社会谴责与侠义公案，同时还有青楼小说的痕迹。后半部铁英跟黄人瑞在黄河边客栈说话，两个女人在旁边烧烟、倒茶伺候，最后老残为翠环赎身。颇老套的大团圆情节，既延续"青楼家庭化"传统，也开启知识分子拯救落难女子的20世纪爱情小说模式。老残将翠环名字改成环翠，说是颠倒次序，丫头便成了小姐——这是知识分子自以为文化力量（符号命名权）可以改变弱势群体的命运。侠客与公堂的矛盾，具体表现在老残与官府的既对抗又利用的关系。老残用以批判和纠正酷吏的文侠行为，实际处处依靠他被更高的官赏识这么一个基础。也就是说，他人在

---

[1] 陈平原：《20世纪中国小说史（第一卷）：1897—1916》，北京：北京大学出版社，1989年，第191、198、199页。

体制外，所以说是"侠"；心在体制中，是理想主义的"义"。

今天读来，《老残游记》同时触及了20世纪中国小说的三组最重要的人物关系——官场与民众关系：欺负压迫；士大夫与民众关系：路见不平/文人救美；官场与知识分子关系，是互相"利用"：器重、推却、劝告、独立……

从形式上看，《老残游记》又是20世纪中国最早的抒情小说，小说叙事形式表面还是章回体，但主要人物就是情节主线，人物心情就是风景文字。老残在黄河边看雪景："抬起头来，看那南面的山，一条雪白，映着月光分外好看。一层一层的山岭，却不大分辨得出，又有几片白云夹在里面，所以看不出是云是山。及至定神看去，方才看出那是云、那是山来。虽然云也是白的，山也是白的，云也有亮光，山也有亮光，只因为月在云上，云在月下，所以云的亮光是从背面透过来的。那山却不然，山上的亮光是由月光照到山上，被那山上的雪反射过来，所以光是两样子的。然只就稍近的地方如此，那山往东去，越望越远，渐渐的天也是白的，山也是白的，云也是白的，就分辨不出甚么来了。"

这段文字和雪夜路人、闻虎啸，还有黑白妞唱大鼓一样，是现代中文的样本。1929年最早英译《老残游记》片段，就是翻译了黑妞、白妞说书的那一段，题为《歌女》(The Singing Girl)。鲁迅评《老残游记》强调两点，第一个就是"清官之可恨，或尤甚于赃官"，这在是言人所未言。二是"叙景状物，时有可观"。后来联合国教科文组织认定《老残游记》是世界文学名著。随着时间的推移，100年、500年以后，也许《老残游记》在中国文学史上，其文学地位还会上升。只是不知道那个时候，他所描写的那些贪官清官会怎么样。

小说里有段话，老残去泰山玄珠洞寻找青龙子，中途在千佛山脚下问路。一个长者对他说："我对你讲，眼前路，都是从过去的路生出来的；你走两步，回头看看，一定不会错了。"

1912

徐枕亚《玉梨魂》
20 世纪的文言小说

梁启超的小说理论和晚清谴责小说，在感时忧国、批判现实和白话语言三个方面，都对"五四"以后的新文学有直接的影响，但这种影响至少在时间上不是无缝衔接。在 20 世纪初小说革命和"五四"新文学革命中间，差不多有十几年，隔着一个很不相同的"鸳鸯蝴蝶派"。

一 鸳鸯蝴蝶派的文学主张

在四部晚清谴责小说发表的同时或之后，文坛上出现了很多的"现形记"和"怪现状"：其中有《学生现形记》（1906）、《商界现形记》（1911）、《最近女界现形记》（1909—1910）、《革命鬼现形记》（1909）、《官场怪现状》（1911）等。既是文学市场化的模仿规律，也说明梁启超理论的巨大影响。但这种小说救世的风气为时不久，据陈伯海、袁进主编《上海近代文学史》，1906 年上海广智书局出版吴趼人的长篇小说《恨海》，标志了文坛风气的转变，从"社会批判"转向"鸳鸯蝴蝶"[1]。林琴南翻译《巴黎茶花女遗事》

---

[1] 陈伯海、袁进主编：《上海近代文学史》，上海：上海人民出版社，1993 年，第 292 页。

是影响风气转变的一个原因。像《官场现形记》和《怪现状》那样用一部小说罗列展览几十上百个丑恶官场故事,很容易令读者审美（或审丑）疲劳。近现代报刊及小说市场,本来也就有满足市民阅读需求的经济责任。在吴趼人《恨海》同一时期或稍后,接连有符霖的《禽海石》(1906)、李涵秋的《双花记》(1907)、小白的《鸳鸯碑》(1908)、天虚我生的《可怜虫》(1909)。再加上孙玉声的《海上繁华梦》、张春帆的《九尾龟》等狭邪青楼小说,可以说在1906年之后十几年间,不仅上海印刷工业成为言情文学潮流（也是当时中国文学潮流）的生产基地,而且吴福辉统计过,鸳鸯蝴蝶派作家也大都来自靠近上海的江南地区,徐枕亚(1889—1937)是常熟人,吴双热也是常熟的,李定夷是常州人,李涵秋是扬州人,周瘦鹃、包天笑为吴县籍,等于是苏州人……[1]

其实,这个时期作家们的创作态度有些矛盾。一方面还是受到梁启超小说革命思想的影响,比方李涵秋虽然是"鸳鸯蝴蝶派",可他说:"我辈手无斧柯,虽不能澄清国政,然有一支笔在,亦可以改良社会,唤醒人民。"[2] 所以他写言情小说出名同时,又创作历史小说《广陵潮》。标榜娱乐的《礼拜六》杂志,亦声称"爱国心偏苦,朝中知不知"。[3] 徐枕亚也强调过文学的社会功能:"小说之势力,最足以普及于社会,小说之思想,最足以感动夫人之心。得千百名师益友,不如得一二有益身心之小说"。[4] 但同样是徐枕亚,在《玉梨魂》出名后接连重复书写自身悲剧并办杂志《小说丛报》,在发刊词中主张:"原夫小说者,俳优下技,难言经世文章；茶酒余闲,只供

---

[1] 吴福辉:《中国现代文学发展史》,北京:北京大学出版社,2010年,第69页。
[2] 李镜安:《先兄涵秋事略》,参见陈伯海、袁进主编:《上海近代文学史》,上海:上海人民出版社,1993年,第318页。
[3] 《礼拜六·读者题词》,《礼拜六》第100期。
[4] 徐枕亚:《枕亚浪墨·答友书论小说之益》,参见陈伯海、袁进主编:《上海近代文学史》,上海:上海人民出版社,1993年,第319页。

清谈资料。""有口不谈家国……寄情只在风花……"[1]当然,《礼拜六》的娱乐口号更加直接:"买笑耗金钱,觅醉碍健康,顾曲苦喧嚣,不若读小说之省俭而安乐也。"[2]不仅说小说可以消闲,而且还便宜、节约。去找妓女要花钱,喝酒对身体不好,所以看看小说,享受省俭而安乐的白日梦吧。鸳鸯蝴蝶派大师周瘦鹃最早编的《快活祝词》,是一个典型的文学游戏宣言:

> 现在的世界,不快活极了,上天下地充满着不快活的空气,简直没有一个快活的人。做专制国的大皇帝,总算快活了,然而小百姓要闹革命,仍是不快活。做天上的神仙,再快活没有了,然而新人物要破除迷信,也是不快活。至于做一个寻常的人,不用说是不快活的了。在这百不快活之中,我们就得感谢《快活》的主人,做出一本《快活》杂志,给大家快活快活,忘却那许多不快活的事。[3]

世俗、消闲、游戏、娱乐,其实本来就是"小说"这个文类的固有传统,鸳鸯蝴蝶派文学后来在整个20世纪中国文学发展当中,或隐或显始终存在。消闲娱乐至今也还是流行文学和网络文学的理论基础。但是"鸳鸯蝴蝶派"真正占据文坛主流地位,主要是在1906年到1918年,在小说界革命和"五四"之间,在梁启超和鲁迅之间。

---

1 徐枕亚:《小说丛报·发刊词》,《小说丛报》第1期,1914年。
2 王钝根:《〈礼拜六〉出版赘言》,《礼拜六》第1期,1914年。
3 周瘦鹃:《〈快活〉祝词》,《快活》旬刊第1期,1923年。

二　从青楼狭邪到鸳鸯蝴蝶

清末民初上海的言情文学，比较之前的狭邪青楼小说，有传承又有区别。鲁迅在 1931 年 8 月 12 号在上海有个演讲，对晚清民初青楼—言情小说，有一番浅显但又刻薄的概括形容：

> 那时的读书人，大概可以分他为两种，就是君子和才子。君子是只读四书五经，做八股，非常规矩的。而才子却此外还要看小说，例如《红楼梦》。才子原是多愁多病，要闻鸡生气，见月伤心的。一到上海，又遇见了婊子。……于是才子佳人的书就产生了。内容多半是，惟才子能怜这些风尘沦落的佳人，惟佳人能识坎坷不遇的才子，受尽千辛万苦之后，终于成了佳偶，或者是都成了神仙。[1]

被鲁迅嘲讽的这一种比较理想化的青楼爱情梦，比如魏子安的《花月痕》，有心重写宝黛故事，恩客韦痴珠终生潦倒，和风尘女子刘秋痕的关系是个浪漫悲剧。另外一对恩客和妓女，韩荷生才兼文武，屡见奇功，终得封侯，杜采秋最后变成了一品夫人。《花月痕》不仅写爱情凄婉动人，而且炫耀才华，文字功夫了得。据说"鸳鸯蝴蝶派"这个名字或者文化现象，就来自《花月痕》第三十一回里的一句话，"卅六鸳鸯同命鸟，一双蝴蝶可怜虫"。[2] 这种理想主义言情小说还可上溯到描写同性恋的《品花宝鉴》，陈森的人物必有三种美德："情"——爱情或者感情能力；"才"——文学才华；"愁"——

1　鲁迅：《上海文艺之一瞥：八月十二日在社会科学研究会讲》，《鲁迅全集》第 4 卷，北京：人民文学出版社，2005 年，第 298—299 页。
2　袁进：《鸳鸯蝴蝶派》，上海：上海书店出版社，1994 年，第 5 页。

感伤能力。王德威总结过："没有这三种美德的人，不配谈爱。"[1] 就像世界上颜色都是红、蓝、绿，鸳鸯蝴蝶派的三原色就是情、才、愁。《玉梨魂》是情、才、愁三结合的著名典范。夏志清更认为像《玉梨魂》这样的"爱情悲剧充分运用了中国旧文学中一贯的'感伤—言情'（sentimental-erotic）传统；此一长久延续的光辉传统，可见于李商隐、杜牧、李后主等的诗词，以及《西厢记》《牡丹亭》《桃花扇》《长生殿》《红楼梦》等的戏剧和小说。……《玉梨魂》正代表了此传统的最后一次的开花结果"。[2] 如果夏志清这个大胆说法成立，那么至少早期骈文鸳鸯蝴蝶派，就不仅只是被林培瑞等学者当作大众集体梦想来解读的现代通俗文学。[3] 好像新派武侠小说，其实也在延续司马迁以来的"千古文人侠客梦"，从徐枕亚、张恨水到琼瑶、亦舒，20世纪言情小说是否也在有意无意之间复制旧中国文学的"感伤—言情"？因为有世俗人心群众基础，虽然后来"五四"新文学和革命文学占尽优势，但鸳鸯蝴蝶派从来没有被彻底消灭。《玉梨魂》这部20世纪的文言小说，真正体现了从旧式文人自我疗伤到20世纪言情生产的转折和过渡。

鲁迅认为晚清狭邪小说在红尘女子身上寄托爱情理想，其实是才子们的自作多情。"佳人才子的书盛行的好几年，后一辈的才子的心思就渐渐改变了。他们发现了佳人并非因为'爱才若渴'而做婊子的，佳人只为的是钱。然而佳人要才子的钱，是不应该的，才子于是想了种种制伏婊子的妙法，不但不上当，还占了她们的便宜。叙述这各种手段的小说就出现了，社会上也很风行，因为可以做嫖

---

[1] 王德威：《被压抑的现代性：晚清小说新论》，台北：麦田出版社，2003年，第95页。
[2] 夏志清：《〈玉梨魂〉新论》，参见《夏志清论中国文学》，香港：香港中文大学出版社，2017年，第231页。
[3] Perry Link: Mandarin Ducks and Butterflies: Popular Fiction in Early Twentieth-Century Chinese Cities, University of California Press, 1981.

学教科书去读。这些书里面的主人公，不再是'才子+呆子'，而是在婊子那里得了胜利的英雄豪杰，是'才子+流氓'。"[1]

最后一句"才子+流氓"很有名，鲁迅30年代初作这个演讲时可能有点借题发挥讽刺海派革命文学和创造社郭沫若等人。在学术著作中鲁迅曾区分晚清青楼小说三种倾向，"作者对于妓家的写法凡三变，先是溢美，中是近真，临末又溢恶"[2]。"溢美"是将性工作者理想化，在风月场上寻找高尚爱情。"溢恶"即丑化性工作者，男人炫耀嫖界计谋和手段。典型代表如张春帆的《九尾龟》，小说中某官员有五个姨太太，他的姨太太及亲人都出轨，每人给他一顶绿帽，所以叫"九尾龟"。但是真正的主角却是一个叫章秋谷的有才华、有本领的帅哥，playboy，江南名士，玩弄女性的高手。不少人认为此书是教人堕落的嫖界指南。在"溢美"跟"溢恶"以外，鲁迅很欣赏韩邦庆的《海上花列传》"近真"。后来胡适、张爱玲也都十分推崇《海上花列传》，我们以后在讨论郁达夫小说时再论。鲁迅又分析晚清青楼小说如何衰落和转化："'才子+流氓'的小说，但也渐渐的衰退了，那原因，我想，一则因为总是这一套老调子——妓女要钱，嫖客用手段，原不会写不完的；二则因为所用的是苏白，如什么'倪＝我''耐＝你''阿是＝是否'之类，除了老上海和江浙的人们之外，谁也看不懂。……这时新的'才子+佳人'小说便又流行起来，但佳人已是良家女子了，和才子相悦相恋，分拆不开，柳荫花下，像一对蝴蝶，一双鸳鸯一样，但有时因为严亲，或者因为薄命，也竟至于偶见悲剧的结局，不再都成神仙了，——这实在不能不说是一个大进步。……《眉语》[3]出现的时候，是这鸳鸯

1　鲁迅：《上海文艺之一瞥：八月十二日在社会科学研究会讲》，《鲁迅全集》第4卷，北京：人民文学出版社，2005年，第299页。
2　《中国小说史略》，《鲁迅全集》第9卷，北京：人民文学出版社，2005年，第339页。
3　著名的鸳鸯蝴蝶派月刊杂志，1914年9月创刊于上海，1916年3月停刊。

蝴蝶式文学的极盛时期。后来《眉语》虽遭禁止,势力却并不消退,直待《新青年》盛行起来,这才受了打击。"[1]

鲁迅这段评述告诉我们:第一,鸳鸯蝴蝶派和之前狭邪青楼小说的明显区别是:佳人也是良家女子,男人终于可以和妓院以外的女人谈恋爱了。第二,鸳鸯蝴蝶派是因为《新青年》的流行才消退的。

人民文学出版社版《鲁迅全集》对"鸳鸯蝴蝶派"有如下注释:"鸳鸯蝴蝶派兴起于清末民初,先后办过《小说时报》《民权报》《小说丛报》《礼拜六》等刊物。因《礼拜六》影响较大,所以也称为'礼拜六派'。代表作家有包天笑、陈蝶仙、徐枕亚、周瘦鹃、张恨水等等。"[2] 徐枕亚的《玉梨魂》一般被认为是鸳鸯蝴蝶派的代表作。可是今天读者打开《玉梨魂》,恐怕不会得到通俗的消闲,因为语言的关系。

三 20世纪的文言小说

试读小说正文第一段:"曙烟如梦,朝旭腾辉。光线直射于玻璃窗上,作胭脂色。窗外梨花一株,傍墙玉立,艳笼残月,香逐晓风。望之亭亭若缟袂仙……香雪缤纷,泪痕狼藉,玉容无主,万白狂飞,地上铺成一片雪衣。此时情景,即上群玉山头,游广寒宫里,恐亦无以过之。而窗之左假山石畔,则更有辛夷一株,轻苞初坼,红艳欲烧,晓露未干,压枝无力,芳姿袅娜,照耀于初日之下,如石家锦障,令人目眩神迷。"[3]

这样的语言不是一段,而是整章整篇。比较一下《官场现形记》

---

[1] 鲁迅:《上海文艺之一瞥:八月十二日在社会科学研究会讲》,《鲁迅全集》第4卷,北京:人民文学出版社,2005年,第301页。
[2] 《鲁迅全集》第4卷,北京:人民文学出版社,2005年,第312页。
[3] 徐俊西主编,栾梅健编:《海上文学百家文库·徐枕亚、吴双热卷》,上海:上海文艺出版社,2010年,第9页。以下《玉梨魂》引文同。

第一卷第一段："话说陕西同州府朝邑县，城南三十里地方，原有一个村庄。这庄内住的只有赵、方二姓，并无他族。这庄叫小不小，叫大不大，也有二三十户人家。"[1]

再看《孽海花》的第一段："却说自由神，是哪一位列圣？敕封何朝？铸像何地？说也话长。如今先说个极野蛮自由的奴隶国。在地球五大洋之外，哥伦布未辟，麦哲伦不到的地方，是一个大大的海，叫做'孽海'。那海里头有一个岛，叫做'奴乐岛'。"[2]

《老残游记》的第一段："话说山东登州府东门外有一座大山，名叫蓬莱山。山上有个阁子，名叫蓬莱阁……""却说那年有个游客，名叫老残。此人原姓铁，单名一个英字，号补残。因慕懒残和尚煨芋的故事，遂取这'残'字做号。大家因他为人颇不讨厌，契重他的意思，都叫他老残。不知不觉，这'老残'二字便成了个别号了。"[3]

将几部小说的首段文字并列起来，不难看到，在20世纪初期最重要的社会批判小说都已在使用白话，和"五四"以后的文学语言差别不大，反而是消闲通俗的"鸳鸯蝴蝶派"作品，却使用精美修饰的文言骈体。不是某些段落，几乎是整个长篇，中间还夹带了不少旧体诗词和书信，更加书面化。

20世纪的文言小说至少有两种解读的可能：或者早期"鸳鸯蝴蝶派"并不只是追求通俗和娱乐？或者当时追求娱乐消闲的读者们，大都也是读书人？

主人公梦霞是个男人。"梦霞姓何名凭，别号青陵恨人，籍隶苏之太湖。""梦霞固才人也、情人也，亦愁人也。"徐枕亚与王德威英雄所见略同，才、情、愁三者不可缺。梦霞21岁，在苏州某

---

[1] 徐俊西主编，袁进编：《海上文学百家文库·李伯元卷》，上海：上海文艺出版社，2010年，第8页。

[2] 同上，第11页。

[3] 同上，第7页。

校教书，到远房亲戚崔家寄宿，兼职家庭教师。学生是崔长者的八岁孙子，崔家长子已经去世。家庭富裕，房子很大，佣人众多。小孩鹏郎的母亲就是小说女主角梨娘，27岁，非常有才学。小说从第三章开始，就搭好恋爱戏舞台。好不容易当时"才、情、愁"男子可以和风月场外的良家女子谈恋爱了，这次碰到的却不是莺莺般闺秀，或黛玉般表妹，偏偏命定迷恋一个年轻寡妇，于是便演变出一场难度很高的爱情悲剧。"美人薄命，名士多情，五百年前孽冤未了。梦霞不来，而梨娘之怨苦；梦霞来，而梨娘之恨更长矣。"

　　梨娘开始只是关心儿子的教育，偷窥家庭教师上课。看到老师温厚有礼，儿子学习进步，心中有了好感。梦霞看着人家书香氛围，便知主人贤淑。并未见面，"……两人暗中一线之爱情，已怦怦欲动矣。梦霞倾慕梨娘之心甚殷，爱怜梨娘之心更挚，因慕而生恋，因恋而成痴。"[1] "生恋"，"成痴"，面对面说话的机会还没有，两人已是"望风洒泪，两人同此痴情；对月盟心，一见便成知己"。这个阶段，男主人公住在崔家相当舒服。"日则有崔父助其闲谈，夜则有鹏郎伴其岑寂。衣垢则婢媪为之洗涤……地污则馆僮为之芟除。"大家对家庭教师这么好，也是因为梨娘的意思。两人关系再进一步，就要靠文字。"此侯朝宗所以钟情于李香君，韦痴珠所以倾心于刘秋痕也……梦霞之于梨娘亦犹是焉耳。"文本互涉，直接道出了《玉梨魂》与《花月痕》的精神联系。第一章《葬花》，当然更是向《红楼梦》第二十三回致敬偷魂，不过曹雪芹写黛玉远比《玉梨魂》更接近白话。一番诗文相思后，终有小突破，某晚梦霞不在，梨娘悄悄进房，拿走梦霞诗稿。因为这事，梦霞写了第一封情书，叫学生带给他母亲。"此日先传心事，桃笺飞上妆台；他时或许面谈，絮

---

[1] 徐俊西主编，栾梅健编：《海上文学百家文库·徐枕亚、吴双热卷》，上海：上海文艺出版社，2010年，第22页。以下小说引文同。

语撰开绣阁。梨娘读毕，且惊且喜，情语融心，略含微恼，红潮晕颊，半带娇羞。始则执书而痴想，继则掷书而长叹，终则对书而下泪。"女人收到信，先痴想，后长叹，最后对书下泪。为什么？道理很简单：寡妇要守节，再恋爱是不可能的。"梨娘之心如此，则两人将从此撒手乎？""而作此《玉梨魂》者，亦将从此搁笔乎？"你们不谈了，作家就不写了？当然不可能，这才第四章，全书有三十章，转折点是第十三章。从第四到第十三章，两个人就是有文化地"作"，骈体相思、文言折腾。

梦霞寄信以后心神不定，十分夸张。"梦霞一念旋生，一念旋灭，如露、如电，顷刻皆幻……然梦霞已为一缕情丝牢牢缚定，神经全失其作用，不觉惶急万分，历碌万状，彷徨不定，疑惧交加。此夜梦魂之颠倒，梦霞亦自觉从未如此，五更如度五重关耳。"第二天梨娘的回信来了。"人海茫茫，春闺寂寂，犹有人念及薄命人……此梨影之幸矣！然梨影之幸，正梨影之大不幸也。……梨影自念，生具几分颜色，略带一点慧根……今也独守空帷，自悲自吊，对镜而眉不开峰，抚枕而梦无来路。画眉窗下，鹦鹉无言；照影池边，鸳鸯欺我。"

文言的鸳鸯蝴蝶，兜兜转转、自怜自爱。梨娘自我安慰，也安慰男人："自古诗人，每多情种；从来名士，无不风流。夫以才多如君，情深如君，何处不足以售其才？何处不足以寄其情？"然而寡妇表白，"此日之心，已如古井，何必再生波浪，自取覆沉"，所以婉言相拒，"要是有情，来世相会……"

我读信时首先在想，这信要是被儿子（梨娘的儿子也识字了）看到，或者被公公看到怎么办？好像是拒绝，可是情意绵绵。而且男女同宅，花园近在咫尺，写这么长的信，还不见面，眉目传情不行吗？徐枕亚好像知道了我们读者的想法，立刻说明，关于男人的寻芳之思，女人的怀春之意之类，"记者（作者）虽不文，决不敢写此秽亵之情，以污我宝贵之笔墨，而开罪于阅者诸君也。此记者传述此书之本旨，阅此书者，不可不知者也。"

告诉你们：男女眉来眼去的、挑逗的，甚至要touch皮肤的种种……我是不写的。我们是"鸳鸯蝴蝶"，重在苦苦相思，绝望感伤，不追求官能刺激、青楼指南。那时如有书报检查官员，一定很满意这么干净的恋爱，这么清洁的精神。谁想看"此处删去多少字"？别来我这里。

梦霞感到痴情无望，"一歌而闷怀开，再歌而酒情涌，三歌而哭声纵"，唱歌，醉酒，痛哭，然后就生病了。在中国言情小说中，"爱情是一种病"不是隐喻。一定要生病，你不病，这不叫爱。病得越重，爱得越深。所以梨娘用书信诗词安慰。男人渐渐病情好转，两人还是不敢接近，"发乎情，止乎病"。梦霞写信："爱卿、感卿而甘为卿死……一言既出，驷马难追……情果不移，一世鸳鸯独宿"，"憔悴余生，复何足惜！愿卿勿复念仆矣"，两人其实还没有直接见面，谈恋爱，只是写诗，已经发誓。

梨娘读信以后，"泪似珠联，心如锥刺，初不料梦霞之痴，竟至于此也……阅者诸君亦知梨娘得书之后，欲抛抛不得，欲恋恋无从，血共魂飞，心和泪热……不三日，而梨容憔悴，病重三分矣。"男的刚刚好，女的接着病，病得更严重。看来"才情愁"之外，还得加上第四个基本原则："病"。"相持不决，两败俱伤。为梨娘危，又为梦霞危矣。"就这样，双方一直从第四回"作"到第十三回，突然有了转机。

崔家小姑筠倩从城里回来了。梨娘觉得受了新式教育的17岁的小姑和梦霞很配，突然脑洞大开想出一个接木移花之计。"以筠倩之年、之貌、之学问、之志气，与梦霞洵属天然佳偶。我之爱筠倩，无异于爱梦霞，就中为两人撮合，事亦大佳。"这个小说后来大卖，可能就是因为这个奇葩情节。我爱但是得不到，我就把身边最亲近的人交给我最爱的人,让两个我最爱的人在一起。多么高尚的中国传统爱情,应该值得好好……研究?更奇妙而且值得深思的是,之前信誓旦旦只爱梨娘的男人,得知这移花接木之计,竟然也没有坚决反对,说考虑一下。是一时无法拒绝梨娘好意?还是真的满足男人某种潜意识梦想?说考虑考虑,梦霞先回家乡。其间有一同事捣乱,送假信破坏男女主角关系。也因为这些假信,造成误会,反而促使了梦霞和梨娘的第一次半夜私会。私会当中流泪诉衷情,共同商量怎么应对外界压力。在梨娘苦心劝说下,梦霞真的托向崔父去提亲,要娶筠倩。崔老爷喜欢这个家庭教师,马上同意,但是要求入赘。小姑虽然接受新式教育,相信婚姻自由,但人居然经不起嫂嫂劝说,且不能违背父亲的意志,于是婚事已定。

但梦霞还是觉得此事荒唐,就写信给梨娘抱怨。梨娘说,我可是为你们好,委屈我自己,所以剪发绝情。男主角则写血书作答。其实到此时,两人才第二次见面——他们不知道此生只有这两次见面。婚事当前,梦霞和梨娘都觉得自己是牺牲品。其实小姑,更有理由说说自己才是牺牲品。三个当事人都在牺牲,这是怎样的鸳鸯蝴蝶风的"三人情"。

小说最后五章,剧情急转直下。收到男人血书,梨娘也意识到移花接木计荒唐:"我以爱梦霞者,误梦霞,以爱筠倩者,误筠倩矣。我一妇人而误二人,因情造孽,不亦太深耶!我生而梦霞之情终不变,筠倩将沦于悲境;我死而梦霞之情亦死,或终能与筠倩和好……"就是说,只要我在这世上,梦霞就不会喜欢小姑,所以还是悲剧。不如我死了,他们就会相爱。"我深误筠倩,生亦无以对筠倩,固不如死也。我死可以保全一己之名节,成就他人之好事……"对男人的爱情太有信心,自己又太有圣母精神,临死仍想着要保全名节。一旦有心去死,她就真的一病不起。等到梦霞从家乡回来,女主人梨娘已经病故。严肃文学常写"生在这世上,没有一样感情不是千疮百孔的"[1]，"鸳鸯蝴蝶派"的爱情，原来这么高尚，先人后己，牺牲自己。

最重要的情节发展，是小姑在梨娘的遗体胸前发现一封信，留给她的，说明了真情。说是我"爱妹者负妹，此余始料所不及也。余今以一死报妹……余自求死，本非病也"，而且梨娘承认："余身已不能自主，一任情魔颠倒而已。"所以安排妹的婚事，也是自求解脱，结果发现"妹以失却自由，郁郁不乐，余心为之一惧"。总而言之，只有今日一死，妹妹和梦霞就会有一生幸福。读信以后的小姑非但没去追求生活幸福，反而觉得嫂嫂爱我，为我而死，我又"何惜此薄命微躯，而不为爱我者殉耶？"小说最后两章已经不是第三人称了，是朋友石痴的记述，找到了小姑病死前的日记。原来小姑不久也病死，引用了西言：不自由，毋宁死。"最可痛者，误余而制余者，乃出于余所爱之梨嫂……余非惟不敢怨嫂，且亦不敢怨梦霞也。"一样可怜虫，几只同命鸟。谁也无法怪谁。筠倩的病越重，日记越凄凉，"泉路冥冥，知嫂待余久矣，余之归期，当已不远。余甚盼梦霞来，以余之衷曲示之，而后目可瞑也……余死之后，余夫必来，余之日记，必能入余夫之目，幸自珍重，勿痛余也。"

不知怎么回事，男主角在筠倩病死的时候还没赶到。最后梦霞就去参加辛亥革命，死于战场。

《玉梨魂》的这些情节，本来可以置疑。寡妇恋爱越界，绝望到让家人移花接木，虽然荒诞但也不是完全不可能。问题是男人居然接受，令人怀疑他的痴心誓言。更不可思议是小姑何以不拒绝？她到底为什么而成亲？为什么而殉情？这么荒诞离奇的故事，却能够被当时的读者接受（小说两年热销几万册），关键原因就是作品中最不可思议的核心情节，竟是作家亲身经历。徐枕亚，江苏常熟

---

[1] 张爱玲：《留情》，《传奇》增订版，上海：山河图书公司，1946年，第21页。

人，14岁入读虞南师范学校，20岁在无锡西仓镇鸿西小学堂任教，与学生寡母陈佩芬相恋。次年与陈的侄女（不是小姑）蔡蕊珠结婚。《玉梨魂》的核心故事——男人与自己恋人的亲属成婚，竟是徐枕亚的自叙传（作品是作家自叙传，远非郁达夫首创）。这是一个恐怕连编都编不出来的情节。中国古代爱情文学无数，描写寡妇恋爱的为数极少，更遑论演变成三人行。小说当然修改了部分事实，除了戏剧性的三人死亡悲惨结尾外，还有两个微妙改动：夏志清引用黄天石的说法："陈姓寡妇容貌相当动人，但她一只脚有点跛。"[1] 这个生理缺点在作品里当然被"美图秀秀"了，免得喜欢鸳鸯蝴蝶的读者扫兴。1997年《苏州杂志》第1期发表时萌的文章《〈玉梨魂〉真相大白》，说："佩芬没有梨娘贞洁，她在房内夜会情人时最终屈服他的激情之下。"而且后来，枕亚虽然强烈抗议，但"还是顺从了佩芬的转告与她的侄女蔡蕊珠成婚"。[2] 相比之下，夜会激情令今人觉得更加真实，寡妇守节则使令当时的读者更加感动。言情小说的真正关键，不在情，而在礼。只有坚守礼教底线，情感才能令人欲仙欲死。《玉梨魂》一方面从情节、文字两方面都加倍夸张了《西厢记》《牡丹亭》《红楼梦》的感伤—言情传统，同时又的确开启了现代文化工业意义上的"鸳鸯蝴蝶"风格。初写《玉梨魂》，作者只是用骈体文言表述自己的难言血泪，是言情也是言志。小说在《民权报》出版后大卖，徐枕亚却因是报社职员拿不到版税。他不甘心，诉知法院，胜诉后便自办《小说丛报》，并将同一故事改写成日记体的《雪鸿泪史》。"鸳鸯蝴蝶派"和革命文学一样，不仅是作家写作，也是读者、评家、市场与社会的共同创造。徐枕亚的《玉梨魂》记录了文人个人疗伤向言情文化生产的具体转化过程。

---

[1] 夏志清：《〈玉梨魂〉新论》，参见《夏志清论中国文学》，香港：香港中文大学出版社，2017年，第238页。

[2] 参见夏志清：《夏志清论中国文学》，香港：香港中文大学出版社，2017年，第264页。

```
        1880  1890  1900  1910  1920  1930  1940  1950  1960  1970  1980  1990  20
```

鲁迅   1881   1936

冰心   1900   1999

许地山   1893   1941

郁达夫   1896   1945

叶圣陶   1894   1988

丁玲   1904   1986

茅盾   1896   1981

沈从文   1902   1988

张恨水   1895   1967

刘呐鸥   1905   1940

穆时英   1912 1940

第二部

······1917—1941······

	1890	1900	1910	1920	1930	1940	1950	1960	1970	1980	1990	2000

巴金　　　　　1904　　　　　　　　　　　　　　　　　　　　2005

吴组缃　　　　　　1908　　　　　　　　　　　　　　　1994

施蛰存　　　　　1905　　　　　　　　　　　　　　　　　　2003

老舍　　　　1899　　　　　　　　　　　1966

萧红　　　　　　　　1911　　　1942

李劼人　　1891　　　　　　　　　　　1962

张天翼　　　　　　1906　　　　　　　　　　　　1985

1918　鲁迅《狂人日记》《药》《阿Q正传》

1921　冰心《超人》、许地山《商人妇》《缀网劳蛛》
1921　郁达夫《沉沦》《茫茫夜》《秋柳》
1925　鲁迅《伤逝》
1928　叶圣陶《倪焕之》
1928　丁玲《莎菲女士的日记》
1929　茅盾《创造》《动摇》

1930　沈从文《柏子》《萧萧》《丈夫》
1930　张恨水《啼笑因缘》
1930　刘呐鸥《游戏》、穆时英《白金的女体塑像》《上海的狐步舞》
1931　巴金的《家》
1932　吴组缃《官官的补品》
1933　茅盾《子夜》
1933　施蛰存《梅雨之夕》
1934　沈从文《边城》
1934　老舍《断魂枪》
1934　萧红《生死场》
1935　李劼人《死水微澜》
1936　老舍《骆驼祥子》
1938　张天翼《华威先生》

1941　丁玲《我在霞村的时候》

1918

鲁迅《狂人日记》《药》《阿 Q 正传》
"五四"新文学，到底"新"在哪里？

一　没有晚清，何来"五四"？

如果我们将"五四"新文学的特点，暂且简单概括成——一、白话文创作；二、相信科学民主，批判礼教吃人；三、忧国忧民，启蒙救亡；四、接受进化论等西方思潮——那么接下来的问题自然是，"五四"与晚清文学的关键性区别在哪里？

第一，白话文创作，除了鸳鸯蝴蝶派的《玉梨魂》外，大部分晚清重要的小说都已经在使用白话文，李伯元、刘鹗等人的文学语言，和"五四"小说没有本质区别。第二，启蒙救世，梁启超从理论到实践，早就开始了忧国忧民之路。李伯元想教官场的人怎么做官，老残路见不平、拔刀相助，这些文侠姿态，和"五四"以后的启蒙救世精神直接相连。第三，晚清文人也接受西学和"进化论"。《孽海花》状元主角相信声光化电能使中国开放进步，老残想救大船上国人，也需要外国罗盘。所以在白话文、启蒙救国与西学影响这三方面，人们很有理由说："没有晚清，何来'五四'？"

好像对待传统礼教的态度，有些差异。谴责小说要"现形"的"怪现状"大都违背儒家礼教人伦，鸳鸯蝴蝶派"痴乎情，止乎礼"，和"五四"激烈批判礼教吃人,有所不同。除此之外,从四大谴责小说,还有早期鸳鸯蝴蝶派,再到鲁迅(1881—1936)和"五四"新文学,还有什么重要的不同之处呢?

晚清"新小说"与五四"现代小说"的差异,学术界也有各种探讨。或曰继承古典传统,晚清注重"史传","五四"注重"诗骚"[1];面对外来影响,晚清欲拒还迎,"五四"激进模仿;作家生态,从小说谋利,到大学兼职;读者范围,从报刊市民,到青年学生;文化储备,从政治学兴趣,到心理学知识[2]……说得都有道理,但是其中至少有一个相当重要的不同,小说中心人物(及主题)的转移——官场官员形象在小说中的突然消失或被忽视,却很少有人统计讨论。

顺时序重读世纪初的重要小说,一个显而易见的文学现象是:梁启超和晚清谴责小说不约而同地把官场("官本位")视为中国社会问题的焦点。李伯元冷嘲"上上下下,无官不贪","不要钱的官员,说书人说实话一个都没见过"。吴趼人热讽社会各界怪现状,各种欺骗无奇不有,最荒唐的也是苟才、叶伯芬等官员。曾朴写即使考出来的文官,有心救国,却也好心办蠢事(重金购买假地图)。刘鹗笔下的贪官不好,清官更坏。如果不是批判,梁启超幻想中国他日富强,关键要素也还是依靠一个党、一个领袖,说到底还是期盼官员救国,并以治国之法治党,改造官场。《新中国未来记》两个主角长篇争议改良或者革命方案,焦点就是:可不可能有好官?民众能不能依靠好官?所以李伯元的《官场现形记》中那段话,可以代表晚清政治小说的集体的声音:"中国一向是专制政体,普天下的百姓都是怕官的……中国的官,大大小小,何止几千百个;至于

---

[1] 陈平原:《中国小说叙事模式的转变》,北京:北京大学出版社,2010年,第195—221页。
[2] "大致而言,影响与中国小说叙事模式转变的,在'新小说'家是政治学知识,在'五四'作家则是心理学知识。"陈平原:《中国小说叙事模式的转变》,北京:北京大学出版社,2010年,第23页。

他们的坏处，很像是一个先生教出来的……"[1]

从中心人物及文学主题方向重新讨论晚清和"五四"的不同，我们看到，鲁迅关心的重点不只是"官"，也不只是"民"（把"人民"作为中心是50年代以后的事情），要点就是"人"。文学的焦点从"官本位"转向"国民性"，这是"五四"与晚清的关键区别。

"人的文学"和晚清"官场文学"也有逻辑关系。如果李伯元讲得有理，无官不贪，甚至买官是一种"刚需"，那是不是说官员之贪，背后也有人性或国民性理由？如果老残说得有理，贪官不好，清官亦坏，那即使把所有的官都撤了，换一批民众百姓上去，但也还会有贪腐、专制？

鲁迅关于"立人"的想法，是在留学时期接受欧洲人文主义还有日本明治维新影响而逐渐形成。鲁迅和晚清作家们一样觉得中国病了。但他已不认为只是官场病了，只是政治危机导致民族危机。按照钱理群的概括，"民族危机在于文化危机，文化危机在于'人心'的危机，民族'精神'的危机：……亡国先亡人，亡人先亡心，救国必先救人，救人必先救心，'第一要着'在'改变'人与民族的'精神'。"[2] 鲁迅在辛亥革命前后冷眼旁观，对于新官旧政现象深感失望，"革命以前，我是做奴隶，革命以后不多久，就受了奴隶的骗，变成他们的奴隶了。"[3] 眼看官场换了新人，社会并没有进步，导致鲁迅与他的同时代作家同样批判社会，却不再（或很少）将官员作为主要的文学人物，也不再把暴露官场黑暗作为唤醒民众的主要方式，而是正视他们觉得是更复杂的问题：到底是贪腐专制官场导致了百

---

[1] 李伯元：《官场现形记》，徐俊西主编，袁进编：《海上文学百家文库·李伯元卷》下，上海：上海文艺出版社，2010年，第839页。
[2] 钱理群：《与鲁迅相遇：北大演讲录之二》，北京：生活·读书·新知三联书店，2003年，第70页。
[3] 鲁迅：《忽然想到·三》，《鲁迅全集》第3卷，北京：人民文学出版社，1981年，第216页。

姓愚昧奴性，还是百姓愚昧奴性造就了官场的贪腐专制？于是，鲁迅以及以他为方向为旗帜的"五四"新文学，仍然像《老残游记》那样以文侠姿态批判社会现实，还是像梁启超这样感时忧国、启蒙救亡，但是他们关心的焦点已不再只是中国的官场，而是中国的人，具体说就是人的文学，就是解剖国民性。

当时，人们都觉得"五四"是对晚清的超越，50年代再从"人的文学"发展到"人民文学"又好像是对"五四"的超越。可是今天再想，第一，中国的问题，关键到底是在官场，还是在民众，还是在"人"呢？第二，文学是否一定要（或者说有没有可能）解答中国的问题？"五四"百年，我们必须肯定鲁迅他们的突破意义。但是，鲁迅那一代又是否过于乐观了呢？晚清文学处理的"官本位"问题在中国果然已经不再重要了吗？

二 没有"五四"，何来晚清？

晚清作家谴责中国官场，其实有个安全距离。李伯元在租界，梁启超在横滨，老残行医也要和器重他的昏官搞好关系。鲁迅设身处地想象他的小说人物——本来有仕途，可是生病时看破礼教，不仅鄙视官场质疑庸众，更看出官民相通之处：欺软怕硬，自欺欺人。不仅骂主子，也怨奴才，要挑战整个主奴关系秩序。但是这个主人公既不能躲在租界，也不认识大官，那么，具体结果会是怎样？显然，结果就是得罪所有人，众人都过来围观、嘲笑，连小孩也表示鄙视，甚至家人也要可怜、禁锢这个病人——于是《狂人日记》就出现了。

你说大家都病了，结果大家为了证明自己没病，一定说是你病了，而且最后真的把你医好了，也就是说你必须跟大家一起病下去——鲁迅的深刻，就像下棋比其他人多想了好几步、好几个层次。

《狂人日记》写于1918年4月，初次发表在5月15号第4卷第5号的《新青年》月刊,后来收入小说集《呐喊》。钱理群等人解读鲁迅的关键词组之一就是"看"与"被看"。[1] 小说正文长短13段,长的有一至两页,短的一至两行,写的就是"我"看到自己被别人看。"赵家的狗,何以看我两眼呢……早上小心出门,赵贵翁的眼色便怪:似乎怕我,似乎想害我。还有七八个人,交头接耳的议论我,张着嘴,对我笑了一笑;我便从头直冷到脚跟……前面一伙小孩子,也在那里议论我……教我纳罕而且伤心。"[2] 看到自己被看,有两种可能,一是神经过敏,被迫害妄想,这是小说的写实层面,从医生角度解剖病人。二是思维敏捷,看穿别人的好奇、关心、照顾后面,其实是窥探、干涉与管制,这也是写实,但可以是象征。"看"与"被看",可以引申到另一组关键词,"独异"与"庸众"。很多人围观一个人,这是鲁迅小说后来反复出现的基本格局。这是鲁迅与很多其他作家不同的地方,也是"五四"文学与晚清以及后来"人民文学"不同的地方。

晚清小说假设多数民众(包括租界读者)对少数贪官有道德批判优势。延安以后写革命战争农村土改,更代表多数穷人声讨地主反动派。20世纪中国小说只有"五四"这个时期,只有在鲁迅等少数作家笔下,才会出现以少数甚至个别对抗多数的场面。

"个人的自大",就是独异,是对庸众宣战。……而"合群的自大","爱国的自大",是党同伐异,是对少数的天才宣战……这种自大的人,大抵有几分天才,也可说就是几分狂气,他们必定自己觉得思想见识高出庸众之上,又为庸众所不懂,所以愤世嫉俗……但一切新思想,多从他们出来,政治上宗教

---

[1] 钱理群、温儒敏、吴福辉:《中国现代文学三十年》修订本,北京:北京大学出版社,1998年,第40—41页。
[2]《狂人日记》,《鲁迅全集》第1卷,北京:人民文学出版社,1981年,第444—445页。

上道德上的改革,也从他们发端。所以多有这"个人的自大"的国民,真是多福气!多幸运![1]

鲁迅为什么支持个人独异,来批判庸众(今天叫"吃瓜群众")?一是强调"个人的自大""少数的天才"愤世嫉俗的价值,二是狂人知道围观他的众人,并不是官府爪牙,"他们——也有给知县打枷过的,也有给绅士掌过嘴的,也有衙役占了他妻子的,也有老子娘被债主逼死的……"换言之,这些包围他迫害他的人们,本身也是被侮辱、被损害者,他们不是主子,也是奴隶,可他们却帮着官场迫害精神独异者,这使鲁迅十分困惑。只是批判官场,庸众怎么办?

从"看"与"被看"的情节、"独异"与"庸众"的格局,自然引出更严重的主题:"吃人"与"被吃"。吃人可以象征某种物理生理伤害,比如说裹小脚、女人守节,包括鲁迅自己和朱安的无性婚姻等。小说中的吃人,又有更写实的所指:"狼子村不是荒年,怎么会吃人?"意思是历史上确有饥荒食人现象。还有爹娘或君主生病,儿臣割肉煮食,也是中国道德传统,甚至于食敌心肝、胎盘养生等。

从《狂人日记》开始,鲁迅的小说总有象征/写实两个层面并行。吃人主题更深一步,就是狂人怀疑自己是否也吃过人,被吃的人也参与吃人。这是20世纪中国小说中的一种比较深刻的忏悔意识,之前少见,之后也不多。

看到社会环境腐败,官场在危害百姓,导致民不聊生,这是晚清四大名著的共识。看到不仅官府富人,而且自身被欺的庸众看客,也是这黑暗中国的一个有机部分,这是"五四"文学的发现。看到肉体压迫吃人,礼教牢笼也吃人,鸳鸯蝴蝶派也会抗议。但是看到

---

[1]《随感录·三十八》,《鲁迅全集》第1卷,北京:人民文学出版社,2005年,第327页。

害怕被吃的人们,甚至大胆反抗的狂人,可能自己也曾有意、无意参与过吃人,这是鲁迅独特的忏悔意识。

一个短篇这么多不同层次,这么复杂的容量,一起步,就把现代新文学提高到很高的水平,难怪后来几乎成为鲁迅创作的大纲,在某种意义上,《狂人日记》也是整个现代中国文学的总纲。

如果说《狂人日记》是鲁迅全部作品的总提纲,那么《药》几乎可以说是20世纪全部中国小说的总标题(直到90年代,另一部畅销的严肃小说《活着》标志后半个世纪的中国故事)。以文学诊断社会的病,希望提供某种药物使中国富强,这是鲁迅小说的愿望,某种程度上,也是20世纪中国小说的集体愿望。

鲁迅的创作,当然跟他的衰落家境、少年经历、留学日本、教育部做官等个人经验有关,这些经验中的关键词就是"屈辱"。这些屈辱又常常和医和药有关。周家祖上原是大户望族,祖父因为科举作弊被判死缓,每年秋天都要等待宣布是否处死。父亲生病,鲁迅后来一直记得药铺的柜台和他身体一样高,药引要原配的蟋蟀。鲁迅最早的白话文章《我之节烈观》,就是批判对女性身体的公共管理。"原配蟋蟀"极为讽刺——可以想象十来岁的周树人和周作人,两个日后的文豪,在百草园里翻石头并且分头追逐各奔东西的蟋蟀,谁知道它们到底是正宗夫妻,还是小三,或者一夜情?

给父亲买药,是说得出的屈辱;被亲戚乡邻污蔑,说买药时偷家里钱,则是说不出的侮辱,连母亲都无法帮他洗清。因为这些流言和屈辱,鲁迅早早离乡背井,到江南水师学堂艰苦寄宿攻读新学。没想到接下来的屈辱又和医/药有关。在幻灯片里发现了日俄战争里华人麻木不仁地围观华人被当作俄军间谍砍头,于是觉得医身体不如医精神,这是一个说得出的刺激和转折点。但在仙台学医成绩中上,被日本同学污蔑说是藤野先生特别照顾,这又是一个说不清楚的屈辱。碰到这种事情,周树人不吵,而是忍,但绝不忘却。国事私事都不忘，持久的反省，持久的恨。后来顾颉刚、陈西滢议论《中国小说史略》是否抄袭盐谷温的《支那文学概论讲话》，20年代后期又同时遭到郭沫若和梁实秋左右两翼的批判等，鲁迅都是先忍，之后就一直不忘，时时反击。

更加需要忍耐的是他遵奉母命的与朱安的婚姻，明知不合道德，仍然服从成亲，这是一忍。结婚后坚决不同房，只当朱安为母亲媳妇，而不是自己妻子，这又是一忍。这何尝不是在被人吃的情况下也参与吃人呢？鲁迅常常说，他没有对读者说出他全部的真话。竹内好说："他确实吐露过诓骗的话，只是由于吐露诓骗的话，保住了一个真实。因此，这才把他从吐露了很多真实的平庸文学家中区别得出来。"[1] 鲁迅的真诚就在于他承认自己不真诚。是不是在处理与朱安关系方面，也有这种说不出来的真诚的不真诚呢？至少早期，鲁迅人生有不少关键选择，确实和"医"与"药"直接有关。即使弃医从文，他以自己创作来诊断医治中国社会的病，希望有某种"药物"使中国富强。

1902年梁启超的政治幻想就是一个理想药方。李伯元冷眼感叹官场到处是病，命意也还是匡世，是一种反面的药方。最典型的例子是老残，真的是摇铃江湖郎中。曾看好一大户人家的怪病，获银千两，这是以后老残可以谢绝做官、继续浪迹乡镇行医救人的本钱。后来老残又替不同的人看了不同的病。小说中白老爷侦破贾魏氏涉嫌下毒谋杀案，关键也是判断药的性质来源。老残的药大都灵验，特别神奇的是最后一章，到泰山找到返魂香，居然一下子把棺材里挖出来的13具无辜尸首一一救活。后来在金庸、梁羽生等人的新派武侠小说当中，神奇药方不仅治病，而且是推动剧情、改变历史的迷幻药。

---

[1] ［日］竹内好：《鲁迅》，李心峰译，杭州：浙江文艺出版社，1986年，第11页。

为什么《老残游记》里的药这么灵？因为老残眼里世间的病，病因比较清楚，就是贪官、清官压迫民众。所以江湖郎中路见不平，见的都是冤案——贪官乱判，清官不收钱就残酷乱刑。受害群体中有仆人农民，也有财主妓女，在老残眼里没有区别，都是受害人。老残的抒情文字十分美丽，老残的文侠勇气值得钦佩，老残看社会，官民阵线分明，所以老残的药十分灵验。

鲁迅写的人血馒头就不同了，在一个短篇《药》里，也是官场欺压民众，中间却至少有五个不同阶层。第一是官府，县老爷不必出场；第二是帮凶康大叔，红眼睛的（此人如在晚清小说就是没有面貌的衙役）；第三是茶馆众人，花白胡子、驼背五少爷，还有一个20多岁的人等，议论纷纷；第四是华老栓、华大妈、华小栓——普通被害者；第五就是造反派革命党夏瑜，以及他的家人夏四奶奶。

作家作为医生替社会看病，眼前官民之间有了至少五个阶层，病症就复杂了。第一层基本病因，官府镇压革命党，大家都知道。第二层并发症，帮凶卖烈士鲜血给民众，反而送了小栓的命。这个次生灾难，二、三、四层的人们都看不见，施害者与受害者都不知道救命药变成了杀人凶器。更吊诡的是，凶器既是旧社会药方，又直接来自革命者身体。客观上，如果二、三、四阶层的人继续愚昧，第五类人的革命，反而加重病情。再神奇的药也是毒药。

当时人们想，针对晚清的病，需要"五四"的药。百年之后人们又要反思，如果晚清的病一直不能断根，是因为"五四"的方子也不行？还是因为没有始终坚持用"五四"的药？

鲁迅和"五四文学"不是不写官民矛盾，而是不再以各级官员为主要人物，不再以各种官场为主要场景。鲁迅小说里当然也有"官场"背景，但不是高官丑行，而是突出爪牙帮凶（康大叔等）来衬托官场凶残。或者写一些读书人视"仕途"为堕落，魏连殳做了将军秘书很尴尬,"狂人"最后也"赴某地候补"。[1]

三 改造国民性,有没有可能?

最典型的解剖"官民共享"国民性的代表作,当然是《阿Q正传》。《阿Q正传》的评论史,也是20世纪中国文学批评史的一个缩影。50年代中期,钱谷融先生在著名论文《论"文学是人学"》中,引述了当时理论界关于阿Q的争论:"何其芳同志一语中的地道出了这个问题的症结所在:'困难和矛盾主要在这里:阿Q是一个农民,但阿Q精神却是一个消极的可耻的现象。'许多理论家都想来解释这个矛盾,结果却都失败了。……"[2]因为阿Q是农民,因此是好的。阿Q精神却是坏的,应该属于当时官员和官场。冯雪峰说阿Q和阿Q精神要剥离。阿Q主义是封建统治阶级的东西,它寄居在阿Q身上。[3]李希凡进一步认为鲁迅小说就是要控诉封建统治阶级怎么在阿Q身上造成这种精神病态。[4]何其芳因为不大相信阿Q精神像病菌一样在转移,说阿Q的精神胜利法,不同阶级的人也都可能有,结果这种"超阶级的人性论"就受到了批判。[5]

其实,鲁迅描写的阿Q精神,其生命力就在于既存在于民间也属于官场。之前晚清作家李伯元、吴趼人、刘鹗描述官场,重点是官欺压民。后来延安、50年代"人民文艺",重点是民反抗官。但鲁迅一代作家,却更关注了官民之间的复杂关系。今天你是弱势民

---

[1] 《狂人日记》,《鲁迅全集》第1卷,北京:人民文学出版社,2005年,第278—283页,第444页。
[2] 钱谷融:《论"文学是人学"》,原载《文艺月报》1957年第5期,引自上海新文艺出版社编:《"论'文学是人学'"批判集(第一集)》,上海:新文艺出版社,1958年。
[3] 同上。
[4] 同上。
[5] 同上。

众，万一明天做官，会不会重犯官场毛病？那毛病简而言之就是"阿Q精神"，既是官病，又是民疾。最佳注释就是阿Q的"土谷祠之梦"——

> 造反？有趣……来了一阵白盔白甲的革命党，都拿着板刀，钢鞭，炸弹，洋炮，三尖两刃刀，钩镰枪，走过土谷祠，叫道，"阿Q！同去同去！"于是一同去。……这时未庄的一伙鸟男女才好笑哩，跪下叫道，"阿Q，饶命！"谁听他！第一个该死的是小D和赵太爷，还有秀才，还有假洋鬼子……留几条么？王胡本来还可留，但也不要了。……[1]

第一要惩罚的是小D和赵太爷，一个是和他地位相近，甚至比他低的，一个是统治阶级。而且小D排在赵太爷之前。

> 东西……直走进去打开箱子来：元宝，洋钱，洋纱衫……秀才娘子的一张宁式床先搬到土谷祠，此外便摆了钱家的桌椅，——或者也就用赵家的罢。自己是不动手的了，叫小D来搬，要搬得快，搬得不快打嘴巴。……
>
> 赵司晨的妹子真丑。邹七嫂的女儿过几年再说。假洋鬼子的老婆会和没有辫子的男人睡觉，吓，不是好东西！秀才的老婆是眼泡上有疤的。……吴妈长久不见了，不知道在那里，——可惜脚太大。
>
> 阿Q没有想得十分停当，已经发了鼾声，四两烛还只点去了小半寸，红焰焰的光照着他张开的嘴。[2]

---

1 《阿Q正传》，《鲁迅全集》第1卷，第517页。
2 同上。

"土谷祠之梦"[1]作为对20世纪中国农民革命的观察想象,至少包含四个预言:一是造反者一旦胜利,首先要对付的不是宿敌,而是身边的同类;二是造反者要剥夺权贵的财富自己享用;三是造反者要驱使指挥自己的奴才;四是对权贵财富(比如女人)也要选择精华,不能全盘接受。

50年代的鲁迅研究权威陈涌认为"鲁迅是现代中国在文学上第一个深刻地提出农民和其他被压迫群众的状况和他们的出路问题的作家,农民问题成了鲁迅注意的中心",而阿Q土谷祠里的梦"是鲁迅对于刚刚觉醒的农民的心理的典型的表现","虽然混杂着农民的、原始的报复性,但他终究认识到革命是暴动,毫不迟移地要把地主的私有财产变为农民的私有财产",并且"破坏了统治了农民几千年的地主阶级的秩序和'尊严'",这都是表现了"本质上是农民革命的思想"。[2]1976年,"石一歌"进一步肯定阿Q的革命精神,"《阿Q正传》正是通过对资产阶级革命的不彻底性和妥协性的批判,揭示出了一个历史的结论:资产阶级再也不能领导中国革命了。"[3]要理解阿Q精神如何能贯通民间与官场,还需注意鲁迅作品里常常出现的两个关键词:"奴隶"与"奴才"。在鲁迅笔下,奴隶至少有三层定义。第一,清代的臣民,鲁迅自己说过,我是清代的臣民,所以就是奴隶。[4]第二,他在《灯下漫笔》里讲了一个非常经典的故事。袁世凯想做皇帝的那一年,因为财政困难,中国银行和交通银行停止兑换它的纸币,但政府又说纸币是照例可以用的,这时商家就不大欢迎,大家买东西的就不收中交票。

---

1 鲁迅:《阿Q正传》,《鲁迅全集》第1卷,北京:人民文学出版社,2005年,第540—541页。
2 陈涌:《论鲁迅小说的现实主义:〈呐喊〉与〈彷徨〉研究之一》,《人民文学》1954年第11期。
3 石一歌:《鲁迅传》(上),上海:上海人民出版社,1976年,第70页。
4 《花边文学·序言》,《鲁迅全集》第5卷,北京:人民文学出版社,2005年,第438页。

我还记得那时我怀中还有三四十元的中交票,可是忽而变了一个穷人,几乎要绝食,很有些恐慌……我只得探听,钞票可能折价换到现银呢?说是没有行市。幸而终于,暗暗地有了行市了:六折几。我非常高兴,赶紧去卖了一半。后来又涨到七折了,我更非常高兴,全去换了现银,沉垫垫地坠在怀中,似乎这就是我的性命的斤两。倘在平时,钱铺子如果少给我一个铜圆,我是决不答应的。但我当一包现银塞在怀中,沉垫垫地觉得安心,喜欢的时候,却突然起了另一思想,就是:我们极容易变成奴隶,而且变了之后,还万分喜欢。[1]

就是说原来属于你的东西,比如房子、金钱、趣味、说话权利等,所有这些东西是属于你的,但随时可以被剥夺。剥夺了以后还剩一点,撤回一点,你就十分欢喜。这是鲁迅对奴隶的第二层,也是比较经典的定义。

到了30年代,《南腔北调集》鲁迅对奴隶的看法又有发展:"一个活人,当然是总想活下去的,就是真正老牌的奴隶,也还在打熬着要活下去。然而自己明知道是奴隶,打熬着,并且不平着,挣扎着,一面'意图'挣脱以至实行挣脱的,即使暂时失败,还是套上了镣铐罢,他却不过是单单的奴隶。"

这就是鲁迅对奴隶的第三层定义,你是熬着、吃苦,但是你心里觉得不平、挣扎。

接着鲁迅说:"如果从奴隶生活中寻出'美'来,赞叹,抚摩,陶醉,那可简直是万劫不复的奴才了!他使自己和别人永远安住于这生活。"[2]

---

1 《灯下漫笔》,《鲁迅全集》第1卷,北京:人民文学出版社,2005年,第223页。
2 《漫与》,《南腔北调集》,《鲁迅全集》第4卷,北京:人民文学出版社,2005年,第604页。

第三层奴隶的定义，其实很接近 30 年代的革命主旋律。当时作家出版"奴隶丛书"。田汉作词的《义勇军进行曲》第一句是"起来，不愿做奴隶的人们"。[1] 郑振铎、瞿秋白等人翻译的《国际歌》，第一句也是——"起来，饥寒交迫的奴隶"。

简而言之，在鲁迅的笔下，奴隶是生态，奴才是心态，奴隶是被动的，奴才某种程度上是主动的。奴隶变奴才，需要具备三个条件：第一，要在奴隶生活当中寻找到乐趣、赞叹、抚摩、陶醉。第二，不仅被比自己强的人欺负，也会欺负比自己弱的人，就是见狼显羊相，见羊显狼相。第三，起来以后，也希望做主子，也要有自己的奴才。

理解了奴隶与奴才的关系，我们就可以重读《阿 Q 正传》了。

第一，精神胜利法，初衷是变态地消解屈辱（老被欺负怎么活下去呢），结果却是可以找到乐趣。鲁迅为什么花那么多笔墨写吃瓜群众，狄更斯也有文章批判围观杀头的那些兴奋的群众，尤其是小孩去占好位置看杀头。[2] 原来人类历史上这些示众、游街、剃光头、剥衣服，让人们吐口水、扔鸡蛋（过去在街上扔，如今在网络上）……基本功能还是让吃瓜群众找到奴才乐趣。这是由奴隶向奴才转化的初级阶段，是奴隶成奴才的基本条件。

第二，毕飞宇注意到《阿 Q 正传》第二章和第三章有个重大区别。《优胜记略》阿 Q 他都是跟未庄的闲人们打架，"在壁上碰了四五个响头，闲人这才心满意足的得胜的走了，阿 Q 站了一刻，心里想，'我

---

1 田汉创作的国歌歌词，1978 年 3 月 5 日起曾被集体填词的新版本取代，第一句是："前进，各民族英雄的人民！"副歌则是："高举毛泽东旗帜，前进！前进！进！"由于作家陈登科在全国人大会议上反复提出议案，1982 年 12 月 4 日国歌恢复旧歌词，首句仍是："起来，不愿做奴隶的人们！"十年"文革"时期，因田汉受批判，正式场合国歌只能演奏曲谱，不能唱歌词。

2 《我对这次行刑所展现的邪恶感到惊骇不已》，查尔斯·狄更斯写给《泰晤士报》编辑的信，1849 年 11 月 13 日。[英] 肖恩·阿瑟编著：《见信如晤》，长沙：湖南美术出版社，2015 年。

总算被儿子打了……'"[1]这些闲人看起来,是比阿Q更强有力的人,可是到了《续优胜记略》里,阿Q的对手变了,他跟王胡打,比较谁身上可以找到虱子。和那些打惯的闲人见面,阿Q是胆怯的,唯有面对着王胡,阿Q却非常勇武,结果竟也打输了。最后怎么办?只好在小尼姑脸上取得胜利。这就是说阿Q在《优胜记略》里是被侮辱和被损害者,但到了《续优胜记略》里面,就变成了侮辱与损害他人者。

这是鲁迅特别的贡献,写出被人欺负者,也欺负他人。人人负我,我亦负人人。李伯元批判的官场与老残同情的民间,在"阿Q精神"上是相通的。鲁迅写阿Q,不仅"哀其不幸,怒其不争"[2],而且"哀其被欺,怒其欺人"。

所以关键的转折点,就是摸了小尼姑新剃的头皮。毕飞宇用了一个倒读法,他说阿Q为什么被砍头?是因为被误认为革命党。阿Q为什么要革命?就是因为在村庄里他受欺压、遭排斥,最后生计都成了问题。阿Q为什么生计成问题?就是因为他性骚扰吴妈,犯了生活错误。阿Q为什么会有恋爱的悲剧?就是因为小尼姑说"断子绝孙的阿Q",引出了人类原始的繁殖本能。小尼姑为什么要骂他断子绝孙呢?(其实这个不大像一个尼姑的语言,一般情况下被摸脸就"阿弥陀佛"罢了)就是因为阿Q在闲人、王胡、小D面前都失败,结果却摸了小尼姑的光头。

在小尼姑身上,阿Q完成了从奴隶转向奴才的第二个条件。曾有人对鲁迅说,说在街上看到两种国人,一种像狼,一种似羊。鲁迅说,你看到的其实是一种,他只是在变。

---

1 《阿Q正传》,《鲁迅全集》第1卷,北京:人民文学出版社,2005年,第517页。
2 鲁迅在《摩罗诗力说》中称颂拜伦的人格和艺术,特别强调其"重独立而爱自由,苟奴隶立其前,必衷悲而疾视,衷悲所以哀其不幸,疾视所以怒其不争"。见《鲁迅全集》第1卷,北京:人民文学出版社,2005年,第82页。

从奴隶上升到奴才境界，第三个条件，就是前面引述的"土谷祠之梦"。要点是先杀同一阶级的弱者，然后才找官场老爷报仇。但又贪富家大床，又要小D去搬。村里女人，包括人妻，全部意淫一遍，阿Q也不是没有品位格调。

《阿Q正传》既描画国民性，又预言了中国革命。一部中篇小说交叉了20世纪中国小说的两个基本主题，所以百年来，学术界数不尽的阿Q研究，现实中也是看不完的阿Q风景。

当然，注意到国民性问题是一回事，能否改造国民性又是另一回事。阿城后来说："鲁迅要改变国民性，也就是要改变中国世俗性格的一部分。他最后的绝望和孤独，就在于以为靠读书人的思想，可以改造得了，其实，非常非常难做到，悲剧也在这里。"[1]

1　阿城：《闲话闲说：中国世俗与中国小说》，上海：上海三联书店，2019年，第92页。

1921

冰心《超人》、
许地山《商人妇》《缀网劳蛛》
文学研究会

一　现代中国文学的青春期

"五四"新文学在 20 年代刚刚起步，今天回头看，那是一个难得的青葱浪漫岁月，是百年中国文学中最自由的青春期，有相对宽松的政治文化气氛，有很多文学流派风格同时并存，还有比较开放、直率的文学批评。虽然当时作家们都是皱紧眉头，郁闷痛苦，只觉得处在黑暗时代，只觉得彷徨、忧郁。或许彷徨、忧郁正是青春期的标志。

形成一个文学流派，至少要有四个条件。第一，要有风格相近的作家，作品要有一定影响。第二，他们的文学观念比较接近。第三，要有自己的阵地，期刊或出版社。第四，最好还有自己的批评家，声援自己，批判别人，挑起或应对笔战。

20 年代最主要的文学流派，当然是文学研究会和创造社，其他还有语丝、新月、浅草、沉钟、现代评论等。有的社团，前后期都不一样，比如创造社。有的作家，参与几个派别，比方说周作人。

文学研究会 1921 年 1 月 4 日在北京成立，发起人有郑振铎、叶圣陶、周作人、许地山、王统照、耿济之、郭绍虞、孙伏园、瞿世英、朱希祖和蒋百里等。这些作家学者大都江浙出生[1]，在北京教书。他们有作品、有口号、有批评，但没有期刊，于是就邀请上海商务印书馆主编《小说月报》的沈雁冰（茅盾）加入，共12个人。除了50年代后的中国作家协会以外，整个20世纪中国文学中规模最大的文学团体，就是文学研究会。如果说鲁迅和创造社是留日派；徐志摩、胡适、闻一多、梁实秋等是英美派；那么文学研究会，基本上可以视为现代文学的"本土派"。夏志清的《中国现代小说史》，认为留日派比较激进"革命"，英美派讲求"改良"。如此推论"本土派"应该温柔敦厚，脚踏实地。文学研究会作家，首先是叶圣陶，然后才是冰心、许地山，还有鲁彦、王统照、王以仁、许杰等。叶圣陶的长篇《倪焕之》要到1928年才出版，按照小说发表时序，我们先读冰心的《超人》和许地山的《商人妇》。两个短篇同时发表在1921年《小说月报》第12卷第4期上。

冰心的一生贯穿了20世纪中国文坛，是百年中国小说的生命见证。她的创作风格，也是百年文学中的一个特例。人们喜欢冰心风格，但冰心只有一位。

冰心（1900—1999），本名谢婉莹，福州人。她是名副其实"五四"第一代作家，1921年参加文学研究会，后来读燕京大学、美国威斯利学院，再后来在燕京大学、清华大学女子文理学院教书。家庭婚姻对女作家的影响，比对男作家更加明显。冰心的父亲，是民国政府海军部司长，丈夫吴文藻是科学家。写短篇小说《超人》时，冰心才21岁。

---

[1] 文学研究会早期会员102人，浙江籍的36人，占总数35%；然后是江苏籍，24人，占23%；接下来分别是湖南籍8人、福建籍6人、江西籍5人、广东籍5人、四川籍3人、山东籍3人等。据吴福辉：《中国现代文学发展史》，北京：北京大学出版社，2010年，第130页。

二　超人与狂人

冰心一起步，并没有写少女情思、男欢女爱，《超人》作为问题小说，甚至没有一个多情的女主角。说明"五四"文学起步时，和晚清一样，文学家都在关心社会问题，都在解释"中国故事"。不过关心、解释的角度不一样，所以结论也很不一样。

《超人》写一个受了尼采哲学影响的宅男，以虚无眼光看世界，对邻居及周围的人都不理不睬，自己的生活冷漠孤独。直到某一天，他被邻居小孩生病呻吟的声音打动，于是想到慈爱的母亲、天上的繁星、院子里的花……突然就托房东程姥姥，送钱给禄儿医病。男孩的腿病好了，男主角的孤独病也有了转机。

狂人怕别人看他，以为人家要吃他。何彬这个超人，也是被人看，被很多人观察议论，说他冷心肠，拒绝、害怕众人。两个小说里，都有一人对众人的结构。狂人虽是独异的英雄，最后病被医好了，回归到众人觉得正常的候补官员身份。超人何彬，最后忧郁病也好了，回归到了大家所盼望的、感到很亲切的正常人的状态。

区别只是：对这个病好，鲁迅感到了绝望，冰心看到了希望。

程姥姥给何彬送饭，问他为何这样孤零。她问上几十句，何彬偶尔答应几句，"世界是虚空的，人生是无意识的。人和人，和宇宙，和万物的聚合，都不过如同演剧一般：上了台是父子母女，亲密的了不得；下了台，摘了假面具，便各自散了。哭一场也是这么一回事，笑一场也是这么一回事，与其互相牵连，不如互相遗弃；而且尼采说得好，爱和怜悯都是恶……"[1] 何彬对着房东或者包租婆讲尼采，其实不大自然。冰心的问题小说，稍微有点概念化。解救何彬

1　冰心：《超人》，收入《中国短篇小说百年精华》现代卷，中国社会科学院文学研究所当代文学研究室编，香港：香港三联书店，2005年，第81页。

虚无、孤独的病，药方就是三个——冰心的药方非常著名，一是慈爱的母亲，二是天上的繁星，三是院子里的花，分别代表了人伦、梦想和大自然。为什么后来冰心最流行的作品是美文小品？因为散文更适合于用这些美丽的辞藻，反复地表达爱的宗教。比方说冰心说，"世界上的母亲和母亲都是好朋友，世界上的儿子和儿子也都是好朋友"，这样的议论作为小说情节有点虚，在散文中却容易被人记住或抄在笔记簿上。

冰心当初和鲁迅一样，试图从人心的角度探讨社会问题。今天大部分大学生也说他们相信冰心的"爱"，但同时觉得鲁迅写的"恨"更加真实。想深一层：鲁迅写了这么多恨，其实他相信"创作总根植于爱"[1]。

现在文化工业也有不少超人系列，除了电影《超人》，还有《蜘蛛侠》《蝙蝠侠》《蚁人》等。要满足大众审美趣味，超人必须同时兼有超越常人的能力、冷静、智慧，同时一定还要有常人的温和、可笑、痴情。"五四"初期，鲁迅和冰心分头塑造了两个人物，一个是抵抗绝望的狂人，最后抗争失败。一个是被温情感动的超人，最后不再孤独。这是"五四"文学理解人性的两个梦想。

冰心小说让何彬发现爱心走出虚无，不太困难。因为他的独异，只是因为看尼采看多了。男主角并没有像当时不少国人那样，先受侮辱，遭损害。设想假如何彬是逃婚出来，断了和母亲的联系（鲁迅也不敢这样写狂人），又或者何彬像徐枕亚那样痴爱一个寡妇，结果女人为他而死，想想那时他的愤怒、绝望怎么宣泄？天上繁星、院子里的小花能救他吗？又或者，邻居们很热情要关心孤独的何彬，可他竟在房中因忧郁症而自慰，怎么办呢？

---

1 鲁迅：《而已集·小杂感》，《鲁迅全集》第3卷，北京：人民文学出版社，2005年，第556页。

这样的阅读期待，有点愧对冰心。

三 《商人妇》与《祝福》

许地山（1893—1941），笔名"落华生"，出生于晚清的台湾，逝世于英殖的香港，读书在燕京大学、纽约哥伦比亚大学、英国牛津大学，曾学习法文、德文、希腊文、拉丁文、梵文，研究史学、印度学、佛教、道教等。跨地域文化背景、多种语言能力和宗教兴趣，是许地山的特点。《商人妇》写男叙事者在船上听一个穿着印度服装的福建女人讲述自己的传奇人生。女性口吻，经过陌生男性转述，还有方言注解。

"我十六岁就嫁给青礁林荫乔为妻。"不管是船上的知识分子，还是用土语（闽南语）讲话的商人妇，他们都用第一人称"我"叙事（到本世纪末《活着》也还是用这种双重第一人称，总是由知识分子传观／记录民众诉苦）。女人和老公关系很好，从不拌嘴。福建女人贤惠，就连老公赌钱输了家产也能原谅（后来福贵老婆也一样）。因为经济困境，老公决定只身"过番"（出洋谋生）。临走男人答应常常写信。如果五六年不回，你就来找我。

分离时，女人20岁，等了10年，全无消息，女人就去了新加坡，千里寻夫。居然找到，但男人已经开店发财，人也发胖，还娶了个马来女子。

这种故事，在《官场现形记》里见多不怪。官员或商人，事业顺或不顺，突然家乡原配找来，或者给笔银子打发走人，或者设法收容，小团圆。但没想到那个男人自己不出面，竟由马来姨太太设计把女主角卖去印度，不仅不负责，还要赚一笔。是极品渣男，还是废品渣男？这个问题，到小说结尾还是悬念。

印度人阿户耶，是伊斯兰教徒地产商，因为在新加坡发了点财，就多娶一个姬妾回乡，商场战利品。本来已有五房，女主角就成了六姨太。改名叫利亚，脚可以放了，鼻上穿一个窟窿，上面放了一个钻石的鼻环。五个妻子，只有第三个和女主角关系好。其他的太太们，要么不停地摸女主角的小脚——表示羡慕，要么在男主人面前搬弄是非。只有第三妻，教女主角一些孟加拉文跟亚剌伯文（阿拉伯文），而且还给她讲一些"阿拉给你注定的"之类的哲理。

"我和阿户耶虽无夫妻的情，却免不了有夫妻的事，所以到了印度的第二年就有了孩子。"在船上讲身世，七八岁的孩子就在身边。生小孩时也是第三个妻子帮忙，不久第三妻被休，从此女主人公生活更苦。后来男主人死了。当地法律是妇人于丈夫死亡130天以后就得到自由，可以随便改嫁。因为害怕其他几个妻子会联手迫害，女主人公等不到130天就想逃走。先想逃去邻居哈那的姐姐处，本来要抛弃小孩，告别时于心不忍，就带着小孩一起逃（决定命运的选择）。先逃到邻家，再雇船到火车站。车开了，却发现买错票了。到一个小站，赶紧下来，想等别的车，但神情恍惚，居然把启明星都看成了车头灯，旁边路人都在笑她。不过对着启明星，女人下了独立生活的决心。之后她把自己鼻子上的钻石拿下来，换了一个房子（此处可插钻石广告），又在学校念书，而且抚养孩子，还常去教堂。在船上，女主人公说："现在我要到新加坡找我丈夫去，因为我要知道卖我的到底是谁。我很相信荫哥必不忍做这事，纵然是他出的主意，终有一天会悔悟过来。"[1]

这篇小说，可以和鲁迅的《祝福》对照来读。都是一个苦命女人，被迫要嫁两个男人；都是在和命运搏斗中，听从另外一个女人的劝告（第三妻或柳妈）。劝告都是宗教或礼教（"精神鸦片"），"命

---

[1] 许地山:《商人妇》，1921年4月发表于《小说月报》第12卷第4号，收入许地山:《缀网劳蛛：许地山小说菁华集》，长沙：湖南文艺出版社，2011年。以下小说引文同。

运是阿拉的安排","你快去捐门槛,否则两个男人在死后要抢你"。但结局不同。一个原因是商人妇一念之差带上了孩子,否则日后悔恨终生。祥林嫂一念之差让阿毛雪天出去,被狼叼走,之后抱怨终生。另一个原因,就是许地山觉得信仰有益,"精神鸦片"有医疗作用。鲁迅却坚信正是礼教(而不只是贫穷)害死了女主人。《商人妇》在小说结尾,还在执着她的唐山文化,要查明老公的心到底是否有意要害她。女人回到新加坡,发现她老公因为卖妻名誉受损,在唐人街生意衰败——证明他有他的报应。女主人公说:"先生啊,人间一切的事情本来没有什么苦乐的分别:你造作时是苦,希望时是乐;临事时是苦,回想时是乐。我换一句话说:眼前所遇的都是困苦;过去、未来的回想和希望都是快乐。"

四 "圣母"颂:《缀网劳蛛》

要理解许地山,还要读他的代表作《缀网劳蛛》。

美貌如玉的女主角尚洁原是童养媳,靠了长孙先生的帮助,逃出了婆家,之后就和长孙先生像夫妻一样生活,主要是感恩,并非爱情。夫妻形式、家庭组织,倒是一丝不苟。尚洁说:"我虽然不爱他,然而家里的事,我认为应当替他做的,我也乐意去做。因为家庭是公的,爱情是私的。"[1]

这时距离《玉梨魂》只有七八年,中国人的道德观念变化巨大。

《缀网劳蛛》的重点还不在尚洁的婚姻观,而是她怎么对待命运与屈辱。某天丈夫不在,家里爬进一小偷,自己跌坏了腿,被仆人抓到。尚洁说"别打,别打",把小偷抬进家,还要帮他治疗腿伤——

---

[1]《缀网劳蛛》,1922年2月发表于《小说月报》第13卷第2号。收入《缀网劳蛛:许地山小说菁华集》,长沙:湖南文艺出版社,2011年。以下小说引文同。

有点像雨果《悲惨世界》，冉·阿让偷神父餐具被警察抓到，神父再送两个银烛台。此事改变了冉·阿让的一生。正当尚洁学习神父感化小偷时，长孙先生回来，看见妻子触碰别的男人的身体，火冒三丈，拿小刀刺伤尚洁的肩膀。尚洁不仅受伤，还被指责不贞，受教会惩罚。尚洁也不反抗，放弃财产，留下孩子，在朋友帮助下去了一个土华地方，隐居静养。之后就教书，平静生活。

三年以后，忽然朋友来访，说丈夫已经知道错怪你了，表示忏悔，要接她回去。因为牧师劝告，长孙先生才会忏悔。"尚洁听了这一席话，却没有显出特别愉悦的神色，只说：'我的行为本不求人知道，也不是为要得人家的怜恤和赞美；人家怎样待我，我就怎样受，从来是不计较的。别人伤害我，我还饶恕，何况是他呢？他知道自己的鲁莽，是一件极可喜的事。'"

后来尚洁真的回家，丈夫不好意思，反去别处修行，以示悔改。小说结尾时，美丽的尚洁非常安静地把自己比作蜘蛛，说了一段现代文学史上的名言：

> 我像蜘蛛，命运就是我的网。蜘蛛把一切有毒无毒的昆虫吃入肚里，回头把网组织起来。它第一次放出来的游丝，不晓得要被风吹到多少远，可是等到粘着别的东西的时候，它的网便成了。它不晓得那网什么时候会破，和怎样破法。一旦破了，它还暂时安安然然地藏起来，等有机会再结一个好的。……人和他的命运，又何尝不是这样？所有的网都是自己组织得来，或完或缺，只能听其自然罢了。

100年后，在看理想"20世纪中国小说"栏目中读《缀网劳蛛》，却有不少网友说受不了这个"圣母"。如果说《超人》是"治愈系"，许地山笔下的"圣母"遭受屈辱磨难，逆来顺受、心静如水，只有宽恕，毫无怨恨，基本上属于"佛系"。与晚清小说比，文学研究会诸作家更少责怪别人怎么对我，更多反省我怎么对别人。

"五四"把批判焦点偏离官场，转向国人自身。每个人都要面对令人屈辱的现实，问题在被侮辱被损害以后怎么办？在已经读过的几篇"五四"早期小说里，已经看到几种可能的应对屈辱的方法。第一种，忍耐，逃走。如果运气好，像《商人妇》那样，有钻石的鼻环，又靠读书、宗教、儿女等，也许能走出一条新路。第二种，自我安慰，精神胜利法，《优胜记略》。第三种，把自己受的气转向更弱者，《续优胜记略》，以及土谷祠革命造反梦。第四种，用"爱"，以德报怨。许地山是忍受屈辱，平静宽恕。冰心则基本上感受不到屈辱，她的小说，最与众不同的是，用她的眼光看世界，总是那么美好。而且，坚持爱的信念，一百年不动摇。

1921

郁达夫《沉沦》《茫茫夜》《秋柳》
民族·性·郁闷

文学研究会直接关心社会问题,用写实方法同情被侮辱与被损害者。创造社则推崇自我表现,追求浪漫主义抒情。夏志清说:"文学研究会是一个对文学抱着严肃态度,而深具学术气氛的团体。"[1] "严肃态度",是反对鸳鸯蝴蝶派"娱乐""游戏","学术气氛"则与创造社划清界限。一般来说,文学研究会比较注重学识、人格和道德修养。创造社更加相信天才、灵感和艺术感觉。不过创造社的小说家郁达夫(1896—1945),认为将"为人生的艺术"和"为艺术的艺术"对立是一种误解。"因为艺术就是人生,人生就是艺术"[2],在描写个人和民族的屈辱感方面——屈辱感是20世纪中国文学的一个核心情结——和文学研究会其实很有相通之处。

郭沫若、郁达夫、成仿吾、张资平、田汉等人,都是留日学生,但都不读文学专业。郭沫若学医,郁达夫学经济,成仿吾学兵器专业,张资平是地质学。在新文学史上,一般认为《狂人日记》是第一篇

---

1 夏志清:《中国现代小说史》,香港:香港中文大学出版社,2001年,第44页。
2 《文学上的阶级斗争》,写于1923年5月19日,原载1923年5月27日《创造周报》第三号,收入《郁达夫文集》第5卷,花城出版社/香港三联书店,1982年,第135页。

小说,郁达夫的《沉沦》是第一部小说集。[1] 作为新文学的最初实践,从一开始就显示了"五四"与晚清的不同联系方式:鲁迅发展深化谴责小说的社会批判,郁达夫既突破又延续晚清的青楼小说传统。

如果沿用"看与被看"的线索来读《沉沦》,小说通篇也都在自述男主人公"被看"的感受——不过不是害怕被人看被人"吃掉",也不是拒绝他人关心,而是抱怨"怎么没人看我",特别是没有女人来看我。不受重视,不受关注,没有得到渴望的爱,这才造成了男主角的另一种孤独、凄清,甚至也是屈辱感。如果说作品里也有独异跟众人的对立关系,那么这个众人就是日本人,就是异国他乡的环境。小说的第一段:

> 他近来觉得孤冷得可怜。……在黄苍未熟的稻田中间,在弯曲同白线似的乡间的官道上面,他一个人手里捧了一本六寸长的 Wordsworth 的诗集,尽在那里缓缓的独步。……他眼睛离开了书,同做梦似的向有犬吠声的地方看去,但看见了一丛杂树,几处人家,同鱼鳞似的屋瓦上,有一层薄薄的蜃气楼,同轻纱似的,在那里飘荡。"Oh, you serene gossamer! You beautiful gossamer!"(你平静的轻纱,你这优美的轻纱)这样的叫了一声,他的眼睛里就涌出了两行清泪来,他自己也不知道是什么缘故。[2]

整整第一章都是这样的内容。直到第二章的第一句,还是"他的忧郁症愈闹愈甚了"。文笔优美冗长,有抒情感少戏剧性。在今

---

[1] 其实,陈衡哲的短篇《一日》,发表在 1917 年的《留美学生季报》上,时间比《狂人日记》更早。鲁迅第一篇小说是文言的《怀旧》。而郁达夫的《沉沦》其实包含三个中短篇,最早一篇是《银灰色的死》。

[2] 郁达夫:《沉沦》,写于 1921 年 5 月 9 日,收入小说集《沉沦》,1921 年 10 月上海泰东书局出版;引文据《郁达夫文集》第 1 卷,花城出版社/香港三联书店,1982 年,第 16—17 页。

天读者看来,这个留学生不用打工,功课也不忙,在日本田野读英国诗,平白无故掉泪。为什么这部小说居然可以和《狂人日记》同时一举成名?

一 《沉沦》中的屈辱感:"穷国男人"的"现代病"

简而言之,《沉沦》写一个穷书生在异国的性苦闷。这里有三层意思,一是书生除了才、情、愁,还要穷和病(见《银灰色的死》),才有道德优势,令人同情。二是性忧郁不仅是精神追求也有生理苦闷(证明两者的联系或不联系是郁达夫对青楼传统的传承与突破)。三是异国背景后来又可以发展为爱国主题。郁达夫在《沉沦·自序》中说,这是"描写一个病的青年的心理,也可以说是青年忧郁病 hypochondria 的解剖,里面也带叙着现代人的苦闷"。[1] 将忧郁病译成 hypochondria,在时间意义上,传统的"士"的自艾自怜无病呻吟被翻译转化成一种似乎具有某种"现代性"的科学的疾病隐喻;在空间意义上,中外文夹杂的异国文化优势又反过来证实主人公的国族身份危机。hypochondria 也可译成"疑病症"。《沉沦》主人公其实或许并没有病,性欲苦闷也是人之常情,小说的关键就在于疑心并忏悔自己有了病(在异国他乡损坏了父母给的身体还不能修齐治平)。这种疑心和忏悔才是病,才是表演的沉沦。

狂人反抗的礼教,也包含对情欲的压抑,鲁迅自己数十年的无性婚姻,也是"超人"的生活。《沉沦》男主角的孤冷忧郁,外表看又像冰心笔下的何彬。百年后的今天,与世抗争的狂人其实不多,感动超人的心灵鸡汤虽有市场,真的冰心也十分罕见。反而"郁达夫式的苦闷"(不妨简称"郁闷"),倒是现实中网络上的常见情绪。"郁

---

[1] 小说集《沉沦》,1921年10月上海泰东书局出版。

闷"的两个基本要素，一是民族，一是"性"。当今中国网络，凡事牵涉民族，或牵扯性，必成热点，加在一起就几何级数地热。回到清末民初，中国的基本困境，是在与其他民族的碰撞之中的"被国家"——我们本来是"天下",现在被迫要想象自己是一个国家(而且还是穷国弱国)。士大夫如何作为"穷国的人"(也是一种"穷人")渴求或拒绝同情，郁达夫较早触及这个屈辱性主题，对后来刘以鬯、白先勇等作家一再描述士大夫的异乡"穷境",都有复杂影响。而且，"穷国人"的心态也不会随着国家渐富而马上消失(有时自卑反而随自傲同步增长[1]),所以"民族·性·郁闷"在国民心理层次延续至今，也是"五四"的直接遗产之一。

　　《沉沦》中的民族屈辱感，主要通过女人"他者"的目光而感知。小说有四个关键情节，一是主人公因自慰而羞愧，二是偷窥房东女儿洗澡，三是在野地里听到路人做爱，四是在妓院写爱国旧体诗。偷窥文字有些笨拙："那一双雪样的乳峰！那一双肥白的大腿！这全身的曲线！"后来台湾学者水晶把这段文字作为反面教材，用来证明张爱玲《红玫瑰与白玫瑰》当中的性欲文字如何精彩。其实郁达夫在《过去》等小说中，写性的文字也可以很细微。有趣的是，少女发现冲凉被人偷看，跑去告诉父亲，她父亲却只是哈哈大笑。或许大正年间，日本还有男女共浴的民俗，郁达夫写的偷窥，虽不高尚，却也无伤大雅。

　　如果说《三言二拍》某些篇章是以欣赏态度写堕落行为,《沉沦》则是以痛苦态度写正常人性。"五四"时期郁达夫写"性",细节、文字、技术层面，其实没有超越古典小说，但是观念和态度有些变化。

　　郁达夫，本名郁文，浙江富阳人，1896年出生，也是早年丧父，

---

[1] 比如张承志《金牧场》主人公认为描写"穷国的人可以失礼",张承志:《金牧场》,兰州:甘肃人民美术出版社,2013年。

小康家庭堕入困境，然后有旧式婚姻，后来又自由恋爱——这是很多"五四"男作家的共同背景。1922年3月，郁达夫获得东京帝国大学经济学学士学位，回国主持早期创造社，后来又到安庆、北京、武汉、广州等地教书。20年代前期，郁达夫小说往两个方向发展，一是关心社会，描写底层——《春风沉醉的晚上》《薄奠》。二是书写青楼小说——《茫茫夜》《秋柳》。文学史通常只讲前一条线索，强调郁达夫回国以后，从"性的苦闷"转向"生的苦闷"，然后再写"社会苦闷"。

二 《茫茫夜》中的同性恋描写

在20年代上半期，郁达夫一方面鼓吹无产阶级文学，"我想学了马克思和恩格耳斯的态度，大声疾呼地说：'世界上受苦的无产阶级者，在文学上社会上被压迫的同志，凡对有权有产阶级的走狗对敌的文人，我们大家不可不团结起来，结成一个世界共和的阶级，百折不挠的来实现我们的理想！'"[1]他自己也的确创作了关注同情关注劳工穷人的小说。但几乎同一时期，他又写了一些青楼狭邪小说，《茫茫夜》发表在《创造》季刊创刊号上。两年后又发表续篇《秋柳》。很多后来的《郁达夫作品选》，有意不选《秋柳》，大概觉得是他的失败之作。在我看来，这是一篇重要的作品。

《茫茫夜》几乎没有故事，就是三个男人送于质夫上船，两个是二十七八岁的留日同学，大概其中一个的原型是郭沫若。另一个是19岁的纤弱青年，"他的面貌清秀得很。他那柔美的眼睛，和他

---

[1] 《文学上的阶级斗争》，写于1923年5月19日，原载1923年5月27日《创造周报》第三号，收入《郁达夫文集》第5卷，花城出版社／香港三联书店，1982年，第140页。

那不大不小的嘴唇,有使人不得不爱他的魔力。"[1]男主人公于质夫对这个病弱的"小鲜肉"吴迟生,感情特别。送别过程当中,于质夫时时捏着迟生的手,又让另外两个朋友先回,留下迟生在船上道别。"他拉了吴迟生的手进到舱里,把房门关上之后,忽觉得有一种神秘的感觉,同电流似的,在他的脑里经过了。在电灯下他的肩下坐定的迟生,也觉得有一种不可思议的感情发生,尽俯着首默默地坐在那里。"于质夫想迟生跟他一起去安庆,被婉言拒绝。吴说我们分开两地,也不会疏冷感情,你难道还不能了解我的心吗?"听了这话,看看他那一双水盈盈的瞳仁,质夫忽然觉得感情激动起来,便把头低下去,搁在他的肩上。"一个男人把头搁在另一个男人的肩上,什么意思?

船开走后,小说倒叙过去几个月男主人公和迟生的关系。初见就迷上他,知他有肺病,便幻想带他到日本疗养,当然就是幻想(都是穷书生)。时不时就把迟生的手捏住了。有天晚上走在马路上,天气太冷,质夫就问迟生:"你冷吗?你若是怕冷,便钻到我的外套里来……"他不是把外套脱下来给他穿,而是叫他钻到自己的外套里。"迟生听了,在苍白的街灯光里,对质夫看了一眼,就把他那纤弱的身体倒在质夫怀里。质夫觉得有一种不可名状的快感,从迟生的肉体传到他的身上去。"

于质夫说回国之后,他的性欲变了一个方向。但同时又说:"以为天地间的情爱,除了男女的真真的恋爱外,以友情最美。"这是他对自己和吴迟生关系的理性定位。到底小说是不是在写同性恋?的确有几次捏着男人的手,头靠在肩上,甚至身体钻到他的外套里。文字感觉微妙,但再进一步的细节也没有了。

---

[1] 《茫茫夜》,原载 1922 年 3 月 15 日《创造》季刊第 1 卷第 1 期,收入《郁达夫文集》第 1 卷,花城出版社 / 香港三联书店,1982 年,第 116—146 页。以下《茫茫夜》引文,均依据花城出版社 / 香港三联书店版。

于质夫定义的男人之间的"友情",似乎并不等同于男女性爱。他到安庆以后,想念了一阵吴迟生,但又跑去青楼宣泄他的苦闷。郁达夫写男人之间的肢体接触,笔调比较赞美、欣赏。相比之下,后期小说《她是一个弱女子》描写大革命中左、中、右三种立场的女性,其中女性之间的性爱,基本上作为负面人物的行为特征。同性关系男的可以女的不行,这种有意无意的"男女有别",是不是中国小说的某种"潜规则"?《红楼梦》里宝玉爱书童,或者古典文学中的文人断袖,都不算丑恶行为(当然也不会取代超越男女之恋)。女性之间的肢体接触,即使明明存在,比方春梅、潘金莲和西门庆在同一张床上,却还是男性的需求角度,并没有明显的女同性恋倾向。早期现代文学写同性关系是否也"重男轻女"?案例太少,不足以下结论。但郁达夫确是较早触及这个题材的作家,虽然只是点到为止,已经受到批判。1921年《最小》报发表张舍我的文章《谁做黑幕小说》,指责"那些以提高小说艺术价值的新文化小说家,竟会专门提倡兽性主义。描写男和男的同性恋爱。简直说一句。描写'鸡奸'。读者不信。请看《创造》杂志第一二两册内郁某的小说"。[1] 有心的"同志"真的找来看,恐怕会失望。

《茫茫夜》后半段写男主人公到安庆后十分郁闷,某晚到街上小店里买了一根针并讨来女店员旧手帕,然后回家用针刺自己的脸,"本来为了兴奋的原故,变得一块红一块白的面上,忽然滚出了一滴同玛瑙珠似的血来。他用那手帕揩了之后,看见镜子里的面上又滚了一颗圆润的血珠出来。对着了镜子里的面上的血珠,看看手帕上的猩红的血迹,闻闻那旧手帕和针子的香味,想想那手帕的主人公的态度,他觉得一种快感,把他的全身都浸遍了。"

---

[1] 参见孔庆东:《百年中国文学总系·谁主沉浮》,济南:山东教育出版社,1998年,第203—204页。

《茫茫夜》的续篇《秋柳》进一步延续郁达夫的这种颓废艺术，而且跟《海上花列传》的传统遥相呼应。《茫茫夜》结尾处，于质夫被同事吴风世带去当地的一个妓寨鹿和班。人家问他要什么样的姑娘，他说了三个条件，第一要不好看的，第二要年纪大的，第三要客少的。结果真的就给他找了一个又笨又不好看的海棠。坐在那里聊天，一个小时以后就走了。

三 《秋柳》与青楼小说传统

《茫茫夜》1922年引人注目地发表在《创造》季刊第1卷第1期，续篇《秋柳》同年7月已写成，内容更具挑战性，但到1924年10月才在北京《晨报副镌》上修改发表。说明这个阶段，郁达夫在上海主持创造社，又到北京教书，和鲁迅交往，创作上少了一点傲气自信，多了几分犹疑思考。小说开篇接着《茫茫夜》的情节，讲认识海棠的第二天，学校风潮，校长辞职。于质夫却在午饭时间又跑去鹿和班。（午饭时间？去食堂吗？）海棠有一个假母，40多岁很矮的女人，陪他说话。海棠表情木讷冷淡，隔壁乳母，又抱来一个小孩。（男人大白天去青楼，又是假母，又是小孩，找什么乐趣？）于质夫走后，碰到同事吴风世——他是一个章秋谷式的高手，说不是海棠冷淡，她就是忠厚老实。这样说法，反激起了于质夫的救世热情（"五四"知识分子喜欢救世救人）。"我要救世人，必须先从救个人入手。海棠既是短翼差池的赶人不上，我就替她尽些力罢……可怜那鲁钝的海棠，也是同我一样，貌又不美，又不能媚人，所以落得清苦得很……海棠海棠，我以后就替你出力罢，我觉得非常爱你了……"

老残赎翠环时还半推半就，郁达夫的嫖界宣言竟大言不惭。当时文人扮侠客拯救风尘女子，好像问心无愧——他们不是独自寻欢，还有同事朋友在场。一开始貌似模拟《花月痕》溢美派，企图在风尘女子身上寄托真情寻找真爱，但很快破灭。中间也穿插溢恶派《九尾龟》章秋谷式的嫖客经验（他同事介绍怎么保密，怎么付钱，对方会不会有病等具体操作问题）。但总体而言，《秋柳》男主角，既没有碰到纯情妓女，也没撞上骗人尤物。小说不仅在写实基调上学习韩邦庆"近真"笔法，而且更重要的是延续《海上花列传》的青楼家庭伦理化主题。《海上花列传》里有几个故事都写青楼与家庭人伦之关系。恩客陶云甫说要娶李漱芳为正室。本来娶妓为妾已是好出路，陶云甫愿望虽好，但没成功。之后再想赎她为妾，漱芳拒绝，最后病死。女主角沈小红和恩客王莲生，互相不能容忍对方接近别的异性。妓女、嫖客的关系，变得像夫妻一样严肃。赵二宝得到兄长和母亲默许，下海为娼，格外悲惨。总之《海上花列传》里的欢场故事，大都写在妓院虚拟家庭伦理。青楼小说里男女交往方式，主要不是肉体，而是打牌、吃饭、抽烟、谈笑，还琴棋书画，恩客在一段时间内只跟一个妓女来往。这种行为关系一旦发展，就会变成对家庭道德的戏仿（李伯元、吴趼人小说里都不乏叫局演变成妻妾的例子）。《秋柳》中，于质夫和同事及校长，还有两个男客倪龙庵、程叔和，他们和鹿和班妓女们在一起。荷珠是姓吴同事固定女伴，15岁"清倌人"碧桃和于质夫整天打闹、嬉笑、说话。校长旧情人翠云是个年老的妓女。此外再加上貌丑的海棠，《秋柳》反复描绘的细节场景都是这些人一起打牌、喝酒、嘻哈、玩闹，还到游乐场去吃饭，并组成一对对男女"情侣"关系。众人逼迫于质夫在海棠处过夜。细节却一点都不性感，远不如他与吴迟生的肢体接触那么温柔。他原来都不想碰这个女人，后来改了主意，"本来是变态的质夫，并且曾经经过沧海的他，觉得海棠的肉体，绝对不像个妓女。她的脸上仍旧是无神经似的在那里向上呆看。不过到后来她的眼睛忽然连接的开闭了几次，微微的吐了几口气。那时窗外已经白灰灰的亮起来了。"

看到郁达夫的主人公最堕落的这一个时刻，读者至少会有两个问题：第一，于质夫作为新派知识分子，在小说里是一直穿着洋服的学校教员，怎么向学生或者说向他自己解释去青楼购买性服务这个事实？第二，《秋柳》模仿《海上花列传》式的青楼生活家庭化，但两者有什么分别呢？或者说"五四"的青楼小说对晚清传统，除了传承还有没有突破？

同事倪龙庵，听说于质夫去了鹿和班，装出一副惊恐的样子，"你真好大的胆子，万一被学生撞见了，你怎么好？"于质夫回答说，"色胆天样的大。我教员可以不做，但是我的自由却不愿意被道德来束缚。学生能嫖，难道先生就嫖不得么？那些想以道德来攻击我们的反对党，你若仔细去调查调查，恐怕更下流的事情，他们也在那里干哟！"说得好像理直气壮，"救世先救人，我先救海棠"，当然是自欺欺人。真有学生要来找他，请教如何办文学杂志时，"质夫听了他们那些生气横溢的谈话，觉得自家惭愧得很。及看到他们的一种向仰的样子，质夫真想跪下去，对他们忏悔一番……你们这些纯洁的青年呀！你们何苦要上我这里来。你们以为我是你们的指导者么？你们错了。你们错了。我有什么学问？我有什么见识？啊啊，你们若知道了我的内容，若知道了我的下流的性癖，怕大家都要来打我杀我呢！我是违反道德的叛逆者，我是戴假面的知识阶级，我是着衣冠的禽兽！"

两种不同的态度，对学生，对自己，哪一种是矫饰？哪一种是真诚？或者，两者都是矫饰也都是真诚的？

第二个问题，《秋柳》能否真的延续《海上花列传》那种模拟家庭伦理的青楼文化？正当男主角渐渐入戏，可能要变成海棠常客时，一场大火烧了妓院（《老残游记》里也有一场类似的及时火灾），也让质夫看清，胖乳母抱的是海棠的婴儿，婴儿的父亲，就是除于质夫以外，海棠的唯一一个四五十岁的固定客人。所以这个模拟家庭，晚上好像温馨，白天非常丑陋。所以《海上花列传》是欣赏、玩味青楼里的家庭气氛，"五四"以后的《秋柳》却是拆穿、解构这种传统性工业的道德包装。不仅说明"五四"作家新旧文人气质交替混杂，貌似救人其实是自救，也显示了晚清青楼狭邪小说传统，在"五四"以后的文学中如何得到复杂的传承及变化。在郁达夫时期还是延续"青楼的家庭化"，到张爱玲《第一炉香》及以后张贤亮《绿化树》、贾平凹《废都》那里就演变成"家庭青楼化"了。郁达夫的另一些名篇，如《过去》《迷羊》等，艺术上更精巧，其实也应该放在青楼文学传统这条文学史线索中去解读。

1925

鲁迅《伤逝》
"五四"爱情小说模式

  1925 年,鲁迅(1881—1936)在北京教书同时任职教育部,一边支持女师大学运并与学生许广平恋爱,一边创作了他唯一一篇爱情小说《伤逝》,而且以悲剧结局。

  《伤逝》代表了"五四"爱情小说的基本模式,而且也是较早反省"五四"思想启蒙运动的作品。在 20 世纪 60—70 年代,《伤逝》几乎是中国唯一的"恋爱教科书",不仅影响着青年人的文学趣味,影响青年人的三观,还直接影响到青年人谈恋爱的具体言行方式。这样的小说在文学史上非常罕见。

一 《伤逝》中的爱情模式

  青年男主角涓生在会馆里租了一个偏僻的破屋,非常空虚,他是一个文员。

> 子君不在我这破屋里时,我什么也看不见。在百无聊赖中,随手抓过一本书来,科学也好,文学也好,横竖什么都一样;看下去,看下去,忽而自己觉得,已经翻了十多页了,但是毫

不记得书上所说的事。[1]

百无聊赖，无聊，这是鲁迅非常喜欢用的词。《在酒楼上》《孤独者》里，这个词都重复了很多次。

郁达夫《春风沉醉的晚上》里穷极潦倒的文人，租一个没窗的阁楼，也是整天看书，不知在看什么。但就是因为看书的样子，隔壁的女工对他产生好感。书中自有颜如玉，看不进去没关系。涓生书看不进去，耳朵却分外灵，他在听有没有子君的脚步。"蓦然，她的鞋声近来了，一步响于一步，迎出去时，却已经走过紫藤棚下，脸上带着微笑的酒窝。"

小说并没有交代两个人最初怎么认识，也没有记载两人拍拖时有没有出去散步、看戏、吃饭等，所有的恋爱过程好像都在涓生的破屋里。在破屋里做什么呢？不做什么，"默默地相视片时之后，破屋里便渐渐充满了我的语声，谈家庭专制，谈打破旧习惯，谈男女平等，谈伊孛生，谈泰戈尔，谈雪莱……她总是微笑点头，两眼里弥漫着稚气的好奇的光泽。"

这就是《伤逝》影响后来很多年轻读书人的最基本的恋爱模式。这个模式的特点，第一，主要男的在说，女的基本在听；第二，男的不讲楼不讲车，也不直接讲政治经济，而是讲文学谈文化，讲伊孛生、泰戈尔、雪莱，基本上就是外国文学课。有人刻薄总结过这种恋爱方式，说现今社会男追女，有三个武器，晒身体，用钱砸，文化洗脑（话糙理不糙）。我们年轻时代没有那么复杂的爱情策略，但也懂得拍拖一开始就谈莫扎特、海明威、莫奈、屠格涅夫等。现在想起来，都是《伤逝》教的。

---

[1] 《伤逝：涓生的手记》在收入《彷徨》（北新书局1926年8月版）前从未发表。引文据《鲁迅全集》第2卷，北京：人民文学出版社，2005年，第113—134页。以下小说引文同。

"我是我自己的,他们谁也没有干涉我的权利!"

这是我们交际了半年,又谈起她在这里的胞叔和在家的父亲时,她默想了一会之后,分明地,坚决地,沉静地说了出来的话。

这是阶段性的胜利。男人很兴奋,但不单是为了恋爱成功。

这几句话很震动了我的灵魂,此后许多天还在耳中发响,而且说不出的狂喜,知道中国女性,并不如厌世家所说那样的无法可施,在不远的将来,便要看见辉煌的曙色的。

这话听来有点奇怪,如果一个北京人,和一个法国人拍拖成功,会说在法国女性身上看到了辉煌的曙光吗?显然涓生在这个破屋里,他不只是在谈恋爱,作家安排男主角同时做三件事情:第一,一个男青年追求一个女青年(恋爱)。第二,一个老师在给学生上课(教育)。第三,一个文人试图唤醒被礼教束缚的中国女性,或者更广义的象征,男性知识分子,试图唤醒女性代表的沉睡的、弱势的大众(启蒙)。

"五四"爱情小说的这种基本模式,在20世纪可以上溯到老残替翠环改名,往后则在很多现代小说里重复:郁达夫《春风沉醉的晚上》、叶圣陶《倪焕之》、柔石《二月》、茅盾《创造》、巴金《家》等。男的都是读书人,女的地位弱势可怜,恋爱过程像启蒙,目的在于拯救对方。女的必须玉洁冰清,玉洁就是相貌好看(值得拯救),冰清就是内心善良(可以拯救)。当然,这样"男爱女—男教女—男救女"的故事常常不太顺利,最后也会导致悲剧。

二　爱情、教育、启蒙三位一体

　　从文学史上看,《伤逝》等"五四"爱情小说,第一是爱情小说,第二是教育小说,第三是启蒙小说。大部分的时候男的做启蒙者,女的被启蒙,直到后来女作家丁玲、萧红、张爱玲等出现,才挑战、颠覆了这么一个爱情、教育、启蒙三合一的小说模式。

　　子君说自己决定命运,离家出走,和涓生同居。同居自然面临压力,涓生、子君常被邻居窥探,而且闲言碎语会转化成社会惩罚。好不容易涓生、子君在吉兆胡同找到了一个简单住所,不久涓生就被局里辞退。这对热恋男女,并没有马上退却。经济出了问题,涓生就准备写作、登广告、翻译、卖文为生。小说里这样写,"'说做,就做罢!来开一条新的路!'我立刻转身向了书案,推开盛香油的瓶子和醋碟……"这个细节极有象征性,说明至少涓生觉得,文学工作、爱情理想,与代表日常生活的香油瓶子、醋碟有矛盾对立关系。

　　同居后的子君,好像一直在操心油盐酱醋、油鸡小狗,两人的感情,在生活压力下渐渐冷却下来了。涓生常常跑去通俗图书馆,一边看书,一边反省。他觉得"只为了爱,——盲目的爱,——而将别的人生的要义全盘疏忽了。第一,便是生活。人必生活着,爱才有所附丽……"所以涓生说"我要明告她,但我还没有敢",虽然不说,但女人很快就感觉到了,男人后来也承认了,"我已经不爱你了"(记得最初读到这里,我自己也陷入深深的困惑)。男人面对同样处境,到底应该坚持诺言——言必信,行必果,诺必诚,这是司马迁《史记》写侠客的文字,同时也是千百年古今男子汉的道德标准,还是说应该直面自己的惨淡人生,真实表达自己的想法?明明已经不爱她了,是否应该告诉她?什么最重要?是诺言还是真诚?可见《伤逝》作为爱情教科书,不仅启发我们怎么开始交谈,也警告我们怎么面对难题。So keep your promise, or tell the truth？ This is a question.

接下去就是小说中最感人的一幕了。某日涓生回家，房东说子君的父亲今天把她接回去了。"我不信；但是屋子里是异样的寂寞和空虚。我遍看各处，寻觅子君；只见几件破旧而黯淡的家具，都显得极其清疏，在证明着它们毫无隐匿一人一物的能力。我转念寻信或她留下的字迹，也没有；只是盐和干辣椒，面粉，半株白菜，却聚集在一处了，旁边还有几十枚铜圆。这是我们两人生活材料的全副，现在她就郑重地将这留给我一个人，在不言中，教我借此去维持较久的生活。"

初读这个小说场景，我久久难忘，一切尽在不言中。

子君回家以后，不知道什么原因，后来就死了。涓生当然空虚、内疚、自责，肠子都悔青了，"只坐卧在广大的空虚里，一任这死的寂静侵蚀着我的灵魂"，"我将在孽风和毒焰中拥抱子君，乞她宽容"，"我要将真实深深地藏在心的创伤中，默默地前行，用遗忘和说谎做我的前导……"

三 谁为涓生、子君的爱情悲剧负责？

究竟有谁应该对涓生、子君的爱情悲剧负责呢？

至少可以有四种不同的读法。

第一种，两个人都有错，年轻人不够成熟，单纯恋爱至上，当然不可能成功。人生在世大部分时间，都必须现实主义，权衡计算，趋利避害。人要是能留百分之一二空间追求浪漫，通常就在最重要的事情上任性一点。有时候也很难，小说结局，其实就是鲁迅所谓的"娜拉出走"的第一种结局，回家——悲剧（同一时期，鲁迅和许广平的恋爱，却是浪漫成功的，虽然也经过不少波折）。

第二种，两个人都没错，只是社会压力太大，一对青年男女无法抵抗。引申下去的结论，就是单独的个性解放之不可能。按马克思主义的说法，只有解放全人类，才能最后解放自己。所以，涓生大概以后就要参加革命了。这是中国内地教科书的主流解读方法，单纯的爱情和个性解放，此路不通。

第三种，主要是女的错，同居以后变庸俗了，双方缺乏共同语言。之前并没真正理解欧洲文学，妇女解放道路漫长且困难。

第四种，主要是男人的错。还不是什么负心汉始乱终弃的问题，而是把人唤醒，许诺自由，一遇困难，就承受不了。按照爱情、教育、启蒙三位一体模式来看，这不是在黑房子里开了窗叫醒了沉睡的人，而是开不了门救不了人？所以在某种程度上，这是鲁迅对"五四"启蒙思潮的一个沉痛反省。

如果说"五四"是一场革命，鲁迅对这场革命贡献最大，但也是他最早怀疑这场革命能不能成功。这种怀疑在《狂人日记》是最后"去某地候补"，在《药》是强调坟上花环是作家加上去的，在《伤逝》则是刻意安排子君回家后死亡。鲁迅想说，人也好，社会也好，好像难免要回到老路。鲁迅又说，但老路终究是条死路。

当然在这四种对《伤逝》的解读以外，也有研究者认为它根本不是一个爱情小说，实际上是写鲁迅跟周作人的友谊。[1] 这方面的研究，也找出了一些字里行间的蛛丝马迹，有没有可能呢？读者自己去判断了。

---

1 周作人晚年撰写的《知堂回想录·下》（北京：北京十月文艺出版社，2013年，第536页）提道："《伤逝》不是普通恋爱小说，乃是假借了男女的死亡来哀悼兄弟恩情的断绝的，我这样说，或者世人都要以我为妄吧，但是我有我的感觉，深信这是不大会错的。"

生态篇

作家的一天
1927年1月14日的郁达夫日记

一 介乎文学创作与个人纪事之间的《日记九种》[1]

1927年1月14日，郁达夫（1896—1945）日记记载："午前洗了身，换了小褂裤，试穿我女人自北京寄来的寒衣。可惜天气太暖，穿着皮袍子走路，有点过于蒸热。"这个皮袍子，是1月13日刚刚通过邮局寄到，13日的日记说，"我心里真十分的感激荃君"。孙荃虽是旧式女人，小脚，但有文化，会写旧体诗。"除发信告以衷心感谢外，还想做一篇小说，卖几个钱寄回家去，为她做过年的开销。"[2]1月13日的日记，充满对太太的感激，"中午云散天青，和暖得很，我一个人从邮局的包裹处出来，夹了那件旧皮袍子，心里只在想法子，如何的报答我这位可怜的女奴隶。想来想去，终究想不出好法子来。我想顶好还是早日赶回北京去，去和她抱头痛

---

1 郁达夫:《日记九种》1927年9月1日，上海：北新书局初版，1927年。
2 郁达夫:《村居日记》1927年1月1日至31日，收入《郁达夫文集》第9卷，花城出版社/香港三联书店，1982年，第46—47页。

哭一场。"[1]

在郁达夫 1926 年的日记里，几乎三天两头，都会提及妻子孙荃。比方说 1926 年 11 月 3 日，"今天是旧历的九月廿八，离北京已经有一个多月了。我真不晓得荃君如何的在那里度日，我更不知道今年三月里新生的熊儿亦安好否。"11 月 4 日的日记写，"三点多钟去中山大学会计课，领到了一月薪水。回来作信，打算明早就去汇一百六十块钱寄北京。唉唉！贫贱夫妻，相思千里，我和她究竟不知要那一年那一月才能合住在一块儿？"看来作家两地分居，的确是一种经济的需求。11 月 5 日日记，"昨晚上因为得到了一月薪水，心里很是不安，怕汇到北京，又要使荃君失望，说：'只有这一点钱。'"过了几天，11 月 15 日的日记写，"午前起来，换上棉衣，又想起了荃君和熊儿，儿时故乡的寒宵景状，也在脑里萦回了好久，唉，我是有家归不得！"

郁达夫的日记，既不是《狂人日记》或《莎菲女士的日记》那种虚构的文学作品，又不像鲁迅的日记那样纯粹个人记事备忘（后来只是因为作家太重要了，鲁迅日记才变成文学史资料）。郁达夫的《日记九种》介乎于文学创作和个人纪事之间。记的应是实事，但是几个月以后就在《创造月刊》上发表了。1927 年 9 月北新书局出版《日记九种》，成为畅销书。所以至少在发表出版的时候，作家相信这些日记是有文学价值的，作家愿意公开他的隐私。也不能完全排除作家在发表出版时，有局部文字增改修饰。既然作家在发表日记时，已有心理准备，要把私隐曝光，照常理说，作家应该尽量公开一些对自己形象有增色的内容，或者尽量减少对自己道德风貌有损的文字。可是我们看到了郁达夫的日记，写了不少柔情正

---

[1] 郁达夫：《村居日记》1927 年 1 月 1 日至 31 日，收入《郁达夫文集》第 9 卷，花城出版社 / 香港三联书店，1982 年，第 56—57 页。

义,但也有不少荒唐邪念。前者如思念家人等,真挚感人。但是后者,有些明明损害作家形象的细节,为什么还要记下来,还要发表?是不在乎人们的议论?还是故意挑战社会习俗?或者"隐善扬恶",也是吸引读者的手段?

二　改变郁达夫人生轨迹的女人

1927年1月14日的日记,讲了穿皮袍子太热,以及白天一些杂务琐事后,提到一笔:"上法界尚贤里一位同乡孙君那里去。在那里遇见了杭州的王映霞女士,我的心又被她搅乱了,此事当竭力的进行,求得和她做一个永久的朋友。"

当时郁达夫31岁,自己和别人都觉得他已是中年,是一个相当出名的浪漫颓废文人。小说常写性苦闷,又说是自叙传,人们完全有理由会觉得这个作家,按今天的说法就是"老司机",阅人无数了。《日记九种》里就有实证,不久前在广州,1926年12月3日,就有半夜送女作家白薇回家,郁闷到划船,几乎招妓的记载。[1]

1月14日日记说,"我的心又被她搅乱了",这个"又"字值得推敲,这明明是郁达夫第一次见到王映霞。"又"是指自己"丰富"(或者是想象丰富)的感情经历。可是这样一个中年浪漫文人,怎么就会在几十分钟的偶遇当中,就断定眼前的女子会决定他的后半生呢?(而且后来事实果真如此)

---

[1] "白薇女士也在座,我一人喝酒独多,醉了。十点多钟,和石君洪君白微女士及陈震君又上电影院去看《三剑客》。到十二点散场出来,酒还未醒。路上起了危险的幻想,因为时候太迟了,所以送白薇到门口的一段路上,紧张到了万分,是决定一出大悲喜剧的楔子,总算还好。送她到家,只在门口迟疑了一会,终于扬声别去。这时候天又开始在下微雨,回学校终究是不成了,不得已就坐了洋车上陈塘的妓窟里去。……"《病闲日记》,1926年12月1日至14日,参见《日记九种》,收入《郁达夫文集》第9卷,花城出版社/香港三联书店,1982年,第26—27页。

一见钟情是作家的虚构？还是作家的实践？

日记里提到的孙君叫孙百刚，他后来为这个事情写了不少回忆文章，反复记录他一生碰到的最重要的文学事件。1月14日以后，郁达夫几乎天天到孙百刚家里，表面上请他们吃饭、看电影，其实是找借口见王映霞。孙百刚夫人马上就问了，郁先生，您夫人来了吗？目的当然就是提醒女学生小心"老司机"。《小团圆》里邵之雍拜访九莉，张爱玲的姑妈也问了同样的问题。但是孙百刚和周围的人哪里挡得住郁达夫的热恋之火。

第二天日记写，郁达夫出席邵洵美的婚礼，和周作人通信，老婆又来信，"荃君信来，嘱我谨慎为人，殊不知我又在为女士颠倒"，"王映霞女士，为我斟酒斟茶，我今晚真快乐极了。我只希望这一回的事情能够成功。"1月16日的日记又写，"王女士待我特别的殷勤，我想这二回，若再把机会放过，即我此生就永远不再能尝到这一种滋味了，干下去，放出勇气来干下去吧！"

之后的郁达夫日记，真是"日记"——几乎天天记载，1月17日，"饮至夜九时，醉了，送她还家，心里觉得总不愿意和她别去。"1月18日下午，"访王女士，不在。等半点多钟，方见她回来，醉态可爱，因有旁人在，竟不能和她通一语，即别去。"1月19日，拉了蒋光赤一起拜访王女士，晚上又看电影，不知怎么，感到"这一回的恋爱，又从此告终了，可怜我孤冷的半生，可怜我不得志的一世"，"茫茫来日，大难正多，我老了，但我还不愿意就此而死。要活，要活，要活着奋斗，我且把我的爱情放大，变作了对世界，对人类的博爱吧！"（"作"啊，什么叫作家，就是"作"的专家）

王映霞是一个聪明的杭州女生，学校课文里已读过郁达夫的作品（不少青少年是因为课本才读文学）。周围的人都很理智地反对，因为郁达夫年纪大，已婚，颓废浪漫"人设"等。之后几天郁达夫再找，王映霞就回避。没有明确表态，把郁达夫急死了。

1月20日他找徐志摩谈，找徐志摩能请教什么经验？1月21日日记说，"完了，事情完全被破坏了。"1月23日，听说王映霞回杭州，郁达夫一个人到上海火车站，先坐到龙华，然后坐车到杭州，一路等到半夜，在西湖边上开小旅馆，第二天又到城站去死守，下雪天，没有结果。1月24日，只能回上海，一个人哭了个痛快，那个时候他认识王映霞已经十天了，或者说还只有十天而已。

三 革命文学与恋爱伤感两不误

再回到作为转折点的1月14日的日记，郁达夫在孙百刚家里偶遇王映霞以后，下午就去闸北创造社出版部，听说上海当局要封锁创造社出版部。1927年1月，北伐军正在浙江和孙传芳作战，日记最后一句是，"从明天起，当做一点正当的事情，或者将把《洪水》第二十六期编起来也。"说明1月14日日记里的郁达夫，革命文学跟恋爱伤感两不误。

这一时期的《日记九种》，常常谈论政治。1926年11月12日在广州，"今朝是中山先生的诞期，一班无聊的政客恶棍，又在讲演，开纪念会，我终于和他们不能合作，我觉得政府终于应该消灭的。"1926年11月21日，创造社内斗，他从这个话题讲到了"现代青年的不可靠，自私自利，实在出乎我的意料之外，我真觉得中国是不可救药了"。11月26日，他说，"阅报知国民政府有派员至日本修好消息。我为国民政府危，我也为国民政府惜。"（为政府危，也为政府惜，这是知识分子常见的感时忧国自作多情）

再看1月25日的日记，白天处理了创造社的出版事务，碰到了林微音，晚上和朋友去南国社，"看了半夜的跳舞，但心里终是郁郁不乐，想王女士想得我要死。"12点后，和叶鼎洛到四马路痛饮，两人都喝醉了，"就上马路上打野鸡，无奈这些雏鸡老鸭，都见了我们而逃",这两个醉汉,连人家街上的妓女都害怕了。"走到十六铺,又和巡警冲突了很多次,终于在法界大路上遇见了一个中年的淫卖,就上她那里去坐到天明。"[1]

一个男人,一个作家怎么可以在几天之内,又怀念妻儿,又狂恋女学生,又鼓吹革命,又流落街头,碰到中年性工作者……更重要的问题是:一个人做这么多不同的事情,不被惩罚已算幸运,为什么要写出来?发表了,人们又会怎么看呢?那个时代,当时社会又怎么会容忍甚至理解这种现象呢?

据郁达夫日记,1927年1月25日半夜,他遇到了一个中年的淫卖,就上她那里坐到天明(原来只是坐到天明)。第二天日记说,"从她那里出来,太阳已经很高了。和她吃了粥,又上她那里睡了一睡。"(什么叫"睡了一睡"?含糊其词,何必写出来呢?)"九点前后,和她去燕子巢吸鸦片,吸完了才回来,上澡堂洗澡。"然后,郁达夫又去创造社出版部鼓吹革命文学,又给妻子和岳母写信,晚上又在打听王映霞的地址。

郁达夫之后能和王映霞在一起,也不完全是因为死缠烂打、狂追热恋,部分原因是王映霞的外公——王二南先生自己写诗,很欣赏郁达夫的文才。王映霞小名金锁,金锁改姓王,就是因为她外公。郁达夫后来也没有跟孙荃离婚,只是出现了一种当时叫"两头大"的局面,当时的社会习俗也允许,谁也不做小,谁也不做"小三"。王映霞当年如何大美人?照片上也看不出来。不过80年代,我的硕士论文研究郁达夫,丁景唐先生建议我去拜访王映霞。那时她应该70多岁了,但确是仪表非凡,很有风度。这次再写有关郁达夫的文章,在下书架上找到一本《达夫书简》,上面写着"给子东小友",

---

1 郁达夫:《村居日记》1927年1月1日至31日,收入《郁达夫文集》第9卷,花城出版社/香港三联书店,1982年,第56—57页。

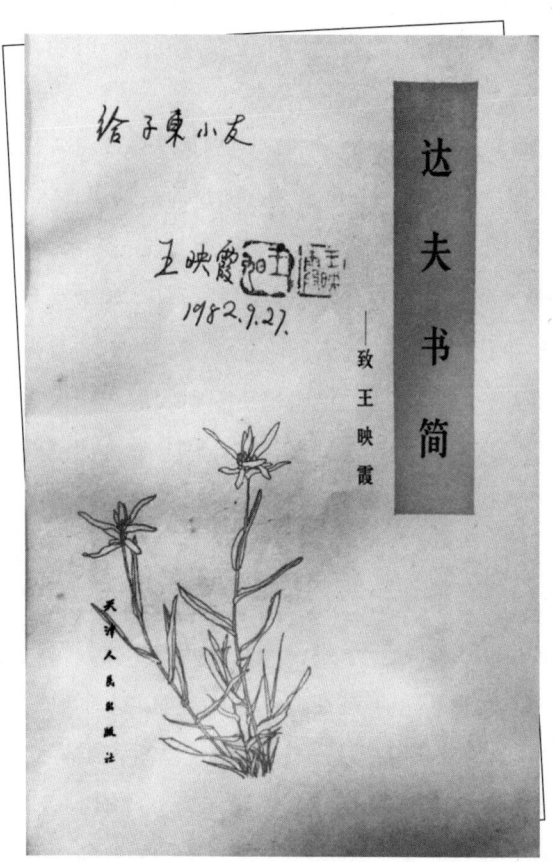

给子东小友

还盖了两个章。很少有谁称我"子东小友",现在听上去很舒服。

郁达夫和王映霞在一起以后,创作完全转向了,之前是颓唐、伤感、民族、性、郁闷,之后就是潇洒、游记、散文、寓情、净化。一个女人对作家有这么大的影响,即使在"五四"时期,这样的例子也不多。

《日记九种》还有不少精彩细节。如1927年3月7日,初见王映霞的一个多月之后,"约她一道出来,上世界旅馆去住了半天"(开旅馆半天,做什么),"外面雨很大,窗内兴很浓,我和她抱着谈心,亲了许多的嘴,今天是她应允我kiss的第一日。她激励我,要我做一番事业,她劝我把逃往外国去的心思丢了。她更劝我去革命,我真感激她到了万分。答应她一定照她所嘱咐我的样子做去,和她亲了几个很长很长的嘴。"kiss激励革命、爱国!"今天的一天,总算把我们两人的灵魂融化在一处了。晚上独坐无聊,又约了蒋光赤谈到天明。"

蒋光赤是当时左翼文坛的代表人物,本名蒋光慈,为了表示"左倾"特地改名。50年代复旦学生一度也重写文学史,"鲁、郭、茅"之后,第四位就是"蒋"(可是在特定时代语境,又姓蒋,又一个光,怎么改也没用)。真不知道郁达夫初次kiss以后,跟蒋光慈这一个晚上谈了一些什么。但是仅仅四天以后,3月11日记,"映霞在我的寝室里翻看了我这日记,大发脾气,写了一封信痛责我,我真苦极了……一个人在风雨交迫的大路上走着,我真想痛哭起来,若恋爱的滋味,是这样痛苦的,那我只愿意死。不愿再和她往来……我恨极了,我真恨极了。"(原来kiss是可以的,但写kiss是不好的)不过这些日记,几个月郁、王在一起后就发表,并没怎么删改。

人们不禁会有疑问:郁达夫的这些日记,不管是真的记事备忘,或者有意无意有虚构创作成分,写恋爱写革命就可以了,写愧对妻儿也还可以理解,但何必要写隐私当中那些见不得人的一面呢?何必要追女生不成,就去四马路宿娼、吸鸦片呢?不管是真宿还是假睡。他较早的日记里边也有一笔,1927年的1月3日,"路上遇见了周静豪夫妇。周夫人是我喜欢的一个女性,她教我去饮酒,我就同她去了,直喝到晚上的十点钟才回家睡觉。"跟人家夫妇一起去,直接在日记里说,喜欢人家的太太。想想就行了,还需要在日记里记下来并拿出来发表?同月9日记,"和两位俄国夫妇上大罗天去吃点心和酒。到十一点钟才坐汽车返寓。这一位俄国太太很好,可惜言语不通。"同样的道理,这些都是不重要的小事,你跟人家俄国人的太太,根本话都说不了,记在日记里说谁的太太好……

我们在一百年后写日记,这种心思还会写吗?出版社发表之前,不看看吗?这又不是微信,现在微信、脸书也一样不敢写吧。

这些看似无关大局的小事情,却带出两个严肃的问题。第一,说明郁达夫无论为人,或者是写作发表日记,都是不拘小节。或者他不认为自己生活和人性中的这些弱点有什么错,至少它不是罪。这是一种对自我,对人性的一种信任。或者他明知人人都会掩饰这些"小节",其实是习惯成自然的虚伪,所以他就故意暴露自己缺陷弱点,"隐善扬恶",以显示真实。第二,也说明"五四"时期社会道德氛围相当宽容,允许、理解,甚至欣赏文人有可以这样自己表达的真性情。

20年代中国作家的心态和生态环境,后来再也没有了。

四 郁达夫与王映霞的戏剧性爱情

王映霞后来也介入了30年代上海的文化圈。鲁迅著名的旧体诗句"横眉冷对千夫指,俯首甘为孺子牛",前面题字就是"达夫赏饭"。王映霞主张移居杭州,在杭州盖了一个别墅"风雨茅庐",也和不少国民党要人交往,当时她喜欢坐的车就是杭州的002号,是市长的车。但盖别墅也欠了债，现代文学极少能有纯粹的职业作家，郁达夫1936年就去福建做参议员。抗战中"风雨茅庐"成了日本人的养马圈。郁达夫认为王映霞逃亡途中在兰溪和国民党官员许绍棣有染。许绍棣之前因为通缉鲁迅而出名。郁、王的婚变在武汉闹上了报纸，不少朋友去调解。1989年夏天，我在德国巧遇94岁的画家刘海粟，他告诉我一些他对这个事情的看法，因为他当时也参与调停。刘海粟认为郁达夫小说散文都不如他的旧体诗。郁达夫、王映霞后来去了新加坡，郁达夫把他想象的太太出轨的细节全放进古体诗集《毁家诗纪》的注解里，发表以后王映霞才看到。所以，关系彻底破裂。狂恋的另一面，就是超级嫉妒，甚至演变成仇恨。

无论如何，王映霞改变了郁达夫的一生。作家后来逃亡印度尼西亚，二战结束时被日本宪兵所杀，晚年的故事也极有戏剧性。[1] 王映霞40年代以后，嫁了一个钟姓商人，平安度过了一生。90年代以后，诗人汪静之回忆说，王映霞原来跟军统的戴笠有染，相关材料在百度上也有，不知真假，"小友"许子东不敢乱说。

---

[1] 1985年北京开会纪念郁达夫逝世40周年，我曾负责为人大副委员长胡愈之起草报告。日本学者铃木正夫怀疑郁达夫是否死于日军之手，但经过非常认真的南洋实地研究考证，最后他找出了确凿的证据，的确为日本宪兵所杀。唯细节和时间地点，均和胡愈之的回忆不同。参见［日］铃木正夫：《苏门答腊的郁达夫》，李振声译，上海：上海远东出版社，2004年。

1928

叶圣陶《倪焕之》
个人命运与大时代

一 《倪焕之》人物写法

文学研究会是20年代最主要的文学团体，叶圣陶（1894—1988，本名叶绍钧）是文学研究会最资深的作家，《倪焕之》是叶圣陶的代表作。《倪焕之》不仅是新文学前一个十年来屈指可数的长篇小说，而且还开创了现当代中国小说的一个典型模式，即以一个主人公的个人命运书写他身后的大时代。

1894年，叶圣陶出生于苏州。他比茅盾大两岁，比许地山小一岁。《倪焕之》1928年1月开始连载于《教育杂志》第20卷第1至第12号。小说里明确写到1925年的五卅运动和1927年的北伐等具体社会政治事件。茅盾说：

> 把一篇小说的时代安放在近十年的历史进程中，不能不说这是第一部；而有意地要表示一个人——一个富有革命性的小资产阶级知识分子，怎样地受十年来时代的壮潮所激荡，怎样地从乡镇到都市，从埋头教育到群众运动，从自由主义到集团

主义,这《倪焕之》也不能不说是第一部。[1]

茅盾的《幻灭》《动摇》《追求》三部曲也是直接描写北伐等历史事件,但出版时间稍晚[2]。早在 20 年代初,叶圣陶就因短篇小说出名,擅长以温情的讽刺手法,刻画小市民的无奈,相当有人情味。《潘先生在难中》《遗腹子》都是名篇。在长篇《倪焕之》里,叶圣陶放弃了温情的嘲讽,改为正面描写时代弄潮儿。小说开始时,男主角倪焕之是一个对生活充满理想的年轻的读书人,到江南某乡镇学校做教员。小镇离上海一百多里,人口两万多,有一个中学,几个小学,还有一个女校。校长蒋冰如是地方绅士,有地有钱,热心教育。倪焕之刚来时,蒋校长就把自己一篇讨论教育的文章给倪焕之看[3]。倪焕之看了以后,真的很喜欢蒋校长的办学理念。但在交流过程当中,其他一些老师都在冷眼旁观——新老师一来就跟校长讲话这么投机,旁人什么感受?

小说是第三人称全知角度。但凡不赞成校长和倪焕之的老师,表情都被负面描写。徐佑甫,三年级的级任先生,"四十光景的瘦长脸。那瘦长脸便用三个指头撮着眼镜脚点头。脸上当然堆着笑意;但与其说他发于内心的喜悦,还不如说他故意叫面部的肌肉松了一松;一会儿就恢复原来的呆板。"[4] 教理科的李毅公先生,小说这样写:"李毅公也戴眼镜,不过是平光的,两颗眼珠在玻璃里面亮光光的,

---

1 茅盾:《读〈倪焕之〉》,《文学周报》第 8 卷第 20 号,1929 年 5 月。
2 茅盾的《蚀》(《幻灭》《动摇》《追求》三部曲) 1930 年在上海开明书店出版。
3 《倪焕之》小说的创作初衷也是讨论教育问题。1927 年冬,商务印书馆编辑的《教育杂志》,希望刊物中《教育文艺》一栏能连载一种与教育有关的小说,于是找到叶圣陶。《倪焕之》其实酝酿已久,小说从 1928 年 1 月 20 日《教育杂志》第 20 卷第 1 号起连载,11 月 15 日写毕,第 20 卷第 12 号刊毕,前后恰好一年。
4 徐俊西主编,陈福康编:《海上文学百家文库·叶圣陶卷》,上海:上海文艺出版社,2010 年。以下小说引文同。

表示亲近的意思……"还有一位"陆三复先生，我们的体操教师"，"陆三复涨红了脸，右颊上一个创疤显得很清楚。"相比之下，倪焕之长什么样呢？在校长看来："焕之有一对敏锐而清澈的眼睛；前额丰满，里面蕴蓄着的思想当然不会俭约；嘴唇秀雅，吐出来的一定是学生们爱悦信服的话语吧；穿一件棉布的长袍，不穿棉鞋而穿皮鞋，又朴素，又精健……"（仔细想想校长的逻辑很好笑，他的眼睛清澈明亮，就说明里面思想一定有很多。怪不得现在……蔡徐坤怎么样？）

李伯元叙事是一视同仁，用故事本身和人物对白（"清官""清倌人"等）嘲讽官场；鲁迅是纯粹白描，让《药》里边的茶馆众人用自己的言行，暴露自己的无知。叶圣陶在1928年在《教育杂志》上的这种通过外貌描写显示人物褒贬的写法，后来在巴金等人的新文学，还有中学课文当中十分流行。

小说里，蒋校长跟倪焕之一拍即合、互相欣赏。徐佑甫则把学校看成一个商店。李毅公很快就不愿教书，转到什么公司做事。陆三复是因为穷才教书，后来参加革命，态度非常奇怪。另一位倪焕之的同学树伯，认为教育就是游戏，不必认真。大约是应《教育杂志》的刊物需要，小说罗列展览了人们对教育的不同态度。几个老师在一起讲辛亥革命或欧战，倪焕之认为一切希望在教育。他和校长的政见相近，校长说："有昏聩的袁世凯，有捧袁世凯的那班无耻的东西，帝制的滑稽戏当然就登场了。假如人人明白，帝制是过去的了，许多人决没有臣服于一个人的道理，谁还去上劝进表？并且，谁还想，谁还敢想做皇帝？"

北伐之后，1928年，在文学研究会作家叶绍钧的小说里，当时的校长、老师、学生以及小说的假想读者或真实读者，都认为"帝制是过去的了"，"谁还想，谁还敢想做皇帝？"

校长和倪焕之觉得，"办教育若不赶快觉醒，朝新的道路走去，谁能说并不会再有第二回、第三回的帝制把戏呢？"这应该是中国现代小说中最早出现的正面政治议论（没想到最早发表政治议论的是叶圣陶）。尝试新法教育有成效也有阻力，倪焕之不靠体罚靠感化，体育老师就看不惯。而且倪焕之的办学理念也很超前，他不但上课，还办农场，让学生边学习、边劳动，有点像很早的"五七干校"[1]。但因农场涉及坟地，村民反对。当地土豪蒋老虎出头阻挠，所以倪焕之也碰到很多困难。

二 倪焕之的爱情故事

小说上半部最中心、最主要的情节是倪焕之恋爱，女主角是这样出场的：

> 焕之注意望前方，一个穿黑裙的女子正在那里走来；她的头低了一低，现出矜持而娇媚的神情……声音飘散在大气里，轻快秀雅；同时她的步态显得很庄重，这庄重里头却流露出处女所常有而不自觉的飘逸。
> "她是树伯的妹妹。"冰如朝焕之说。

这段一见钟情，相当文艺腔。什么是"处女所常有而不自觉的飘逸"？需要什么样的经验和眼光，才能洞察处女所常有的飘逸？倪焕之据说是从来没有恋爱经验的青年，文学研究会作家笔下的人物应该不会像郁达夫那样"性"趣浓厚。金小姐听别人介绍，缓缓地鞠躬。"头抬起来时，粉装玉琢似的双颊泛上一阵红晕。"后来她

---

[1] 1966年5月7日，毛泽东看了总后勤部《关于进一步搞好部队农副业生产的报告》后，给林彪写了一封信。这封信后来被称为"五七指示"，贯彻"五七指示"而办的农场学校等被称为"五七干校"。"边学习边劳动"是"五七干校"的部分初心。

有机会看了男主角一眼,终于禁抑不住,"偷偷地抬起睫毛很长的眼皮,里面黑宝石似的两个眼瞳就向焕之那边这么一耀。焕之只觉得非常快适,那两个黑眼瞳的一耀,就泄露了无量的神秘的美。再看那出于雕刻名手似的鼻子,那开朗而弯弯有致的双眉,那钩勒得十分工致动人的嘴唇,那隐藏在黑绉纱皮袄底下而依然明显的,圆浑而毫不滞钝的肩头的曲线……"

不知道为什么读到这里,想起了鸳鸯蝴蝶派。原来最早叶圣陶创作是从文言开始,苏州也是鸳鸯蝴蝶派的大本营。而且江南某镇青年男教师,与20年前《玉梨魂》男主角身份处境颇类似。叶圣陶在沈雁冰之后主编《小说月报》,曾发现支持了巴金、老舍等人的早期作品,但他自己写爱情文字,不自觉中证实了"五四"新文学与晚清鸳鸯蝴蝶小说之间的文字腔调联系。

倪焕之和女主角的恋爱是这样开始的:"焕之这一句话,好像那生翅膀的顽皮孩子的一箭,不偏不倚正射中金小姐的心窝。她喝醉了酒似的,浑身酥酥麻麻,起一种不可名状的快感;同时,一种几乎是女郎的本能的抗拒意识也涌现了,她知道这一出戏再演下去将是个怎样的场面……"突破口是男主角写了封情书:"我的话只有一句,简单的一句,就是我爱你!"倪焕之和梦霞有所不同了,不过女的痛哭一场,回信却是梨娘般的文言:"接读大札,惶愧交并。贡献花朵云云,璋莫知所以为答……谅之,谅之!"

老师求爱写白话,女生婉拒用文言,这段书信文字来回很有象征意义——传统女性面对"五四"青年:我没法回答,你的这个心我不敢接受。但之后小说情节倒没有在"五四"语言和晚清文字的"恋爱"关系上大做文章,从一见钟情到结婚,竟没有太多曲折。男方托校长去做媒,金树伯觉得男家不够有钱,但是妹妹自己愿意,也就同意了。几个月的准备,书信还是白话来文言回,文明婚礼,租房成家。金小姐也到镇上来教书了。

小说第十八章是一个转折——天仙般的女主角怀孕生子，从此性情大变，不再教书，也全无教育救国理念了。于是男主角非常失望，整个情况很像涓生的故事。或者情况更严重：子君从来没就业，金小姐却是一个老师。不知道是"五四"知识分子对新女性期望太高，还是骨子里面仍然有些"大男人主义"，不懂得做女人的艰辛。总之，叶圣陶笔下的爱情故事，开端是鸳鸯蝴蝶般的甜蜜，结合以后很快变成"五四"低潮后的彷徨。

三　以小人物命运，书写大时代

《倪焕之》除了加长篇幅重复《伤逝》爱情小说模式外，另外一个重要价值就是后半部分直接记录大时代。所以《倪焕之》是在鸳鸯蝴蝶遗风与"五四"启蒙及后来的革命文学之间，架了一座文学史意义大于艺术价值的过渡桥梁。

男主角对家庭、对学生双重失望，便到上海教书，参加五卅运动。思想也发生变化，从相信教育救国转向相信革命救国。有个朋友王乐山，小说没有明说，似乎是革命党。当时国共合作，倪焕之对王乐山诉说自己对将来教育救国的前景梦想，王乐山突然说自己可能会掉脑袋，把倪焕之吓了一跳。国共合作，北伐顺利。这时如果预感自己会被杀，王乐山可能是隐藏的清醒的共产党。不久北伐军打到上海，小说描写女学生上街欢迎，甚至愿意给每个大兵一个吻。突然有两章又转回来写倪焕之教书的小镇。革命到来以后，小镇上成功的倒是土豪蒋老虎。他利用他的儿子，还有一些学生的无知，倒过来要打倒镇上的开明绅士——校长蒋冰如。体育老师陆三复也不满现状，掺杂在"革命"中，显示北伐阶级斗争的复杂性。当然茅盾后来把这些社会政治冲突及背景写得更加复杂，但叶圣陶是第一个直接描写革命与战争的作家。小说没有明写"四一二大屠杀",但侧面叙述了大革命的危机和转向。北伐军杀了一部分的革命党,包括王乐山。知识分子倪焕之看不懂,受了太大的刺激,在上海混乱的革命/反革命现场,先是醉酒,然后重病。等到蒋冰如,还有他的太太一起闻讯赶来,男主角倪焕之已经病死了(在某种意义上,也是重蹈鸳鸯蝴蝶派《玉梨魂》男主人公爱情失败死于战场的宿命)。

通过一个主人公的恋爱、家庭、工作,写出背后的时代、动乱、革命。这种写作模式,后来贯穿20世纪的中国小说。可以说,是现当代中国小说的一个典型格式。杨沫的《青春之歌》、陈忠实的《白鹿原》、李碧华的《霸王别姬》、格非的《江南》三部曲……太多这样的例子。但是原来这个模式的起点,竟是温柔敦厚从鸳鸯蝴蝶派起步的教育家叶圣陶。而且几乎是写"当下",1928年的小说写1927年的革命与反革命。

《倪焕之》前半部分像说教一样宣传"教育救国论"。到了30年代,叶圣陶把这些理念付诸实践。他和夏丏尊、朱自清办中学生杂志和开明书店,他们主编的中学语文教材,后来一直影响大半个世纪的中小学教育。叶圣陶在50年代也不再写小说,而是担任中华人民共和国教育部的副部长。倪焕之在20年代没有做到的事情,叶圣陶为之努力一生,所以也对得起他的主人公了。

1928
―――

丁玲《莎菲女士的日记》
20年代的女性主义

一 最有代表性的20世纪中国作家

假如一定要选一位作家，来概括整个20世纪中国文学的面貌和历史，我会首选丁玲（1904—1986）。

因为20世纪中国文学有三个关键时期，一是"五四"浪漫时期，二是延安到50年代革命时期，三是80年代。鲁迅只经过了第一个时期，郭沫若、茅盾，还有"巴、老、曹"，以及沈从文等都没有亲历延安时期。之后当代作家自然缺少前两个时期的经历，所以丁玲是最有代表性的20世纪中国作家。她的生平和作品最典型地概括了文学和政治的关系，用瞿秋白早年的一句评价就是"飞蛾扑火，至死方休"。[1]

丁玲，本名蒋伟，字冰之，湖南人。父亲是秀才，也在丁玲幼年时就去世。母亲余曼贞是一个新派女子，认识杨开慧。后来丁玲到陕北见到毛泽东，这是两人最初的话题。1922年丁玲和她的好朋友王剑虹一起到上海读书，先是平民女校，后来是上海大学。这个

---

[1] 参见李向东、王增如：《丁玲传》上，北京：中国大百科全书出版社，2015年，第32页。

时期丁玲很崇拜俄语老师瞿秋白。然而瞿秋白和王剑虹相爱、同居，这是丁玲第一次处在某种无奈的三角关系当中。不久，王剑虹去世，瞿秋白忙于革命，甚至没有出席葬礼，之后又和另外一个民国才女杨之华结婚，这时丁玲的感想，可想而知。

三角关系一旦出现，就可能重复。争夺与被争夺，可能就是人性的一部分。丁玲、胡也频、沈从文一度在上海办杂志，住在一幢楼里，关系很密切，但这是一个假的"三角"。真的三角是丁玲和胡也频同居以后仍然喜欢冯雪峰。丁玲对冯雪峰的崇拜爱慕，一直持续到晚年。冯雪峰是鲁迅最接近的一个地下党文化人，他对丁玲的创作帮助很大，但是处理两人关系非常理性。胡也频作为"左联五烈士"之一牺牲以后，冯雪峰介绍冯达成为丁玲的丈夫。[1]

丁玲处女作《梦珂》，写一个湖南少女到上海，先是被时髦衣服、法国绘画、卡尔登《茶花女》，还有马车接送等种种现代都市生活方式搞得头晕。然后她发现自己倾心的表哥，竟有一个娼妓般的女友，伤心透了。但又不愿意回乡，最后在纯肉感的社会里堕落成了明星。早了十几年，丁玲就写出了葛薇龙的噩梦。丁玲真正的成名作是《莎菲女士的日记》。小说很大程度上以好友王剑虹为原型，但丁玲后来一生都被人认为就是莎菲女士。40年代到延安亲吻黄土地的是莎菲女士，50年代以后流放北大荒的也是莎菲女士。

二　莎菲女士——出走的娜拉

《莎菲女士的日记》由31段长短不同的日记组成，从12月24日到3月28日。都市女生莎菲，在疗养中，有一段时间（1月18日到3月4日），日记中断，应该是病重。女生不算贫穷，日记里

---

[1] 李向东、王增如：《丁玲传·上》，北京：中国大百科全书出版社，2015年，第105页。

写吃鸡蛋，喝牛奶，为了恋爱而搬家，并没有讲到需要打工付学费等。所以莎菲的"作"（读第一声，发嗲、做作、折磨）是有一定经济基础支撑的。同时莎菲又有文化，在家里看报纸，国内外新闻都看，各种广告也留意，显然是一个20世纪现代都市女性。放回"五四"娜拉出走的时代背景中，莎菲是一个已出走（或不需出走）的娜拉，没有受困于家庭，也还没有堕落。相比离家出走的子君，或者凌叔华《绣枕》恨嫁的大小姐，莎菲应该是比较幸运的女性。

不过她并不觉得自己幸运，从第一篇日记起，又怕吵，又怕安静，找不出一件事情令她不生厌恶之心，"我宁肯能找到些新的不快活，不满足；只是新的，无论好坏，似乎都隔我太远了……"[1]莎菲病在家中，但有一个忠实的追求者，明明比她大四岁，却叫苇弟。莎菲对苇弟的态度充满矛盾，听到苇弟来的脚步声，"我的心似乎便从一种窒息中透出一口气来的感到舒适。"但是苇弟来了以后，姐姐、姐姐不断叫唤她，莎菲却笑了，一种残酷的嘲笑。"你，苇弟，你在爱我！但他捉住过我吗？自然，我是不能负一点责，一个女人应当这样。其实，我算够忠厚了；我不相信会有第二个女人这样不捉弄他的，并且我还确确实实地可怜他。"到底莎菲对这个男的有什么不满呢？"为什么他不可以再多的懂得我些呢？我总愿意有那末一个人能了解得我清清楚楚的，如若不懂得我，我要那些爱，那些体贴做什么？"

张爱玲说女人要是被男人完全了解的话，他们的关系就成问题了。[2]可是丁玲笔下的莎菲，还是盼望要男人了解她。（范柳原在

---

[1] 丁玲：《莎菲女士的日记》，1928年1月发表于《小说月报》第19卷第2号。徐俊西主编，陈惠芬编：《海上文学百家文库·丁玲卷》，上海：上海文艺出版社，2010年。以下小说引文同。

[2] "恋爱着的女人破例地不大爱说话，因为下意识地她知道：男人彻底地懂得了一个女人之后，是不会爱她的。"张爱玲：《封锁》，《传奇》增订版，上海：山河图书公司，1946年，第385页。

浅水湾跳舞，也对白流苏说："我自己也不懂得我自己——可是我要你懂得我！"[1]）苇弟来看莎菲，莎菲说："我是拿一种什么样的心情在陪苇弟坐。但苇弟若站起身来喊走时，我又会因怕寂寞而感到怅惘，而恨起他来……或竟更可怜他的太不会爱的技巧了。"陪她，心情不好，走了，又寂寞惆怅。这种矛盾态度，香港女生叫"收兵"——凡是死追你的男生，自己虽然不那么喜欢，或者还没有什么决定，就先留在边上吧，这是你的"兵"。丁玲在20年代就能写出百年后部分香港女生的心情，十分穿越。同时期茅盾也描写过一些希望能掌控、"玩弄"男人的新女性，如《蚀》中的慧女士、孙舞阳、章秋柳等，既有时代特征，也超越时空。

莎菲身边还有一些男女朋友，毓芳一直忠心照顾她。毓芳和云霖因害怕生小孩而禁欲不同居，被莎菲嘲笑。还有朋友剑如、金夏，不太重要。莎菲在朋友面前也很"作"。"朋友们好，便好；合不来时，给别人点苦头吃，也是正大光明的事。"基本上她是一个被宠坏的女生，极其多愁善感。她自己分析自己，"有时为一朵被风吹散了的白云，会感到一种渺茫的，不可捉摸的难过；但看到一个二十多岁的男子（苇弟其实还大我四岁）把眼泪一颗一颗掉到我手背时，却像野人一样在得意的笑了。""还要哭，请你转家去哭，我看见眼泪就讨厌……"眼看苇弟老老实实坐在角落里流眼泪，莎菲说，"我，自然，得意够了，又会惭愧起来"，莎菲很清楚自己在做什么，"在一个老实人面前，我已尽自己的残酷天性去磨折他。"

回想20世纪初的小说，子君、陈二妹、《玉梨魂》里的寡妇、倪焕之爱上的金小姐，个个都是玉洁冰清，善良可爱，有哪个女生像莎菲女士那样不但"收兵"，还要加以磨折？50年代中期，丁玲被打成反党集团，有大字报揭发她一贯玩弄男性，便以莎菲女士为例证。

---

1 张爱玲：《倾城之恋》，《传奇》增订版，上海：山河图书公司，1946年，第171页。

三　第一次感觉到男人的美

从第四篇起，1月1日，新年开始之日，出现了一个高个儿，开始没有名字，只有外貌。"那高个儿可真漂亮，这是我第一次感觉到男人的美……他，这生人，我将怎样去形容他的美呢？固然，他的颀长的身躯，白嫩的面庞，薄薄的小嘴唇，柔软的头发，都足以闪耀人的眼睛……我抬起头去，呀，我看见那两个鲜红的，嫩腻的，深深凹进的嘴角了。我能告诉人吗，我是用一种小儿要糖果的心情在望着那惹人的两个小东西。"

在1928年，莎菲可以宣称，女人看男生的嘴唇，像小儿要糖果一样……小说于是一举成名。但是以后，40年代到了延安，50年代革命浪潮，再回首这种看见"小鲜肉"想要糖果的心情，丁玲必须不断忏悔。

当时男作家写的恋爱小说，通常不描写男主人公外貌。可能小说假定是从男性视角去阅读（一定细写女性外貌），同时也假设男主角的魅力来自才华思想而非"颜值"。所以，不仅是多情女生莎菲"第一次感觉到男人的美"，而且迄今为止的晚清和"五四"小说，也是"第一次感觉到男人的美"。整个现代文学中，基本上只有莎菲女士和迟些的张爱玲女主角们，才会特别迷恋漂亮的侨生或混血儿。接下去的日记，就贯穿了两件事，一是莎菲病重，一度以为没救了，"不是我怕死，是我总觉得我还没享有我生的一切。我要，我要使我快乐。"二是莎菲搞不清楚自己是不是爱上了高个子南洋华侨凌吉士。她主动搬家，为了接近凌，在日记里反复纠结，"我不能不向我自己说：'你是在想念那高个儿的影子呢！'是的，这几天几夜我无时不神往到那些足以诱惑我的……难道我去找他吗？一个女人这样放肆，是不会得好结果的。"和男人谈话时，"我觉得都有我嘴唇放上去的需要。"其实这时的莎菲，"还一丝一毫都不知道他呢。什么那嘴唇，那眉梢，那眼角，那指尖……多无意识……"女主角一会儿痴迷，一会儿懊恼，当凌吉士询问她搬家时，莎菲又装模作样："我把所有的心计都放在这上面……我务必想方设计让他自己送来……我要占有他，我要他无条件的献上他的心，跪着求我赐给他的吻呢。"但莎菲马上清醒，"我简直癫了"——这一切只是女人的想象，现实当中就是偶然握了一两次手而已，看到莎菲姐姐女儿的一张照片，莎菲还要故意骗凌吉士，这是我的孩子，欲擒故纵。

小说除了莎菲和两个男人的关系以外，还有一个没出过场的重要人物叫蕴姊。这些日记原来是为了写给蕴姊看的，莎菲觉得只有蕴姊懂得她的心。在上海的蕴姊，自己受不了婚后的冷淡、虚情，然后生病，病死了。所以莎菲日记没了读者了，后来周蕾等研究者认为，这是对女性主义的一种呼唤。[1]

小说的转折点是3月13日，那一天的日记里又出现了"顾长的身躯，嫩玫瑰般的脸庞，柔软的嘴唇，惹人的眼角"，但紧接着莎菲说她"懂得了他的可怜的思想"。原来凌吉士的人生理想是金钱、能应酬的太太、胖儿子，以及妓院里的享受。凌吉士追求的是演讲辩论会、网球比赛、留学哈佛、做外交官。总之，莎菲忽然发现了凌吉士太资产阶级了。"我有如此一个美的梦想，这梦想是凌吉士给我的。然而同时又为他而破灭……因了他，我认识了'人生'这玩艺，而灰心而又想到死；至于痛恨到自己甘于堕落。"于是莎菲托人到西山找房，想躲开眼前这个男人。男人真的不来了，莎菲又是失望的。3月19日的日记说，"凌吉士居然几日不来我这里了。自然，我不会打扮，不会应酬，不会治事理家，我有肺病，无钱，

---

[1] 参见 Chow, Rey. *Woman and Chinese Modernity: The Polities of Reading Between West and East*, University of Minnesota Press, 1991。

他来我这里做什么！"莎菲想见他一面，等到3月21日，凌吉士真的来了，"这声音如此柔嫩，令我一听到会想哭。"这个小说其实是女版的《沉沦》，灵与肉的冲突。凌吉士只觉得莎菲，"你真是一个奇怪的女子"。但莎菲想，"当他单独在我面前时，我觑着那脸庞，聆着那音乐般的声音，心便在忍受那感情的鞭打！为什么不扑过去吻他的嘴唇，他的眉梢，他的……无论什么地方？"这里的省略号，无论什么地方，厉害！

结果真的kiss了，3月27日晚上，等到9点半还不来。最后一段日记写于次日凌晨3点，记录"一个完全癫狂于男人仪表上的女人的心理！自然我不会爱他，这不会爱，很容易说明，就是在他丰仪的里面是躲着一个何等卑丑的灵魂！可是我又倾慕他，思念他，甚至于没有他，我就失掉一切生活意义了"。最后，"当他大胆的贸然伸开手臂来拥我时，我竟又忘了一切。"kiss完了莎菲想，"'我胜利了！我胜利了！'因为他所使我迷恋的那东西，在吻我时，我已知道是如何的滋味"——"我同时鄙夷我自己了！于是我忽然伤心起来，我把他用力推开，我哭了。"

就是靠这个kiss，她战胜了所有纠缠自己的情欲。小说结尾是莎菲决心南下，"悄悄的活下来，悄悄的死去，啊！我可怜你，莎菲！"

看上去也是灵肉冲突，既贪恋风仪的外表，又讨厌丑恶的灵魂。我以为，莎菲恐怕也不是迷恋那个高个子，而是迷恋自己能够不顾一切迷恋别人的迷恋精神。看上去她是玩弄苇弟，和凌吉士玩游戏，其实她就是玩弄自己。莎菲最后也说，"我的生命只是我自己的玩品。"

丁玲并不知道后来在学术界流行的西方女性主义文学批评，但是莎菲女士早就身体力行。从女性的角度，重新看见世界，看见女人，也看见男人。不以女性的性意识为羞为耻，大胆发现、承认、欣赏或抛弃男人的美。孟悦、戴锦华在《浮出历史地表》里，激情盛赞《莎菲女士的日记》:"现代女作家因一场文化断裂而获得语言、听众和讲坛,两千多年始终蜷伏于历史地心的缄默女性在这一瞬间被喷出、挤出地表,第一次踏上了我们历史那黄色的地平线。"[1] 对丁玲本人来说,莎菲的恋爱模式后来也有意无意贯穿了她的一生——她总是崇拜精神上的高个子,瞿秋白、冯雪峰、毛泽东、彭德怀等。但同时总是有男人在生活中对她忠心耿耿,做她的"兵",胡也频、冯达、陈明等。在爱情方面,莎菲女士一直是胜利者,在政治方面,丁玲却是飞蛾扑火,至死方休。

---

[1] 孟悦、戴锦华:《浮出历史地表》,郑州:河南人民出版社,1989年,第2页。

1928

批判鲁迅
为文学而革命,还是为革命而文学?

一 第一批攻击鲁迅的年轻革命作家

20年代和30年代之交中国文学批评界出现的变化,当然还没有后来1942年那么大,但已足以影响现代文学史甚至中国历史的发展。简单来说,20年代有不少社团、风格、流派,基本上都是作家之间的文艺批评,30年代以后,虽然作家也在争论、笔战,但实际上是团体、社团、集团之间的论战。[1]

回顾整个20年代,其实文坛也一直充满了争吵、笔战。大致划分,文坛有四派。第一是胡适、陈西滢、徐志摩、梁实秋等现代评论派,也叫新月派,英美留学,大都是学者、诗人,政治倾向比较温和改良、自由主义。第二是创造社,郭沫若、郁达夫、成仿吾、张资平、田汉等,留日归来,早期主张"为艺术而艺术",1926年后倾向激进的革命,郁达夫离开,郭沫若等主张文学"要做党的喇叭"。第三是鲁迅、周作人、林语堂等人主办的《语丝》杂志,虽

---

[1] 参见许子东:《现代文学批评的不同类型》,《文艺理论研究》2016年第3期,第6—13页。

然周氏兄弟1923年失和，鲁林关系后来也不好，但是《语丝》在文坛上比较中立，对现代散文的影响也比较久远，后来鲁迅又办《奔流》，类似倾向还有沉钟、浅草、莽原等。第四是人数众多的文学研究会，提倡"为人生而艺术"，成员非常庞杂，倾向不太明显，但大部分都是老师，或学者，或杂志主编，茅盾等人和创造社一直关系不好，文人相轻。

简单勾勒20年代后期文坛地图，是为了观察"批判鲁迅"的历史背景。鲁迅之前一直和现代评论派尤其是陈西滢笔战，反复嘲笑攻击打引号的"正人君子"。明的理由是鲁迅看不惯欧美派的绅士靠近统治阶级，不同情工农。暗的原因，也因为顾颉刚曾和陈西滢议论说《中国小说史略》抄袭日本人盐谷温的书。对文人学者来说，抄袭指控可能比政治批判更加刺激自尊心。因为与胡适阵营不和，鲁迅去广州时，曾经计划要和创造社联手，成立新的战线。但是万万没有想到，鲁迅1927年到了上海从事职业写作，第一批攻击他的，恰恰是创造社和太阳社的年轻革命作家。

1928年1月，冯乃超在创造社新杂志《文化批判》撰文，说："鲁迅这位老生——若许我用文学的表现——是常从幽暗的酒家的楼头，醉眼陶然地眺望窗外的人生。世人称许他的好处，只是圆熟的手法一点，然而，他不常追怀过去的昔日，追悼没落的封建情绪，结局他反映的只是社会变革期中的落伍者的悲哀，无聊赖地跟他弟弟说几句人道主义的美丽的话。隐遁主义！好在他不效L.Tolstoy变作卑污的说教人。"[1]

今天要是说哪个作家学托尔斯泰，应是称赞。年轻革命作家真是年少气盛，说鲁迅还好没学托尔斯泰。冯乃超也不只是批评鲁迅，他说叶圣陶是民国一个最典型的厌世家（《倪焕之》的缺点其实不

---

[1] 冯乃超：《艺术与社会生活》，载《文化批判》创刊号（1928年1月15日）。

是厌世,而是急于入世)。冯乃超也批评郁达夫、张资平,被他肯定的作家就一个郭沫若。鲁迅为"五四"呐喊,一向相信进化论,相信青年,自己也一直是一个战士的形象,现在却被人说是"落伍者的悲哀"及"隐遁主义",可想鲁迅当时如何感到吃惊。

紧接着,《文化批判》第 2 期发表了后期创造社成员李初梨的文章《怎样地建设革命文学》:

> 一个作家,不管他是第一第二……第百第千阶级的人,他都可以参加无产阶级文学运动;不过我们先要审察他们的动机。看他是"为文学而革命",还是"为革命而文学"。[1]

李初梨在 1928 年所提出的这个尖锐的问题:"为文学而革命",还是"为革命而文学",一针见血地触及了 20 世纪中国小说的一个核心矛盾。

二 为文学而革命 VS 为革命而文学

"为文学而革命",就是作家要写出伟大的作品,他应该或者必然关心社会,关心现实,同时也关心革命,因为革命是当时最主要的社会现实。所以文学是使命、是目的,革命是工具、是手段。反过来,如果是"为革命而文学",那革命就是目的,就是使命,文学就变成了工具和手段。作家为什么而从事文学?为了救国、启蒙、忧国忧民,所以后来巴金、"左联"、延安、50 年代,这是一条红色的主线,比较更接近于职业革命家的追求。

回到 20 年代历史语境,这两个口号、两种说法其实都成立,

---

[1] 李初梨:《怎样地建设革命文学》,载《文化批判》月刊第 2 期(1928 年 2 月 15 日)。

都有自己的逻辑，关键是写小说的人，把自己视为艺术家，还是革命家？当然两者也可以统一，比方说在鲁迅的身上。李初梨当年批判鲁迅，意思就是必须以革命为目的，以文学为手段，否则，"他如果为保持自己的文学地位，或者抱了个为发达中国文学的宏愿而来，那么，不客气，请他开倒车，去讲'趣味文学'。假若他真是'为革命而文学'的一个，他就应该干干净净地把从来他所有的一切布尔乔亚（bourgeoisie，资产阶级）意德沃罗基（ideology，意识形态）完全地克服，牢牢地把握着无产阶级的世界观——战斗的唯物论，唯物的辩证法。……所以我们的作品，不是像甘人君所说的，是什么血，什么泪，而是机关枪，迫击炮。"李初梨的文章，最后告白，"鲁迅究竟是第几阶级的人，他写的又是第几阶级的文学？他所曾诚实地发表过的，又是第几阶级的人民的痛苦？"[1]

李初梨20年代末提出的这三个问号，在后来20世纪的中国文学界一直反复地响起，一直大约到70年代末，每个作家都要面对这三种质问，而且每个人还要拷问自己，我是什么阶级的人？我写了什么阶级的文学？表达了什么阶级的痛苦？

伟大坚强的鲁迅，当时也有点蒙了，这个文章批评他以后，他沉默了好几个月，才有篇应战文章。他说：

> 各种刊物，无论措辞怎样不同，都有一个共通之点，就是：有些朦胧。这朦胧的发祥地，由我看来，——虽然是冯乃超的所谓"醉眼陶然"——也还在那有人爱，也有人憎的官僚和军阀。[2]

---

[1] 1927年11月《北新》第2卷第1号发表了署名为甘人的《中国新文学的将来与其自己的认识》一文。其中提道："鲁迅从来不说他要革命，也不要写无产阶级的文学，也不劝人家写，然而他曾诚实地发表过我们人民的痛苦，为他们呼冤，他有的是泪里面有着血的文学，所以是我们时代的作者。"李初梨本段话便是针对该文所做出的回应。参见李初梨:《怎样地建设革命文学》，载于《文化批判》月刊第2号（1928年2月15日）。
[2] 鲁迅:《"醉眼"中的朦胧》，《鲁迅全集》第4卷，北京：人民文学出版社，2005年，第61—62页。

意思是说这些人把文章写得朦朦胧胧，是因为官僚军阀的压力，使得批评家不敢放开说话。这番话其实讲现代评论派倒是符合实际，用来回应年轻激进的后期创造社，鲁迅说得也有些朦胧。

不过他说，"其实朦胧也不关怎样紧要……然而革命者决不怕批判自己……我并不希望做文章的人去直接行动，我知道做文章的人是大概只能做文章的。"[1] 鲁迅在这里婉转表示，我其实是革命的，但你不要叫我当机关枪、迫击炮。回答李初梨的三个问号，我倾向革命，但归根结底我是一个作家。"我知道做文章的人是大概只能做文章的。"[2]

鲁迅的另一段话其实更能说明他理解的文学与革命之关系："我以为一切文艺固是宣传，而一切宣传却并非全是文艺，这正如一切花皆有色，而凡颜色未必都是花一样。革命之所以于口号标语、布告、电报教科书……之外，要用文艺者，就是因为它是文艺。"[3]

三　鲁迅被两面围攻

鲁迅当时怀疑创造社突然激进，有投机成分。回头看历史，公平地说，李初梨、成仿吾这些人虽然观点有点幼稚激进，但是他们投身革命，冒着生死，甚至参加长征，确实不是投机。他们对鲁迅的批判，是集团作战，一浪接一浪，成仿吾写文章，说鲁迅"闲暇，闲暇，第三个闲暇；他们是代表着有闲的资产阶级"。[4] 鲁迅后来就干脆把他当年的杂文集题为《三闲集》。李初梨在《文化批判》第

---

[1] 鲁迅：《"醉眼"中的朦胧》，《鲁迅全集》第4卷，北京：人民文学出版社，2005年，第62页。
[2] 同上。
[3] 《文艺与革命》，《三闲集》，《鲁迅全集》第4卷，北京：人民文学出版社，2005年，第85页。
[4] 成仿吾：《从文学革命到革命文学》，载于《创造月刊》第1卷第9期（1928年2月1日）。

4期上又说:"鲁迅,对于布尔乔亚是一个最良的代言人,对于普罗列塔利亚(proletariat,无产阶级)是一个最恶的煽动家。"还有一篇潘梓年的文章称鲁迅是"老头子"。[1] 整批的批判当中,最激烈的帽子,来自杜荃的一篇文章,说鲁迅是"二重的反革命的人物",说他是一位"不得志的 Fascist(法西斯谛)"。[2] 这个杜荃就是郭沫若。[3] 面对这么严重的指控,有几个月鲁迅居然没有正面回击,平常谁吵得过鲁迅?

鲁迅的一时手足无措,既因为来自左翼的批评貌似有理论支撑,也因为同时他还受到另一方面的攻击。1929年,留美回来,还不满26岁的梁实秋在《新月》杂志上批评鲁迅翻译有问题。"硬译",和"抄袭"及"老头子"一样,都是伤人自尊的标签。鲁迅在《"硬译"与"文学的阶级性"》一文中描绘了自己两面受敌的处境:"假如在'人性'的'艺术之宫'(这须从成仿吾先生处租来暂用)里,向南面摆两把虎皮交椅,请梁实秋、钱杏邨两位先生并排坐下,一个右执'新月',一个左执'太阳',那情形可真是'劳资'媲美了。"[4]

对着"新月"和"太阳",左右开弓,比较起来,鲁迅对梁实

---

1 参见潘梓年(署名弱水):《谈现在中国的文学界》,载于《战线》周刊创刊号(1928年4月1日)。
2 "鲁迅先生的时代性和阶级性,就此完全决定了。他是资本主义以前的一个封建余孽。资本主义对于社会主义是反革命,封建余孽对社会主义是二重反革命。鲁迅是二重的反革命人物。以前说鲁迅是新旧过渡期的游移分子,说他是人道主义者,这是完全错了,他是一位不得志的 Fascist(法西斯谛)。"杜荃:《文艺战线上的封建余孽》,原载《创造月刊》第2卷第1期(1928年8月10日),收入《中国现代文学史参考资料·文学运动史料选》第2卷,上海:上海教育出版社,1979年,第126页。
3 1958年版的《鲁迅全集》并未注明杜荃的真名。为了修订1981年版《鲁迅全集》,人民文学出版社编辑陈早春做了详细严谨的考证,并专门向上级汇报,经周扬和胡乔木批准(也征求了中联部副部长、后期创造社成员李一氓的意见),在杜荃笔名后加"(郭沫若)"。之前冯乃超曾访问郭沫若,问及此事,郭沫若说"我记不得了"。参见徐庆全《"杜荃(郭沫若)":惊动高层的〈鲁迅全集〉一条注释》,见《纵横》2004年第4期。
4 鲁迅:《"硬译"与"文学的阶级性"》,《鲁迅全集》第4卷,北京:人民文学出版社,2005年,第212页。

秋是正面作战，火力全开，对创造社等人却只是讥笑嘲讽，曲折警告。为什么呢？原来就在后期创造社、太阳社一些年轻革命党人激烈批判鲁迅的时候，据朱正的《鲁迅传》记载，1929年11月，李立三找到了中共中央宣传部文化工作委员会的吴黎平，指示："一、文化工作者需要团结一致，共同对敌，自己内部不应该争吵不休；二、我们有的同志攻击鲁迅是不对的，要尊重鲁迅，团结在鲁迅的旗帜下。"[1]在中宣部部长的劝导下，夏衍、冯乃超、钱杏邨等人去拜访鲁迅，认错道歉，再请鲁迅出山，做左翼作家联盟的领袖（后来才知道是个名义上的领袖）。

当时党的总书记是向忠发，实际掌权是李立三，史称"立三路线"。对鲁迅来说，两面作战也是太累了。突然其中一方骂鲁迅为"法西斯谛""老头子"的年轻激进作家能上门道歉，多少有点弥补老作家的自尊心。所以，后来有鲁迅、茅盾、叶圣陶，包括郁达夫等在内的不少作家，参加"左联"的活动。李立三甚至亲自约见鲁迅，希望公开支持他的"立三路线"，"立三路线"即革命可在一省或数省首先胜利，鲁迅是拒绝了。[2]但在这时鲁迅认识了两个他喜欢的共产党人，瞿秋白和冯雪峰。他们对晚年鲁迅的文学和政治活动有非常大的影响。

和"左联"合作以后，鲁迅写文章批判梁实秋和新月派，就从翻译问题上升到文学的阶级性了。他也讥笑批判施蛰存等想做"第三种人"的作家，30年代的文艺批评空气就有了很大的变化。20年代末那一系列对鲁迅的批判，最后导致了"左联"时期鲁迅表面上成为文坛主帅。他自己的小说少了（《故事新编》的艺术成就的确在《呐喊》《彷徨》之下），但他参与的多次文学论争，对中国小说后来的发展影响深远。

1　朱正：《鲁迅传》，北京：人民文学出版社，2013年，第250页。
2　同上，第255—284页。

1929

茅盾《创造》《动摇》
新女性与新官场

茅盾（1896—1981）的第一个短篇《创造》，1928年4月发表于《东方杂志》，1929年7月收入小说集《野蔷薇》，由上海大江书铺出版。大江书铺1928年由陈望道等人创办，店址在上海虹口景云里4号。当时茅盾，还有叶圣陶、鲁迅、周建人等人都住在景云里。放在茅盾全部的作品里面，《创造》并不是最有代表性的作品，但这个短篇却是"五四"爱情小说模式的一个新发展或者说一次翻转。

一 "五四"爱情小说模式的反转

从1906年鸳鸯蝴蝶派教师孀妇苦恋的《玉梨魂》，到1923年创造社颓废文人遇到妙龄女工的《春风沉醉的晚上》，从1925年鲁迅在自己成功恋爱期间所写的爱情悲剧《伤逝》，到文学研究会叶圣陶的"青春之歌"《倪焕之》，这些小说的共同点相当明显——

第一，男主角都是书生、知识分子，他们主要不是以财富或者颜值赢得女人的心，而是以知识、才华、青年热情来吸引女性。第二，女主角大都也有文化追求（女工陈二妹也尊重看书的人），都是非常美丽、善良、玉洁冰清。第三，他们的恋爱，总有原因不为世俗所容。《玉梨魂》因为寡妇身份，子君因为私奔同居，陈二妹因为阶级地位。《倪焕之》女主角的哥哥也嫌弃男方家境不好。

当然，更重要的相通之处是男女感情交流的过程——都有点像男老师给女学生上课。《伤逝》最为典型。《玉梨魂》里"教与学"的关系模式表面上是男主角教女主角的小孩，女方好像更有才。但是在思想观念上还是男的比较开放。郁达夫写文人女工交流，也包含着启蒙拯救的用意。倪焕之追求金佩璋，也是在宣传教育救国的理念，拖手仔（拍拖）、kiss、炒饭（做爱），都是没有的。

在重读《伤逝》时我们已经概括，"爱情小说＝教育小说＝知识分子启蒙大众"。结果，除了《春风沉醉的晚上》"发乎情，止乎礼"以外，鸳鸯蝴蝶《玉梨魂》，新文学的《倪焕之》，竟然重复同一个悲剧结尾——女方成了牺牲品，男人死于革命战场。《伤逝》再发展下去，涓生恐怕也是同一命运。

茅盾的《创造》，延续又反转了20年代爱情小说的启蒙教育模式。

小说只写早上起床前男人的意识流。君实又有钱又有文化，但找不到合意女人。他想："社会既然不替我准备好了理想的夫人，我就来创造一个！""创造"这个词可能有点讽刺创造社。男女相爱，互相影响有可能，有意改造已不妥，何况"创造"？一张白纸，好让男人画最新最美的图画？

男人"创造"女人的方法还是读书——推荐阅读古今中外"先进文化"代表作。女主角娴娴，家境很好，父亲颇有道家风范。和君实在一起一开始拖手都害羞。经过文化启蒙，后来走在街上也要和君实 kiss 了。在龙华坐在一棵树下，桃花掉进领口，也非常享受。之前一点也不关心政治，在丈夫引导下读了罗素、马克思，后来主动参加妇女解放运动。小说强调男主人公的"创造"成功了，同时也失败了。成功在于新知识、新观念明显改变女生三观，失败在于女生现在再也不听男的教育辅导了。所以男人早上醒来很失落，女人性感肉体就在旁边，心却不在他的身上。小说的结尾很有象征性，女人洗完澡从另外一个门走掉了，叫家里工人传话："她先走了一步了，请少爷赶上去罢。……倘使少爷不赶上去，她也不等候了。"[1]

放回20年代看，《玉梨魂》也好，《伤逝》《倪焕之》也好，男的始终在恋爱格局占有文化优势。涓生、倪焕之等，都是先帮助女人进步，后嫌弃女人不再进步，进入家庭变得庸俗，所以阻碍了他们的忧国忧民。从"热恋"到"家庭"到"分手"，就是一个从"浪漫"到"庸俗"到"失败"的过程。但茅盾的处女作把这一种"恋爱—教育—启蒙"的格局反转过来了：启蒙结果是学生超过了老师，然后就要抛弃，甚至可能打倒老师。怎么办？再放到整个20世纪中国小说知识分子与民众关系的背景上，这更是一个重要的转折。

二 小说《创造》的创作背景

沈雁冰和很多现代作家一样，父亲很早去世，母亲是启蒙老师。他在北大读预科，英文很好，但没有考到留美名额，结果到上海商务印书馆做编辑。年纪很轻就担任中国当时最大的小说杂志《小说月报》的主编，并将杂志从文言改成白话文。沈雁冰也有一个传统的婚姻，娶了不识字的孔德沚，但是孔德沚跟朱安、孙荃不一样，她努力学习，在沈雁冰母亲帮助下，有了文化，后来一辈子都是茅盾的秘书助手。可以说"五四"爱情小说模式的反转，和茅盾个人经历也有关联。

《创造》写于北伐失败茅盾流亡日本时期，当时他和秦德君同居。但后来回国后依然和母亲及孔德沚一起生活。可以作为《创造》

---

[1]《创造》，原载《东方杂志》半月刊第25卷第8号（1928年4月25日），收入徐俊西主编、杨扬编：《海上文学百家文库·茅盾卷》，上海：上海文艺出版社，2010年。以下小说引文同。

阅读背景的，不仅是沈雁冰的私人生活，更重要的是他的政治生涯。早在 1921 年编《小说月报》时期，沈雁冰便参加了《共产党宣言》的译者陈望道主持的上海共产主义小组，也叫马克思主义研究会。这个共产主义小组，后来筹备了 1921 年 7 月 23 日召开的中共第一次代表大会。沈雁冰应该也在这一时期由共产主义小组成员转为 20 世纪中国小说家当中第一个共产党员。

北伐前期国共合作，共产党员被要求去加入国民党，沈雁冰曾担任了国民党中宣部部长的秘书。中宣部部长是汪精卫，但是汪精卫有一段时间不在，由代理中宣部部长做事。1927 年 4 月蒋介石在上海"清党"，当时宁汉还没有合流，沈雁冰在武汉主办主编国民党党报《汉口民国日报》。作为中共地下党员，沈雁冰的上级是董必武。不久沈雁冰接到通知，要在 7 月底赶去南昌。茅盾后来在三卷本的《我走过的道路》中，详细解释他接到通知以后买不到车船票，去不了南昌，结果就和同伴一起上了休养名胜庐山。茅盾有篇很著名的文章叫《从牯岭到东京》，讲述的就是这段经历。回头想想，没去成南昌，应该有点后悔。当时周恩来、林彪、贺龙、叶挺、叶剑英，甚至郭沫若都在南昌。"鲁、郭、茅"，这个次序后来是怎么排出来的？沈雁冰在回上海的船上，又因为搜捕丢了一笔党的经费。大革命失败后，他既被国民党通缉，也和共产党失去了联系，当时叫自动脱党。流亡到了日本以后沈雁冰就变成了茅盾，评论家、革命家变成了小说家，于是就有了小说《创造》，后来还有《动摇》，还有《子夜》。

三 "超越"与"被超越"之间的矛盾

爱情小说《创造》里，其实充满了矛盾。小说第一个层面，是同情新女性反对大男人主义，男人想要创造一个女的，荒唐。第二个层面,作家自己有个解释说想写革命一旦发动就不可阻挡。作家好像是站在女主角的立场歌颂革命,但问题是读者却不难感到作家有意无意对君实的理解和同情。小说不仅有意描写"超越"的合理性,也在无意当中透露了"被超越"的可悲可怜——茅盾自己也是最早的革命发动者,当他走到了1927年大革命失败,走到被两党都"抛弃"的处境,想想他这是一个什么样的心情?

所以,《创造》对"五四"爱情小说所承担(或者说难以承担)的教育启蒙主题,既有延伸,又有反转。延伸的是启蒙模式,反转的是启蒙后果。而且这种反转有惊人的预言性——若干年后,铁屋中睡觉的人们,被唤醒以后会怎么对待那些自以为"世人皆醉我独醒"的启蒙者?往后看40年代、50年代、60年代、80年代,每隔十年主流意识形态总要否定上一个十年,每个历史阶段都会有小说在延续这个主题:你唤醒民众,民众"醒了"(或装睡)以后会怎么对待你?

当然,这种在失败情绪中对革命的反省,茅盾的中篇小说《动摇》里写得更加深刻。中篇小说集《蚀》1930年5月在上海开明书店出版,包括三篇小说:《幻灭》《动摇》《追求》。茅盾自己说"是在贫病交迫中用四个月工夫写成的,事前没有充分的时间构思,事后亦没有充分的时间来修改。"[1] 这几篇小说,特别是中篇《动摇》,无论在茅盾创作生涯中,还是在整个20世纪中国小说的发展过程中,其重要性都是一直被低估的。[2]

《幻灭》的故事相对简单,女主人公有两个,慧女士和静女士。如名字符号显示,前者智慧、聪明、漂亮,有时放浪不羁;后者文静、内向、优雅、矜持善良。两人住在上海,又厌恶都市繁华,生

---

[1] 1930年5月上海开明书店版《蚀·题词》。
[2] 为数不多的对茅盾早期小说的重视,包括乐黛云1981年发表在《文学评论》上的论文《〈蚀〉与〈子夜〉的比较分析》。

活事业都找不到方向。男主人公也有两个,一个叫抱素,名字很特别,人却很庸俗,一会儿追静,一会儿想慧(后来张炜《古船》有两兄弟抱朴、见素,不知是否在名字上受到茅盾文风影响)。另一男主角是静女士在医院当看护时认识的强连长,如名所示,刚强的男人。《幻灭》结尾是强连长又上前线,静愿意等他——好像也并不幻灭。

四 《动摇》中的新官场与新女性

《动摇》是一部十分复杂的中篇。复杂性表现在三个方面,一是历史现场,二是革命官场,三是新派女性。

在复刻画制历史现场方面,小说里的政治局势显得十分混乱,既不是李伯元、刘鹗笔下的官民对立,是非分明,也不如后来"十七年文学"里的国共斗争,黑白清晰。《动摇》的背景是北伐之中"宁汉合流"前的一个县城,城里有各种不同的政治势力:土豪劣绅(或开明士绅),县党部(仍然处在国共合作之中的青天白日旗),县长(地位不在县党部之下,可以指挥警队),还有工会纠察队(却有反派主角的儿子参与指挥),还有乡村来的有点失控的农民自卫军,还有城里罢工的店员工会,等等。小说描写城里局势紧张:"县前街上,几乎是五步一哨,蓝衣的是纠察队,黄衣的是童子团,大箬笠掀在肩头的是农军"[1],再加上警察、流氓、闲人……

小说描述街头混乱局势,并不标明哪些是国民党右派(仅有一处注释敌军是夏斗寅部),哪些是汪精卫武汉派,哪些是维护国共合作的共产党温和派,哪些势力是激进的"湖南农民运动"……这当然不是因为茅盾自己缺乏政治立场,而是作家有意要复制再现大革命中的纷乱政治局面——让小说中的主人公找不到北,也让当时

---

[1] 《动摇》,《蚀》,北京:人民文学出版社,1954年,第109页。

（甚至今天）的读者设身处地在这前所未有眼花缭乱的革命浪潮中无所适从。这是20世纪中国小说中极罕见的一章。在这之前，清末民初的奴隶们没有权利"幻灭""动摇"。在这之后，战士们有了明灯指路，也不再可以"幻灭""动摇"。茅盾记录的，恰恰是现代中国革命的迷乱一页。

举两个小说中的核心情节作为实例：

第一个是县城店员工会与店东发生了冲突，店员提出三大要求：加薪20%至50%，不准辞歇店员，店东不得停业。县党部讨论局势，有三个方案。一是同意支持工会三大要求；二是让省里派专员来解决，同时镇压土豪劣绅反动阴谋骚乱；三是支持加薪，辞退店员要工会同意，歇业要调查，纠察队童子军撤走，不得捕捉店东。总之，一是全帮店员，三是部分维护店东，二是等上级政策。

如果到了五六十年代再写北伐历史，店员属半无产阶级，店东乃资本家，阶级斗争岂容调和？如果再到八九十年代如《古船》《笨花》《白鹿原》等书写同类故事，主人公可能是辛苦维持社会局面的士绅。茅盾小说最接近历史现场，却最缺乏倾向性，好像劳资冲突各有其难。县党部逐一讨论并表决上述三个方案（现代文学中难得的投票细节过程描写），最后一、三选项都不过半数，于是等省里专员。街上继续乱，农会、纠察队声援店员工会，士绅代表也到公安局请愿，要求"营业自由""反对暴民专制"。省专员来后决定：一加薪，二不得辞退店员，三制止店东用歇业做手段破坏市面。基本上比较倾向无产阶级。但小说又特意让反派胡国光在这场店员运动中投机成功，成为"革命的店东"。激进的革命运动竟被浑水摸鱼的劣绅操控，不仅局中人愕然，而且，当时甚至今天的读者也会困惑。

第二个实例是更加令人惊奇迷乱的乡村里的"公妻"。

"公妻"是土豪劣绅对农运的造谣破坏。新任县党部常务的胡国光建议:"我们只要对农民说,'共妻'是拿土豪劣绅的老婆来'共',岂不是就搠破了土豪劣绅的诡计吗?"[1]这个方法居然得到省专员赞同。不久,县农协特派员王卓凡下乡查察——

> 事情是不难明白的,放谣言的是土豪劣绅,误会的是农民。但是你硬说不公妻,农民也不肯相信;明明有个共产党,则产之必共,当无疑,妻也是产,则妻之竟不必公,在质朴的农民看来,就是不合理,就是骗人。王特派员卓凡是一个能干人,当然看清了这一点,所以在他到后一星期,南乡农民就在烂熟的"耕者有其田"外,再加一句"多者分其妻"。在南乡,多余的或空着的女子确实不少呀:一人还有二妻,当然是多余一个;寡妇未再醮,尼姑没有丈夫,当然是空着的。现在南乡的农民便要弥补这缺憾,将多余者空而不用者,分而有之用之。

这不是小说家的段子,这是中共最早期党员沈雁冰对北伐途中农民运动的一段自然主义写实。于是,某个晴朗的下午,南乡农民在土地庙里开会,王特派员做主席,三个脸色惊慌的妇女,在等待重新分配。一个是18岁的地主小老婆,一个是30岁的寡妇,还有一个17岁的乡董婢女。后来又加了两个尼姑,但来开会的农民有点多,五个女人不够分只好抽签。土豪小老婆被一个癞头的30多岁的农民抽中,女人又哭又喊:"我不要!不要这又脏又丑的男子。"但是大家还是尊重游戏规则,癞子不配?不公平!当然也有反对"公妻"的农民,组成了"夫权会"反对农协。又有妇女抗议"夫权会",口号是:"拥护野男人!打倒封建老公!"

消息传到县城,县党部负责人方罗兰问妇女部长张小姐,是纠

---

[1] 《动摇》,《蚀》,北京:人民文学出版社,1954年。以下小说引文同。

正还是奖励？张小姐说："这是农民的群众运动，况且被分配的女子又不来告状。"只好听其自然的结果，"有许多闲人已经在茶馆酒店里高谈城里将如何'公妻'，计算县城里有多少小老婆，多少寡妇，多少尼姑，多少婢女，甚至于说，待字的大姑娘也得拿出来抽签。"虽然作家描绘"公妻"运动的笔调有点嘲讽意味，但小说里的正面人物如孙舞阳，也在"三八"妇女节大会上代表妇女协会提到南乡的事，很郑重地称之为"妇女觉醒的春雷""婢女解放的先驱"。再进一步，官员胡国光建议："一切婢妾，孀妇，尼姑，都收为公有，有公家发配。"这个主张虽然为妇女协会张同志反对，但最后还是折中成一个议案："婢，一律解放；妾，年过四十者听得其仍留在雇主之家；尼姑，一律解放，老年者亦得听其自便；孀妇，年不过三十而无子女者，一律解放，余听其自便。"

最不可思议的是，为具体落实上述议案，成立了"解放妇女保管所"。另一个负面角色陆慕游的寡妇女友钱素珍负责管理这个保管所。当然后来这个"解放妇女保管所"就成了胡国光、陆慕游等官员的私人俱乐部。

除了显示历史现场的复杂性，《动摇》的文学史意义，还在于描写革命中的新官场。晚清小说认为中国的病因主要在官场。"五四"以后鲁迅等作家将文学的注意力转向国民性，即民族灵魂的改造。官场只是以隐形方式在小说里做背景（或多写爪牙帮凶少写官员，或视仕途为无奈沉沦）。官员再次成为20世纪中国小说的主要人物，要到延安文艺以后。也就是说，从1918年到1942年，官场基本上不再成为现代小说的重要场景——除了茅盾的中篇《动摇》。

《动摇》有两个男主角，胡国光和方罗兰。胡的父亲是县育婴堂董事，他原来相信"没有绅就不成其为官"。可是县党部挂青天白日旗后，国民党一度也支持打倒土豪劣绅，这就逼胡国光要自己进入官场。"从前兴的是大人老爷，现在兴委员了！"他把自己的名字从胡国辅改成胡国光，先竞选商民协会执行委员。执行委员共五人，三个由县党部指定，两个由商民协会选举——清代官员有两个来源，科举或捐官；民国以后官员也有两个来源，指派或选举。《动摇》既写省里派来专员，县里派王卓凡特派员下乡，也详细描写了三名协会的选举过程。选举也要靠运动人事，也要花钱。结果陆慕游21票，胡国光20票。刚要宣布结果，会员中就有人反对说，胡国光是本县劣绅，应取消他的委员。"全场七十多人的喁喁小语，瞬间聚成了震耳的喧音……"像是西洋婚礼时给人最后异议的机会，也像现今干部任命前的公示期。但那个反对者南货店老板倪朴廷一旦当场"被实名"后，原来和胡国光有私仇，所以胡还是当了委员。

这种现代文学中罕见的民主选举场面，却是一个投机分子的从政敲门砖，令人深思。读者熟悉的晚清小说官场，要么贪腐是"刚需"，无官不骗，要么认为考出来的好过用钱买的，或者认为贪官不好，清官更坏。到了茅盾笔下的革命官场，两个男主角胡国光方罗兰的主要分别并不在政见实绩（胡支持店员运动，姿态比方更"左"；胡热心"解放妇女"，方也没有坚决反对），差异主要在个人私德。胡国光家有婢女金凤姐，又是丫鬟，又是妾侍，还和胡的儿子胡炳勾搭，之后胡又看上同僚陆慕游的寡妇爱人，更经常出入"解放妇女保管所"。方罗兰则被描写成正人君子，一方面被娇艳女同事孙舞阳诱惑，一方面又真诚愧对自己的太太，俨然一个多情脆弱又有良心的官员。茅盾《动摇》里的革命官场已带出一个日后在当代小说中被反复讨论的问题：即官员的私人道德与政治表现之复杂关系。简而言之，是否"好人"才能或必定是"好官"？

一般文学史都很注重茅盾早期小说中的女性形象，尤其是放浪反叛的时代女性系列。茅盾其实很早就注意西方有关女性问题的理论，他对"Feminism"一词的翻译，先后使用过"女子主义""妇女主义""女性主义"。1921年发表的《女性主义的两极端派》，是现有文献中"女性主义"中文译名的首次出现。[1]有理论探讨的支持，创作中则有更大胆的尝试。《幻灭》写"刚强与娟傲"的慧女士早发表她的女性宣言："她对于男性，只是玩弄，从没想到过爱。议论讥笑，她是不顾的；道德那是骗乡下小姑娘的圈套……她回想过去，绝无悲伤与悔恨……"《动摇》里的孙舞阳也是特立独行，举手投足散发出令男人晕眩的力量。"孙舞阳穿了一身淡绿色的衫裙……很能显示上半身的软凸部分。""孙舞阳不回答，唱着'起来！饥寒交迫的奴隶'，在房间里团团转转的跳。她的短短的绿裙子飘起来，露出一段雪白的腿肉和淡红色短裤的边儿……"身为县党部负责人，方罗兰无可救药地迷上了孙舞阳。两人有一次逃避群众集会来到一个僻静处，"伴随着谈话送来的阵阵的口脂香"，孙舞阳却直言方不应离婚。"因为没有人被我爱过，只是被我玩过。"这是从莎菲女士到娴娴到慧女士一路发展过来的新女性宣言。作为安慰罗兰，"我看出你恋恋于我，现在我就给你几分钟的满意。她拥抱了满头冷汗的方罗兰，她的只隔了一层薄绸的温暖的胸脯贴住了方罗兰剧跳的心窝，她的热烘烘的嘴唇亲在方罗兰麻木的嘴上，然后她放了手，翩然自去，留下方罗兰胡胡涂涂站在那里。"

和莎菲女士一样，通过 kiss 超越了一个男人。但女作家笔下的情欲文字，可以诠释成女性主义的声音，那么从男作家视角渲染的女性身体性感呢？

---

[1] 杨联芬：《茅盾早期创作与女性主义》，《厦门大学学报（哲学社会科学版）》2021 年第 3 期，第 151—161 页。

1930

沈从文《柏子》《萧萧》《丈夫》
乡村底层人物

沈从文（1902—1988）是文学研究会成员，但有两个创造社作家，对他一生命运产生过很大影响。

一个是郁达夫。沈从文"北漂"时期，郁达夫曾去看望这位素不相识的年轻投稿者，赠送围巾，还写了著名散文《给一个文学青年的公开状》。沈从文曾经撰文评论郁达夫与郭沫若、鲁迅的不同："郁达夫，以衰弱的病态的情感，怀着卑小的可怜的神情，写成了他的《沉沦》。这一来，却写出了所有年轻人为那故事而眩目的忧郁了。……人人皆觉得郁达夫是个可怜的人，是个朋友，因为人人皆可从他作品中，发现自己的模样。郁达夫在他作品中提出的是一个重要问题。'名誉、金钱、女人，取联盟样子，攻击我这零落孤独的人……'这一句话把年轻人心说软了。……郭沫若用英雄夸大样子，有时使人发笑，在郁达夫作品上用小丑的卑微神气出现，却使人忧郁起来了。鲁迅使人忧郁是客观地写到中国小都市的一切，郁达夫只会为他本身，但那却是我们青年人自己。中国农村是崩溃了，毁灭了，为长期的混战，为土匪骚扰，为新物质所侵入，可赞美的或可憎恶的，皆在渐渐失去原来的型范，鲁迅不能凝视新的一切了。但青年人心灵的悲剧却依然存在，在沉默中存在，郁达夫则以另一意义而沉默了的。"[1] 看上去是理解郁达夫，其实也在解释他自己的乡村观与鲁迅不同。金介甫也有过类似比较："不管是在卓越的艺术才华上，还是在把握20世纪中国社会生活本质的能力上，沈从文都接近了鲁迅的水平。虽然当鲁迅已经投身于社会革命的时候，沈从文依然主张中国回复到自发的乡村社会中去。他的这个社会理想同鲁迅的理想一样，是抽象而不切实际的。"[2]

另一个影响沈从文命运的创造社作家是郭沫若。郭沫若虽在20年代末化名批判鲁迅"双重的反革命"，"不得志的Fascist（法西斯谛）"，帽子这么重，当年却没有怎么伤害到鲁迅，因为当时郭沫若的批评不代表组织。鲁迅去世以后，郭沫若有不少赞颂。但是20年后，1948年3月，郭沫若在香港的《大众文艺丛刊》上撰文，说"特别是沈从文，他一直是有意识地作为反动派而活动着"。[3]1949年北大学生把这段话抄成大字报贴在北大校园里，当时的老师沈从文就要自尽（没有成功）。[4]

但是在1999年《亚洲周刊》的"20世纪中文小说100强"里，沈从文的《边城》排名第二，仅次于鲁迅的《呐喊》。整个20世纪中国小说史上，一个小说家的地位评价，有这么大的落差起伏，不知是否仅仅出于政治原因？

1　沈从文：《论中国创作小说》，《文艺月刊》第2卷第4期，1931年4月30日。王自立、陈子善编：《郁达夫研究资料》下，天津：天津人民出版社，1982年，第363—364页。
2　金介甫：《沈从文笔下的中国社会与文化》，虞建华、邵华强译，上海：华东师范大学出版社，1994年，第1页。
3　郭沫若：《斥反动文艺》，1948年5月发表在香港生活书店出版的《大众文艺丛刊》（双月刊）第一辑。
4　复旦大学张新颖教授的《沈从文的后半生：1948—1988》（上海：上海三联书店，2018年），详细记述了1948年后沈从文在中国文坛上"消失"了30年。

一 沈从文的"男欢女爱"故事

《柏子》其实比《萧萧》写得更早,写于1928年5月(载《小说月报》第19卷第8号)。百度百科介绍说,"作者讲述了一个名叫柏子的水手与辰河岸边一个妇人之间男欢女爱的故事"。这里的"男欢女爱",其实是"卖淫嫖娼",中性一点的说法,是一个船工购买性服务。为什么一篇描写"性服务"的小说,后来会被选进了斯诺翻译,鲁迅参与编选的英文版的现代中国小说集《活的中国》呢?

短篇小说,开篇却写了整整两页水手群像,如何靠岸,边拉绳索边唱歌,然后才聚焦"船夫中之一个,名叫柏子。日里爬桅子唱歌,不知疲倦,到夜来,还不知疲倦",上岸走过泥地……"目的是河街小楼红红的灯光,灯光下有使柏子心开一朵花的东西在。"[1] 李伯元、曾朴写"江山船",主要招呼官员商人。郁达夫《秋柳》曾替穷人着想,"可怜他们的变态性欲……大约只有向病毒很多的土娼家去发泄的。"[2] 沈从文偏偏要写穷人在性工业中的处境,船工也有购买快乐(或者说"自甘堕落")的权利,"柏子,为了上岸去河街找他的幸福,终于到一个地方了。"下面一段文字很精彩,"先打门,用一个水手通常的章法,且吹着哨子。门开了,一只泥腿在门里,一只泥腿在门外,身子便为两条臂缠紧了,在那新刮过的日炙雨淋粗糙的脸上,就贴紧了一个宽宽的温暖的脸子。这种头油香是他所熟习的,这种抱人的章法,先虽说不出,这时一上身却也熟习之至。还有脸,那么软软的,混着粉的香,用口可以吮。到后是,他把嘴一歪,便找到了一个湿的舌子了,他咬着。"接下来是一段对话,"'悖时的!我以为到常德被婊子尿冲你到洞庭湖底了!''老子把你舌

---

1 《柏子》,徐俊西主编,陈惠芬编:《海上文学百家文库·沈从文卷》,上海:上海文艺出版社,2010年,第4—6页。以下小说引文同。
2 《秋柳》,《郁达夫文集》第1卷,花城出版社/香港三联书店,1982年,第313页。

子咬断!''我才要咬断你……'……'老子摇橹摇厌了,要推车。''推你妈!'妇人一面说,一旁便搜索柏子的身上东西。搜出的东西往床上丢,又数着东西的名字。'一瓶雪花膏,一卷纸,一条手巾,一个罐子……'"

这是一种又粗鲁又温馨的肉感,一种既讲感情又讲物质的关系。"肥肥的奶子两手抓紧,且用口去咬。他又咬她的下唇,咬她的膀子,咬她的腿……妇人望到他笑,妇人是翻天躺的。"沈从文提供了现代文学当中非常罕见的描写无产阶级的三级文字。"累了,两人就烧烟。"过了几个小时,柏子冒雨又回船上去了。

小说最后这一段总结特别重要。"他想起眼前的事心是热的,想起眼前的一切,则头上的雨与脚下的泥,全成了无须置意的事了。这时妇人是睡,是陪别一个水手又来在那大白木床上作某种事情,谁知道。柏子也不去想这个。他把妇人的身体,记得极其熟习:一些转弯抹角地方,一些幽僻地方,一些坟起与一些窟窿,即如离开妇人身边一千里,也像可以用手摸,说得出尺寸。妇人的笑,妇人的动,也死死的像蚂蟥一样钉在心上。他的所得抵得过一个月的一切劳苦,抵得过船只来去路上的风雨太阳,抵得过打牌输钱的损失,抵得过……他还把以后下行日子的快乐预支了……今天所'吃'的足够两个月咀嚼,不到两月他可又回来了……每一只船,把货一起就得到另一处去装货。因此柏子从跳板上摇摇荡荡上过两次岸,船就开了。"

这段文字,写了阶级局限,也写了人性弱点,叙述一个工人卑微的心理生理快乐,以及性工业的经济和文化基础。数千年来各种文明发展,性工业始终以各种不同形式存在。晚清狭邪小说里写风月场所既揭露官场腐败又寄托情欲梦幻。"五四"文学把妓女作为典型的被侮辱被损害者。沈从文描写无产者和风尘女的"男欢女爱",好像不觉得他们谁在被侮辱谁在被损害。不知道是他/她们太麻木,需要哀其不幸？还是城里人不接地气，不了解社会底层？经过鲁迅推荐，斯诺把这个小说翻译成英文，收在小说集里，书名就是《活的中国》。

二 《萧萧》：乡土是蒙昧的，还是美好的？

《萧萧》发表在1930年1月的《小说月报》上，大部分篇幅没有故事，只是抒情，基调就是乡村生活的简单而平淡。

> 乡下人吹唢呐接媳妇，到了十二月是成天有的事情。……也有做媳妇不哭的人。萧萧做媳妇就不哭……出嫁只是从这家转到那家。因此到那一天，这女人还只是笑。她又不害羞，又不怕。她是什么事也不知道，就做了人家的新媳妇了。[1]

"她是什么事也不知道"，这句话也概括了小说的主题。萧萧平静麻木陌然，却逼使读者思考：你"知道"什么呢？

写《萧萧》的时候，沈从文的叙述文笔已经比较成熟稳定。早期沈从文写不少苗家神话，故事离奇，文笔冗长。当时苏雪林等人就有批评，夏志清说那是沈从文不懂外文，有点自卑心理，所以写欧化的长句，并非他的特长。[2] 他不像鲁迅、郁达夫、张爱玲等人，一发声就找到自己独特的音域。沈从文的创作是历经曲折磨炼、渐入佳境，这种情况后来我们在老舍身上也看到。

也许是偶然，沈从文和老舍，是现代作家当中为数不多的非汉族作家。而且他们的少年经历都比较特别，不是小康人家堕入困境

---

[1] 《萧萧》，《中国短篇小说百年精华》现代卷，中国社会科学院文学研究所当代文学研究室编，香港：香港三联书店，2005年，第240页。以下小说引文同。
[2] 见夏志清：《中国现代小说史》，香港：香港中文大学出版社，2001年，第149页。

但还能出国之类,而是从小就亲眼看见社会底层。沈从文年轻轻就在江湖上混,除军职外,还做过警察局文书,管过财务,做过报纸校对。他20岁离开军队,写《萧萧》时,他开始到胡适任校长的吴淞中国公学教中文。湘西的世俗经验影响他的一生,也为他在城里的写作提供了别人没有的乡土材料和底层视角。50年代以后沈从文一直没有进入中国作协,作协要求作家必须深入生活,体验生活,沈从文其实正是先生活后"从文"。生活时不知自己会做作家,所以不是"体验"而是"生活"——"文革"后的作家也大都如此,"先生活,再从文"。

12岁时,萧萧嫁给一个三岁刚断奶不久的小男人,男人整天要新娘子抱着。《萧萧》一共13页篇幅,只有最后一页讲萧萧生子不沉潭,以及之后又替儿子娶童养媳等重要情节。[1] 前面大段的抒情文字,只有两个情节。一是乡村人们怎么议论过路女学生;二是花狗和萧萧"发生性关系"的过程。

"发生性关系"这个措辞有点怪,那怎么说好呢?强奸?应该不是吧?除非女人去告。诱奸?也许可以算不伦之恋?偷情?有染?吊膀子?炒饭?不正当男女关系?"男欢女爱"?……

不能用城里现代语汇来描述定义花狗和萧萧"那事儿",恰恰就是小说的核心所在。这个核心问题就是怎么来用城市的、科学的、文明的观念来解释(或无法解释)传统文化中的合理与荒唐,无法用所谓"现代性"定义现实乡土中国。

萧萧发现肚子大了,求菩萨、吞香灰、喝凉水都没用。花狗也手足无措。

要把这段"不正当男女关系"变成平静结尾,需要很多偶然因

---

[1]《中国短篇小说百年精华》现代卷,中国社会科学院文学研究所当代文学研究室编,香港:香港三联书店,2005年,第240—253页。

素——爷爷不读四书五经，淡化了礼教的压力；想卖时正好没人买，不是美女？收成不好？最重要还是生了儿子，"女＋子"才等于好。偶然因素加在一起，为了帮助作家和读者保留对中国传统道德的信心，相信平静的世俗生活河流，比文学道德教条更有生命力。按照夏志清的说法，"萧萧所处的，是一个原始社会，所奉信的，也是一种残缺偏差的儒家伦理标准。……读者看完这小说后，精神为之一爽，觉得在自然之下，一切事物，就应该这么自然似的。"[1]

同样这个结尾，钱理群、吴福辉就看到了童养媳萧萧的悲惨命运，"正在于人对自身可怜生命的毫无意识，萧萧终于没有被发卖、被沉潭，她抱了新生儿，在自己的私生子娶进大龄媳妇的唢呐声中，也即又一个'萧萧'诞生的时候仍懵懵懂懂。"[2] 朱栋霖等主编的《中国现代文学史》上册，也认为"生命悲剧的不断轮回，根本原因在于乡下人理性的蒙昧"。[3] 不同文学史，讨论的都是《萧萧》的主题，到底是乡土美好，还是乡土蒙昧？

三　男人与乡村与民族的屈辱感

也是以湘西河边吊脚楼为背景，小说《丈夫》比《柏子》更有名，发表在1930年4月的《小说月报》上。这次主角不再是性服务的购买者，而是性服务的提供者，准确说是提供者的丈夫。

比起柏子回船路上算的生理心情账，《丈夫》对性工业的城乡经济基础分析得更加透彻。

---

[1] 夏志清：《中国现代小说史》，香港：香港中文大学出版社，2001年，第153页。
[2] 钱理群、温儒敏、吴福辉：《中国现代文学三十年》修订本，北京：北京大学出版社，1998年，第278页。
[3] 朱栋霖、丁帆、朱晓进主编：《中国现代文学史》上册，北京：高等教育出版社，1999年，第207页。

> 她们都是做生意而来的。在名分上，那名称与别的工作同样，既不与道德相冲突，也并不违反健康……事情非常简单，一个不亚于生养孩子的妇人，到了城市，能够每月把从城市里两个晚上所得的钱，送给那留在乡下诚实耐劳种田为生的丈夫处去，在那方面就可以过了好日子，名分不失，利益存在。所以许多年青的丈夫，在娶妻以后，把妻送出来，自己留在家中耕田种地安分过日子，也竟是极其平常的事。[1]

这里用的是"竟然"的"竟"，说明本来不是平常的事情。小说主人公没有姓名，题目叫"丈夫"，当然是极大的讽刺了——因为他是最不像丈夫了。小说写得比《柏子》更细致更具体。水手有一群，类似的丈夫也不少（沈从文小说有社会学视野）。其中的一个，某日换了干净衣服，到城里河边来看望自己的媳妇，像探访亲戚一样，看见自己媳妇的样子变了，眉毛细了，"脸上的白粉同绯红胭脂，以及那城市里人神气派头，城市里人的衣裳，都一定使从乡下来的丈夫感到极大的惊讶，有点手足无措。"倒是女人大方，问寄的钱收到没有，家里的猪生了崽吗，等等，气氛融洽温暖。

接下来，小说写了丈夫情绪的三起三伏（"三起三伏"之类，既是文学评论的套语，也是作家拉长篇幅的技巧）。第一个白天开心，可是晚上有个商人上船来，将女人搂去睡觉，男主角只好睡在船后舱，"淡淡的寂寞袭上了身，他愿意转去了……"可是第二天被老七——他的老婆留住了，说是要到四海春饮茶，三元宫看戏。老七和一个老妈子、一个小伙计上岸去烧香（也是一个小型"江山船"），男人一个人在船上。这时来了一个水保。小说介绍水保本来混迹江

---

[1]《丈夫》，《中国短篇小说百年精华》现代卷，中国社会科学院文学研究所当代文学研究室编，香港：香港三联书店，2005年，第254页。以下小说引文同。

湖，应该有些手段，但是，"世界成天变，变去变来这人有了钱，成过家，喝点酒，生儿育女，生活安舒，这人慢慢的转成一个和平正直的人了。在职务上帮助了官府，在感情上却亲近了船家。"沈从文对这类有权势的基层"官员"的描写，十分微妙。"丈夫"第一眼看到水保的一段文字，像电影镜头一般：

> 先是望到那一对峨然巍然似乎是为柿油涂过的猪皮靴子，上去一点是一个赭色柔软麂皮抱兜，再上去是一双回环抱着的毛手，满是青筋黄毛，手上有颗其大无比的黄金戒指，再上去才是一块正四方形象是无数橘子皮拼合而成的脸膛。

一个男人从下往上看（既是物理视觉，也是心理视角），从靴子到毛手，再到戒指，到他的脸膛，男人知道这是大人物了，所以又胆怯又恭敬。水保看看这个年轻农夫，是他干女儿的老公，态度很恭敬，便和他谈话。男人述说乡下的农作物，小家庭生活计划，觉得这个大人物很关心他。水保关心是关心，临走的时候拍拍年轻人的肩，说我们是朋友，但是"告她晚上不要接客，我要来"。丈夫比较迟钝，过了一会儿才悟出来这句话的真实意思。年轻人突然感到羞辱和愤怒，又决心要回去了。在回去路上，恰恰碰到了老七，妻子为他买了一把胡琴，好言好语又把男人劝回到船上。可又来了两个醉酒军官，粗鲁胡闹。"老七急中生智，拖着那醉鬼的手，安置到自己的大奶上。"然后两个人睡在女人的左右，这才对付了他们。这夜水保果真又来了，还带来一个巡官，检查视察来的，说要特别考察老七。目睹这一切的丈夫，再也说不出话来了。老七给他钱，他就把钱撒在地上，"像小孩子那样莫名其妙的哭了起来。"

小说结尾淡淡一笔，写老七随丈夫一起回转乡下去了。

课堂上同学们议论，老七回到乡下以后会怎么样呢？过一阵老七可能又出来？她大概已经受不了养猪种田的日子了，也许去别的大一点的城市。即便前景是悲观的，但至少结尾还是浪漫主义的。比起前面水手无产者的性苦闷宣泄，丈夫的"屈辱感"主题在20世纪中国文学的语境下，其实不是孤例。文学研究会作家许杰写过一篇《赌徒吉顺》，收入茅盾主编《中国新文学大系·小说一卷》，吉顺赌博输了老婆，小说不写别的，就写他怎么把自己爱的老婆交代好，要送给别人。柔石的《为奴隶的母亲》，讲穷人老婆女人借给有钱人去生孩子，也渲染其中丈夫屈辱的心理。蒋牧良写的小说《夜工》，罗淑的《生人妻》都是写女人瞒着丈夫打工，夜里见不得人的工。也不只现代文学，台湾乡土派的王祯和《嫁妆一牛车》，黄春明的《莎哟娜啦，再见》，都在写男人眼看自己的女人或者女学生，陪伴别的男人，为了车，为了钱。可见现代中文文学当中的屈辱感，是一个不同方式呈现的挥之不去的主题。

1930

张恨水《啼笑因缘》
鸳鸯蝴蝶派代表作

一　作家兼报人

张恨水的《啼笑因缘》于1930年3月到11月在上海《新闻报》连载，1931年12月由上海三友书社出版单行本。从30年代起，《啼笑因缘》不断地被改编成各种电影及电视剧。如果说1906年的《玉梨魂》是鸳鸯蝴蝶派早期代表作，张恨水的长篇小说《啼笑因缘》则可以称之为民国时期鸳鸯蝴蝶派的经典。在专家评审的《亚洲周刊》"20世纪中文小说100强"里，《啼笑因缘》排第27名，《玉梨魂》排第59名。

《玉梨魂》与《啼笑因缘》的区别，除了骈体文言与旧白话以外，还在于《玉梨魂》当时是打正旗号鸳鸯蝴蝶派。张恨水对"鸳鸯蝴蝶"这个标签则有些犹豫。《啼笑因缘》的序文是用新文艺白话写的。后来有一些评论者，包括张恨水的家人，更愿意把张恨水称为"现实主义作家"。鲁迅小说很出名，可是他并不把自己的小说拿给母亲看，他买来送给母亲看的就是张恨水的小说。张爱玲后来也很喜欢张恨水的小说，说"可以代表一般人的理想"。[1]。

张恨水（1895—1967），安徽潜山人，出生于江西广信府，本名叫张心远。笔名"恨水"取自南唐李后主的词，"自是人生长恨水长东"。一共50多年的写作生涯，张恨水创作了100多部小说，总字数达两千万，比较出名的还有《春明外史》《金粉世家》《八十一梦》等。除了写作以外，张恨水还做了安徽、北京、天津各地的报纸编辑和记者，1927年当了北京《世界日报》总编辑，他是一个作家兼报人。

写作之外，大多数"五四"主流作家都在大学兼课教书，张恨水比较像李伯元、吴趼人等晚清小说家（后来还有金庸等报人／作家）。同样写小说，报人比较重视读者的反馈和销量，教授比较关心对学生的教育和影响。简单来说，民国文学就靠这两个轮子联系社会，一个是报纸传媒，一个是学校教育。用什么方式连接地气，也会决定文学的倾向。

但报人也有两种：为报纸工作，或为自己办报。张恨水从19岁到汉口投靠在报馆工作的本家叔伯张犀草起，前后媒体生涯40年，基本上还是"高级打工"。他当过天津《益世报》和芜湖《工商日报》驻京记者，兼任世界通讯社总编辑，并为上海《申报》和《新闻报》写稿。一度担任《世界日报》副刊主笔。1936年在南京与张友鸾创办《南京人报》。不久抗日战争爆发，到重庆，任《新民报》主笔及重庆版经理直到退休。除了短暂的《南京人报》，张恨水作为"报人"，主要是写手而非老板，作家身份比报人工作更重要。

民国时期，中国最出名的两份报纸《申报》和《新闻报》都在上海。1929年5月，《新闻报》副刊《快活林》主编严独鹤，到北京向张恨水约稿。"言情"当然是必须的，还附带一个要求——上

---

[1] 张爱玲：《童言无忌》，《张看》上册，北京：经济日报出版社，2002年，第58页。

海市民要看武侠，要看噱头。这是一个非常实际、具体的文化产品订货单。于是，小说里后来就有了一男三女模式。其中有个女的，关秀姑，就会武功。噱头是另外两个女的，卖唱少女凤喜，和都市富家女何丽娜，相貌长得一模一样，所以就引出了男主人公跟读者的不少困惑和白日梦。

二　一个男子三个女人

男主角樊家树，江南书生到北京。"五四"新文学或鸳鸯蝴蝶派，男主角都是书生，在作家是文人自恋，可为什么那么多读者也相信？这个问题值得探究。樊家树在天桥看到十几岁卖唱少女凤喜，美丽可怜，楚楚动人，一下子喜欢上了。这种书生与风尘女的经典桥段，在文化工业流行文学里也不过时。刚要读书识字的少女凤喜，很快又被军阀刘将军看中。先是找她打牌，故意让她赢钱。凤喜家里太穷了，看到钱又诱人又烫手，白天很喜欢，晚上睡觉时，想起了樊家树对自己很好，就感到内疚、惶恐。后来刘将军索性派兵把少女带入府里，说是唱大鼓书，其实要逼其为妾。凤喜吓昏了，又醒过来，见到了刘将军跪着求爱……

小说里的另一条叙事线索，讲一个美貌善良且习武功的女人关秀姑，也喜欢书生男主角，但知道樊家树喜欢卖唱女，就压抑住自己的感情，还尽量来维护樊家树（侠女兼圣母）。凤喜被抢进刘府时，小说中有一个极具戏剧性的情节设计——关秀姑的父亲关寿峰和他的习武朋友在屋外观察，如果刘将军强行施暴，众人可以立刻相救……可他们看到屋内什么情况呢？

　　刘将军笑道："这两本账簿，还有账簿上摆着的银行折子和图章，是我送你小小的一份人情，请你亲手收下。"凤喜向后退了一退,用手推着道:"我没有这大的福气。"

刘将军向下一跪,将账簿高举起来道:"你若今天不接过去,我就跪一宿不起来。"凤喜靠了沙发的围靠,倒愣住了。停了一停,因道:"有话你只管起来说,你一个将军,这成什么样子?"

刘将军道:"你不接过去,我是不起来的。"凤喜道:"唉!真是腻死我了。我就接过来。"说着,不觉嫣然一笑。[1]

张恨水的这个情节设计太厉害、太阴险,他给女主人公一条她不知道的活路,也给了女主人公一个严肃的道德审判。纯真女子被都市、被权贵、被财富所毁了,用沈从文的话说——"毁了的故事",现代小说有很多。张恨水在这里,偏偏就是不给这个堕落的女人一个别无选择完全被迫的理由。就因为这个女人,在"No,no,no……"以后"Yes",还"嫣然一笑"。小说后半部再写她在将军府里挨骂、被打、受虐,甚至羞愧、成疾、发疯,人们始终不会毫无保留地表示同情。就是说社会固然害了她,她自己也不是完全无辜。

我们今天重读《啼笑因缘》,不仅因为张恨水的名字不能在文学史上遗漏,还因为这部小说,可以用来分析现代通俗文学的一般特征。通俗小说的一个基本格局,就是先让读者满足白日梦,突然遇上了一个富人、才子、大官,但后来总要惩罚金钱虚荣冒险当中的失足者,这种惩罚就让读者安心:亏的我没碰到这样的事情,或者亏的我不会这样做。

张恨水后来解释:"至于凤喜,自以把她写死了干净;然而她不过是一个绝顶聪明而又意志薄弱的女子,何必置之死地而后快!可是要把她写得和樊家树坠欢重拾,我作书的,又未免'教人以偷'

---

[1] 张恨水:《啼笑因缘》,北京:中国友谊出版公司,2004年,第200页。

了。总之，她有了这样的打击，疯魔是免不了的。"[1]

这段话典型体现了通俗文学的严肃原则，作家在满足大众趣味的同时，又要兼顾世俗道德。通俗文学必须有一个道德包装，但核心还是满足人的欲望。就像香烟外壳警告危害健康，烟还是有人买的。

凤喜这条故事线，其实来自当时一个社会新闻。地方戏演员高翠兰，被一个军阀旅长抢去了，当时舆论纷纷谴责旅长。张恨水在家里吃饭时说："如果高翠兰一点都看不上旅长，旅长何以用动念抢她。"[2] 果然，不久人们就看到两个人愉快的结婚照。张恨水利用且改造了这个"逼良为娼"模式，《啼笑因缘》既不同于传统小说"贞女不屈，维系世风"，又有别于左翼作家的"弱者无辜，社会有罪"。

小说中的第三条线索，写财政总长的女儿何丽娜，长得和凤喜一样美貌，她也痴情樊家树。何丽娜常常跳舞、买花用去两千块。为了爱情，倒愿意改变自己的生活方式，还到西山学佛念经。

好了，现在的问题是樊家树最后选择谁呢？一个是卖唱的，有点小堕落，现在军阀府上发疯了；第二个是会武功的关秀姑，默默地爱着他，还要救他及他的情人；第三个女人，美丽，有钱，痴心，还为他改变自己的生活方式。

你不能一直在三个女人之间左右逢源的——当然，这种左右逢源也是作家和出版商在拉长篇幅延长市民读者的白日梦。

---

[1] 张恨水：《作完〈啼笑因缘〉后的说话》，《啼笑因缘》，太原：北岳文艺出版社，1994年，第209页。
[2] 见张明明：《回忆我的父亲》，香港：广角镜出版社，1979年，第23页。

三 作家与读者共创的市民白日梦

1930年秋,张恨水的小说还在写作过程中,他到上海和三友书社及明星电影公司签约,后来就有了中国第一部彩色电影。因为小说在《新闻报》连载,每天有人排队买报,目的是看小说。作家看到这种情况,有些压力(接下去怎么写,才最符合市民的阅读期待乃至潜意识愿望呢?)也有些得意:"上至党国名流,下至风尘少女,一见着面,便问《啼笑因缘》,这不能不使我受宠若惊了。"[1] 近现代中国小说有很多作品,最初都在报刊上连载。但是连载方式不同,文学生产机制不一样,都会影响作品的内容。第一种连载是根据作品内容发展,连载方式也转变,比如《阿Q正传》,开始是"开心话",后来就转到文艺版,先喜剧后悲剧。第二种是作家已经全部写好,连载就是多一个出版方式。比方巴金的《家》,后来报社被炸,没法付连载稿费,巴金说免费连载。当时其实连载的效果并不明显,巴金的《家》真正引起轰动,还是出书以后。第三种情况是作品内容决定报刊销量。被陈伯海、袁进称为"中国最早的职业小说家韩邦庆",在1892年独立创办小说期刊《海上奇书》就是为了连载他的《海上花列传》和《太仙漫稿》[2],当时并无严格稿费制度,作家就是期刊老板,既是"文艺生产力"(作家)又是"生产关系"。为文学而做生意?还是为生意而文学?如果文学第一,自己的期刊少卖一点也无妨。问题是第四种连载,报刊是人家想卖得多,文章自己怎么写才好?李伯元、吴趼人虽然也是连载,但只是连串故事,没有主干情节要和读者共创。而且文学期刊,市场利益也没主流报纸那么大。在《啼笑因缘》这个典型案例上,《新闻报》在上海发行,

---

[1] 参见任动等:《回眸与重构》,西安:太白文艺出版社,2006年,第308—313页。
[2] 陈伯海、袁进主编:《上海近代文学史》,上海:上海人民出版社,1993年,第241页。

小市民的阅读要求比较倾向于有钱、漂亮、人又可爱的都市摩登女郎何丽娜。相比之下凤喜可怜、不幸，但是她堕落，自己有责任。秀姑真是传统美德，会武功，但是好像一个会武功的女人，不大像一个江南书生的"菜"吧？所以我一直怀疑，如果《啼笑因缘》当年是在北平《世界日报》连载，让咱们北方的爷们来挑，还会找财政总长女儿吗？张恨水小说的结局会不会有所不同？

所以，就有学者认为这些通俗小说作品背后，可以见出民国早期中国市民的白日梦。[1] 而大众世俗白日梦里，更包含集体无意识的想象。我们大胆想象一下：如果说凤喜是一个需要拯救的苦难中国，秀姑体现传统道德但救世无力，何丽娜或者象征现代都市文明方案？

一男三女模式的《啼笑因缘》在30年代如此受欢迎，是否说明当时报纸受众其实以城市男性为主（相比之下，时代变迁，现在琼瑶、亦舒等人的言情小说主要吸引都市女性读者）。但如果回到中国男人的心理，与何丽娜在一起，实际上多少有点靠女方财力；与关秀姑在一起，男人一直处在被关心、被帮助、被保护的地位；也许只有面对沈凤喜这个可怜动人的小女子，才最满足男人的救人爱欲？事实上，张恨水的第二个妻子就是妇女救济院里救出来的，本名招娣，后来改名叫秋霞。他的第一任妻子是包办婚姻，第三任是崇拜他的女学生。张恨水自己的私生活倒真是有点一男三女"小团圆"。

简而言之，在阅读《啼笑因缘》的过程当中，我们发现——

第一，作者兼报人比作家兼教授，更注重读者需求和销量。

第二，小说在报纸期刊上的连载方式，会影响作品的情节发展和人物命运，借用本雅明的观点，这是文学的生产关系影响文学的

---

[1] 参见 Perry Link: *Mandarin Ducks and Butterflies: Popular Fiction in Early Twentieth-Century Chinese Cities*, University of California Press, 1981。

生产力。[1]

　　第三,一男三女模式,也可理解为民国时期中国人对国家的三种想象:苦难现状、传统道德和现代文明。最后,同时期描写女人堕落的左翼文学,如《日出》中的陈白露,比较强调女人无辜,社会有罪。而《啼笑因缘》中的女主角,她的堕落和报应,说明了通俗文学的基本使命,满足小市民的白日梦,同时又渗透了道德教训。以后我们再读张爱玲的作品,会发现同样女人在城里堕落的故事,却可以有另外一种不同写法。

---

[1] 参见〔德〕瓦尔特·本雅明:《机械复制时代的艺术》,李伟、郭东编译,重庆:重庆出版社,2006年。

1930

刘呐鸥《游戏》、
穆时英《白金的女体塑像》《上海的狐步舞》
十里洋场中的红男绿女

一 "中国最完整的现代小说流派"？

1930年春上海文化圈发生了几件事：中国左翼作家联盟成立，《新闻报》开始连载《啼笑因缘》，《小说月报》发表沈从文的《丈夫》，水沫书店出版刘呐鸥小说集《都市风景线》。当事人那时可能并不觉得，在文学史上，这标志30年代的四个主要文学流派：左翼革命文学、流行通俗文学、京派乡土文学、海派（新感觉派）文学。

钱理群、吴福辉、温儒敏的《中国现代文学三十年》把施蛰存、刘呐鸥、穆时英称为"第二代海派作家"。[1]第一代是张资平媚俗的三角小说（鲁迅曾嘲讽张资平的小说精华就是一个"△"），还有叶灵凤、曾虚白、章克标等人的长短篇，特点是世俗化、商业化，渲染都市风景，偏向肉欲想象，形式上有所创新。关于施蛰存等人的"第二代海派作家"，吴福辉说，"新感觉派小说是中国最完整的一支现代派小说。它的登场，清楚地表明西方现代主义文学在中国的引入"，

---

1 钱理群、温儒敏、吴福辉：《中国现代文学三十年》修订本，北京：北京大学出版社，1998年，第324页。

海派文学也"越过仅仅是通俗文学的界限,攀上某种先锋文学的位置"。[1] 沈从文则以京派立场批评新感觉派:"平常人以生活节制产生生活的艺术,他们则以放荡不羁为洒脱;平常人以游手好闲为罪过,他们则以终日闲谈为高雅;平常作家在作品成绩上努力,他们则在作品宣传上努力。这类人在上海寄生于书店、报馆,官办的杂志,在北京则寄生于大学、中学以及种种教育机关中。这类人虽附庸风雅,实际上却与平庸为缘。"[2] 其实"新感觉派"这个帽子也并不是施蛰存等人自我标榜,而是左翼文人的批评,楼适夷曾批评施蛰存的《在巴黎大戏院》这类作品有日本新感觉主义文学的面影。[3] 日本的新感觉派大概是1924年前后出现,主要代表是横光利一、片冈铁兵、川端康成等。刘呐鸥小说集《都市风景线》出版时,《新文艺》杂志的编者说:"呐鸥先生是一位敏感的都市人,操着他特殊的手腕,他把这飞机、电影、Jazz、摩天楼、色情(狂)、长型汽车的高速大量生产的现代生活,下着锐利的解剖刀。"[4]

二 刘呐鸥:沉浸在十里洋场的敏感都市人

刘呐鸥(1905—1940),本名刘灿波,今台南市柳营区人,从小生长在日本,入东京青山学院读书,毕业于东京庆应大学文科,据说日语比中文还好。20年代后期经营一个水沫书店,还出版过"马

---

1 钱理群、温儒敏、吴福辉:《中国现代文学三十年》修订本,北京:北京大学出版社,1998年,第324页。
2 沈从文:《文学者的态度》,《大公报·文艺副刊》,1933年10月18日。《大公报·文艺副刊》在30年代是所谓"京派"的阵地,沈从文这些批评主要是针对穆时英等"海派",不过有意无意间,也涉及了现代文学的两个轮子的分别:"海派"更依赖报刊传媒,"京派"更依靠学校机关。
3 楼适夷:《施蛰存的新感觉主义:读了〈在巴黎大戏院〉与〈魔道〉之后》,《文艺新闻》第33期,1931年10月。
4 《文坛消息》,《新文艺》第2卷第1号,1930年3月。

克思主义文艺论丛",还创办了一个有名的杂志叫《无轨列车》,和施蛰存、戴望舒一起编《新文艺》月刊。自产自销的代表作《都市风景线》,描写都市男女的狂热迷乱,并借鉴日本新感觉派的技巧。刘呐鸥也翻译过横光利一的小说集《色情文化》、弗理契的《艺术社会学》,还做过电影制片人,摄制的电影多属"胶卷"性质。香港学者梁慕灵注意到刘呐鸥、穆时英及后来张爱玲的小说叙事技巧都受到电影技术的影响("正好"这几位作家都和日本文化政治有点剪不断理还乱的关系,耐人寻味)。[1]

1939年,刘呐鸥曾任汪精卫政府机关报纸《国民新闻》社长一职,不久被暗杀。有一种说法是被国民党特工暗杀,不过根据施蛰存他们的回忆,可能是被黄金荣、杜月笙的帮会暗杀。

刘呐鸥的小说文字技巧很炫,比方《都市风景线》的第一篇《游戏》。

> 在这"探戈宫"里的一切都在一种旋律的动摇中——男女的肢体,五彩的灯光,和光亮的酒杯,红绿的液体以及纤细的指头,石榴色的嘴唇,发焰的眼光。中央一片光滑的地板反映着四周的椅桌和人们的错杂的光景,使人觉得,好像入了魔宫一样,心神都在一种魔力的势力下。[2]

小说讲的就是舞厅里偶然相遇的一对时髦男女的一夜情。重点不是晚上销魂,而是次日早晨起来,女的对男主角说:"忘记了吧!

---

[1] 参见梁慕灵:《视觉、性别与权力:从刘呐鸥、穆时英到张爱玲的小说想象》,台北:联经出版事业股份有限公司,2018年。

[2] 刘呐鸥:《游戏》,《都市风景线》,上海:水沫书店1930年4月;徐俊西主编,李楠编:《海上文学百家文库·刘呐鸥、穆时英卷》,上海:上海文艺出版社,2010年,第3页。以下小说引文同。

我们愉快地相爱,愉快地分别了不好么?她去了,走着他不知的道路去了。他跟着一簇的人滚出了那车站。一路上想:愉快地……愉快地……这是什么意思呢?……都会的诙谐?哈,哈……不禁一阵辣酸的笑声从他的肚里滚了出来。铺道上的脚,脚,脚,脚……一会儿他就混在人群中被这饿鬼似的都会吞了进去了。"这篇小说的主角,既不是男人也不是女人,而是"这饿鬼似的都会"。另一篇《风景》,也是第一句精彩:"人们是坐在速度的上面的。原野飞过了。小河飞过了。茅舍,石桥,柳树,一切的风景都只在眼膜中占了片刻的存在就消灭了。"[1] "人们是坐在速度的上面的",很有新感觉派的味道。男主角燃青,坐在出差的火车上,见到了一个美女,悄悄观察,没想到女人主动搭讪。原来她是周末到某县城去看望老公。两人谈得愉快,中间就下车了,走向田野,女人突然脱下高跟鞋,爬上小山丘,踩在草地上,说:"我每到这样的地方就想起衣服真是讨厌的东西。""她一边说着一边就把身上的衣服脱得精光,只留着一件极薄的纱肉衣。在素绢一样光滑的肌肤上,数十条的多瑙河正显着碧绿的清流。吊袜带红红地啮着雪白的大腿。"接下去,"地上的疏草是一片青色的床巾。"[2] 小说结束的时候,两个人又上火车了,继续各自的旅程。

关于刘呐鸥小说里的女性欲望书写,有学者联系他翻译过的保尔·穆杭(Paul Morand),从"殖民主义凝视"的角度去讨论。梁慕灵认为,"当刘呐鸥的小说以保尔·穆杭的小说作为参照,就同时引进并移植了这种由殖民主义文学而来的陌生化和凝视模式。如果以性别的角度来看,刘呐鸥引入了殖民主义文学中潜在的男性观看模式,因为殖民主义文学本身就是一种男性殖民者对殖民地入侵

---

[1] 刘呐鸥:《风景》,徐俊西主编,李楠编:《海上文学百家文库·刘呐鸥、穆时英卷》,上海:上海文艺出版社,2010年,第10页。

[2] 同上,第14页。

和占有的叙事。这种文学通过塑造女性形象来合理化殖民者的侵略行为。"[1] 这是很有启发的思考，但问题是，刘呐鸥小说里对女人性欲的男性观察角度与茅盾同时期在《动摇》《追求》中刻意渲染的女性身体细节有什么根本区别？是否刘呐鸥的时髦女性享受男性追逐（等于欢迎"殖民主义凝视"）？而茅盾的新女性"玩弄"和挑战男人欲望（等于抵抗"帝国主义观照"）？不知依据什么出处，维基百科刘呐鸥条目如此介绍他的女性观："在性之中，女人的快感大于男人。女人没有真正的感觉和爱，女人只追求性爱快感。女人就像是欲望的化身。"好像既充满男性的偏见，又营造女性的神话，而性别问题在中国——就像在郁达夫那里一样，同时就是民族问题。所以，《现代》杂志的同人杜衡当时也批评刘呐鸥的小说："他的作品还有着'非中国'即'非现实'的缺点，能够避免这缺点而继续努力的，是时英。"[2] 这个"时英"就是穆时英。

三　穆时英：真正意义上的新式洋场小说家

吴福辉说："穆时英是真正意义上的新式洋场小说家。"[3] 穆时英（1912—1940）的政治背景其实跟刘呐鸥一样复杂，也是被暗杀，年纪更轻，死时才28岁，可是他短短一生做了很多事。他是浙江慈溪人，妹妹穆丽娟是戴望舒的第一任妻子。17岁的穆时英读光华大学（就是后来的华东师大），同年开始写作，出版小说集《南北极》《公墓》《白金的女体塑像》。抗战爆发后，他曾到香港任《星岛日报》

1　梁慕灵：《视觉、性别与权力：从刘呐鸥、穆时英到张爱玲的小说想象》，台北：联经出版事业股份有限公司，2018年，第36—37页。
2　杜衡：《关于穆时英的创作》，《现代出版界》第9期，1933年2月。
3　钱理群、温儒敏、吴福辉：《中国现代文学三十年》修订本，北京：北京大学出版社，1998年，第326页。

编辑。1939 年返沪,相继在汪精卫政府主持的《国民新闻》任社长,并在《中华日报》主持文艺宣传工作。1940 年 6 月 28 日被人暗杀,一般认为是国民党"锄奸"组织的行动,所以后来穆时英一直被视为汉奸。一直到 70 年代,有国民党中统要员披露,说穆时英原是中统特务,被军统误杀。司马长风的《中国新文学史》接受了这个说法,而北京大学的《中国现代文学三十年》没有提及穆时英传奇而有争议的生平。

穆时英有两个短篇是中国现代派小说的前驱,其中之一是《白金的女体塑像》。

> 七点:谢医师跳下床来。
>
> 七点十分到七点三十分:谢医师在房里做着柔软运动。
>
> 八点十分:一位下巴刮得很光滑的,中年的独身汉从楼上走下来。他有一张清癯的,节欲者的脸;一对沉思的,稍含带点抑郁的眼珠子;一个五尺九寸高,一百四十二磅重的身子。
>
> 八点十分到八点二十五分:谢医师坐在客厅外面的露台上抽他的第一斗板烟。
>
> 八点二十五分:他的仆人送上他的报纸和早点……
>
> 八点五十分,从整洁的黑西装里边挥发着酒精,板烟,碳化酸,和咖啡的混合气体的谢医师,驾着一九二七年的 Morris 跑车往四川路五十五号诊所里驶去。[1]

这是小说第一节,按时间表,记录一个中年独身医生的理性的、舒适的、现代的都市生活方式。

---

[1] 穆时英:《白金的女体塑像》,上海:现代书局,1934 年 7 月;徐俊西主编,李楠编:《海上文学百家文库·刘呐鸥、穆时英卷》,上海:上海文艺出版社,2010 年,第 216 页。

第二节，已经看到第七个病人，"窄肩膀，丰满的胸脯，脆弱的腰肢，纤细的手腕和脚踝，高度在五尺七寸左右，裸着的手臂有着贫血症患者的肤色，荔枝似的眼珠子诡秘地放射着淡淡的光辉，冷静地，没有感觉似的。"医生这样打量女病人其实已经有点超越职业伦理了。再仔细询问，知道这个女人说不清楚她有什么病，就是吃得少了，睡不好了，要照太阳灯了。医生的专业观察是，"失眠，胃口呆滞，贫血，脸上的红晕，神经衰弱！没成熟的肺痨呢？还有性欲的过度亢进，那朦胧的声音，淡淡的眼光。"

又问了一些问题，然后听肺，"她很老练地把胸襟解了开来，里边是黑色的亵裙，两条绣带娇慵地攀在没有血色的肩膀上面。"深呼吸，结果医生好像听到了自己的心跳。又问了一些近期的问题，知道她有老公，是地产商。医生口头建议要分床睡，心里正在奇怪，十几年看了多少女性病人，怎么今天就乱了方寸？

小说的高潮在之后，照耀太阳灯，要全脱衣服。脱了以后，医生看到，"把消瘦的脚踝做底盘，一条腿垂直着，一条腿倾斜着，站着一个白金的人体塑像，一个没有羞惭，没有道德观念，也没有人类的欲望似的，无机的人体塑像。"女体躺下以后，谢医生的浑身发抖了，有这么一段著名的无标点的独白，这种无标点独白后来很多作家都大量使用，但最早是穆时英这篇小说里出现的：

> 主救我白金的塑像啊主救我白金的塑像啊主救我白金的塑像啊主救我白金的塑像啊主救我白金的塑像啊主救我……[1]

这段独白有几种读法。

---

[1] 《白金的女体塑像》，徐俊西主编，李楠编：《海上文学百家文库·刘呐鸥、穆时英卷》，上海：上海文艺出版社，2010年，第222页。

第一种标点法是"主救我白金的塑像啊"。意思含混,强调是"啊",是我的祈祷。

第二种:"主救我!白金的塑像啊。"这是在说"主,你要救我",不是救这个塑像,因为眼前的白金塑像令我迷乱啊——所以你要救我。

第三种:"主,救我白金的塑像啊。"主是救这个塑像,"主"是主语,救是动词,塑像是宾语,是对象。

第四种:"主,救我,白金的塑像啊。"救我?还是救白金的塑像?还是两者都要救?都难救?

显然,一个朦胧长句,可以有各种不同的读法。"含混"可能正是"文学性"所在。这种"新批评"文本细读我们也可以偶尔使用。谢医生也就只是自己混乱想想而已,当天照样把女病人送走了,继续执业。

第三节,写他回家以后有点不安,破例参加了朋友的宴会。

第四节,全盘照抄第一节,唯一的不同是——

第二个月八点:谢医师醒了。

八点至八点三十分:谢医师睁着眼躺在床上,听谢太太在浴室里放水的声音。

最后是先开车送太太到永安公司,自己再去诊所。

这篇小说在写什么?一个理性的节欲者偶然的性觉醒?一个道貌岸然的医生内心违反职业道德?都市的繁华和荒唐?人性的清醒与迷失?"饿鬼似的都会"中的无数精致细节之一?主题可以让读者自己体会,但小说的写法的确令人耳目一新。

四　中国最早的意识流小说

更有名的是中国最早的意识流小说《上海的狐步舞》，后来刘以鬯、昆南、王蒙、白先勇等都步其后尘，甚至影响到王家卫等人的电影语言。小说写在车上看街景：

> 上了白漆的街树的腿，电杆木的腿，一切静物的腿……revue 似的，把擦满了粉的大腿交叉地伸出来的姑娘们……白漆的腿的行列。沿着那条静悄的大路，从住宅的窗里，都会的眼珠子似的，透过了窗纱，偷溜了出来淡红的，紫的，绿的，处处的灯光。[1]

这是蒙太奇的电影手法：从街上的树，联想到舞厅里的大腿。又写舞厅，"当中那片光滑的地板上，飘动的裙子，飘动的袍角，精致的鞋跟，鞋跟，鞋跟，鞋跟，鞋跟。""蓬松的头发和男子的脸。男子衬衫的白领和女子的笑脸。伸着的胳膊，翡翠坠子拖到肩上，整齐的圆桌子的队伍，椅子却是零乱的。暗角上站着白衣侍者。酒味，香水味，英腿蛋的气味，烟味……独身者坐在角隅里拿黑咖啡刺激着自家儿的神经。"中国式意识流，基本从阅读效果而非心理动因出发，基本由重复、罗列、排比、意象组成。穆时英一度也研究电影。这些文字段落在小说里反复出现，有的时候是颠倒一下次序，给读者一个晕眩感。

《上海的狐步舞》有个副标题："一个断片"。据说是未完成的长篇的一个片段，其中交叉混合了七个故事：

---

[1] 穆时英：《上海的狐步舞》，1932 年 11 月发表于《现代》第 2 卷第 1 期；徐俊西主编，李楠编：《海上文学百家文库·刘呐鸥、穆时英卷》，上海：上海文艺出版社，2010 年，第 198 页。

第一场景是铁路边上三个黑大褂的男人，杀害了一个提饭盒的人，前因后果都不清楚。

然后，（可能是刘先生）坐车看树腿想到女人大腿，刘有德回家后被一位在年龄上是他的媳妇，在法律上是他的妻子的女人要钱，而刘先生的儿子"在父亲吻过的母亲的小嘴上吻了一下"。之后他们坐车到跑马厅屋顶的舞厅，儿子跟母亲跳舞，说："蓉珠，我爱你呢！""一个冒充法国绅士的比利时珠宝掮客，凑在电影明星殷芙蓉的耳朵旁说：'你嘴上的笑是会使天下的女子妒忌的——可是，我爱你呢！'"转了一圈，掮客又对刘颜蓉珠说，"我爱你呢！"儿子小德又对着影星说，"我爱你呢！"只换舞伴，不换台词，制造重复旋转头晕的感觉，"现代派"风景和"现代性"概念一样转到人头晕。这时舞场角落里有一个喝咖啡的独身者。

第三场戏是街上，高木架有工人摔下，死尸马上被搬开。

第四幕到了华东饭店，刘有德坐的电梯每层都停。二楼：白漆房间，古铜色的鸦片香味，麻雀牌，《四郎探母》……娼妓掮客……白俄浪人……三楼，还是白漆房间，鸦片、麻雀、绑匪、浪人……四楼也是相同的混乱的景象。（要是换换不同的景象会更有意思）电梯把刘有德吐在四楼（"吐"字用得好），然后是刘先生在鸦片香味，麻雀牌，《四郎探母》，娼妓掮客包围中。

下一幕就是第五个故事。作家在街角被老太婆拉住，作家在想什么杂志的名字，老妇人在介绍她媳妇卖淫。作家想，"那么好的题材技术不成问题她讲出来的话意识一定正确的不怕人家再说我人道主义咧……"既颠覆狭邪情节，又讥讽进步文人。

第六个故事又转到了饭店第七楼，比利时的掮客对着蓉珠——刘有德先生的年轻的太太——白的床单，喘着气，读者知道他们在"干"什么。

第七条线索是小说结尾，是天亮了，"工厂的汽笛也吼着。歌唱着新的生命,夜总会里的人们的命运!"最后一句是,"上海,造在地狱上的天堂。"小说的第一句也是同一句话,说明穆时英虽然展示了五光十色的洋场奇景,其作品内核还是对都市的批判。当时这种风格叫"穆时英笔调"或"穆时英作风",这到底是意识流蒙太奇包装的"左倾",还是瞿秋白批评的"红皮白心"?[1]几十年以后的读者们自己判断。

另一位也常被称为新感觉派的作家施蛰存,代表作是《梅雨之夕》,还是写上海,还是陌生男女,还是暧昧心情,却又是一番不同的现代风景。

---

[1] "外面的皮是红的,里面的肉是白的,表面做你的朋友,实际是你的敌人……"司马今(瞿秋白):《财神还是反财神》,《北斗》第2卷第3、4期合刊,1932年,第494页。

1931

巴金的《家》
细思极恐的爱情故事

一 "家"的宗教意义

巴金的《家》，是20世纪中国销量最高的小说之一。1931—1932年在《时报》连载时题名为《激流》，读者反应并不强烈，还差点被报社"腰斩"。但1933年开明书店出版单行本后，迅速出名。吴福辉认为看报纸连载和读单行本的是两类不同的读者，前者是都市市民，后者是青年学生[1]。这是很精到的观察。市民或是已经妥协了的觉新们，现坐在茶楼看报纸连载，希望看各种八卦或白日梦；学生还是觉慧的同党，一腔热血无处奔涌。这说明报刊与学校两个轮子，不仅反过来影响车子（作家），也首先基于路面状况（读者需求）。《家》在1949年以前就出了三十几版。后来人民文学出版社的各种《家》的版本累计印刷90次，总数437万。再加上1982年四川人民出版社的《巴金选集》，台北远流1993年出过繁体版本。总之《家》和《红楼梦》一样，是历来印数比较多的中国小说（50年代《红岩》等作品，也销量巨大，但有指定教材、政府推荐等因

---

1 吴福辉：《中国现代文学发展史》，北京：北京大学出版社，2010年，第226页、229页。

素存在)。

数据虽不敢肯定,但是说《家》是中国现代文学中读者最多的小说之一,应该没有问题。问题是,为什么后来一代代中国的青年读者都喜欢《家》?他们在里边读到了什么?另外,在什么意义上,《家》这个书名,可以和早一些的《药》,以及将近世纪末的《活着》一样,有可能概括20世纪小说里的"中国故事"?

王德威说:"巴金的小说继承并糅合了'五四'文学两大巨擘的精神:自鲁迅处,巴金习得了揭露黑暗,控诉不义的批判写实法则;自郁达夫处,他延续了追寻自我、放肆激情的浪漫叛逆气息。前者着眼群体生活的重整,后者强调个人生趣的解放。"[1] 文学史上,"鲁、郭、茅、巴、老、曹",巴金仅在鲁迅、郭沫若、茅盾三个所谓"党史人物"[2]之后。毫无疑问,巴金在20世纪中国有巨大影响。但他的影响力与他作品的纯艺术价值之间不是没有落差。王德威婉转指出,"文学史家每每诟病巴金小说感伤乃至滥情的倾向,及其简化的人道主义呼声……的确在同辈作者中,巴金不如茅盾冷静细腻,不如老舍世故幽默,不如张天翼辛辣刁钻,更不如沈从文宁静超越。"[3] 甚至巴金感伤煽情的风格,被钱锺书等人嘲笑。所以王德威把巴金小说概括为激情通俗小说,认为是现代中国文学的大宗,影响了不止一代年轻人。

《家》之所以成为最多中国人阅读的小说之一,除了通俗、激情,还有别的原因。简而言之,因为小说切中了中国社会的一个关键点,就是家与国之关系:社会怎样以家的伦理而结构,又如何以家的结

---

[1] 王德威:《巴金小说全集·总序》,《巴金小说全集·家》,台北:远流出版公司,1993年,第1页。

[2] 1989年我曾参与《辞海》现代作家的修订工作,当时被告知"鲁、郭、茅"三个人不归我们学术界修订,因为他们属于"党史人物"。

[3] 王德威:《巴金小说全集·总序》,《巴金小说全集·家》,台北:远流出版公司,1993年,第2页。

构而运作。在某种意义上，中国人的宗教，不是以上帝、阿拉或佛祖为神，而是以"家"为中心。

二 大家庭的恋爱悲剧

巴金（1904—2005），姓李，名尧棠，字芾甘，生于四川成都，祖籍是浙江嘉兴。巴金自己的大家庭，有近二十个长辈，二三十个兄弟，四五十个男女仆人。祖父叫李镛，做过官，又买了很多地，修了很大的公馆，所以又是官又是商，还写诗，收集字画，和戏班子来往，生活中是一妻两妾，五儿三女。巴金的父亲李道河，广元县知县，后来辞官回家。小说淡化了大家庭的"官"的成分，好像只是乡绅地主。不过打仗的时候，大家庭还是有一些政治关系，可以使得军阀不来骚扰。

《家》的公馆里边，有很大的花园、湖泊和树林。核心人物是觉新、觉民、觉慧三兄弟，还有梅、瑞珏、琴、鸣凤，四个女子。四个爱情悲剧，各有其成因、细节、出路和结局。

觉新不能跟梅表妹结婚，因为两人的母亲不合。表面理由是钱姨妈找人排了八字，说命相克。实际原因，根据琴在小说第七回里叙述（此事觉新本人并不知道），是钱姨妈和觉新的继母打牌不开心，在牌桌上觉得受了委屈，再要来讲亲事，赌气拒婚。小说把梅表姐的第二次婚姻写得很不幸，出嫁不到一年就守寡，婆家又对她不好，之后孤苦伶仃，跟着妈妈到高家暂住。梅后来病死，她母亲非常伤心后悔，觉得自己害了她。人物原型，巴金大哥的表妹，其实婚后变成白白胖胖的太太，养了三个儿子，但为了体现反封建的主题，小说里的梅只好凄惨忧郁而死。

觉新和梅不能在一起，是因为礼教，母命难违（母命难违，鲁迅也没有办法）；觉慧和鸣凤的悲剧，是因为阶级鸿沟。觉慧虽然整天读《新青年》，他对鸣凤的好感其实也还是少爷喜欢丫头。喜欢她的脸、她的姿态，同时又幻想鸣凤如果是小姐就好了。他曾在花园嬉戏时说，"我要接你做三少奶"，叙事者当时马上补充，"他的话的确是出于真心，不过这时候他并不曾把他的处境仔细地思索一番……"[1] 这话对一个丫头、一个少女的影响难以估量。鸣凤理智上也知道，"你们少爷、老爷的都是反复无常"，但是感情深处被种下了一个致命的希望。所以，后来当周氏说要将她给孔教会会长冯乐山做小时，鸣凤哭着求情，坚决不肯去。

鸣凤走投无路去找觉慧。觉慧忙着写稿，kiss 一下就让鸣凤走了。鸣凤也不怨，反而更爱他，想到以前大小姐说过，死就是薄命女子保持清白的唯一出路。这段细节设计十分煽情，稍后觉慧已知鸣凤要被嫁，他去了仆人住的地方，没找到。此时鸣凤已经走向湖边，临死她想，"我的生存就是这样地孤寂吗？"生存，孤寂，这些台词丫头说出来有点太存在主义了，但总体气氛还是写得很感人。"最后她懒洋洋地站起来，用极其温柔而凄楚的声音叫了两声'三少爷，觉慧'，便纵身往湖里一跳。平静的水面被扰乱了，湖里起了大的响声，荡漾在静夜的空气中许久不散。接着水面上又发出了两三声哀叫，这叫声虽然很低，但是它的凄惨的余音已经渗透了整个黑夜。不久，水面在经过剧烈的骚动之后又恢复了平静。只是空气里还弥漫着哀叫的余音，好像整个的花园都在低声哭泣了。"

这是 20 世纪中国文学中最煽情、最悲情的一个瞬间，穷富鸿沟、新旧冲突、男女矛盾，都聚集在这一瞬间里。当晚觉慧也没睡好，次日赶去上课，还读托尔斯泰《复活》，并决定放弃鸣凤，"有两样东西在背后支持他的这个决定：那就是有进步思想的年轻人的献身热诚和小资产阶级的自尊心。"他不知道鸣凤昨天晚上已经自

---

[1]《巴金小说全集·家》，台北：远流出版公司，1993 年，第 75 页。以下小说引文同。

尽。听到鸣凤跳湖的消息,觉民则不无称赞地说,"看不出鸣凤倒是一个烈性的女子"。

对照鲁迅《我之节烈观》,鲁迅对节烈观的批判,几乎就是在批判觉民的价值观,而觉民在小说里基本上是一个正面人物。所以巴金真实,真实地展示了自己的热情,也真实地暴露了自己的局限。

黄子平在给巴金《激流三部曲》写序的时候指出,觉慧、觉民跟高老太爷在道德观上有其相通的地方,违反传统道德的是克安、克定那一辈人。"'你们说,你们在哪一点上可以给我们后辈做个榜样?'准则是礼教的准则,权威是爷爷的权威,产业是先辈的产业,支撑'严辞'的'正义'并非来自叛徒们信奉的'新思想',而是他们深恶痛绝的传统礼教。"[1]但是,觉慧怎么放过自己呢?他在湖边愤怒,"我是杀死她的凶手。不,不单是我,我们这个家庭,这个社会都是凶手!……"任何概念的外延和内涵是成反比的。在觉民的劝告下,觉慧在湖边有一段独白,体现典型的巴金文风——"觉慧不作声了。他脸上的表情变化得很快,这表现出来他的内心的斗争是怎样地激烈。"(其实这句"脸上的表情变化得很快"就够了,不用再说"内心的斗争是怎样地激烈"了,后半句可删,这是巴金小说里的普遍现象)"他皱紧眉头,然后微微地张开口加重语气地自语道:'我是青年。'他又愤愤地说:'我是青年!'过后他又怀疑似的慢声说:'我是青年?'又领悟似的说:'我是青年。'最后用坚决的声音说:'我是青年,不错,我是青年!'"

这个从气愤到怀疑到领悟再到坚定的新青年,之后做了一个梦,梦见鸣凤变成了小姐,但两个人私奔还是不成。

---

[1] 黄子平:《命运三重奏:〈家〉与"家"与"家中人"》,《巴金小说全集·家》,台北:远流出版公司,1993年,第8页。

三　让人细思极恐的"胜利"

鸣凤的原型，其实没有投湖，也没有嫁给冯乐山或冯乐山式的人物，她后来嫁了一个普通的长工，但巴金需要她的死来控诉封建罪恶。

第三个悲剧，小说把瑞珏写成美丽贤惠，处处体贴觉新，甚至善待梅表姐。这是小说里非常成功的一笔，打破了凡父母决定的婚姻必定错误的新八股。但是最后为了避免刚去世的老太爷所谓的"血光之灾"，瑞珏要搬出城外待产。难产而死的一章，强调觉新的痛苦视角，也是为了揭露大家庭黑暗迷信，觉新没有寻找任何医疗协助。

《家》中的爱情悲剧其实不止三个，还有一段爱情故事就是觉民和琴。年轻时读《家》，只要琴出场，就觉得光明。这次重读，才发现第四个也是悲剧，而且更加可怕。大家族里众人对觉民的婚事都无异议，没有人要来拆散觉民和琴。唯一的障碍，最重要的理由就是老太爷许诺了觉民的婚事给他一个朋友，当时恐怕觉民也不知情。重要的不是谁跟谁结婚，重要的不是家人有什么意见，重要的是老太爷的决定——哪怕是错误的，或者是丝毫不重要的决定，因为是老太爷的决定，所以不能违背。因为如果违背了，不仅挑战了"家长"，而且挑战了"家长制"。

所以，觉民和琴的故事，比另外三段爱与死的悲剧更加重要，更加沉重。最后觉民和琴之所以获得"胜利"，只是因为老太爷临死前想见见孙子——反抗"家长制"唯一的胜利的可能性，来自家长。这就是细思极恐。再仔细想想，高家人，服从高老太爷，可以说是因为血缘，长幼有序，孝敬忠诚，不可违背。可是社会上也有"高老太爷"，并无真正血缘关系，甚至也不一定最年长最资深，为什么众人也会服从忠诚？这时就需要人们将实质上的趋利避害的利益权力关系，想象成、模拟成血缘、亲情或"共同体"。久而久之，甚至无意识中，对上无条件服从忠诚的心理传统文化习惯，便从"家长治"变成了"家长制"。

简单归纳：梅与觉新不能成亲是因为母亲斗气；鸣凤与觉慧无法恋爱是由于阶级鸿沟；瑞珏难产要归罪迷信习俗；第四段，觉民与琴，他们的失败和胜利，则完全基于"家长制"的权力结构。从今天穿越回去，沙盘推演：第一个，母命——难违？第二，阶级——有点难度。第三，迷信——或可避免，觉新可以多找医生。但第四，不管是婚姻、爱情或者其他事情，"家"里谁最大，说的话就最正确。家庭专制演变成道德结构，恐怕更值得思考。

巴金也是回头看，才知自己既在写"家"，也在写"国"。1984年给《家》的新版写序，巴金说："我今天还看见各式各样的高老太爷在我四周'徘徊'……我父亲是四川广元县的县官，他下面有各种小官，他上面有各样大官，级别划分十分清楚，谁的官大，就由谁说了算。我'旁听'过父亲审讯案件，老百姓糊里糊涂地挨了板子还要向'青天大老爷'叩头谢恩。这真是记忆犹新啊！"[1]谁说巴金的作品浅？如果这种"谁的官大就由谁说了算"的现象消失了，我们才有评说巴金通俗煽情的奢侈。

巴金在1980年的一篇文章里面又说，"我至今不能忘却在牛棚里被提审或者接受外调的时候，不管问话的人是造反派还是红卫兵，是军代表还是工宣队，我觉得他们审问的方式和我父亲问案很相似（我五六岁的时候在广元县衙门，经常在二堂看我父亲审案），甚至比我父亲更高明。这个事实使我产生疑问，高老太爷的鬼魂怎么会附在这些人的身上？"[2]巴金还没有见到这些人活到高老太爷的岁数

---

[1] 巴金:《为旧作新版写序》,《巴金小说全集·家》,台北:远流出版公司,1993年,第4页。
[2] 巴金:《关于激流》,《巴金小说全集·家》,台北：远流出版公司,1993年,第18页。

的时候。鲁迅在20年代写阿Q的"土谷祠之梦",写阿Q幻想参加革命以后,首先要杀小D,其次是赵太爷,又要小D帮他搬宁式床,又意淫村里各种女人。鲁迅在1926年说,"恐怕我所看见的并非现代的前身,而是其后,或者竟是二三十年之后。"[1] 巴金没有鲁迅那么清醒有远见,他在30年代有意无意地写出了知县或高老太爷背后的家长制度。到了1950年上海首届文代会,巴金已相信:"会,是我的,我们的家,一个甜蜜的家。"[2] 然而"活久见",到他晚年碰到红卫兵、工宣队、军代表、造反派时,巴金才更加意识到他写的"家",不仅是家庭的家,家族的家,而且是国家的家。巴金一生信仰无政府主义,所以他对于官僚的权力结构与家庭伦理道德完美结合的以"家"为外表的官本位现象,特别敏感。几十年来,几百上千万读者都觉得他们在看爱情小说,其实他们在看压制爱情、青春、个性的礼教家长专制。巴金自己也说,"我相信一切封建的遗毒都会给青年人彻底反掉",这是1984年给台北远流版《家》写的序。

当然"封建"这个概念有点含混,容易使人误解。"封建"至少有三个定义,一个是中国古代《左传》:"封建亲戚,以藩屏周",周朝的君主将亲信分封出去,建诸侯国。封建作为一种政治制度,特指中国先秦的分封建国制,也叫分封制。可是马克思主义学说里的Feudalism(封建制度),特指欧洲中世纪的9世纪到15世纪的政治制度。中国自秦以后实行郡县制,中央集权,分封制只是偶然的一种局部的存在。但在欧洲中世纪,城堡,公爵、伯爵的独立为王是一个主流制度。"风可进,雨可进,国王不能进。"如在中国,地方诸侯城池,风不能进,雨不能进,国王必然能进。

---

1 鲁迅:《〈阿Q正传〉的成因》,《鲁迅全集》第3卷,北京:人民文学出版社,2005年,第397页。
2 《文艺报》1950年第8期。参见黄子平:《命运三重奏:〈家〉与"家"与"家中人"》,《巴金小说全集·家》,台北:远流出版公司,1993年。

在分封制和 Feudalism 以外，今天常用的所谓"封建"——巴金也用这个概念，一般泛指中国古代传统制度和礼教，简而言之，就是君君臣臣父父子子、天地君亲师、三纲五常、三从四德等。在 20 世纪，这种制度和礼教的核心就是"家长制"：以家长的名义用威权方法管理社会统治国家。

四　巴金小说中的青年革命心态

巴金小说贯穿一种青年革命心态。其要点，第一，认为社会不合理，社会秩序不公平，青年人有责任也有能力来改变。第二，认为个人道德目标、人生意义都维系于这种改变社会的理想，而专业知识、职业道德就成了武器和工具。因为反家长心态跟反政府行为混为一体，失望、委屈、怀疑、愤怒、抱怨、控诉、抗议、仇恨，这些以巴金为代表的"青年革命心态"，也贯彻了 20 世纪的中国。

"文革"后的巴金写《随想录》，越到晚年就越受人民的尊重。我以前对巴金的"青年革命心态"既同情又不满。现在重读巴金作品，反而增加了同情，减少了不满。好像越来越向巴金的"青年革命心态"靠拢。

巴金式的"青年抒情文体"，其实是我们从中学就开始模仿的文体。举例来说，巴金在《关于〈激流〉》一文中有两段——

为我大哥，为我自己，为我那些横遭摧残的兄弟姊妹，我要写一本小说，我要为自己，为同时代的年轻人控诉，申冤……我有十九年的生活，我有那么多的爱和恨，我不愁没有话说，我要写我的感情，我要把我过去咽在肚里的话全写出来……

我忍受，我挣扎，我反抗，我想改变生活，改变命运，我想帮助别人，我在生活中倾注了自己的全部感情，我积累了那么多的爱憎……通过那些人物，我在生活，我在战斗。战斗的对象就是高老太爷和他所代表的制度……我拿起笔从来不苦思冥想，我照例写得快，说我"粗制滥造"也可以……我控制不住自己的感情，也不想控制它们。我以本来面目同读者见面，绝不化妆。我是在向读者交心，我并不想进入文坛。[1]

巴金说"不想进入文坛"，意思是不会为艺术而艺术，巴金主张最高的技巧就是无技巧。他反对精心雕琢，他的文体特征：一是"我"（主语）特别多。二是人物说话时，有不少动作表情形容。三是全知角度里，作者有时直接跳进作品，比方写觉新不能进入瑞珏难产的房间，"他突然明白了，这两扇小门并没有力量，真正夺去了他的妻子的还是另一种东西。"写到这里，意思很清楚了，有另一种东西在夺取他的妻子。但巴金不肯停的，他还要明确说明，"是整个制度，整个礼教，整个迷信。这一切全压在他的肩上，把他压了这许多年，给他夺去了青春，夺去了幸福，夺去了前途。"这一大段的解释，分不清是觉新在想，还是作家在说。

无论"青年革命心态"，还是"青年抒情文体"，其核心都是青年。如果将小说中的人物排张表，会看到比觉新年纪大的基本上都是负面人物，比觉新年龄小的大多数都是被迫害的人物，觉新夹在中间是唯一的"圆形人物"，或者说是一个夹在新旧之间的充满矛盾的人物。要理解"五四"以后的进化论意识形态，《家》是一个最简单明了的图表。

其实我们每个人在年轻的时候都有做"忍辱负重的觉新"和做"反叛任性的觉慧"的选择，大家也可以想想，你在家里、公司里、社会上，你是觉新，还是觉慧呢？

---

[1] 巴金：《关于激流》，《巴金小说全集·家》，台北：远流出版公司，1993年，第10页。

1932

吴组缃《官官的补品》
怎样让读者讨厌主人公？

一 第一人称的反面人物

巴金主张最高的技巧是无技巧，同时代作家吴组缃（1908—1994），也写穷人被富人压榨，百姓被官府欺负，却非常讲究技巧。吴组缃被称为30年代左翼社会分析派小说家，曾经和林庚、李长之、季羡林并称为"清华四剑客"。吴组缃年轻时还当过冯玉祥的家庭教师和秘书。1952年开始，他就一直在北京大学中文系，是正职教授兼职作家，古典文学研究很有成就。他代表作有《一千八百担》（1934）、《官官的补品》（1932）等。

一般来说，小说的叙事角度靠近哪个人物，读者就会比较容易对这个人物有好感，比较认同这个人物的视角，甚至价值观。如果是第一人称"我"主导叙事，当然更容易引起读者共鸣。这是主人公在小说中常常拥有的"主场优势"。比如巴金的《家》，假如不是从觉慧而是从觉新角度叙述，小说恐怕会更多心理矛盾和无解的悲剧冲突；假如从高老太爷角度写，可能会写成路翎《财主底儿女们》中的绝望又爱国的蒋捷三；假如从克安、克定以及他们的妻妾角度写，又可以写成《金锁记》姜季泽、七巧的故事……

但是《官官的补品》在技巧上做了一个实验和突破，小说的第一人称主人公"我"，是一个反派人物，好吃懒做，没心没肺，以喝人奶为荣，是一个目睹农民被砍头也毫无同情心的地主少爷。让这个第一人称来叙述自己的言行，述者一点都不觉得自己有错，读者却清楚看到"我"的荒唐。20世纪中国小说里这样写法的作品不多。

小说开始时说，"我"投胎在乡下的一个体面人家，名叫官官，不用做事，跑到城里，变得"白的面孔，白的手，文明人的打扮，文明人的言谈，出出进进在跳舞厅，电影院"。[1] 官官回乡看母亲，母亲说你身体不好，要吃补品，吃什么补品呢？母亲说："官官，替你雇个奶婆，吃点人奶吧？""我"开始不肯，他以为要到女人身上吃，母亲笑了说，挤出来跟牛奶一样。

于是，叫来一个女佣"铁芭蕉嫂子"。"铁芭蕉嫂子"本身也是穷人，但是帮富人做事，一副奴才相。30年代"左联"作家虽已关注阶级矛盾，但还没有延安以后的穷富善恶绝对分明，所以曹禺也写茶房王福升、仆人鲁贵，吴组缃也写了铁芭蕉嫂子。延续鲁迅《药》中对茶馆众人的笔调，"左联"作家对这些甘心乐意做帮凶爪牙的奴才，鄙视程度不亚于对他们的主子。"铁芭蕉嫂子"领来了一个30多岁的女人，形象很土，黄脸汗酸，身边小孩却养得壮实。接下来就要 interview（面试），要她展示上身。

奶婆红了脸，羞涩地再望一望母亲，但母亲已走到她身边；没奈何，只有忸忸地解开纽扣来。

下面是第一人称"我"的观察：

1　吴组缃：《官官的补品》，《一千八百担》，北京：华夏出版社，2009年。

那对奶子挺翘着奶头，真大得像瓜棚上吊着的大葫芦。四周团团围着褐色的斑点，青的筋络，犹如地图上的河流，交错通布到胸口。母亲以一个买客鉴别货品的神势把奶子凝神仔细看，伸过手去揉了一揉，豆浆似的白奶就往外直冒。

吴组缃将茅盾喜欢写的材料，描画出完全不同的效果。看过以后合格，当场奶婆就挤了一茶樽，这时第一人称的男主角又发了一段极精彩的议论：

我远远地望着，觉得很有趣。这婆娘真蠢得如一只牛，但到底比牛聪明了：牛酿了奶子，要人替挤捏出来卖钱，自己只会探头在草盆里，嚼着现成的食。这奶婆，这只牛，却会自己用手挤，卖了钱，养活自己，还好养家口。我想，人到底比牛聪明呀！

这个男人其实在扬扬得意地告诉别人自己很蠢，远不如牛。现实世界里这种现象其实常有，众目睽睽下一本正经自以为是地胡说八道，旁人就算看到也不大会点穿。

二　喝人奶是否道德？

作品简单之处，是根据阶级区分人之善恶。作品复杂之处，是比较人和动物，难以确定食物链文明。照说人应该有高于动物的文明准则，比方说人不应该吃人，或者吃人身上的器官或分泌物。从鲁迅《狂人日记》起，"吃人"在现代文学中，既是文学意象又是细节写实。历史上人吃人的现象，一般因为大饥荒或者战争，中国古代还有效忠君王，晋文公重耳喝谁腿上的肉的汤等。但是当代还有人用人体身上有关的补品，包括胎盘、人奶，是否道德，文明人类怎样划清界限？都是问题。"我"称赞奶婆比牛聪明，恰恰暗示了自己比牛还蠢。不知道牛会不会喝牛奶，或吃死去牛的肉。传说当年欧洲疯牛症，就是在牛的饲料中混入了与牛的身体有关的物质。地主少爷的荒唐生活，由第一人称自叙，还特别加上"蠢""聪明"之类的判断。最好的批判就是让主人公自我批判，自己还不知道。

小说的其余部分写主人公在城里开舞会，坐车兜风出车祸，结果卖血给他的正是这个奶婆的老公叫陈小秃。也就是说，地主少爷输了一个农夫的血，又喝着他老婆的奶——这是30年代左翼文学对阶级对立关系的极其煽情的象征。后来陈小秃又被抓住帮土匪传信，"我"又目睹陈小秃被杀头的血腥场面，仍然麻木愚蠢地看好戏，大叔还在旁边打趣说，"这龟子的血现在可不值半文钱了，去年要卖五元一个奈特啦！"后来他们见到奶婆发疯了，大呼大喊，村里人就围观。《官官的补品》很典型地代表了左翼小说的农村社会分析，对30年代阶级斗争的背景有形象概括。和吴组缃同一时间成名的描写城乡社会矛盾的作家还有沙汀、艾芜等。

吴组缃对叙述技巧的讲究，部分弥补了作品主题的直露。其中人奶应不应该被成人食用，至今还可能是一个引起争议的人类伦理话题。20世纪中国小说，后来类似写法的作品不多。大概在五六十年代，如果以黄世仁、刘文彩为第一人称，恐怕怎么写都会被批判（读者的阅读期待太明确太简单）。到80年代以后，文学对社会和人性理解越多，绝对反派就越来越少，再让他们以"我"的主角身份登场，恐怕会引起读者的认同危机。也有第一人称的地主儿子自述，比如余华《活着》的福贵，但效果和官官正好相反——都是地主家的少爷，官官自以为聪明，其实读者看到他蠢；福贵自以为愚笨，读者看到的是很苦很善良。

所以，吴组缃的小说技巧，值得注意。

1933

茅盾《子夜》
"中国民族资产阶级没有出路"?

直到 1933 年 1 月开明书店出版的茅盾（1896—1981）的《子夜》，"五四"新文学才在长篇小说领域接近或超越晚清。同样以文学实现社会学使命，《官场现形记》是无心插柳，《子夜》是有意栽花。

我们以后会看得更清楚，很多 20 世纪中国小说的共同特点，都是以解读"中国问题"、书写"中国故事"、关注"中国命运"为中心——夏志清提出 Obsession with China 这个概念，译成"感时忧国"后，被不少中国作家评论家理解成现代文学继承了屈原、杜甫以来的伟大传统。其实，夏志清"认为'感时忧国'的精神，对现代中国小说的创作颇有局限"。[1] 在《现代中国文学感时忧国的精神》一文中，夏志清说："现代的中国作家，不像杜斯妥也夫斯基、康拉德、托尔斯泰和托马斯曼一样，热切地去探索现代文明的病源，但他们非常关怀中国的问题，无情地刻画国内的黑暗和腐败。"[2] 换言之，文学对中国太"痴迷"，反而有损艺术。这其实也是我们在重读 20 世纪中国小说过程中始终需要反思的一个问题。一方面，

---

[1] 王德威：《重读夏志清教授〈中国现代小说史〉》，参见夏志清：《中国现代小说史》，香港：香港中文大学出版社，2015 年，xliv。
[2] 夏志清：《中国现代小说史》，台北：传记文学出版社，2015 年，第 535 页。

夏教授其实自己也有点 Obsession with Chinese（至少是 Obsession with Chinese literature），总是希望、苛求老舍、茅盾等人要写出陀思妥耶夫斯基、托尔斯泰式的作品。另一方面，"中国故事"，"中国问题"，何尝不就是现代文明的问题？今天追求"茅盾文学奖"的后浪作家，写出一个中国人，同时也会写出一个现代人。"中国故事"，同时也是世界的故事（不管是同一方向的命运共同体，或者是国际共运的最新实践）。

茅盾主张主题先行，《子夜》先拟好大纲，确定了主题、结构，再分章写成。

叶圣陶说："他写《子夜》是兼具文艺家写作品与科学家写论文的精神的。"[1] 不知是称赞还是保留。一般来说，作文要求主题先行，文学名著可能是主题后行，比方说《安娜·卡列尼娜》，托翁原想批判一个道德放荡的女人，没想到作品里充满了对安娜的同情甚至歌颂。《红楼梦》主题是什么，儒道佛？封建社会百科全书？问曹雪芹也无解。从40年代到70年代，主题先行成为文学管理部门提倡的写作规范，对中国文学发展的影响复杂。唯独茅盾的主题先行，好像没有损害作品的文学价值，原因可能有三：一是因为这个先行的主题，相当程度上是茅盾自己相信、自己想出来的，而不是去表达已有的、现成的主题。二是因为茅盾的主题本身充满了矛盾，所以就有了艺术变化发展的空间。三是《子夜》的成就除了主题以外，还建基于作家对艺术的激情，对都市的热忱，对女人的兴趣。

---

[1] 叶圣陶：《略谈雁冰兄的文学工作》，《叶圣陶散文》，成都：四川人民出版社，1983年，第495—496页。

一 《子夜》的开篇——乡下老人看上海

　　小说一开篇，用乡下绅士的眼睛看上海摩登，身旁是女人香水气的刺激，坐的车"便像一阵狂风，每分钟半英里，一九三〇年式的新纪录。坐在这样近代交通的利器上，驱驰于三百万人口的东方大都市上海的大街，而却捧了《太上感应篇》，心里专念着文昌帝君的'万恶淫为首，百善孝为先'的诰诫，这矛盾是很显然的了"。[1]

　　"茅盾"是作家笔名，"矛盾"也是小说基调。吴老太爷当年也是维新党，受伤二十几年没跨出书斋，现因乡下共产党和农民造反，被迫进城。"汽车发疯似的向前飞跑。"（茅盾、穆时英、吴组缃等现代作家好像都喜欢写上海的时髦汽车。相比之下，晚清文学固然少，当代小说也不多）"吴老太爷向前看。天哪！几百个亮着灯光的窗洞像几百只怪眼睛，高耸碧霄的摩天建筑，排山倒海般地扑到吴老太爷眼前，忽地又没有了；光秃秃的平地拔立的路灯杆，无穷无尽地，一杆接一杆地，向吴老太爷脸前打来，忽地又没有了。长蛇阵似的一串黑怪物，头上都有一对大眼睛，放射出叫人目眩的强光，啵——啵——地吼着，闪电似的冲将过来，准对着吴老太爷坐的小箱子冲将过来！近了！近了！吴老太爷闭了眼睛，全身都抖了。他觉得他的头颅仿佛是在颈脖子上旋转；他眼前是红的，黄的，绿的，黑的，发光的，立方体的，圆锥形的——"（"圆锥形"不大像吴老太爷的语言）"混杂的一团，在那里跳，在那里转；他耳朵里灌满了轰，轰，轰！轧，轧，轧！啵，啵，啵！"

---

[1] 徐俊西主编，杨扬编：《海上文学百家文库·茅盾卷》上，上海：上海文艺出版社，2010年，第9页。以下小说引文同。

不仅车速、街景、声光化电叫他害怕,坐在身边的女儿也是威胁:"淡蓝色的薄纱紧裹着她的壮健的身体,一对丰满的乳房很显明地突出来,袖口缩在臂弯以上,露出雪白的半只臂膊……他赶快转过脸去,不提防扑进他视野的,又是一位半裸体似的只穿着亮纱坎肩,连肌肤都看得分明的时装少妇,高坐在一辆黄包车上,翘起了赤裸裸的一只白腿,简直好像没有穿裤子。'万恶淫为首'!这句话像鼓槌一般打得吴老太爷全身发抖……老太爷的扑地一下狂跳,就像爆裂了似的再也不动,喉间是火辣辣地,好像塞进了一大把的辣椒……"车子继续向前,"冲开了红红绿绿的耀着肉光的男人女人的海,向前进!机械的骚音,汽车的臭屁,和女人身上的香气,霓虹电管的赤光……"

到了吴公馆,又看见一大堆红男绿女,乳峰齐飞,老太爷不久就心脏病发作去世了。《子夜》这个序幕,用的是新感觉派的蒙太奇技巧,解释的却是左翼的历史观:"老太爷在乡下已经是'古老的僵尸',但乡下实际就等于幽暗的'坟墓',僵尸在坟墓里是不会'风化'的。现在既到了现代大都市的上海,自然立刻就要'风化'。去罢!你这古老社会的僵尸!去罢!我已经看见五千年老僵尸的旧中国也已经在新时代的暴风雨中间很快的很快的在那里风化了!"

今天读来,吴老太爷的视角很精彩,汽车速度和女人香气也很刺激,但是这个文人门客对僵尸的解释反而有些过于天真乐观。

二 《子夜》中的几个主要人物群

老太爷去世,吴府设灵堂,灵堂前后出现了小说中的几个主要人物群:一是赵伯韬、杜竹斋、尚仲礼等金融玩家;二是唐云山、王和甫、孙吉人等拥有实业工厂的民族资本家;三是吴荪甫的太太林佩瑶与她的妹妹林佩珊，还有围绕着他们的一群文人门客，比如诗人范博文、政客李玉亭，卷在三角恋中的吴芝生，喜欢街上闹事的张素素，留法归来的杜少爷等。还有个雷参谋，即将上北方前线，却和吴荪甫太太有段私情，给小说男一号戴了一顶绿帽子。

小说还有第四个人群，替吴荪甫管理工厂的屠维岳、莫干丞、钱葆生，以及厂里大大小小的奸细、工头；还有与他们对立的女工朱桂英、王金贞、陈月娥、何秀妹、张阿新等。女工当中有奸细，有老实人，也有工人接近地下党。第五个群体，就是地下党人蔡真、玛金、克佐甫等（名字有点苏俄化），他们一面积极策划工人总罢工，一面自己又享受颇暧昧的性生活的自由。

《官场现形记》和《二十年目睹之怪现状》也是长篇，也是人物众多，但李伯元的人物分批登场，前后不相关。吴趼人写了很多人物很多故事，但都靠"九死一生"串联，人物故事之间也不连贯。《子夜》是比较欧化的长篇结构，主人公是全剧中心，几十个人物几乎一起（在同一时间同一公馆的不同角落）登场。读者开始有点头晕，但这正是小说家的意图，茅盾有条不紊地让我们感到混乱，很理性地刺激我们的感官。他在灵堂左右前后一一展开了这四五个主要人群，同时还联系到农村的背景。

更重要的是，这几个人物群分别代表了买办资产阶级、民族资产阶级、知识分子和小资产阶级，还有无产阶级以及背后的地下党……读者不可以头晕。毛泽东《中国社会各阶级的分析》里凡在城里的人，几乎全都（而且同时）进了《子夜》，混合成了一连串纠缠不清的戏剧性冲突（我们记得，1926年初毛泽东代理宣传部部长的时候，沈雁冰就是宣传部部长的秘书）。

茅盾喜欢浓墨重彩口味，小说第四章更是一例——"就在吴老太爷遗体入殓的那天下午，离开上海二百多里水路的双桥镇上……"和《倪焕之》一样，茅盾也把江南水镇的情况和大都市的经济、政治风云联系起来考察。"一所阴沉沉的大房子里，吴荪甫的舅父曾沧海正躺在鸦片烟榻上生气。"生气是因为农民协会在开大会，也因为自己非正式的小老婆阿金和他的儿媳妇在吵架，更生气他儿子曾家驹在外无能，在家里却跟阿金偷情。类似乱伦情节在繁漪和周萍是"反封建"，少爷与阿金却是荒淫堕落。之后乡民造反冲进曾府，领头的就是阿金的丈夫，"老狗强占了我的老婆！"个人仇、阶级恨融为一体，最后败家子曾家驹狼狈地逃到上海，在吴荪甫厂里靠裙带谋差事。和晚清小说不同，此线按下不表，但不会消失，曾家驹后来在工厂也是成事不足，败事有余。作家想显示上海的商场硝烟，其实因为农村动乱破产。曾家父子要在短短一章中承受那么多灾难，吴老太爷要受刺激迅速死亡，都是想说明《子夜》中的上海危机，其实是浮在中国农村的更大危机之上。

《子夜》的主线，赵伯韬、吴荪甫之间的两种资本力量之争——所谓中国民族资产阶级与国际资本势力的较量，是其他30年代小说很少涉及的矛盾主线。而且不仅30年代罕见，之后几十年也基本没有。而且，《子夜》还从镇压者的角度写工潮细节，写工人罢工，又不无批判地描写地下党活动，这也是30年代左翼文学的重要突破，没有后来人。"茅盾文学奖"年年有新人，茅盾的《子夜》却无人学步，为什么呢？

三 "商场如战场"：吴荪甫 VS 赵伯韬

在《子夜》之前，中国现代小说还没有贯穿戏剧性主线的长篇布局，顾彬曾经将《子夜》跟叶圣陶的《倪焕之》比较，认为两者都试图使用史诗般的大幅度，刻画理想与现实之间的反差。都是写大时代。但是顾彬认为《倪焕之》失败，《子夜》成功。因为《倪焕之》"让主人公如同一个傻子一样在革命风暴中走向灭亡"，《子夜》却是英雄式的失败：吴荪甫最后跟妻子说，"迄今为止一切都由他决定，却无法再做出任何重要的决定。"[1] 夏志清认为，吴荪甫是"一个在无可抗拒的命运或环境下受到打击的一个传统的悲剧主角⋯⋯他心怀大志，满腔热忱，一心要利用本国资源将中国工业化⋯⋯但是只要封建思想和帝国主义狂潮未灭，一切促进民族事业发展的努力都是枉然的"。[2] 晚清以来的中国小说里，极其缺乏悲剧英雄。杨义也认为悲剧主人公是中国资本主义发展途中的末路英雄，他说他魁梧刚毅，紫脸多疱——小说里反复描写主人公一发急，脸就发紫，很多疱。很明显——"他就是20世纪机械工业时代的英雄骑士和王子！"[3] 用吴荪甫自己在小说中的对白："只要国家像个国家，政府像个政府，中国工业一定有希望的！"（问题是，怎么才叫国家像个国家，政府像个政府？）

各派文学史的观点，好像都符合茅盾"先行"的主题，但都是依据改定本。其实小说修改过程可能更复杂。在吴荪甫、赵伯韬这条主线，为什么民族工业一定要败给金融买办？据说1930年夏秋间，有一场关于中国社会性质的论战，在1939年《〈子夜〉是怎样写成的》[4] 一文中，茅盾解释："中国并没有走向资本主义发展的道路，中国在帝国主义压迫下，是更加殖民地化了。"但是1984年出版的《〈子夜〉写作的前前后后》[5]，却有一段不容忽视的说明："秋白建议我改变吴荪甫、赵伯韬两大集团最后握手言和的结尾，改为一胜一败。这样更能强烈地突出工业资本家斗不过金融买办资本家，中国民族资产阶级是没有出路的。秋白看原稿极细心。我的原稿上写吴

---

1 ［德］顾彬：《二十世纪中国文学史》，范劲等译，上海：华东师范大学出版社，2008年，第106页。
2 夏志清：《中国现代小说史》，台北：传记文学出版社，1979年，第178页。
3 杨义：《中国现代文学史》第2卷，北京：人民文学出版社，1988年，第106页。
4 茅盾：《〈子夜〉是怎样写成的》，《新疆日报》副刊《绿洲》，1939年6月1日。
5 茅盾：《我走过的道路》中，北京：人民文学出版社，1984年，第110页。

荪甫坐的轿车是福特牌，因为那时上海通行福特。秋白认为像吴荪甫那样的大资本家应当坐更高级的轿车，他建议改为雪铁龙。又说大资本家愤怒绝顶而又绝望就要破坏什么乃至兽性发作。以上各点，我都照改了。"也就是说，茅盾自己"先行"的主题，是民族资本与买办金融谁也消灭不了谁，最后"握手言和"，或者说是不分胜负互相妥协陷入长期矛盾。让吴荪甫迅速失败，"中国民族资产阶级没有出路"的政治结论是清晰了，文学把握中国现实的复杂性以及文学形象的心理深度是否会受到损害？瞿秋白对《子夜》的详细修改意见，当然也是出于他的政治智慧和善意。瞿秋白也没有要求茅盾删改那些对上海地下党性生活开放的描写。问题在于，茅盾小说理性先行，成功原因在于这是茅盾自己的主题，这主题本身充满了矛盾。瞿秋白提的意见，从民族资本失败，到汽车牌子及资本家兽性等，"以上各点，我都照改了。"不知道这些主题及细节修改，多大程度上是瞿秋白道出了茅盾想说而没说清楚的本意，多大程度上是作家尊重政治家的英明劝告。除了《阿Q正传》以外，《子夜》原是20世纪上半期最有可能成为世界名著的中国小说。后来文化部部长茅盾亲眼见到买办资本全部消灭，民族工业公私合营，他却反而不写小说了。

　　作家为了让读者在吴荪甫和赵伯韬的争斗当中，比较同情前者：一来强调吴荪甫以及王和甫、孙吉人等人发展民族工业，而赵伯韬有美资背景，主要从事金融债券投资（今天可能国际资本更吃香）。二来写赵伯韬花钱买通前线的军队后退30里以操纵市场，典型官商勾结（可否理解成政治经济不分家呢）。三是生活作风，吴荪甫被戴绿帽，赵伯韬酒店开房，享受同行女儿（好色总是作家处理负面人物的常用手段）。

　　也是听了瞿秋白的建议，为证明民族资产阶级的两重性，小说第十四章吴荪甫在四面楚歌、精神崩溃之际，临时抓住家里给他送茶的王妈（女佣）来发泄去火。这个细节和主角的悲剧性格不太合拍（兔子不吃窝边草）。如果不要理性界定两面性，只是像写七巧一样写一个"彻底的人物"，写一个复杂的英雄的胜败，作品会不会有更大成就？

《子夜》能够主题先行，也靠材料丰富。晚清作家不少素材靠报纸征集而来，"五四"文人如何熟悉商场细节？原来1930年秋天，茅盾因眼病不能读书写字，那时他常去一个银行家（表叔卢学溥）家里，在客厅里认识了各路商界人士。如果不是这次眼疾，20世纪小说的士农工商，几乎会缺少一个阶级的代表。

四 《子夜》中的其他人物

男主角作战商场，家庭内外，还有女人家属以及围着她们转的清客闲人们，人数虽不少，但独特形象几乎没有。除了吴、赵之间有个传信的李玉亭，"那位新诗人范博文、留学生杜新箨、需要'强烈刺激'的张素素、吴荪甫的年轻太太（一脑子充满了从教会学校来的浪漫思想）以及其他较年轻的一群，在整个故事里穿梭着，一点个性都没有，连丑角都不如。"[1] 巴金、曹禺等人，在作品里总是寄希望于年轻人，相比之下茅盾在《蚀》和《子夜》里对年轻人都没有优待。夏志清批评茅盾的《子夜》："平时描写得最见功夫的女主角，不管是多愁善感型的也好，玩世不恭式的也好，都失去了水准，沦为漫画家笔下的人物。"[2] "茅盾的小说家感性，已经恶俗化了。"这个批评有些言重了。《子夜》里穿插着不少调节小说色彩与节奏的活色生香的女人：跟赵伯韬睡觉的徐曼丽，由赵营转

---

[1] 夏志清：《中国现代小说史》，台北：传记文学出版社，1979年，第178页。
[2] 夏志清：《中国现代小说史》，台北：传记文学出版社，1979年，第179页。

投吴荪甫的风骚女刘玉英,还有被他父亲当作礼物和密探送给赵伯韬的年轻女子冯眉卿,还有多愁善感的邻家姐妹……虽然相比《幻灭》《动摇》,这些女性人物并不是小说主角。汉学家玛利安·高利克倒认为茅盾小说一再描写女人乳房,是用部分代全体的手法,"体现女性的性的宿命性力量,不是引诱,而是破坏,一种对旧世界的破坏。"[1]

《子夜》众多人物中有两个配角值得注意,一是冯眉卿的父亲冯云卿。他在乡下搜刮农民,用收租的钱到上海来炒股,结果失败。土财主投机失败,便想出绝计:向金融大鳄赵伯韬献出女儿以刺探商场情报。这段插曲,是从晚清海派小说衍生出来的老桥段,李伯元的《官场现形记》里最狗血的一段,就是官员要将亲生女儿献给上司做妾。吴趼人《二十年目睹之怪现状》则把这个女儿变成了媳妇,公公跪在那边求儿媳妇,也是要把她献给有权势的人。李伯元写这个故事只用了一页,吴趼人写了一万字,从冷冷的嘲讽变成了煽情的渲染。在晚清作家看来,官员、商人所做的最无耻的事莫过于牺牲自己家里的女人——而且是下一代的女人,去为了自己的仕途和财富。这个社会批判的伦理核心,一路延续到30年代文学(《上海的狐步舞》里也有街头老妇向路人推销自己媳妇)。不同之处是李伯元、吴趼人,既写献女的官员无耻,也写女儿媳妇的被迫、不情愿。茅盾却用主要笔墨来突出冯云卿的矛盾心理——又想靠女儿献身取情报打翻身仗,又觉得自己这样做斯文扫地,内心耻辱无地自容。也就是说李伯元、吴趼人笔下,献女的官员自己只有无耻没有痛苦,需要牺牲的是下一代——象征意义上就是清朝官府无可救药,国民前景惨被牺牲。但到了茅盾笔下,献女的士绅充

---

[1] [斯洛伐克]玛利安·高利克:《中西文学关系的里程碑》英文版,第84页、90页;参见[德]顾彬:《二十世纪中国文学史》,范劲等译,上海:华东师范大学出版社,2008年,第106页。

满了内疚,而作为礼物的下一代却蒙昧无知,甚至以为受宠了——象征意义上,就是传统社会痛苦困境,新一代却愚蠢麻木快乐至死。

同一个故事,不同的演绎方法。《子夜》和晚清海派小说的这种细节变化,学术界注意不多。

《子夜》里还有一个人物,值得特别注意,就是吴荪甫丝厂的工头屠维岳。从小说情节看,屠维岳是吴、赵之后第三号主角。为什么茅盾要花这么多笔墨来写一个年轻的工头?因为小说主轴是强调资本家吴荪甫两面作战——既对抗国际资本代理人赵伯韬,又要镇压自己厂里的工人罢工。这个屠维岳,就是小说当中劳资冲突的磨心,是当时阶级斗争的前线战场(而且是"敌方"的前线)。作家刻画吴荪甫和屠维岳的关系,花了很多笔墨,值得重视。小说一再强调老板吴荪甫易怒、多变、刚愎自用,可是这个下属屠维岳,却非常冷静、自信、不动声色。撇开两个人做的事情不论,他们的上下级关系倒是任人唯贤,用人唯才。吴明明不喜欢屠的性格,屠也不吹嘘拍马,但是吴仍然重用屠维岳,屠也尽心尽力为老板做事。当然,在中国(也许不仅是30年代),这样使用人才的结果也是悲剧收场,被吴家的裙带关系所破坏。同时我们也看到,再卑微恶劣的角色,也可以成为丰满复杂的文学形象。

由屠维岳的计谋延伸到工人们的罢工,后面就有玛金、蔡真、克佐甫等地下党人。这些地下党员意见并不统一,有比较策略的务实派,也有比较教条,动不动就用公式批判别人的"左倾"盲动分子。小说还描写这些地下党人同居、同性恋,比较开放的性自由。对比以后几十年越来越概念化、公式化的地下工作地下党的描写,读者也许不能判断哪一种地下党文学更符合历史现实,但是从小说社会背景的复杂性看,茅盾写的地下党也充满"矛盾"。

茅盾自己,40年代以后,也再没有像《子夜》那样描述革命了。

按照书中象征,"子夜"过去了,天已大亮了,一切昏暗、混浊、复杂的东西都消失了。到底是消失了,还是看不见了?是看不见,还是不想看了?这些问题以后都要讨论,等到了延安文学的阶段。

1933

施蛰存《梅雨之夕》
"第三种人"的困境

一 六次文艺论争

"五四"新文学的第二个十年（1927—1936），据李欧梵在《剑桥中国史》里的整理[1]，至少发生过六次文艺论争，需要极简回顾。

第一次是太阳社和后期的创造社批判鲁迅"醉眼朦胧"与"阿Q已经死去了"，并问鲁迅站在什么阶级、什么立场上从事文学。其中最严重的指控，即郭沫若说鲁迅是"双重的反革命"与"不得志的 Fascist（法西斯谛）"。这些革命作家后来向鲁迅认错，鲁迅去世以后，郭沫若对鲁迅评价很高。

第二次是鲁迅与梁实秋的笔战。翻译论争有点文人相轻，"阶级性"问题却是鲁迅与梁实秋及自由主义阵营的严重分歧。文学到底是必须写阶级性还是必然要写人性？恐怕至今仍是有争议的话题。当时鲁迅笔头辛辣，又有左翼阵营声援，似乎占了上风。

---

1 ［美］费正清、［英］崔瑞德主编《剑桥中国史》，共15卷，由英国剑桥大学出版社出版。中国社会科学出版社中译本已不少于11册。李欧梵先生之论述可见于《剑桥中国史》第12—13卷中华民国史部分，参见［美］费正清等编：《剑桥中华民国史》下，刘敬坤等译，北京：中国社会科学出版社，1994年，第478—507页。

第三次论争是30年代初,鲁迅、冯雪峰和"左联"对"民族主义文学"论战。国民党系统的文学派别"民族主义文学",以王平陵、朱应鹏、黄震遐等为代表人物,核心观点是"九一八"后,文学应该放下阶级矛盾,共同提倡民族抗争。抽象看口号,"民族主义文学"和1936年的国防文学似乎接近。但"民族主义文学"强调的是黄种人对抗西方人,并不全是抗日的意思。没有几篇文章,论争就见胜负。国府除了检查制度或警察抓人外,正面参与文学运动,这是比较有名的一次,迅速失败。

第四次论争发生在左翼阵营内部,茅盾和瞿秋白争论文艺如何大众化。瞿秋白认为"五四"文人的语言太欧化,不是大众文学,茅盾就为"五四"新文学辩护。讨论参加者不多,但影响深远——延安以后,文学如何大众化,仍是重要课题。

二 "第三种人"施蛰存

第五次论争的主角就是施蛰存(1905—2003)——他和冰心、巴金一样,见证了百年中国文学的发展。施蛰存是杭州人,早年住苏州、松江,中学时在鸳鸯蝴蝶派刊物发表过作品,读过上海大学。因为30年代主编《现代》杂志,加上周围的一批作家刘呐鸥、穆时英、李金发、戴望舒都比较倾向于现代主义,所以被称为"现代派"。"现代派"要打引号,因为并不等于西方的现代主义。《现代》杂志上面其实什么派别的作品都有。主编施蛰存当时才二十七八岁。有两件事情使《现代》杂志卷入了文学论争。

一是胡秋原、杜衡(苏汶)、施蛰存等人,在30年代左右文坛对阵时,希望自己能置身论争之外,做"第三种人":"在'智识阶级的自由人'和'不自由的、有党派的'阶级争着文坛霸权的时候,最吃苦的,却是这两种人之外的第三种人。这第三种人便是所谓作者之群。"[1]虽然他们自己的定义很小心，但常人理解就是想走"中间道路"，马上被"左联"批判了。阶级斗争非友即敌，怎能允许"第三种人"？"左联"名副其实，主张"文艺永远是到处是政治的'留声机'"，[2]战斗意识强于统战策略。回到当时的文化斗争语境，批判"第三种人"的目的，恐怕并不只是打击胡秋原、施蛰存——胡秋原、施蛰存在社会上影响不是很大。批判第三种人的效果，也许是让一些其他"民主主义作家"（巴金、曹禺、老舍等），不要在左右中间走第三条路。实际上，曹禺、巴金的政治倾向都比较靠拢"左联"，靠拢革命，老舍后来也有了转变。

除了文艺斗争大背景，还有一件小事也影响了"第三种人"的命运。施蛰存曾在报上写文章劝青年人多读《庄子》《文选》，说这样才能写好文章。鲁迅看了以后不喜。早在 20 年代鲁迅就看不惯胡适等提倡"整理国故"，现在施蛰存本人也就二十七八岁，还要装作很老成的样子向青年人推荐《庄子》《文选》，鲁迅认为这会引导青年脱离现实革命斗争，所以就讽刺施蛰存。因鲁迅的批评，施蛰存便自嘲，套了一句杜牧的旧句，将"十年一觉扬州梦，赢得青楼薄幸名"改成"十年一觉文坛梦，赢得洋场恶少名"。

其实，私下鲁迅并没有轻视《庄子》《文选》的意思，他反而嫌施蛰存文章哪有一点《庄子》《文选》气？施蛰存抗战以后一直在大学教书，云南大学、厦门大学、暨南大学、沪江大学等。在华东师范大学，他带的研究生，或魏碑考证，或唐诗研究，说明他的古典文学底子非常好。多年后我和李欧梵教授到施先生愚园路寓所拜访，谈起《梅雨之夕》走的是哪一条马路，虹口舞厅革命党人聚会等细节，十分清晰。90 多岁获得上海市文学艺术杰出贡献奖，上

---

1 杜衡：《关于"文新"与胡秋原的文艺论辩》，《现代》1932 年第 1 卷第 3 期。
2 瞿秋白：《文艺的自由与文艺家的不自由》，《现代》1932 年第 1 卷第 6 期。

台致辞，神清气爽："你们终于想起我了……"全场掌声。

施蛰存和《现代》杂志，令人反思：后来大半个20世纪，作家是否还可以选择做"第三种人"？

三　魔幻历史小说《将军底头》

在《梅雨之夕》之前，施蛰存还发表过《将军底头》(《小说月报》第21卷第10号)。中国小说原有历史演义、侠义公案、世俗风情及神幻魔怪四大传统，晚清社会谴责小说以世情官场为基础，夹一点历史(《孽海花》)，讲一点侠义(《老残游记》)，总之写实是主流，神幻魔怪十分罕见。鲁迅《故事新编》是个例外，施蛰存的《石秀》《将军底头》其实也是"故事新编"。《将军底头》写唐代"花惊定"将军，率骑兵去四川边境抵抗吐蕃，但花将军有吐蕃血统，看不起自己手下汉兵，期望打胜仗就能抢财富抢女人。出征途中花将军已在犹豫，到底该尽忠职守为大唐而战，还是索性反叛回去吐蕃？施蛰存早期小说的语言其实有点笨拙，比方说"秋季的一日，下着沉重的雨。在通达到国境上去的被称为蚕丛鸟道的巴蜀的乱山中的路上"，一句话里面用了四个"的"，"时代已经把对于他的我们底记忆洗荡掉了"等，文字干涩。[1] 小说前半部分情节也十分老套，军队进驻小镇，骑兵企图强奸民女，被将军砍头挂在树上，将军自己却暗暗爱上这个民女，而且夜间梦见自己占有了民女，第二天，将军还找到机会向民女表白，貌似通俗连续剧情节。可是小说结尾，突然翻转——将军在战场上砍了一个吐蕃首领的头，自己的头也被同时砍下，但将军的身体却仍然能够骑马回来。身体看不见自己的脸，

---

[1] 施蛰存：《将军底头》，《小说月报》第21卷第10号，1930年10月；收入《中国短篇小说百年精华》现代卷，中国社会科学院文学研究所当代文学研究室编，香港：香港三联书店，2005年。以下小说引文同。

只听见在洗衣服的这个民女调侃的声音,说:"头都没了,还洗什么呢?"将军的头其实在远处,在死了的吐蕃的手中流着眼泪。之前将军向民女表达爱意的时候,说过一句"即使砍去了首级,也一定还要来缠扰着姑娘",没想到一语成谶。这是早期施蛰存的代表作《将军底头》。这种写法,几十年后再次进口,被称为"魔幻现实主义"。

四 《梅雨之夕》:用弗洛伊德的理论写小说

除了这种"伪历史小说"以外,施蛰存更有名的代表作是《梅雨之夕》。从20年代起,不少中国作家已经受到了弗洛伊德的心理分析理论的影响,鲁迅翻译过厨川白村的《苦闷的象征》,定义文学是"压抑在无意识中的欲望通过艺术而宣泄"。(施蛰存有不少兴趣点无意间与鲁迅重合,关于弗洛伊德理论,关于魔幻历史小说,关于北四川路……)鲁迅短篇《肥皂》写一个乡绅看到女乞丐被人议论"咯支咯支"洗一洗就很好看,于是就买香皂给老婆,也是写主人公不知自己的性压抑。施蛰存的心理小说是摆明车马、开宗明义,说明这是用弗洛伊德的理论写小说。弗洛伊德认为,潜意识或者说无意识是人自己不知道,但又影响着他行为和心理的东西。我不知道的东西在影响我。我怎么知道有影响呢?《梅雨之夕》通篇都在说:"我没知道……"

还是刘呐鸥、穆时英喜欢的都市风景线,从公司下班撑伞走回家的男人,并不知道自己为什么喜欢雨中行。明的理由是坐电车周围都是雨衣,寓所离公司又很近,走路可以看风景,这些都是理性意识到的雨中乐趣,但是乐趣背后有什么?主人公"没知道"。为什么不急于回家呢?没有小孩焦急等他,太太可能已经做好饭菜,没有期待家中温暖?或者家庭太温暖了,需要在路上透透气?或者不想终日面对太太？甚至想都不敢想？自动压抑了"不想"，是否婚姻常态——这不代表他不爱他的太太，怎么可以不爱呢（这些是后来张爱玲《封锁》处理的问题）。都市人至少有三种身份，在家是丈夫，在公司（单位、体制）是职员，但是在路上，潜意识里是自由身份，或者说戴上了自由的面具。都市人和乡村的人，最大区别就是前者不止一个身份。村里人犯了个错（比如王二和李嫂有一腿），就得背负一辈子。而城里人改过（改变自己）的机会多（受骗上当的机会也多）。也许雨中漫步回家就是一种第三身份的享受——另一层意义上的"第三种人"？这时"我"不是职员，"我"也不是丈夫，"我"就是一个"自由人"，一个"男人"（无意识中追求自由，并模仿"男人"的欲望）、一个"绅士"（"绅士"和"自由"其实也可以是面具），自以为谁也不认识我，但谁也可以认识我。

　　主人公有这么想吗？小说没有写。小说只写了他在雨中"且行且珍惜"。他觉得北四川路很朦胧，颇有诗意，这时有辆电车开来停住。"在车停的时候，其实我是可以安心地对穿过去的，但我并不曾这样做。我在上海住得很久，我懂得走路的规则，我为什么不在这个可以穿过去的时候走到对街去呢，我没知道。"[1] "我没知道"是颇别扭的汉语过去式，说明作者是事后记述，其实是"我当时不知道"。不知道为什么不马上回家，为什么还要在雨中欣赏街景，为什么还要在电车旁边停下。其实，读者都看得很清楚——这男人在无意识中盼望某种艳遇。可是他没有这么想，他也不敢这么想，这种"无意识中盼望"是他的"超我"不允许的，也是他的"自我"不知道的。"我数着从头等车里下来的乘客。为什么不数三等车里下来的呢？这里并没有故意的挑选，头等座在车的前部，下来的乘

---

[1] 施蛰存：《梅雨之夕》，上海：新中国书局，1933 年 3 月。收入徐俊西主编，陈子善编：《海上文学百家文库·施蛰存卷》，上海：上海文艺出版社，2010 年。以下小说引文同。

客刚在我面前,所以我可以很看得清楚。"注意头等车的乘客只是无意识的选择:即使是"第三种身份",阶级意识也深入本我层次。

"第一个,穿着红皮雨衣的俄罗斯人,第二个是中年的日本妇人,她急急地下了车,撑开了手里提着的东洋粗柄雨伞,缩着头鼠窜似的绕过车前,转进文监师路去了。我认识她,她是一家果子店的女店主。第三,第四,是像宁波人似的我国商人,他们都穿着绿色的橡皮华式雨衣。第五个下来的乘客,也即是末一个了,是一位姑娘。她手里没有伞,身上也没有穿雨衣……"喂喂,你在干什么?又不是等人,为什么这么仔细地观察头等车下来的人?一个有伞的男人在注意一个无伞的姑娘。"她走下车来,缩着瘦削的,但并不露骨的双肩,窘迫地走上人行路的时候,我开始注意着她的美丽了。美丽有许多方面,容颜的姣好固然是一重要素,但风仪的温雅,肢体的停匀,甚至谈吐的不俗,至少是不惹厌,这些也有着份儿,而这个雨中的少女,我事后觉得她是全适合这几端的。"为什么事后才觉得?因为作者想强调雨伞男当时并无采花动机。女人找不到人力车只好躲雨。此时"我"明明可以过马路,"但我何以不即穿过去,走上了归家的路呢?为了对于这少女有什么依恋么?并不,绝没有这种依恋的意识。"没有依恋的意思不代表没有依恋的无意识,这正是这篇小说的核心。"但这也决不是为了我家里有着等候我回去在灯下一同吃晚饭的妻,当时是连我已有妻的思想都不曾有。"这男人此刻把"丈夫"暂时丢弃了,"第三种人"入戏太深。"我不自觉地移动了脚步站在她旁边了。"雨很大,有些淋着这美丽姑娘的衣角。女人是没办法,可这男的明明有伞怎么也不走呢?等了很久,小说写道:"我也完全忘记了时间的在这雨水中间流过。我取出时计来,七点三十四分。""终归是我移近了这少女,将我的伞分一半荫蔽她……小姐,车子恐怕一时不会得有,假如不妨碍,让我来送一送罢。我有着伞。"各位读者,在你们的生活中有没有这样一个瞬间,你伸出伞或别人伸伞过来?"她凝视着我半微笑着。这样好久。她是在估量我这种举止的动机,上海是个坏地方,人与人都用了一种不信任的思想交际着!"(这正是刘呐鸥所谓"饿鬼似的都会"的本质,到处是机会,到处是陷阱,到处可以改头换面,到处可以重新做人)

"于是她对我点了点头,极轻微地。——谢谢你。朱唇一启,她迸出柔软的苏州音。"接下来他们并肩雨中行,"她是谁,在我身旁同走,并且让我用伞荫蔽着她,除了和我的妻之外,近几年来我并不曾有过这样的经历。"主人公本质上还是住家男人。"我的鼻子刚接近了她的鬓发,一阵香。无论认识我们之中任何一个的人,看见了这样的我们的同行,会怎样想?……"理智马上清醒,回到世俗的处境。"我将伞沉下了些,让它遮蔽到我们的眉额。"之后有两个小插曲,一是"我"觉得这个女子很像自己14岁的初恋少女(用理性来合理化自己的本能,为荒唐行为寻找理由)。二是看见路边一个店里的柜子里有一个女子,"突然发现那个是我的妻,她为什么在这里?"当然这是幻觉,透露主人公无意识的恐惧。基本上,人的幻觉,梦想是外衣,恐惧是内核。人的行为,貌似追逐理想,其实逃避恐惧。前者是生育本能,后者是生存本能。

走在马路上的男人(其实女人也一样),自以为拥有公司、家庭之外的第三种身份,其实职业和家庭早已植入他的无意识,制约他短暂的"自由"追求。文坛上的作家也一样,自以为是"第三种人",其实"左倾右翼"也时时影响着他的独立选择。

两人一路没说几句话,问了姓氏,"我"又幻想这个女人像日本画《夜雨宫诣美人图》,仔细近观女人的容颜,鼻子、颧骨,又觉得不像,也不似自己的初恋女伴。这时"我忽然觉得很舒适,呼吸也更通畅了"。这其实是一个无意识当中被压抑的欲望释放进化的过程。终于雨停了,女人说"谢谢你,不必送了",我也只好礼貌告别。记住,第三个身份要扮演"绅士"。可是回到家里叩门,却听到那少女的声音,奇怪,她怎么会在这里呢?——其实是恐惧追随着他。门开了,像是路边见过的女子,其实是妻子。"妻问我何故归家这样的迟,我说遇到了朋友,在沙利文吃了些小点,因为等雨停止,所以坐得久了。为了要证实我这谎话,夜饭吃得很少。"

严肃认真或者缺乏安全感的妻子们,也许会指责丈夫们花心、渣男或"精神出轨",但这只是都市人无聊的生活常态,在体制和家庭之间用第三种身份短暂挣扎游荡(也是"第三种人"在"左翼"与"右派"之间寻找假想的自由)。男女平等,左右为难。主啊原谅他/她们吧,他/她们当时不知道自己要什么,在做什么。我们现在也未必知道我们究竟要什么,究竟在做什么。

1934
———

沈从文《边城》
怀疑"现代性"？

  由四川过湖南去，靠东有一条官路。这官路将近湘西边境到了一个地方名为"茶峒"的小山城时，有一小溪，溪边有座白色小塔，塔下住了一户单独的人家。这人家只一个老人，一个女孩子，一只黄狗。[1]

一条官路，一个地方，一条小溪，一座小塔，一户人家，一个老人，一个女孩，一只黄狗，假如不算这个"有座白色小塔"，也是"七个一"。文笔和画面清淡朴素。为什么这么一个偏僻山村的老人、少女、黄狗的故事，会成为30年代中国文学的重要代表作？为什么这么边缘的故事，这么冷僻的人和事，竟会影响社会的中心和时代的主旋律？

将沈从文（1902—1988）的短篇如《萧萧》《柏子》《丈夫》，和其他小说家笔下的30年代的中国社会比较一下：第一，都是苦难的乡村。从祥林嫂、闰土，到《官官的补品》《春蚕》，都写农村

---

[1] 沈从文：《边城》1934年1月，在《国闻周报》第11卷11期16期，单行本同年9月由上海生活书店出版；台北：金枫出版社，1998年，第36页。以下小说引文同。

破产,《生死场》细节更加惨不忍睹。所以,"乡村苦难"是30年代中国文学的大背景。第二,大城市看来繁华,其实充满危机。无论左翼的《子夜》,还是新感觉派《上海狐步舞》,上海都是建在地狱上的天堂。第三,城乡贯穿同一种家庭式的社会结构,年轻人必须顺从老人,权力大说话就是真理。主流作家巴金、曹禺,都对中国传统文化的现代困境提出了反叛、控诉、挑战。所以,城乡苦难背后是新旧冲突,新旧冲突背后是西方文明与古老中国的对抗——简而言之,城比乡更开化、新比旧更进步、西比中更文明。这就是《边城》的写作背景。

一 《边城》的假想读者

在乡村苦难、城市危机、人伦困境的背景下,这个"一溪一塔,老人、少女、黄狗"的田园牧歌,究竟是陶渊明的"世外桃源",还是"堂吉诃德式"的干预入世?如果30年代的主流意识形态可以被概括为"乡不如城,旧不如新,中不如西",沈从文对这种当时被简单理解(或误解)的"现代性"主旋律,颇有些困惑和保留。读《边城》,一定要读小说的"题记"。"题记"说的是这部小说写给谁看,或者更直接的,是为了反对什么和提倡什么而写。沈从文说有两类人不会喜欢他的作品。"照目前风气说来,文学理论家,批评家及大多数读者,对于这种作品是极容易引起不愉快的感情的。"[1] 一句话已经排斥了两类人,一是"评论家",二是"大多数读者"。这个"大多数读者"不是政治含义的"大众",指的是城里大部分普通读者。今天出书,作家和出版社最看重这两个接受群体,

---

[1] 沈从文:《边城·题记》,《边城》,台北:金枫出版社,1998年,第32—33页。以下小说引文同。

"大多数读者"就是销量,"人民群众喜闻乐见";"评论家"代表专家意见,进文学史要靠专家。两者也会互动,专家引导"大多数读者",读者多了评论家也不能忽视。为什么沈从文写《边城》两者都要拒绝?沈从文解释说这两类人不喜欢《边城》的原因有不同又有相通,"前者表示'不落伍',告给人中国不需要这类作品,后者'太担心落伍',目前也不愿意读这类作品。"看来,沈从文貌似排斥批评家及大多数读者,真正在意的是"落伍",较劲的是潮流。"'落伍'是什么? 一个有点理性的人,也许就永远无法明白。"有理性的人没法明白,就是说缺乏理性才追逐潮流。"我这本书不是为这种多数人而写的。念了三五本关于文学理论文学批评问题的洋装书籍,或同时还念过一大堆古典与近代世界名作的人,他们生活的经验,却常常不许可他们在'博学'之外,还知道一点点中国另外一个地方另外一种事情。"

沈从文在这里,悄悄把"落伍""潮流"等时间概念,转换成"边城""乡下"等空间概念。《边城》的潜在副标题就是不在"中原"(主流)。金介甫说沈从文的创作"得益于他没有受社会分析模式的先入之见的约束,得益于他没有在描绘所看到的现象时的民族主义自我意识。"[1]其实也可以说沈从文觉得那些理论家批评家的"社会分析模式"和"民族主义自我意识"并不符合他自己观察体验的地气民情。究竟什么才是"现代性"? 是全盘西化?是民族主义?还是乡村经验?主流评论家只会在书本上激进革命,却看不到中国社会的某些地方,包括边城乡村中人伦秩序及意义。"他们既并不想明白这个民族真正的爱憎与哀乐,便无法说明这个作品的得失。"所以这个作品,志在道出这个民族(范围又悄悄从地域概念"边城"

---

[1] 金介甫:《沈从文笔下的中国社会与文化》,虞建华、邵华强译,上海:华东师范大学出版社,1994年,第3页。

扩大到政治概念"民族")真正的爱憎与哀乐,这便透露了小说家的高远梦想。沈从文其实也写乡村苦难,也写城市繁华,但不同于巴金等人企图(也只是"企图")与"封建"传统人伦关系彻底决裂。在沈从文那里,中国传统人伦关系及心理秩序还能不能在"现代"继续存在下去,变成了一个极严肃的问题。

在巴金、曹禺他们看来,中国社会太腐败了,"子夜"过后,必有"日出",传统衰落是没有悬念的,革命是必将到来的。沈从文却觉得乡土人伦秩序仍然美好,只是在现代社会能不能存在下去,却是一个严峻的问题。

《边城·题记》同时拒绝批评家和大多数读者,但态度还是有区别。对批评家,沈从文是抗争;对文学爱好者和大、中学生,沈从文是劝告。作家认为赶潮流的读者诚实、天真,只是"为一些理论家,批评家,聪明出版家,以及习惯于说谎造谣的文坛消息家,通力协作造成一种习气所控制所支配,他们的生活,同时又实在与这个作品所提到的世界相去太远了"。所以沈从文觉得,城市青年的问题有两个,第一是被时代操控,赶时髦(时间);第二是离乡村,离真实的世界太远了(空间)。所以,沈从文"早已存心把这个'多数'放弃了"。

放弃了评论家、大学生以后,沈从文的《边城》准备写给谁看呢?准备写给翠翠、傩送他们的同乡看吗?当然不是。从鲁迅开始一直到日后的莫言、贾平凹,乡土文学从来都不以农民为主要假想(或实际)读者。"五四"新文学的主人公,是农民和知识分子,但假想读者不是普通农民(以农民为主要读者,以小学为平均接受能力的文学,是从延安以后开始的)。沈从文虚拟了的《边城》"理想读者",其实标准很高:"本身已离开了学校,或始终就无从接近学校,还认识些中国文字,置身于文学理论、文学批评以及说谎造谣消息所达不到的那种职务上,在那个社会里生活,而且极关心全个民族在空间与时间下所有的好处与坏处的人去看。"

这个要求非常苛刻,仔细分析包括三条:

第一,远离学校,又懂中文。民国时期很多作家都在大学教书,本来大学生是第一批读者。何以沈从文希望他的读者"远离学校"?部分原因是沈从文乡下习武出身,没有正规学历。写小说成名后,经胡适介绍到大学教书。没有出国经历和足够外文训练,沈从文在大学又自卑又自傲,也对大学体制弊病加倍失望。比较反讽的是,几十年后沈从文作品也是在大学里开始重新走红,现在研究他的博士、硕士论文数量,据说仅少于鲁迅与张爱玲了。[1]教育还是20世纪中国文学——包括沈从文作品的重要阵地。

第一要离开学校,第二个要求是"在那个社会里生活",意思是说要有底层边缘的生活经验。

第三个要求最高,要"极关心全个民族时空条件下的好处与坏处"。沈从文在20世纪中国文学长河中,当时很"落伍",后来成先驱。当时看似痴人说梦:又要"离开学校而懂中文",又要"在那个社会里生活",还要"极关心全个民族时空条件下的好处与坏处"。万没想到半个世纪以后,因为上山下乡等各种运动,中国作家基本上都按照沈从文的三条标准而产生:阿城、韩少功、史铁生、王安忆、王小波、莫言、贾平凹、余华……

这也是后来80年代文学的生命力和"现代性"所在——他们也都不怕"落后",不必追赶潮流,他们都明白沈从文的话,"我的读者应是有理性,而这点理性便基于对中国现社会变动有所关心,认识这个民族的过去伟大处与目前堕落处,各在那里很寂寞的从事与民族复兴大业的人。"

---

[1] 截至2021年1月,中国知网硕博论文库以"沈从文"为关键词搜索出论文660篇,以"鲁迅"为关键词搜索出论文833篇,"张爱玲"的为740篇。

二　对古老中国的信心和怀疑

沈从文并不否认乡村苦难、城市危机，他和30年代主流的主要分歧，是即使面对乡村苦难、城市危机，他对古老中国传统，仍不失信心。在《边城》里，这种对古老中国的悲壮信心，主要表现在三个方面，三个方面都既是信心，又是怀疑——一是见义让利，这种风气能否延续？二是在兄弟亲情与个人爱情之间如何抉择？三是为什么众多善良的人，好心好意合起来却做成一件坏事？

"边城"里的人，好像不大看重钱。摆渡老头说政府已有补贴，有人硬给过路费，他就回赠茶叶等。在目前还是部分资本主义的香港，见义让利已经是一种神话。按沈从文的说法"人心深处仍有过去伟大处"，虽不能至，心向往之。不过紧要关头，傩送以及他的家人，还是要在渡船与碾坊之间纠结。经济因素依然影响淳朴的民风。这是第一层最表面的信心与解构。

第二层信心与解构的关系更加戏剧性，有钱人家两兄弟，同时看上一个穷女孩，居然没有强求巧夺，而且君子协定——轮流来唱山歌求得这个女子的芳心。实际操作中，大哥唱不好，弟弟代唱，一天隔一天，等于是抽签、拈阄，跟觉新父亲替长子娶瑞珏是同一个方法。不过这是年轻当事人自己选择。这个情节典型展示了传统道德"兄弟是手足，女人是衣衫"与西方基督教文明"一夫一妻、爱情神圣"之间的两难。妥协的结果，大哥失败淹死了，傩送也伤心出走。这个传统中国的伟大处，在江上像竹排一样搁浅。

小说的第三层矛盾是叔本华所说的"第三种悲剧"：不是好人与恶棍斗争，亦不是意外事故疾病，"都是善良的人，仅仅因为各自所处的地位、身份、性格，形成了无可避免的矛盾冲突"。[1] 这是

---

[1] 参见《许子东现代文学课》，上海：上海三联书店，2018年，第367—368页。

最难写、最无解的人性悲剧（巴金《寒夜》也写到这个境界）。老人一心为外孙女的婚事操心，努力撮合翠翠跟大佬。穷家女能够嫁个当地乡绅的儿子，也算是对她冤死的妈妈有个交代。但老人和翠翠虽然朝夕相处，却在最重要的问题上缺乏沟通。

这种事情绝不仅仅发生在"边城"。即使当代社会信息发达，天天手里感触手机，有没有重要的心思想法不能完全跟关系最密切或者最爱的人沟通的情况呢？各位读者，不妨反省一下。

《边城》的社会结构，看似简单，其实更复杂。两个富二代追一穷女子，最麻烦是他们的父亲在地方上有钱有势，却不是黄世仁（30年代小说里，善良的富人已不多见。但八九十年代的小说，比如《古船》《白鹿原》等，却都描写开明士绅）。然而船总又不信任老船夫，或者因误会，或者有偏见。于是，一群善良的人们，合在一起造就了女主角翠翠的悲剧。最后，她不知道傩送明天、明年会不会回来。她在船总家里算什么？未来的媳妇？收容的穷丫头？船总的养女？还是……？

所以《边城》是一首牧歌，美丽、忧郁、凄凉。按照夏志清的推崇，沈从文"对古旧中国之信仰，态度之虔诚，在他同期作家中再也找不到第二个"。[1] 虽然沈从文的代表作《边城》，在虔诚信仰旧中国传统的同时，也在解构这一种美丽人伦关系以及它所维系的社会秩序，但至少，作家不敢轻易漠视旧的乡下的中国的一切。

---

1 夏志清：《中国现代小说史》，香港：香港中文大学出版社，2001年，第144页。

1934

老舍《断魂枪》
武侠三境界

夏志清曾经将30年代两个长篇小说家老舍和茅盾做过一番对照：

> 茅盾的文章，用字华丽铺陈；老舍则往往能写出纯粹北平方言……老舍代表北方和个人主义，个性直截了当，富幽默感；而茅盾则有阴柔的南方气，浪漫、忧伤、强调感官经验。
>
> 茅盾善于描写女人；老舍的主角则几乎全是男人，他总是尽量地避免浪漫的题材。茅盾记录了近代中国妇女对纷扰的国事的消极反应，老舍则对于个人命运比社会力量要更关心。[1]

简单说来，茅盾阴柔，老舍阳刚；茅盾写海上男女"白相人"（中性），老舍写北平胡同"老炮儿"；茅盾百折不挠，再大的委屈也能承受，老舍他是树杆，不是竹林，一不小心就断了。

---

[1] 夏志清：《中国现代小说史》，台北：传记文学出版社，1979年，第187—188页。

一　老舍与沈从文——两位固执的作家

如果比较老舍和沈从文，好像更有意思。他们一个在山东写北京胡同，一个在北京写湘西山水，都是身在他乡顽固抒写自己心目中的故里。老舍与沈从文的共同点比他们的差异更令人瞩目——都是少有的非汉族作家，明明风格迥异，但都被归入"京派"。沈从文在30年代与"海派"论战，老舍作品有典型的京腔、京味。相比巴金写花园庭院，茅盾写别墅汽车，老舍和沈从文都主要描写社会底层的形形色色、三教九流、五行八作。在城里是车夫、工人、暗娼、巡警、教员、职员、拳师、土匪、游手好闲的八旗子弟、为非作歹的洋奴汉奸。在乡下是童养媳、帮工、水手、船记，也有巡警丘八、有钱有势却不仗势欺人的水保、团总，还有专门杀头后要磕头忏悔的刽子手等。

除了非汉族、京派、写底层以外，老舍和沈从文还有一个共同点，就是他们都不大跟得上时代，不大善于从经济、政治、理论上去分析现代社会，而比较喜欢从个人道德品质，或者说传统人伦关系来理解中国。不知道是不是和这种看待世界的方法有关，还是纯粹由个人性格决定，这两个作家都比较 stubborn（固执）。当然这里的固执可以是褒义，至少是中性。其实每个真正的艺术家，都会固执己见，坚持自我。茅盾一生都坚持他的政治信仰；巴金从未放弃无政府主义理想；鲁迅更是一直贯彻他对希望与绝望的追求和怀疑。只是相比之下，老舍、沈从文这两个非汉族作家，他们更加不会人生策略，更加不懂韬光养晦，更加做不到"小不忍则乱大谋"等。

或者是不懂，或者是不肯转弯，或者是转了弯再也转不回来，直接撞墙，总之老舍与沈从文的相近之处令人深思。他们似乎比常人骨头更硬，但也更脆弱，抗压适应能力差，因此更具悲剧性格。

二　老舍——舍予，舍弃自我

"老舍"是笔名，本名舒庆春，又叫舒舍予，舍予就是"舒"字拆开来，舍弃自我？名字暗示他的一生命运。

老舍（1899—1966），出生在北京，虽是满人，却没有享受到八旗子弟的风光。老舍才两三岁，他父亲在八国联军入城时战死。家境贫穷，老舍从小在很多人合住的四合院（其实是大杂院）中长大，体会了穷人生活又接近了北方曲艺。少年的底层经验，这也是他和沈从文的一个共同点。后来考入师范，毕业后当小学校长，又放弃工作，到英国教中文。1925年到1930年，老舍在英国，模仿狄更斯写了《老张的哲学》，后来又写了《赵子曰》，是现代中国文学中比较早期的严肃的喜剧小说。

老舍的长篇《二马》，描写一对中国父子在英国的生活，是早期的侨民文学，写了不少文化冲突。"五四"以后幻想小说不多，老舍的《猫城记》全篇讽刺中国，一般不受好评。老舍早期作品中，《离婚》比较重要。"老舍反对只对中国的腐败从经济和政治上加以分析，他以为中国的难堪处境，直接来自中国人民的没有骨气——中国软弱是因为中国人，尤其是中上流阶级的中国人怯懦因循，失掉了行动的勇气。只要能吃饱饭，他们就坚守古老的积习。"[1] 老舍的看法，或者说夏志清总结的早期老舍的看法，有没有道理？今天或者仍然有再讨论的空间。

三　《断魂枪》——10万改编成5000字的短篇

1930年回国以后，老舍一直在山东等地的大学教书，《断魂枪》

---

[1] 夏志清：《中国现代小说史》，台北：传记文学出版社，1979年，第197页。

写于1934年，这是他最著名的短篇。杨义说"《断魂枪》情调极佳，它的人物带古典味，故事带传奇味，笔致带写实味，融合成一种典雅、质朴而苍凉的艺术神采。"[1] 杨义的文学史本身也写得很有文学味。

《断魂枪》不可复制的原因之一，是因为这篇5000字小说，是从一个10万字的武侠小说《二拳师》里剪出来的。同样的故事，如果到金庸笔下，10万字可能还打不住。把10万字的故事，剪成5000字短篇，老舍自己说，材料受了损失，艺术占了便宜。

"沙子龙的镖局已改成客栈。"小说的第一句，极精练地交代了人物、故事、时代背景。主人公原是武林高手，现在无奈改行，沙子龙的处境，连着整个中国背景。"东方的大梦没办法不醒了……半醒的人们，揉着眼，祷告着祖先与神灵；不大会儿，失去了国土、自由与主权。门外立着不同面色的人，枪口还热着。……龙旗的中国也不再神秘，有了火车呀，穿坟过墓破坏着风水。枣红色多穗的镖旗，绿鲨皮鞘的钢刀，响着串铃的口马，江湖上的智慧与黑话，义气与声名，连沙子龙，他的武艺、事业，都梦似的变成昨夜的。今天是火车、快枪，通商与恐怖。"[2]

同样的时代背景，茅盾是站在声光化电这一边，写吴老太爷害怕恐惧。沈从文《新与旧》里，比较同情杀人后要到庙里磕头烧香的老派屠夫（但老刽子手无可奈何要被开枪不眨眼的行刑士兵所取代）。也是目睹或亲历这种旧物事的没落，老舍态度更加暧昧：既承认火车快枪有力，又留恋沙子龙的枪法断魂。

倘若有评论认为《断魂枪》描写男主角不传独门武功，就是批评中国社会保守封闭，这就等于是用茅盾的思路在读老舍。《断魂枪》

---

[1] 杨义：《中国现代小说史》第2卷，北京：人民文学出版社，1988年，第194页。
[2] 老舍：《断魂枪》，原载1935年9月22日天津《大公报·文艺》第13期，收入《中国短篇小说百年精华》现代卷，中国社会科学院文学研究所当代文学研究室编，香港：香港三联书店，2005年，第448页。以下小说引文同。

并不只是讲东方的危机、国术的困境。或者说 5000 字小说极精练地概括讲了东方危机、国术困境，但又讲了别的东西。在真的枪炮前，断魂枪这套武功的确不像以前那么有用了，这是事实。否则为什么镖局就开不下去？但这是否就代表了武术传统因此"断魂"？或者更进一步说，枪法武功，魂在哪里？

短篇里边写了三个人，也写了三种对武功的态度。一个就是王三胜——沙子龙的大徒弟。师傅改行后，徒弟在土地庙拉开了场子，"神枪沙子龙是我的师傅；玩艺地道！诸位，有愿下来的没有？"结果没人比武，变成了单人表演。

下面这段文字是老舍文风的精华样板，纯正京腔，典范国语——这是 10 万字练就的 5000 字。

> 王三胜，大个子，一脸横肉，努着对大黑眼珠，看着四围。大家不出声。他脱了小褂，紧了紧深月白色的"腰里硬"，把肚子杀进去。给手心一口唾沫，抄起大刀来。

请注意这里"紧了紧"，"把肚子杀进去"，用的都是动词。

> 大刀靠了身，眼珠努出多高，脸上绷紧，胸脯子鼓出，像两块老桦木根子。一跺脚，刀横起，大红缨子在肩前摆动。削砍劈拨，蹲越闪转，手起风生，忽忽直响。忽然刀在右手心上旋转，身弯下去，四围鸦雀无声，只有缨铃轻叫。刀顺过来，猛的一个"跺泥"，身子直挺，比众人高着一头，黑塔似的。收了势："诸位！"一手持刀，一手叉腰，看着四围。稀稀的扔下几个铜钱，他点点头。"诸位！"他等着，等着，地上依旧是那几个亮而削薄的铜钱，外层的人偷偷散去。他咽了口气："没人懂！"他低声的说，可是大家全听见了。

这段文字要是给金庸、古龙来写,大概要写两三章了(武打场面常常是武侠小说的高潮所在)。余光中曾经批评戴望舒《雨巷》,说太多形容词了,丁香一般的,结着愁怨的等,意思是用形容词效果不如动词。[1]老舍这一段连用"削、砍、劈、拨"等动词组合拳,将整个王三胜的表演写得非常漂亮,令人眼花缭乱。但也就像小说里写的铜钱一样,"亮而削薄的",好看,缺底蕴。

小说不仅写了王三胜花拳绣腿华而不实,更写他的作秀没有收到预期的反应,便责怪大家不懂。这其实是人们都可能会碰到的处境——我们自以为功夫了得,写论文、出书、拍戏、唱歌、搞设计、做项目,甚至是经济策划、政治谋略,都觉得自己做得很出色,却没有得到上级和大众欣赏。"士为知己者用",没有"知己"时,我们是不是也会像魁梧英俊的王三胜一样,低声地说,"没人懂"呢?

如果说王三胜的武功是作秀,是表演,那么第二个人物,孙老者的武功那就是实战,是干货,讲究功利效用。王三胜表演没人欣赏的时候,只有这个老头出来喝彩,可是他的外貌是怎么样的呢?

> 小干巴个儿,披着件粗蓝布大衫,脸上窝窝瘪瘪,眼陷进去很深,嘴上几根细黄胡,肩上扛着条小黄草辫子,有筷子那么细。

> 总之,不仅貌不惊人,几乎有点猥琐。

> 王三胜看出这老家伙有功夫,脑门亮,眼睛亮——眼眶虽深,眼珠可黑得像两口小井,深深的闪着黑光。

---

1 余光中:《评戴望舒的诗》,《余光中选集》第3卷,合肥:安徽教育出版社,1999年,第201—203页。

后来在金庸等人的现代武侠小说中,常看到这种情况——一个人身材很魁梧、很拉风、很厉害,到客栈酒店里遇事正要发威时,角落里通常坐了一个驼背或咳嗽的老头,一点不起眼,可是飞过来的馒头石块之类,他能用细细的筷子给夹住,或者一个什么穴位动作就把那个看上去很威风的好汉制伏。真的好汉貌不惊人,这是后来武侠小说的一个传统。并不像《水浒传》传统,英雄虎将总要威武登场先声夺人。

接下去两个人交手,"老头子的黑眼珠更深更小了,像两个香火头,随着面前的枪尖儿转,王三胜忽然觉得不舒服。"三下两下,英俊威武的大徒弟败了。王三胜流着汗,嘴里还不服,"你敢会会沙老师?"没想到孙长者正是为了沙子龙而来,他经个大师兄引荐,孙长者恭恭敬敬地拜见躺在床上看《封神榜》的沙子龙,想跟他比武,或者是学五虎断魂枪。

沙子龙说我不行了,"已经放了肉",五虎断魂枪,早忘干净了。

其实,整个小说写到这里,沙子龙也没有任何武功演示。一切只是"传说",前面两个人物或漂亮或厉害的表演,其实是给沙子龙的"不传"做铺垫。"不传"之后呢?沙子龙的江湖名声也渐渐被人忘却了,可是小说最后一节才是全篇点睛之笔。

夜静人稀,沙子龙关好了小门,一气把六十四枪刺下来;而后,挂着枪,望着天上的群星,想起当年在野店荒林的威风。叹一口气,用手指慢慢摸着凉滑的枪身,又微微一笑,"不传!不传!"

小说到此完了。什么意思?

第一,至少在沙子龙自己这里,枪法没废,功夫依旧。第二,当年威风已不在,所以要叹一口气。第三,他摸着枪身,又微微一笑,这"微微一笑"是个关键,说明不是被迫败,而是主动隐。不传的原因——沙子龙觉得无论是大徒弟王三胜的"作秀",还是孙长者的实在功力,都不是他五虎断魂枪的精髓。在沙子龙心目中,枪法第一不是为了好看,第二不只是为了实战,它是一种灵魂精神所系,枪法如此,其他功夫亦然。

我们每个人都有自己学的功夫——论文、创作、研究、项目、政绩、财富等,我们每个人至少都有三个境界可以追求,第一漂亮闪光,第二效率实用,第三灵魂所系,我们应该追求什么呢?

我们可以不那么有名有光彩,可以不赚那么多钱,或者做不了官,但假如我们做的事情是投入真性情的,是坚持真性情的,那么就坚守灵魂原则吧,半夜醒来,叹一口气,又微微一笑。

1934

萧红《生死场》
"人和动物一起忙着生,忙着死"

一 鲁迅:"她会给你们以坚强和挣扎的力气"

萧红写的乡村和别人不同,她好像只是拿来了原材料,似乎并没有加工,拖着泥、连着水、伴着血。《生死场》写于1934年,前半部分1934年4月到5月在东北的《国际协报》上连载。上海、北京的人们,看到他们并不熟悉的那一部分中国,鲁迅说,"这本稿子到了我的桌上……但却看见了五年以前,以及更早的哈尔滨。这自然还不过是略图,叙事和写景,胜于人物的描写,然而北方人民的对于生的坚强,对于死的挣扎,却往往已经力透纸背。"[1] 萧红当然是幸运的,那一年她24岁,被鲁迅、胡风隆重推上了30年代文学舞台。丁玲、张爱玲小说成名,也都是二十三四岁,不同的是,丁玲、张爱玲写的是女人爱情故事,萧红的《生死场》写的是农民和国难,进入了一个通常以知识分子视角的社会中心话题。后来人们才发现,萧红的国家苦难后面还是女性命运,萧红的"幸运"也

---
[1] 鲁迅:《萧红作〈生死场〉序》,《鲁迅全集》第6卷,北京:人民文学出版社,2005年,第422—423页。

是建筑在她早年个人的不幸上。在成名之前，萧红的私人生活远比丁玲、张爱玲有更多波折。

二　萧红的私人生活——三次婚恋，五个男人

萧红（1911—1942），本名张乃莹，出生于黑龙江呼兰县的地主家庭，八岁丧母，她和父亲和后母关系不好，18岁被许配一个富家子弟汪恩甲，订婚以后发现男人吸鸦片，萧红曾逃婚到北京。1931年回到呼兰，被迫跟家庭和解，与汪恩甲恢复往来。这时萧红怀孕了，和汪恩甲一起住在哈尔滨道外正阳十六道街的东兴顺旅馆——现在是萧红纪念陈列室。某日汪不辞而别，留下怀孕的萧红以及一堆酒店的债。萧红致信《国际协报》也就是后来连载《生死场》的报纸），之后的事情，看过电影《黄金时代》的文学爱好者们都很熟悉了——萧军探望萧红，一见钟情，发大水，他们逃亡，生了一个女婴，在医院就送了人。

萧红的女儿要是还健在的话，现在应该八九十岁了。萧红是个好女人、好作家，但是她放弃了做好妈妈的机会。

《生死场》是在和萧军同居并立志从事新文学以后的作品。从满洲到青岛再到上海，二萧当时主动给鲁迅写信，鲁迅不仅回信，还在内山书店约见，然后就是编"奴隶丛书"。晚年鲁迅跟萧红的私人关系，也引起了不少文学史家和读者的浓厚兴趣。

三　《生死场》——"好像"未经加工的新鲜素材

《生死场》和《子夜》《家》《边城》最不一样的地方，是"好像"未经加工，或者说是加工得像没加工一样。最明显的艺术特征有三：第一，结构松散，没有核心情节；第二，也没有主要人物；第三，

长短一共十七章，前后差别很大。前十章讲抗日前东北乡村日常生活，后七章写日本军队来了以后的情况。小说的主题到底是农民的生和死，女性的命运，还是日本侵略中国？一直有争论。

先看结构和情节。《生死场》的故事断断续续，小说结构不靠情节，而靠细节支撑。这其实是《官场现形记》的写法。不好写，也不易解读。我们不妨使用"笨方法"，逐章翻看这些"原材料"。

第一章《麦场》，先介绍二里半和老婆麻面婆及儿子罗圈腿，一家人在找山羊。然后王婆出场，后悔当年死了儿子。王婆的老公叫赵三，儿子叫平儿。这一章里还出现第三家人家，福发，婶子和侄儿成业，没有故事。

第二章《菜圃》比较完整，先是金枝和成业田野偷情，萧红写"性"的文字别具一格："姑娘仍和小鸡一般，被野兽压在那里。男人着了疯了！他的大手敌意一般地捉紧另一块肉体，想要吞食那块肉体，想要破坏那块热的肉。尽量地充涨了血管，仿佛他是在一条白的死尸上面跳动，女人赤白的圆形的腿子，不能盘结住他。于是一切音响从两个贪婪着的怪物身上创造出来。"[1]重女性角度，重生理感觉。事后成业就求他叔婶替他去求亲。金枝母亲则警告女儿要注意名声。"母亲老虎一般捕住自己的女儿。金枝的鼻子立刻流血……'小老婆，你真能败毁。摘青柿子。昨夜我骂了你，不服气吗？'"妈妈对女儿这么凶，叙事者不动声色旁白："母亲一向是这样，很爱护女儿，可是当女儿败坏了菜棵，母亲便去爱护菜棵了。农家无论是菜棵，或是一株茅草也要超过人的价值。"

《生死场》里的价值观令人印象深刻。小说通篇没有知识分子出场，观察视角隐藏在琐碎的叙事之中。

---

[1] 《生死场》，徐俊西主编，王鹏飞编：《海上文学百家文库·萧红卷》，上海：上海文艺出版社，2010年。以下小说引文同。

金枝母亲不同意福发托二里半来替他的侄儿求婚。可是金枝已怀孕，成业依然"把她压在墙角的灰堆上，那样他不是想要接吻她，也不是想要热情的讲些情话，他只是被本能支使着想要动作一切"。女人按着肚子挣扎，"男人完全不关心，他小声响起：'管他妈的，活该愿意不愿意，反正是干啦！'""干"文化真有传统。凶恶的母亲知道女儿怀孕后反而不出声了，"泪水塞住了她的嗓子，像是女儿窒息了她的生命似的，好像女儿把她羞辱死了！"

第三章《老马走进屠场》，六个字已经说完了整章的内容。王婆的马老了，"秋末了！收割完了！没有用处了！只为一张马皮，主人忍心把它送进屠场。就是一张马皮的价值，地主又要从王婆的手里夺去。"一路走去，王婆又伤心又恼怒，老马在水沟旁倒下，一度不肯移动。屠场近了，城门就在眼前，王婆的心更翻个不停了。"这是一条短短的街。就在短街的尽头，张开两张黑色的门扇。再走近一点，可以发见门扇斑斑点点的血印。被血痕所恐吓的老太婆好像自己踏在刑场了！""此刻它仍是马，过一会它将也是一张皮了！"把马交了以后，拿了钱，王婆比较自慰了，"她想还余下一点钱到酒店去买一点酒带回去，她已经跨出大门，后面发着响声：'不行，不行……马走啦！'""王婆回过头来，马又走在后面。"

这个细节厉害，马想跟她回家。这一来王婆哪有心情买酒，她哭着回家。最后一句说，"王婆半日的痛苦没有代价了！王婆一生的痛苦也都是没有代价。"

这一章故事很简单，就是一个农妇带着她衰老的马去屠场，可这一路的心理描写，可以单独成为一个很好的短篇小说，或者是散文，可以用作教材。这是真的"中国故事"。

第四章《荒山》，农村妇女李二婶、菱芝嫂、五姑姑等，都坐在王婆家里的炕头纳鞋底，聊女人话题——为什么帮男人编鞋，王婆第一个老公是不是还活着，大家有没有买鱼，还有哪个女人大了肚子，整天还搂着另一个男人睡觉等。作家评论说，"在乡村，永久不晓得，永久体验不到灵魂，只有物质来充实她们。"萧红把肉欲也看成物质了，其实鞋底、黑鱼、奶子、床事，都是渗透灵魂的。之后王婆、李婶去看望邻村的月英，这是小说里比较最凄惨的一段，"月英是打鱼村最美丽的女人。"她家穷，病久了老公没有耐心伺候，床上堆满了砖，烧香驱鬼也没有用。"她的腿像两条白色的竹竿平行着伸在前面。她的骨架在炕上正确的做成一个直角，这完全用线条组成的人形，只有头阔大些，头在身子上仿佛是一个灯笼挂在杆头。"画面惊怵，语气平淡。"王婆用麦草揩着她的身子，最后用一块湿布为她擦着。五姑姑在背后把她抱起来，当擦臀下时，王婆觉得有小小白色的东西落到手上，会蠕行似的。借着火盆边的火光去细看，知道那是一些小蛆虫，她知道月英的臀下是腐了，小虫在那里活跃。月英的身体将变成小虫们的洞穴！王婆问月英：'你的腿觉得有点痛没有？'月英摇头。"

"三天以后，月英的棺材抬着横过荒山而奔着去埋葬，葬在荒山下。"这一章的题目就叫《荒山》。

很多年前第一次读《生死场》的时候，就记得这一个细节，这一个场面。

最美丽的姑娘月英死了，小说叙事平淡："死人死了！活人计算着怎样活下去。冬天女人们预备夏季的衣裳；男人们计虑着怎样开始明年的耕种。"一切如常？也未必。王婆发现她的老公赵三夜里很晚才回来，找到打渔村李青山家，发现里边一屋男人，看见女人进来都不说话了。原来地主要加地租，农民们在策划反抗。赵三很惊讶，老婆不但没阻止还说能弄支枪来，"赵三对于他的女人慢慢感着可以敬重！但是更秘密一点的事情总不向她说。"

《生死场》里先有阶级矛盾，之后又有民族矛盾，但是字里行间更加根深蒂固贯穿始终的是男女矛盾（人类三大矛盾关系齐了）。

金枝与成业的"肉搏"、月英被她老公冷落、王婆与赵三的隔膜，显然都是从女性（主义？）角度出发。

赵三的反抗并不成功，没能打击东家走狗，却误伤一个小偷，于是要坐牢。反而是东家保赵三出狱，从此赵三感激地主，不再闹事。"地租就这样加成了！"这个感叹号说明了农村阶级斗争的复杂性，远非城里的"左联"作家所能想象。

第五章《羊群》比较简略，讲赵三和他儿子平儿的日常生计，上城卖鸡笼，中间有一段写平儿吃豆腐脑，细节非常精彩。叙述语言、语法有点怪，"铜板兴奋着赵三，半夜他也是织鸡笼。"小说里，赵三牵涉了不少事情——农活、反抗、抗日等——但他是一个非常窝囊的男人。

第六章《刑罚的日子》，原来女人的生产，是一种刑罚。从自然界讲起，"叶子上树了！假使树会开花，那么花也上树了！房后草堆上，狗在那里生产。""暖和的季节，全村忙着生产。"大猪带着小猪跑，五姑娘的姐姐找接生婆，孩子养在草上，赤身的女人在挣扎。

女人还在挣扎生产，家人在旁已备葬衣，准备她要死了。男人还像个酒疯子一样闯进来大骂，"每年是这样，一看见妻子生产他便反对。"最后，"这边孩子落产了，孩子当时就死去！佣人拖着产妇站起来，立刻孩子掉在炕上，像投一块什么东西在炕上响着。女人横在血光中，用肉体来浸着血。"而屋外，"田庄上绿色的世界里，人们洒着汗滴。"小说把两种生产并置。金枝快生产时，成业还要"炒饭"（做爱），院子里牛马也疯狂。过了一会儿，李二婶也快死了，"产婆洗着刚会哭的小孩。不知谁家的猪也正在生小猪。"所以小说里就有了一句非常有名的点题："在乡村，人和动物一起忙着生，忙着死……"

第七章《罪恶的五月节》，写了两件事情，一是王婆服毒，二是小金枝惨死。王婆服毒以后，老公到热闹街市找棺材。把女人抬进棺材时，王婆其实还有一丝呼吸，这时她女儿冯丫头来了。王婆的身世在小说里是一点一点透露的，最早知道她有个小孩死掉，后面才知她被原先的老公家暴，所以王婆带着儿女跟冯叔叔去了东北。之后王婆嫁了赵三。现在冯丫头告诉她，哥哥造反被枪毙了——原来王婆是因为儿子的死才自杀。赵三"看看王婆仍少少有一点气息，气息仍不断绝。他好像为了她的死等待得不耐烦似的，他困倦了，依着墙瞌睡"。想想这个场面，女人还没死，放进棺材里，老公在旁边竟睡着了。"长时间死的恐怖，人们不感到恐怖！人们集聚着吃饭，喝酒。"

等了很久，死讯已经传遍全村，最后王婆没有死，在棺木里突然说"我要喝水"。王婆是个女性主义的英雄。

另一个故事就是小金枝（金枝的小孩），才一个月，不断哭吵，夫妻吵架，竟被她爸爸成业发火给摔死！事后成业也流泪，金枝更是无言。

王婆服毒不死与小金枝莫名其妙摔死形成对比——生命可以很顽强，也可以很脆弱。死是容易的，活着却很难。生死之间的界限令人迷茫、感慨。

第八章《蚊虫繁忙着》，王婆要女儿将来为哥哥报仇，可是赵三在旁边却说，"你的崽子我不招留"，要她走。

第九章《传染病》，写乡村里因为瘟疫死了不少人，"乱坟岗子，死尸狼藉在那里。无人掩埋，野狗活跃在尸群里。"乡里人觉得这是天象，但却有个"鬼子"（外国医生）来打针，虽然死了很多人，但这鬼子也救了一些人。

第十章，题目叫《十年》，全章只有数行字："河水静静的在流，山坡随着季节而更换衣裳；大片的村庄生死轮回着和十年前一样。"

四 "我恨中国人呢！除外我什么也不恨。"

整个中篇《生死场》可分上、下两部分，第一章至第十章是上卷，第十一章至第十七章是下卷，分界线就是第十一章《年盘转动了》，里边出现了太阳旗，"村人们在想：这是什么年月？中华国改了国号吗？"八国联军后，东北曾被沙俄占领。

第十二章《黑色的舌头》，也写两件事，一是日军的宣传册在鼓吹"王道"，耍着小旗子。在王道之下，村中的废田多起来了。二是大家都在害怕日本人抓女人。

第十三章《你要死灭吗》，详细描写宪兵到王婆、赵三家查有没有见过"胡子"？说是土匪，其实是反抗力量。之前，造反没成的赵三说："这下子东家也不东家了！有日本子，东家也不好干什么！"这句话非常朴素，叫人难懂，其实很重要：说明民族仇恨在这时开始盖过了阶级矛盾。"东家也不东家了"，说明地主也不能再像过去那样神气了。历史上，华北抗日根据地对地主也实行统战，只要抗日一律团结。解放战争时期就不同了。萧红不会像茅盾那样从理论、政策、政治大局来解释中国社会，但是无意当中普通农民的一句话，甚至更加真实地道出了中国社会各阶级的历史处境。

赵三等人还在犹豫，"亡国后的老赵三，蓦然念起那些死去的英勇的伙伴！留下活着的老的，只有悲愤而不能走险了，老赵三不能走险了！"虽说不敢走险，接着李青山发动造反，就在赵三家里开会，农民们庄严宣誓要反抗。领头的李青山说"人民革命军真是不行，他们尽是些'洋学生'"，还不如红胡子有用，而且"革命军纪律可真厉害，屯子里年青青的姑娘眼望着不准去"……这是对农民与革命与抗日的复杂关系的朴素说明——人民军纪律太严了，看看女人都不行。同时王婆倒是跟了"黑胡子"——此人始终身份不明，暗示着更加职业的革命党——策划比较有实效的抵抗行动。

小说第十四章，突然离开村子，写金枝进城。金枝娘居然也同意，还送耳环给她。一路上金枝靠"化妆"，脸上涂很多泥，才逃过日本兵。到哈尔滨后，在一个最肮脏的遍布下等妓女的街上谋生，帮人家补衣服。如果要多赚一点，就要付出身体的代价，"她不能逃走，事情必然要发生。"

金枝后来见到黑胡子等人的反抗，她的反应是——"从前恨男人，现在恨小日本子。"最后她转到伤心的路上去，"我恨中国人呢！除外我什么也不恨。"

这段自白给了评论家很多不同的解读空间，国内文学史一般认为《生死场》是抗日文学，海外学者如刘禾强调女性主义大于民族国家话语。[1] 被中国人强奸与被日本人强奸有区别吗？这个问题太严肃的，必须问金枝。

第十五章《失败的黄色药包》，青山他们被打散，赵三手足无措，平儿躲在王寡妇家，被追捕时跳进粪池，但二里半的老婆麻面婆还有儿子罗圈腿都被杀了。在民众反抗的失败过程当中，李青山才知道革命军有用。三岁的孩子菱花跟祖母一起上吊，小说里又出现了黄色旗的爱国军，农民们，"他们不知道怎样爱国，爱国又有什么用处，只是他们没有饭吃啊！"

读者会不会觉得头绪太多，细节纷杂，但缺乏一条主线？这就是《生死场》有意制造这样的效果。第十六章走投无路的金枝想做小尼姑，到尼姑庵里才发现尼姑早就跟造房子的木匠跑了。国难当头，宗教没用。金枝又碰到一个大肚子的女人，五姑姑见到了自己的男人，说义勇军全散了。

第十七章是最后一章，《不健全的腿》，这个题目实在不大像一

---

[1] 刘禾：《语际书写：现代思想史写作批判纲要》，上海：上海三联书店，1999年，第202—206页。

个光明的尾巴。写二里半，麻面婆的老公，小说开始时就在找羊。小说结束时腿坏了，他还跟着李青山去找人民革命军，羊却"在遥远处伴着老赵三茫然的嘶鸣"。

五　萧红小说无技巧？这是一个误解

　　读惯了"五四"以来欧化的"横截面"小说结构，面对《生死场》这样通篇琐碎、杂乱且不连贯的情节，读者会有一种陌生化的感觉——在革命者看来，作品里的农民没有觉悟，反抗到处失败，女人跟动物一样无助可怜；在美学家看来，肉体细节恶心，生死场面冷漠，作家的情感在哪里？

　　再看作品中的主要人物，首先是王婆，这个女人至少有过三个男人，第一个因家暴离开；第二个姓冯，死因不明；第三个赵三懦弱老实。王婆幼儿早亡，儿子因造反被枪毙，她要女儿去报仇。王婆自己自杀未遂，但她关心村里很多女人，对家中老马也充满了情感，最后积极投入黑胡子等人的抵抗运动。这其实是一个历经不幸、刚健自强的农家妇女形象，可惜萧红不会起名字（《水浒传》里那个王婆更有名），如果她叫赵三婶，那就是一个农村抗日英雄了——英雌或者女英雄。

　　赵三也很典型，想造反，失手打了小偷，反靠地主解脱牢狱，从此就不再造反了。等到日本人来，愤恨多、行动少，年纪也大了，忠厚、自私、老实、怯懦、善良、患得患失。

　　金枝是《生死场》里另一主角，自由恋爱，碰到没文化的乡土渣男，婚恋过程被欺负，失去小金枝更是惨痛打击。居然后面还能振作，到城里艰苦谋生，用劳力、用肉体忍耐挣扎。就像鲁迅所形容的奴隶，但绝不做奴才——她不会欺负他人，也不会苦中作乐。金枝是社会的奴隶，是日本人的奴隶，还是中国男人的奴隶？令人三思。

　　小说没有紧扣着这几个主要人物的故事写,而是在全景式的细节堆砌框架中,断断续续地穿插连贯这些人物的种种遭遇和心情。这种以细节支撑一个"场"的写法,也像威廉·福克纳,或者李伯元、贾平凹、西西的作品。类似巴萨的踢法,兜兜转转,琐琐碎碎,重要的东西就在细碎平淡之中。

　　小说中还有一些较次要的人物,比如惨死的美丽女人月英;热情勇敢、缺乏智慧的造反头头李青山;凶恶但也爱着女儿的金枝母亲;有身体没脑子、只要"炒饭"的渣男成业,都在小说里各自扮演自己的独特角色,给读者留下很深的印象。还有老在找羊的二里半、麻面婆、罗圈腿一家,还有五姑姑、五姑姑的姐李二婶等众多不幸的农妇,都在大部分的章节里来回出现,和牛、马、猪、狗、蚊子一样,构成了这"忙着生,忙着死"的总的生态背景。认为萧红小说无技巧,是一个误解,萧红只是把小说材料加工成好像没有加工的样子,以增加小说内容的可信性,也给"五四"以来的新文学带来了陌生化的冲击。所以近百部小说合成的"中国故事"里,这一章不可缺少。

　　在另一些短篇比如《牛车上》,作家巧妙运用孩童视角,假装幼稚地叙述一个逃兵的妻子跟另一个陌生的逃兵的悲惨故事,足见萧红其实也可以十分讲究小说技巧——如果她觉得有必要。萧红对小说写法,其实很有主见。她说:"有一种小说学,小说有一定的写法,一定要具备某几种东西,一定要写得像巴尔札克或契河甫的作品那样。我不相信这一套,有各式各样的作者,有各式各样的小说。"[1]

　　《生死场》之所以看上去"好像"一堆未经加工的原材料,一方面是由于小说貌似笨拙的语言,"午间的太阳权威着一切了!""天

---

[1] 聂绀弩:《萧红选集·序》,《萧红选集》,北京:人民文学出版社,1981年,第2—3页。

空一些云忙走,月亮陷进云围时,云和烟样,和煤山样。"另一方面也因为小说细节带出不少重大问题,却又不符合这些问题的标准答案。比如金枝、月英等人命运,并非娜拉出走妇女解放所能拯救;赵三与东家的阶级关系,也不像后来杨白劳、黄世仁模式那样清晰;东北抗战正义之师竟有不少挫折失败,没有从胜利走向新的胜利……萧红与沈从文,文学倾向不同,却都说明"材料新鲜"的重要性。《生死场》书名也有象征意义,"五四"之前文学写"官场",现代文学写老百姓在"生死场"(延安以后文学处处是"战场")。《生死场》颇能概括20世纪上半叶"中国故事",呼应后来余华的《活着》概括同一世纪下半期。两部小说片名连贯起来,更显示鲁迅所谓生存—温饱—发展三层次的深刻意义。"中国故事"的深刻教训,就是常常自以为求温饱要发展,其实时时在生存线。

1935

李劼人《死水微澜》
"一女多男"写中国？

李劼人（1891—1962）的《死水微澜》写成于1935年，上海中华书局出版，在《亚洲周刊》的"20世纪中文小说100强"书单上排第17名。刘再复说他最喜欢最推崇的现代作家有五位：鲁迅、张爱玲、萧红、李劼人、沈从文。[1] 更早之前，曹聚仁在他的《文坛五十年》里说李劼人的自然主义三部曲（"大河小说三部曲"）成就在茅盾、巴金之上。[2] 2004年夏志清接受季进采访，说《中国现代小说史》最大遗憾就是有几个优秀作家没讲，比如李劼人、萧红。[3] 钱理群等人的《中国现代文学三十年》周密规范，面面俱到，第十四章在讨论了蒋光慈、柔石、丁玲、张天翼、沙汀、吴组缃、叶紫、艾芜、萧红、萧军以及京派的叶圣陶、王统照、许地山、废名、萧乾、芦焚（师陀）、李健吾、林徽因等作家之后，也论及李劼人，

---

1 刘再复：《张爱玲的小说与夏志清的〈中国现代小说史〉》，2000年在岭南大学"张爱玲与现代中文文学"国际学术研讨会上的报告，参见刘绍铭、梁秉钧、许子东主编：《再读张爱玲》，香港：牛津大学出版社，2001年，第37页。
2 曹聚仁：《文坛五十年》，香港：新文化出版社，1954年。
3 季进：《夏志清访谈录》："问：……现在回过头来，您对这本小说史有没有什么评价？答：最大的遗憾就是有几个优秀的作家没有讲，比如李劼人，比如萧红，都没有好好讲。"《当代作家评论》2005年第4期。

说他的创作"是'人生派'的延续,不参与任何文学社团"。他的三部曲"以四川为背景,描写出自甲午战争到辛亥革命前后二十年间广阔的社会图画,具有宏伟的构架与深广度,被人称为是'大河小说'。""这三部作品中,《死水微澜》有突出的生活和艺术魅力。""李劼人的长篇,在结构、人物、语言各方面都得力于传统与地域文化知识修养的丰足,及对左拉、莫泊桑的借鉴,但笔法较为琐屑。"[1] 在吴福辉的《中国现代文学发展史》中,"1936年文学大事表"把文坛分成左翼、京派、海派和鸳鸯蝴蝶派四大板块,但没提到李劼人的创作,大概这四个板块都放不进去。[2]

李劼人的"大河小说"在现代文学里少见,但在80年代以后却成为潮流,陈忠实、莫言、张炜、格非、铁凝等都喜欢写"一女多男",写一个村镇几户人家,背后是"前后几十年间广阔的社会图画"……

一 两种"一女多男"模式

《死水微澜》其实是两种叙事模式的混合,一是以个人家庭悲喜剧写城乡大时代变迁,这是从《倪焕之》开始的新文学长篇结构。二是以"一女多男"模式为核心情节。这种"一女多男"模式又有两种基本类型,一是女人身体成为不同政治身份、社会角色、文化势力的战场。晚清就有《孽海花》——彩云(赛金花)身边有清廷状元大使、日耳曼军官、小鲜肉仆人以及北京戏子等。当代文学有《白鹿原》,田小娥身边先后有郭举人、长工黑娃、乡绅鹿子霖、县长白孝文等男人,分别代表旧式地主、土匪、国共及乡绅。曹禺《日

---

[1] 钱理群、温儒敏、吴福辉:《中国现代文学三十年》修订本,北京:北京大学出版社,1998年,第320页。

[2] 吴福辉:《中国现代文学发展史》,北京:北京大学出版社,2010年,第294—302页。

出》里的陈白露,也被官僚资本金八、银行家潘月亭、"海归"张乔治和"五四"青年方达生包围争夺或抛弃;丁玲《我在霞村的时候》,贞贞的身体更是众多乡亲和日本官兵等共同"关心"的对象……显然,这类"一女多男"模式大都需要红尘女子当主角。但也有另一类"一女多男"故事,之前有莎菲女士、孙舞阳、章秋柳,之后有杨沫《青春之歌》、张抗抗的《北极光》等,共同点是"大女主"主动选择不同男性——同时也在选择不同政治背景、不同人生道路。而《死水微澜》的"一女多男"情节,恰恰处在上述两个类型之间,女主角身边男人很多,各自代表了不同政治力量、社会身份和宗教背景——商人、黑社会、教民、三教九流。这时风情万种的女主角和什么男人在一起,既有前一类利益及安全的考虑,仍是被争夺被占有,又有"大女主"的主动"性",女主角不是风尘女子。

《死水微澜》里的这个女主角就是邓幺姑。小说里的男人们,以及男人后面的时代,都围着这个女人转。天回镇是成都附近的小市镇,邓幺姑很小就听邻院的韩二奶奶讲成都繁华,充满向往。她长得漂亮,脚又小,17岁以后父母就替她操心婚事。爹是后爹,一家之主,娘是亲娘,也要决定。两人意见常常不同,但是从来不问女儿的意思,小说这样解释:"至于所说的人家,是不是女儿喜欢的,所配的人须不须女儿看一看,问问她中不中意?照规矩,这只有在嫁娶二婚嫂时,才可以这样办,黄花闺女,自古以来,便只有静听父母作主的了。设如你就干犯世俗约章,亲自去问女儿:某家某人你要见不见一面?还合不合意?你打不打算嫁给他?或者是某家怎样?某人怎样?那我可以告诉你,你就问到舌焦唇烂,未必能得到肯定的答复。或者竟给你一哭了事,弄得你简直摸不着火门。"[1]

这段叙述解释了《边城》的悲剧成因,原来老船夫不是不问翠翠,

---

[1] 李劼人:《死水微澜》,武汉:长江文艺出版社,2017年,第30页。以下小说引文同。

是不能问，翠翠也是不能说。不问才是尊重。邓幺姑在父母安排下，嫁给了天回镇上"老字号"杂货铺的年轻掌柜蔡兴顺，小名狗儿，极其老实，所以外号"傻子"，娶了个漂亮老婆，镇上很多人羡慕。

蔡兴顺有一个表哥罗德生，从小是由蔡的父亲培养，长大以后做了本码头舵把子朱大爷的大管事，也就是江湖中的一个头目，袍哥界的一条好汉。

袍哥文化是《死水微澜》的一个重要历史背景。哥老会是发源于湖南、湖北的秘密结社组织，在四川就叫袍哥会。跟天地会起源一样，袍哥会是下层群众的自发组织，辛亥革命时还和革命党合作，也和洪门、青帮互相渗透融合。四川不少成年男性都加入袍哥会，俗话说"明末无白丁，清末无倥子"，没有参加袍哥的男人就叫"倥子"。袍哥会也讲五伦：君臣、父子、兄弟、夫妻、朋友；还有八德——孝悌忠信礼义廉耻。码头上要分五个营口，聚集不同的人群，江湖组织分不同的阶级。"仁"字，是有面子地位的人；"义"字是有钱的商家；"礼"字，那是手工业者；所以说是"仁讲顶子，义讲银子，礼讲刀子"。"仁""义""礼"之外，还有"智""信"，就是体力劳动者。"袍哥会"也有纪律，卖淫的、修脚的、搓背的、理发的，还有男人女相的、演女人的"小鲜肉"等都不能参加。盗窃也不可以，乱搞男女关系、母亲再嫁也不可以，但土匪可以，因为土匪抢有钱人。

简而言之，袍哥是一个帮会组织。罗德生外号罗歪嘴，是个大管家，其实他嘴不歪，只是喜欢跟女人调情的时候，嘴巴歪一歪，35岁还不想成家，玩女人非常有分寸，数量多，不留恋，从未沉迷。

小说第二章写他晃荡江湖，带了一个妓女刘三金回来。刘三金很妖艳，虽然是被罗歪嘴包了，却还可以 part-time（兼职）接客，罗歪嘴也不生气。小说里的婚恋禁忌，一般时间上越久远越宽松，空间上越底层越"自由"。

刘三金搭上另一士绅陆茂林，但心里还是喜欢罗歪嘴。罗歪嘴对表弟蔡傻子的老婆邓幺姑，有点意思。他们一边聊天，邓幺姑一边给孩子喂奶，露着胸口。小说开始几章就是陈列这些琐碎乡俗风景，作家并无批判，甚至有点渲染。李劼人不像茅盾、巴金从政治经济角度观察中国，倒有点像沈从文的"乡土风俗展览"，也不避讳有点混乱的江湖道德。

江湖道德不仅表现在罗歪嘴准许自己包养的妓女再零星接客，更表现在刘三金为了表达谢意，自己要离开前就撮合罗德生和邓幺姑。本来男女主角已经对上眼了，被人一说破，一拍即成。小说第四章第四节写得十分精彩，罗买了鱼，邓来炒菜，还拉了丈夫蔡傻子三个人一起喝酒，喝到丈夫醉了，另外两个人就不见了……铺垫很长，关键部分全部省略。更精彩的是之后，罗邓关系其实公开，邓的老公也不在乎，女人甚至还教了傻子丈夫一些床上的乐趣，整段"三人行"在小说里几乎是以赞赏的笔调出现，颇混乱、颇浪漫。

小说另一主角顾天成顾三贡爷，是个长得颇土气的乡绅，曾经迷恋刘三金，在赌局里被骗了好几百两。老婆是个绝对服从派，知道男人赌输了钱也不怪罪，贤淑老婆不久病死。在一次类似于看花灯逛庙的活动中，顾三贡爷也看上邓幺姑，调戏没成功，反而丢了自己12岁的女儿招弟。顾在小说里基本上是个失败者，一度病得几乎死掉，靠周围邻居拿来的一些西洋药救回了命，之后误打误撞信了洋教。

二 袍哥 VS 洋教

《死水微澜》的主线是袍哥文化怎么应对洋教（传统 VS 西洋）。清末教民地位微妙，谁入洋教，官员就忌讳，所以等于一个身份。顾天成走投无路，信了洋教。八国联军入北京，洋人在四川也有权了，所以后来顾是绝处翻身。

陆茂林除了看上了刘三金以外，也喜欢邓幺姑（"一女多男"）。两人对话有意思，他说唉呀我怎么喜欢你，怎么喜欢你；邓说你的好意我领了，我其实也喜欢你，但是我已经跟了罗大哥了，不能再二心了，我们的情缘，来世再叙，你要是再动念，小心被他打死。邓幺姑身为商人妻，爱的是袍哥会罗歪嘴，对男人挺有原则。

陆茂林怀恨在心，就和信教的顾天成联手向官府告发罗德生。江湖上人，欲加之罪，何患无辞。罗慌乱带手下逃走，匆忙与邓幺姑告别，说我会回来找你的，我要死了，你替我报仇。官兵追过来，把蔡傻子夫妇打到半死，可是他们还宁可受刑被打，蔡傻子入狱也不招供罗歪嘴他们逃走的去向（夫妻一起保护"奸夫"）。

小说结尾是一个令人意想不到的翻转，靠洋人得势的、很土气平庸的顾三贡爷，跑去找受伤的邓幺姑。这时邓幺姑头发都被打掉了，脸也走了相，顾天成表面答应说我帮你去救你狱中的男人，其实是想套罗歪嘴的去向。可是去了一次不够，又去二次、三次。为啥呢？他自己问自己。是迷上了邓幺姑啊！

虽然邓幺姑这时相貌已损，但不知为何顾天成还是无可救药地迷上了她（因为是"大女主"）。在第七次探访时，顾正式求婚。邓幺姑看看眼前这个男人，既没有蔡傻子忠厚老实有家产，更不如罗德生潇洒勇武有侠义，但是，她还是嫁给了他——条件是你要去放了我老公蔡兴顺，以后我和他是干兄妹，可以来往。假如罗德生回来，你们也不能记仇，当然你和我是正式婚礼，将来你也不可以嫖，不可以赌。最重要的是，我不信洋教。

小说的结尾精彩，一个英勇、健美、豪爽的袍哥大表哥不见了，一个忠厚、老实、可以欺负的老公不要了，女主人公跟了一个土气的、庸俗的、但识时务信洋教的、目前有钱有势的男人。

"一女多男"是否也在写中国？也许女人只是象征，代表山河、土地、家园、花草，再美，再动人，归根结底她是被侵略的，被征服的,她从属于强者。至于这个征服者是什么样的人,用什么方法,重要吗?

又或许,再怎么厉害的男人,再怎么江湖威风,再怎么有钱有势,最终还是在女人的手掌心里。也有评论称赞这是一个"敢作敢当、敢爱敢恨的女性","为救情人、丈夫而毅然自己做主改嫁大粮户,表现出蔑视贞操、不守成法的……勇气。"[1]女人,只有女人才是历史发展的真正动力?(是动力,而不是历史本身?)传统袍哥文化跟洋教势力此消彼长的一个时代历史缩影,最后都凹凸在女人的身体上。

从文类上讲,《死水微澜》第一是历史演义类的社会批判,第二也延续了青楼狭邪小说的传统,第三又贯穿了侠义小说的浪漫传奇。后来不少这类"一女多男"的"长河小说",一女都是丰乳肥臀故乡山河,多男就是政治党派斗争变幻,"长河小说"从李劼人描述的袍哥洋教对立,后来逐渐发展到莫言、格非、陈忠实笔下越来越复杂的局面。

---

[1] 吴福辉:《中国现代文学发展史》,北京:北京大学出版社,2010年,第224页。

1936

老舍《骆驼祥子》
中国现代文学的转折

一 《骆驼祥子》的转折意义

《骆驼祥子》在不同意义上都标志中国现代文学的转折。从时局上看，这是 30 年代到抗战的转折点。从小说主人公看，这是一个无产阶级变成"个人主义的末路鬼"，暗示即使是自由立场的知识分子也意识到，依靠个人奋斗坚持道德操守无法改变社会命运。老舍之前既不像留日作家那么激进，也不似"左联"作家那么崇拜革命，连老舍都对自由主义失望，标志中国知识界的各种救国道路探索，从此转向阶级革命潮流。放大一点说，这是"五四"启蒙救世向革命救亡的过渡；缩小一点说，这也是老舍（1899—1966）本人思想历程、写作生涯的转折点。

1936 年春夏，老舍在搜集资料写作《骆驼祥子》时，辞去山东大学的教职，之后就成为职业作家。小说在 1937 年的《宇宙风》上连载。不久，抗战正式爆发，第二年，老舍担任中华全国文艺界抗敌协会（简称"文协"）的负责人（总务部主任），从一个与政治保持距离的个人主义作家转为抗日文化机构的代表。如果说老舍笔下的个人主义是本来有些英雄气概，他的后半生果然悲壮，也是悲剧。

《骆驼祥子》我至少读过三次，每次都在读不同的故事。第一次看到一个老实的车夫，在社会环境压迫下走投无路。第二次发现《骆驼祥子》在写老舍自己的世界观的转变。之前称赞祥子的初心——正直做人，努力做事。相信如果人人如此，社会就会昌明。之后哀悼祥子的堕落——正直无用，努力无效。觉得如果人人如此，出路只有革命。第三次阅读，觉得小说也在写我，写我们的人生价值观"好好学习，天天向上"如何被颠覆挑战。

经典作品，重要作家，多读一遍，多一分收获。

二　从奴隶走向奴才

梳理一下祥子的噩运：前半部小说里的兵灾、丢车、杨家包月辛苦、拉曹先生马路摔跤、被侦探敲竹杠；后半部则是被虎妞逼婚、婚后拉车淋雨生病、虎妞难产死、卖车落葬，又错过了小福子，还从暗娼出身的美丽的夏太太那儿感染了性病等。规律是：前半部分的灾害更多的都是社会环境因素——冰灾、苦差、路况、侦探等；后半部分的噩运，很多都是个人选择——婚后再拉车，看病没有钱，卖车下葬，离开小福子，跟夏太太有染（然后染病）等。也就是说，即使社会不公道是祥子堕落的外因，但是还是有内因的，人物本身的性格决定他至少后半部分的一部分命运。

祥子什么性格？

早期祥子的性格是忠厚要强，耿直端正，也有一种乡土朴素的理性，个人奋斗的理想。这些也可读成是老舍自我的道德操守，带了他自己个人的性格，比较一条筋不转弯，爱说"凭什么"。一旦转弯了以后也是一路盲目地走下去。

这不仅是老舍个人的道德理想，也是他心目当中的社会理想，他觉得要是人人都这样的话，社会就进步了。

可是到了小说第二十一章，虎妞死了，车又卖了，祥子变成了一个也会混，又有点世故，动不动跟人吵架，不太爱惜车子，见到刘四可以泄愤发怒，这么一个"合群"的车夫了。我们看到，第一，性格转变的过程是渐进的。第二，前半部分外界压力主导，后半部分个人选择更多。第三，祥子是穷人的身份，但早期性格不合群，后一种才是大部分车夫的状态——有钱拉快车，绕近道或者绕远道，做任何事都要有好处，讲人情世故，学犬儒人生。也就是说：合群是堕落的标志——哪怕合了无产阶级的群。

认为《骆驼祥子》代表老舍（及现代文学主流）放弃了个人主义，必须想想小说里合群与堕落的关系。

被欺欺人其实在名字上已经点题，阿Q的转折开始是被闲人打到去打小D，祥子第一次堕落从偷骆驼开始。是的，当时祥子很惨很无辜，被兵痞抢走了自己的车，荒郊野外，骆驼也是随手牵的。被社会欺负到这么惨，难道无权拿回一点补偿吗？往小处讲，这是减少损失；说大一些，这是"以恶抗恶"。就在我们非常同情祥子第一次"以恶抗恶"时，我突然想到骆驼的主人。或者再设身处地，比如你停在路边的车被人开走了，你会因为有警察抢走了那人更好的车，你就不再生气了吗？

祥子怎样从奴隶走向奴才？被侦探敲竹杠以后，祥子的确有过到曹家拿些东西补偿的一闪念，但是他还是克制了。真正"被人欺负又欺负他人"的情况，主要是小说后半部他和虎妞的关系。尤其是老婆难产的时候，有没有全心全意救老婆的命？作家在这些地方有意无意地也写出了"被侮辱者同时也在损害他人"，《骆驼祥子》和《金锁记》是鲁迅之后解剖国民性最重要的作品。

祥子的初心——光明正大地拉自己的车，靠自己努力过幸福生活——和我们以前接受的"好好学习，天天向上"的教育完全吻合。

"好好学习，天天向上"的第一层最完美的解释就是，通过学习思想知识进步，人生境界天天向上。第二层意思比较世俗：好好做自己的事情，拉车、修鞋、做大厨或者是画画、写文章等，总之把工作做得像事业一样，就会得到社会的回报。做得比别人好，生活就会天天向上。

祥子和我们读者原本都是这样想的，打工、种地、经商、教书也和祥子的拉车一样原理。祥子什么事情都不想，就想拉好车。读书人有时反省，深更半夜写文章，有谁在乎我们在煞费苦心推敲字句？为什么要把自己有限的生命投入在这些文字里？其实都不是为别人，都是为自己。说好听是马克斯·韦伯所说的 calling、profession。古训是朝闻道夕死可矣。总之做好自己的本分的事情，便是生命所系，也是一种"断魂枪"。

可是曾几何时，祥子和我们都发现，老实地学习、做好事，生活没有向上，甚至还有噩运。看看周围，混日子的、投机取巧的，他们却可能"天天向上"。这个时候，怎么办呢？

所以，必然也会像祥子一样在什么地方动摇？什么时候会放弃初心？是不是也必须像祥子一样在一步一步走向犬儒，走向世故，走向合群？

《骆驼祥子》的结尾过于戏剧性，主人公明明有机会回到曹先生家里拉包月，但他在小福子自杀以后好像崩溃了，最后出卖情报，替人家抬花圈，结婚时候举举旗伞来谋生，小说写道："体面的，要强的，好梦想的，利己的，个人的，健壮的，伟大的，祥子，不知陪着人家送了多少回殡；不知道何时何地会埋起他自己来，埋起这堕落的，自私的，不幸的，社会病胎里的产儿，个人主义的末路鬼！"这算是老舍的主题后行了。

令人困惑的是，在体面、好强、利己、个人一起并列的，居然有"伟大"这两个字，这是嘲讽还是悲叹？在早期老舍心目中，个人主义本来不是一个贬义词，个人主义可以是英雄，也可以伟大。

可惜 30 年代的祥子是一个伟大的、失败的英雄，老舍从此放弃他的个人主义的英雄观，他的后半生走的是一条不同的道路。

比较茅盾和老舍，在他们笔下，资本家吴荪甫是悲剧英雄，人力车夫祥子也是个悲剧英雄，他们在 30 年代的文学里都无路可走，那么谁是这个时代的英雄？一般的人又走向哪里去呢？

生态篇

作家的一天
1936年8月5日的鲁迅日记

一　大陆新村9号

　　1936年8月5日，我们现在知道，这一天距离鲁迅（1881—1936）生命的终点还有两个多月，但鲁迅并不知道，或者说他大概知道，但不确切。鲁迅怎么度过他的一天？当时，鲁迅住在上海山阴路大陆新村9号，一座砖木结构、红砖红瓦的三层楼房，一楼黑铁皮门内有个小花园。走进台阶是会客室，有西式餐桌、书橱、留声机，工作台据说是瞿秋白送的，还有一个玻璃屏风，屏风后面是一个中式的八仙桌，日常用的餐桌，还有衣帽架。二楼的前间，朝南的房间，是鲁迅的卧室兼工作室，有书桌、藤椅、黑铁床。这里，建筑面积222平方米，使用面积估计也就一百五六十。三楼有阳台，有周海婴和保姆的卧室。

　　这个一百五六十平方米的大陆新村9号，是除了绍兴老家和北京八道湾四合院以外，鲁迅一生里住过"最阔气"的住宅了。

　　晚清和民国时期，大部分作家都不能完全靠稿费谋生。非常有名的作家，很多时间也要有别的谋生方式，或者编报纸杂志，如李伯元、吴趼人、黎烈文、孙伏园，包括后来的金庸等；或者在大学当教授，如胡适、周氏兄弟、闻一多、老舍、沈从文、朱自清等。极少数作家，在某一时期进入"官场"，鲁迅在教育部当佥事，胡适任国府驻美大使，陈独秀、郭沫若、茅盾也都曾经是职业革命家。但这些都是特例，人数远比办报教书的少。即使是职业革命家，表面身份、日常工作也还是要办杂志、编报纸，比方说夏衍、茅盾在香港。

蔡元培任教育总长期间，周树人每月津贴60元。之后，任教育部佥事俸银200多元。[1]厦门大学，400大洋聘约，转到中山大学应该更多。1927年到上海后，基本上专业写作。有几年也在南京的大学院兼职"特约著述员"，每月300块。

《鲁迅日记》里对收支有清晰记载。月平均有300元到500元收入，固定100元寄给母亲和朱安，另外100元自己买书。余下来生活费用的也就是200元左右，小康偏上。鲁迅去世以后，许广平很后悔没有让他抽更好一点的、贵一点的烟，以至于损害了他的肺。抽烟还要挑牌子，可见后期鲁迅在经济上谈不上富有——看美国电影不会吝啬，跟北新书局谈版税是要计较的。

有人算过一笔账，鲁迅从1912年到1936年这24年里总收入124400银圆，其中55000元是薪金、讲课费，另外一半多一点是版税、稿费。[2]24年12万，每年就是5000元了，每个月差不多就400元了，如果平均来说，算不上发财，但也够生活。这是民国时期的中国作家的一个典型。

---

1 陈光中：《走读鲁迅》，北京：中国文史出版社，2015年，第61页。
2 同上，第249—250页。

二　1936年8月5日鲁迅日记

1936年8月5日的日记，全文如下——

　　5日　昙。上午得赵越信。得依吾信。得吴渤信。同广平携海婴往须藤医院，下午岛津（津岛）女士来。晚蕴如携菓官来。三弟来。夜坂本太太来并赠罐头水果二种。夜治答徐懋庸文讫。[1]

　　鲁迅日记通常纯粹纪事，平实简单，这一天已算比较详细。两天之前8月3日的日记就是三个字——"雨，无事。"无事也要记一下。
　　8月5日日记提及三封来信、四个来访。我们在这其中最关心两件事：一，鲁迅和许广平、海婴去了须藤医院；第二，鲁迅这一天写完了《答徐懋庸并关于抗日统一战线问题》。三天前鲁迅的日记里就说过收到徐懋庸的信，所以这三四天里有了这篇文章。
　　最后几年给鲁迅看病的，主要就是日本医生须藤五百三。须藤父亲是杂货商，几个堂兄都曾在上海经商。早在1893年，须藤考入日本的第三高等医学院，十年后毕业参加日本陆军，曾经驻扎朝鲜。1918年退役，中校军衔，之后就到上海开医院。医院有一两百人，规模不小。鲁迅是通过内山完造认识须藤医生的。这之前，鲁迅看过不少日本医生，十几二十位，看得最久的就是这位须藤。因为鲁迅自己学过医，又在日本待过，和医生能够用日文交流，这些都是原因。医院离鲁迅的住处是2.4公里，往返也比较方便。
　　鲁迅去世是1936年10月19日，须藤医生撰文《医学者所见的鲁迅先生》[2]，1936年11月15日发表，不到一个月。但内容接近

---

[1]《鲁迅全集》第16卷，北京：人民文学出版社，2005年，第615页。
[2] ［日］须藤五百三：《医学者所见的鲁迅先生》，《作家》月刊（上海）第2卷第2号，1936年11月15日。

的日语文章，则发表在 1936 年 10 月 20 日到 23 日[1]，即鲁迅先生去世第二天（写得真快）。根据《鲁迅日记》，最后的三年鲁迅请须藤医生看病，一共 150 次以上。须藤对鲁迅一生的健康状况比我们知道的多。他说鲁迅七八岁开始牙就不好，治乳牙以后"因为蛀牙的缘故夜里疼得睡不着，让父母很困扰，甚至被父母斥责连这点疼痛都无法忍耐"[2]。那时绍兴没有牙医，最多就是拔牙的，其他人牙痛就去求仙问菩萨，所以鲁迅的蛀牙恶化，牙根腐坏，到 23 岁，大部分牙齿已经缺损，27 岁装了假牙。因为牙病导致胃扩张、肠迟缓，以及其他消化器官均受影响。鲁迅到死，他的食量只有常人的一半。鲁迅"常常说自己生来就不知道饥饿和美味为何物"。这个也还是须藤的原话，"因其消化器官机能的衰退造成营养不良，其结果就是筋肉薄弱，当他自己觉察到时，体重已不到四十公斤。由于先生天生体质特异的缘故，不管是原稿的起草或是读书研究，常常都是

---

1 ［日］须藤五百三：《医者所见之鲁迅先生》，《上海日报》晚报版，1936 年 10 月 20 日至 22 日。日本关西大学北冈正子教授指出《鲁迅先生纪念集》中"日本各杂志新闻所记载的追悼文细目"提到 1936 年 10 月 23 日《上海日报》曾刊载一篇须藤五百三名为《医者所见之鲁迅先生》的文章，之后该文章被"剪短的摘要在日本的杂志《新青年》1973 年 1 月号（第 18 卷第 1 号）上"。北冈正子将其与须藤五百三发表在《作家》杂志上的《医学者所见的鲁迅先生》对比后，认为二者"应该是不同的文章，前者并非后者的日文原稿。"所提到的有几个不同点。首先是标题的假名部分并非片假名而是平假名（"医者より观たる鲁迅先生"），另外发表日并非二十三日，而是昭和十一年（1936 年）的十月二十、二十一、二十二日，分上、中、下三回，发表在《上海日报》的夕刊（晚报版）。把《医者所见之鲁迅先生》与《作家》中的《医学者所见的鲁迅先生》比较之下，显而易见的不同之处在于《医学者所见的鲁迅先生》附录的"鲁迅先生病状经过"并没有附在《医者所见之鲁迅先生》里面。另外，即使把日文与中文在翻译上的差异都计算进去，文章的长度，《医者所见之鲁迅先生》还是比较长。从这两点应该就可以断言，《医者所见之鲁迅先生》并不是《医学者所见的鲁迅先生》的日文原稿。"参见［日］北冈正子：《有关〈上海日报〉记载须藤五百三的〈医者所见之鲁迅先生〉》，邱香凝译，《鲁迅研究月刊》2003 年第 11 期。
2 ［日］须藤五百三：《医者所见之鲁迅先生》，《上海日报》晚报版，1936 年 10 月 20 日至 22 日。参见［日］北冈正子：《有关〈上海日报〉记载须藤五百三的〈医者所见之鲁迅先生〉》，邱香凝译，《鲁迅研究月刊》2003 年第 11 期。

在夜间进行,已成为他的生活习惯,加上体质筋骨虚弱,神经过度疲劳,成了恶性循环。"[1] 所以,须藤医生认为鲁迅弃医从文也是牙痛的结果。

据须藤记载,鲁迅的病情1936年1月开始恶化。1月3日鲁迅的日记就说,"夜肩及胁均大痛",就去了须藤医院。3月2日,"下午骤患气喘,即请须藤先生来诊,注射一针。"[2] 连续几天都有记载,3月8日说,"须藤先生来诊,云已渐愈。"可是到了5月8日,日记里记载都是自己在发低烧。

三 鲁迅之死:误诊所致?

《鲁迅传》的作者朱正说须藤的医道不高明,只是因为来往久了,鲁迅对他有信任[3]。周建人(鲁迅的弟弟)曾告诉鲁迅,须藤是日本退役军人,乌龙会的副会长,鲁迅说:"还是叫他看下去,大概不要紧吧。"[4] 史沫特莱(鲁迅的美国友人)要介绍个肺病专家,鲁迅开始还不同意,到了5月31日,病情严重,冯雪峰看不过去,就去找了茅盾,茅盾做翻译打电话给史沫特莱,请来了一位美国医生叫邓恩。

鲁迅在散文《死》里面讲到了这个美国医生——

今年的大病……原先是仍如每次的生病一样,一任着日本的S医师的诊治的。他虽不是肺病专家,然而年纪大,经验多,

---

1 [日]须藤五百三:《医者所见之鲁迅先生》,《上海日报》晚报版,1936年10月20日至22日。参见[日]北冈正子:《有关〈上海日报〉记载须藤五百三的〈医者所见之鲁迅先生〉》,邱香凝译,《鲁迅研究月刊》2003年第11期,第25页。
2 鲁迅:《鲁迅全集》第6卷,北京:人民文学出版社,2005年,第595页。
3 朱正:《鲁迅传》,北京:人民文学出版社,2012年,第377页。
4 周海婴:《父亲的死》,《鲁迅与我七十年》,上海:文汇出版社,2006年,第51页。

从习医的时期说，是我的前辈，又及熟识，肯说话。……大约实在是日子太久，病象太险了的缘故罢，几个朋友暗自协商定局，请了美国的 D 医师来诊察了。他是在上海的唯一的欧洲的肺病专家，经过打诊，听诊之后，虽然誉我为最能抵抗疾病的典型的中国人，然而也宣告了我的就要灭亡；并且说，倘是欧洲人，则在五年前已经死掉……

D 医师的诊断却实在是极准确的，后来我照了一张用 X 光透视的胸像，所见的景象，竟大抵和他的诊断相同。[1]

这么悲惨的情况，人家说病没法治了，鲁迅还能够用幽默的笔墨书写。《死》是鲁迅最好的散文之一。同一次诊断，周建人后来在 1949 年的《人民日报》上写文章[2]，说鲁迅病重时也曾看过肺病专门医生，医生说病严重，但还可治。"第一步需把肋膜间的积水抽去，如果迟延，必不治。须藤却说肋膜下并无积水，但只过了一个月，他又说确有积水。"才开始抽水。

到底在 5 月底之前，鲁迅的病是怎么医治的，怎么诊断的？

鲁迅自己在 5 月 15 日致曹靖华的信里说，"日前无力，今日看医生，云是胃病，大约服药七八天，就要好起来了。"

就是说 5 月的时候，须藤医生诊断是胃病，吃药七八天。

5 月 23 日，鲁迅又写信给赵家璧说，"发热已近十日，不能外出；今日医生开始调查热型，那么，可见连什么病也还未断定。何时能好，此刻更无从说起了。"

到了 5 月份的时候，发烧的原因都搞不清楚。

我们后来知道这段时间正是鲁迅为"两个口号"论争操碎心思

---

[1] 鲁迅:《死》,《中流》半月刊第 1 卷第 2 期,1936 年 9 月 20 日。引自《鲁迅全集》第 6 卷,北京：人民文学出版社，2005 年，第 634 页。

[2] 周建人:《鲁迅的病疑被须藤医生所耽误》,《人民日报》, 1949 年 10 月 19 日。

的时候。严家炎教授在2003年《中华读书报》上撰文[1]，说须藤先生在鲁迅死后应治丧委员会要求，写了一份医疗报告，可是这个报告有可疑。须藤说是1936年3月开始抽肋骨积水，但多方资料显示，比方说鲁迅自述、周建人文章、鲁迅书信等，实际是在美国医生诊断之后，到1936年6月才开始抽积水。

病医不好也许不全是医生责任，但是改动报告，推卸责任，显然有违医德。40多年后，1984年，上海鲁迅纪念馆将馆藏的鲁迅X光片请了23位医学专家研究，读片以后的结论是——根据病史摘要和1936年6月15日后前位X线胸片，一致诊断：一、慢性支气管炎，严重肺气肿，肺大皮包；二、二肺中上部慢性肺结核病；三、右侧结核性渗出性胸膜炎。根据逝世前26小时的病情记录，大家一致认为，鲁迅死于上述疾病基础上发生的左侧自发性气胸。

这个结论从医学上证明了须藤医生误诊，如果死于肺结核是自然死亡，如是自发性气胸，其实是可以抢救的。10月18日凌晨，自发性气胸，如果当时立刻抽气减压，有可能转危为安。

8月5日日记除了写鲁迅夫妇为了儿子去须藤医院之外，还有一件事情更加重要，就是"答徐懋庸文讫"。《答徐懋庸并关于抗日统一战线问题》是鲁迅晚年最重要的一篇文章，却不一定是鲁迅自己写的。此文关系整个30年代中国文艺界的思潮变化和派别斗争。

1　严家炎：《鲁迅的死与须藤医生无关吗？》，《中华读书报》，2003年3月19日。

四 "倘受了伤,就得躲入深林,自己舐干,扎好,给谁也不知道"

20年代末到30年代中,文艺界至少有六次文学论争,鲁迅卷进了其中的五次,而且都是主角。最后一次就是"两个口号"之争,影响深远,对晚年鲁迅的心力也是消耗巨大。如果说之前鲁迅一直"与人奋斗其乐无穷",那么这一次却是有苦难言。原因是这次论战离文艺思潮远,离政治人事近。以前自以为与右派论争,鲁迅理直气壮;这次是和"自己营垒中人"暗战,鲁迅不大擅长。

鲁迅在《花边文学》序言里说,"这一个名称,是和我在同一营垒里的青年战友,换掉姓名挂在暗箭上射给我的。"[1]这里所谓"同一营垒的青年战友",指的是廖沫沙。廖沫沙60年代任北京市委统战部部长,"文革"初他和邓拓同属"三家村"。年轻时,革命文青廖沫沙写文章令鲁迅很不开心。详细情况很琐碎,都是一些文字误解,但鲁迅对于这些误解不会忘却。有人化名绍伯,在《大晚报》副刊调侃鲁迅气量狭小,鲁迅认为这个绍伯就是田汉。"倘有同一营垒中人,化了装从背后给我一刀,则我的对于他的憎恶和鄙视,是在明显的敌人之上的。"[2]"例如绍伯之流,我至今还不明白他是什么意思。为了防后方,我就得横站,不能正对敌人,而且瞻前顾后,格外费力。""横站"就是说打仗时面对敌方,但又害怕后面有人攻击,所以不能正对着敌方,就得横过来。"身体不好,倒是年龄关系,和他们不相干,不过我有时确也愤慨,觉得枉费许多气力,用在正

---

1 鲁迅:《花边文学·序言》,选自《鲁迅全集》第5卷,北京:人民文学出版社,2005年,第437页。
2 鲁迅:《答〈戏〉周刊编者信》,选自《鲁迅全集》第6卷,北京:人民文学出版社,2005年,第152页。

经事上，成绩可以好得多。"[1] 在1935年给萧军、萧红写信时，鲁迅把这种愤怒进一步放大，说："敌人不足惧，最令人寒心而且灰心的，是友军中的从背后来的暗箭；受伤之后，同一营垒中的快意的笑脸。因此，倘受了伤，就得躲入深林，自己舐干，扎好，给谁也不知道。"[2] 这段自我描写真的令人感慨，"受了伤"，"舐干"伤口，因为什么？就因为廖沫沙、绍伯这些年轻人的文字？还是另有一些"给谁也不知道"的难言苦衷？

20年代中期写《坟》《热风》，鲁迅并没有明确的"同一营垒"的概念，孤身一人在《野草》里，伤口也可以舐舐，痛苦愤怒就他一人，不要考虑那么多阵营、战线，所以也不需要"躲"起来舐伤，"给谁都不知道"。营垒、战友、阵线、敌我、后方、横站等，这些都是军事概念，或者说是政治术语。鲁迅骨子里是个文人。

1935年9月12日给胡风信，鲁迅描写他在"左联"的处境："无论我怎样起劲的做，也是打，而我回头去问自己的错处时，他却拱手客气的说，我做得好极了，他和我感情好极了，今天天气哈哈哈……真常常令我手足无措，我不敢对别人说关于我们的话，对于外国人，我避而不谈，不得已时，就撒谎。你看这是怎样的苦境？"[3]

后来不少研究者感兴趣这封信里的"工头"到底是谁？是不是讲周扬或夏衍？当时胡风、冯雪峰、丁玲和鲁迅关系比较好。这些人事派别的斗争后来一直延续到延安——"鲁艺"对"文抗"。丁玲、冯雪峰在50年代很早被打成反党集团和右派，胡风是反革命集团。1966年，周扬、夏衍等也成了黑帮。"文革"后胡风、冯雪峰、周扬等都平反了。可是丁玲和周扬之间，始终还是有些意见。本书并不关心文艺派别的斗争演变，更关注的是鲁迅的心态。鲁迅一直很

---

[1] 鲁迅：《致杨霁云》，《鲁迅全集》第13卷，北京：人民文学出版社，2005年，第301页。
[2] 鲁迅：《致萧军、萧红》，《鲁迅全集》第13卷，北京：人民文学出版社，2005年，第445页。
[3] 鲁迅：《致胡风》，《鲁迅全集》第13卷，北京：人民文学出版社，2005年，第543页。

敏感奴隶受压迫、奴才麻木忍让，现在居然有"工头"在他背后抽鞭子，他却什么都不能说，为了这个事情还向外国人撒谎。用鲁迅的原话说："你看这是怎样的苦境？"[1]

五 "我真觉得不是巧人，在中国是很难存活的"

夏济安在《鲁迅与"左联"的解散》[2]一文中引胡适的话，说很晚才看到鲁迅给胡风的信，推测鲁迅如果当时不死，他将怎么介入之后的中国文坛。鲁迅当时不知道，就在他抱怨"横站"苦境时，1935年下半年共产国际第七次代表大会已在莫斯科决定，"左联"应当解散。此时红军已经到达陕北，意识形态工作由总书记张闻天和王明、康生等负责。王明委托萧三带信到上海，先给鲁迅看，再转给周扬（地下党电台被破坏了，周扬和陕北断了联系）。1936年1月19日鲁迅看信以后觉得很突然，没法接受。他把信转给了周扬、夏衍，周扬等"左联"领导决定要执行王明代表中央的指示。

为什么看到要解散"左联"的信，大家态度会有不同？因为周扬他们是战士，服从命令是天职。鲁迅是文人，自己没想通，怎么执行命令？茅盾后来有回忆，说夏衍他们主张"左联"解散，要成立新的文艺界抗日组织，门槛低，只要抗日就可进来。他们征求鲁迅的意见，鲁迅名义上是"左联"的领袖。可是鲁迅不肯见夏衍，情况有点尴尬。

茅盾跑来跑去无功而返，他说自己就是一个传话的人，这是几

---

[1] 鲁迅：《致胡风》，《鲁迅全集》第13卷，北京：人民文学出版社，2005年，第543页。
[2] 夏济安：《鲁迅与"左联"的解散》(Lu Hsün and the Dissolution of the League of Leftist Writers)，收入其英文名著《黑暗的闸门：中国左翼文学运动研究》(The Gate of Darkness: Studies on the Leftist Literary Movement in China)，中文版参见夏济安：《黑暗的闸门：中国左翼文学运动研究》，香港：香港中文大学出版社，2016年。

十年以后的回忆。[1]但当时鲁迅对他的朋友说,内幕如何,我不得而知,指挥的或者是茅(茅盾)与郑(郑振铎)。"我真觉得不是巧人,在中国是很难存活的。"[2]说明鲁迅对处在中间的茅盾,也有看法。

此事僵持数月,1936年4月25日,冯雪峰从陕北回到上海,他是左翼地下党里面除了瞿秋白以外,最被鲁迅信任的人。他参加了红军两万五千里长征,从陕北重回上海时,周恩来、张闻天、毛泽东都给他布置任务,还带了电台。

冯雪峰后来回忆,到上海马上去鲁迅家里,鲁迅见面第一句话就说,"这两年我给他们摆布得可以!"[3]冯雪峰后来说,这句话以及鲁迅说话的表情,他永远都记得。

然后,冯雪峰和鲁迅讲了长征、陕北、红军等。鲁迅又讲了上海的情况,冯雪峰说他记得鲁迅讲了两句话,第一句是说,"我成为破坏国家大计的人了",另外一句就是说"我真想休息休息"。[4]

1936年是鲁迅生命的最后一年,年初大病,去世是10月,4月25日就是鲁迅去世前半年。"破坏大计",就是指他不加入新的统战的文艺团体。鲁迅认为:"'国防文学'这个口号我们可以用,敌人也可以用。"与"国防文学"相对,胡风在鲁迅家里见到冯雪峰以后,提出了一个新口号,叫"民族革命战争的大众文学",朱正《鲁迅传》说,这个口号表面上是胡风提,实际上是冯雪峰建议,也就是陕北带来的意思。[5]

作为口号,"国防文学"更容易喊,"民族革命战争的大众文学"有点长,但重要的是这个口号是谁提的。大背景是走向国共合作、

---

1 参见茅盾:《我走过的道路》中,北京:人民文学出版社,1984年,第307—347页。
2 鲁迅:《致曹靖华》,《鲁迅全集》第14卷,北京:人民文学出版社,2005年,第81页。
3 冯雪峰:《有关一九三六年周扬等人的行动以及鲁迅提出"民族革命战争的大众文学"口号的经过》,《新文学史料》1979年第2期,第248页。
4 同上。
5 朱正:《鲁迅传》,北京:人民文学出版社,2012年,第385—290页。

西安事变,"国防文学"是战略调整,"民族革命战争的大众文学"是原则坚守。用今天的术语,前者是与时俱进,后者是不忘初心。

王明名义上还是党的领袖,后来写了一本书叫《中共五十年》[1],说这两个口号都是根据中共中央文件提出来的。周扬等人在1936年初提出"国防文学",依据的是1935年8月1日为进一步发展抗日民族统一战线而以中共中央和中华苏维埃共和国中央政府名义发表的《为抗日救国告全体同胞书》,简称"八一宣言"。而鲁迅等人1936年5月提出的"民族革命战争的大众文学",依据的是中共中央1931年9月19日,因"九一八"日军侵占沈阳而发表的宣言,宣言里提出了"武装民众,进行抗日"。王明说,周扬和鲁迅不同的文艺界抗日统一战线的口号,都是依据这两个中央文件,所以归根结底这两个口号都是他起草的,时间上一个是1931年,一个是1936年。

一个政治集团、政治力量为了自身利益而变换口号,非常正常。可惜文学家转弯没那么快。文人的理想,不仅为了利益、形势,更多出于理念、信仰。好不容易经过近十年战斗,鲁迅也有了阵营、敌我、横站之类的意识,突然又转向要他搞统战,用几年前刚刚批判过的民族主义(今叫"国防文学")口号,鲁迅适应不过来。毛泽东后来说,鲁迅不仅是伟大的文学家,而且是伟大的思想家、革命家。但是从"两个口号"之争的情况看,鲁迅确实是伟大的思想家,伟大的革命家,但归根结底他是一位伟大的文学家。

就在"两个口号"之争时,鲁迅的身体状况急剧恶化,1936年6月5日,鲁迅因病停了日记。他的日记之前连续25年没有中断过,可是在1936年6月停了25天。这时不止一篇文章由冯雪峰代笔。胡风对鲁迅说,雪峰模仿周先生的语气倒很像,鲁迅淡淡一笑说,

---

[1] 王明:《中共五十年》,北京:现代史料编刊社,1981年。

我看一点都不像。"[1] 胡风这个回忆是否准确,也难说。

六　鲁迅:胡说!胡说!胡说!

再回到1936年8月5日,鲁迅日记提到了《答徐懋庸并关于抗日统一战线问题》,徐懋庸这个名字也因为这篇文章永远留在中国现代文学史上。

徐懋庸当时二十几岁,写杂文模仿鲁迅风格,鲁迅曾给他的杂文集写过序。

1936年徐任"左联"宣传部部长,也是新创办的中国文艺家协会的理事。1936年8月2日,就是我们看到那篇日记的前三天,他给鲁迅写了封信,里面直接批评鲁迅:"在目前,我总觉得先生最近半年来的言行,是无意地助长着恶劣的倾向的。""言行""恶劣的倾向"等,很不客气。"在目前的时候,到联合战线中提出左翼的口号来,是错误的,是危害联合战线的。"除了批评鲁迅、批判鲁迅支持的口号,徐懋庸还尖锐地责骂鲁迅身边的一些人,比方说"胡风的性情之诈","黄源的行为之谄","巴金的'安那其'的行为,则更卑劣"。信中说鲁迅,"先生可与此辈为伍,而不屑与多数人合作,此理我实不解。"还说,"我觉得不看事而只看人,是最近半年来先生的错误的根由。"[2]

当然,读了这么一封极不客气的来信,8月3日那天日记:"雨。无事。"其实是生气,怎么没事?鲁迅成为文坛领袖,已经十多年了。这是他提拔的一个年轻人,居然跑出来这样和他说话,语言嚣张,态度不逊,而且这封信不仅是徐懋庸个人的骄横,还代表着"左

---

[1] 胡风:《鲁迅先生》,《新文学史料》1993年第1期。
[2] 鲁迅:《答徐懋庸并关于抗日统一战线问题》,《鲁迅全集》第6卷,北京:人民文学出版社,2005年,第547—548页。

联"其他一些实际领导的观点。在鲁迅看来，这是来自自己营垒的迄今为止最严重的一次攻击，所以《答徐懋庸并关于抗日统一战线问题》过万字，罕见地把徐懋庸的信放在前面——通常鲁迅写辩论文章，都是把人家的文章附录在后面。

现在知道，这篇文章是冯雪峰代拟的初稿，鲁迅花了几天时间做了修改、增补，在我看来这是一篇非典型的鲁迅文章，鲁迅以前从来没有发表过这样格式的文章。

这篇文章跟鲁迅一贯的文风有什么不同？

第一，这篇文章里有大段的政治宣言，因为徐懋庸质疑鲁迅支持的口号危害统一战线，鲁迅在文中加了着重号，直接声明自己的立场。

> 中国目前的革命的政党向全国人民所提出的抗日统一战线的政策，我是看见的，我是拥护的，我无条件地加入这战线，那理由就因为我不但是一个作家，而且是一个中国人，所以这政策在我是认为非常正确的，我加入这统一战线，自然，我所使用的仍是一枝笔，所做的事仍是写文章，译书，等到这枝笔没有用了，我可自己相信，用起别的武器来，决不会在徐懋庸等辈之下！
>
> 其次，我对于文艺界统一战线的态度。我赞成一切文学家，任何派别的文学家在抗日的口号之下统一起来的主张。[1]

这样政治表态的宣言文字，实在不像鲁迅的文风。

第二，这篇文章里不再运用鲁迅常用的讽刺、讥笑、拐弯抹角

1　鲁迅：《答徐懋庸并关于抗日统一战线问题》，《鲁迅全集》第6卷，北京：人民文学出版社，2005年，第549页。着重号原有。

骂人，而是直接正面，从政治人格上指责对方：

> 那种表面上扮着"革命"的面孔，而轻易诬陷别人为"内奸"，为"反革命"，为"托派"，以至为"汉奸"者，大半不是正路人；因为他们巧妙地格杀革命的民族的力量，不顾革命的大众的利益，而只借革命以营私，老实说，我甚至怀疑过他们是否系敌人所派遣。
>
> 徐懋庸说不能提出这样的口号，是胡说！"民族革命战争的大众文学"，也可以对一般或各派作家提倡的，希望的，希望他们也来努力向前进，在这样的意义上，说不能对一般或各派作家提这样的口号，也是胡说！但这不是抗日统一战线的标准，徐懋庸说我"说这应该作为统一战线的总口号"，更是胡说！[1]

撇开内容不谈，这三个胡说，三个感叹号，应该也是冯雪峰的文笔，鲁迅在重病之下气愤之中，修改也力不从心。

第三，更重要的一点，文章里有不少地方非常有策略，虽然这个策略已经不大符合事实了，但是很顾及统一战线、政治正确，这个也是鲁迅一生的写作里很罕见的。比方说关于"民族革命战争的大众文学"，"我先得说，前者这口号不是胡风提的，胡风做过一篇文章是事实，但那是我请他做的。"

事实上，口号是冯雪峰向胡风提的，鲁迅出来背书，是保护胡风和冯雪峰——文章是"我请他做的"，怎么样？

鲁迅又说，"这口号，也不是我一个人的'标新立异'，是几个人大家经过一番商议的，茅盾先生就是参加商议的一个。"但实际

---

[1] 鲁迅：《答徐懋庸并关于抗日统一战线问题》，《鲁迅全集》第6卷，北京：人民文学出版社，2005年，第549—550页，第553页。

上茅盾没有参与,茅盾回忆录里有说明。鲁迅文章还说,"郭沫若先生远在日本,被侦探监视着,连去信商问也不方便。"这又是统战笔法了,鲁迅平常有事,哪里会找郭沫若商量?一篇文章里有三处提到郭沫若,另外一处是引用郭沫若的话,还有一处这样说:"例如我和茅盾,郭沫若两位,或相识,或未尝一面,或未冲突,或曾用笔墨相讥,但大战斗却都为着同一的目标,决不日夜记着个人的恩怨。"[1]

现在没法考证,此话是鲁迅本意,还是冯雪峰起草的统战策略。

整篇文章写得很有气势,逻辑分明,局部地方极有文采。有一段非常有名,是这样说:

> 却见驶来了一辆汽车,从中跳出四条汉子:田汉,周起应,还有另两个,一律洋服,态度轩昂。

这番话到后来就被人反复引用了,"文革"当中批判"四条汉子",出处就在这个地方,这倒像典型的鲁迅文风。

1936年8月5日,这时鲁迅的生命还有两个多月。

---

[1] 鲁迅:《答徐懋庸并关于抗日统一战线问题》,《鲁迅全集》第6卷,北京:人民文学出版社,2005年,第557页。

1938

张天翼《华威先生》
官场与国民性

从"五四"到40年代的现代文学,一般学术界的共识,最重要最成功的文学形象是农民和知识分子。但如果从1902—1903年梁启超、李伯元开始读上世纪中国小说,一个明显的事实是,晚清小说主要写的是官场。而且1942年以后,"十七年文学"及80年代以后的小说,官员(干部)也一直是重要人物形象。这就迫使我们要重新思考上世纪文学之中农民、知识分子和官员的三角关系。

晚清小说主要描写官场,"五四"小说主要关注国民性,张天翼的《华威先生》同时描写官场与国民性。

一 30年代中国最杰出的幽默短篇小说作者

《华威先生》1938年4月16日发表在《文艺阵地》,这个期刊的背景需要回顾。1937年的10月,茅盾从上海到汉口,想编一个抗战期刊,之后战火连天,作家到处流离——汉口、长沙、南昌、杭州,又到上海、香港、广州等。

到1938年2月,茅盾在武汉决定办《文艺阵地》,当时邹韬奋也在。在长沙,张天翼就交给茅盾《华威先生》的稿子。之后茅盾到广州，想在广州印这个杂志，但情况又有变化，萨空了邀茅盾到香港编《立报》副刊，所以《文艺阵地》是在广州排成，在香港出版。

因为张天翼的《华威先生》，《文艺阵地》的创刊号引起强烈反响。《文艺阵地》18期以后，由楼适夷代编，编务后来又移到上海，40年代被查禁。茅盾又在重庆复刊，最后在1944年停刊。这是一个典型的抗战文艺期刊，也是香港文学的一部分。不过在香港大概很少人认为《华威先生》是香港文学。

张天翼（1906—1985）早年读北大，1931年加入"左联"。夏志清的《中国现代小说史》将张天翼与沈从文、张爱玲、钱锺书放在一样高的艺术地位，认为他是"30年代中国最杰出的幽默短篇小说作者"。多年之后，夏志清还很遗憾人们没有足够注意他对张天翼的特别推崇，"在同期作家当中，很少有人像他那样，对于人性心理上的偏拗乖误，以及邪恶的倾向，有如此清楚冷静的掌握。他没有华丽的辞藻，也没有冗长的段落结构，他只是以精确的喜剧性来模拟不同社会阶层的特征。特别他运用起方言来，那绝对精彩。我每次都要提到他，可就是没有多少人响应。我明明讲了四个人，可大家后来只提前面三个，就是忘记了张天翼。有人说我……凡是共产党的作家都不好，这其实是冤枉，张天翼不就是左翼作家吗？"[1]

二 永远在"忙"的华威先生

现代文学人物中，我们会用来形容现实生活中人，第一就是阿Q，第二就是华威先生。比方说某人有"阿Q精神"，也会说某人像"华威先生"。这是一个常常可以在周围发现的典型人物，甚至也可以在自己身上发现华威先生的特征。

---

[1] 季进：《夏志清访谈录》，《当代作家评论》2005年第4期。

小说第一段，"转弯抹角算起来——他算是我的一个亲戚。我叫他'华威先生'。他觉得这种称呼不大好……'你应当叫我威弟。再不然叫阿威。'"

"拐弯抹角的亲戚关系"，暗示叙事者"我"和华威先生有关系，都在官场，常常一起开会，而且也沾亲带故，又有距离，"我"只是观察者，没有太多评论，只是描述华威先生的行动、举止、表情、谈吐，语气之中渗透讽刺。

华威先生的特点，第一个就是忙——不是真忙，而是显得很忙。这是他的特点，还是官场中人的一般特征？

"我们改日再谈好不好？我总想畅畅快快跟你谈一次——唉，可总是没有时间。今天刘主任起草了一个县长公余工作方案，硬叫我参加意见，叫我替他修改。三点钟又还有一个集会。"
……
"王委员又打了三个电报来，硬要请我到汉口去一趟。这里全省文化界抗敌总会又成立了，一切抗战工作都要领导起来才行。我怎么跑得开呢，我的天！"

于是匆匆忙忙跟我握了握手，跨上他的包车。[1]

接下来是外貌描写——挟着公文皮包、拄手杖戴戒指、包车必须快跑。"据这里有几位抗战工作者的上层分子的统计，跑得顶快的是那位华威先生的包车。""他的时间很要紧。他说过——'我恨不得取消晚上睡觉的制度。我还希望一天不止二十四小时。抗战工作实在太多了。'接着掏出表来看一看，他那一脸丰满的肌肉立刻

---

[1] 张天翼《华威先生》，《中国短篇小说百年精华》现代卷，中国社会科学院文学研究所当代文学研究室编，香港：香港三联书店，2005年，第475页。以下小说引文同。

紧张了起来。眉毛皱着，嘴唇使劲撮着，好像他在把全身的精力都要收敛到脸上似的。他立刻就走：他要到难民救济会去开会。"

在现实生活中，其实也经常可以看到这样一面忙、一面抱怨忙的人，或者说，我们自己也会不由自主地抱怨。中国人见面打招呼，通常是——"吃过饭了没有？"或者——"最近好吧？"又或者——"最近忙不忙？"怎么回答呢？看关系远近。如果关系一般的同事、朋友，我们通常说——"忙啊，忙不过来。"其实不一定真忙。碰到好朋友，也许我们就说——"无聊，无所事事。"为什么大部分情况我们要装得自己很忙，貌似抱怨，实则炫耀。出租车司机、餐厅营业员，真的很忙，却不会炫耀。显得很忙，通常是强调有很多会要参加，忙于出差、接项目、做生意，特别是见领导。忙，说明有价值，有不可替代的位置，在学术界，在商界，尤其是在政界，在官场，忙就是一种身份一种地位。忙什么，忙出什么成果，反而不重要了。

晚清小说写官员，主要描绘贪，较少强调忙。忙，作为官场时髦甚至职场美德，可能还和现代社会制度与官场问责形式有关。中国士大夫传统，当然也有鞠躬尽瘁的例子，但太忙碌也可能代表太功利，高手能人有时故作清闲状。华威先生的忙，是民国新官场新气象。

但忙也好，闲也罢，官场核心还是权。权，则必须在众人他者态度中才能确定。"照例——会场里的人全到齐了坐在那里等着他。华威先生的态度很庄严，用种从容的步子走进去，他先前那副忙劲儿好像被他自己的庄严态度消解掉了……什么困难的大事也都可以放下心来。他并且还点点头。他眼睛并不对着谁，只看着天花板。他是在对整个集体打招呼。会场里很静。会议就要开始……华威先生很客气地坐到一个冷角落里，离主席位子顶远的一角。他不大肯当主席。'我不能当主席，工人抗战工作协会的指导部今天开常会。

通俗文艺研究会的会议也是今天。伤兵工作团也要去的，等一下。你们知道我的时间不够支配：只容许我在这里讨论十分钟。我不能当主席。我想推举刘同志当主席。'"

虽然不做主席，却能推举主席。样子要低调，权力要保持，这是新官场文化的第二个特征。晚清小说里，官员对上当然恭敬无比，但鲜有对下也装作（哪怕只是装作）谦逊姿态。将上下级关系的貌似平等也作为官场游戏规则，应该也是"现代性"的追求。华威先生推举了主席，却要求主席在两分钟之内报告完，平等谦逊姿态装得不太像，两分钟以后他就打断了主席的话说——"我现在还要赴别的会，让我先发表一点意见。"这种情况重要的不是他说什么，而是他在显示或验证自己拥有打断别人（哪怕是主席）的权力。官场里的权力有时不在于说什么做什么，而在坐在哪里，迟到早退，说话时留着人们鼓掌的时间等形式因素。

"我的意见很简单，只有两点，"他舔舔嘴唇，"第一点，就是——每个工作人员不能够怠工。而是相反，要加紧工作。这一点不必多说，你们都是很努力的青年，你们都能热心工作。我很感谢你们。但是还有一点——你们时时刻刻不能忘记，那就是我要说的第二点。"

他又抽了两口烟，嘴里吐出来的可只有热气。这就又刮了一根洋火。"这第二点呢就是：青年工作人员要认定一个领导中心。你们只有在这一个领导中心的领导之下，抗战工作才能够展开。"

话还真不多，就讲两点。直接道出新官场文化在"忙"与"权"之外的第三特征，那就是"一个中心"。第三特征是最重要的，这也是从李伯元笔下的晚清官场，到张天翼小说里的抗战会场最关键的传承。反复重申一个中心，就是不允许有反对意见。

　　……"好了，抱歉得很，我要先走一步。"
　　把帽子一戴，把皮包一挟，瞧着天花板点点头，挺着肚子走了出去。

　　可是"到门口可又想起了一件什么事……'你们工作——有什么困难没有？'他问"。人们要说，他又没时间听了，要人们去他家。一个长发青年抱怨："星期三我们到华先生家里去过三次，华先生不在家……"华威先生说，"你们跟密司黄接头也可以。"然后他就去了通俗文艺研究会的会场。那里会已经开了，他拍手打断会议，说我还有会，让我先讲两点，又是第一，工作要努力，第二，认清一个领导中心。

　　五点三刻，他到了文艺界抗敌总会的会场，先和一个小胡子密谈了几句昨晚喝酒的事情，之后主席就打断别人发言说，让华威先生先说，他又在讲领导中心的重要性。

　　小说里描写的情况有两种可能，一种华威先生确是威权人物，真有实权，所有这些会议非他到场不可。他到了，会议的级别就提高了，就可能有实质性的协议。他兼了这么多的委员会，什么事都离不开他（也说明他对别人都不放心都不放手，整天提醒大家只有一个领导中心）。

　　还有第二种可能：这些会他到不到其实没多大关系，又是抗战文艺，又是妇女，又是通俗文艺等，和党务或军事会议相比，似乎都也不大像战争年代的重要议题，只是因为他资格老、关系多，才到处要插一脚。是为了满足个人虚荣心，也是一种官场上的浮夸作风，如此而已。越忙，越说明地位虚弱，朝夕不保，其实是官场中的弱者。这便带出了官场形态之四：发言提议越大声越积极，通常是越没实权的人——这也正是官场文学与国民性主题的相通之处,或者说在官场文化中"自欺欺人,被欺者欺人"的国民劣根性秩序颠倒:看似欺人的官员,其实可能正是被人欺负(恐惧被抛弃)的人物。

小说的最后两段尤其精彩,一个是华威先生发现妇女界组织"战时保婴会"竟然没有找他,他便十分生气,找人来问。问话当中,听到有个人又去了一个叫日本问题座谈会。

"什么!什么!——日本问题座谈会?怎么我不知道,怎么不告诉我?"更加发火了,这天晚上他喝了很多酒。

密司黄扶着他上了床。他忽然打个寒噤说:"明天十点钟有个集会……"

最后这个细节,我们不要笑别人,也会看到自己。官场和文化、学术场域不无相通之处,都遵循官本位的基本结构原则。在同行那里,如果听到一个什么学术会议,主办方请我,我也未必去,但居然没找我,本来应该或者可以参加的,我却一点都不知道,没人通知我,这时会不会有一种被忽略、被抛弃的感觉呢?

从这个角度看,华威先生不仅不是个威权人物,而且是一个害怕被人忽略、抛弃的小官僚。或者说即使是威权人物,同时也可能害怕被人忽略、抛弃。小说开篇皮包、手杖,神气活现,到了小说结尾,在床上还要打寒战,怕错过了明天的什么会议,契诃夫笔下的公务员形象,概括着官僚文化的普遍精神。官场文学一旦与国民性反思结合,小说就不仅写华威,不仅写国民党,不仅写官员。

三 《华威先生》会不会被敌人所利用？

小说在抗日期刊《文艺阵地》上发表后，引发了持续两年之久的关于"暴露与讽刺"的文艺论争。林焕平称赞"华威先生"，认为小说表现了一个救亡要人的典型，这类人物在现实中实在不少，张天翼小说是一个有力的讽刺。但也有人批评，早期香港作家李育中说："在紧张的革命行进和作生死决斗的时期，严肃与信心是异常需要的，接受幽默的余暇是太少了。何况幽默有时出了轨，会闹出乱子的，伤害着严肃。"[1]

有学者认为李育中的观点是受了郭沫若浪漫主义抗战文学主张的影响。郭沫若当时认为抗日文艺应该正面宣传，以鼓舞信心为主，而《文艺阵地》的主编茅盾就比较重视对国民黑暗性的写实批判意义。抗战初期茅盾也曾经到过武汉，董必武问他愿不愿意留下？中华全国文艺界抗敌协会和政治部第三厅都需要人。茅盾说，做这种工作我是外行，我还是去编杂志，写小说。后来第三厅厅长是郭沫若。中华全国文艺界抗敌协会领衔的是中立派老舍。鲁迅去世以后，为什么是"鲁、郭、茅"，而不是"鲁、茅、郭"呢？按照政治资历，茅盾是中共的创始人之一，文学成就《子夜》也不在《女神》之下。当时是周恩来说，鲁迅是新文化运动的导师，郭沫若是新文化运动的主将。

《华威先生》引起的争论，在一定程度上反映了茅盾和郭沫若在抗战文艺思想上的一些分歧。

小说发表几个月以后，增田涉将它译成日文，在日本的《改造》期刊上发表，"编者按"借机诋毁中国抗日，用这个小说来鼓舞日

---

1 李育中：《幽默、严肃和爱》，引自苏光文编：《文学理论史料选》，成都：四川教育出版社，1988年，第228页。原载《救亡日报》，1938年5月30日。

本的士气,所以更引起了中国文艺界的讨论了:战争期间,暴露抗日官员都是这样虚荣,这是否帮了敌人的忙(类似问号今日还有)?

离开特殊的战争背景,我们在《华威先生》里却可以读到民国官场的四个特征:忙,权,中心,害怕。

这只是抗战中的官员吗?这只是讽刺一个官员很忙,到处开会,看上去很重要,实则是怕失落?这样的官员是不是跨时代的呢——到了50年代初,有人问张天翼这个问题,说小说描写官僚主义是不是有现实意义?张天翼马上否认说,这只是写抗日战争的官员,只是讽刺国民党的官员,没有别的意思。

"没有别的意思",后来张天翼一直写儿童文学。

1941

丁玲《我在霞村的时候》
贞贞、"我"和霞村的三角关系

我们在阅读李劼人《死水微澜》时,注意到一个"一女多男"模式——不论是袍哥首领,有权势的教民,或者是药铺掌柜及其他士绅,不同政治势力、经济背景、社会身份的男人,都会围着一个风情万种的女人转。怎么来解释这种现象呢?是主题隐喻?还是情节需要?象征层面上,或者女人代表山河、土地,男人们(各种势力)争来争去,都是为了占有这些山河土地,占有丰乳肥臀,就等于胜利。写实层面上,也可以说女人十分现实——你们去争吧,谁赢了,我跟谁一起,过幸福生活。

但是否还有别一种读法?男人们的战斗、争夺,甚至很神圣的民族、国家、战争、城乡、生死、革命,为什么常要在女人的身体上开辟战场呢?

一 第一个到解放区的知名作家

胡也频被国民党枪杀后,丁玲(1904—1986)在冯雪峰的安排下,和一个相对比较实惠平庸的知识分子冯达结婚(冯达晚年一直在美国和中国台湾,静静关注丁玲在中国大陆的沉沦起伏)。两人1933

年在南京被软禁，很多人以为丁玲遇难，鲁迅纪念文章已写好。没想到后来丁玲在冯雪峰、聂绀弩的帮助下去了陕北。当时丁玲也可以去法国，但那是30年代，文人进步，延安比巴黎更美丽。1936年，丁玲到达保安，她是第一个到达解放区的知名作家，毛泽东、周恩来、张闻天等人开会欢迎她。毛泽东特地为丁玲写诗。组织上有意让丁玲领导文艺工作，她却要求去前线，且十分崇拜彭德怀。电影《黄金时代》，描述丁玲在陕北附近遇见萧军、萧红，其实那个时刻，对这几个人来说都是十字路口：萧军后来也去了延安，他和丁玲有十分特殊的友谊；萧红怀着萧军的孩子，却随端木蕻良南下，经重庆到香港，后来在香港养和医院悲惨去世。一年以后，丁玲从西北战地服务团再回到延安，抗战正式爆发了，周扬、何其芳、卞之琳等知名作家，包括电影明星蓝苹，都已经从上海到了延安，情况就不同了。

在延安的前几年，丁玲很受重视，担任党中央机关报《解放日报》文艺副刊主编，副主编是陈企霞。1942年发表杂文《三八节有感》是一个转折点，文章原意是帮妇女地位说话，但有一句涉及延安的官员："有着保姆的女同志，每一个星期可以有一天最卫生的交际舞。虽说在背地里也会有难比的诽语悄声的传播着，然而只要她走到那里，那里就会热闹，不管骑马的，穿草鞋的，总务科长，艺术家们的眼睛都会望着她。"这个女同志是谁呢？丁玲没有明说，但是当时大家都知道，每星期跳一次舞是"卫生的"，于是丁玲犯错了。康生领导抢救运动，反复审查丁玲当年在南京被软禁的过程，后来是中组部部长陈云保她过关，主席也说话。丁玲真正被贬入所谓"反党集团"是到了十几年以后，1956年的事情。

二 《我在霞村的时候》:"慰安妇"间谍回来以后

《我在霞村的时候》是一篇1万多字的小说,发表在1941年6月《中国文化》第3卷第1期。《中国文化》是一个综合性的学术杂志,主要发表理论文章,类似后来的《红旗》杂志。毛泽东《新民主主义论》就发表在《中国文化》上。可以想象,在这么一个期刊上发表这样一篇小说,规格很高,引人注目。也说明写作的时候,丁玲在延安有地位,有影响,也有信心。后来从文学史角度来看,这个黄金时刻转瞬即逝。

"我"是一个到霞村休养两周的作家干部,有点像丁玲自己。在宣传科女同事阿桂的陪同下,花了很长时间走到霞村,村庄里没什么人,气氛有点冷清诡异。虽是陕北农村,却有个天主教堂。她们慢慢爬山,爬到最高的地方,就是"我"要住的刘二妈家。"我"发现村民们在交头接耳,低声说话,神神秘秘,但并不是对干部感兴趣,而是议论别的事情。"我"很好奇,也去听,弄了半天才知道,大家是在议论她房东的女儿贞贞。贞贞从日本人那里回来,她已经在那里"干"了一年多了,阿桂说:"我们女人真作孽呀!"[1]

第二天,"我"听到了更多村民对贞贞的议论,一个杂货铺老板说,"听说病得连鼻子也没有了,那是给鬼子糟蹋的呀,亏她有脸回家来,真是她爹刘福生的报应。""听说"——说明他也没见到。老板的老婆在里头说,"那娃儿向来就风风雪雪的,你没有看见她早前就在这街上浪来浪去,她不是同夏大宝打得火热么,要不是夏大宝穷,她不老早就嫁给他了么?"老板进一步耸人听闻,"听说起码一百个男人总睡过,哼,还做了日本官太太,这种缺德的婆娘,是不该让她回来的。"

---

[1] 丁玲:《我在霞村的时候》,《中国文化》第3卷第1期,1941年6月;《中国短篇小说百年精选》,香港:香港三联书店,2005年。以下小说引文同。

"我"听了村民的议论很生气,但也不愿同他们去吵,走了几步,又看见两个打水的女人也在议论,说贞贞"还找过陆神父,要做姑姑,陆神父问她理由,不说,只哭,知道那里边闹的什么把戏,现在呢,弄得比破鞋还不如",还说她怎么走路一瘸一拐,戴着鬼子送的戒指,鬼子话也会说等。

小说写到这里,"我"还没看见贞贞,但我们已经明白丁玲为什么要给女主角起这么一个名字,就像沈从文的小说《丈夫》一样,"贞贞"的反讽意义,就是强调解放区乡民依然愚昧保守,众人一起鄙视一个在战争里被侮辱被损害者,而且特别强调女人的身体的贞洁、疾病。之后,房东刘二妈补充细节情况,原来出事那天贞贞父亲帮她定亲,给西柳村一家米铺的小老板做填房,贞贞不从,跑去天主堂,正好碰到鬼子来了。原来,中国女人是为逃婚而在天主教堂被日本军人抢去成为慰安妇——多么复杂吊诡的一组象征符号。

"我"又问起夏大宝是怎么回事,刘二妈说这个小伙子挺有良心的,现在仍然要贞贞。这时小说已经写了一半,贞贞终于出场了——

> 这间使我感到非常沉闷的窑洞,在这新来者(贞贞)的眼里,却很新鲜似的,她拿着满有兴致的眼光环绕的探视着。她身子稍稍向后仰的坐在我的对面,两手分开撑住她坐的铺盖上,并不打算说什么话似的,最后便把眼光安详的落在我脸上了。阴影把她的眼睛画得很长,下巴很尖。虽是很浓厚的阴影之下的眼睛,那眼珠却被灯光和火光照得很明亮,就像两扇在夏天的野外屋宇里的洞开的窗子,是那么坦白,没有尘垢。[1]

---

[1] 丁玲:《我在霞村的时候》,《中国短篇小说百年精选》,香港:香港三联书店,2005年,第516页。以下小说引文同。

三 小说为什么用第一人称"我"叙事

小说明明写贞贞的遭遇，为什么要用第一人称"我"？花了那么多笔触写"我"，比写贞贞还多，标题就是《我在霞村的时候》。

小说的来源是丁玲听到一个传闻，"其中的主人公虽然没有其人，不过我却听到过这样一件新闻。有一次，我看到一个同志要到医院里去，他告诉我说，是去看一个刚从前方回来的女人，那个女人曾被日本人强奸了，而她却给我们做了许多的工作，把病养好了以后，又派她到前方去做原来的工作。她是恨透了日本人的，但她为了工作，为了胜利，结果还是忍痛去了。我当时听了，觉得非常感动，也非常难过。"[1] 这里有一句话听上去有点残酷："又派去做原来的工作"。后来的革命文学，一般只写这类故事"非常感动"，张爱玲《色，戒》就主要写"非常难过"，只有独特的丁玲，既写感动也写难过。萧军的日记 1940 年 8 月 19 日也有记载了一段类似的故事："一个从侮辱中逃出的女人，一个在河北被日本人掠去的中年女人，她是个共产党员，日本兵奸污她，把她挟到太原，她与八路军取得联系，做了不少有利工作，后来不能待了，逃出来，党把她送到延安养病——淋病……"萧军当时和丁玲关系密切，但也没明说这是他提供给丁玲的素材或是丁玲告诉他的故事，细节上也已经和丁玲后来写的故事有所不同。

1983 年丁玲"解放"以后又回忆写作《我在霞村的时候》，说："文章写了三分之二，我觉得写得不好，就撕了，改用第一人称。"[2] 改用第一人称的目的是什么？第一，有侦探小说的角度，铺垫层层，随着"我"的目光，一步一步慢慢揭开贞贞之谜。第二，这个观察角度，

---

[1] 丁玲:《关于自己的创作过程》，参见李向东、王增如:《丁玲传》上，北京：中国大百科全书出版社，2015 年，第 245 页。

[2] 参见李向东、王增如:《丁玲传》上，北京：中国大百科全书出版社，2015 年，第 245 页。

等于看到了贞贞在她的家乡被示众,被围观鄙视,但是这个围观者当中也有阿桂、刘二妈等朴素的同情者,同时夹杂"我"的现代性的、知识分子的视角,只有"我"注意到鄙视贞贞的更多的是女人:这些女人因为有贞贞才看出自己的圣洁来,因为自己没有被强奸而骄傲了。

这些女人看贞贞得到的满足,只是"我"发现的。"我"和霞村的既投入又抽离的关系对立,也像《三八节有感》和另一篇小说《在医院中》所显示,某种程度上正是丁玲和延安的复杂关系。

在"我"和贞贞的交谈中,贞贞并没有太多控诉日本人暴行,反而不理解日本人也有人性的一面,比方说那些军人为什么藏着自己家里女人的照片,宝贝似的。在旁边听的阿桂插话说"做了女人真倒霉"。"做了女人真倒霉"这句话后来被王德威写评论的时候用作标题[1]。贞贞很朴素地讲她生病了,痛得要命,肚子里像烂了一样,可是还走30里地来完成任务,"后来阿桂倒哭了,贞贞反来劝她,我本有许多话准备同贞贞说的,也说不出口了,我愿意保持住我的沉默。"贞贞被这么多村民鄙视、同情、侮辱、围观,只有在"我"这个外来的知识分子身上获得了理解,所以小说里说我们的关系就密切了,谁也不能缺少谁似的。两周以后"我"要离开了,贞贞忽然显得很烦躁,小伙子夏大宝还来看贞贞。"我以为我是非常的同情他,尤其当现在的贞贞被很多人糟蹋过,染上了不名誉的、难医的病症的时候,他还能耐心的来看视她,向她的父母提出要求,他不嫌弃她,不怕别人笑骂,他一定想着她这时更需要他……"其实大宝来求爱、求婚时,心里带着犯罪感,因为当初是他不敢与贞贞私奔,贞贞赌气去了天主堂,才发生了被日本人抢去的事情。

"我"临走的时候问贞贞为什么你拒绝大宝?贞贞平静地说,"我

---

1 《做了女人真倒霉?:丁玲的"霞村"经验》,收入王德威:《想象中国的方法:历史·小说·叙事·生活》,北京:生活·读书·新知三联书店,1998年。

总觉得我已经是一个有病的人了,我的确被很多鬼子糟蹋过,到底是多少,我也记不清了,总之,是一个不干净的人,既然已经有了缺憾,就不想再有福气。"

不仅村民这么看,贞贞也自觉自己"是一个不干净的人",如果能去延安养病,在不认识的人的面前,她会比较快乐。最后,她实现了这个愿望,小说结尾时,"我仿佛看见了她的光明的前途"。

小说里贞贞、"我"和霞村构成一个三角关系。贞贞是苦难民众,遭遇奇特命运悲惨,令人同情;"我"是干部身份的知识分子,哀贞贞之不幸,怒村民之愚昧。这些都是"五四"以来知识分子—农民关系的沿袭。但新的因素是"霞村"。小说题目不叫《贞贞》或《贞贞的故事》,而强调"我"在"霞村",增加了解读的复杂性。不知是否真实地名,但字面上看,"村"是空间,"霞"是时间,"村"里有旧生态,"霞"却是曙光。"霞村"既存在从柳妈、闰土以来的乡民保守愚昧,又是可以接待像"我"这样干部的解放区根据地,背后包含了新生的政权力量。官场政权已在现代文学中消失已久,而且晚清小说是官民对立,像"霞村"这样的官民混杂的意象,是20世纪中国小说在1942年的"新生事物"。新政权新文化理应批判乡民蒙昧,但又要顺应民风调控民情。"霞村"的内涵一复杂,"贞贞"与"我"与"霞村"的关系也变得吊诡:"贞贞"与"霞村"血肉相连,却只有"我"这个外来人才理解她;"霞村"无法原谅接受一个慰安妇,只好让她继续再做间谍;"我"对于乡民歧视贞贞很不满,但对于去延安医病后再去执行同样的工作,既感动又难过,其实是对旧传统新官方的混合体不知所措。《三八节有感》里有批评,结果是自己被批判。《在医院中》抱怨官僚主义,结果也无济于事。在某种意义上,丁玲初到延安时,她和延安的关系就像"我"和"霞村"的关系:认同,但也批判。等到丁玲最后离开延安时,她和延安的关系更像贞贞和"霞村"的关系:已经血肉相连，又隐隐怀疑自己"是一个不干净的人"，人人都好像在帮助她，走向"光明的前途"。

王德威认为，就文字艺术的试炼而言，丁玲的小说或者流于煽情造作，但她对女性身体社会地位及意识的体验，是有心人探讨性与政治或者女性与政治时候的绝佳素材。[1] 贞贞回村被乡亲歧视，还不能声明自己是为革命牺牲肉体。到了1958年，丁玲被批判时，《文艺报》发表了一篇文章《丁玲"复仇的女神"——评〈我在霞村的时候〉》[2]，说丁玲把一个被日本侵略者抢去做随营妓女的女子当作女神一般神化，而且说贞贞是一个丧失了民族气节，背叛了祖国和人民的寡廉鲜耻的女人。原来50年代的革命理论家跟霞村的杂货铺老板是一脉相承的，所用词汇直到今天在网络上还是常常可以见到。

百年中国，百年小说，太有戏剧性了，鄙视或者批判贞贞固然是极左加封建，但赞扬贞贞牺牲身体为革命，又何尝不隐含着女性命运与民族国家的复杂关系。和《死水微澜》以及将来我们要读的《白鹿原》《红高粱》一样，女性身体在男性社会中具有某种神话意义。日本学者中岛碧在《丁玲论》[3] 一文当中说，贞贞是个慰安妇，现代文学当中写慰安妇的作品非常罕见，《我在霞村的时候》倒是一篇。在我看来，《我在霞村的时候》代表了延安文艺的最高水平，不明白为什么到现在还没有人把它改编成电影，应该可以像李安改编《色，戒》那样，"把病养好了以后，又派她到前方去做她原来的工作……"

---

1 《做了女人真倒霉？：丁玲的"霞村"经验》，收入王德威：《想象中国的方法：历史·小说·叙事·生活》，北京：生活·读书·新知三联书店，1998年。
2 华夫：《丁玲的"复仇女神"：评〈我在霞村的时候〉》，《文艺报》1958年第3期。
3 [日] 中岛碧：《丁玲论》："女主人公贞贞，过去曾被日本军拉走，强行作过'慰安妇'"，原载日本《飙风》1981年第13期，参见孙瑞珍、王中忱：《丁玲研究在国外》，长沙：湖南人民出版社，1985年，第191页。

```
     1890  1900  1910  1920  1930  1940  1950  1960  1970  1980  1990  2000
```

赵树理   1906   1970

张爱玲   1920   1995

孙　犁   1913   2002

路　翎   1923   1994

钱锺书   1910   1998

巴　金   1904   2005

王　蒙   1934

第三部

······1942—1976······

```
         1910  1920  1930  1940  1950  1960  1970  1980  1990  2000  2010
```

钱谷融   1919   2017
梁　斌   1914   1996
曲　波   1923   2002
吴　强   1910   1990
杨　沫   1914   1995
柳　青   1916   1978
罗广斌   1924   1967
杨益言   1925   2017

1943　赵树理《小二黑结婚》
1943　张爱玲《第一炉香》《倾城之恋》
1943　张爱玲《金锁记》《红玫瑰与白玫瑰》
1945　孙犁《荷花淀》
1945　路翎《财主底儿女们》
1947　钱锺书《围城》

1956　王蒙《组织部来了个年轻人》
1957　钱谷融《论"文学是人学"》
1957　梁斌《红旗谱》
1957　曲波《林海雪原》
1957　吴强《红日》
1958　杨沫《青春之歌》
1959　柳青《创业史》

1961　罗广斌、杨益言《红岩》

1943

赵树理《小二黑结婚》
无意之中开启新时代

一　最接近《讲话》精神的作家

据萧军日记1941年8月8日记载，李又然去见毛主席，"他（毛泽东）慨叹着缺乏一个既懂文艺又懂政治这样一个领导人"。其实当时在延安，萧军、丁玲和周扬都是文艺界领导的可能人选。萧军主张"鲁迅风"，可是在延安讽刺批判只能对敌不能对友（即使阿Q也是群众），再加上萧军的个人性格，难做领导。丁玲从《莎菲女士的日记》到"左联"，再到《我在霞村的时候》，实际上是在延安最出色的作家。但因为30年代在南京被软禁的历史问题，受了多年批判审查。1942年后她再改变文风，《太阳照在桑干河上》写农村土改，获斯大林文学奖的二等奖。不过这样的荣誉，单枪匹马，别人很难效法。周扬是30年代上海"左联"的领导，积累了丰富的斗争经验，也翻译过托尔斯泰，虽然自己没有创作，但他敏锐地发现了一个农民作家，并把这个作家的作品评为"体现《讲话》精神的新文学方向"。《周扬文集》里有一篇《论赵树理的创作》："赵树理，他是一个新人，但是一个在创作、生活、思想各方面都有准备的作者，一位在成名之前就相当成熟了的作家，一位具有新颖独创的大众风格的人民艺术家。"[1]据李向东、王增如的《丁玲传》，周扬对《太阳照在桑干河上》的出版并不热心。[2]一度有解放区文化机关出于尊敬，同时挂了"鲁、郭、茅、丁"的画像，丁玲也大为紧张，赶紧叫人摘下来。与此同时，陈荒煤1947年在晋冀鲁豫文艺工作者座谈会上，正式提出了"向'赵树理方向'迈进"。一个在文学史上流行的说法，就是赵树理的《小二黑结婚》，最出色地体现了《讲话》的精神和方向。陈荒煤总结"赵树理方向"三个特征——第一是鲜明政治倾向性；第二是群众口头语言；第三是埋头苦干精神。

这三个特征确实符合《讲话》的基本精神，《讲话》的要点，第一也是强调文艺为政治服务，为工农兵服务，这是政治倾向；第二是先普及后提高——赵树理主要是"先普及"；第三是改造世界观，到群众中去——赵树理本来就从群众中来。所以，"普通高等教育九五教育部重点教材"《中国现代文学三十年》为赵树理列了专章。同一本书里，张爱玲、钱锺书、梁实秋都没有这样的"待遇"。打个比方，坐火车他们是没有专门车厢的，鲁迅有两个车厢，郭沫若、茅盾、巴金、老舍、曹禺等都是一个专用车厢，赵树理也是一个车厢。《中国现代文学三十年》说："无论从新文学发生以来就始终在探索的大众化课题来看，还是从解放区文学与当代的历史关联来看，赵树理的出现都是重要的文学史现象。"[3]

这里有两个关键词，一是"大众化"，一是"解放区"。

周扬等人说赵树理体现《讲话》精神，有部分道理。但是如果认为1943年9月出版的《小二黑结婚》是按照《讲话》精神而创作的，

---

1 周扬：《论赵树理的创作》，《周扬文集》第1卷，北京：人民文学出版社，1984年，第486—487页。
2 李向东、王增如：《丁玲传》上，北京：中国大百科全书出版社，2015年，第377—378页。
3 钱理群、温儒敏、吴福辉：《中国现代文学三十年》修订本，北京：北京大学出版社，1998年，第475页。

是贯彻为工农兵服务指示的最早的主旋律文学，那就是误会了。因为延安文艺座谈会虽然在1942年5月2日到24日召开，但毛泽东的《讲话》最早却是在1943年10月19日的《解放日报》上才发表，载入《毛泽东选集》则是1944年5月，而《小二黑结婚》写于1943年5月[1]，所以应该说《小二黑结婚》和《讲话》是农民作家和政治人物在解放区推广大众化文学的理论与实践的某种重合。

当然，任何偶然都是多种必然性的交叉点。

二　赵树理：农民喜欢的评书故事体

赵树理（1906—1970），山西晋城市沁水县尉迟村人，出生于一个农民家庭，他的父亲一生务农，会看风水，是《小二黑结婚》里保守迷信的二诸葛的原型。赵树理小学毕业后教书，后来就读于长治的山西省立第四师范学校，之后又教书，又被炒，被怀疑是共产党员。1930年，24岁的赵树理开始边流浪边写作，1937年真的加入共产党。教书、编报，做过区长、公道团团长、报刊编辑，总之起初是党的基层文化干部。他最早的作品也是"五四"文艺腔的。后来发现这样的作品在农村没有读者，农民不接受。所以到了1943年《小二黑结婚》就转用了一种农民比较喜欢的"评书故事体"。这种故事体后来有很长久的影响。如上海文艺出版社的《故事会》，印数长期上百万，是一本非常畅销的杂志，经常给农村人讲故事，形成一种农民喜欢的评书故事体。

《小二黑结婚》的原型是赵树理听来的一个真实故事。山西左权县（原辽县）芹泉镇横岭村，一个仅13户人家的村庄，民兵队长岳冬至和一个妇女会主任智英祥恋爱，几个把持乡政权的干部，

---

[1] 1943年9月赵树理《小二黑结婚》由华北新华书店出版。

村长石献瑛、青年部部长史虎山、救联会主席石羊锁,说他们在地里搞腐化(当时岳家订了童养媳,智英祥也已被家里许婚给一个商人),用这个罪名把岳冬至迫害致死(一说原意"教训教训",失手误杀)。县政府侦讯后,惩办了凶手。赵树理到案发的村中调查,令他惊讶的是,两个受害年轻人的家庭,也不同情岳冬至和智英祥的自由恋爱,认为打死岳冬至固然不对,但教训教训是理所当然,村里人也持同样的论调。正好那时边区政府颁布《妨害婚姻治罪法》,赵树理就在这时把这个故事改写成了《小二黑结婚》。

如果按照故事原来形态写,可能是一部男版《我在霞村的时候》。故事中的焦点人物,既不是被迫害打死的民兵队长及女友,也不是把持政权的凶手,而是眼见着自己的儿女被害死,还认为搞自由恋爱应该被打的双方父母以及乡亲们。这是一个解放区里的"哀其不幸,怒其不争"的故事,双方父母包括乡亲,既是受害者也是迫害者。这也是一个启蒙加救亡的故事,一个唤醒铁屋中沉睡者的故事。

但是赵树理改写了这个故事。小二黑小芹依然是无辜的好人,迫害者金旺、兴旺依然是反面形象村干部。赵树理改了什么?他将愚昧到残酷的双方家长和乡亲,变成了只是迷信愚昧但可以改造的中间落后群众二诸葛和三仙姑。再加上了更高的政权——区长像包公一样地断案,把悲剧改成了光明结尾,邪不压正。

这么一来,对照《讲话》——批判了阶级敌人,团结了落后群众,歌颂了自己人,政治标准有了。真实素材里,金旺、兴旺的原型是几个同样喜欢年轻妇女主任的村干部,最后由假装未成年的青年部部长史虎山顶罪,其他人一起照顾史虎山的家人。落后群众受教育后仍然羞愧难当,智英祥远嫁黑龙江,智母(三仙姑原型)上吊自杀。

《小二黑结婚》的成功并不仅仅因为符合政治标准,赵树理在艺术上对"五四"小说传统也有突破。从鲁迅、许钦文,到叶紫、沙汀、艾芜、吴组缃,还有蒋牧良、魏金枝、沈从文、萧红等,乡土文学的传统，基本上都是作家进城后怀念反思自己的乡土背景小镇记忆。但赵树理写的不是乡土文学，是农民文学。他不是由上而下地以同情、感慨的态度看农民，而是试图自下而上模拟农民的白日梦。在内容上，一方面轻松免去受害人家长以及乡亲的帮凶看客责任，改为只是迷信虚荣，二诸葛看风水，三仙姑爱打扮、贪财等，都是可以改造的习性，另一方面更盼望包青天式的官员来拯救农民。在形式上，赵树理放弃"五四"时期如《孔乙己》《药》之类横截面小说结构，重新使用了以故事情节为中心的评书体：每一节介绍一个人物，连成一段一段故事，也不是完全章回体。他用了农民感兴趣的故事语言——是农民能听懂的语言，并不真正是农民自己说的语言（真正模仿农民说的语言，那又是纯文学的工作，后来贾平凹《秦腔》等有试验）。真正写农民语言，农民不一定喜欢看，农民喜欢以故事情节为中心的评书体。《小二黑结婚》其实是混合了"新文学教员"工作和旧式说书人文体，把乡土文学改造成了农民文学。

在周扬等评论家看来，《小二黑结婚》在为工农兵服务方面很有成效。"先普及后提高"，起到了团结人民、教育人民、打击敌人、消灭敌人的目的。其实《小二黑结婚》也是"有经有权"。权宜的方面，就是符合当时边区农村读者的审美需求。如果说李伯元、徐枕亚、鲁迅等人的假想读者应该有中学以上文化，那么延安文艺的假想读者可以是小学程度。"经"的方面，其实《小二黑结婚》也贯穿了通俗文学的基本原则。在某种意义上，香港的翡翠台，湖南的芒果台，和《小二黑结婚》一样，也一直贯彻《讲话》的"先普及"的精神。第一，以情节主导叙事；第二，人物善恶分明；第三，大团圆结局。今天出版商判断作品是否畅销，第一，还是看故事，第二，判断纯文学和通俗文学的重要标志，就是有没有绝对的坏人。曲折故事和善恶分明，从来是通俗文学两大标志，在这个意义上，《小二黑结婚》标志着20世纪中国小说中通俗文学与革命文学开始合作。

虽然有善恶分明，但是读者最感兴趣的，却还是二诸葛、三仙姑等中间人物，只有这两个人物比较接近圆形人物。二诸葛是赵树理写自己父亲，自然笔下留情。三仙姑当时被人嘲笑，后来人们也会思考：为什么中年女人不能打扮，为什么脸上涂粉就叫"驴粪蛋上下了霜"……赵树理在50—60年代仍然一直提倡"中间人物论"，后来受到批判，因为政治潮流越来越要求文学歌颂英雄。赵树理很有骨气，一度被推崇为"样板作家"，身为"赵树理方向"，依然一直坚持自己的感觉，写农村写农民，可惜的是"文革"当中被批斗致死。

三 《小二黑结婚》：从写"官"到写"人"到写"民"的转折

把《小二黑结婚》放在从晚清到当代的小说人物系列里，我们更可以看出它的关键性转折意义。

晚清四大名著，主要批判讽刺黑暗社会现实，主人公是各级官员，而且贪官清官，都是坏官。民众，不管地主还是仆人，不管是小姐还是妓女，总之是被欺负受冤屈。"民"的具体阶级成分，并不细分。界限最清楚的就是官与民、官欺民、官压民。

到了"五四"，小说人物转了——首先官少了，几乎没有了。整个现代文学里以官员为主人公的作品屈指可数，《动摇》和《华威先生》是罕见的例外。"五四"小说或者描写官方的爪牙帮凶（康大叔、孙侦探），或者写"仕途"如堕落者（魏连殳、狂人）。与晚清相比，"五四"作家重点写民和官的相通之处——就是人，就是国民性。阿Q是雇农，做梦也想地主女人，并驱使小D；吴荪甫是资本家，又是失败的英雄；觉慧、觉民与高老太爷抗争，价值观却有相通之处；华威先生虚张声势后面是失落恐惧，等等。

《小二黑结婚》的转折意义在于——

第一，官员又重新成为重要角色，无论是负面角色金旺、兴旺，还是主持正义的区长,各有善恶使命,从此官员重回中国小说中心舞台。而且以后在区分官员善恶时,还有好官办坏事,或者好人变坏官(或者反过来坏官反省顿悟),或者坏官却又帮助民众等不同变化。总之《小二黑结婚》以后,在中国小说里又会反反复复看到很多官员身份的主角,以及由他们的上下级及不同阵线所组成的"新官场",一直到21世纪,迄今没有衰减迹象。中国古代小说历史悠久的"忠—奸"对立的情节模式,在晚清"新小说"被瓦解,在"五四"被转化为"贫—富""新—旧"或"中—外"矛盾(《子夜》),到延安又重新出现官场的"忠—奸"之分。

第二,官有忠奸,民亦两分。小二黑、小芹先进,二诸葛、三仙姑落后。先进都是一样的先进,落后却有不同的落后。因为落后的后面其实有非常丰富的社会内涵:一是年轻人要反家长权威,背后是宗族祠堂文化(族权);二是二诸葛的迷信,关系乡间的知识和信仰系统(神权);三是三仙姑的势利,说明普通农民之中的穷富差异以及性别歧视。后来赵树理的小说,还有其他写农村的如《创业史》《艳阳天》等,作家最花笔墨的、读者最感兴趣的,就是那些落后的群众怎么一步步地被劝、被帮、被改造(或很难被改造)。所以好官对坏官,是政治框架;先进群众帮落后群众,是艺术内容。从《小二黑结婚》的人物四分法,后来发展到50年代《红旗谱》的穷富国共阶级斗争模式,农民"落后"的丰富内容被简化了。直到半个世纪之后,农村中的"政权""族权"与"神权"的复杂关系,才在90年代《白鹿原》等作品中得到高度重视。

从写"官"到写"人",再到写"民",在20世纪中国小说的发展脉络当中,《小二黑结婚》有意无意之中成为一个重要的转折点。

2000年，夏志清教授丰老师於嶺南大學開會。

1943

张爱玲《第一炉香》《倾城之恋》
张爱玲的香港传奇

1941年，丁玲在延安最重要的文化期刊上发表了《我在霞村的时候》，两年以后，另一个中国现代最重要的女作家，在日据上海的鸳鸯蝴蝶派杂志上发表了《沉香屑·第一炉香》。前者写慰安妇做间谍，回延安养病；后者写上海女生在香港半山豪宅自愿从娼。两部作品，内容南辕北辙，手法完全不同，却都是20世纪中国小说中的精品，而且两个故事居然也不无相通之处。为了革命养病，今后再到前线"做同样的工作"也好，为了虚荣或婚姻，为姑妈找男人为丈夫找钱也好，女性身体在男性压力下又被迫又自愿的特殊挣扎和困境却是相同的。而且，莎菲女士和薇龙小姐所倾心的男人，竟然也有惊人相似之处，或是南洋归来的侨生，或是香港贵族子弟，都是生理／精神上的混血，都有令女人心动的颜值、风度以及花花公子的本性（在其他现代文学作品中，这样的男人很难寻找）。20世纪中国小说系列，选择重读张爱玲（1920—1995）的四篇早期作品，《第一炉香》和《倾城之恋》是张爱玲笔下的香港传奇，《金锁记》和《红玫瑰与白玫瑰》则是张爱玲讲述的上海故事。

一　大城市里的"堕落女性"

《沉香屑·第一炉香》是张爱玲第一部小说,初载于1943年的《紫罗兰》杂志,是张爱玲早期代表作。《第一炉香》可与曹禺的剧本《日出》、张恨水的长篇《啼笑因缘》并置阅读,几部作品都写美丽的女人在大都市里的堕落。这也是中国现代文学尤其是城市文学的常见故事,即便是享受都市文明的新感觉派(如《上海的狐步舞》)也不例外。然而,都写女人在都市堕落,《日出》《啼笑因缘》和《第一炉香》在写法上有明显差别——某种具有文学史意义的差别。

假定"一个本来纯洁、朴素、弱势的美女,为了金钱等利益屈从一个她不喜欢的有权势男人"是"堕落"的标志和过程(这个"堕落"要加引号,因为其定义可能是男性中心主义的观点),那么《日出》叙述堕落的过程"略前详后"。前面陈白露结婚,失恋,到大城市做舞女、明星,后来变成交际花,都只用几句台词简略交代,但是"堕落"的后果,交际花的悲惨结局,却详尽描绘。豪华酒店,花天酒地,应付各种男人,最后欠债,被迫吞药。最后她的台词:这么年轻,这么美丽,"太阳升起来了,黑暗留在后面,但是太阳不是我们的,我们要睡了。"观众对女主人公充满同情,觉得她是一个无辜的被侮辱被损害者。既然她是无辜的受害者,眼前悲剧应该由谁负责?当然就是社会,罪恶的大城市,这是左翼文学主流的声音。

张恨水《啼笑因缘》里的卖唱女凤喜,已和书生樊家树在一起,又贪图钱财跟了军阀,虽有一定胁迫性,也有一点自愿成分。军阀把她骗到家里,然后手举存折跪下,凤喜先是拒绝,最后一笑接受。有侠客在窗外,也没法再救她。正因为女主人公对自己的堕落有一定责任,所以之后她受到虐待,甚至发疯,读者的感受就比较复杂,有同情,又有谴责——此乃通俗小说的基本功能,先让读者迷醉白日梦,再提醒大家不可模仿,有一个道德教育的框架底线。所以《啼笑因缘》写女人在城里堕落,是"详前详后",全过程一个环节也不少。

在这样的文学史背景下,张爱玲《第一炉香》的叙事方法却是"详前略后",因此同样的故事却显示了不同的意义。

二 《第一炉香》:女学生"自愿从娼"的故事

葛薇龙从一个恳求香港姑妈赞助学费的上海姑娘,一步一步自愿地走进了堕落的结局,中间经过了至少四个选择。

第一步,明知姑妈家里风气不正,仍然住进去。第二步,睡房里这么多衣服,提醒她:"这跟长三堂子里买进一个讨人,有什么分别?"摆明是要她充当学生以外的角色,但她陶醉于美丽衣服的华尔兹舞,对自己说"看看也好"!第三步,姑妈老相好司徒协,突然套个金刚石手镯给薇龙,显示她在姑妈家的培训期结束了,It's time to work。薇龙还是不舍得离开香港,接下来就和混血靓仔乔琪乔感情赌博。这三步选择,我在北京和香港的课堂上做过调查,大部分学生都认为会走下去,"看看也好"。可是到了第四步,为了挽救名声而嫁给花花公子,还要帮姑妈勾引其他男人,这个荒唐结局是人人都害怕的——但它又是前面几步的合理发展。

夏志清这句评论被不少人引用:"人的灵魂通常都是给虚荣心和欲望支撑着的,把支撑拿走以后,人变成了什么样子——这是张爱玲的题材。"[1] 在我读来,《第一炉香》的结尾就是《日出》的开端,几年以后,薇龙就是陈白露。张爱玲的"详前略后",使得她的小说一开始就有别于左翼主流文学和鸳鸯蝴蝶派。张爱玲的祖父张佩纶是李鸿章的女婿,张爱玲的家庭背景是所谓"最后的贵族"——衰败、破落、腐朽,但又有不少别人没有的、令她留恋的东西。张

---

[1] 夏志清:《中国现代小说史》,台北:传记文学社,1979年,第405页。

爱玲考取了伦敦大学，因为二战只能在香港读书，香港生活经验在她早期创作中演化为异国情调。《第一炉香》和《倾城之恋》，其实都是为上海读者制造的香港传奇。香港于是变成专为中国人制造的"异域梦"（同时又是为西方人演出的"中国梦"）。在另外一篇小说《茉莉香片》里，张爱玲预言，"香港是一个华美的但是悲哀的城"（如果言中，纯属偶然）。《第一炉香》有意无意地延续了晚清狭邪小说的传统，特别是《海上花列传》中青楼家庭伦理化的传统，性工业也要模拟家庭气氛并遵守伦理道德。仔细想想薇龙后来在姑妈家里的华丽生活，不少男人因她而来，有的会姑妈，有的见她。靓仔老公也要应付姑妈，又要照顾薇龙，还获得金钱，当然还有别的女人，家里的美丽丫头也要承担各种不同的功能……

　　高全之曾把《第一炉香》和《金瓶梅》相比较，认为薇龙和李瓶儿都有"飞蛾扑火的盲目与清醒"，她们美丽的从娼心理历程有两个显著特点，第一是自愿性，第二是现实性。[1] 其实青楼文学传统，也有社会批判功能，《官场现形记》和《二十年目睹之怪现状》都有官员将女儿或者儿媳妇送给上司做妾的狗血桥段。茅盾改写这一情节，乡下财主冯云卿将女儿送给赵伯韬刺探情报，更突显色情交易和家庭道德的结合与冲突。甚至《上海的狐步舞》里，也描写了一个老太婆要帮自家儿媳妇在街上拉客。仔细想想，《第一炉香》中的姑妈，不也在替薇龙拉客吗？而且还不完全是勉强的，薇龙对乔琪乔还有自欺欺人的感情投入。从这个角度看，《第一炉香》可以视为"青楼家庭化"向"家庭青楼化"的一个转折（张爱玲最喜欢的小说之一就是《海上花列传》，《第一炉香》里的"长三堂子"不只是一个隐喻）。

---

[1] 高全之：《飞蛾投火的盲目与清醒：比较阅读〈金瓶梅〉与〈第一炉香〉》，《张爱玲学》，台北：麦田出版社，2008年，第49—64页。

三 《倾城之恋》：从饭票出发却找到爱情

晚清青楼小说，除了《海上花列传》式的"近真"，也有《花月痕》式的"溢美"，从交易出发最后收获真情。现代版"从饭票出发却找到爱情"的传奇，就是《倾城之恋》。傅雷在称赞《金锁记》的同时曾批评《倾城之恋》"华彩胜过了骨干"，"两个主角的缺陷，也就是作品本身的缺陷"。[1] 张爱玲的爱情故事大都悲观绝望，《倾城之恋》是一个例外。在现实层面上，当然也是白日梦：刚刚跳舞认识就买头等船票，马上入住男人付钱的浅水湾高级酒店，这段感情游戏一开局就不平等。张爱玲写白流苏的上海旧家庭，亲戚排斥母亲不帮，这就把女主角在香港寻找饭票之旅合理化了。没有退路，她才跑上阁楼，对着镜子阴阴一笑，然后出征。

在《伤逝》《创造》《家》《春风沉醉的晚上》等作品中，"五四"小说的基本爱情模式已经一再重复——男的总是思想进步的才子（凌吉士思想不进步，就被莎菲女士"飞"了）；男人穷，他的性苦闷才值得同情。怎么吸引女性？当然主要靠文化，男人相貌并不重要。女人必须玉洁冰清。基本上男人在讲他看什么书，女人就在旁边睁大了美丽的眼睛，点头，仔细倾听……

《倾城之恋》也有这样的场面。华侨商人范柳原花钱把28岁的女人白流苏从上海请来香港浅水湾，住进海景房，先吃饭后跳舞。男人说："我要你懂得我！"女人低下头来说："我懂得，我懂得。"然后两个人就到夜晚的花园里，来这里本来就可以 kiss 了，"流苏

---

[1] "……美丽的对话，真真假假的捉迷藏，都在心的浮面飘滑；吸引，挑逗，无伤大体的攻守战，遮饰着虚伪。男人是一片空虚的心，不想真正找着落的心……总之，《倾城之恋》的华彩胜过了骨干；两个主角的缺陷，也就是作品本身的缺陷。"迅雨：《论张爱玲的小说》，《万象》第3卷第11期，1944年5月。

愿意试试看。在某种范围内,她什么都愿意。"[1]可是,男主角觉得,只靠钱来拍拖,胜之不武,所以他还要模仿一下"五四"文人的恋爱方式,便将白流苏带到了一个荒凉的断墙下面,讲了一番"地老天荒,执子之手"等《诗经》金句。这种场面在"五四"爱情小说里常见,没有见过的是女主角的心理独白——

> 原来范柳原是讲究精神恋爱的。她倒也赞成,因为精神恋爱的结果永远是结婚,而肉体之爱往往就停顿在某一阶段,很少结婚的希望,精神恋爱只有一个毛病:在恋爱过程中,女人往往听不懂男人的话。然而那倒也没有多大关系。后来总还是结婚、找房子、置家具、雇佣人——那些事上,女人可比男人在行得多。[2]

这段话"放在整个现代文学史上看,是女主人公觉悟的一个小降低,却是女性主义创作的一个大飞跃"。[3]"五四"的爱情小说灌入了太多启蒙内容,使命就是教人、救人,男主角或者作家经常看不到女主角心中到底在想什么,他们只觉得女主角睁大美丽的眼睛,在听他讲民主自由、个性解放……男主角或者作家看不见女性曲折压抑的情欲,也看不到女人睁大美丽眼睛温柔点头时,其实可能在考虑更实际的饭票、衣服等人生问题。子君当年听涓生讲雪莱、拜伦时,是不是也会脑子里闪过——这个男人将来住哪里?女作家下笔就视野不同,《莎菲女士的日记》写了女人浪漫主义的性欲,《倾城之恋》写了女人现实主义的心理。为什么女性的这些平凡的欲望心思,才华洋溢要救人救世的男主角们却看不到呢?这才是真正的

---

[1] 张爱玲:《倾城之恋》,《传奇》增订版,上海:山河图书公司,1946年,第171页。
[2] 同上,第172页。
[3] 许子东:《许子东细读张爱玲》,北京:北京大学出版社,2020年,第126页。

问题所在。

　　小说最后靠了香港倾城的这个外力（实际上不大可能发生的条件），促使男女主角在爱情方面从互相算计到同病相怜。作家告诉读者，这也不是天长地久，也许十年八年。但已经可以使不少张爱玲的读者感到欣慰，毕竟这是她笔下唯一的一次 happy ending。

　　《倾城之恋》除了挑战"五四"以来的爱情小说模式以外，还有一个特点值得讨论：一般爱情小说都是男女主角一见钟情，然后因为家庭、阶级、民族或者其他社会因素的阻碍而导致悲剧。男女是冲突的一方，外界压力是另一方，这是不少爱情文学的基本格式。然而《倾城之恋》并没有明显外力在反对他们，戏剧冲突就发生在男女之间。冲突是什么？表面看，女方追求长期饭票，男方貌似花花公子，好像是一场食与色的斗争。难道"食、色，性也"，真的男女有别？女的比较看重社会条件，比如财产、知识、稳重、可靠、才能、气度，男的更加关注外在生理因素，比如美貌、仪态、善良、身材、气质。可是这种"食色性也，男女有别"的情况，其实也是男权社会的历史后果。《倾城之恋》承接了这些后果，又颠覆了这种后果。仔细读小说，我们发现女主角目标明确，手段不拘，男主角只贪过程，意图不明。在感情博弈过程中，男人处处占优势，但最后女方达到了结婚的目标，所以这是一场男女爱情战争当中以弱胜强，又达到双赢的典型战例，难怪读者们一直喜欢。

1943

张爱玲《金锁记》《红玫瑰与白玫瑰》
张爱玲的上海故事

在张爱玲（1920—1995）的作品里，香港传奇与上海故事常常交织对照，互为他者。如果说香港是风景，上海就是窗台；香港是房子，上海是地基；香港是梦幻，上海是现实；香港是面子，上海是里子；香港是红玫瑰，上海是白玫瑰。香港是"封锁"之中的时间；但"封锁"之前或之后那就是上海。如果香港是电影，上海就是电影院；香港是冒险，上海是生活；香港是男人，上海是女人……

张爱玲的两部香港传奇，都是为上海人，或者说为一般城市里的中国人所制造的白日梦。这些梦都是从感情赌博出发，一部输得凄凉（《第一炉香》），一部赢得侥幸（《倾城之恋》）。张爱玲的两部上海故事，却都是白日梦醒，直面惨淡人生，一部解析女人"母爱"（《金锁记》），一部诊断男人疾病（《红玫瑰与白玫瑰》）。

张爱玲早期写上海的小说，几乎篇篇都好。比如《封锁》，一个电车上凝固的、切割的时间，写出了男人（以及女人）到底是要做"好人"还是"真人"。细节具体如上海西装男提了一条鱼，用报纸包着包子，报纸上的字印在包子上等，非常精彩。另外有篇《留情》，讲五六十岁的男人跟一个三十来岁的女人不太美满的婚姻。是张爱玲写得最朴素、最啰唆，最不浪漫但是她自己又最满意的一个作品。还有《桂花蒸·阿小悲秋》，写一个女佣，主人是一个很穷的外国花花公子，这是张爱玲笔下罕见的写无产阶级的作品。当然从篇幅看，从影响看，张爱玲"上海故事"的代表作还是《金锁记》和《红玫瑰与白玫瑰》。

一 《金锁记》中的情欲与"母爱"

七巧和薇龙的不同是，薇龙嫁了一个坏男人，七巧嫁了一个病男人。七巧向小叔子抱怨丈夫无用，感觉有点暧昧："她试着在季泽身边坐下，只搭着他的椅子的一角，她将手贴在他腿上，道：'你碰过他的肉没有？是软的、重的，就像人的脚有时发了麻，摸上去那感觉……'季泽脸上也变了色，然而他仍旧轻佻地笑了一声，俯下腰，伸手去捏她的脚道：'倒要瞧瞧你的脚现在麻不麻！'"[1]女人的脚是可以随便乱摸的吗？中国传统女人的脚，用现代的说法，那是第二性器官。西门庆调戏潘金莲，首先碰的就是脚。林语堂专门分析过，中国过去的男人为什么喜欢女人的小脚？因为缠了小脚以后，女人走路的姿态是他们最欣赏的一种美。[2]大概七巧的脚是小的，又被小叔子这么一摸，小说写她蹲在地上，"不像在哭，简直像在翻肠搅胃地呕吐。"叔嫂之间身体接触的这段文字，同时写了她的两层性苦闷：丈夫无能，小叔游戏。

小说里有段意识流，交代七巧的情欲历史——

---

[1] 张爱玲：《金锁记》，《传奇》增订版，上海：山河图书公司，1946年，第118—119页。以下小说引文同。

[2] "其作用等于摩登姑娘穿高跟皮鞋，且产生了一种极拘谨纤婉的步态，使整个身躯形成弱不禁风，摇摇欲倒，以产生楚楚可怜的感觉。"林语堂：《吾国吾民》，《林语堂文集》第8卷，北京：作家出版社，1995年，第157页。

> 有时她也上街买菜,蓝夏布衫裤,镜面乌绫镶滚。隔着密密层层的一排吊着猪肉的铜钩,她看见肉铺里的朝禄。朝禄赶着她叫曹大姑娘。难得叫声巧姐儿,她就一巴掌打在钩子背上,无数的空钩子荡过去锥他的眼睛,朝禄从钩子上摘下尺来宽的一片生猪油,重重的向肉案一抛,一阵温风直扑到她脸上,腻滞的死去的肉体的气味……她皱紧了眉毛。床上睡着的她的丈夫,那没有生命的肉体……

这段文字用旧白话展现电影蒙太奇技巧,当年追求她的是肉铺里的朝禄,从生猪油温风转到了她现在身边睡着的没用的富家男人。

《金锁记》全文分成两部分,第一部分是她被迫害,描写她的情欲,第二部分是她迫害别人,分析她的母爱。《金锁记》和《阿Q正传》是20世纪中国最杰出的两部中篇小说,主题都是"被侮辱者损害他人"。

男人死后分家,某日季泽上门叙旧,"你"知道"我"为什么跟家里那个不好,为什么拼命在外面玩,把产业都败光了,这都是为了"你"啊,"二嫂"七巧……

听了这段"爱情表白",张爱玲笔下出现了一段极为罕见的"'五四'文艺腔":

> 七巧低着头,沐浴在光辉里,细细的音乐,细细的喜悦……这些年了,她跟他捉迷藏似的,只是近不得身,原来还有今天!可不是,这半辈子已经完了——花一般的年纪已经过去了。人生就是这样的错综复杂,不讲理。当初她为什么嫁到姜家来?为了钱么?不是的,为了要遇见季泽,为了命中注定她要和季泽相爱。她微微抬起脸来,季泽立在她跟前,两手合在她扇子上,面颊贴在她扇子上。他也老了十年了,然而人究竟

还是那个人呵！……

我不得不打断一下，come on，嫁进豪门不为钱，为了和小叔子相恋？……看不清季泽骗你就算了，何必自己骗自己——但这就是爱情的头晕，爱情的伟大，基本上爱情总是要自己骗自己的。"沐浴在光辉里，细细的音乐……"这是一个层次——动情。"他难道是哄她么？他想她的钱——她卖掉她的一生换来的几个钱？仅仅这一转念便使她暴怒起来……"这是第二个层面——怀疑。"就算她错怪了他，他为她吃的苦抵得过她为他吃的苦么？好容易她死了心了，他又来撩拨她。她恨他。"这是第三个层次——比较清醒的计算、对照。但这个男人还在看着她。"他的眼睛——虽然隔了十年，人还是那个人呵！"这是第四、第五个层次了，留恋昔日感情，也怀念自己的青春，"就算他是骗她的，迟一点儿发现不好么？即使明知是骗人的，他太会演戏了，也跟真的差不多罢？"

就这么一层一层地，从感动到猜疑，从怨恨到留情，然后又自我欺骗，真假"不可知论"。当然，最后她用金钱角度试探，小叔子果然是来骗钱，结局非常有名，七巧把扇子丢过去，打翻了姜季泽手里的酸梅汤，张爱玲这么写：

酸梅汤沿着桌子一滴一滴朝下滴，像迟迟的夜漏——一滴，一滴……一更，二更……一年，一百年。真长，这寂寂的一刹那。

为什么这么长呢？这是电影慢镜头效果。七巧下意识知道拒绝了这个男人，她这一辈子也不会再有了。但是更精彩的是接下来一段，把小叔子赶走后，七巧急急上楼，"她要在楼上的窗户里再看他一眼。无论如何，她从前爱过他。她的爱给了她无穷的痛苦。单只这一点，就使他值得留恋。多少回了，为了要按捺她自己，她绷得全身的筋骨与牙根都酸楚了。今天完全是她的错。他不是个好人，她又不是不知道。她要他，就得装糊涂，就得容忍他的坏。她为什么要戳穿他？人生在世，还不就是那么一回事？归根究底，什么是真的，什么是假的？她到了窗前，揭开了那边上缀有小绒球的墨绿洋式窗帘，季泽正在弄堂里往外走，长衫搭在臂上，晴天的风像一群白鸽子钻进他的纺绸裤褂里去，哪儿都钻到了，飘飘拍着翅子。"

要是电影拍到这个地方，管弦乐起，这是病态的爱情的赞歌！

二　七巧：从被损害到损害自己的儿女

为什么说这是七巧从被损害到损害他人的转折点？如果一定要考虑"性心理"因素，之前主要是性压抑，之后更走向性变态。

其实，当时七巧年纪也不是很大，应该三十左右。高全之分析过，为什么不能再找别的男人？阻力是小脚和鸦片。[1]

再读一段更精彩的文字（李欧梵教授讲课时说这段文字是中国现代文学里面最颓废的一个场面）。儿子长白已经娶媳妇了，长得瘦瘦小小白白的。

> 七巧把一只脚搁在他肩膀上，不住的轻轻踢着他的脖子，低声道："我把你这不孝的奴才！打几时起变得这么不孝了？"长安在旁笑道："娶了媳妇忘了娘吗！"七巧道："少胡说！我们白哥儿倒不是那们样的人！我也养不出那们样的儿子！"长白只是笑。七巧斜着眼看定了他，笑道："你若还是我从前的白哥儿，你今儿替我烧一夜的烟！"

---

[1] 高全之：《〈金锁记〉的缠足与鸦片》，《张爱玲学》，台北：麦田出版社，2008年，第79—98页。

成年读者不妨想象一下这个画面：女主角把她的小脚——第二性器——放在儿子的小白脸上拍打，儿子在帮她烧鸦片，她还要儿子讲述自己夫妻之间的床事细节，而媳妇就睡在隔壁，听得见两人说话。后来这些话还传到亲戚朋友当中去。难怪她儿媳妇看着天上的月亮，说像一个小太阳。儿媳妇当然也活不长了。

后来王安忆把张爱玲的《金锁记》改成话剧，删去了母亲和长白的这条线索。王安忆非常感兴趣母亲和女儿斗法的情节，可是长白的戏砍了可惜。如果说七巧后来真有性心理的变态压抑，那么转移和宣泄方式也是男女有别：对儿子是纵欲（娶妻妾、抽鸦片），对女儿是压制（不让读书及恋爱）。

七巧强迫女儿裹脚，到女儿学校闹事致使长安羞辱退学，好不容易长安有个正常男友，又用各种方法破坏。先是儿子出面，请童世舫吃饭，吃到一半，七巧登场：

世舫回过头去，只见门口背着光立着一个小身材的老太太，脸看不清楚，穿一件青灰团龙宫织缎袍，双手捧着大红热水袋，身旁夹峙着两个高大的女仆。门外日色昏黄，楼梯上铺着湖绿花格子漆布地衣，一级一级上去，通入没有光的所在。世舫直觉地感到那是个疯人——无缘无故的，他只是毛骨悚然。长白介绍道："这就是家母。"

形象惊怵之外，还要加一句"她再抽两筒就下来了"。留学生彻底崩溃，他怎么敢和一个抽鸦片的女学生结婚？

小说最后有一段话，总结七巧的一生：

三十年来她戴着黄金的枷。她用那沉重的枷角劈杀了几个人，没死的也送了半条命。她知道她儿子女儿恨毒了她，她婆家的人恨她,她娘家的人恨她。她摸索着腕上的翠玉镯子,徐徐将那镯子顺着骨瘦如柴的手臂往上推,一直推到腋下。

夏志清说,"《金锁记》这段文章的力量不在杜思妥也夫斯基之下。……不论多么铁石心肠的人,自怜自惜的心总是有的;张爱玲充分利用七巧心理上的弱点,达到了令人难忘的效果。"[1]虽然写的是彻底的人性之恶,但其实仍有具体而独特的社会内容。放回20世纪众多"中国故事"之中,七巧将"被欺欺人"的国民传统,发展到极端,演变成"被旁人欺然后欺自己人"(不要说各位读者没见过),具体说就是母亲被人欺,再欺负自己儿女。所以"被欺欺人"呈现了女人和母亲双重身份的冲突。七巧也年轻过,为了做有钱人家的"母亲",几乎放弃了自己做女人的某些权利。但所有作为女人的"压抑"都可能转化为"母亲"的权力。张爱玲对20世纪中国文学的独特贡献之一,就是像《金锁记》这样细分三个层次解析审判"母爱"——

第一是"控制型关爱",对长安说男人不可靠,都看中你的钱,我是为了保护你,等等。"放纵"也可以是"爱",让儿子收心,所以年轻轻就要有妻妾,要用烟土,等等。总之是无微不至的关爱与控制,无微不至,不能有母亲不知道不掌控的情况。

第二是"索求感恩",做你们的母亲,我多么不容易,牺牲那么多(情欲),所以你们要知道,要感恩,要记住我的付出……反反复复重申以后,儿女就像负债一样,不仅想感恩,而且会自卑(这种自卑后来贯穿《易经》和《小团圆》)。

第三是"潜意识嫉妒"。"女人都是同行",无意之中与儿女竞争,

---

[1] 夏志清:《中国现代小说史》,张爱玲章由夏济安翻译,台北:传记文学社,1979年,第412页。

所以可以牺牲儿女的幸福弥补自己的不幸（我没得到的，你们也不能有；我们那时不可以的，你们现在也不行）……

这几个层次的母爱解构，看似与《家》《北京人》等"五四"男作家的"弑杀情结"遥相呼应，但是更突出女性心理生理特点。同样反叛家长制，可能比反抗父权更加复杂一些。从阶级角度看，七巧原是受害者，"半路出家"熬成当权派，不懂权术，但用权更狠（后来张炜《古船》写穷人出身的恶霸，尤其凶恶，同样道理）。从性别政治看，拒绝父权义无反顾，审母作品情绪矛盾，不会完全绝情（就像长安对母亲的态度）。张爱玲早期作品，多少都有些恋父审母倾向，小说里的母亲形象大都不太温暖崇高，比如《倾城之恋》里的母亲并不同情白流苏，《茉莉香片》中母亲形象在聂传庆想象中十分软弱，《第一炉香》的姑妈，血缘隔了一层，自然更是陷薇龙于不义的"恶母"角色……张爱玲写自传散文《私语》，母亲是个接受新文化的年轻女人，美丽潇洒，说走就走，同时又是常常"缺席"的"失职母亲"，分别时暗暗责怪女儿不知感恩，令女儿自卑，后来对女儿衣着打扮甚至头型都有苛刻评语。从长安角度代入，七巧也是典型的"恶母"。问题是，"恶母"也是女人，或者是做不成女人才逐渐变"恶"。张爱玲后来用英文写《易经》用中文写《小团圆》，反复重写母亲的形象，还是一直坚持女儿挑剔反叛的态度，客观上却慢慢透露"女人—母亲"双重身份的深刻矛盾（比如母亲为救女儿的病而与外国医生上床等）。考察从《私语》到《易经》及《小团圆》中母亲形象的变化，作为女人，似乎有从美丽成功走向艰难奋斗走向凄楚可怜的变化过程——但这种作为女人越来越失败的感觉，又是从女儿（也就是从"母亲期待"）角度书写的。《金锁记》写七巧沿着传统方法用母亲身份发泄做女人之不成功，固然是彻底的悲剧，但别的新女性独立自主追逐幸福，后来也还要被其"母亲"身份做评判所审问，因而也会艰难凄凉？对"五四"以后女人与母亲这双重身份的矛盾冲突消长重和，张爱玲后来有长期的探索。虽然一直坚持女儿的残酷的审判视角，但也有对母亲还钱、"感恩"并绝情的"胜之不武"的忏悔与感慨。[1]

三 《红玫瑰与白玫瑰》：衣食住行

张爱玲认识胡兰成的时候，她早期的主要作品《第一炉香》《倾城之恋》《金锁记》都已完成。只有《红玫瑰与白玫瑰》是在认识胡兰成以后写的。小说第一段原有一个叙事者，一个佟振保的侄子说我叔叔以前怎么怎么，但后来被作家删了。去掉了传统说书的架子，现在就是第三人称：

> 也许每一个男子全都有过这样的两个女人，至少两个。娶了红玫瑰，久而久之，红的变了墙上的一抹蚊子血，白的还是"床前明月光"；娶了白玫瑰，白的便是衣服上的一粒饭粘子，红的却是心口上的一颗朱砂痣。[2]

《红玫瑰与白玫瑰》中佟振保喜欢他朋友的太太王娇蕊，恋爱过程简单概括就是衣食住行。第一次见到娇蕊，她刚洗完澡，穿着浴衣："一件条纹布浴衣，不曾系带，松松合在身上，从那淡墨条子上可以约略猜出身体的轮廓，一条一条，一寸寸都是活的。"振保把女人留在地上的乱头发捡起来放在口袋里。和女人握手以后，又觉得肥皂一直在吸吮他的手指。相比茅盾《动摇》中写方罗兰当面夸妻子，"你的颤动的乳房，你的娇羞的眼光，是男子见了谁都

---

[1] 张爱玲:《小团圆》，香港：皇冠出版社，2009年，第289页。
[2] 张爱玲:《红玫瑰与白玫瑰》，《传奇》增订版，上海:山河图书公司，1946年，第36页。以下小说引文同。

要动心的。"[1]的确女作家写性感比较微妙细腻。

"衣"之后是"食",娇蕊发嗲,叫振保帮她往面包上抹花生酱,理由是说自己不好意思抹得太厚,又想减肥又想好吃等,废话一通,就是调情。

"食"之后是"住",娇蕊说:"我的心是一所公寓房子。"振保笑道:"那,可有空的房间招租呢?"娇蕊却不答应了。振保道:"可是我住不惯公寓房子。我要住单幢的。"娇蕊哼了一声道:"看你有本事拆了重盖!"

除了写衣、写食、写房以外,《红玫瑰与白玫瑰》里还写了两段文字是关于"行"的,就是关于车。这两段文字都非常重要。当时男主角还在犹豫"朋友妻不可欺",他怀疑女的有点放荡,他不知道自己到底想怎么样。

> 振保抱着胳膊伏在栏杆上,楼下一辆煌煌点着灯的电车停在门首,许多人上去下来,一车的灯,又开走了。街上静荡荡只剩下公寓下层牛肉庄的灯光。风吹着两片落叶蹋啦蹋啦仿佛没人穿的破鞋,自己走上一程子……
>
> 这世界上有那么许多人,可是他们不能陪着你回家。到了夜深人静,还有无论何时,只要是生死关头,深的暗的所在,那时候只能有一个真心爱的妻,或者就是寂寞的。振保并没有分明地这样想着,只觉得一阵凄惶。

整段文字是从"振保抱着胳膊伏在栏杆上"展开的,读者可以假想这是他看到的夜景:电车、灯光、树叶……接着顺理成章也会假设这是男主角的想法:世界夜深人静,寂寞的时候,要有一个真

---

[1] 茅盾:《动摇》,《蚀》,北京:人民文学出版社,2008年,第99—100页。

心爱的妻……但就在这时,叙事者突然告诉我们,振保并没有这么想着,或者并没有想得这么清楚,他只觉得一阵凄惶。

这是张爱玲很特殊的一个写作技巧,她把主人公的眼光和叙述者的眼光有意混淆,产生了一个很朦胧、很微妙,可以有错觉的心理。

这段文字,好像作家站在男主人公身边说,你看你只知道凄凉,你不知道你其实心中渴望着爱,你不知道你错过了什么。这是作家在写一个人物的潜意识。男主角佟振保不知道自己无意识中在渴望着爱,或者在女作家张爱玲的理解中,男人也可能有这样一种对爱的渴望,只是他常常不知道。

四　男人不知道自己为什么流泪

因为他不珍惜爱情,王娇蕊要和丈夫摊牌,佟振保却害怕了。然后娶了一个很符合世俗标准的女子孟烟鹂,但是他们没有感情,结婚以后生活非常平淡,而且没有"性趣"。

几年以后,他在公共汽车上偶遇娇蕊。"振保看着她,自己当时并不知道他心头的感觉是难堪的妒忌。"他"当时并不知道",这是叙述者旁白。一般张爱玲只在男主人公耳边旁白,女主人公就算犯傻,就算七巧把酸梅汤向小叔子扔过去,她自己还是知道自己在犯傻的,可是男人们不知道。

娇蕊道:"你呢?你好么?"振保想把他的完满幸福的生活归纳在两句简单的话里,正在斟酌字句,抬起头,在公共汽车司机人座右突出的小镜子里,看见他自己的脸,很平静,但是因为车身的嗒嗒摇动,镜子里的脸也跟着颤抖不定,非常奇异的一种心平气和的颤抖,像有人在他脸上轻轻推拿似的。忽然,他的脸真的抖了起来,在镜子里,他看见他的眼泪滔滔流下来,为什么，他也不知道。

真是写得太好了，这个男人不知道自己为什么流泪。张爱玲还是给他一个镜子，车外的小镜子，原来是用以确定方向与安全。车子在开，镜子在抖，所以他开始没想到是自己的脸在颤抖。

在这一类的会晤里，如果必须有人哭泣，那应当是她。这完全不对，然而他竟不能止住自己。应当是她哭，由他来安慰她的。她也并不安慰他，只是沉默着，半晌，说："你是这里下车罢？"

这里最精彩的一句，就是"如果必须有人哭泣，那应当是她"。这句话是谁说的？如是叙事者旁白，说的便是社会游戏规则。如是男主角自言自语，那便是内心的大男人意识。男的以为重逢总是女人后悔，总是女人哭泣，没想到现在自己在流泪。这时男主人公才意识到自己是真爱这个女人的，肠子都悔青了。

回家以后又发现自己老婆和一个裁缝通奸，他就很绝望地跑了出去。气愤之中没讲价就上了黄包车。张爱玲的笔，真是刻薄。

《红玫瑰与白玫瑰》拍成电影时，关锦鹏非常尊重张爱玲，不少场面索性将张爱玲的小说文字打在屏幕上。记得电影结束时，"第二天起床，振保改过自新，又变了个好人。"

五　张爱玲笔下的"好人"与"真人"

在张爱玲笔下，男人被分成两类——"真人"和"好人"。遵守社会规则的是"好人"，追求自己欲望的是"真人"。只有在"封锁"的车厢里，在短暂的、虚构的空间，才可能做片刻的"真人"。

回到正常世界，振保也好，吕宗桢也好，张爱玲小说的不少男人都是只能去做"好人"。

张爱玲大部分小说是解析女性的，只有《红玫瑰与白玫瑰》主要解剖男性。

小说开局有伏笔，男主角在巴黎碰到一个白人妓女，却做不了事，此事造成了伴随终生的耻辱感。后来他一直想做"主人"，在英国有个混血女人对他很好，可是他扮正经，说这样的女人不适合于中国家庭，拒绝了人家，其实潜意识里是害怕再受到耻辱。

娇蕊又是一个红玫瑰，他其实已经"胜利"，自己不知道，因为心里害怕结果错过了真的爱情。80年代张辛欣有篇小说，题为《我在哪里错过了你》。永恒的问题，能知道就好了。

最后是孟烟鹂，贤妻良母不性感，男人又无欲无求了。定期去妓院，像是体格检查。佟振保购买性服务，也算做"好人"。孟烟鹂偶然出轨，便是不守妇德。张爱玲在一篇文章里发过议论："妇德的范围很广。但是普通人说起为妻之道，着眼处往往只在下列的一点：怎样在一个多妻主义的丈夫之前，愉快地遵行一夫一妻主义。"[1]

张爱玲的小说，与40年代中国语境，关系好像不太密切。但是放在80年代、90年代以及21世纪读，却也不过时。

---

[1] 张爱玲：《借银灯》，《张看》下册，北京：经济日报出版社，2002年，第233页。

1945

孙犁《荷花淀》
好风景，血战场，新妇女，旧美德

一　好风景，血战场

　　月亮升起来，院子里凉爽得很，干净得很，白天破好的苇眉子潮润润的，正好编席。女人坐在小院当中，手指上缠绞着柔滑修长的苇眉子。苇眉子又薄又细，在她怀里跳跃着。……这女人编着席。不久在她的身子下面，就编成了一大片。她像坐在一片洁白的雪地上，也像坐在一片洁白的云彩上。她有时望望淀里，淀里也是一片银白世界。水面笼起一层薄薄透明的雾，风吹过来，带着新鲜的荷叶荷花香。[1]

　　假如不知道作者和文本的背景，感觉上我们是在读沈从文的"乡村牧歌"。后来汪曾祺也是这类文风、这般风景。不过沈从文、汪曾祺的乡村风景真的就是优美，真的就是安静。孙犁（1913—2002）的《荷花淀》，却是用好风景在写血战场。

---

[1]《荷花淀》首次发表于 1945 年 5 月 15 日延安《解放日报》副刊，收入《中国短篇小说百年精华》现代卷，中国社会科学院文学研究所当代文学研究室编，香港：香港三联书店，2005 年。以下小说引文同。

钱理群等人的《中国现代文学三十年》有评论："在解放区短篇小说家中，孙犁是赵树理之外最重要的作家。与赵树理以现实主义精神着重表现农民心理思想改造的艰苦历程不同，孙犁的小说着重于挖掘农民的灵魂美和人情美，艺术上追求诗的抒情性和风俗化的描写，带有浪漫主义的艺术气质。"[1]

本来战场上，大部分都是男人，孙犁写抗战却大都以女人为主角。战场本来充满血腥残酷，孙犁的小说却风景秀美："万里无云，可是因为在水上，还有些凉风。这风从南面吹过来，从稻秧上苇尖吹过来。水面没有一只船，水像无边的跳荡的水银。"

仔细想，文学里的风景常常就是抒情。小说里风景好，说到底就是人物的心情好。可那是战争时期，兵荒马乱，国土被践踏，人民受煎熬，荷花淀的女人怎么会有这样的好心情？怎么能在血战场上看到好风景？那是因为她们对战争，对土地，抱着乐观的情绪。评论界也一直称赞，说描写新鲜的地域风貌和乐观的抗战情绪，是孙犁作品的成功之道。

我们不妨再追问，为什么乐观呢？战火燃烧在自己美丽的家乡，仗已经打了八年了——《荷花淀》是1944年写作，次年发表——为什么渗透在美好的风景当中的是女人们的乐观的心情？并不是因为她们把世界局势看透了，知道再过几个月苏联红军就要进攻关东军；也不是因为战争少给她们和她们的家人带来苦难，苦难是说不完的。这种乐观态度，在很大程度上来源于她们对自己乡亲尤其是对自己男人的信任。

《荷花淀》里，水生是"小苇庄的游击组长，党的负责人"。他回来跟女人说："明天我就到大部队上去了。"说到这里，"女人的手指震动了一下，像是叫苇眉子划破了手，她把一个手指放在嘴里吮

---

[1] 钱理群、温儒敏、吴福辉：《中国现代文学三十年》修订本，北京：北京大学出版社，1998年，第522—523页。

了一下。"当然,这个女人手上一抖这个细节,说明她当然不舍得丈夫走,但她没有阻挡。小说写,"女人鼻子里有些酸,但她并没有哭"。

水生又去跟其他几家的女人那里去告假,因为她们的男人害怕,不敢回来说,怕老婆。那些女人们也都跟水生嫂一样伤心,但是背后是乐观,相信她们的男人能够胜利。

孙犁自己一再说,说农村青年妇女"在抗日战争年代,所表现的识大体、乐观主义以及献身精神,使我衷心敬佩到五体投地的程度"。[1] 这句话有三个要点——识大体、乐观主义和献身精神,尤其是什么叫识大体,特别值得留意。

一方面,识大体就是知道国事大于家事,抗战胜利比男人在家过小日子更重要,乐观主义也来自识大体。另一方面,我们注意,男人要走了,要嘱咐女人几件事情:

"没有什么话了,我走了,你要不断进步,识字,生产。"
"嗯。"
"什么事也不要落在别人后面!"
"嗯,还有什么?"
"不要叫敌人汉奸捉活的。捉住了要和他拼命。"
那最重要的一句,女人流着眼泪答应了他。

二 新妇女,旧美德

最后这句话是最重要的——"不要叫敌人汉奸捉活的。捉住了要和他拼命",这也是另一个层面的识大体。根据对话的先后次序来看,贞操是比进步、识字、生产,甚至性命,更重要的"大体"。

---

1 孙犁:《关于荷花淀的写作》,《晚华集》,天津:百花文艺出版社,1979 年,第 87 页。

所以《中国现代文学三十年》强调,"孙犁所表现的是解放了的新时代劳动妇女的灵魂美……发展了现代文学表现劳动妇女灵魂美的传统。"[1] 不知道灵魂美和身体是一个什么样的关系。

"不要叫敌人汉奸捉活的",是否意味着宁可死去,也不能被侮辱。这使我们想到鲁迅《我之节烈观》里有这么一段话:"……有强暴来污辱他的时候,设法自戕,或者抗拒被杀,都无不可。这也是死得愈惨愈苦,他便烈得愈好,倘若不及抵御,竟受了污辱,然后自戕,便免不了议论。"[2] 当然,鲁迅是批评礼教,孙犁是歌颂劳动妇女灵魂美。

"捉住了要和他拼命",并不单是水生一个人的嘱咐。小说写这些女人后来划了一个小船去看望从军的丈夫们,在荷花淀里,被鬼子的一个大船追赶。小说这样描写:"幸亏是这些青年妇女,白洋淀长大的,她们摇得小船飞快。小船活像离开了水皮的一条打跳的梭鱼。她们从小跟这小船打交道,驶起来,就像织布穿梭,缝衣透针一般快。假如敌人追上了,就跳到水里去死吧!"

最后一句说的,看来不是水生对水生嫂的个别要求,差不多是这些老公在打仗,女人们的一个不需要讲的共识。当然这个共识背后可能也是她们丈夫的集体无意识的要求。不是"饿死事小,失节事大",而是"跳水去死事小,受敌污辱事大"——这是男人世界的传统还是女人灵魂美德?

巴金的《家》里,觉民也这样称赞过鸣凤跳湖,说没想到她是这么一个烈性的女子。照此逻辑,丁玲写的《我在霞村的时候》,贞贞回到霞村,被杂货铺老板等议论也是正常的。乡亲们会说,你看鬼子是坏,可你当初怎么会不拼命到底?你怎么不会跳水去死?

---

[1] 钱理群、温儒敏、吴福辉:《中国现代文学三十年》修订本,北京:北京大学出版社,1998年,第523页。

[2] 鲁迅:《我之节烈观》,《鲁迅全集》第1卷,北京:人民文学出版社,2005年,第122页。

回到《荷花淀》具体语境，也许水生的意思，就是说千万不能让人家活捉，否则你就不知道会发生什么事了，也可能生不如死了。这是一个夫妻之间生离死别的意思。也说明为抗战，为胜利，军民都有准备牺牲的崇高情怀。识大体必然包含了献身精神。所以，孙犁小说令人感动。

孙犁在抗日战火中的这种青春秀美抒情文体独树一帜，后来文学界就有了"荷花淀派"。评论家杨联芬说孙犁是革命文学中的"多余人"，他的优美的风格是因为他要疏离主流政治，固守独立的个性。[1] 熊权的研究文章则认为孙犁的"优美"风格其实也是当时的意识形态环境锻造出来的。考证孙犁早期作品，受到冀中"肃托"（肃清托洛茨基信徒）运动的影响，孙犁的作品一度偏伤感，因此受到批评。《荷花淀》的前身是1939年写的《白洋淀之曲》，差不多同样的人物，写得哀伤悲痛。作家面对别人的批评，也会调整写作策略。等到他写"优美"风格时，便"有意识地剔除死亡、规避悲剧，让田园牧歌的地域风情与人物积极饱满的情绪共鸣合奏"。[2]

所以小说里，那些女人们拼命逃，鬼子在狂追时，突然就出现一批在荷叶下面躲藏的游击队员（说不定就有她们的男人），立刻就把大船上的鬼子打掉，水生嫂她们担心的被活捉的困境是不会出现的。

孙犁小说的抒情风格不仅在抗战文学里独树一帜，而且后来也很适合做学校的教材。因为既有革命历史教育的内容，画面和文字又不至于太伤痛悲惨。后来的革命历史教育中有两个短篇选用最多，一篇是孙犁的《荷花淀》，另外一篇是茹志鹃的《百合花》，战争文学中的"两花"。

---

[1] 杨联芬：《孙犁：革命文学中的"多余人"》，《中国现代文学研究丛刊》1998年第4期。
[2] 熊权：《"革命人"孙犁："优美"的历史与意识形态》，《唐弢青年文学研究奖论文集》，武汉：长江文艺出版社，2020年，第430页。

1945

路翎《财主底儿女们》
篇幅最长的中国现代小说

路翎的《财主底儿女们》,是现代文学中篇幅最长的作品[1],总共80多万字,1945年11月由重庆希望社出版上卷,下卷1948年出版。很多的现代文学史,包括唐弢、朱栋霖和夏志清的文学史、小说史,都没有特别讨论路翎这个长篇。但在《亚洲周刊》"20世纪中国小说100强"中,《财主底儿女们》排名很高(第14名)。胡风在1945年说:"时间将会证明,《财主底儿女们》的出版是中国新文学史上一个重大的事件。"[2]

一 路翎的坎坷一生

路翎(1923—1994),生于苏州(一说南京),本名徐嗣兴,两岁时父亲自杀,母亲改嫁,外公家是苏州富豪。年轻时路翎做过国府职员,南京中央大学讲师。19岁创作中篇《饥饿的郭素娥》,描

---

[1] 老舍1944—1948年写的《四世同堂》,有90万字,1949年在美国出版节译本,全本《四世同堂》是1982年(老舍自尽16年以后)才出版。
[2] 胡风:《财主底儿女们·序》,原载《财主底儿女们》上,重庆:希望社,1945年11月版,参见杨义、张环、魏麟等编:《路翎研究资料》,北京:知识产权出版社,2010年,第51页。

述一个大烟鬼的妻子与人私通，相当重口味。《财主底儿女们》也是20多岁写的，受到胡风激赏。抗战前后，鲁迅推荐的是《生死场》，青年人描写底层生态；周扬表扬的是《小二黑结婚》，解放区人民走向幸福生活；胡风喜欢的是《财主底儿女们》，主观战斗精神拥抱现实。但是荣也胡风，残也胡风。1948年，郭沫若等人在香港《大众文艺》丛刊上批判胡风，路翎撰文回击。理论家胡绳批评路翎，说他的作品是"小资产阶级的知识分子，往往是一方面为自己心情上的复杂的矛盾而苦恼，另一方面，却又沾沾自喜，溺爱着自己的这种'微妙'而'纤细'的心理……"[1] 胡绳此话，正中《财主底儿女们》特点（但不一定是缺点）。1949年以后，路翎在南京军管会文艺处当创作组长，写过《人民万岁》《祖国在前进》，都未过审。中篇《洼地上的"战役"》，写志愿军士兵和朝鲜姑娘的微妙感情，殊不知志愿军有微妙感情已经犯规。后来"胡风案"从文艺论争上升到反革命集团，舒芜发表《致路翎的公开信》，路翎在1955年被捕，坐牢10年，从32岁到42岁。坐牢期间，路翎不服，在狱中吵闹、撞墙、唱歌抗议，被指控为精神病，送至安定精神病院，接受打针、电疗等治疗。出狱以后还是"黑帮"，劳改扫街。直到1980年，他50多岁了，法院宣布他无罪，可是他第二天还去扫街，说还没有人来接替我的工作，街上这么脏，不能不扫干净。

　　文学家的使命是什么？顾城说过一句"现代汉语就像用脏了的人民币，我要把它洗一洗"[2]，路翎说"还没有人来接替我的工作，街上这么脏，不能不扫干净"，异曲同工，道出了20世纪中国文人的工作性质与使命感。

1　胡绳：《评路翎的短篇小说》，载自《大众文艺丛刊》第一辑《文艺的新方向》，1948年3月1日，第62页。
2　1988年顾城在香港参加文学活动时，回答一位英国汉学家的问题，我恰好坐在旁边，亲耳听到，印象很深。

1994年路翎去世，已是当代文学时期，但他后来没法写作。《路翎全集》2014年由复旦大学出版社出版，编委会主任陈思和是贾植芳的学生，贾植芳当年也被划入胡风集团。王德威认为《财主底儿女们》与胡风精神有关，"胡风的追随者路翎以《饥饿的郭素娥》《财主底儿女们》凸显乃师所谓'在历史事变下面的精神世界底汹涌的波澜和它的来去根向'。"[1] 王德威赞扬"路翎是一位天才作家，他在十六岁到十九岁这短短的几年内写尽了他到今天我们都认为是现代文学里的重要杰作，包括《饥饿的郭素娥》《财主底儿女们》等，我想我们任何做现代研究的同学都不应该错过这位作家的一些重要作品"。[2]

二 颠覆现代小说的大家庭格局

书名上的"财主"可能引起误会，令人联想到乡村地主，其实小说主角是一个苏州富豪，儿女们都住在南京、上海等大城市里。《财主底儿女们》其实写的是《家》《雷雨》之类大家庭的内部争斗，纠缠着金钱、情色、人伦，主轴还是个人与家国的关系，但比大部分同类作品显得复杂混乱。

豆瓣上有段评论："年轻的心没有羁縻，初次创作长篇的笔更是不懂得节制。事与事，人与人，拥塞在一起，思想撞思想，行动碰行动，言语挤言语，《财主底儿女们》于是就有了80万字的浩大规模。也因了作者的年轻，这80万字建构正如同小说中许多人物的思维，充满混乱，深烙痛苦，稍带着病态与疯狂。整体而言，它没有一以贯之的事件、人物，乃至思想，除了作者恣意泼洒的青春

---

1 王德威：《抒情传统与中国现代性：在北大的八堂课》，北京：生活·读书·新知三联书店，2010年，第42—43页。
2 王德威：《南京的文学现代史》，《扬子江评论》2012年第4期。

与生命，除了作者追求的'光明、斗争的交响和青春的世界底强烈的欢乐（《财主底儿女们》题记）'。"[1]

在40年代时代语境下，在大家庭格局的长篇里，《财主底儿女们》如何与众不同？

第一个不同，是没有直接写阶级斗争。小说不写农民，不写穷人，仅有的一个有名有姓的仆人还是忠实管家，冯家贵尽忠职守，最后在老宅穷死。曹禺写鲁贵，充满了鄙视和批判，路翎小说里主仆关系温馨且不是重点。

第二个不同，小说中也没有贯彻进化论。长辈居然不是反派，不像高老太爷那么专制，不似周朴园这般虚伪。财主蒋捷三和儿女们的关系有的紧张，有的温和，有的冲突，有的隔膜。儿女们的婚姻家庭也各有幸福或不幸，但都不能简单地归结成老人"封建"。第二章有一节以苏州老宅园林景色写老人的固执孤独。儿女大都离家，老人比儿女们更关注动乱局面，更关心中国前途。人们之前常见的那种老人腐败专制，青年痛苦反抗的进化论格局，在路翎笔下被改写了，甚至颠覆了。

三　混乱的剧情与欧化的文体

蒋家共有四个女儿三个儿子。大女儿淑珍和女婿傅蒲生，性格中庸，主要戏份在第三章淑珍30岁生日，兄弟姐妹和父亲聚集南京。二女儿淑华在生日宴会前后认识了海军军官汪卓伦，恋爱倒一拍即合，不过她看不惯家庭四分五裂，互相争斗，后来早早病死了。三女儿叫淑媛，女婿王定和是比较世俗讲求利益的男人。小说开局时王定和看来像是蒋家正当继承人。女婿要成为管事人，原因当然是

---

[1] 参见 https://book.douban.com/review/1033271/。

老人与儿子们不和。

二儿子蒋少祖在小说上卷是男主角,小说开篇写王定和妹妹王桂英到上海找蒋少祖。漂亮、性感、感情迷乱的王桂英,不管少祖已有婚姻,也忽视身旁夏陆的爱慕,孤注一掷地爱上少祖。"在不明了束缚着人们的实际的一切的时候,在幻想里预尝着这种甜美的荒唐和悲惨,她心里有大的欢乐。这种欢乐,在目前的这个时代,是很多人都经历到的。似乎整个的人类生活就是这样改变了的。王桂英底赴上海,是'一·二八'的光荣的、热情的战争所促成的多种行为之一。""……王桂英抗拒苦恼,浮上一个顽皮的粗野的笑容。这个笑容好久留在她底因受凉而苍白的脸上。"[1]

这些引文,同时说明王桂英的莎菲气质,个人与时代的复杂关系,还有路翎小说的拧巴的欧化语言。

蒋少祖是一个罗亭似的书生,想得多,做得少。16岁到上海读书,受过新思想影响,妻子陈景惠贤惠,但是他觉得她不理解他的事业。他的事业是什么?"九一八"后接近社会民主党,又想从事政治,又看不惯投机混乱。其实还是靠蒋家家底,让他有这份在上海从事政治社交并且自我感觉良好的奢侈。后来他发现兄弟姐妹们都在计算父亲的财产,便赶回苏州跟父亲和解。

他和王桂英怎么谈恋爱?我们看原文——

"王桂英,在中国,生活是艰难的啊!"蒋少祖说,动情地笑着,倚在窗槛上。从王桂英底眼光和面容,蒋少祖觉得她已被他征服。这个胜利是他所希望的,但同时他体会到深刻的苦恼。他不能明白自己底目的究竟是什么。

---

[1] 路翎:《财主底儿女们》上,重庆:希望社,1945年11月。引自路翎:《财主底儿女们》,北京:人民文学出版社,2004年。以下小说引文同。

男人觉得女生崇拜他，便有征服的胜利感，但是又苦恼，因为不知道自己要干什么。早一两年，张爱玲已经写过范柳原、佟振保的类似爱情，享受征服，但不明白目的。结果第五章，王桂英怀孕了，生了个女孩，被兄长王定和痛骂，逐出家门。王桂英先是想把小孩交给女佣，后来竟把小孩闷死，自己又打扮得十分时髦，到上海社交场合找蒋少祖。蒋少祖仍没有什么表示，王桂英一气之下就和理想主义的书生夏陆结婚了。但是夏陆太穷，婚后生活郁闷，王桂英还是爱着少祖。整个恋爱就像作家一开始就预言的那样"甜美的荒唐和悲惨"。在少祖这只是一个插曲，对王桂英来说，好像已是结局。

相比之下，蒋家大儿子蔚祖的故事更加"荒唐而悲惨"。

蔚祖的妻子金素痕，在整个长篇上卷中最引人注目，她美艳、性感、聪明、专横、残酷、任性。首先，金素痕控制丈夫蒋蔚祖，老公言听计从，女人半夜出去，天亮归来，老公还痴痴地等。其次，金素痕也设法控制了蒋家的不少财产。金家律师出身，和蒋捷三打官司也占上风，可以说老人是被这个媳妇一步步逼死，整个蒋家众姐妹一步步地看着受气、无可奈何。蔚祖则逐渐走向疯癫，一会儿被老婆锁，一会儿被父亲锁，最后自己烧了寓所，沦为乞丐。金素痕以为他死了，马上再婚，不想某夜蒋蔚祖又跑到素痕新房的窗下，鬼影般闪现，把新婚的金素痕吓得魂飞魄散（之后这个大公子还是跳了长江）。神经质，是作家和这部小说几个主要人物的共享特征。

路翎写张爱玲的人物，但更加"不按牌理出牌"。（金素痕这么"坏"，也不受惩罚；蔚祖为什么自杀？王桂英怎么可以杀死自己的婴儿？）从小说语言看，《财主底儿女们》将巴金、茅盾的欧化文体发展到极致，比如王桂英初见夏陆：

王桂英，回答他底笑容，高声说，并露出那种惊恐的娇媚……这个思想令她感激，她热情地、凄惶地笑，脱毛线外衣，站了起来。

惊恐与娇媚,热情与凄惶,都有些矛盾与反差,放在一起就形成了一种扭曲、暧昧的说话效果。

娇小的王桂英在那种羞怯的、慎重的、自爱的微笑以后显得特别动人。她底简单的、灵活的衣妆给人以温柔的、热情的、崇尚理想的印象。

这都是典型的路翎句式,用不同意思的排比,用复杂的句型来显示人物微妙的心境。

四 蒋纯祖的蜕变故事

小儿子蒋纯祖后来取代他哥哥蒋少祖成为中心人物。上卷结尾时南京即将沦陷,全家往汉口撤退,只有他反方向要去上海。上卷二哥蒋少祖,不像觉新般忍辱负重,较多私心;下卷三弟蒋纯祖,像觉慧一样冲动,但更加迷惘。

下卷第一章记录南京抗战,但没有正面写战事与屠杀,只是随着蒋纯祖的眼光从上海撤军,脱离部队,在南京过江逃难碰到几个散兵。一个士兵抢小贩的饼,另一个矮个士兵又跑去给小贩一点钱(两个士兵并无关系)。面对两个散兵,站在废墟般的村宅中,年轻的蒋纯祖,不顾周围形势危急,忙于思索善恶哲理。"他想,在此刻,一切人都是可怕的,自己也是可怕的;一切善良,像一切恶意一样,是可怕的。……眼看认识和不认识的路人在身旁死去后——一个软弱的青年,就是这样地明白了生活在这个世界上的自己底生命和别人底生命,就是这样地从内心底严肃的活动和简单的求生本能的交替中，在这个凶险的时代获得了他底深刻的经验了。"

文绉绉的文艺腔长句，慢条斯理地分析人的生死、困境、本能，好像《战争与和平》中彼埃尔上了俄法战场前线。接下来蒋纯祖和几个走散的士兵，朱谷良、石华贵、李荣光、丁兴旺等一起逃难，逃难途中又害怕碰到敌军，又碰到害怕他们的老百姓⋯⋯

路翎使用抒情笔法描写一个刚入伍的青年士兵：

> 那种对自己底命运的痛苦的焦灼使丁兴旺走了出去。他悲伤地觉得自己是孤独的，企图到落雪的旷野中去寻求安慰，或更燃烧这种悲伤的渴望。落雪的旷野，对于自觉孤独、恐惧孤独的年青人是一种诱惑，这些年青人，是企图把自己底孤独推到一个更大的孤独里去，而获得安慰，获得对人世底命运的彻底的认识的。丁兴旺是有着感情底才能的，习于从一些歌曲和一些柔和的玩具里感觉，并把握这个世界；这样的人，是有一种谦和，同时有一种奇怪的骄傲。在痛苦的生活里，这种感情底闪光是安慰了他，但同时，这种感情便使他从未想到去做一种正直的人生经营。⋯⋯因此，这个年青人，便在这片落着雪的、迷茫的、静悄悄的旷野上，穿着奇奇怪怪的破衣，慢慢地行走，露出孤独者底姿态来。

这段文字虽长，还是要抄，因为这是典型的路翎风格。孤独青年漫步旷野之后，他看见一个老妇人，妇人害怕而逃。"你跑什么？"丁兴旺愤怒地问。"他意识到，这个老女人底逃跑，是触犯了他底尊严。"丁兴旺叫停老女人，还抢了她一块钱。偏巧这时有个从前线撤下来的团长带着卫兵经过，团长此时"在精神上，他是有着无限的正义，无限的权力"，因此就把被老女人控诉的逃兵丁兴旺枪毙了。

"中国不需要这种败类……"那个团长说，奇异地笑着，显然是在替自己辩护……

"不过是一块钱啊！只是一块钱！该死，我是有儿子底人啊！"她（老女人）突然站住，小孩般哭出声音来。

老女人也没想到会把抢他钱的士兵打死。这种描写战争、战场荒诞场面的书生腔，后来的抗日文学无人（也无法）模仿。与丁兴旺同行的其他散兵，朱谷良、石华贵，包括主人公蒋纯祖，他们又枪杀了那个团长。蒋纯祖目睹了这一切，小说的叙事，依靠蒋纯祖的伤感视觉而惊愕悲伤。

这群散兵逃到了长江北岸，在村里石华贵强奸民女，朱谷良要枪毙他，蒋纯祖这时不知道为了什么，用自己的胸膛去挡枪保护石华贵。"我是你们底朋友……我是兄弟！我爱你们，相信我！"蒋纯祖哭着大声说——这么浪漫的雨果式的人道主义，没得到好报。石华贵逃生以后反而杀了朱谷良，蒋纯祖最后和几个同伴一起又炸死了石华贵。

这种由读书人亲眼旁观的惨烈荒诞的战争场景，在20世纪中国小说里，之前没有，之后也少见。蒋纯祖回到武汉，再碰到哥哥姐姐一群绅士太太，精神上已经无法沟通。小说继续描写纯祖又要坚持个人自由，又要投身群体组织的艰辛过程。（这不是胡风吗？）他在武汉参加剧社，和侄女（淑珍与傅蒲生的女儿）kiss，又单恋黄杏清。表面上纯祖还是书生意气，善感多情，经常"又热情又凄惨"地笑着，也问哥哥姐姐拿钱，但是经过南京旷野逃难，他已完全改变，和财主底其他儿女们在一起，他是一个路人。逃回武汉前，纯祖在九江见了汪卓伦最后一面，汪是一个小军舰的舰长，在长江中被日军飞机炸伤，最后牺牲。汪的形象和上卷一样又完美又绝望（我也学会了路翎式的语法，把两个不同意思捆绑一起）。

蒋少祖这时在武汉已经成为有名的文化人，一会儿采访陈独秀，一会儿获汪精卫接见——现代小说中用真名实姓写历史人物的案例不多,《财主底儿女们》是一种尝试。路翎还是一如既往地使用互相矛盾的形容词:

> 汪精卫甜美而奇异地笑着说,他抱着无穷的希望。他露出一种诡秘的慎重,和一种闪灼的忧郁接着说,他相信中国,他喜欢中国底文化和民族。他底声音是颤抖的,低缓的。他是出奇地暧昧,他未说他对什么抱着无穷的希望。"曾经是,将来也是!"汪精卫甜美地说,长久地张着嘴,但无笑容。

什么叫甜美而奇异地说?什么叫闪灼的忧郁?为什么长久地张着嘴?1945年的读者回头看汪精卫,记住的恐怕是路翎的暧昧文体。

到了40年代,张爱玲等人已经有意识地用"某某道"旧白话矫正"五四"文艺腔,路翎却朝另一个方向——欧化的方向——把文艺腔推向极致,不仅用来写知识分子或女性心理,还用来写逃难,写凶杀,写政治家的表情,陌生化效果非常强烈。

在某种意义上,篇幅巨大的《财主底儿女们》也是三四十年代各种小说的一个综合并置。逃兵劫难很像沈从文早期桥段;纯祖多情,接近郁达夫或茅盾笔法;小弟反抗大家庭,这是《家》的格局(小说中直接提到《家》)。下卷后来写纯祖在乡下做小学校长,与庸俗环境斗争,又是《围城》或者《倪焕之》的故事;小说中还写演剧社里的政治批判会,好像提前预告了十年以后《洗澡》的开会气氛。

《财主底儿女们》总体看上卷比下卷好,上卷线索纷繁,作家对复杂的社会矛盾试图有自己的理解,其中蒋少祖是个现代小说中罕见的"聪明人"形象(按照鲁迅关于聪明人、奴才和傻子的定义,聪明人也是奴才,或者说是为权贵帮凶帮闲的知识人)。这类人物散文中谈论得多,小说中出现得少。下卷纯祖又以觉慧式愤青个人抒情为主，不过也预言了"个人进入群体"之历史艰难（同样的"个人融入集体"的过程，巴金的《火》顺利得令人难以置信）。小说直接解释："人们看见，蒋纯祖，在这个时代生活着，一面是基督教似的理想，一面是冰冷的英雄，那些奥尼金和那些毕巧林。他所想象的那种人民底力量，并不能满足他，因为他必须强烈地过活，用他自己底话说，有自己底一切。"

"自己的一切"包括企图去救被母亲卖掉的16岁女生，包括跟小学附近的乡村恶势力争斗，包括糊里糊涂地爱上了淳朴乡女万同华，花了一年时间苦熬，最后又促成了好友孙松鹤娶万同华的胞妹万同菁。把奥涅金和毕巧林的符号跟乡土的现实糅合在一起，怎么糅？只靠男主人公的主观精神和欧化文体？但是他的小学终于着火，而且关闭，他的朋友们终于要逃亡回重庆。

小说最后两章将蒋家诸兄弟姐妹在抗战中后期的生活状况描述一遍，处处突出纯祖与众人的不同，特别是少祖、纯祖两兄弟的不同道路。"蒋纯祖抬头，看见了卢梭底画像；在一个短促的凝视里，他心里有英勇的感情，他觉得，这个被他底哥哥任意侮蔑的，伟大的卢梭，只能是他，蒋纯祖底旗帜。"这时少祖在国民政府中已经颇有地位。当年女友王桂英也变身影坛明星，不过少祖仍嫌她堕落。纯祖经过几年折腾，身体大病，又因信息不通，订了婚的万同华嫁了别人。重病回去时他还和女友再见了一面，"这个女人哭着说，'我已经饶了你，因为……我希望你也饶了我！'"男人临死之前却想着刚刚爆发的苏德战争，温柔地笑着说："我想到中国！这个……中国！"然后就离开了。

钱理群等人的《中国现代文学三十年》称赞路翎的心理刻画，说："他运用错综的表现人物的心理广度的写法，在掌握大起大落的心理节奏，处理人物心理感应的波澜方面，显现出一种陀思妥耶夫斯基的气质。"同时又评论说，"主人公纯祖是在伟大的抗日民族解放斗争中，仍未能与人民结合，没有找到光明出路的知识分子的典型"。[1]

巧了，或者说不巧，我们接下来真的又要碰到一个同一时代的，也"未能与人民结合"，也"没有找到光明出路的知识分子的典型"，那就是方鸿渐。

---

[1] 钱理群、温儒敏、吴福辉：《中国现代文学三十年》修订本，北京：北京大学出版社，1998年，第506页。

1947

钱锺书《围城》
方鸿渐的意义

1938年,抗战正激烈,"财主底儿女们"正从南京逃到武汉,再狼狈逃到重庆,回国的钱锺书(1910—1998)经香港上岸,后到西南联大教书。他父亲钱基博时任湖南蓝田国立师范学院国文系主任,来信要钱锺书去做英文系主任。《围城》里一部分的故事就是以那个学校为背景。1939年到1948年,钱锺书以《谈艺录》写作奠定了他的学者地位。五六十年代,钱锺书参与翻译《毛泽东选集》和《毛主席诗词》。他后来的代表作有《管锥编》,学术界有红学、曹学、鲁学,可是也有钱学,钱学不外研究《围城》,也研究《管锥编》。

一 "中国近代文学中……最伟大的一部"?

读过1947年上海晨光出版公司《围城》初版的人很少,50年代以后此书没有再版,直到夏志清评论说这是"中国近代文学中最有趣、最用心经营的小说,可能是最伟大的一部"。[1]之前人们只知钱锺书是天才学者,What?钱锺书还写小说?"文革"后《围城》

---

1 夏志清:《中国现代小说史》,台北:传记文学社,1979年,第447页。

一时成为城中话题。钱锺书给夏志清的信里说"I am almost your creation",我几乎是你创造的——部分客气部分事实。[1] 其实夏志清写小说史一向热情洋溢,毫不吝啬使用"最"字:"茅盾无疑仍是现代中国最伟大的共产作家"[2],《骆驼祥子》"是到那个时候为止,最佳现代中国长篇小说"[3],"张天翼是这十年当中(30年代)最富才华的短篇小说家"[4],还有"张爱玲的《金锁记》,据我看来,这是中国从古以来最伟大的中篇小说"[5]……

现在广告法据说禁用"最"字,笔者初读夏志清"小说史"也是吓一跳。后来仔细想想,他加了不少微妙的限制,比方自古以来中国没有中篇,所以讲《金锁记》是最伟大的中篇,也不过分。说茅盾的伟大在于"共产作家",张天翼的范围是"30年代"等。评《围城》也一样,"最有趣","最用心经营",都是主观印象,而且"有趣""经营"并不必然是称赞。"最伟大"当然伟大,但前面也加了一个"可能"。

以"伟大"的期待读《围城》,有人可能失望。主人公身处抗战国难,其行为心理几乎脱离时代,只陷在个人恋爱、家庭、工作的琐事当中,兜兜转转,不能自拔。外面打仗,他也不关心,整天和老婆吵架,走不出围城。方鸿渐的人生有什么意义呢?

但读者如果设想自己就是方鸿渐,试试看,在他碰到的种种人生难题前,你会有怎么不同的选择?

---

[1] "I am not only your discovery, I am almost your creation, you know." 参见海龙:《钱锺书致夏志清的英文信》,《文汇报》,2018年1月18日。
[2] 夏志清:《中国现代小说史》,台北:传记文学社,1979年,第185页。
[3] 同上,第206页。
[4] 同上,第231页。
[5] 同上,第406页。

二 如果你是方鸿渐，你会怎么做？

如果你是方鸿渐，小说里第一个选择就是在船上碰到"局部的真理"鲍小姐。之前父亲替他订婚，未过门媳妇早逝，"岳父"资助出国，都是命运安排，不是主人公选择。回国海轮，长日/夜漫漫，女博士苏小姐"艳如桃李，冷若冰霜"，与她同舱的葡国血统黑美人鲍小姐，倒是很性感，而且鲍小姐一句话就把方鸿渐勾住了："方先生，你教我想起了我的 fiancé，你相貌和他像极了！"

这话既暗示如我没订婚，也许考虑你，又隐含诱惑，我的 fiancé（未婚夫）不在，你或者可以享受他的权利还不必尽他的义务！接下来两人便在夹板上借着海浪摇晃 kiss。船到越南苏小姐上岸，鲍小姐主动提醒，"咱们俩今天都是一个人睡"，果然当晚鲍小姐主动来到了方鸿渐的船舱……

这种时候，如果是你会怎么做——本来人在旅途（第三种身份），就格外期盼艳遇，何况这样又主动又性感的女生，可遇不可求，难道还要躲？只可惜来得快去得也快，船到香港，鲍小姐就扑向她那黑胖秃头未婚夫。

到此为止，只是中国男人常见的感情插曲，就像佟振保的留学艳遇，或刘呐鸥笔下的男人的白日梦。但在钱锺书小说结构里，游轮上的 one night stand，看似随机任性，小节可能影响人生大局。

第二个选择就是弃苏追唐。方鸿渐回到上海，忙着相亲、麻将、找工作，小说轻描淡写时局之乱，"从上海撤退到南京陷落，历史该如洛高（Fr. von Logau）所说，把刺刀磨尖当笔，蘸鲜血当墨水，写在敌人的皮肤上当纸。方鸿渐失神落魄，一天看十几种报纸，听十几次无线电报告，疲乏垂绝的希望披沙拣金似的要在消息罅缝里找个苏息处。"

2020 年，我们也常常一天看很多次报纸，看很多次的电视，也是"疲乏垂绝的希望披沙拣金似的要在消息罅缝里找个苏息处"。我们能比男主角多做些什么呢？

方鸿渐在香港曾陪苏小姐逛街，苏小姐愉快，方鸿渐畏惧。几个月后在上海重新拜访，见到了苏的表妹唐晓芙，还有外交公署处长赵辛楣，小说前半部的主要人物一下子都登场了。方鸿渐对唐晓芙一见钟情，《围城》中写人物外表一般都苛刻挑剔，唯有对唐晓芙是一个例外："古典学者看她说笑时露出的好牙齿，会诧异为什么古今中外诗人，都甘心变成女人头插的钗，腰束的带，身体睡的席，甚至脚下践踏的鞋，可是从没想到化作她的牙刷。……她头发没烫，眉毛不镊，口红也没有擦，似乎安心遵守天生的限止，不要弥补造化的缺陷。总而言之，唐小姐是摩登文明社会里那桩罕物——一个真正的女孩子"。[1]

男主角后来再没有对别的女人有过这么一瞬间的好印象。小说的潜台词（或者也是作家的爱情观），真正的恋爱只有一次？

唐小姐以为方鸿渐是苏小姐的男友，赵辛楣也以为方鸿渐是情敌，苏小姐喜欢看两个男人在为她争吵。次日方鸿渐又去苏家，终于有机会向唐晓芙解释并表白，说相信自己是爱上她了。

一见钟情进展神速时，小说突然跳出方的视角，从旁交代唐晓芙的想法——她想，"自己决不会爱方鸿渐，爱是又曲折又伟大的情感，决非那么轻易简单。假使这样就会爱上一个人，那么，爱情容易得使自己不相信，容易得使自己不心服了。"这里有爱情战争的一个心理甚至生理规律——男的要快，女的要慢。

之后一个月，见面七八次，写信十几封。方鸿渐一心想着唐小姐，以及怎么妥善婉拒苏小姐。

---

[1] 钱锺书：《围城》，上海：晨光出版公司，1947年；香港：天地图书有限公司，1997年。以下小说引文同。

三 方鸿渐为什么不喜欢"女博士"?

到此为止,甚至直到小说结束,读者都可能有个疑问:方鸿渐为什么不喜欢苏小姐?苏小姐也美丽,有才学,是真的博士,且家境富有。为什么方鸿渐看到她就犹豫、怯步、畏惧、害怕?

第一,方鸿渐虽然不知道后来有"人分三类:男人,女人,女博士"的政治不正确的说法,但他对女人与才学的关系确有偏见。他对唐小姐说:"你表姐是个又有头脑又有才学的女人,可是——我怎么说呢?有头脑有才学的女人是天生了教愚笨的男人向她颠倒的,因为他自己没有才学,他把才学看得神秘、了不得,五体投地的爱慕,好比没有钱的穷小姐对富翁的崇拜。""女人有女人特别的聪明,轻盈活泼得跟她的举动一样。比了这种聪明,才学不过是沉淀渣滓。说女人有才学,就仿佛赞美一朵花,说它在天平上称起来有白菜番薯的斤两。真聪明的女人决不用功要做成才女,她只巧妙的偷懒。"

这是方鸿渐的偏见?还是作家的看法?小说里男主人公凡看到有才学的、比他强的女生就害怕,看到比他弱的、漂亮年轻的女生,就喜欢。杨绛后来说:"《围城》里写的全是捏造……"[1]

第二,是否因为女人有钱,方鸿渐感到不舒服(可是他当年出国就靠了女家的钱)?第三,是否由于苏小姐有心计,含蓄婉转,又柔情操控,帮男的洗手帕,钉扣子,像妻子一样关心,反叫男人害怕。当然最有说服力的理由是他爱上了唐晓芙。可是,早在海轮上,还没遇见唐小姐,方鸿渐已经对有才有钱有心计的女博士表示畏惧了。怎么解释?也许,作家在作品中宣泄了对才女的恐惧,在现实生活中反而获得了和谐?

小说题目"围城"说的是城外的人想进去,城里的人想出来。

---

[1] 杨绛:《钱锺书与〈围城〉》,《围城》,香港:天地图书有限公司,1996年,第394页。

核心意象是圆圈循环。从空间地理上看，海外到香港，香港到上海，从上海又经过浙江、江西到湖南，再到香港，再到上海，画了一个圆圈。从时间人生看，求学、恋爱、工作、结婚，琐碎的生活，可能还要离婚，也回到原点。从感情关系看，方鸿渐喜欢唐晓芙，苏小姐中意方鸿渐，赵辛楣追求苏小姐，还有曹元朗……也是一个圆圈。

小说第三章详细描写一个饭局，赵辛楣、苏小姐、方鸿渐，还有诗人曹元朗、哲学家褚慎明，外交官董斜川，五六千字，看上去只是几个文人在女人面前卖弄，明讽暗斗，其实这个饭局很重要。"围城"的典故是在这个饭局上点破。小说开始是嘲讽方鸿渐，从这个饭局起，转为方鸿渐嘲讽其他人。

某天方鸿渐再去苏家，在月下花园六角小亭，在苏小姐法文命令轻吻一下。之后逃走，写信摊牌，"不忍糟蹋你的友谊"云云。苏小姐大怒。当天，方鸿渐收到湖南三闾大学聘书，同时又给唐晓芙写了正式的求爱信。三件事情一天处理，结果怎么样呢？整部《围城》充满幽默、讥讽、调侃的气氛，只有以下一段，惊心动魄。

方鸿渐等不到唐小姐回信，只好找上门，对方表情冷落，显然是苏小姐挑拨离间。唐小姐质问方鸿渐，你出国是不是靠了岳父家里的钱？回国船上是不是看中鲍小姐？还有你那个美国的学位……？三个问题，全中要害。方鸿渐被问得两眼是泪，"你说得对。我是个骗子，我不敢再辩，以后决不来讨厌。"站起来就走。

这个时刻，方鸿渐看不见，作家和读者却都看得清楚，原来唐小姐表情冷淡，鼻子忽然酸了。唐小姐恨不能说："你为什么不辩护呢？我会相信你……"可是方只说："那么再会。"外面雨很大，唐小姐也说再会，回到卧室。

女佣人来告诉道："方先生怪得很站在马路那一面，雨里淋着。"唐晓芙忙到窗口一望,果然鸿渐背马路在斜对面人家的篱笆外站着,风里的雨线像水鞭子正侧横斜地抽他漠无反应的身体。她看得心融化成苦水,想一分钟后他再不走,一定不顾笑话,叫佣人请他回来。这一分钟好长,她等不及了,正要吩咐女佣人,鸿渐忽然回过脸来,狗抖毛似的抖擞身子,像把周围的雨抖出去,开步走了。

这是决定男主人公命运的一分钟,可惜他自己不知道。我们每个人都是方鸿渐,只是都不知道什么时候是我们的一分钟。

唐小姐看方鸿渐雨中走开的背影,令我想到七巧赶走了季泽以后,匆匆上楼再看一下这男人的背影,一个是"抖开周围的雨",一个是"晴天的风"[1],没有关联,都只是男人的背影。

唐晓芙还做了最后的挽救,一小时后到糖果店里借电话打,可是回家后的方鸿渐火气直冒,佣人跑来说苏小姐电话,方鸿渐拿起话筒就说:"咱们已经断了,断了!听见没有?一次两次来电话干吗?好不要脸!你捣得好鬼!我瞧你一辈子嫁不了人——"可是这些话还没说下去,唐小姐就已经挂断电话了。

如果是你,你会有什么选择?害怕女博士强势有钱,这是男性中心主义的偏见。假如你也喜欢唐晓芙。被人揭破软肋,又骄傲又羞愧,只好逃走,没有选择。只是差了一分钟,又没听清谁的电话,这是偶然,但偶然性背后有必然因素——可以死追,不愿跪求,是不是中国男人的传统之一?

方鸿渐和唐晓芙各自将对方的信装在盒子里退回,没有再尝试补救。可能因为两个人都很骄傲,方鸿渐还有羞愧,面对自己爱的

---

[1] "晴天的风像一群白鸽子钻进他的纺绸裤褂里去,哪儿都钻到了,飘飘拍着翅子……"《金锁记》,《传奇》增订版,上海:山河图书,1946年,第131页。

人,人才会自卑。唐小姐也是脾气高傲,"爱是又曲折又伟大的情感,决非那么轻易简单",所以宁可忍痛,以致生病,过了几天就随父亲去了香港、重庆。

要是放在今天,距离有什么关系?半夜发个微信,不就可能暗示转机?但也未必,不要以为新的时代,人和人的沟通会更容易,关键是你不知道对方的心,你甚至不知道自己的心。骄傲与偏见是爱情的毒药,但也是爱情之所以特别,爱情有时候就是由偏见和骄傲所构成的。

婚姻又是另外一回事,苏小姐转头就接受了曹元朗的求婚,因此赵辛楣和方鸿渐同病相怜,成了好朋友。

四　方鸿渐的校园与婚姻

小说主人公的第三个重大选择,是到三闾大学怎么应对工作及同事。原来,大学聘书是赵辛楣调走情敌之计,他和校长高松年是世家朋友,不想却成了方鸿渐的救命稻草。方鸿渐和赵辛楣、李梅亭、顾尔谦、孙柔嘉,一共五人一起上路去三闾大学。这段旅程是钱锺书的真人真事,杨绛没有去。

出发前,方鸿渐和赵辛楣有番对话,可以概括20世纪中国作家的两种生态及一种后果。辛楣道:"办报是开发民智,教书也是开发民智,两者都是'精神动员',无分彼此。论影响的范围,是办报来得广;不过,论影响的程度,是教育来得深……"一语概括现代作家两种身份,办报或者教书。这是现代文学的两个轮子,传媒或是教育。鸿渐道:"从前愚民政策是不许人民受教育,现代愚民政策是只许人民受某一种教育。不受教育的人,因为不识字,上人的当,受教育的人,因为识了字,上印刷品的当……"

说的当然只是旧社会。

小说写五人从上海经过金华、鹰潭、宁都、南城、吉安，最后到达湖南三闾大学，算是中国历史悠久的游记文学当中的一朵现代奇葩。方鸿渐在这一章失却主角地位，自私的李梅亭、庸俗的顾尔谦、侠义的赵辛楣、不露声色的孙柔嘉，都比方鸿渐更有戏。赵辛楣一句话概括方鸿渐，"你不讨厌，可是全无用处"。

同样写旅途苦难，路翎是哭诉，钱锺书是笑谈。坐船危险，坐车狼狈，餐厅里女人公开喂奶，旅馆过夜和臭虫作战。李梅亭带铁箱，装满了读书卡片和走私药物。鹰潭妓女介绍他们坐军车，寡妇和佣人一路吵，吉安取钱一波三折。整个上海到湖南的旅程，是《围城》当中最接地气的一部分。《围城》本以恋爱婚姻为主题，但加入了作家个人经历的艰辛旅途与三闾大学的校园政治，增加了全书的现实主义分量。

"五四"以来的作家大都曾在大学教书兼课，居然极少人正面写校园政治。而且钱锺书写校园政治，不是写当时流行的党派斗争和学生运动，而是英文所谓 campus politics，真的是人事斗争。校长高松年圆滑，历史系主任韩学愈也有假文凭却脸不变色心不跳，且和另一系主任刘东方明争暗斗。嫖娼走私的李梅亭当上教务长，历史系陆子潇整天用政府信封装点书桌，还有一个令人讨厌的国文系汪主任。夹在这么一种校园气氛里，辛楣和鸿渐成了共进退的清流，必须小心翼翼、克制忍让。

当然在校园中，sex 总是一种不稳定、不安定的因素。辛楣对美貌的汪太太有好感，半夜谈话被误以为有奸情，只好匆忙离校，于是就留下了方鸿渐面对孙柔嘉了。这是小说的第四个选择，方鸿渐为什么会选择和孙柔嘉在一起？

小说前面叙述方鸿渐与唐晓芙恋情，叙事角度偏重方鸿渐，但时不时会跳出来交代唐晓芙的心思、想法。但是在叙述方鸿渐与孙柔嘉关系的前半段，即旅程和校园部分，作家完全不写孙柔嘉的心思想法，让我们读者和方鸿渐一样，慢慢地去认识这个深藏不露的女主角，她的表情像百叶窗一样——里面可以看到外面，外面却看不到里面。

其实早在旅途中，赵辛楣就怀疑孙柔嘉偷听了他们对话，已警告方鸿渐，说孙是扮天真，"这女孩子刁滑得很，我带她来，上了大当。"方鸿渐并不以为然。旅途艰辛，好几次女生要和赵辛楣、方鸿渐合住一个房间，大家都很规矩礼貌。有一次方鸿渐半夜还注意到女生睡态动人，其实女生是在装睡。能够在一起克服这些饥饿、困难、艰辛，孙柔嘉似乎是一个非常坚强的女生。到了三闾大学后，方鸿渐知道自己并不爱孙柔嘉，但是有别人（陆子潇）追她，也觉得不舒服。

为什么不爱？因为他感觉孙柔嘉不像唐晓芙那么自然，相貌和行为都不那么自然。但为什么别人追她，方鸿渐又不高兴？说明还有些莫名其妙的责任感。赵辛楣因为桃色绯闻狼狈逃走时，孙柔嘉找方鸿渐诉说，如何讨厌陆子潇追求，并转告不少关于他们的谣言绯闻，说已经传到她的家里。说话时，李梅亭、陆子潇正好走来，孙柔嘉突然拉住方鸿渐的手臂，等于逼迫方鸿渐当众承认他们的亲密关系。方鸿渐是个骄傲的人，不愿看到他讨厌的男人欺负女生。尴尬之中，孙柔嘉说，"那么咱们告诉李先生——"告诉什么？其实当时什么都没发生。设身处地，在这种情况下你会不会也做一次骄傲的男子汉（而且你不知道以后会怎样）？

方鸿渐拒绝苏小姐，因为女博士有钱、有心计，碰到孙柔嘉，没有学位、没有钱，也没有那么漂亮，但更加"绿茶"，更能隐形操纵。也许人的命运就是，越怕什么，越会碰到什么。

现代文学写"女追男"，虎妞祥子和孙柔嘉方鸿渐是最著名的两个战例：前者粗犷热情，后者细腻温柔，同样都写出了中国男作家（以及男性读者）的恐惧想象。

孙柔嘉订婚以前，常来看鸿渐；订了婚，只有鸿渐去看她，她轻易不来。鸿渐最初以为她只是个女孩子，事事要请教自己；订婚以后，他渐渐发现她不但很有主见，而且主见很牢固。订婚一个月，鸿渐仿佛有了女主人。方鸿渐没有下一年的聘书，女的倒有，但他们一起离开了湖南，先到桂林，再到香港。赵辛楣见到他们，一个人微笑，然后皱眉叹气。在老朋友面前他还是直接提醒，说孙柔嘉这个人很深心，煞费苦心。这时孙柔嘉态度果然不同，和方鸿渐在旅馆里就吵架了。担心要怀孕，他们在香港匆忙结婚。在回上海的轮船上发现，他们从初识到现在不到一年，人生有了多么大的变化。

从涓生到倪焕之，再到方鸿渐（以后还有《活动变人形》），"五四"以来的作家都喜欢写男性知识分子在婚后（同居后）对女人的失望。原因值得探讨。

从孙柔嘉角度看，男人没文凭没钱又失业，女人的心计不都是"爱"吗？可是这个阶段小说几乎完全"男性视角"，方鸿渐觉得孙柔嘉订婚以后变了——其实不是变了，而是之前没有看清楚。如果说方鸿渐是一个兴趣很广，全无心得的人，那孙柔嘉就是全无心得，却有打算。两人重回上海，双方家庭互相看不起，战时生活又有种种困难。周围的人，孙柔嘉的姑妈、佣人等也掺和在夫妻不和之中，吵架多过恩爱，最后分手大概难免。小说最后部分写上海市民生活，非常现实主义。

回首方鸿渐这一年，学业、恋爱、婚姻、工作、家庭，人生各阶段全部实践一遍。具体说在鲍小姐、苏小姐、唐小姐、孙柔嘉面前，我们又能做出什么样不同的选择呢？好像人生就是这么无奈，这么无意义。

五 《围城》在语言方面的特殊成就

在现代作家里，钱锺书和张爱玲的意象技巧是最令人注目的。

《围城》写苏家聚会，方鸿渐坐在一个香味太浓的沈太太身边，他看到沈太太"嘴唇涂的浓胭脂给唾沫进了嘴，把黯黄崎岖的牙齿染道红痕，血淋淋的像侦探小说里谋杀案的线索"，都是以女性化妆衣物为意象，张爱玲《色，戒》写王佳芝进入珠宝店埋伏，"她又看了看表，一种失败的预感，像丝袜上一道裂痕，阴凉地在腿肚子上悄悄往上爬"。不同之处是钱锺书用虚的侦探小说线索，比喻实在的女人胭脂唾沫嘴唇；张爱玲则是逆向比喻以实写虚，用丝袜裂缝代表人的失败的预感。

钱锺书的象征比喻，本体、喻体距离太远，不加说明常常看不明白。比方说半裸的女人是"局部的真理"；女人的大眼睛像政治家讲的大话，大而无当；拍马屁跟恋爱一样——不容许第三者冷眼旁观；开过的药瓶像嫁过的女人——失了市价（政治不正确，但文字精彩）。《围城》中有不少比喻形容人的表情外貌，比方说李梅亭在开车的时候说话，"李先生头一晃，所说的话仿佛有手一把从他嘴边夺去向半空中扔了，孙小姐侧着耳朵全没听到。"鹰潭的妓女笑起来"满嘴鲜红的牙根肉，块垒不平像侠客的胸襟"。写侯营长"有个桔皮大鼻子，鼻子上附带一张脸，脸上应有尽有，并未给鼻子挤去眉眼"。钱锺书写鼻子有点过瘾，后来写陆子潇，也说他的鼻子"短而阔，仿佛原有笔直下来的趋势，给人迎鼻孔打了一拳，阻止前进，这鼻子后退不迭，向两傍横溢"。作为学者钱锺书是渊博，作为小说家就是刻薄。不相关的东西，他都能自然连上，"烤山薯这东西，本来像中国谚语里的私情男女，'偷着不如偷不着，'香味比滋味好；你闻的时候，觉得非吃不可，真到嘴，也不过尔尔。"在散文《释文盲》里说得更妙，说"看文学书而不懂鉴赏，恰等于帝皇时代，看守后宫，成日价在女人堆里厮混的偏偏是个太监,虽有机会,确无能力!"

钱锺书写知识分子和李伯元写官场一样,讽刺幽默无差别批判。后来也有人写校园政治,其他人都愚蠢可笑,只有自己是正人君子——这样整部作品就愚蠢可笑了。钱锺书的成功之处,恰恰在于既让方鸿渐讽刺众人,也让叙事者讽刺方鸿渐(或者说让读者可以自我嘲讽)。

都是40年代乱世个人,路翎的《财主底儿女们》,有精神追求,但读来艰难痛苦;钱锺书的《围城》,似乎没写时代旋律,但读的过程十分享受。想深一层,能写出一个人生的无意义,这部作品不就也有意义了吗?

能写出政治上的无意义,有时就是作品的艺术意义所在。

生态篇

作家的一天
1952年3月22日的巴金日记

一　巴金在朝鲜战场

1952年3月22日的巴金日记,选自人民文学出版社1993年出版的《巴金全集》第25卷《赴朝日记》的第一部分,这一卷里还收录了1960年的《成都日记》、1962年的《上海日记》等。巴金(1904—2005)的日记基本上也是记事为主,写的时候应该也没想到发表。《赴朝日记》的第二篇是1952年3月16日,记载巴金坐车跨过鸭绿江,"江水碧绿,水面荡漾着微波。除了桥上炸痕外,看不见战争痕迹……车行不到一小时,就看见美国暴行的罪证,公路旁的房屋几乎是片瓦不存。"短短几句话,可见作家在50年代初,真心实意与志愿军、与新政权站在一起。

这是3月22日的日记。

　　晨六时五十五分起,七点半下山,饭后开会讨论让彭总解答的问题,和对王、丁二位报告的意见。

　　志愿军王部长和丁处长,一天前给作家们做了几个小时的战争形势报告。

  十时半汽车来接我们,坐在卡车中。到山下大洞内三反办公室,等了一刻钟,彭总进来,亲切慈祥有如长者对子弟,第一句话:"你们都武装起来了。""你们里头有好几个花木兰。""你们过鸭绿江有什么感想?"谈话深入浅出,深刻、具体、全面。

  彭德怀当时是志愿军总司令,比巴金大六岁,此处"有如长者",是比较尊敬的说法。"谈话中甘政委和宋副司令也进来了。彭总讲完后宋、甘也讲了些话。宋司令讲到欢迎。彭总说:'我虽然没有说欢迎,可是我心里头是欢迎的。'甘政委讲话时喜欢笑。会后彭总留我们吃饭,和彭总谈了几句话。又和甘政委谈了一阵,很感动。三时吃饭,有火锅。饭后在洞口休息,洞外大雪,寒风扑面。"

  1952年,战争其实已经进入胶着状态。战争初期,1951年初,志愿军曾经占领过汉城。后来因为归还战俘等问题,双方争执,停火协议签不下来。"一条大河波浪宽"——电影《上甘岭》的故事,就发生在朝鲜战争的后半段。天冷冬装不足,也影响了战事的进展。

  洞中非常暖,回到洞内候五时半才放映电影,共放映《海鹰号遇难记》和《团结起来到明天》二片。晚会结束,坐卓部长小吉普回到宿舍山下。卓部长把手电借给我。雪尚未止,满山满地一片白色。我和白朗在山下叫赵国忠专接我们。山下积雪甚厚,胶鞋底很滑,全靠赵分段拉我们上山。刚到山上,看见山下灯光,知道别的同志们回来。休息片刻,看钟不过九点五十分。读俄文到十点一刻睡。睡前写了一封家信。

  以上是3月22日巴金日记全文,日记简略记述体验前线生活的作家们获得首长接见，然后吃火锅、看电影，气氛融洽。这是一个终生信仰无政府主义的作家，在短时间里就成为"同志"，放在历史进程中看，还是有特别意义。巴金十来年后被批为"黑老K"，散文《怀念萧珊》写到他和妻子"文革"中早上醒来，互相绝望感叹，"日子难过啊！"他去朝鲜的成果，是小说《团圆》，后来改编成著名电影《英雄儿女》，王成一句"向我开炮"，几乎是"五四"作家所写的唯一一篇红色经典。"十七年"间，巴金是上海作协主席，还兼有政协和人大的工作，他的一些散文记载整天忙着，到机场接外宾，参加各种联欢活动，还有各种政治会议。对巴金来说，干部的工作比作家的职责更繁忙，更紧迫。《团圆》也是巴金在1949年以后最重要的小说作品。

二　50年代老作家的生活常态

这不是巴金一个人的情况，而是50年代大部分知名作家的普遍情况。曹禺和老舍，40年代后期都在海外，听到中国的消息，先后回国。曹禺后来成为中国文联的执行主席、北京市文联主席、北京人民艺术剧院院长，但是他在50年代却写不出新戏，十分苦恼，一度只能反复修改早年的《雷雨》《日出》，将鲁大海、方达生改成地下党，等等。

茅盾身为文化部部长和中国作协主席，第一次文代会以后，再也没有长篇、中篇创作。50年代中期，写过一些文学评论，把文学发展概括成现实主义和反现实主义，学术价值有限。叶圣陶是教育部副部长，他也不再写那些批判小市民、解剖知识分子的小说，和一级作家张天翼一样，转型儿童文学。比较勤奋的"五四"作家是冰心和老舍。冰心写了不少出国访问的游记，一贯光明，一片冰心，对新中国儿童教育颇有贡献。老舍1953年当选为作协副主席，不断有话剧新作，最出名的是《茶馆》，我们在60年代会专门讲老舍的一天。说是老作家，其实"巴、老、曹"在50年代也就四五十岁，和王蒙一代在"文革"后创作爆发的年龄差不多，比现在几乎每年有长篇新作的贾平凹、王安忆等还要年轻。可是"五四""老作家"做了领导，地位崇高，接见外宾、主持会议、视察前线，当然也起到"文艺军队"的作用，但作品是几乎没有了。

洪子诚将40年代较有文学成就的张爱玲、钱锺书、师陀、巴金、沈从文、沙汀、萧红、路翎、丁玲等，称为"中心作家"（虽然都曾以各种不同方式被"中心"抛离）。"中心"场域很快被从解放区过来的"主流作家"所取代。《中国当代文学概说》详细列表[1]，列出柳青、赵树理、梁斌、杨沫、吴强、茹志鹃、浩然等31位"主流作家"的籍贯、学历、革命经历和主要作品，以分析这些作家的"文化性格"，这份很有结构主义阅读效果的图表没有收入北大出版社的《中国当代文学史》。从表格上，人们可以看到几个有意思的现象：

第一，解放区的作家，大都出身山西、陕西、河北、山东等西北或中原地区，和"五四"一代江浙东南沿海及四川作家较多，恰成对照。这种作家地域的转换，使文学思潮文学创作，从注重学识、才情、灵感、文化传统转变到强调政治意识、乡土经验、现实斗争策略。文学家的这种地域转变也和中国革命的实际进程有关。当时老一辈革命家大都来自湖南、江浙，中年干部不少来自北方。前些年有一届党代会后，好事传媒统计政治局成员的籍贯分布，发现山东等北方省份最多，沿海地区较少，广东好像一个都没有——当然，这里有不少偶然因素，不说明什么问题。如果读者有兴趣，对于王蒙、张炜、张承志、莫言、余华、贾平凹、陈忠实、王安忆、韩少功、

---

1 洪子诚：《中国当代文学概说》，香港：青文书屋，1997年，第36—38页。

阎连科等当代作家也做一个地域、籍贯的统计，或许也会发现一些很有意思的线索。形象一点概括，现代作家是"文学北伐"，当代文学是"革命南下"。

第二，显而易见的共同点，这些作家的主要经历都是基层革命工作，有记者（马烽、杜鹏程）、邮递员（李准）、教师（赵树理、周立波）、军人（吴强）、文工团（王汶石、茹志鹃）等，大部分都曾有文宣工作经验。以《小二黑结婚》的标准看，他们都是先做村长、区长级别的革命官员，然后才成为作家。所以"作家干部化"，对这些50年代"主流作家"而言，顺理成章。

第三，这些基层"官员"，一不靠"捐"，二不依"考"。和"五四"作家很多留学海归或是大学教授不同，50年代作家平均学历较低，除了周立波当过"鲁艺"教员，赵树理、李准做过中小学教师，贺敬之、张光年在革命大学兼过课外，其他作家和高等学历大学教育没有关系。但他们的底层经验、斗争经历远远超过他们的知识文凭和外文能力——这种情况甚至延续到80年代以后，社会经验多于学识修养成为中国当代作家的一个基本特点，例外不多。

第四，这些作家常常一本书出名，长篇多靠集体创作机制，但独特的生活经验有限，艺术上后续乏力。于是便形成了"十七年"特殊的文学史现象：有名作，无名家，作品大于作家。当代文学史，需按题材归类，无法以流派分梳。

50年代的文学生产环境有几个特点：第一，是作协体制。第二，五六十年代特殊的稿费和版税制度。第三，生产机制中的文艺论争和文学批判。

在北京大学出版社出版的、被列入"北京大学中国语言文学教材系列"的《中国当代文学史》，作者洪子诚采用"一体化"的说法："'当代文学'这一文学时间，是'五四'以后的新文学'一体化'趋向的全面实现,到这种'一体化'的解体的文学时期。"[1] 在另一篇论文里,洪子诚解释"一体化"的概念,认为当时"存在一个高度组织化的文学世界对文学生产的各个环节加以统一的规范、管理,是国家这一时期思想文化治理的自觉制度,并产生了可观的成效"。[2]

作家干部化有三种不同方式。第一种方式就是延安及解放区作家,本来就是党的干部,然后从事文学创作,这是最直接最自然的作家干部化。洪子诚《概说》专门列表,详细列出31位"主流作家"的籍贯、学历、主要经历和主要作品,以分析这些作家的"文化性格",其中小说家有柳青、赵树理、杜鹏程、周立波、梁斌、欧阳山、峻青、王愿坚、王汶石、杨沫、吴强、马烽、西戎、李准、茹志鹃、浩然等[3],基本概括了"十七年"小说的中坚力量。

关于作家干部化的第二种方式,学术界有不同看法:使国统区作家全部进入新的干部体制,是意识形态管理?还是城市居民的单位变化?[4] 中国的作协制度部分参照苏联形式,作协主席第一届是茅盾,副主席是周扬、丁玲、巴金、柯仲平、老舍、冯雪峰、邵荃麟。从晚清到40年代,完全靠稿酬、版税生活的作家很少,他们在写作的同时,或者参与出版,或者兼职教授(吴福辉在《中国现代文学发展史》第四章第三十二节《文人经济状况和写作生活方式》中,对民国不同时期的作家生态,有颇详细的介绍[5])。简而言之,二三十年代文人收入相当于中产阶级,抗战后生活就十分艰难了。1949年后,成为作协专业作家,就是干部,就有生活保险,有不同

---

[1] 洪子诚:《中国当代文学史·前言》,北京:北京大学出版社,1999年,IV。
[2] 洪子诚:《当代文学的一体化》,《中国现代文学研究丛刊》2000年第3期。
[3] 洪子诚:《中国当代文学概说》,香港:青文书屋,1997年,第36—38页。
[4] 张均:《中国当代文学制度研究:1949—1976》,北京:北京大学出版社,2011年,第20—27页。
[5] 吴福辉:《中国现代文学发展史》,北京:北京大学出版社,2010年,第344—352页。

级别，比如文艺一级是张天翼、周立波、冰心等，二级有舒群、罗烽、白朗、陈企霞等东北作家群，马烽、西戎、康濯等是三级。文艺一级工资高于行政七级，行政七级等于司局级或者至少是正处级。

作家干部化还有第三种方式，就是附加"社会荣誉"："许多知名作家，往往被委任各种机构各种社会组织（直至中央的机构）的负责人，或授予各种称号，委以各种虽说没有多少权力的职务。除官职外，通常可以供安排的有：从中央到各省、市妇女联合会委员、工会委员、青年团组织的委员、政协委员、人民代表大会代表、人代会常委会委员等。获得上述职务、称号的，当然也伴随一系列的物质上、社会待遇上的收益。……如何不辜负这一'名声'与'位置'，自然要为他们所考虑。"[1]

50年代文学环境的另一个重要条件，是稿费、版税制度的改革，一是稿费相对偏高，二是版税渐渐取消。

1956年前后，制定了统一稿酬实施标准。50年代中国城市的职工平均工资是40块左右，如果作者领取最低稿费"每千字十元"，每个月只需写4000字，便已达到中等生活水平。今天稿费以千字两百计算（当然可以更高，但这是我2021年发表论文收到的稿费），达到中等生活水平（2019年上海平均工资10662元）需每月发表5万字左右，作家、学者比50年代辛苦十来倍。或者倒过来说，当时中国作家的经济环境比同时代其他人更舒适，也比之前和之后的同行们更优渥。

要是在50年代，这位作家非常勤奋，他也写10万字，稿费每月1000块——按张均的计算，《红旗谱》作者梁斌"10万稿酬相当于1名普通职工不吃不喝200年"。[2]《红岩》的作者罗广斌、杨益言，

1　洪子诚：《中国当代文学概说》，香港：青文书屋，1997年，第27页。
2　张均：《中国当代文学制度研究：1949—1976》，北京：北京大学出版社，2011年，第33页。

稿费收入 20 万左右。

60 年代后稿费逐步降低，1966 年后则取消了稿费。但 1949 年后中国作家的经济状况一度的确相对优渥（巴金是不领工资只获版税的特例）。更重要的是，原先稿费与印数挂钩递减，后来完全废除了版税，于是书一出版，收入固定，与销量无关。这个稿费制度变化对当代文学影响深远。

50 年代的文学生产环境，也有一些规律：

规律之一，文学批评跟作家身份及出版权利紧密联系，是一种"三合一"的综合机制。民国作家如鲁迅、郁达夫，找房子、看医生是一回事，和出版社交涉版权是另一回事，别人怎么评论你的作品又是一回事。在 50 年代，作家的个人生活和出版权利和被评论情况，紧密相关。当时最著名的文学评论家，如周扬、张光年、邵荃麟、林默涵、冯雪峰、刘白羽等，都是中国作协的副主席或党组成员，分别负责《人民文学》《文艺报》《诗刊》等权威杂志。从现代文学与社会的关系看，原先有报刊媒体或学校教育两个轮子，现在两个轮子成了一个独轮车或"磁悬浮"。从作家选择看，既不需担心读者销量，也不需考虑大学兼职，作协让作家的身份、收入和贡献也"一体化"了。

规律之二，当代文学评论不仅引导而且也创造读者。文学评论本身本来总有专家意见和读者需求的差异矛盾，现在专家就是领导，甚至群众意见，也可以由专家制造。洪子诚举过一个例子，1951 年 6 月《文艺报》第 4 卷第 5 期发表读者李定中批评萧也牧《我们夫妇之间》的来信，《文艺报》加"编者按"支持这封读者来信。"但实际上，来信与编者按都出自当时《文艺报》主编之手。……"[1] 另一方面，专家制造读者，不仅为了忽视否认读者的多元需求，更是为了制造文学与"人民"的天然联系。

1　洪子诚：《中国当代文学概说》，香港：青文书屋，1997 年，第 24—25 页。

规律之三，50年代如有文学论争，双方力量一定不均衡，不要说五五、四六,三七都不可能。一旦论争，很快就变成一九，一是靶子，九是批判方。潜规则是对外处罚比较客气，对内错误倾向惩治更加严峻。如果说旧时代是意识形态被动防范，当代文学则是主动管理，把所有的作家编入革命队伍（依法管理出版，则是在80年代以后的改良与发展）。

对于巴金这一辈作家来说，50年代初期相对而言是比较和平的年代。不像二三十年代，激奋郁闷离家出国再归来,也不像抗战时期，颠簸辗转斗争。至少在生活条件上，比较安定，甚至优渥。可能经常要"洗澡"，要跟上革命形势，要经受运动的考验。写作是有些困难，整整一代作家都基本没有新作，除了一个老舍。他们当然不知道，再过十几年是怎样的情况。

王蒙、黄子平、许子东，1996年于许子东香港寓所。

1956

王蒙《组织部来了个年轻人》
"干部"与"官场"

在中国文学史写作上,一般古代或现代文学史,章节标题多为大家名作,比如曹植、陶潜、李白、杜甫、明代四大奇书、《红楼梦》,或者鲁迅(有时分为两章)、茅盾、巴金、曹禺、老舍等。

可是各种"当代文学史"(迄今至少已有72种[1])有一个共同点,就是章节标题大都不用作家名字,而是先分题材,革命历史小说、农村小说等,整个分类颇有计划经济的风格。一方面,的确因为五六十年代文学比较有"计划",有"文艺军队"的战略部署与战术策略;另一方面,今天说"有高原无高峰"或有争议,回首"十七年",的确是"有名作无大家"。"红色经典"都是作品比作家有名,题材比风格重要。

《亚洲周刊》评选的"20世纪中文小说100强",在这个历史阶段,整整"十七年"或者"三十年",只有两部小说列入100强——浩然的《艳阳天》和王蒙的《组织部来了个年轻人》。《红岩》《红日》《红旗谱》《创业史》等,是否也属于20世纪最重要的百部中文小

---

[1] 这是笔者在2010年做的不完全统计,参见《四部当代文学史》,王德威、陈思和、许子东主编:《一九四九以后》,香港:牛津大学出版社,2010年,第83—85页。

说——我们可以再讨论。但不管怎么样说，王蒙这个短篇的重要性却是毫无疑问的。

一　20世纪后半叶中国最有代表性的作家

王蒙（1934—　）是20世纪后半叶中国最有代表性的作家，没有之一。王蒙在时间上贯穿始终，在每一个文学转变阶段都有作品，有评论，都引领风骚。王蒙和茅盾一样，既懂政治又爱文学，对两者都十分忠诚。怎么处理文学和政治的紧张关系，是20世纪后半叶的文学家的重要课题，王蒙在这方面有比较成功的平衡和探索（虽然也和茅盾一样，有委屈和困难）。茅盾参与过中共建党，1949年后任文化部部长，王蒙也是文化部部长，而且是作家中极少数的中央委员。王蒙50年代就写长篇《青春万岁》；80年代初《春之声》《布礼》等意识流实验，引人关注；他的《活动变人形》，代表当时反思小说的水准；1989年有《坚硬的稀粥》，后受到批判。王蒙70岁后还不断地推出"季节"系列长篇小说，系统回顾中国知识分子的命运史。新中国成立70周年时，王蒙是唯一一位获得"人民艺术家"国家荣誉称号的作家。

但是这么漫长、辉煌的创作过程，在今天乃至今后的文学史上，王蒙先生最重要的代表作，恐怕还是他20多岁时写的短篇《组织部来了个年轻人》。为什么？为什么我们认为这是20世纪五六十年代中国最重要的一个短篇？

我的看法可能会令一些人惊讶：因为《组织部来了个年轻人》是20世纪50年代的《官场现形记》——可能王蒙先生，或者李伯元醒来，都会奇怪这个联系，容我慢慢解释。

二　20世纪50年代的《官场现形记》

　　《官场现形记》，属于"五四"以前的、中国文学前所未有后来也少见的对"官本位"社会形态的全面批判，其文学史价值长期以来被低估。无论是捐官和腐败的必然联系，还是金钱在官场中的运作规则，或者师生、同乡、亲属和性关系在政治制度里的调节作用，乃至商业、军队、外交、救灾等各个领域不同又相通的贪腐规则，李伯元的长篇都有巨细无遗、一视同仁的无差别批判，并且批判还不露感情，讽刺还不显锋芒。小说把官场问题视为中国社会的根本问题，其细节力量和现象分析，远超过思想和时代局限。当然，《组织部来了个年轻人》社会批判的广度和细节远远不如《官场现形记》，但是思想高度不同。甚至，王蒙原意不在批判，而是歌颂为人民服务的干部群体，只是稍微指出一点需要警惕、可以改进的地方。但王蒙这篇小说却在半个世纪之后，又一次把官场置于文学矛盾中心，重新成为小说里的中国问题的焦点。或者说得更准确一点，这不完全是王蒙的原意，这是被读者的兴趣、评论家的包围、领导的指示、文学史的书写，最后合力造成的一个文学史现象。

　　王蒙自己根本不会用"官场"这个话语。有一次和他一起做节目《锵锵三人行》，提到周扬50年代在文艺斗争中的种种策略教训，我好奇说周扬当时会不会有仕途的考虑？比方说官职、权位等。王蒙先生当场就说：在周扬的词典里，恐怕没有"仕途"这个词汇。所以，50年代的王蒙应该也绝不会觉得他所写的是"官场"，而是一个青年教师参加革命工作碰到的问题。小说创作原意就是警惕官僚主义，或者是检讨青年成长历程。

　　李伯元他们当年认为，解决中国社会问题关键在官场，这个想法被"五四文学"否定了（或者至少轻视了）。"五四"的视野不仅是关注"官"，也不仅是关注"民"，而是关注"人"。第一，关注个人与社会的对抗——清醒的"狂人",孤独的"超人","沉沦"的男人,还有拯救女人而失败的知识分子。第二,观察被侮辱者会不会也损害他人,穷到阿Q、祥子,富到吴荪甫、"财主底儿女们",最典型的是中间状态的李石清等。第三,体会女人们如何"从困境走向困境"。总之,从20年代到40年代,很少官员主角,华威先生、魏连殳或者病愈候补的"狂人"只是例外。少有官场舞台。"五四"主张"人的文学",探索官民、穷富之间相通的国民性,并不以为官民必定势不两立、穷富必然你死我活。"五四作家"并不认为解决官场的问题就能解决中国所有的矛盾。官员坏,当然,但换别人做官,会好吗?革命好,诚然,但阿Q的革命梦美好吗?

"官场"在小说中重新出现是赵树理的《小二黑结婚》。小二黑跟小芹的恋爱遭到双方父母反对,更遭到村干部破坏,但最后得到"好官"区长支持,如愿结婚。从赵树理的"解放区小说"开始,小说人物有一个最基本的四分法,"好官"对"坏官",邪不压正;"先进"帮"落后",民众进步。"解放区文学"的人物四分法,在美学趣味上是晚清"官民对立"模式的重现和修正。从政治上讲,"好官"加"群众"就等于"人民","落后群众"如果不跟上的话,就会失去"人民"的资格。"人物四分法"也是"人民文艺"的关键。

三 革命机器的内部矛盾

《小二黑结婚》将晚清官场故事模式翻转,过去官场只会压迫人民,现在"新官场"为人民服务。官员/官场的概念,逐渐被干部、领导、同志、公仆等新的话语所取代,隔了十几年,王蒙写的已全部是干部队伍内部矛盾,以全新语境重现官场内部"忠奸对立"

的传统模式。毛泽东在王蒙小说里发现官僚主义问题。[1] 官僚主义这个角度，点出了干部公仆与官员官场两种话语系统之间的隐形联系。

青年教师林震调到组织部工作，十分兴奋，这是很有朝气，十分正直，非常诚实的一个青年，对当时的组织部——正是管理"官场"的机构——充满了期待，眼里不容沙子。小说里群众只是背景，如麻袋厂工人、不收钱的车夫等，大部分故事都发生在组织部里面。林震的上级是工厂建党组组长韩常新，身材高大、衣着整洁，长得英武，但粉刺较多（"粉刺"标志负面角色）。在工作中韩常新弄虚作假、贪图荣誉，到麻袋厂里了解建党情况，对厂长王清泉作风问题视而不见，对厂组织委员魏鹤鸣的汇报情况不闻不听，回头却能写一个非常漂亮的、上级很喜欢的"抓建党，促生产"的总结报告，让林震目瞪口呆。类似的例子多了，林震就去找副部长刘世吾。

刘世吾当然是小说里最精彩的一个人物，没有这个人物，这部小说不会这么出名。刘世吾也是20世纪中国小说中最重要的干部/官员形象之一。这是一个老谋深算的副部长，深藏不露，平时装糊涂，有条件时，办事非常有效率，在我看来，他是一个精致的官僚主义者。当林震因为干预工厂事务受批评时，刘世吾表扬林震动机是好的，但又说"这是一种可贵的、可爱的想法，也是一种虚妄"。林震感觉受挫折时，有个女干部赵慧文，请林震"到我家坐坐好吗？省得一个人在这儿想心事"（本来就是同志间的纯洁关系，坐坐就真是坐坐……后来秦兆阳等《人民文学》编辑修改小说结尾，将林震和赵慧文关系向爱情方向发展了——这也是当代文学生产机制中

---

[1] 1957年2月27日毛泽东在最高国务会议第十一次（扩大）会上的讲话（后改为《关于正确处理人民内部矛盾的问题》）和3月12日宣传工作会议的讲话中都谈到王蒙小说发现官僚主义问题。参见黎之：《回忆与思考：1957年纪事》，《新文学史料》1999年第3期。

"集体创作"的一个范例[1])。赵慧文家里有小孩,他们一起听柴可夫斯基的《意大利随想曲》,然后就议论组织部的人事关系。

一般来说,能够和在公司单位里的人议论其他同事尤其是领导的是是非非,说明俩人关系不同寻常。但赵慧文和林震也就是议论而已。他们谈论韩常新的问题,也讲到刘世吾,说"刘世吾也有一句口头语:就那么回事。他看透了一切,以为一切就那么回事"。原来赵慧文也曾经像林震一样意气风发、嫉恶如仇,但是在组织部日子久了,单位里压力大了,也就失了朝气、激情。反过来,劣币淘汰良币,韩常新倒是升了副部长。后来,麻袋厂王清泉和魏鹤鸣的冲突又升级了,甚至引起党报的注意,组织部内部就出现了争执、僵持的局面。小说结尾,林震只好去找更大的官——周书记,"隔着窗子,他看见绿色的台灯和夜间办公的区委书记的高大侧影,他坚决地、迫不及待地敲响了领导同志办公室的门"。

总之,干部之间的矛盾,不同层级总有正反双方。厂里有一级,组织部又是一级,说不定之后区委书记与区委常委会又有一级。官场内部的冲突,总要找更高的官员解决问题。理论上,干部应该朝向下看,首先考虑群众利益。实践中,官员却一层层往上看,先看领导意思。这种新的(是吗)官场游戏规则不仅出现在小说里,也出现在小说外——小说发表后才几个月,仅《中国青年报》和《文艺学习》就收到评论稿1300多篇,包括不少著名作家、评论家的文章,很多支持,但也有批判。李希凡说《组织部》"激烈地批评了一个党委机关,一个具体化到北京的一个区委,甚至在它隐射的锋芒上,还不止于此。"[2]马寒冰说:"在中共中央所在地的北京市果然有这样的区委会,中央和北京市委居然不闻不问,听其存在,这

---

1 参见洪子诚:《百花时代》,济南:山东教育出版社,1998年,第116—117页。
2 李希凡:《评〈组织部来了个年轻人〉》,《文汇报》1957年2月9日。

是不能相信的,也是难于理解的。"[1]正反双方争论果然一级级上升,到1957年3月16日全国宣传工作会议,毛泽东讲话既批评王蒙,更批评李希凡:"王蒙的小说有小资产阶级思想,他的经验也还不够。但他是新生力量,要保护。批评他的文章没有保护之意。李希凡说王蒙小说写的地点不对,不是典型环境,说北京在中央附近不可能出现这样的问题,这是不能说服人的。"[2]于是,争论到此为止(马寒冰因批评王蒙而被上级批评,承受不了压力而自尽,再过一年,他的观点又是正确的,王蒙被划成右派)。[3]

小说里有两个关键点。第一就是林震与刘世吾性格异同,一个激动、热情,一个世故、圆滑,但他们却心心相通。为什么相通?原来他们都爱好文学,都爱好俄罗斯、苏联小说。林震以苏联小说《拖拉机站站长与总农艺师》当中的女英雄为榜样;刘世吾喜欢看《静静的顿河》。好像在官场里面,不管你是新鲜血液,或者是支撑的树干,看严肃文学的书都是一种有生命力的表现。所以不爱看书的韩常新,刘世吾就看不起他——这个细节,是知识分子一厢情愿的官场想象,试图证明官僚主义老将刘世吾可能曾经也有过林震般的初心。放在20世纪中国小说的脉络中看,曾朴他们当年也相信科举"考"出来的官总比花钱"捐"来的缺要好些。时代不同了,但是希望官员喜欢读书,假定知识分子做官至少会好一些——这种作家与读者的无意识文化期待仍然在延续。

第二个关键点是林震与刘世吾的仕途命运。如果刘世吾以前也像林震这样,这么激情,这么正直,这么勇敢,那小说是不是也在暗示,将来林震向刘世吾的方向演化、转变也是一种不可避免,是一种规律呢?(再读《静静的顿河》也没用?)如果年轻人林震一

---

[1] 参见洪子诚:《百花时代》,济南:山东教育出版社,1998年,第112页。
[2] 同上,第113页。
[3] 同上,第114页。

直在官场，也必须逐渐成熟，也必然逐步世故；或者倒过来说，像刘世吾这样的老江湖，当年也是从林震这样的年轻人的书生意气发展过来的，这说明——没有林震般的"初心"，便没有刘世吾的"成功"？还是说林震般的"初心"，必然导致刘世吾的"成功"？

王蒙20多岁写了《组织部来了个年轻人》，70多岁时读老庄哲学，经验多了，看透世事，既不忘初心，也与时俱进。重读这篇在50年代引起巨大风波的"新官场小说"，人们第一会反省：官场腐败，究竟是不是中国各种问题的关键？第二，官场异化，究竟能否避免？从林震到刘世吾的转化演变规律，到底是不以成绩而以忠诚来决定的干部升降机制导致，还是说任何制度后面，仍然是人性的理由？林震所看到的刘世吾现象，到底是中国的特殊国情？还是负面的"普世价值"，权力必然使人世故腐化？

小说最成功之处，就在于刘世吾不是清官，也不是贪官。王蒙这个短篇既延续又突破了中国官场故事的传统忠奸模式，将晚清小说对"官本位"现象的批判带入了中国革命的新时期，意义深远。这篇小说题目曾被《人民文学》的主编秦兆阳改为《组织部新来的青年人》，这么一来，主语就是"青年人"了，可以读成一部成长小说，是一个年轻人参加革命（或者进入公司）的必然历练过程：坚持理想和原则，还是适应环境而生存？而原题《组织部来了个年轻人》，主语是"组织部"，这是更明显的官场小说，也是50年代最早描写革命机器内部矛盾的小说。作品涉及的官僚主义等问题，有点超前，也可能超过王蒙自己的预期。

1957

钱谷融《论"文学是人学"》
50 年代的文学评论

王蒙的《组织部来了个年轻人》是比较能够代表 50 年代中国文艺界状态的小说，钱谷融先生的《论"文学是人学"》是比较能够代表 50 年代中国文艺界状态的评论。我这样说，不是因为钱先生是我的老师，而是从当代文学史发展的角度立论。钱谷融先生（1919—2017）一生著述不多，但在学术界威望很高。最重要的著作就是两本——1957 年写的长篇论文《论"文学是人学"》，和两三年以后写的评论集《〈雷雨〉人物谈》。《〈雷雨〉人物谈》属于现代文学研究，钱理群称赞钱谷融先生引领现代文学研究中的艺术审美学派（相对王瑶、李何林、唐弢等人的社会政治研究主流学派而言）[1]。但钱先生更重要的作品是《论"文学是人学"》。

1957 年初，为贯彻"百花齐放，百家争鸣"的中央号召，华东师大召开一个科学讨论会，当时的中文系主任许杰先生，动员中青年讲师钱谷融写篇论文。之前钱先生很少写文章，结果一写就是几万字，1957 年 5 月 5 日在上海的《文艺月报》（《上海文学》前身）全文刊出。当天上海的《文汇报》第一版就发表了题为《一篇见解

---

1 钱理群：《读钱谷融先生》，《文艺争鸣》2017 年第 11 期。

1988年，和钱令希先生在香港大学。

新鲜的文学论文》的报道，不久就有了批判文章。洪子诚后来在《中国当代文学史》第三章《矛盾与冲突》的第三节《对规范的质疑》里这样记录：

> 1956年到1957年春天……在"思想解放"的潮流中，关切中国文学前景的作家，对50年代以来的文学落后状况表示不满，指出"我们的文坛充斥着不少平庸的、灰色的、公式化的、概念化的作品"，有思想深度和艺术魅力的作品并不多见。他们认为，造成这种现象的根本原因，是由于严重的教条主义和宗派主义的束缚所致。
>
> 而教条主义的表现集中表现在以苏联的社会主义现实主义的不合理的"定义"作为我们创作和批评的指导原则，同时也表现在对《讲话》的片面和庸俗化的理解。
>
> 这一时期，提出重要问题、影响较大的理论文章有：秦兆阳《现实主义：广阔的道路》(《人民文学》1956年第9期)，陈涌《为文学艺术的现实主义而斗争的鲁迅》(《人民文学》1956年第10期)……钱谷融《论"文学是人学"》(《文艺月报》1957年第5期)……钟惦棐《电影的锣鼓》(《文艺报》1956年第23期)……[1]

在教科书提到这些50年代反主流的文章里，钱谷融先生的论文最有理论性和系统性，所以要想了解那个时代的中国文学，此文必读。

1　洪子诚：《中国当代文学史》，北京：北京大学出版社，1999年，第46页。

一　文学的目的是写人，还是反映现实？

先不讲背景，直接读文章。把"文学"称为"人学"，原是高尔基的建议。当然，如果从西方现代文艺理论的角度来讲，"人学"到底是科学还是艺术？很难回答。钱谷融认为，"文学是人学"，是理解一切文学问题的总钥匙。他的论文分成四个部分，涉及当时，甚至说也是今天中国文艺理论界面对的几个基本问题。

第一，艺术家的目的、艺术家的任务，到底是写人呢，还是反映现实？

苏联理论家季摩菲耶夫的《文学原理》说："人的描写是艺术家反映整体现实所使用的工具。"这就是说，文学的目的是写现实，写人是一个工具。钱谷融先生不同意这个基本定义，他认为："这样，人在作品中，就只居于从属的地位，作家对人本身并无兴趣，他的笔下在描画着人，但心目中所想的，所注意的，却是所谓'整体现实'，那么这个人又怎么能成为活生生的、有血有肉的、有着自己的真正的个性的人呢？而且，所谓'整体现实'，这又是何等空洞、何等抽象的一个概念！"[1]

季摩菲耶夫的《文学原理》当时是权威教材，任何疑问或挑战，都需要极大的学术勇气。钱先生马上补充，说自己并不反对文学反映现实，他反对的是"把反映现实当作文学的直接的、首要的任务；尤其反对把描写人仅仅当作是反映现实的一种工具，一种手段"。他的文章以极简单的方式，直接切入了一个非常复杂的理论或政治问题。在一个大家都想做"刘世吾"，同时容忍"韩常新"的文坛理论界，突然闯进了一个新人——这也是"理论界来了个年轻人"。

---

[1] 钱谷融：《论"文学是人学"》，原载上海《文艺月报》1957年第5期，作为附录收入《"论'文学是人学'"批判集（第一集）》，上海：新文艺出版社，1958年。

文学的目的是写现实，还是写人？ This is a question！

第一，要分主客观。客观上，文学总可以帮助人们认识现实、了解社会，反映时代。我们重读百部小说，也企图阅读小说中的"中国故事"。但这都是文学的客观效果。犹如花必有颜色，花却不只为色而开。作家主观的创作动因是什么？从鲁迅到沈从文到张爱玲到钱锺书，他们的主观动因是要反映百年来或者其中某一年的社会整体现实？还是描写具体的人，解剖人的阶级、民族、身份与人性的关系？按钱谷融的说法，只有写出"活生生的、有血有肉的、有着自己的真正的个性的人"，换句话说，只有写出了贾宝玉、安娜·卡列尼娜、包法利夫人、阿Q、七巧等，才有可能说这是文学，才有可能让人们去看这些人背后的社会、时代，甚至可以在这些人身上看到不同的社会和时代。

总之，作家写人，不只是手段。

第二，除了主客观的分别，还可以看论者到底是从文学出发，还是从社会学、政治学或历史研究出发。从文学出发，写人就是目的；从其他的学科出发，从政治需求出发的话，那人，包括文学，也可能是工具手段。

第三，除了主客观和出发点以外，"工具手段"在当时其实是特别的，触及50年代"文学要成为斗争工具"的政治现实。钱先生或者是书生意气，有心挑战，或者是不懂世故，误闯雷区。从国家意识形态管理层面重新检讨文艺界的"阶级斗争工具论"，那是1978年以后的事情（有意思的是，也是《上海文学》率先发表题为《为文艺正名：驳"文艺是阶级斗争的工具"说》的文章[1]，大背景是拨乱反正）。钱谷融先生质疑文学是否应该成为工具是在1957年，确实有点超前了。

1　评论员：《为文艺正名：驳"文艺是阶级斗争的工具"说》，《上海文学》1979年第4期。

对于钱先生自己而言，他只是讲述自己理解的艺术原理。他以李后主为例，李后主只是写他的悲伤心情，别人可以在他的诗里读出那个时代乃至超越时代的悲伤。倘若李后主为了写时代而写他自己，可能会有点假。人一假，时代也真不了。

第四，想深一层，为什么要强调文学必须写人？为什么要怀疑文学反映"整体现实"的功能？这里有没有一种艺术家的无奈？假使作家很想反映现实，可是他眼中的现实与别人或主流看法不同，怎么办？对"土改""大鸣大放""大跃进"等，作家个人有评论的权利吗？或者说你看到的只是局部，不够整体，不够典型，那什么人，怎么样，才能把握"整体现实"？作家如果没资格、做不到，所以不如在技术和策略上强调写人，写活生生的、有血有肉的具体的人，他才可能有更多的话语权。

当然，潜台词，策略表达，也许都不是钱先生的初衷。几十年以后，我们站着说话不腰疼。在1957年，钱先生文章的锋芒，令人惊讶。所以，不少同行批判他，也钦佩他。换个角度，几十年后再回首，谁知道我们现在是站着，还是用什么别的姿态在说话。我们自己是看不到的。

二 文学与人道主义的关系

钱先生的文章分四个部分。

第一部分讨论文学的目的，写人还是写现实。第二部分讨论文学与人道主义的关系。50年代强调"文艺军队"的战斗任务，要改造作家的世界观。但是文学史上有不少例子，显示世界观与创作成就不一定有必然联系。最多人谈论的例子是托尔斯泰与巴尔扎克，政治倾向都比较保守，文学成就却很高。怎么解释？当代作家也有类似困境，曹禺1949年以后，思想进步了，却反而写不出像《雷雨》

《日出》这样的作品。钱谷融的文章花了很大的篇幅，尝试解释思想和作品之间的关系。王智量等学者认为是现实主义创作方法战胜了保守的世界观。钱先生认为是人道主义精神起了关键的作用。为什么托尔斯泰原本要批评一个荡妇，却写出了不朽的女性形象——安娜·卡列尼娜？因为人道主义是文学作品的底线，人道主义比现实主义、人民性等其他评论标准，更普遍地渗透在几乎所有的经典文学中。这个讨论不仅在50年代有挑战性，而且也可回溯到30年代初的文艺论争。归根究底，所有文学都会既写到人性又写到阶级性，问题还是像"文学的目的，是写人，还是写现实"一样吊诡。通过人性而写阶级性，还是通过写阶级性而透析人性，不仅是抽象理论问题，也是20世纪中国小说从晚清到"五四"再到延安反复变化之中的一条逻辑主线。

三　什么是"典型"？

钱先生的论文的第三部分，讨论了现实主义、浪漫主义、自然主义、社会主义现实主义等理论问题，第四部分，转到了当时文艺界的一个热门课题——什么叫"典型"？其实，典型问题，与阶级性人性直接相关。一个人物的典型意义，是否只取决于他的阶级身份？钱先生直接提到当时已经引起争论的《组织部来了个年轻人》："有人因为这篇小说把一个老干部刘世吾写成了一个对一切都处之泰然的官僚主义者，就指责作者'这样来刻画老干部老同志，简直是对老干部的污蔑'。这种论调，难道不是和把典型归结为一定社会历史现象的本质的理论相一致的吗？"到底什么是"典型"，有很多不同的看法。鲁迅说过，他的人物"嘴在浙江，脸在北京，衣服在山西，是一个拼凑起来的角色"。有人觉得鲁迅强调的是典型的共性意义。歌德说这是从一般到特殊。他自己更主张文学应该从特殊到一般。从一个独特的个体，深挖下去，不用去想这个人有没有代表性，是不是典型，或者它能不能反映"整体现实"。在文学当中，只要描写的人物有真正独特的个性，必然会有某种典型意义。这是钱谷融反复强调的文学信念。

这种典型论和前面的文学目的论相关呼应。在论文的最后部分，钱谷融先生花了不少篇幅，以阿Q这个典型的文学人物，来阐发他对阶级论、人性论、文学典型的看法。50年代，中国不少评论家，当时正为一个非常简单的问题而苦恼。"何其芳同志一语中的地道出了这个问题的症结所在：'困难和矛盾主要在这里：阿Q是一个农民，但阿Q精神却是一个消极的可耻的现象。'许多理论家都想来解释这个矛盾，结果却都失败了。"

钱先生概括当时关于阿Q的争议：第一，说阿Q是农民的典型，这是对勤劳英勇的农民的侮辱吗？第二，将阿Q归为落后农民的典型，"幸亏没有人肯自居于落后农民，否则也会有人出来要抗议"。第三，冯雪峰把阿Q和阿Q主义分开来看，阿Q主义属于封建统治阶级，阿Q自己是朴素的农民。第四，李希凡说："鲁迅通过雇农阿Q的精神状态，不仅是为了抨击封建统治阶级的阿Q主义，更深的意义在于控诉封建统治阶级在阿Q身上所造成的这种精神病态的罪恶。"何其芳、冯雪峰、李希凡都是50年代的权威学者，却在当时困入这种层次的学术陷阱。钱谷融详细分析围绕阿Q典型性的各种观点，目的是要说明：一个人物的典型意义，并不一定等于阶级性。现实中、历史上，人的个性、人性与阶级性、民族性的关系是非常复杂的，把每个阶级的人物只写成一个典型，一讲地主，就是黄世仁，一讲叛徒，就是甫志高，典型是典型了，但是文学性就消失了。

钱谷融的文章很长，好几万字，逻辑严谨，旁征博引，充满理论自信与学术激情，实在不像他后来做我们老师时候的散淡、潇洒。

钱先生晚年一直因散淡人生、潇洒风度为人称道，他最喜欢读不同版本的《世说新语》。只有重读他的《论"文学是人学"》，才知道先生也曾经年轻过，也曾经那么有锋芒。这种赤子之心，这种学术锋芒，其实晚年都在，只是表面看不见。重读《论"文学是人学"》，我们可以回到那个时代，体会以文学写人、在文学中承载人道主义，也曾是一种"艰辛探索"。

1957年，同系的许杰、徐中玉、施蛰存都成了"右派"，钱谷融先生倒没有被"错划"。有两种说法，一种据说是当时上海市委书记柯庆施指示，不要都打成"死老虎"，留两只"活老虎"以后好批判（另外一只就是复旦大学的蒋孔阳教授）；另一个传说，说是周扬指示保护的，好像周扬心里其实颇同意，至少是同情钱谷融的观点。

回到钱先生的说法，其实，他只是表达他"活生生的、有血有肉的、有着自己的真正的个性"的思想，至于这篇文章引起的反响，怎么反映50年代的"整体现实"，大概也是他始料未及的。

1957

梁斌《红旗谱》
农村阶级斗争模式

《红日》《红岩》《红旗谱》《创业史》及《青春之歌》，是1949—1966年最主要的文学成就。在《亚洲周刊》评选的"20世纪中文小说100强"中，这些作品全部没有入选。也许当时海内外专家评委觉得这些小说的艺术价值，够不上"100强"标准。但是从中国现当代文学发展的角度看，尤其是当我们试图通过小说来讲述"中国故事"，"三红一创一歌"是一个不可忽视、不可遗忘的板块。

一　贫富矛盾与国共斗争

《红日》《红岩》《红旗谱》都是"革命历史小说"，黄子平在这六个字中间加了两个点，"革命·历史·小说"，一个文类概念变成了三个不同范畴：革命与历史的关系吊诡，历史与小说的界限微妙，革命与小说的缘分更值得玩味。按照黄子平的概括，"革命历史小说"就是"讲述革命的起源神话、英雄传奇和终极承诺，以此维系当代国人的大希望与大恐惧，证明当代现实的合理性，通过全国范围内的讲述阅读实践，建构国人在这革命所建立的新秩序中的主体意识"。[1] "三红"任务相同，但又有分工:《红日》描绘军事胜利,《红岩》强调道德信仰,《红旗谱》说明民心归属，主要叙述中国农民为什么会在历史发展中选择共产党，反对国民党。从故事的时间上看,《红旗谱》最早，写的是20年代到30年代抗日前的北方农村。从故事的内容看,《红旗谱》涉及中国革命当中最重要的农民问题。后来的《创业史》《艳阳天》，以及80年代以来的《红高粱》《古船》《白鹿原》等，其实都在延续或改编或重写《红旗谱》的故事。

梁斌（1914—1996）的《红旗谱》表面写两家穷苦农民和一家地主豪门之间两三代的恩仇争斗，实际写北方农村的阶级矛盾如何被引向政治斗争。小说有个序曲，大概20多年前（清末民初），地主冯兰池要砸掉防汛堤上的明代古铜钟。砸铜卖钱，借机强占40多亩"公地"。公地并不属于国家，是当地四十八村村民从前集资购买，古铜钟就是购地证明。农民朱老巩，见义勇为，赤膊上阵，拿铡刀护钟。严老祥也挥斧助战，四十八村村民都来围观。在小说里，在改编电影里，这都是一个非常戏剧性的经典场面。

冯兰池找来地主严老尚，骗走朱老巩，古钟还是被砸。朱老巩吐血而死，女儿也自杀，儿子朱小虎离乡背井闯关东。关于古钟，小说里没有细说，各种文学史和评论也很少提及，其实被砸掉的古钟有某种象征意义，代表了一种传统乡村民间社会的秩序和契约，或者说标志了不同阶级面对河水灾难的一种合作关系。古钟一毁，预示着穷富的矛盾从此不可调和。

小说开篇朱小虎已经40多岁，改名朱老忠，从关东回来，带着老婆贵他娘和两个儿子。此时严老祥的儿子严志和，走投无路正想闯关东，被朱老忠劝下，说关东也没有穷人活路，而且冯家砸钟之仇未报，心有不甘。陈平原曾经总结过中国历代武侠小说的三种

---

1 黄子平：《革命·历史·小说》，香港：牛津大学出版社，1996年，第9页。

主题，第一是"平不平"，第二是"立功名"，第三是"报恩仇"。只有"报恩仇"，才能最大限度拉长小说情节，增加故事动力，给人物行动以足够持久的道德理由。[1] 朱严两家与冯家本已阶级对立，再延续砸钟世仇，两家后来两肋插刀不变色，明是阶级友谊，暗是侠义道德。

小说男主角，当然是坚决反抗、豪爽仗义、有勇有谋的朱老忠。冯牧说他"是一个兼有民族性、时代性和革命性的英雄人物的典型"，"不仅继承了古代劳动人民的优秀品质、古代英雄人物的光辉性格，而且还深刻地体现着新时代（无产阶级革命时代）的革命精神。"[2] 小说把所有优秀品质都堆在朱老忠身上，中国农民其他还有什么不那么优秀的地方，就找胆小怯懦的严志和、眼睛看不见的朱老明、"封建"固执的老驴头或喜欢吹牛的冯大狗等人来分担。在这部经过反复修改的集体创作中，朱老忠不会犯错，严志和老实巴交。严家两个儿子运涛、江涛，是革命主力，两人相貌接近，性格上也几乎没有分别。朱严两家是小说中的穷人代表。对立面冯老兰，就是当年砸钟的冯兰池，现已60多岁了，绝对的反派，在小说里没做过一件好事，甚至对自己做的任何坏事也没起过任何的怀疑——这是"五四"小说里所没有的人物。现代文学中，伤害子女的七巧，最后手镯"推"到手臂上，也有她的可怜；周朴园对侍萍的虚假忏悔，可能弄假成真。可恶人物亦总有可怜或至少可理解之处，50年代的地主就是刘文彩、黄世仁，还有冯老兰。冯老兰除了整天在阴暗的大院里算账，算计农民、求财、巴结官府以外，还好色，看中良家民女，还要霸占村民养的小鸟，总之，绝对反派。

到了80年代以后，《古船》《活着》《白鹿原》《生死疲劳》也

---

[1] 陈平原：《千古文人侠客梦：武侠小说类型研究》，北京：北京大学出版社，2010年，第97页。
[2] 冯牧、黄昭彦：《新时代生活的画卷》，《文艺报》1956年第19期。

都热衷于写地主,却又是另外一些不同写法了。那是后话。

冯老兰次子冯贵堂,读过"法科",当过军官,还有点"新思想",拆了家族祠堂办学校,对于农产品生产销售,也有一点科学改革的想法。当然在维护家族利益上,他和父亲立场一致,因为和保定卫戍司令是同学,直接联系地主阶级和国民党官僚,所以他的力量比冯老兰还要大。

朱老忠回来以后双方初次较量,竟然是因为一只鸟。运涛偶然捕获了一只漂亮、名贵的鸟,同村少女春兰为鸟笼绣了一个美丽的套。鸟在集市上可以卖不少钱,大家竞投,出钱最多的就是冯老兰。运涛、大贵一看冯老兰要买,故意不卖。地主托人来劝:老兰想要这个鸟,你送他吧,留个人情。他们不肯,结果鸟被猫吃掉了,是大贵的疏忽。而运涛说,你疏忽了,那也没办法,我们原谅。

这个情节不是"一石数鸟",而是"一鸟数石",既重新点燃了农民和地主之间的旧仇新怨,又加固了两家农民之间的义气情谊,还透露农民、地主居然有玩鸟的共同兴趣(到60年代这样的细节应该也要删改的)。

冯老兰当然记仇,不仅因为一只鸟,而且因为丢面子。不久军队抓壮丁,他就把朱老忠的长子大贵点出去。朱老忠想,两家四个儿子,有人会武也是好事。他还支持运涛、江涛去读书,好像有长远复仇计划——有文有武。运涛和村里女孩春兰要好,家人不准。春兰爸老驴头,一来嫌运涛家里穷,二来看不惯男女青年自己要好,就痛打女儿,把她关起来。这时冯老兰也贪恋春兰漂亮,派人许诺送车、送牛等,要春兰做小。老驴头也不答应,说辈分不对。春兰是《红旗谱》里形象最鲜明、情感最矛盾的一个人物,真心喜欢运涛。运涛识字,能读《水浒传》,认识了高小教员贾湘农。贾湘农其实是地下党县委书记(作家梁斌当时也是这个身份),祖父也是农民,但父亲是工人(符合先锋队的标准),本人坐过牢。运涛在贾湘农教育下，觉悟提高很快，某天突然失踪——去了南方参加北伐，临走和家人都没说，独独跟春兰告别："希望你另找一个体心的人儿……"春兰急哭了，"你革起命来，就有好光景了，还看得起我穷人家闺女。"这时运涛才明白春兰的性格，瞪起眼睛说："不管你等不等我，我一定要等着你！"[1]郑重其事的山盟海誓，通常预示不幸、意外。失踪半年后，运涛突然来信，说在南方参加革命军，当上了见习连长。严志和对朱老忠说，严运涛做了官啦，当上连长啦！一下子严家在村里的地位瞬间提高，连春兰她爸也换了脸色，"他'革'上'命'，也做上官了"，这是农民对革命的理解。整部小说中，这是朱严两家最快乐的时光。想象儿子在远方的军威，盼望革命军快点北上。但是北伐军中途"清党"，运涛是以共产党员身份加入国民党军队的，于是被捕，还被押到济南监狱。

消息传来，严家陷入灾难。运涛想见家人，怕以后见不着了。家人不只想见面，还想要营救。此时江涛已入保定第二师范，求老师给长官写信。严老师的女儿喜欢江涛——后来不少"红色小说"都有这类桥段，名人士绅富家女儿，常常不理门当户对的追求者，执意喜欢冒险革命的青年。

问题是探监救人都要钱，听到孙子出事，严志和老母气急去世，家里又要办丧事，又要救儿子，要借钱，怎么办？

> 涛他娘说："一使账就苦了！"……一家人沉默起来，半天无人说话。江涛想："上济南，自己一个人去，觉得年轻，没出过远门，没有经验。要是两个人去，到济南的路费，再加上托人的礼情，再加上运涛在狱里的花销，怎么也掉不下一百块钱来。家里封灵、破孝、埋殡，也掉不下五十块钱……"

---

[1] 梁斌：《红旗谱》，北京：中国青年出版社，1957年。以下小说引文同。

严志和想:"一百五十块钱,按三分利算,一年光利钱就得拿出四五十块。这四五十块钱,就得去一亩地。三年里不遇上艰年还好说,一遇上年景不好,房屋地土也就完了。要卖地吧,得去三亩。"

涛他娘想:"使账!又是使账!伍老拔就是使账使苦了。他在老年间,年头不好,使下了账。多少年来,利滚利,越滚越多,再也还不清了,如今还驮在身上,一家人翻不过身来。"

这段文字将一个农民家庭的困境、绝境,写得一点也不夸张。无奈之中,他们只好找冯老兰,冯老兰因"鸟"记仇,当然不借。最后严家忍痛卖了三亩宝地。严志和病了,朱老忠和江涛去探监,通过关系,好不容易进到狱中,只见到运涛慷慨激昂喊口号,义正词严表忠心。"打倒刮民党!""中国共产党万岁!"读者看了这段,当然佩服他的革命豪情,但也忍不住想:你知道你家人为了来看你,卖了地呵……运涛又对江涛、忠大伯喊,"叫春兰等着我,我一定要回去,回到锁井镇上去,报这不共戴天之仇!"

全知全能的叙事者告诉读者,这时候朱德、毛泽东刚在井冈山会师。运涛和朱严两家还要等很多年。

二 农民抗税与城市学潮

运涛入狱关在济南大牢,江涛接替了运涛的工作。两人外貌、性格、身份都很像。贾湘农派江涛回乡,进行"反割头税斗争"。这是梁斌亲身经历过的一个真实事件。"割头税"就是突然新加的一个税项,农民每杀一头自己养的猪,都要另交几块钱。税名义上给政府,实际是承包给地方富豪来收税。比如冯老兰保证向上交4000块,实际上能收到上万元。

农民已经要交各种地租、杂税，面对新税，一般农民也只能忍气吞声。江涛、朱老忠串联村中一些农民，大家觉得此事不平，一起鼓噪，形成了气势。大贵当逃兵回来，就在自家门口架杀猪锅。本来冯老兰派人架的杀猪锅要收税，但大贵他们说，我们杀猪免费，不收钱。这就形成对阵之势。

通过反割头税，小说写出农民被共产党"鼓动"，不是因为政治口号，而是因为经济实利。杀猪新税是政府通过寻租承包等契约形式联手富人欺负百姓。也就在"反割头税"过程当中，运涛坐牢已经一年，这时村里有农民要给大贵说亲。说谁呢？说春兰。

老驴头说："老明兄弟！可轻易不到我门里来……"朱老明说："我衣裳破，瞎眯糊眼的，进不来呀！"老驴头说："算了吧，你的眼皮底下哪里有我老驴头啊？"朱老明说："今天来，有个好事儿跟你说说，你喜欢哩，咱就管管，不喜欢也别烦恼。"老驴头呲出大黄牙说："你说吧，咱老哥们有什么不能说的。"朱老明说："咱大贵回来了，我说给他粘补个人儿，想来想去想到你这门里……"朱老明和老驴头说着话，他不知道春兰就在炕那一头，做着活听着。她听来听去，听说到自己身上，心上一下子跳起来，一只手拿着活计，一只手拿着针线，两只手抖颤圆了，那根针说什么也扎不到活计上。

这是非常传神的语言，非常精彩的情节。运涛坐牢，无期徒刑，村里人也是实心实意为春兰好，不能一直等，等得年纪大了。朱老忠在村里有点威望，儿子大贵又老实又强壮，本来春兰也应该动心。可是运涛在牢里刚刚一年……接下来村里所有利益相关者——朱老忠、贵他娘、严志和、涛他娘、江涛、大贵自己，人人都得对"粘补"这件事表态，人人都很为难。每个人表态的过程，是《红旗谱》中最精华的段落。对朱家来说，有人帮自己儿子找媳妇，好事；而且春兰，他们都很熟，关系密切。但是又很为难——运涛兄弟还在牢里，能把他的媳妇娶过来？如果问严志和、涛他娘，他们嘴里也说好，因为儿子"无期"了，不能让人家女人一直等下去。可是嘴里说好，心里都不乐意。大贵虽然喜欢春兰，觉得是个好媳妇，可是不好意思说。江涛是读过书的人，更难表态。不知道是朴素的农村道德，还是愚昧的人伦关系，总之是一种锥心痛苦的选择。当然最难的是春兰，春兰嘴里一口否认，这件事，直到整部小说完结，都是一个悬案。

几个主要人物，革命者运涛，大地主冯老兰，逃兵大贵，都围着同一个女人。类似情节《死水微澜》有先例，后来《白鹿原》田小娥更加厉害。为什么在乡村故事而且是"史诗"里，总会出现"一女多男"的情节结构？有多少是现实依据，有多少是读者需求？值得探讨。

"反割头税"从锁井镇蔓延到了县城，变成群众大会，严知孝老师的女儿严萍，看到江涛能在众人面前演讲，激动佩服。开会，慢慢又演变成游行，街上商店也停下来，有人撒传单，从杀猪税联系到其他地租、高利贷……渐渐地，口号就走向政治化，"中国共产党万岁！""打倒土豪劣绅！"同样的混乱场面茅盾早在《动摇》中就描写过，那是真的混乱，50年代《红旗谱》重新描述的混乱只是表象，背后是党的精心计划。县里的保安队也阻止不了群众，人们知道保安队不敢真的动武。游行示威成功，县长宣布暂缓税项，冯老兰遭受损失。从经济不满到政治集会再到游行再到冲突等景象，后来中国的读者都很熟悉。

在运动当中，江涛和贾湘农关系非常亲近。但小说中有一段，有点令人困惑。

> 他（贾）拿起江涛两只手在火上烤着，问："嗯，你那位女同志，她怎么样？"又扳起江涛的脸来看了看。他们有一年不见了，今天见了面，心上很觉高兴。流露在他们之间的，不是平常的师生朋友的关系，是同志间的友爱。他几次想把嘴唇亲在江涛的脸上，见江涛的脸颊腼腆地红起来，才犹疑着放开。说："告诉我，严萍怎么样？"江涛歪起头看了看，说："她吗？还好。你怎么知道的？"贾老师笑着说："我有无线电，你的一举一动我都知道。"

这两位是同志，还是"同志"？同志间的友爱，要把嘴唇亲在他脸上？

两人还有一段对话更加精彩。"反割头税运动"成功了，农民杀猪不用交钱了，江涛突然问贾湘农。"闹腾了半天，我还不明白，这个运动的目的是什么？"

> 贾老师扬了一下眉毛，笑了说："运动在目前是为了发动群众，组织群众嘛。组织起来向包商主，向封建势力进行斗争，他们是大地主、大资产阶级。将来要在运动里吸收一批农民积极分子，打好建党的组织基础。"
>
> 江涛又问："落脚石呢？"
>
> 贾老师伸出一只拳头，猛力向下一捶，说："还是一句老话，最终的目的是起义，夺取政权哪！是不是这样？"

也就是说，农民反割头税，是为了不用交钱。贾湘农反割头税，是为了夺取政权。江涛处在两者中间，"闹腾了半天"，始终不知为了什么。

"反割头税"是成功的，接下来"二师学潮"却是失败。小说随着江涛的足迹，从农村写到了城市。一些主张抗日的武装学生，被国民党军队包围在保定二师校园里，双方僵持不下。学生们没有食物，出去抢东西，也靠外面的群众"飞饼"——从天上丢一些饼给他们吃。江涛想通过乡亲冯狗子逃出去，又利用女友严萍的关系，请老师严知孝找卫戍区的司令陈贯群说情，但都不成功。在学生们准备强行突围前，军队开始进攻。梁斌本人并没有直接看到血腥的"七六"惨案，他依据同学们的第一手材料，在书的最后部分描写了悲惨结局，有十七八个学生死亡，五六个受伤，三十多人被捕，包括江涛。朱老忠、严志和也赶到现场，但两个老农民帮不了任何忙。这是"红色经典"当中很少没有光明结尾的作品。

三 农村阶级斗争的"红旗谱"模式

怎么评价这部小说？

第一，《红旗谱》提供了一种颇有文学史意义的农村阶级斗争模式。晚清小说写官场压迫民众，但农夫、妓女、地主、仆人都包括在"民众"里面。"五四"小说淡化官场，也写农民被压迫，但较少写反抗。《小二黑结婚》干部重登文学舞台，不仅官分好坏，农民也分先进落后。"人物四分法"到了《红旗谱》规模扩大，结构简化。二诸葛的落后，本来与父威"族权"迷信"神权"有关，三仙姑的落后，则牵涉乡间贫富势利，这些农村社会各阶级分析的细微之处，在《红旗谱》里，都被主要矛盾线索而简化了。《红旗谱》是长篇小说，明明有很多实在的细节，比如砸钟关系祠堂宗族文化，冯老兰儿子还想改变乡村生产方式，严志和、朱老明、老驴头、冯大狗等农户至少也有中农、贫农、佣农之分别……但是小说将这些较复杂的阶级秩序民俗矛盾，迅速概括为穷富矛盾与国共斗争的逻辑关系。《红旗谱》的农村阶级斗争模式本来至少有六个基本要素：

穷苦农民、新式学校和地下党,对抗地主加祠堂加国府。但小说淡化了祠堂文化的功能,又直接描写小学老师就是地下党。《红旗谱》的这种农村阶级斗争模式,后来被不少作品重复、增补或者颠覆。《红高粱》在农村社会六元素之外,重新复活了第七种人——土匪,从而救活了革命历史题材。[1]《白鹿原》则将这六个要素重新组合,地主也靠国民党政权,穷人也跟共产党革命,但是学校教育和宗法祠堂却从对抗转为联手,于是"政权""族权""神权"在乡土层面互相制约。这些20世纪后期的重要作品,都是从《红旗谱》模式的基础上演变发展过来的。

第二,《红旗谱》不仅写农村"反割头税"的胜利,也表现了城镇"二师学潮"的失败。尤其是学生与军队血的对抗,省委撤退指令,是否太晚?贾湘农书记有没有预想到最后结局和代价?作家其实明知这是30年代王明路线的"左倾盲动",但在50年代仍然选择歌颂英雄。[2] 一方面《红旗谱》客观展示了革命历史中的错误与代价,另一方面小说还是将教育功能置于历史真实之前。归根到底,"革命历史小说",也是"革命教育小说"(《红旗谱》《红岩》《创业史》都由中国青年出版社组织出版)。

从艺术标准看,小说主要人物如朱老忠、冯老兰,非黑即红,非邪即正,都是类型人物,几乎没有内心矛盾和性格转变。江涛、运涛则是同一人物的变体。小说中越是主角越是扁平,反而一些次要人物严志和、春兰、老驴头等,更有生活色彩。陈思和在《中国

---

[1] 雷达曾称赞《红高粱》:"它与以往我们的革命战争文学都不相像……在审美方式上它是一次具有革命性的更新。"《灵性激活历史》,《上海文学》1987年第1期。

[2] "《红旗谱》中,关于政策问题曾经反复酝酿,开始也曾想正面批判'左倾盲动'思想,后来想到,书中所写的这些人,在当时都是执行者,当然也有责任,但今天在文学作品中写起来,主要写他们在阶级斗争中的英勇,这样便于后一代的学习,把批判的责任留给我们党的历史家去写吧。"梁斌:《漫谈〈红旗谱〉的创作》,《人民文学》1959年第6期。

当代文学史教程》指出,"这部小说在描写北方民间生活场景和农民形象方面还是相当精彩的",[1]一些具体场景,比如乡亲们要将春兰"粘补"给大贵,还有大贵在野地里捉猪等,细节充满泥土气息。

小说作者梁斌(1914—1996),河北人,11岁小学就加入了共青团,亲身参与"反割头税"和"保定二师学潮"。他的作家身份和干部经历几乎同步,1934年就发表小说。抗战期间,担任县委领导,参加地下斗争。1949年以后任河北省文联副主席、作协河北分会主席。《红旗谱》有一个很长的酝酿过程,从1935年的小说《夜之交流》,到1942年写《三个布尔什维克的爸爸》,《红旗谱》中的不同情节,早就在他的这些作品里出现过。真正写作期,是50年代中期,稿子送交中国青年出版社,由萧也牧、张羽等作家帮助修改。萧也牧自己的小说《我们夫妇之间》被批判,可他却为《红旗谱》的改稿做了很多工作。

当代文学生产机制,除了作家干部化和优厚的稿费制度、文学批评以外,还有一个集体创作模式:第一,通常写真实历史事件;第二,原作者是事件亲历者或参与者。"反割头税"时,梁斌自己家门口就架过杀猪锅;"二师学潮"之"七六"惨案那天,梁斌正好在养病,但不少参与者都是他的同学。从长篇结构看,"二师学潮"和整体结构不大和谐,前面讲农村阶级斗争,最后转到城市学生革命,可能是作家坚持要写亲历经验,并想以作品来纪念他的同学、朋友,他们在学潮惨案中付出了生命的代价。作家毕竟在这集体智慧的红色经典中,也留下了一点个人印记。

当然,集体创作还有第三个特点,即编辑部与其他作家的参与,或润色文笔,或拔高主题。另外,不少作品会以未定稿或者征求意见本等特殊的形式出版,我们以后再讨论。

---

1 陈思和主编:《中国当代文学史教程》,上海:复旦大学出版社,2008年,第79页。

1957

曲波《林海雪原》
红色武侠小说

一　革命历史小说也是通俗政治小说

在某种意义上，革命历史小说也是类型小说，只是"类型"的定义和侦探小说、武侠小说、爱情小说，或者一般的历史小说有所不同。再学术一点讲，"十七年"的革命历史小说其实是一种"通俗的政治小说"。

这里的"通俗"，却不只是追求娱乐，迎合读者欲望，以生产数量为荣。而是"先普及，后提高"，符合《讲话》精神，满足人民群众口味。这里的"政治"，也不是作家个人的政治观念，而是以文学为阶级斗争的工具，证明主流意识形态的合理性、合法性。"革命历史小说"的人物，通常善恶分明。但是人物善恶分明，并不只是"革命历史小说"的特点，而是几乎所有通俗文学的一般特征。要辨别一部作品是"通俗文学"还是"严肃文学"（都是中性概念），最简单的方法就看故事里面有没有绝对的"坏人"。"革命历史小说"与一般通俗文学的相通之处是"共创机制"：优先考虑大众需求，作品实际上是作家与读者（通过出版社编辑甚至宣传部门的中介）的共同创造。

"通俗革命小说",又可分成两大类,第一类更强调"革命",第二类更注重"通俗"。前一类无意中希望延续历史演义的风范格局,有时代脉络,打江山得天下是关键,《红旗谱》《红日》《红岩》,还有同类的《三家巷》等,都属此类。后一类有传奇的格式,有意追求侠义小说的趣味,故事紧凑,焦点具体,情节比人物更重要,代表作有《铁道游击队》《烈火金刚》《苦菜花》等。其中《铁道游击队》是《红高粱》出现之前最成功的抗战文学。小说《烈火金刚》中有一段"肖飞买药",也成为曲艺评书中的当代经典。曲波(1923—2002)的长篇《林海雪原》,1957年出版,则是革命小说追求通俗趣味与侠义风范的典范。

二 《林海雪原》满足了国人对武侠文学的需要

陈平原的《千古文人侠客梦》,说一般武侠小说有三种场景:"……大的背景是'江湖',最主要的生活场景则有悬崖山洞、大漠荒原和寺院道观。""这三者在相对于都市尘世、宫廷衙门这一点上是一致的,都是王法鞭长莫及之处,是武侠小说所虚拟的法外世界、化外世界的具体体现。但三者在武侠小说中又各有其特殊功能,在不同层面上实现了生活场景的文学化,并共同构建了一个颇有审美价值的'江湖世界'。"[1]

先看第一种场景"悬崖山洞","悬崖和山洞因视点不同,可以是隆起,也可以是下陷,但在视觉效果上,无疑都是地平线的突然中断。"[2]《林海雪原》虽然是红色小说,故事场景却处处体现武侠小说的基本规则。比如少剑波小分队第一个战斗目标——许大马棒的

---

[1] 陈平原:《千古文人侠客梦:武侠小说类型研究》,北京:北京大学出版社,2010年,第136页。

[2] 同上。

奶头山，小说这样描写："乱石滩是四外全是陡立的大石山，把个奶头山围在核心。……东面是鹰嘴峰，峰上有一块大石头，活像鹰嘴。这山离奶头山最近，山脚下也不过百多步。可是立陡立陡，上面吊悬那块鹰嘴巨石，伸向奶头山，好像一个老鹰探过脑袋要去吃奶……山半腰，有一个大石缝，石缝旁有一个石头洞。洞口朝正面，正对喷水山……洞里边又有两个小洞。一个通往山上，叫通天洞，一直通向山顶的树林。一个向下，叫入地穴……"[1]

这是一个采蘑菇老汉向小分队介绍地形（很多文学修辞？），后来小分队就从鹰嘴峰上用绳索飞荡到奶头山，从山上往下打，下面又用火力封锁，就在这奇峰异洞之中顺利歼灭敌匪。在真正的武侠小说中，这种悬崖山洞通常是静心习武、隔断人世之处；或者在打斗当中，这种绝境常常意味转机。《林海雪原》写奶头山一役，出击即胜，有点浪费了这么奇特的布景。

第二类场景是大漠荒原。再引陈平原："武侠小说家之所以非要把侠客拉到大漠荒原不可，与其说出于实战的考虑，不如说是因为审美的需要。'笑尽一杯酒，杀人都市中'（李白《结客少年场行》），固然也是行侠……可于大漠荒原中纵横驰骋，方显出英雄本色。"[2]

曲波写《林海雪原》是因为他亲身参加过这个剿匪行动，1946年4月，四野在黑龙江北部已取得军事胜利，但还有一些国民党军队残余，躲在牡丹江深山老林里，占据了一些地形险恶的地方。团参谋长少剑波带领的32人小分队，于是在冰雪世界里"纵横驰骋，方显出英雄本色"。作者就是203首长少剑波的原型。《林海雪原》出版时，曲波已经是一机部第一设计院副院长、二等残废军人。小说的细节或者虚构夸张，基本故事还是真人真事。

---

1 曲波：《林海雪原》，北京：人民文学出版社，1957年。以下小说引文同。
2 陈平原：《千古文人侠客梦：武侠小说类型研究》，北京：北京大学出版社，2010年，第139页。

但奇妙的是，四野打了那么多战役，从东北打到广州（曲波自己也在辽沈战役中负伤），为什么不是那些决定中国命运的重大战役产生文学巨著，反而是一支小分队的行动被人们记得？为什么《林海雪原》会成为甚至比《红日》更为人所知的革命战争小说？不管主观上曲波有没有意识到，从接受效果看，《林海雪原》恰恰满足了50年代国人对武侠文学大漠荒原的怀念，不仅是正义之师，还有土匪侠客，还有滑雪打斗奇观。很少有一部小说，地理、气候、背景，对故事主题有这么直接的影响。1958年6月，小说以《奇袭虎狼窝》为名，被译成俄文。后来又改编成样板戏《智取威虎山》，这些篇名都不能像"林海雪原"一样，从字面上就道出小说的气氛、意境、温度和魅力。

三 《林海雪原》红在哪里？

一般武侠小说在山崖绝境或大漠荒原打斗，也常会在荒村野店碰头。《林海雪原》也有两个荒僻边远的车站村落，在小说里成为和悬崖、雪原一样重要的场景。一是小说开篇，杉岚站被许大马棒"土匪"袭击。这是非常重要的一章，因为等部队赶到杉岚站，已经一片惨景，令人胆寒。"村中央许家车马店门前广场上，摆着一口鲜血染红的大铡刀，血块凝结在刀床上，几个人的尸体，一段一段乱杂杂地垛在铡刀旁。有的是腿，有的是腰，有的是胸部，而每个尸体却都没有了头。""内中有一个年轻的妇女，只穿一条裤衩，被破开肚子，内脏拖出十几步远，披头散发，两手紧握着拳，像是在厮打拼命时被残害的。"

武侠江湖的基本规则是习武之人不能对不会武功的凡人动手，否则就犯江湖大忌。许大马棒对干部和群众的恐怖屠杀，完全打破了武侠世界的底线，既不像正规军，也不如土匪。中国文学中，匪侠常常"一词两面"。小说写杉岚站惨景，就是伏笔，无论小分队后来在肉体上用什么方式消灭敌人，都有了道德依据。对于少剑波来说，整个行动也是一种私仇——被害地方干部，包括少剑波的姐姐鞠县长。"鞠县长和工作队的九个同志，被匪徒用一条大钢丝，穿通肩上的锁子骨，像穿鱼一样被穿在一起。"他们全部被杀，肝肠坠地，耳朵被割。

杉岚站之后，还有夹皮沟。在准备进攻座山雕、派遣杨子荣进入匪巢期间，小分队在夹皮沟发动群众。这里，不是农民，是伐木工人，很短时间内就被小分队组织起来。杉岚站与夹皮沟这两个冰雪世界中的边远村落，以不同方式显示小分队不仅勇武神奇，而且守纪律、帮百姓，救俘虏时，甚至连敌军官太太也救。而对手方，貌似有江湖气味，住奇峰异洞，称兄弟手足，齐上齐落，名字都是动物绰号，相貌也似绿林中鬼，但是他们无纪律、害百姓，乱睡女人，实际上打破了土匪的底线。

《林海雪原》虽有武侠情节（对读者来说是"武侠情结"），但是有三点保证这是一种红色的武侠：一是善恶分明，没有转变，没有折中；二是对民众态度决然不同，或扶助，或伤害；三是溃败的军官，行为还不如土匪。这三条红色底线，在50年代几乎所有的革命历史小说里普遍存在，在今天的各种电视剧里也贯穿始终。

武侠小说场景，除悬崖山洞、大漠荒原外，还有第三种寺院道观，《林海雪原》也绝不遗漏——深山老林里居然有一个河神庙，住一定河道人。当然道人也是假的，被杀害的真道人是个忍着家仇之痛、隐藏在此的文人慈善家，假道人原是日本军官，今天是国民党军队特务，在地下还藏着几个女人（没资格做道人）。

在俄国形式主义理论家普洛普用100个俄国民间故事总结的叙事规则中，一个被多方寻找的"宝物"常常具有特殊功能，《林海雪原》中的"宝物"就是先遣图。杨子荣就依靠先遣图才取得座山雕的信任。

另一普洛普强调的情节是"真假英雄"——百鸡宴之前，小炉匠突然逃到威虎山，当面与冒充许大马棒副官胡彪的杨子荣对峙，这也是《林海雪原》里最惊心动魄的一个情节，后来也是样板戏《智取威虎山》的核心情节。

小炉匠被捕时见过杨子荣，现在威虎厅上当着几十个土匪的面，本来很容易揭穿这个假胡彪，可是小炉匠他不敢承认自己曾经被捕，所以他先说谎，说自己是从另外一个土匪婆那里来的，但是后来又反口，说他被"共军"捉过，之后形势不利时，又求"胡彪"杨子荣保命。反口是法庭对峙的大忌，这一段"舌战小炉匠"，语言对话充满戏剧性（杨子荣骗过了座山雕，乃真人真事）。更重要的是，"真假胡彪"的戏，读者观众这么感兴趣，因为它有一种象征意义——英雄要用"土匪"面具，才显出侠客精神。

四　为什么读者更喜欢"男二号"杨子荣？

"尽管侠客形象可分为粗豪型和儒雅型两类，可前者明显比后者源远流长且更得读者欢心。从王度庐到金庸、梁羽生，都曾努力刻画名士型侠客，也都有其得意之笔，但仍无法与粗豪型侠客媲美……鲁迅称颂《三侠五义》'以粗豪脱略见长'，更直接指出其'独于写草野豪杰，辄奕奕有神'。"[1]

《林海雪原》里少剑波更像文人名士，名字里面的"波"，取自作者自己名字，还有他太太的名字刘波。中间这个"剑"字更是武侠小说常用符号（"书剑恩仇"）。虽然小说处处强调少剑波的胆识、勇谋，可是没办法，读者、观众还是更喜欢杨子荣（杨子荣是"十七

---

[1] 陈平原：《千古文人侠客梦：武侠小说类型研究》，北京：北京大学出版社，2010年，第141页

年文学"中屈指可数的最著名的人物形象），喜欢这个粗豪型的英雄，尤其是他扮土匪的那一段——这个现象令人深思。

"在现代人看来，草莽英雄自有其独特的美感，而且好就好在那种不为'文明'所规范的'十足的野性'。其敢说敢笑敢作敢当的性情以及其'粗豪脱略'的风格，令过于文明过于懦弱过于无所作为的现代人赞叹不已。而这种'野性'，只能形成也只能存在于草泽山野之中。"[1]可以把"文明"理解为革命规则，把"野性"解读为侠义风范。后来《林海雪原》改成样板戏《智取威虎山》，男一号就从少剑波转向了杨子荣。表面是"文革"时期贯彻"三突出"的创作原则，其实背后，也是中国民众审美需求的集体无意识选择。即便60—70年代，中国的革命文艺打倒一切"封资修"，但是对武侠传统的呼唤始终还是存在。真正复兴当然是在80年代的《红高粱》以后，但即使是在纯粹"红色"年代，人们对草莽英雄或侠客匪气，还是心心相印。除了杨子荣，还有阿庆嫂。到了《杜鹃山》，"匪气"已所剩无几了。

《林海雪原》后半部，杨子荣回到小分队，他的形象就不再引人注目了。不过在红色与武侠的结合过程中，少剑波也还是有他特别的功能的。小说一开始就写道："团参谋长少剑波，军容整齐，腰间的橙色皮带上，佩一支玲珑的手枪，更显得这位二十二岁的青年军官精悍俏爽，健美英俊。"这种作者自恋，使男主角承担了普洛普所谓的王子功能。王子公主的模式，也隐隐地存在于红色经典作品之中。

真实的杨子荣没有40岁，战斗的时候大概就29岁。少剑波真的只有22岁。杨子荣在冰雪行动最后阶段牺牲，因为枪械出了问题，

---

[1] 陈平原：《千古文人侠客梦：武侠小说类型研究》，北京：北京大学出版社，2010年，第141页。

被一伙郑三炮的匪徒打死。

小说删除了这个情节,无论是红色经典,或者传奇模式,都不喜欢悲剧。《智取威虎山》后来成了家喻户晓的一种合唱的京剧,不过大家最乐于背诵的,却还是那些土匪的黑话——"天王盖地虎,宝塔镇河妖。""脸红什么?精神焕发!""怎么又黄了?防冷,涂的蜡。"

据说那个时候也有人演到这一段的时候出岔子了,"天王盖地虎,宝塔镇河妖……脸红什么",他说快了,说成"防冷,涂的蜡",话赶话对方又问,"怎么又黄了",这个人急中生智,回答一句:"再涂一层蜡!"

就在全国人民高唱"甘洒热血写春秋"的时候,小说作者曲波却受到打击迫害,小说新作《桥隆飙》被红卫兵烧毁。他晚年多病,没有完成构思长久的一些新作品。

80年代上海作协开会,乔榭左二,上海作协副书记吴强;
我在一排右四,作协会员许寺森。

1957

吴强《红日》
战争小说中的文戏

明代四大奇书中《三国演义》写史诗，《水浒传》侠义派，《西游记》神魔小说，《金瓶梅》世俗言情。其中前三种都有暴力武戏，尤其是《三国演义》。可是到了现代文学，直接写战争的小说很少。

沈从文在军队待过，但少有正面军事行动，写的都是边缘身份的士兵——虎雏、会明、《新与旧》里的刽子手。路翎《财主底儿女们》有大段南京战争场面，但不是写打仗，而是写逃兵困境。萧红写过抗日游击队，战果也不佳。百年间，像吴强（1910—1990）的《红日》这样正面描写大部队作战的小说，实在不多。人民文学出版社作为"红色长篇小说经典"再版的《红日》，1958年初版，2018年再版，一共490页，其中直接描写战争场面和战斗细节的，最多占全部篇幅的五分之一，而大部分小说的内容，也都是文戏。

如果战争文学可以大概分成三类，一是渲染打斗过程宣泄暴力欲望，二是证明正义必定战胜邪恶，三是怀疑战争的残酷荒谬，《红日》基本属于第二类。经典战争文学的文戏，通常是双方（或几方）将帅斗智勇讲计谋，既明争也暗斗（如《三国演义》），或者表现战争状态下的人性选择（如《战争与和平》）。这是两种最基本的类型。可是《红日》中的文戏，既不是国共双方高层的战略角力，也没见军中主要人物的心理矛盾冲突。书中的爱情戏也都是点缀，对战争进程毫无影响，于爱情本身也无考验。

所以，《红日》的主要篇幅到底在写什么？为什么这个作品在中国当代文学中颇受好评？

一　一部文戏比武戏多的战争小说

小说分四个部分。一是1946年10月，华东野战军某部，军长沈振新，在江苏淮安附近的涟水县，被国民党王牌七十四师部分击败，损失惨重撤退山东。二是沈振新军在1947年2月参加山东莱芜战役，负责攻占吐丝口，切断了国民党军的退路，李仙洲部被歼五六万人。三是沈振新军全体指战员，强烈想打七十四师报仇，却被安排在不知什么地方休整待命。从小说第8章31节到小说第13章54节，全书大概三分之一的篇幅，一直在吊胃口——部队没方向，敌人在哪里，下一步做什么，全都不知道。第四部分，第54节到第74节，沈振新军突然被派去参加孟良崮战役，直接对阵张灵甫。

这部小说，全军上下有名有姓的人物有几十个，他们的全部行动，都由一个报仇雪恨的线索，也就是由张灵甫七十四师这么一个敌人串联起来的。这里当然有史实依据，也有文学构思加工。据说，1947年5月17日，吴强作为华东野战军六纵的宣教部部长，亲眼看见了张灵甫的尸体被解放军战士从山上抬下来。从那时开始，他便想写一部长篇小说。

在战争文学当中写人颇不容易，或突出高级将领，像电影《巴顿将军》《山本五十六》；或以小分队写大战役，比如《拯救大兵瑞恩》。《红日》却用了一种"最笨""最吃力"的方法：从军长开始写，师、团、营、连、排、班，每一级都写，或详或略。这样的写法弄不好，读者分不清谁是谁，也记不住谁是谁的名字。但是另外一方面的效果,却是可以让人们看到整个革命战争机器的运作机制。也许这才是革命历史小说的创作目的:证明我们的军队为什么优胜。

男一号是沈振新军长,一个刚毅、坚定、了解全局的人,并不是说他自己有特别计谋,但他坚决执行陈毅、粟裕的指令,威信高,记得不少前线人员的名字,批评下属也不留情。比如,有人醉酒骑马,被沈振新严厉批评。军长过河时落水,也靠士兵救回。在前线指挥,仗一打赢,马上在野地里睡着……据说军长原型是三野六纵的王必成,但也有人说是几个人物合起来,如叶飞、陶勇等。

军政委丁元善,和沈振新没有任何矛盾,只是作风不同,比较和善委婉。军长和妻子黎青,通过两次信。副军长梁波单身,和地方干部华静有点感情关系(为此作家感到压力,1964年再版"华静和梁波的爱情生活部分,则完全删去了"[1])。军部还有参谋长朱斌、作战科长黄达、警卫员汤成与李尧,以及被众多男军人注目的机要员姚月琴,她因为战争中断了和参谋胡克恋爱。仅仅一个军部就有这么多人,不容易记。

师级写得比较简略,师长叫曹国柱,政委戏份不重要。团一级又是重点,团长刘胜脾气急躁,政委陈坚温和性子。这些都是类型人物:军事首长总是比较急躁、大胆、勇敢,政委总是比较委婉、策略、善解人意,他们的权力有点互相制衡;也模拟"父母官"性别分工。

团以下,营又是虚的,下一个重要角色就是连长石东根,电影里是杨在葆演。打了胜仗,醉酒骑马,穿了国民党军队军服,拿个军刀,这个让解放军易装的桥段令观众印象深刻。连长脾气暴躁,打仗时赤膊上阵冲在前面,几次建功。

---

[1] 黄子平:《"革命"的经典化与再浪漫化》,参见《革命·历史·小说》,香港:牛津大学出版社,1996年,第17页。

这部小说的规律，一级虚，一级实。排长林平等人一笔带过。下面和军同等重要的是班。军是领导，班是基层。但这个班里的战士，偏巧军长都认识。班长杨军守涟水负伤。妻子阿菊从家乡逃出。班里好几个战士，秦守本、张华峰等都被军长叫过去了解情况。最有军事才能的，是神射手王茂生，后来居然用步枪打飞机。

全军上下，几十个人物，他们之间没有重大矛盾冲突，最多只有急躁、冷静之分，尖锐、温和之别，他们只有一个目的，就是要打败曾经打败他们的七十四师，要活捉或者打死张灵甫。因此整个小说以人物塑造来讲，最重要的人物，反而是张灵甫。

《红日》的读者，哪怕是热爱"红色经典"的学者，恐怕也不容易说出几个具体人名？却都记得张灵甫。

这一点并不代表《红日》叙述解放军战功不成功。恰恰相反，为什么要特别强调张灵甫、七十四师厉害？就是要通过敌人不弱，证明我军更强。

二　战争胜负的五个要素

在小说里，战争胜负取决于至少五个要素，第一参战人数，第二武器装备，第三战略战术，第四斗志士气，第五道德人心。《红日》五个因素全面分析，这是长篇写作的"正规战"。

首先，从人数上看，不论涟水战、莱芜战，还是孟良崮，双方投入的总兵力其实相差不多，差别只是在局部——这里集中了力量，那里以少对多。偶然情况下，李仙洲部溃败时，三野趁胜抓了成千上万的俘虏。单纯数字统计，沈振新军一天里抓的国民党军队人数，可能比抗日战争期间所有中国军队抓的日军俘虏还要多。但总体看，《红日》中描写的几次战役，参战人数不是决定因素。

第二，武器装备，小说强调装备重要，渲染美式装备优胜。涟水战失利，士兵们就说，受不了七十四师的大炮；后来也有军官，特别想多些炮火支援。杨军养伤回队以后，发现部队焕然一新，所有枪械都换了。总之，说明武器还是有作用的。但是，既然武器这么重要，那为什么武器好的国民党军队反而失利？

这就涉及第三点——战略战术。战略层面，说实在的，军长军政委都只是静静听从三野首长，以及更高级别的指挥。对照历史记载会知道，当时有一些最有决定性的战略战术因素，《红日》并没有写进去。比方莱芜战役，粟裕安排七个纵队，2月10日秘密夜行北上，躲避了国民党飞机的侦察。又比如说，孟良崮被围的关键时刻，国民党军队整编八十三师李天霞假装在路上，实际上不施援手——因为之前李天霞和张灵甫争夺七十四师师长的位置告败。在某种意义上，国民党军队系统内斗也是导致七十四师被歼灭的重要原因。但是这些重要的战略、战术情节，在《红日》里并没有出现。吴强是左翼作家，参加新四军后，从事宣传工作，好处是始终从军队基层的角度去写战争的气氛，军队休整，官兵待命，没有全知角度，到底外面战场发生什么事情，当事人是不知道的，读者也不知道。在战略上，小说强调服从。什么时候休整，什么时候夜行，都是只听指挥，连军长都不问原因，绝对服从。当然，客观上就是这些服从，完成了莱芜战役中粟裕的夜间调兵。反过来，李天霞不服从蒋介石军令，间接导致了张灵甫的失败。所以，从军事效率来讲，在《红日》描写的1947年，"绝对服从"确有好处——当然如果超出军事范畴，"绝对服从"也会导致很难自我纠错，比如说在《红日》亮相后的1958年。

战略强调服从，战术却有民主。进攻吐丝口受挫，要改变突破方法，刘胜团长的建议就改变了沈军长的想法。最后总攻时刻，在一个顽固的碉堡面前，杨军班长还能开火线"诸葛亮会"，让大家商议突破方案。《红日》有不少例子，证明同一级别内军事长官和政治委员有一定程度的权力制衡,不像张灵甫的参谋长,永远只能唯唯诺诺,大难临头才说出真话。

第四,通过小说看,解放军部队战略上更加绝对服从,战术上更多局部民主,但最大的区别还是斗志士气。小说描述不少战士在家乡遭受苦难,比如杨军,父亲被杀,母亲入狱,妻子逃出来,连军长也特别关心他的情况。在家乡里受了欺凌,战场上更加勇敢。但也有士兵,因为母亲跟随国民党军队军官而杀害亲夫,这样的家庭背景使他在部队里背上包袱。家庭出身和战场表现,一定程度上挂钩。军队的奖励升迁制度,既看作战成绩,也考虑家乡成分。军官提拔,一看出身,二看表现。两者之间的复杂关系,后来在其他当代小说中,渐渐成为20世纪后半叶的官场游戏规则。

军功也会转化成政治荣誉。王茂生打下飞机,团干部马上嚷嚷说赶快让他入党(其实他已是党员)。把家乡的阶级斗争带入战场,还有经济动因,因为在家乡能分到土地。40年代后期的土地政策,对于军队士气、对国共战局都有重要影响。

因此,士气就联系到了第五点——民心与道德。小说不仅强调三野军纪严明,缴获归公——虽然有时不大舍得交掉手表手枪之类。更与对方比较,守卫吐丝口的国民党军队师长,下令活埋自己军中带不走的重伤号(战争罪行)。还有国民党军队打白旗、假投降等,战术也不道德。不过在写七十四师的时候,这类的丑行比较少见。

概括一下,战争各因素中,人数相当,武器落后,战略服从,战术民主,阶级斗志,土地民心——《红日》就靠这些大段大段的文戏,既描写战争机器,也有意无意透露影响50年代主流意识形态的"战争文化心理"。这种"战争文化心理"的基本特点就是总体绝对服从、局部暂时民主、成分表现并重但排序有先后、人心斗志可以战胜物质条件,最重要是一直要有敌人……可见"军事文学"从来都不只是描写军事。

三 《红日》为什么让我们记住了张灵甫？

张灵甫是黄埔四期，和刘志丹同学，在电影里由大明星舒适演的，扮相非常威武，小说描写道："他的身材魁梧，生一副大长方脸，嘴巴阔大，肌肤呈着紫檀色。因为没有蓄发，脑袋显得特别大，眼珠发着绿里带黄的颜色，放射着使他的部属不寒而栗的凶光。"[1] 小说并没有将张灵甫完全脸谱化，虽然被困山洞，仍然骄傲狂妄，以为自己是插进共产党军队的钉子；但在没人的时候，小说又写他内心忧虑苦恼，清醒意识到处境危险。被共产党军队放回来的张小甫，讲了一段对战争的怀疑论——

抗日战争刚刚结束，现在，又打内战！为内战牺牲人命，百姓受苦。我没有死，为打内战而死，不值得……我担心师长，担心七十四师两万多人……莱芜战役，五六万人被俘的被俘、死的死、伤的伤，泰安一战，七十二师全部给人家消灭掉……眼前这一仗，不知又是什么结果！路上，山沟里，麦田里，尽是死尸,有的受了伤没人问,倒在山沟里。战争！我害怕！厌恶！这样的战争有什么意义！对民族有什么好处！我没有别的话说，师长的前途，七十四师的前途，请师长想想，考虑考虑！

西方文学里常有的战争怀疑论，在《红日》里竟是通过一个俘虏劝降的形式发布。说的时候，张小甫流着眼泪，张灵甫竟也许久没说话，这就是说他的内心也有复杂矛盾。

关于张灵甫之死，有三种说法：一是最后关头自杀，二是华东野战军击毙，三是被俘后击毙。小说采取了第二种说法，毕竟第一

---

[1] 吴强：《红日》，北京：人民文学出版社，1958年。以下小说引文同。

种有点美化张灵甫，第三种有点批评三野士兵的嫌疑。后来据说有一个电视剧，暗示张灵甫自杀，结果三野不少老战士和将军表示不满，说这样的描写不符合事实。也有传说张灵甫自尽前留下遗书，但非常可能是国民党军中的人伪造的。

比较确凿的是，死后第三天，三野六纵副司令皮定均下令，张灵甫遗体裹白布，用四寸厚的棺木材，厚葬于孟良崮以北15公里处，山东沂水一个名叫野猪旺的小山村山岗上，立墓牌，标明身份。

2004年，张灵甫遗孀（张灵甫四五个老婆中的最后一个），还有他儿子，在上海浦东为他设立了一个衣冠冢。2005年，张灵甫的儿子替他父亲领了中共中央、中央军委和国务院颁发的"中国人民抗日战争胜利60周年纪念章"，因为张灵甫在抗日战争当中，战功卓著。台湾高雄有一条路叫凯旋路，曾经一度被命名为张灵甫路。

世事真是吊诡，三野花了这么大的代价，消灭了七十四师，吴强以这么一部长篇小说记载战事，客观上却也让更多的读者知道了张灵甫。

1958

杨沫《青春之歌》
像恋爱那样革命

一 50年代的"一女多男"模式

杨沫的《青春之歌》是50年代最重要的爱情小说，是当时最知名的女作家作品。也是"十七年文学"中比较罕见的描写知识分子的小说。

"五四"新文学最成功的人物形象，一是麻木愚昧的农民，二是彷徨矛盾的知识分子。到了50年代的革命历史小说，农民还是主角，精神面貌变了。知识分子大都需要身兼革命干部，"五四"常见的犹豫彷徨、上下求索的多余人或孤独者形象大大减少。

《青春之歌》的特别，不仅在写读书人上下求索，而且把"寻找道路"与"寻找爱情"两个选择无缝重叠，难分主次。"革命"和"恋爱"一直是新文学的两条主线，左翼文学早有"革命加恋爱"的各种配方，莎菲女士在20年代已有选择男人和选择道路的困难症。直到80年代，张抗抗《北极光》还是同一结构——找什么样的男友，等于选择什么样的人生。张抗抗、张辛欣、张洁都有类似的作品。但百年间，只有在林道静的时代，关于"男人"与"人生"的选择完全合二为一。

杨沫（1914—1995），本名杨成业，原籍湖南，生于北京。三妹杨成芳，即著名电影演员白杨。杨沫14岁就读北京西山温泉女中，因为父亲破产，家庭瓦解，母亲曾要她嫁一军官，杨沫拒绝后，母亲就断绝供给。这时，杨沫认识了一个北大国文系学生（就是晚年十分有名的散文家张中行）。杨沫和男友在北京同居，到北大旁听，早年读的最多的是郁达夫、冰心、庐隐等。杨沫也做过小学教员、家庭教师、书店店员。1934年开始写作。和《红旗谱》《红日》《林海雪原》一样，《青春之歌》也是作家亲身经历的"革命历史小说"。

小说开篇写一个白衫素装、拿着乐器的女学生，坐火车从北京到北戴河找教书的表哥。表哥不在，小学余校长答应帮她找教职。林道静的生母是在热河某偏僻山村和祖父一起生活的村姑，名叫秀妮。被下乡收租的大地主林伯唐看中后做了姨太太。从之前阿Q土谷祠的梦，到茅盾《动摇》里的"解放妇女保管所"，再到日后张炜、莫言、格非、陈忠实等人的小说，地主的老婆（尤其是姨太太）一直是20世纪中国小说的一道风景，50年代也不例外。秀妮生下女儿林道静以后，被他的大太太徐凤英赶走，不久自杀。杨沫自己是乡绅家庭背景，但在写小说时，她给林道静种下了一些穷人基因。

林道静父亲破产时，母亲笑着问女儿："好姑娘，说实话，你究竟愿意嫁个什么样子的丈夫呢？"在丁玲、张爱玲、萧红等女作家笔下，她们的女主人公都被问到的这个问题，答案有所不同。任性的莎菲是犹豫不决拒绝回答，薇龙在姑妈精心安排下，走投无路地"爱"上乔琪乔。七巧当初嫁进姜家时,有没有选择呢？《金锁记》略写，后来长篇《怨女》就铺开解释，说女主角想得很清楚，仍决心嫁入姜家……

直到20世纪末，王安忆《长恨歌》里还有类似的问题："上海小姐"第三名王琦瑶，身边也有真心的追求者，可还是住进了高官李主任的爱丽丝公寓。王琦瑶甚至比她的前辈们更加坚决、不假思考。李主任提问时,王琦瑶说:"明天就搬吗?"当时李主任只是试探,爱丽丝公寓还没租好。

这百年里,女性面临的同一问题,为什么只有林道静的时代,回答是最坚决的呢?

> 母亲……拉着女儿的手笑道:"亲女儿,告诉你一个好消息,常来咱家的那位胡局长,看上了你,喜欢你的才貌。局长从来没有结过婚,人不过三十多岁,可是个有财有势的阔人呢。……宝贝,你要同意了,福可是享不清的呵,局长在南京上海全有洋房;北平银行里存着大批现款;在家乡有一二十顷土地;上海还有不少股票——他是蒋介石的亲信,不久还要升大官……"道静再也忍耐不下去了,她猛地甩掉母亲的手,发着沉闷的哭声:"妈,您别总打我的主意行不行?——我宁可死了,也不能做他们那些军阀官僚的玩物!您死了这条心吧!"[1]

拒绝局长、洋房、土地、股票之后,林道静要走自己的路——其实也是中国现当代文学常见"一女多男"的道路。

北戴河的余校长,想把林道静送给鲍县长做礼物。女主角伤心、绝望要跳海时,北大国文系学生、余校长的堂弟余永泽救了她。"道静对这个突然闯进生活里的青年,带着最大的尊敬,很快地竟像对传奇故事中的勇士侠客一般的信任着他。"林道静留在小地方教书,余永泽回北平读书,在火车站含情脉脉,不舍得分手。"啊!多情的骑士,有才学的青年。""啊"是文艺腔,"骑士"是欧化符号,青年"才学",既是"五四"择偶标配,也连着千古文人自恋梦。之后两人频繁通信,林道静在信中说:"永泽,我憎恶这个万

---

[1] 杨沫:《青春之歌》,北京:人民文学出版社,1958年。以下小说引文同。

恶的社会，我要撕碎它！可是我像蜘蛛网上的小虫，却怎么也摆脱不了这灰色可怕的包围。……家庭压迫我，我逃到社会；可是社会和家庭一样，依然到处发着腐朽霉烂的臭味，黑漆一团。这里，你的堂兄和我父亲是一样的货色——满嘴仁义道德，满肚子男盗女娼！""告诉你，你不是总嫌我对你不热烈甚至冷酷吗？不，从今天起，我爱你了。而且十分的……你知道今天我心里是多么难过，我受不了这些污辱，我又想逃——可是我逃到哪里去呀？……所以我非常非常地爱你了……"

这份情书很有意思，说我走投无路，所以决定爱你（言下之意是假如有别的出路，别的可能，我大概就不会爱你了）。余永泽却不管，他真心喜欢林道静，不管你什么动机，只要在一起就好。

不久，发生"九一八事变"。在一个学生聚会上，林道静见到了同事的小舅子卢嘉川，聊起抗战："道静目不转睛地望着卢嘉川。在她被煽动起来的愤懑情绪中还隐隐含着一种惊异的成分。从来没有见过这样的大学生，他和余永泽可大不相同。余永泽常谈的只是些美丽的艺术和动人的缠绵的故事；可是这位大学生却熟悉国家的事情，侃侃谈出的都是一些道静从来没有听到过的话。……只不过短短十多分钟的谈话，可是他好像使道静顿开茅塞似的，忽然知道了好多事情。"

这里顿开的茅塞，既是情窦，也是三观，两者紧密相关，与《伤逝》等"恋爱等于启蒙教育"非常相似。不过卢嘉川一闪而过，很快就带着学生到南京示威，被捕入狱。这些都是全知叙述，女主角并不知道。她回到北平，借住好友王晓燕家，到处求职不成，身边只有余永泽可靠。两人拍拖选择天安门为背景：

当走到天安门前的玉带河旁，他们才在玉石栏杆旁边站住了。在黯淡的灯光下，余永泽用力捏紧了道静冰冷的手指，深情地凝视着她。半天，才用颤抖的声音小声说："林，愿意做我最亲爱的吗？……我会永远地爱你……"道静低下头来，没有回答他。她的心头激荡着微妙的热情，两颊燃烧起红晕。这就是青春的热恋吗？它竟是这样的幸福和甘美！她情不自禁地握住余永泽的手，把头靠在他的肩上。

这是 50 年代最"浪漫"的约会细节。很像茅盾早期小说的腔调，难怪文化部部长当时曾为这种小资情调残余辩解。[1] 之后两人同居。林道静要出去工作，余永泽不赞成，他宁可自己多做工作。林道静到书店做职员，被人调戏而辞职。同学陈蔚如，嫁了银行副理，家里非常舒适安逸，还有小孩的温暖，可是林道静一点也不羡慕。某日余永泽在家请同学吃饭，想通过该同学的父亲认识胡适（余永泽当时有志整理国故）。当天乡下来了个穷亲戚，余永泽不大耐烦，给了一块钱打发人家，林道静却送了十块。余永泽看呆了："'拿着我的钱装好人，这是什么意思？'余永泽第一次对林道静发起火来了。'啊！'道静想不到余永泽竟会说出这种话来。她猛地站起身来，激怒地盯着余永泽：'你这满嘴仁义道德的人，对待穷人原来是这样！我，我会还你……'"林道静哭了，"更使她伤心的是：余永泽——她深深热爱的人，原来是这样自私的人，美丽的梦想开始破灭。"

吵架的原因，一是女性自尊，花男人钱受气；二是男友势利，对穷人没感情（阶级立场）；三是余想做胡适的学生，政治方向有问题（小说写于 50 年代，正在批判胡适）。一年后，林道静在聚会上重遇卢嘉川，这时她觉得卢嘉川非常帅，两个人谈了很久。卢嘉川否认他有个人感情打算，但借了不少书给林道静，从此余永泽在家里读古书，女主角就在一边看《国家与革命》。卢嘉川还会上门

---

[1] 参见茅盾：《怎样评价〈青春之歌〉》，《中国青年》1959 年第 4 期。

拜访，不管余永泽在旁边脸色有多难看，卢嘉川照样给林道静讲革命道理——这场面有点尴尬。

他们参加北大学生游行，喊口号、丢石头，警队阻拦、镇压，开枪，场面非常混乱。可是林道静只看到卢嘉川演讲，风采动人。同一时间余永泽躲在图书馆，心里也惦记林道静的安危。中国现代小说写两男一女模式，一般都比较同情失败的男方，因为近代国人对屈辱感比对胜利征服更加敏感。但是在余永泽、林道静、卢嘉川这个三角关系中，小说明确倾向第三者。

但卢嘉川不久就被捕而且牺牲。他最后托林道静保存一批传单，林道静拿去散发，结果自己也被捕了。审问她的居然是最早追求她的胡局长。胡局长把她担保出来，此时林道静和余永泽分手。

20世纪中国小说中的"一女多男"模式，"多男"总有不同社会身份代表不同政治力量，绝不重叠浪费。《青春之歌》里国民党胡局长、自由派余永泽和地下党卢嘉川也是"三个代表"。女主角"移情别恋"，不只是爱上别人，而是爱上了革命。所以，"革命恋爱小说"，某种程度上就是主人公像恋爱那样革命，这里"恋爱"可以是动词。

"革命"的目的原是权力利益再分配。"恋爱"——至少按照19世纪浪漫主义的定义，则是感情至上，非功利，不计代价，不怕牺牲。感情至上、不计功利、不怕牺牲地追求以革命名义的阶级斗争权力分配，《青春之歌》的这一特点，我们迟些还要讨论。

很长一段时间，林道静并不知道卢嘉川被捕牺牲，这时另一地下党人江华，负责联系指挥林道静。林道静因好友王晓燕帮忙，到定县她姑妈当校长的学校教书，可是却听了叛徒戴愉的错误指挥，发动学生去批斗虔诚信教的校长。出事以后，林道静离开，江华又安排她到一个地主家里做家教。地主宋贵堂和儿子宋郁彬，或明或暗都非常坏，甚至老地主打偷粮农民时，几岁的地主孙子也会在旁边叫好。杨沫想告知读者，龙生龙，凤生凤，地主的儿孙会打人。

地主一家全坏,其他女佣、长工、车夫当然都是好人。有郑姓长工,仇恨林道静,因为林父曾害死郑长工的女儿。好在林道静母亲是穷人出身,所以小说强调她"有白骨头也有黑骨头"。以后讨论"伤痕文学"时我们会检讨"血统论"在当代中国的演变,其实50年代已有伏笔。

二 《青春之歌》的"多么文体"

《青春之歌》的文笔比较学生腔。比如林道静在屋顶上看到了农民在田野里抢粮:"当她站在房上向四外望去时,啊,一种美妙的好像海市蜃楼的奇异景象立刻使得道静眼花缭乱了!那是什么?在黑黝黝的原野里,四面八方全闪起了万点灯火,正像美丽的星星在灰色的天幕上眨动着她们动人的大眼睛。在不甚明亮的闪闪灯光中,有无数黑点在浮动。这不是幽灵,也不是萤火虫在夜风草莽中飞舞,而是觉醒了的农民像海燕一样正在暴风雨的海上搏斗……她太高兴了,她激动得几乎想大喊:'啊,党,你是多么伟大啊……'"《青春之歌》这种被当时青少年广泛模仿的文体,可以概括为"多么文体"。比方稍后林道静回北平,和好友王晓燕看到故宫,小说这样写:

> 那高大的黄色的琉璃瓦屋脊多么富于东方的艺术色彩;那奇伟庞大的角楼,更仿佛一尊尊古老的神像,庄严而又神秘地矗立在护城河上的夜空中,又是多么令人神往啊。

后来林道静被捕入狱,同牢房有一位化名郑瑾的党员,向她描绘了共产主义的幸福愿景:

道静听着,吃惊地望着她。啊,多么美丽的大眼睛呵,那里面荡漾着多么深邃的智慧和摄人灵魂的美呵!完全可以相信她是革命的同志了。而她给予自己的鼓励——也可以说是批评,又是多么深刻而真诚!道静忽然觉得心里是这样温暖、这样舒畅,好像一下子飞到了自由的世界。这样一个坚强的热情的革命同志就在自己的身边,够多么幸福呵。

出狱以后,林道静被发展入党,因为在狱中经受了考验。林道静说:"卢嘉川、江华,还有我刚入狱时遇到的林红,这三个人,我今生能够认识他们真是无上的光荣和骄傲。"林道静的心还在卢嘉川身上,"我愿意永远着等他。"她还写了一首诗给卢嘉川:"在漆黑的大风大雨的夜里,你是驰过长空迅疾的闪电。啊,多么勇猛!多么神奇!……你对着我微笑,默默地告诉我:你那勇敢的、艰苦的战斗事迹。我是多么幸福啊!"

但不久,组织上给她看了卢嘉川的遗书:"亲爱的小林……在这最后的时刻,我很想把我的心情告诉你。不,还是不要说它的好……小林,更加努力地前进吧!更加奋发地锻炼自己吧!更加勇敢地为我们报仇吧!永远为共产主义事业奋斗不息吧!你的忠实的朋友热烈地为你祝福……"

小说描写读信时,林道静异常冷静,"她站在地上好像一座美丽的苍白的大理石塑像。"如果说最初女主角可能因为迷恋潇洒的卢嘉川而追求革命,那么在这之后,她就是因迷恋革命而恋爱朴实老练的江华——江华其实爱上林道静很久了,实际上等于领导向下级求爱。"一女多男"模式出现罕见的身份重复。小说结尾处,林道静跟随江华参加"一二·九"学生运动。

三　以恋爱的态度来参加革命

杨联芬做过一番考察，"恋爱"本是日本传入的新词，中国文学向来称之为"情"（男女私情等），最初是传教士用"爱"或"恋爱"来对译 love。国人最早使用"恋爱"一词，又是梁启超（1900 年《饮冰室自由书》）。之后才有《爱之花》《恋爱奇谈》等小说，才有"恋爱自由""自由恋爱"等"五四"关键词。厨川白村对"恋爱"有如下定义："两性间的牺牲精神，往往为了恋人的关系，虽是赴汤蹈火，亦所不辞……这种热烈的自己牺牲的至高的道德性之花，只有恋爱里面，才可能很鲜艳的产生。所以恋爱绝不是单为性欲的满足，也不是为子孙私有财产的让渡，也不是像拆白党的追蹑妇女的恶劣行为，完全是自然的崇高的最净化的一种现象。"[1]

在"五四"语境里，"恋爱"被定义为浪漫、非功利、忠诚、不怕牺牲。《青春之歌》则将这种革命性的恋爱观，转化为对革命的恋爱态度。小说里描写的爱情，第一，好像浪漫，"一见钟情"，其实有无意识的选择。看到胡局长，一见无情。海边遇余永泽相爱，却经不起思想交流考验。忽然爱上卢嘉川，是形象魅力，更是思想吸引。第二，恋爱不顾利害功利。胡局长有钱，余永泽有学问，但是林道静宁可跟地下党员卢嘉川、江华在一起，没有好处，只有危险，不顾利害，这才是"恋爱"。第三，恋爱的底线和境界，就是忠诚。不能三心两意，更不容许背叛。第四，"恋爱"还要飞蛾扑火，无怨无悔。林道静和卢嘉川，kiss 都没有，却痴情忠贞（直到看到遗书），然后又爱上新的同志。

以上"恋爱"四原则，就是林道静对革命的态度。30 年代的左翼文学，一直有革命加恋爱的传统，这种"痴迷革命"的姿态，一

---

[1] 参见杨联芬：《"恋爱"之发生与现代文学观念变迁》，《中国社会科学》2014 年第 1 期。

路发展到林道静,演变成"恋爱"(动词)革命——林道静接受革命理论,也是"一见钟情"(阶级成分暗暗起作用吗?)。林道静参与革命,也是不为功利,不顾个人利害。林道静经历考验,处处体现对革命的忠诚。林道静对恋爱对革命也一样是终生不悔。就像瞿秋白评论丁玲"飞蛾扑火,至死方休"。

纯就艺术价值而言,《青春之歌》显然无法列入20世纪中国文学100强,其文学史意义也不如"三红一创"。但这部小说的独特性,就在于有意无意地把现代文学的两个关键词和两条故事主线——"恋爱"和"革命",以最奇特的方式交织在一起,无缝衔接。

《青春之歌》的主要读者是五六十年代的青年。到了八九十年代,同样二三十岁的读者,却更欣赏余永泽的原型即张中行的散文(张中行、金克木、季羡林合称燕园三老),或者他们更为杨沫的儿子老鬼写的实录——知青苦难史的《血色黄昏》而感动。在这样的时候,《青春之歌》的作者会后悔吗?我想可能也不会,毕竟对杨沫来说,革命不是产业投资,也不仅是政治活动。革命,就是她的"恋爱"。在文学当中,人们常常不会后悔恋爱,《小团圆》不会,《青春之歌》也不会。

1959

柳青《创业史》
唯一描写"十七年"的"红色经典"

"十七年"的"红色经典"都出自两家出版社:《红日》《林海雪原》《青春之歌》由人民文学出版社出版,《红旗谱》《红岩》《创业史》来自中国青年出版社。这很值得研究当代中国出版史的人们留意。都是"通俗革命小说",青年出版社更注重"革命",人文社反而比较"通俗"。《创业史》一般被认为是"十七年文学"最重要的一部长篇。1959年4月开始在《延河》杂志上连载,同年《收获》杂志第6期全载《创业史》第一部。1960年中国青年出版社出版单行本。作者柳青(1916—1978),陕西省吴堡县人。12岁入团,20岁入党,22岁到延安做文化宣传工作,典型的"先做干部后做作家"的经历。1952年,36岁的柳青担任了陕西省长安县副书记。他为了写小说,以县委常委的身份在长安县皇甫村落户14年,住破庙,衣着打扮、生活跟农民一模一样。除了作家的创作经历感人以外,《创业史》的重要性还在于"三红一歌"都在写1949年前的革命历史,"十七年文学"代表作中好像只有《创业史》真的在写"十七年"。其他描写农村土改、合作化的作品也不少,从赵树理的《三里湾》、周立波的《暴风骤雨》,到浩然的《艳阳天》《金光大道》,但其中最著名最有文学史意义的,的确是柳青的《创业史》。在20世纪的中国小说中，农村阶级关系变化始终是一条主线，农民的生活和生产方式怎么受中国社会政治变化的影响，这是百年"中国故事"非常核心的内容。在这个主线的变化过程当中，简单说，从《阿Q正传》《生死场》到《平凡的世界》《活着》，中间有一部《创业史》。这是一个不可回避的石碑，一个不可忘却的阶段。

一　《创业史》中的三类人

《创业史》描绘50年代的中国乡村，同时出现了两条"鄙视链"（价值评价系统）。一方面，农民羡慕那些能自己盖大房子的富裕中农，多田地，有牛马，子女还能进城读书。但另一方面，农民们又很看重"在党"干部的权力，以及上面政府所支持的互助组、合作社。两条"鄙视链"、两种价值观互相斗争。如何靠经济成绩来夺取政治胜利——《创业史》的这个主题今天也不过时。

小说开始时，梁三老汉和村里不少农民一样，看到富裕中农郭世富大张旗鼓、热闹喧哗地为自己的新房架梁，非常羡慕。梁三老汉生气自己的儿子梁生宝，不在家里好好种田致富，却筹钱到几百里地以外去买所谓"高产稻种"。梁生宝在小说前几章只闻其声，不见其人，很多铺垫，直到第五章才出场。梁生宝不在时，村庄里的"经济链"较占上风。另一党员郭振山，身处"政治链"的上端，却对互助组不大热情，主要心思是追求自家幸福生活。女主角改霞，正在犹豫是否进城当工人。郭世富土改时向干部下跪求饶，幸运地划成富裕中农，现在盖房、架梁，好神气。富农姚士杰，宁可倒卖余粮，也不借给穷人。贫农高增福想要抓他，可是干部郭振山说："咱政府宣布了土改结束，解除了对地主和富农的财产的冻结了。"而活跃借贷（有粮的农民应该借给穷的农民）也是指示，不是法令，不能强迫。说着郭振山忽然感慨："兄弟！我也愿意老像土改时一样好办事,可那好年头过去啰。"[1]这番感慨意味深长:土改斗地主,只要听指令,那是好年头。可现在要尊重法令,保护私产了。再以后怎么办呢?这就是《创业史》的主题了。

梁生宝收到上级杨副书记的一个指示,"靠枪炮的革命已经成功了,靠优越性,靠多打粮食的革命才开头哩。""靠多打粮食的革命",这是不是中国特色社会主义的本质?梁生宝没有问杨书记:革命是为了多打粮食,还是多打粮食是为了革命?

"靠多打粮食的革命",第一步靠科技,梁生宝买稻种,是很重要的一个象征。土改已将土地分给了农民,怎么样再把土地再聚集起来,配合50年代初统购统销支持城市建设?政治经济大背景小说写得很少,强调的是社会正义道德原则。梁生宝和梁三老汉有段对话,讲的是村里情况,却关系到对社会主义的基本理解。

> 梁三老汉说:土改大家分了地了,各自老老实实种地,不就好了吗?梁生宝和他解释说:"爹!打个比方,你就明白了。咱分下十亩稻地,是吧?我甭领导互助组哩!咱爷俩就像租种吕老二那十八亩稻地那样,使足了劲儿做。年年粮食有余头,有力量买地。该是这个样子吧?嗯,可老任家他们,劳力软的劳力软,娃多的娃多,离开互助组搞不好生产。他们年年得卖地。这也该是自自然然的事情吧?好!十年八年以后,老任家又和没土改一样,地全到咱爷俩名下了。咱成了财东,他们得给咱做活!是不是?"
>
> 老汉掩饰不住他心中对这段话有浓厚兴趣,咧开黄胡子嘴巴笑了。
>
> "看!看!"老伴揭露说,"看你听得多高兴?你就爱听这

---

[1] 柳青:《创业史》,北京:中国青年出版社,1960年。除特别注明,以下小说引文同。

个调调嘛。娃这回可说到你心眼上哩吧？"

梁三老汉为了表示他的心善，不赞成残酷的剥削，他声明："咱不雇长工，也不放粮。咱光图个富足，给子孙们创业哩！叫后人甭像咱一样受可怜……"

"那不由你！"生宝斩钉截铁地反驳继父，"怪得很哩！庄稼人，地一多，钱一多，手就不爱握木头把儿哩。扁担和背绳碰到肩膀上，也不舒服哩。那时候，你就想叫旁人替自个儿做活。爹，你说：人一不爱劳动，还有好思想吗？成天光想着对旁人不利、对自个有利的事情！"

人人为己，按劳分配，就会形成"经济鄙视链"。生产发展导致不均衡和阶级分化，所以需要互助组合作化。梁生宝相信"钱多了就不爱劳动"，但没想到人人都无法为自己以后，也不大爱劳动。人与人本来劳力才能都不一样，要是都得到一样的成果，是否也是不平等？

高晓声《李顺大造屋》、路遥《平凡的世界》，还有史铁生《插队的故事》等作品，后来都描述了中国农民的几十年困苦的艰辛。当然那是后话，时代无法穿越，他们所见到的情况，梁生宝、柳青都没想过。

所以，《创业史》前半部分一直围绕这个意义深远的主题，怎么多打粮食来获得革命胜利，怎样用"政治鄙视链"超越"经济鄙视链"。

在这两个价值系统中，小说中出现了至少三类人：一类是乡亲们既仇恨又羡慕的富裕群体，代表人物是富农姚士杰和富裕中农郭世富，这是蛤蟆滩仅有的两座四合院的当家人。姚士杰的爷爷，据说当初是患慢性病财痨而死的。姚士杰原来希望跟下堡村的杨大剥皮、吕二细鬼三足鼎立，但是"土改把他翻到全村人的最底层"（这是小说原文,"翻到全村人的最底层",也就是"政治鄙视链"的最底层)。1950年,姚富农曾低声下气地把正在草棚里练习诉苦发言的土改积极分子高增福请到自己家里(发言诉苦,需要反复练习)。富农全家出动欢迎,漂亮三妹妹"身子贴身子紧挨高增福走着。她的一个有弹性的胖奶头,在黑市布棉袄里头跳动,一步一碰高增福的穿破棉袄的臂膀"。结果姚士杰还是划成了富农。1952年查田定产,发了土地证,姚士杰又抬起头来了,还是住好院子,有车有马、人多田多,以至于很多困难户,包括高增福的兄弟高增荣又要低声下气地来向姚士杰借粮。

郭世富当年也是替一个国民党师长承包土地才发家(富裕通常有原罪),但乡亲们还是羡慕他地多屋大。在"政治链"上他只比姚士杰高一级,不过这一级非常重要。中农和富农,前者是人民内部矛盾,后者是敌我矛盾。

处在富有的第一类人对立面的,就是不少穷人组成的互助组,头头就是梁生宝,出于各种不同原因,这些"半无产阶级"经济情况都比较惨。梁生宝买稻种,希望互助组多打粮食。但是稻子不会马上种出来。这时梁生宝就和供销社签了一个扫帚合同,一下子预支到几百块,雪中送炭。供销社只和乡政府支持的互助组签约,所以这个地方,穷人得到了党的政策帮助。

在姚士杰、郭世富和互助组穷人之间,村里更多的人属于第三种势力。其中的代表人物就是郭振山及梁三老汉。郭振山和梁生宝是当地仅有的两个党员,郭振山还是梁的入党介绍人,曾领导土改分地,现在一心想发家致富。"他的第一个五年计划的目标是:按人口平均,土地面积赶上郭世富……"但是他的计划,受到了上级批评。"整党的时候已经把共产党员买地,提到犯纪律的水平上来了。"于是他病了,病中呻吟着:"共产党员呀!共产党员呀!这么难当……"他反复地犹豫,不愿把家里十几口人的光景孤注一掷给互助组（家庭伦理高于政治伦理）。但他又很清楚必须"在党"，这既是觉悟，也是利益。就像赵树理50年代小说或者后来浩然的《艳阳天》一样，中间人物最真实、最有魅力——干部应不应该让家人致富，这是一个令人疑问令己困惑的问题。

《小二黑结婚》将农民分成先进落后，《红旗谱》里只有农民和地主斗争，《创业史》里农民至少有三类，且有两种价值观并存。如果在今天，"经济链"上端的郭世富，政治上光荣的梁生宝，又"在党"又想发财的郭振山，人们会选择哪条路呢？

二 "官员"形象最好的一个时期

就在这两条"鄙视链"的较劲当中，村中最美丽的姑娘改霞，却同时与这三类人有了关联。郭世富儿子永茂给她写了求婚情书，梁生宝是她心仪爱慕的青年，而郭振山大叔是他最信任的领导，劝她进城去做工人。在50年代社会主义的中国农村，也出现了像《死水微澜》或《青春之歌》式的"一女多男"的道路选择的困难。

改霞之前定过亲，但她抗婚。没解除婚约时，已经暗暗喜欢梁生宝，但那时梁有生病的童养媳，两人无法发展关系。改霞母亲很早守寡，典型的节妇，贤良淑德。富裕中农儿子的求婚信，她说"骚情"，交给领导，公开嘲笑，被郭振山阻止了。村中还有个姓孙的青年也追她，改霞的反应是，"哼！什么青年！连党也入不了！"改霞和林道静一样，婚恋"政治标准第一"，土地、房屋、车辆、牲畜、衣物、用具等私有财产，在她眼里如同汤河边的丸石、沙子和杂草一般没有意义。她觉得到了适当的时机，自己提出入党申请而不被接受，她不知道她怎样活下去！每个时代，男人都喜欢美女（其实是喜欢能获得美女的自己），女生却喜欢不同的男人（骑士、书生、总裁、明星……）在50年代的中国，"当代英雄"就是青年党员。可是偏偏梁生宝考虑感情问题也是"政治标准第一",他听到改霞要离乡进城便很生气。两人之间一直有误会,直到小说第一部结束,还是没有好事成真。

一般都认为梁生宝是《创业史》的主角。一方面,学术界已经在反省"十七年文学"究竟是当代文学的"遗产"还是"债务"[1],另一方面,近年又有研究者称赞梁生宝代表社会主义文学传统:"梁生宝和他的生活世界既蕴含着已被历史化的'过去',也包含着行进中的'现实',更为重要的是,他还'预设'了历史的希望愿景。……'新世界'与'新人'互为表里相互成就,共同象征着50年代社会主义实践的重要历史内容。……《创业史》也因之成为50年代最具代表性和症候意义的重要作品。"[2] "过去"就是土改,"现实"就是互助组,而"历史的希望愿景"(革命初心吗),到底是人民生活幸福,还是消灭私有制?承载这么重大主题的青年农民,在小说中实际做了三件事,一是买稻种,回家将新的稻种分给别人,自己反而分得少。第二件事,与供销社签约做扫帚,带着贫穷农民进山搞副业,解决眼前生活困难。此举既表现梁生宝实干苦干,也显示政府对互助组的政策倾斜。第三件事更重要,小说第十六章是解读梁生宝的关键。生宝到中共黄堡区委会和区公所,进门听说黄堡区东原上中刘村的哥俩为了争夺刚去世的大哥名下的十来亩地,竟相要把自己儿子过继给亡兄。生宝在一旁,什么反应?

他现在又在痛恨一个可憎的名词——私有财产。

---

[1] 参见洪子诚为2009年岭南大学中文系召开的"中国当代文学六十年"学术研讨会所写的发言稿,参见许子东:《四部当代文学史》,收入王德威、陈思和、许子东主编:《一九四九以后》,香港:牛津大学出版社,2010年,第88页。

[2] 杨辉:《总体性与社会主义文学传统》,《2019年度唐弢青年文学研究奖论文集》,武汉:长江文艺出版社,2020年,第307—309页。

私有财产——一切罪恶的源泉！使继父和他别扭，使这两弟兄不相亲，使有能力的郭振山没有积极性，使蛤蟆滩的土地不能尽量发挥作用。快！快！快！尽快地革掉这私有财产制度的命吧！

　　严家炎教授在1961年撰文评论《创业史》说："作品里的思想上最先进的人物，并不一定就是最成功的艺术形象。"[1]原因就是思想先进与否形势常变，艺术成功与否则有较长久的标准。在《创业史》第一部里，梁生宝是一个没有缺点错误的人，不仅团结贫雇农，和富农中农的经济优势对抗，也反对党员郭振山个人劳动致富。他干的是农活——买稻种、砍竹林、育秧苗、卖公粮等，外表也被描写得像个农民，但读来总觉得梁生宝更像一个大学里的青年干部。《创业史》里的三类农民，一类是已有较多土地，第二类是分到土地后想自力更生致富，第三类是贫雇农、互助组想用有限土地谋求幸福生活。这里没有哪一个或者哪一类农民是彻底不要私有财产的，除了梁生宝。

　　见了区委王书记，小说这样描写：

　　　　生宝带着兄弟看见亲哥似的情感，急走几步，把庄稼人粗硬的大手，交到党书记手里。如像某种物质的东西一样，这位中共预备党员的精神，立刻和中共区委书记的精神，融在一起去了。

　　不仅区委书记，"给生宝平凡的庄稼人身体，注入了伟大的精神力量"。而且生宝又见到了县委杨副书记。王、杨两个书记，既

---

[1] 严家炎：《谈梁三老汉的形象》，《文学评论》1961年第3期。

不像刘世吾那么世故，更不像《芙蓉镇》里的杨书记那么奸诈。《创业史》里的干部形象，光明透脱、谦虚英明，既关心梁生宝互助组，又过问他的婚恋动态。"同志间政治上的关系和劳动人中间感情上的关系，竟融合得这样自然呀！生宝这个刚入党的年轻庄稼人，不禁深有感触。他觉得同志感情是世界上最崇高、最纯洁的感情；而庄稼人之间的感情，在私有财产制度之下，不常常是反映人与人之间利害关系的庸俗人情吗？"

  点着杨书记招待的一支纸烟以后，极端兴奋的生宝并顾不得吸。他庄稼人拿惯旱烟锅的手，笨拙地拿着冒烟的纸烟，坐在杨书记旁边的一个小凳上，只顾向前倾着茁壮的身子，眼睛专注地望着穿一身灰制服的县委副书记。……党书记脑里是考虑什么重大的问题呢？生宝摸不着杨书记脑里，活动着什么深奥莫测的思想。他钦佩首长们，苦心为人民打算的这股劲儿。

百年中国小说中，这是干部官员形象最美好的一个时期。晚清小说都写贪官，甚至清官更坏。"五四"小说很少写官员。"三红一歌"里许云峰等好官还没掌权。日后80年代干部／官员形象又变得十分复杂：区委县委书记们在《李顺大造屋》或者《活着》里面都是好心办坏事，《平凡的世界》里每一级干部都要在路线斗争中艰难选择。所以《创业史》中的官员干部形象最美好，前面没有过，后面也不会再有了。

这不仅是干部官员形象最美好的一个时期，也是干部和农民关系最好的一个阶段（如果梁生宝可以代表农民）。当然，如果梁三老汉甚至郭世富是农民代表，那就是另一个版本的"中国故事"了。

其实王、杨书记对于如何处理贫农和中农的矛盾也没有共识，王佐民对杨书记说的土地集中也不大理解，作家在这里居然放过了用文学严肃解剖中国农村矛盾和政策危机的重要机会。干部们也没有谈到统购统销、支持城市等农村政策的背景和代价，只对农村两种价值观的此消彼长感到开心。梁生宝说："我做梦，梦互助组；俺妈说，俺爹做梦，梦他当上富裕中农哩！""真有意思。"两位书记同声笑了。

严家炎教授认为梁三老汉是比梁生宝更成功的人物形象。[1] 其实郭世富这个富裕中农也非常有意思。小说用批判的笔调形容中农的思想，"他只顺着共产党和人民政府所提倡的路走——增加生产和不歧视单干！他决定：在任何集会和私人谈叙中，他只强调这一点。他会拖长声说：'好嘛！互助也好，单干也好，能多打粮食，都好喀。'有时候，他将不这样直说，他只含蓄地说：'红牛黑牛，能拽犁的，都是好牛。'庄稼人一听，都能明白他的意思喀。"

郭世富这段"红牛黑牛论"说于1953年，柳青写出来批判是1959年。邓小平同志引用四川成语讲"黑猫白猫"是在60年代初。

三　如何评价梁生宝和《创业史》？

今天怎么回头看梁生宝的私有财产论和郭世富的"红牛黑牛说"？我们该怎么重新阅读《创业史》？

第一，梁生宝这个人物既真诚又虚幻。真诚是他爱劳动、帮穷人、肯吃苦、有理想。但是他的真诚奋斗，为了消灭私产，这是一个也许几百数千年以后才能实现的远大目标——如果我们相信这是人类未来的话。或者也可能天赋人权，人权包括拥有自己财产的权利，耕者有其田，不应该被剥夺。无论如何，把消灭私产作为50年代初中国贫穷农民的生活目标，至少是虚幻而且残酷的实验。虚

1　严家炎：《谈梁三老汉的形象》，《文学评论》1961年第3期。

幻的理想会变成虚假的现实，会导致亩产万斤等虚假的后果，后来在《李顺大造屋》《古船》《活着》等作品中都有详细且夸张的描写，值得并置阅读。事实上，土地承包制后来是中国革命史上十分关键的一个转折点。

第二，作家柳青，也是既真诚又虚假。他下乡14年，跟农民同吃同住，注视农村的一系列变化，期盼农民走上合作化的道德热情、美好愿望不容怀疑。后来他得了稿费，也都捐给当地的建设，他的写作态度是真诚的。但是，把梁生宝作为新农民典型，描写互助组在政治上、经济上改变农民的基本生活方式，进而走向取消私有制的奋斗目标……即使在柳青写小说的50年代后期——"大跃进"时期——应该也不难知道彭德怀元帅看到的农村景象。所以柳青的《创业史》十分真诚地创造了一个不无虚假的农村图景。即便如此，在"十年"期间柳青仍被残酷批斗，一度想触电自尽。《创业史》也被列为了罪证。同乡作家陈忠实后来撰文谈及此事，十分感慨。[1]

但是从艺术标准看，《创业史》又是记录50年代中国农村生活细节的文学经典。小说中正反主角比较概念化，梁生宝高尚，姚士杰卑鄙。姚以老婆坐月子为理由，骗王瞎子的媳妇素芳来帮工，后来诱奸素芳（素芳倒是小说中比较复杂的一个女人形象），姚士杰还要派素芳去引诱生宝下水。这条阶级斗争的线索在第一部结束时还只是伏笔。相比于写正反主角的戏剧化，小说中很多中间人物层次丰富、手法细腻。书中最精彩的是第二十五章，郭世富到集市卖粮，怎么观察行情，怎么包装麦子，怎么隐蔽地用手势讨价还价，怎么跟牙家（经纪人）合作和争夺……据说柳青自己到集市观察很久，才写出这一章。这些段落是小说的精华。另外写从清朝过来的

---

[1] 参见陈忠实：《吟诵关中》，重庆：重庆出版社，2008年。

王瞎子，明明自己是穷人，却能够"举出大量的事实证明土改是一种乱世之道"。不肯接受土改分地，"他认为：产业要自己受苦挣下的，才靠实，才知道爱惜。外财不扶人！"这是一个很生动的"落后老人"。小说中除了几类农民，还有一些另类角色，比方说以前当过国民党兵的二流子白占魁，是《芙蓉镇》王秋赦的榜样。还有素芳跟她的笨老公栓栓的关系，当然还有为儿子为土地操心的梁三老汉。

小说第一部的结局，互助组稻田大丰收，"政治链"取代"经济链"，走个人致富道路的郭振山也受到了党内批评。王佐民书记看到有少数新中农党员精神惶惑，所以他宣布："所有沾染了农民自发思想的党员，只要在这次运动中表现很好，过去的不光彩思想，就不准备翻腾了。"

听到过去不光彩的思想不被翻腾了，郭振山就感到庆幸。郭振山仍然是五村的总领导人。为了我们的共同事业，只要自己认识了错误，只要他的活动，基本上对人民有利，那就好了。

"为了我们的共同事业"，这段文字很像领导口吻，也是叙事者无意之中"暴露身份"——小说作者虽然多年和农民一起生活，但毕竟身份是县委常委。

感谢柳青用《创业史》写了大量不同政治光谱的农民形象，写了大量非常现实主义的乡村细节，给我们保留了一份文学版的50年代中国农村实录，其中当然也实录了那个时代的梦幻与虚假。

1961

罗广斌、杨益言《红岩》
发行上千万册的"信念文学"

《红旗谱》《红日》和《创业史》，每种印数在200万以上，但罗广斌（1924—1967）、杨益言（1925—2017）的《红岩》的累积印数2019年已经达到1000万册。[1] 无论在当时还是今天，《红岩》的知名度都高于同时代的其他作品。论题材，农民革命和解放战争都很重要，为什么新中国的读者们特别记得监狱里的烈士？关键还是在《红岩》有几个比较知名的人物形象，比情节、历史更重要。文学的目的不仅在于写时代，更在于写人。当然，也因为《红岩》至今还是中宣部、教育部和团中央推荐的100种优秀图书之一，被列入中小学生必读书目。

《红岩》开始部分像是谍战文学，军统人员渗透到一个地下党备用联络站，破获部分线索，甫志高、许云峰等人被捕。第二部分写山区华蓥山游击队，关联人物是江姐与甫志高。但小说最主要的篇幅，是写被捕的地下党员受审、受刑，以及在狱中怎么继续革命斗争。

20世纪中国小说中，很少有写监狱的文学。这类文学也是一种

---

[1] 参见周晓风：《三九严寒何所惧，一片丹心向阳开》，《光明日报》2019年7月12日第14版。

类型文学,《红岩》也可以从监狱方面的文类角度重新阅读。

一　第一男主角——许云峰

和其他红色经典中的党员贾湘农、卢嘉川、江华一样,许云峰也必须是工人出身。小说写他曾在长江兵工总厂当过钳工,几乎认识全厂的工人,这是强调无产阶级的领导地位。刻印《挺进报》的成岗也是厂长,以前是许云峰的交通员。军统的黎纪纲、郑克昌能够侦查到沙坪坝书店,当然是因为书店负责人甫志高贪图成绩,年轻店员余新江缺乏经验,但作为直接上司——重庆市委的工运书记许云峰其实也有疏忽的责任。

在小说里,许云峰的形象突然高大起来,是与市委领导在茶馆接头,发现甫志高带人进来搜捕,他主动打招呼,自投罗网以帮助上级脱身。这既是政治家的职业道德,也是为了信仰的自我牺牲(否则两个人至少可以争取共同撤退)。许云峰被审讯的两场戏,都是《红岩》中的剧情高潮。第一幕,军统的头目徐鹏飞不对许云峰用刑,却让他眼睁睁看着他的下级成岗、刘思扬夫妇受重刑,甚至假枪毙。徐鹏飞的原型叫徐远举,是黄埔七期学员,当时担任保密局西南特区区长。他对许云峰说:"太残酷了吧?看着自己人身受毒刑,你能无动于衷?""在这种情况下,就是不考虑自己,也要及早救救你的同志的生命!"这的确是一种比较严酷的考验,很多人或者可以忍受自己身上的痛苦,但是忍受不了亲人同志为自己受苦。但许云峰高调回答:"人民革命的胜利,是要千百万人的牺牲去换取的!为了胜利而承担这种牺牲,是我们共产党人最大的骄傲和愉快!"另一幕,是军统毛人凤局长设宴,假装与许云峰拍照言欢,因为1949年解放军逼近长江,李宗仁当"总统",要营造和谈气氛。为了拍照,毛人凤也使用一个非常厉害的劝降的理由:"根据共产党的规定,从被捕那天起,你已经脱党了。你现在不是共产党员,共产党也不需要你去维护它的利益!你和我们的关系,不是两个政党之间的关系,而是你个人和政府之间的关系。个人服从政府,丝毫也不违反你们崇拜的所谓民主集中制的原则。"被捕不仅等于脱党,而且有不少人出狱以后,狱中这一段有没有悔过,怎么表现,都要成为被审查的历史。可是在宴会上,许云峰又有一段充满了时代特色的经典台词——

"开口阶级斗争,闭口武装暴动!"毛人凤突然逼上前去,粗短的手臂全力挥动着:"你们那一套马列主义的阶级斗争学说早已陈腐不堪。马克思死了多少年了?列宁死了多少年了……""可是斯大林还活着。"许云峰突然打断毛人凤的话,"斯大林继承了马克思列宁的事业,在全世界建成了第一个社会主义国家,你们听了他的名字,都浑身发抖!""许先生,你说得真好。"毛人凤粗短的脖子晃了晃,意味深长地问道,"可是现在,我问你:除了马、恩、列、斯,你们还有谁呀?""毛泽东!"许云峰举起手来,指着突然后退一步的毛人凤大声说道,"正是毛泽东,他把马列主义的普遍真理和中国革命的具体实践相结合,极大地丰富了马列主义,使无产阶级的革命学说更加光辉灿烂,光照全球!马列主义永远不会过时!用马列主义、毛泽东思想武装起来的中国人民和中国共产党所向无敌,必然消灭一切反动派,包括你们这群美帝国主义豢养的特务!"[1]

整段对白,前面"粗短的手臂""粗短的脖子"以及斯大林等都是铺垫,讲到毛泽东才是目的。北大教授李杨说:"在人们的意

---

[1] 罗广斌、杨益言:《红岩》,北京:中国青年出版社,1961年初版。以下小说引文同。

识深处，说《红岩》是一部以历史叙事为目标的'小说'，反倒不如说《红岩》是一部关于人的信仰的启示录更为准确。"[1]这是精辟之论。作为历史细节看，受审者在这种场合还要一字不差背诵文件或社论，好像有点夸张乃至失真。但作为一种生死关头的信念表达，确实可能令读者热泪盈眶。忠贞信徒宁可被火焚烧，也不放弃自己信仰——即使后人并不一定同样理解和相信这位信徒为之献身的理论，却也可能被他的牺牲精神所感动。信仰的力量有时甚至超越信仰的对象。后人如果继承了许云峰他们的革命成果，却将私利或者小集团利益置于民族、国家、人民利益之上，那真是愧对《红岩》先烈的鲜血和初心。

《红岩》后半段，许云峰淡出，转到白公馆，被单独关在一个地洞里。他极艰难地为难友们开通地道，自己却来不及逃走。现实当中，许云峰有不少原型，包括罗世文、许晓轩，比较更接近的是许建业，重庆市委委员，负责工运工作。不过史实中的许建业，在监狱当中曾经被一个送信人骗了，无意中暴露了一些地下工作的机密。当然，像这样的缺点，在小说里就不会再描写了。

二　最著名的叛徒——甫志高

《红岩》中另一个全国有名的人物就是甫志高。《青春之歌》里也有一个叛徒——戴愉（"金鱼眼睛"），他叛变以后还继续活动，冒充地下党书记，骗取林道静闺蜜王晓燕的爱情。甫志高比戴愉更加有名，因为他出卖了更加有名的许云峰和江姐。甫志高的故事其实是由三个阶段组成，但是小说只写第一、第三段，完全略去第二段。

第一段，沙坪坝谍战，甫志高有野心，想在解放前夕积累一些

---

[1] 李杨：《50—70年代中国文学经典再解读》，北京：北京大学出版社，2018年，第162页。

工作成绩,所以轻信了装作进步青年的军统人员,导致地下联络站暴露。许云峰发现后,指令甫志高即刻离城下乡。但甫志高不舍得和妻子不告而别,家庭人情超过了组织纪律,结果就在回家时被捕,被捕时还在努力维护他的妻子。

第二段,甫志高怎么受审、受刑,据徐远举说,任达哉(甫志高的原型)是不堪毒刑拷打,所以就招供了。[1] 毒刑拷打这一段,小说完全不写,被捕之后再出场,就看到他带着特务去抓许云峰了。

第三段,甫志高带着特务抓许云峰,后来又抓江姐。甫志高之所以变成一个著名的叛徒典型,就是因为省略了他的第二段。要是广大读者、观众看到甫志高也坐老虎凳、钉竹签,是不是会损害作品的革命教育的总体效果呢?

三 "十七年文学"最光辉的人物形象——江姐

当然《红岩》中最成功的艺术形象,甚至可以说整个"十七年文学"中最光辉的人物形象就是江姐。

江姐一共有三场戏,一场都不能少。

第一场是在县城门上看到丈夫首级被悬挂,接下来描写她控制情绪,双枪老太婆三番两次撒谎,想暂时隐瞒和安慰江姐,这段文字极富人情味。当然,丈夫牺牲,更坚定了江姐的意志,"节烈"这两个字,在革命的意义上,和在传统女性道德意义上,基本重合。

和小说浓墨重彩渲染的男主角许云峰受审的场面相比,江姐受审的一场戏更加真实也更加经典。原因之一是对白,许云峰长篇大论讲马克思、列宁、斯大林、毛泽东,讲国际共运的光明前景,江姐的回答却极简单,经过那个年代的国人却都记得——"上级的姓

---

[1] 曹德权:《红岩大揭密》,北京:中国文联出版社,1999年,第77—78页。

名、住址，我知道。下级的姓名、住址，我也知道……这些都是我们党的秘密，你们休想从我口里得到任何材料！"原因之二是江姐被钉竹签，这是一个普通人都可以感受想象的但又极其特别的痛苦。为了坚持信仰而承受肉体痛苦，普通人很难做到，因而令人钦佩感动。还有原因之三：受害者、牺牲者是个女人。在革命历史故事中，不少最经典的舞台场面核心唱段，都是一个丑恶的老男人在审问年轻美丽的女共产党人，都是南霸天、彭霸天、徐鹏飞、严醉等在诱骗欺负吴琼花、韩英或者江姐……在作家编剧和读者观众的无意识中，红色经典也隐含性别斗争。

江姐的第三场戏，就是狱中绣红旗。知道军队要打过来了，新中国已经要成立了，国旗也有了，但是江姐她们不知道国旗是什么样子，她们知道自己很可能看不到。歌剧《江姐》除了《红梅赞》以外，还有一首牺牲之前的咏叹调（《五洲人民齐欢笑》），"不要用哭声告别，不要把眼泪轻抛"，后面有三段重复的"到明天"：第一段是"到明天山城解放红日高照，请代我向党来汇报，就说我永远是党的女儿"；第二段，"到明天家乡解放红日高照，请代我向同志们来问好，就说在建设祖国的大道上，我的心永远和战友在一道，我祝同志们身体永康健，为革命多多立功劳"；但是最感人的是第三段，唱腔从激昂变得温柔，"到明天全国解放红日高照，请代我把孩子来照料，告诉他胜利得来不容易，别把这战斗的岁月轻忘掉。告诉他当好革命的接班人，莫辜负人民的期望党的教导"。

所以，江姐最后最放心不下、最牵肠挂肚的，是她的小孩。江姐的原型江竹筠和彭咏梧的儿子叫彭云，80年代首批出国，后来在马里兰大学教书，即使身在异乡，相信他也会记得母亲的遗愿。

四　"十七年文学"的基本特点

《红岩》中还有很多人物，着墨不多，形象鲜明，比如小萝卜头、疯子华子良。整个长篇的叙事角度，偏向青年革命者的视线，开始是余新江、陈松林、成岗，后来是成瑶、孙明霞、刘思扬。小说作者罗广斌1924年生于重庆，他的哥哥是国民党军第十六兵团司令官罗广文。罗广斌曾是杨振宁的学生，1948年被囚禁在渣滓洞、白公馆，他也是出身地主，家庭家境优越，这些都非常像小说中的刘思扬。关于罗广斌的被捕，有材料说是重庆市委副书记冉益智出卖，又有说是市委书记刘国定招出来的，[1] 可见当时背叛、招供的情况不少，级别也很高，并不像小说里这样，只有一个中下级的甫志高。罗广斌的入党介绍人是江竹筠。罗广斌被捕后，因为兄长打招呼，徐远举也并不伤害他性命。1949年11月27日，发生了大屠杀，罗广斌幸免于难。1949年12月25日，罗广斌就向组织上交了几万字的《重庆党组织破坏经过和狱中情形的报告》（简称"狱中八条"），这个就是小说《红岩》的史实基础。

1950年，从事共青团工作的罗广斌与杨益言、刘德彬合作创作了一个报告文学，叫《圣洁的血花》。1958年，三人又在《红旗飘飘》第六集上合作发表革命回忆录《在烈火中永生》。1961年，41万字的《红岩》出版，整个成书过程，前后十年以上，是一个典型的集体创作的过程，由重庆市委宣传部领导，由中国青年出版社主持多次大改，这本书后来果然成了该社的镇社之宝，再版51次，发行近千万册。这本书的作者还调到北京学习，甚至还可以查看国家机密档案，包括当初国民党要犯的招供。在复杂的集体创作过程当中，

---

[1] 厉华主编：《红岩档案解密》，北京：中国青年出版社，2008年，第222—224页；曹德权：《红岩大揭密》，北京：中国文联出版社，1999年，第87—94页。

出版社起了非常重要的作用，他们根据意识形态的形势，调整文学创作的规范，实际上也铸就了"三红"共同享有的"十七年文学"的基本特点：第一，就是在历史上的农村阶级斗争、写监狱的文学、战争故事中，贯穿50年代后期的意识形态。第二，人物必须红黑分明，英雄不可有错误，反派不能被原谅，尽量少或者没有中间人物，基本上没有人物性格转化。第三，英雄也可有感情戏，敌人也不必脸谱化，爱情一般不应是主线，情节紧张，语言通俗。

所以集体创作机制的成果，具有很强的宣传功能，"三红"在那时不仅是美学欣赏，而且是广大青年的思想教材和历史课本。从文学上看，作品大于作家。真人真事、个人经历虽然非常新鲜，但经过出版机器加工以后，就会形成比较统一的规范、品格。在文学史上，梁斌、杨沫、罗广斌、吴强等，基本上每个人都只有一部作品出名。总体上，50年代，著名作品有，伟大作家少。

罗广斌在"11·27"中美合作所大屠杀前逃脱，后来也变成一个历史疑点。1967年2月，坠楼身亡，年仅43岁。

1966—1976

"十年"代表作是哪一部？

一 有哪一部作品可以代表"十年"中国文学？

重读 20 世纪中国小说，回顾 100 年的"中国故事"，任何一个阶段都不能忽略。但是在为 1966—1976 年这"十年"选择代表作时，却碰到了困难。

老作家姚雪垠的《李自成》，本来是重要文学现象，"五四"以来，直到"十七年"，中国历来很发达的"历史演义"，一直相对空白。但"十年文革"当中，几乎所有知名作家都无法写作，唯姚雪垠获特许可以写长篇，小说里的李自成越来越"高大全"。先不说艺术方面的缺陷，别人都停笔，只有一个作家能写，好像高速上只有一辆车能走，这样概括这条路的风景，不大合适。

"十年"期间最著名的作家是浩然，《艳阳天》最多人阅读，但小说写在"文革"之前。新作《金光大道》倒是"文革"产品，为了体现当时的创作方针，男主角索性改名高大泉。可惜《金光大道》在浩然来说，也是大失水准，所以不宜作为这个时代的代表。

"文革"初金敬迈长篇《欧阳海之歌》风行一时，作品歌颂一位像雷锋、王杰一样的战士，紧要关头推开铁路上的一匹马，拯救了列车,牺牲了自己。英雄在火车头前推马的瞬间,小说写了很多页,一直不推,反反复复,古今中外,抚今追昔。不久《欧阳海之歌》和作者也被批判了,所以也无法算那个时代的代表。

最能代表"十年"文学成就的,当然是八部革命样板戏:京剧《红灯记》《沙家浜》《智取威虎山》《海港》《奇袭白虎团》,芭蕾舞剧《红色娘子军》《白毛女》,交响音乐《沙家浜》。但样板戏是京剧或舞剧,不是小说。其中《智取威虎山》是从小说改编而来,我们已经读了《林海雪原》。

"十年"期间,风起云涌,也有一些全新的小说,例如《虹南作战史》[1]《牛田洋》[2]等,真正的写作组创作。"十七年"的集体创作,是一个作家根据自己亲身经历写成初稿,出版社安排编辑或别的作家一起修改或者重写。"十年文革"中的集体创作,从一开始就是成立写作组,组员成分有比例规定,必须有工农兵代表,也有作家和领导。所以,作品从主题到人物、情节、语言,大家一起商量讨论,并听取领导包括最高领导的指示。不仅创作,连文学研究也必须集体进行。唯一的鲁迅研究,作者"石一歌",其实是"十一个"人。

当然,在文学史上看,这样的写作是教训多于成绩,所以也不能说是"十年"文学的精华。

"十年"中还有一些地下写作,手抄本,当时不能发表,之后才见天日。比方说赵振开(北岛)的中篇《波动》,用不同人物的视角讲高干子弟恋爱。还有通俗文学性质的《少女之心》《第二次握手》等。较有艺术价值的是早期的朦胧诗人——郭路生(食指)、北岛等。还有一些小说如《公开的情书》《晚霞消失的时候》,我们会放在下一个阶段阅读。虽然"十年"里好作品不多,但是故事很多,

---

[1] 上海县"虹南作战史"写作组:《虹南作战史》,上海:上海人民出版社,1972年。
[2] 南哨:《牛田洋》,上海:上海人民出版社,1972年。

这是上世纪"中国故事"最丰富最复杂的一个时期，所以后来描写这"十年"的好作品，非常之多。

二 学术界对"十年"中国小说的探讨

学界比较流行的几本当代文学史，都没有忽略、躲避这"十年"中国小说的"艰辛探索"，不过探讨的角度和重点有所不同。洪子诚《中国当代文学史》影响最大，其特点是比较注意"十年"与"十七年"的连续性——这个文学史书写策略，当时揭示了文化灾难与当代文学机制的因果关系，后来又符合将"前三十年"视为整体的意识形态话语。《走向"文革文学"》这一章，从1958年的文学运动讲起，先是毛泽东提出"革命现实主义和革命浪漫主义相结合"，之后郭沫若、周扬又提出共产主义的文学艺术，主张文艺也要"大跃进"，等等。几年后，"大跃进"受挫。60年代初，国家实施一系列调整政策，包括文艺界，所以服务对象上，以最广大的人民群众代替工农兵，中间人物论、真实性都得到了强调。不过调整时间不久，1962年秋又提出"千万不要忘记阶级斗争"，形势迅速变化，毛泽东批评说："……许多共产党人热心提倡封建主义和资本主义的艺术，却不热心提倡社会主义的艺术……"60年代初，已有一批小说、电影受到批判，电影有《北国江南》《林家铺子》《兵临城下》《早春二月》，小说有《保卫延安》《刘志丹》《三家巷》等。

到了关键的1966年，林彪委托江青召开发表的《部队文艺工作座谈会纪要》(以下简称《纪要》)，给"三红一创"等作品下了判词："十几年来，真正歌颂工农兵的英雄人物，为工农兵服务的好的或者基本上好的作品也有，但是不多；不少是中间状态的作品；还有一批是反党反社会主义的毒草。"[1] 从罗广斌自尽,柳青、曲波、吴强、杨沫都被批斗的形势看,这些红色经典很可能也属于"反党""反社会主义",或者最多是中间状态。《纪要》明确标示了一个文艺新时代,当时最通俗的说法就是"从《国际歌》到革命样板戏,这中间一百多年是一个空白"。(我们已经读了几十部 20 世纪中国小说,除了鲁迅小说以外,其他都在空白期,我们一直在读空白)

洪子诚的研究,文字平实,资料严密,少讲观点,多用证据。所以,现在虽然北京学界有一些研究当代文学的新人,企图"超克"80 年代文艺思潮,努力发掘"社会主义文学"或"人民文艺"的历史意义甚至艺术价值,某些观点上已经几乎走向洪子诚的对立面,但仍然没有人公开批判《中国当代文学史》。大概一则是师道尊严,二则现在都是用话语理论做个案研究,个别观点可能吸引眼球配合形势,但还是很难挑战洪子诚一代学者对史料的大规模掌控能力。当然也因为这些史料掌控后面,有几代国人的真实生活经验。

洪子诚对"十年艰辛探索"很少直接评判,主要只是陈列事实:"从 1966 年 7 月开始,全国的文学刊物,除《解放军文艺》(1968 年 11 月到 1972 年 4 月也曾一度停止出版)外,都被迫停刊,这包括由中国作协和上海作协分会主办的几份最有影响的刊物:《文艺报》《人民文学》《诗刊》《收获》《上海文学》等。"[2]

从 1895 年,报纸刊物成为文学主要载体以来,这是中国文学第一次全面失去基本的存在方式。即使从当代文学生产机制的角度看,这也是一种例外或发展。

不少省市的文学期刊,在 1972 年前后陆续复刊,但《诗刊》《人民文学》《文艺报》《上海文学》《文学评论》《收获》等则迟至 1976

---

[1] 洪子诚:《中国当代文学史》,北京:北京大学出版社,1999 年,第 182—183 页。
[2] 同上,第 185—186 页。

年以后才得以恢复。例外中的例外，是"十年"当中也有一个新的文学期刊，就是1974年1月在上海创刊的《朝霞》[1]。文学存在方式改变，知名写作者减少。后来第四次文代会，宣读过"十年"当中受迫害去世作家的名单——邓拓、叶以群、老舍、傅雷、周作人、司马文森、杨朔、丽尼、李广田、田汉、吴晗、赵树理、萧也牧、闻捷、邵荃麟、侯金镜、王任叔（巴人）、魏金枝、丰子恺、孟超等。这份名单至少还漏掉了陈梦家、罗广斌等。活着的作家，有发表资格的极少，如郭沫若、浩然、胡万春等。1972年以后，可以发表作品的人数有所增加，如李瑛、贺敬之、顾工、草明、张永枚、玛拉沁夫、茹志鹃、臧克家、姚雪垠等。也有一些年轻人在那个阶段开始写作，如莫应丰、张长弓、王小鹰、谌容、刘心武、徐刚、郑万隆、张抗抗等，不过他们在"文革"后出名，比较后悔早期的作品。

回看当代文学生产机制的几个特点，一是作家干部化，二是优渥的稿费制度，三是评论引导和集体创作。在"十年"中，绝大部分作家失去了干部身份，有的甚至连生活、生存的权利都受到影响。稿费待遇也消失了。当时的青年作家发表作品，因为反对资产阶级法权，所以放弃稿费。于是，当代文学生产机制损坏了三分之二，这是"十年"和"十七年"的不同。但是，再仔细观察，当时能参与写作组或样板戏剧组的人，其实等同具有高于一般干部的身份，因此也享有高于一般作家的待遇。上海的样板戏剧组，出入漂亮西式洋房，老人新人不同身份，军大衣一披，人们都要刮目相看。而集体创作，从作家与出版社合作，发展为工农兵写作班子。所以当

---

[1] 《朝霞》是1973年由上海人民出版社推出的四种"上海文艺丛刊"中的一种，之后又陆续出版八种（也有收藏者称应该为九种），开本为32开。1974年起丛刊名改为《朝霞》丛刊。同年1月又以"朝霞"为名推出《朝霞》月刊，开本为16开，每月20日出。内容以短篇小说为主，兼及散文、诗歌、报告文学、文艺评论等。《朝霞》月刊共出刊33期，起讫时间为1974年1月至1976年9月。参见谢泳：《〈朝霞〉杂志研究》，《南方文坛》2006年第4期。

代文学生产机制,在"十年"中看上去崩溃,核心要素还在,只是缩小了范围。

作家身份、发表阵地、文学环境出现了剧变,但"十年"与"十七年"的精神联系仍在,批斗罗广斌、曲波、杨沫的红卫兵们可能之前也受过《红岩》《林海雪原》《青春之歌》的教育。"'文革'期间被称为'样板'的作品,许多是对五六十年代或延安时期作品的修改或移植。'文革'期间创作的小说、诗、戏剧,其艺术经验,也主要来自五六十年代。"[1]"十七年"经典是善恶分明、英雄完美、反派丑恶、改造中间人物、情节紧张、语言通俗、主题鲜明等。到了革命样板戏,那就是善恶决然分明,英雄绝对完美,反派丑恶脸谱,不可以有中间人物,但情节还是要紧张,语言还是要通俗,主题更加鲜明。如果"十七年"文学创作要考虑生活"看上去怎样""实际怎样"和"应该怎样","十年"只需要考虑"应该怎样"。以前是文艺为政治斗争服务,"十年"中文艺就是政治斗争。

三 留恋样板戏,他们在留恋什么?

"样板"一词,出自1965年3月16日《解放日报》评论员文章,毛泽东在1964年7月17日观看了京剧《红灯记》,之后该剧在上海连演40场,场场爆满,评论说:"看过这出戏的人,深为他们那种战斗的政治热情和革命的艺术力量所鼓舞,众口一词,连连称道:'好戏!好戏!'认为这是京剧现代化的一个样板。"其实样板戏都有曲折的改编历史,比如《红灯记》,源自长影故事片《自有后来人》,1963年上海爱华沪剧团改成沪剧《红灯记》,之后才由中国京剧院改编成京剧。又如《沙家浜》,原名《芦荡火种》,取材于崔左夫的

---

[1] 洪子诚:《中国当代文学史》,北京:北京大学出版社,1999年,第188页。

回忆录《血染着的姓名》36个伤病员的斗争纪实。50年代末改编成沪剧《碧水红旗》，1966年更名为《芦荡火种》。改成《沙家浜》则有因于1964年毛泽东建议，"芦荡里都是水，革命火种怎么能燎原呢？"[1]基本上，样板戏的内容是革命历史小说的延续，其生产过程则是"当代文学生产机制"向举国体制方向发展，集合全国上下老中青各界精英，有不少京戏名角、音乐家和作家参与。《沙家浜》的台词，汪曾祺参与执笔，精敲细打。每个样板戏，都是政治任务，都是国家工程，所以数量很少。每年5月23日（《讲话》发表的纪念日），人们就盼望有新的样板戏出来。可是，常常上一年八九个英雄人物在海报上是直排的，到了下一年的5月23日，还是这九个英雄头像，只是横过来排列。至于80年代之后人们对样板戏的感受，其实是和"十年"当中的个人具体处境经验有关。上海前宣传部部长王元化，对"文革"后一度各种演唱会总是要以"甘洒热血写春秋"，或者"临行喝妈一碗酒"全场合唱结尾很不满意。他说听到这些音乐，就想起当年被关在劳改营里。我尝试解释，会不会是有些人当初就是在排练阿庆嫂、刁德一和胡传魁的《智斗》唱段悄悄谈恋爱呢？会不会有人在《红色娘子军》《白毛女》的舞姿前，第一次领悟青春的感觉？不少人喜欢样板戏，貌似留恋"十年"，其实是留恋自己的青春。

四 其他学者对"十年"文学的评价

陈思和主编《中国当代文学史教程》，比较注意"十年"当中一般民众的审美需求怎么曲折体现。虽然"革命样板戏"是主流政治意识形态对知识分子和民间文化传统摧毁、压制、改造和利用在

---

[1] 参见杨鼎川：《狂乱的文学年代》，济南：山东教育出版社，1998年，第39—40页。

文艺领域中的典型体现,但陈思和认为:"真正决定样板戏的艺术价值的,仍然是民间文化中的某种隐性结构。如《沙家浜》的角色原型,直接来自民间文学中非常广泛的'一女三男'的角色模型。"[1]我们重读20世纪小说,已经为陈思和说法提出更多旁证:《死水微澜》《红旗谱》《青春之歌》等"红色经典"里都有"一女三男"模式的演变。陈思和又注意到《红灯记》和《智取威虎山》则暗含了另一个"隐性结构"——道魔斗法。意思是群众喜欢看鸠山、李玉和、小炉匠、杨子荣之间魔高一尺、道高一丈的这种斗智过程。在《林海雪原》时我们也见过杨子荣的"匪气"暗合民间侠义审美趣味,"民间隐性结构典型地体现了民间文化无孔不入的生命力"。

陈思和主编的教程,还特别讨论"十年"中老作家们的秘密写作——丰子恺写了《缘缘堂续笔》,诗人牛汉写了《半棵树》,穆旦晚年的诗作更引人注目。年轻一代的地下创作,北岛的《波动》是重要的代表作,不过它真正发表,是到1981年。当然,在"前三十年"秘密写作的抽屉文学,于80年代以后才和读者见面,究竟属于文学史的哪个阶段,也值得讨论。

陈晓明的《中国当代文学主潮》除了和其他文学史一样概述"文革"的过程并论述"十年"中主要作品以及样板戏之功过外,特别提出一个"红卫兵文学"概念,而且评论了《朝霞》上的一些作品。陈晓明认为"红卫兵文学"的高潮发生在1967年夏到1968年秋,开始是"清华井冈山"等大学学生组织排演各种歌舞晚会,又编辑了《写在火红的战旗上:红卫兵诗选》,还创办了不少红卫兵小报。

陈晓明选了几句诗——"'大旗,你在我们心中飘扬了多久多久!苦涩的汗把旗上每一根纤维浸透'。现在读起来,有人也许会觉得这些诗歌夸张、空洞,热烈得莫名其妙,仇恨也令人难以理解,

---

[1] 陈思和主编:《中国当代文学史教程》,上海:复旦大学出版社,2008年,第168页。

但在那个时期,这些让红卫兵热泪盈眶的诗句,洋溢着那个时期的英雄主义激情。"[1]

青年学生热泪盈眶的诗句,英雄主义的激情牺牲,20世纪中国小说里见过多次了,而且还在不断地见证。可惜迄今为止,还没有一部长篇来反省1966年的"青春之歌"。

陈晓明解读《朝霞》小说,认为有两点值得注意:其一,表现了以"红卫兵文化"为主体的中国青年革命文学;第二,在文学史上首次集中肯定性、理想性地表现了工人阶级形象。[2] 这些小说包括《初试锋芒》《红卫兵战旗》《一篇揭矛盾的报告》《布告》《长江后浪推前浪》《十年树人》等。"红卫兵文化"、工人阶级形象,都是极有意思的题目,但是单靠《朝霞》上的文本来做,材料显然是不够的,期望有更多这方面的学术研究,不仅为了难以忘却的过去,也是准备迎接正在到来的明天。

直到今天(2020年)为止,还没有看到全面肯定"十年"期间文学的学术研究,也还没有见到完全赞扬"十年"的长篇小说(即使当时,这样的作品也不多)。日后会不会有,难说。

最后概括,要在"十年"当中找一篇或一部能够列入《重读20世纪中国小说》艺术水准的作品,实在很难,但也不能说这就是空白的"十年"。虽然作品少,但是故事多,后来几十年,甚至更久的历史时期,中国文学都在不断书写这"十年"。

---

[1] 陈晓明:《中国当代文学主潮》,北京:北京大学出版社,2009年,第231页。
[2] 同上,第233页。

想象另一种可能

理想国
imaginist

许子东 著

许子东文集 8

重读20世纪
中国小说 II

九州出版社

目 录

I

自 序　小说史与中国故事 001

第一部 ……1902—1916……

1902　梁启超《新中国未来记》... 009
　　　20世纪中国小说的起点

1903　李伯元《官场现形记》... 024
　　　贪腐是一种官场的"刚需"？

1903　吴趼人《二十年目睹之怪现状》.. 042
　　　第一人称的出现

1903　曾朴《孽海花》... 052
　　　读书人、名妓与官场

1903　刘鹗《老残游记》.. 064
　　　清官比贪官更可怕？

1912　徐枕亚《玉梨魂》.. 078
　　　20世纪的文言小说

第二部 ……1917—1941……

1918　鲁迅《狂人日记》《药》《阿Q正传》.................................. 095
　　　"五四"新文学，到底"新"在哪里？

1921　冰心《超人》、许地山《商人妇》《缀网劳蛛》................... 111
　　　文学研究会

| 1921 | 郁达夫《沉沦》《茫茫夜》《秋柳》 | 120 |

民族·性·郁闷

| 1925 | 鲁迅《伤逝》 | 131 |

"五四"爱情小说模式

| 生态篇 | 作家的一天 | 137 |

1927年1月14日的郁达夫日记

| 1928 | 叶圣陶《倪焕之》 | 147 |

个人命运与大时代

| 1928 | 丁玲《莎菲女士的日记》 | 154 |

20年代的女性主义

| 1928 | 批判鲁迅 | 162 |

为文学而革命，还是为革命而文学？

| 1929 | 茅盾《创造》《动摇》 | 169 |

新女性与新官场

| 1930 | 沈从文《柏子》《萧萧》《丈夫》 | 180 |

乡村底层人物

| 1930 | 张恨水《啼笑因缘》 | 190 |

鸳鸯蝴蝶派代表作

| 1930 | 刘呐鸥《游戏》、穆时英《白金的女体塑像》《上海的狐步舞》 | 198 |

十里洋场中的红男绿女

| 1931 | 巴金的《家》 | 209 |

细思极恐的爱情故事

| 1932 | 吴组缃《官官的补品》 | 219 |

怎样让读者讨厌主人公？

| 1933 | 茅盾《子夜》 | 223 |

"中国民族资产阶级没有出路"？

| 1933 | 施蛰存《梅雨之夕》 | 235 |

"第三种人"的困境

| 1934 | 沈从文《边城》 | 244 |

怀疑"现代性"？

1934 老舍《断魂枪》……251
　　武侠三境界

1934 萧红《生死场》……259
　　"人和动物一起忙着生，忙着死"

1935 李劼人《死水微澜》……271
　　"一女多男"写中国？

1936 老舍《骆驼祥子》……278
　　中国现代文学的转折

生态篇　作家的一天……283
　　1936年8月5日的鲁迅日记

1938 张天翼《华威先生》……299
　　官场与国民性

1941 丁玲《我在霞村的时候》……308
　　贞贞、"我"和霞村的三角关系

第三部　……1942—1976……

1943 赵树理《小二黑结婚》……319
　　无意之中开启新时代

1943 张爱玲《第一炉香》《倾城之恋》……327
　　张爱玲的香港传奇

1943 张爱玲《金锁记》《红玫瑰与白玫瑰》……334
　　张爱玲的上海故事

1945 孙犁《荷花淀》……347
　　好风景，血战场，新妇女，旧美德

1945 路翎《财主底儿女们》……352
　　篇幅最长的中国现代小说

1947 钱锺书《围城》……364
　　方鸿渐的意义

生态篇　作家的一天 377
　　　　1952 年 3 月 22 日的巴金日记

1956　王蒙《组织部来了个年轻人》 387
　　　"干部"与"官场"

1957　钱谷融《论"文学是人学"》 395
　　　50 年代的文学评论

1957　梁斌《红旗谱》 404
　　　农村阶级斗争模式

1957　曲波《林海雪原》 416
　　　红色武侠小说

1957　吴强《红日》 425
　　　战争小说中的文戏

1958　杨沫《青春之歌》 433
　　　像恋爱那样革命

1959　柳青《创业史》 443
　　　唯一描写"十七年"的"红色经典"

1961　罗广斌、杨益言《红岩》 455
　　　发行上千万册的"信念文学"

1966—1976　"十年"代表作是哪一部？ 463

II

第四部　……1977—2006

1977　刘心武《班主任》、卢新华《伤痕》 475
　　　伤痕文学的泪点

1979　高晓声《李顺大造屋》《陈奂生上城》 483
　　　卑微的农民和好心的干部

1979 茹志鹃《百合花》《剪辑错了的故事》...........................492
　　　"三红"与"一创"的拼贴

1979 张洁《爱,是不能忘记的》、张弦《挣不断的红丝线》..........501
　　　70年代末的爱情小说

1979 蒋子龙《乔厂长上任记》.......................................511
　　　改革文学与官场斗争

1980 汪曾祺《受戒》《大淖记事》....................................518
　　　礼失求诸野

1981 古华《芙蓉镇》..527
　　　一本书了解"十年"

1981 韩少功《飞过蓝天》、梁晓声《这是一片神奇的土地》、张承志《绿夜》
　　　知青文学三阶段..535

1984 阿城《棋王》..542
　　　革命时代的儒道互补

生态篇　作家的一天..551
　　　1984年12月14日,杭州会议与韩少功的一天

1984 张贤亮《绿化树》《男人的一半是女人》........................561
　　　一个知识分子的身心历程

1985 残雪《山上的小屋》...577
　　　当代版"狂人日记"

1986 史铁生《插队的故事》...585
　　　最杰出的知青小说

1986 张炜《古船》..593
　　　"民族心史的一块厚重碑石"

1986 莫言《红高粱》..603
　　　当代小说的世界意义

1986 路遥《平凡的世界》...611
　　　改变青年三观的"中国故事"

| 1987 | 马原《错误》 | 622 |

叙述的圈套

| 1987 | 王蒙《活动变人形》 | 631 |

对一个"新派"知识分子的审判及其他

| 1987 | 王朔《顽主》《动物凶猛》 | 644 |

"流氓"的时代

| 1988 | 杨绛《洗澡》 | 655 |

从"国民"变成"人民"

| 1988 | 铁凝《玫瑰门》 | 665 |

非常年代与女性命运

| 1993 | 陈忠实《白鹿原》 | 676 |

"政权""族权""神权"

| 1993 | 余华《活着》 | 696 |

几十部当代小说的缩写本

| 1993 | 贾平凹《废都》 | 713 |

"一本写无聊的大书"

| 1994 | 王小波《黄金时代》 | 731 |

身体快乐,是我们唯一的精神武器

| 1996 | 王安忆《长恨歌》 | 745 |

写女人,还是写上海?

| 2006 | 刘慈欣《三体》 | 764 |

中国故事与科幻小说

纵论篇　20世纪中国小说中的人物形象及若干问题 ……… 783

参考书目 ……… 813

图　录　本书的"老照片"(部分)/许子东笔注 ……… 842

2021版后记　重读20世纪中国小说 ……… 844

	1910	1920	1930	1940	1950	1960	1970	1980	1990	2000	2010	2020
刘心武					1942							
卢新华						1954						
高晓声			1928							1999		
茹志鹃			1925						1998			
张 洁				1937								
张 弦				1934					1997			
蒋子龙				1941								
汪曾祺		1920							1997			
古 华					1942							
韩少功					1953							
梁晓声					1949							
张承志					1948							
阿 城					1949							
张贤亮				1936							2014	
残 雪					1953							
史铁生					1951					2010		
张 炜						1956						

第四部

······1977—2006

```
        1910  1920  1930  1940  1950  1960  1970  1980  1990  2000  2010  2020
```

莫　言	1955
路　遥	1949 ——— 1992
马　原	1953
王　朔	1958
杨　绛	1911 ——————————————— 2016
铁　凝	1957
陈忠实	1942 ——————— 2016
余　华	1960
贾平凹	1952
王小波	1952 ——— 1997
王安忆	1954
刘慈欣	1963

1977　刘心武《班主任》、卢新华《伤痕》
1979　高晓声《李顺大造屋》《陈奂生上城》
1979　茹志鹃《百合花》《剪辑错了的故事》
1979　张洁《爱，是不能忘记的》、张弦《挣不断的红丝线》
1979　蒋子龙《乔厂长上任记》

1980　汪曾祺《受戒》《大淖记事》
1981　古华《芙蓉镇》
1981　韩少功《飞过蓝天》、梁晓声《这是一片神奇的土地》、张承志《绿夜》
1984　阿城《棋王》
1984　张贤亮《绿化树》《男人的一半是女人》
1985　残雪《山上的小屋》
1986　史铁生《插队的故事》
1986　张炜《古船》
1986　莫言《红高粱》
1986　路遥《平凡的世界》
1987　马原《错误》
1987　王蒙《活动变人形》
1987　王朔《顽主》《动物凶猛》
1988　杨绛《洗澡》
1988　铁凝《玫瑰门》

1993　陈忠实《白鹿原》
1993　余华《活着》
1993　贾平凹《废都》
1994　王小波《黄金时代》
1996　王安忆《长恨歌》

2006　刘慈欣《三体》

1977

刘心武《班主任》、
卢新华《伤痕》
伤痕文学的泪点

阎连科为《重读20世纪中国小说》写过一段言过其实的推荐："终于有人以其天赋的才华和力量，去推开长河的浪浊，劈剥出一条新的、更清晰的河道，让百年作品、百年史文，从那河道上部部流来，重新为读者建立起一个无尽帆船的风光。"

知道这是作家溢美，还是当作鼓励和目标。因为事实上，沿河而下，看过了上游的风光，穿越了中间的艰辛，实在有助于重新理解最近几十年的当代文学的江河气势。

一 《班主任》：文学史上的转折点

从1976年秋天起，差不多整整一年，国家政治发生了巨大变化，期刊小说却换汤不换药。换汤，就是反派身份不同了。《朝霞》作品写工人阶级主人公与"复辟还乡团"做斗争。到了1977年，小说里还是工人阶级主角，正在和江青、张春桥"四人帮"做斗争。不换药，就是写作模式不换。还是善恶分明，还是阶级斗争，没有中间人物，没有男女感情。除了反派身份以外，什么都没有变。

就在这时，读到1977年第11期《人民文学》上发表的刘心武

（1942— ）的《班主任》。40年后重新阅读，很难想象这么粗糙、冗长、充满说教的一篇概念化的小说，怎么会成为公认的文学史的转折点……

小说一共四个人物，情节颇简单——光明中学初三三班班主任张俊石老师，要接收一个刚从公安局拘留所放出来的"小流氓"学生宋宝琦，犯什么罪不清楚。面对专政威力与政策感召，他浑身冒汗，嘴唇哆嗦，坦白交代，并且揭发检举了首犯的关键罪行。因为情节较轻且坦白揭发，加上还不足16岁，公安局便将他教育释放了。小说主人公和叙述角度应该是班主任张俊石，30多岁，中等身材，衣着朴实，嘴唇厚，却言语热情，基本上有点像刘心武的自画像——作家也是中学老师，"文革"后期就已经开始发表小说。接收"小流氓"后，同事尹老师感觉不安，班上团支书谢惠敏倒是不怕。她晃晃小短辫说："我怕什么？这是阶级斗争，他敢犯狂，我们就跟他斗。"班上另一团员石红，因为看小说《牛虻》和谢惠敏有了争论。之后张老师做家访，知道宋宝琦的工人父亲沉迷于扑克，母亲放任独生子，家里虽然谈不上整洁干净，但毛主席、周恩来画像挂得端端正正。张老师困惑："宋宝琦的确有严重的资产阶级思想，但究竟是哪一些资产阶级思想呢？"小说就在这思考中结束，最后说："请抱着解决实际问题、治疗我们祖国健壮躯体上的局部痈疽的态度，同我们的张老师一起，来考虑考虑如何教育、转变宋宝琦这类青少年。"

最后这段话当时被认为是呼应了《狂人日记》的"救救孩子"。其实有两点很不一样：第一，先讲明祖国"健壮躯体"，眼前是局部小毛病；第二，毛病主要是"小流氓"宋宝琦。

但是，恐怕刘心武也没想到，作品发表以后，人们发现要救的远不是"小流氓"宋宝琦，而是小说中的团支书谢惠敏。

1987年，我在《文艺理论研究》上发表过一篇关于刘心武小说的论文，转抄其中一段：

《班主任》中对张老师的赞颂对石红的表扬对宋宝琦的教训，均属常识范围且均未跳出"十七年"模式，唯独花在谢惠敏形象上的甚至多少有点漫不经心的笔墨，却终于第一次划出了（但远未划清）"伤痕文学"与"文革"文学及"十七年文学"之间的界限。什么是"谢惠敏性格"的实质呢？仅仅是"思想僵化"，"中了四人帮的毒害而不自觉"吗？为了保护农民的庄稼，因而不准别的同学带走一束麦子；对黄色书籍警惕性很高以致把《牛虻》也"错划"进去；艰苦朴素到了天热也不肯穿裙子的地步……所有这些谢惠敏式的行为，如果放在50年代"青春万岁"的背景下或60年代中学生齐抄《雷锋日记》的时候，又会得到怎样的评价呢？——虽然对这个问题的严重性、挑战性刘心武当时还没有足够重视（插在小说里的议论还只是将谢的性格扭曲视为"四人帮"时期的特定产物），但形象本身的血肉感及细节把握的分寸感，事实上却已经为无数热情追求政治进步的五六十年代的青年树了一面反思的镜子，照出了他们成长道路上的某一侧面：谢惠敏的错误究竟是错听了"四人帮"的话呢，还是错在不该只听别人的话而自己不思考？谢惠敏的悲剧究竟是工作不踏实革命不坚决为人不朴实呢，还是缺乏独立的人生意识，把自己思想及至革命的权利都"上缴"了进而一切听从别人的安排？[1]

这是30多年前写的评论，重抄一遍，好像回到了80年代现场。

---

[1] 许子东：《刘心武论：〈新时期小说主流〉之一章》，《文艺理论研究》，1987年4月，第60页。"新时期小说主流"研究计划当时获国家教委资助，后来没有完成。

小说主要写了谢惠敏三件事，一是下乡劳动时不准同学折麦子，当时张老师称赞：这个仅仅只有三个月团龄的支部书记，正用全部纯洁而高尚的感情，在维护"绝不能让贫下中农损失一粒麦子"的信念——她的身上，有着多么可贵的闪光素质啊。二是谢惠敏个子高但不会打球，夏天再热也不穿裙，同学如果穿小碎花短袖衬衫，她觉得是"沾染了资产阶级的作风"。三是她没有看过《牛虻》，"见里头有外国男女讲恋爱的插图，不禁惊叫起来：'唉呀！真黄！明天得狠批这本黄书！'"这个反应使得张老师皱起了眉头，进而联想到"光有朴素的无产阶级感情就容易陷于轻信和盲从"。

珍惜农民庄稼，是尊重工农；不运动不穿裙，说明生活朴素；批评同学花裙、仇恨《牛虻》"黄书"，有点文化狭隘、政治盲从。三点都是"十年"（甚至"十七年"）青年教育的成果。刘心武欣赏她的工农崇拜，可惜她的生活状态，批判她的思想盲从。今天，我们再回头看，谢惠敏究竟有什么错？以至于这个作家无心插柳的人物，标志了当代文学史的转折？已是新时期，还是老问题："谢惠敏的错误究竟是错听了'四人帮'的话呢，还是错在不该只听别人的话？"

《班主任》其实是用文学方式谈论政治问题，仅就文学形式而言，远远还没有回到三四十年代中国小说的水平。刘心武在80年代写过不少小说，有的像《班主任》一样，用教师教育学生的态度讨论青年信仰问题，比方说《醒来吧，弟弟》《爱情的位置》，后者反响极大，主要因为标题。另一类写北京市民的日常生活，如《立体交叉桥》《钟鼓楼》，有传统的京味，比较细致，而且延续了关心底层的文学传统。

二 《伤痕》：形式上幼稚，涉及的问题却很大

《班主任》发表大半年以后，另外有个短篇，形上更加幼稚，涉及的问题、引起的反响却更大，那就是卢新华（1954—　）在1978年8月11日《文汇报》上整版发表的短篇小说《伤痕》。

《伤痕》情节更简单。小说开始已是1978年春天，女知青王晓华坐火车回上海，"远的近的，红的白的，五彩缤纷的灯火在窗外时隐时现"，[1]晓华回忆九年前，她在学校还未毕业，就报名上山下乡，因为她母亲被打成"叛徒"。她怎么也想象不到，革命多年的妈妈，竟会是一个从敌人的狗洞里爬出来的戴愉式的人物。而戴愉，她看过《青春之歌》——那是一副多么丑恶的嘴脸啊！

这段文字标识了"十年"和"十七年"的文本符号关系，也清晰展示了现实与文学的互相渗透。

因为妈妈，晓华受到歧视和冷遇。没见晓华回忆妈妈怎么被批斗，怎么被关押，她咬牙切齿的是自己当不了红卫兵。在当年下乡的火车上，16岁的小姑娘认识了容貌清秀的男知青苏小林。之后八年辽宁农村插队，小说写得很简单。这种插队或农场生活后来在史铁生、阿城、陈村、张承志甚至刘慈欣等人笔下，都是极其丰富的"中国故事"，但在卢新华笔下，八年生活基本上就两三件事。一是因为母亲的问题，连续几年王晓华申请入团不成功。二是她和苏小林的纯洁恋爱也有挫折，某天偷看小苏的日记，说县委为了提拔苏小林，要他中断和王晓华的恋爱。三是晓华在小学教书，也一直被人歧视。三件事合起来就是一件事：一旦家庭出身有了问题——就是"地富反坏右"、叛徒、内奸、特务、工贼、反动学术权威、走资派等"黑N类"，子女的政治前途就立刻受影响，跌入"政治鄙视链"

---

[1] 原稿这句是除夕的夜里窗外"墨一般漆黑"，发表时修改。

之底端。

转眼八年过去了,粉碎"四人帮"后,某日王晓华接到妈妈来信,说冤案已经昭雪,真相已经大白——原来不是"叛徒"。妈妈重新当了领导,但是生病了,这就回到了小说的开端。信是1977年2月来的,南下的火车是1978年春天,中间有一年的耽误,搞不清楚怎么回事。小说中类似破绽不少。晓华回到上海,先说是搬了家,找到新地址,王校长已住院。这八年中间她一次也没回去过?而且"王校长"是谁?母亲跟女儿同姓?爸爸在哪里?这些人都姓王?算了,别问,这些都不重要。重要的是,赶到医院,母亲当天上午去世了。

> 她发疯似的奔到2号房间,砰地一下推开门。一屋的人都猛然回过头来。她也不管这是些什么人,便用力拨开人群,挤到病床前,抖着双手揭起了盖在妈妈头上的白巾。
> 啊!这就是妈妈——已经分别了九年的妈妈!
> 啊!这就是妈妈——现在永远分别了的妈妈!
> 她的瘦削、青紫的脸裹在花白的头发里,额上深深的皱纹中隐映着一条条伤疤,而眼睛却还一动不动地安然半睁着,仿佛在等待着什么。
> "妈妈!妈妈!妈妈……"她用一阵撕裂肺腑的叫喊,呼唤着那久已没有呼唤的称呼,"妈妈!你看看吧,看看吧,我回来了——妈妈……"
> 她猛烈地摇撼着妈妈的肩膀,可是,再也没有任何回答。[1]

---

[1] 卢新华:《伤痕》,《文汇报》1978年8月11日。后收入《伤痕》,北京:中国文学出版社,1993年。以下小说引文同。

王晓华或者卢新华,《青春之歌》读多了,文风非常相似。王晓华在病房眼泪哭干时,突然看见苏小林。小说结尾,两人走到外滩,小林给晓华看妈妈临终写的日记——"虽然孩子的身上没有像我挨过那么多'四人帮'的皮鞭,但我知道,孩子心上的伤痕也许比我还深得多。因此,我更盼望孩子能早点回来。我知道,我已经撑不了几天了,但我还想努力再多撑几天,一定等到孩子回来……"

这不仅是点题,而且后来"伤痕"成了一个文学运动的代号。小说最早贴在复旦大学一年级墙报上,后来《人民文学》退稿,再后来《文汇报》全文刊出。当时《文汇报》一天才4—8版,《伤痕》占了其中一个整版,十分引人注目。发表以后,报社收到了1000多封来信。那不是网络时代,这么多读者来信不容易。其中不知有没有编辑制造的。之后,报纸又发表了大量评论。陈荒煤说:"从作品总的倾向来看,它能够激起广大群众对林彪、'四人帮'仇恨的原因。这应该说是一个好的作品。"[1] 但是,当时批判林彪、"四人帮"的作品已经不少,为什么《伤痕》能够特别切中时代的泪点?

一个重要原因就是"血统论"。当代中国文学,"血统论"以正反不同形态一直存在。正面人物如贾湘农、沈振新、许云峰、卢嘉川、江华,大部分英雄都是工人出身,农民出身的都少,更不要说剥削阶级了。反面人物如冯老兰父子,《青春之歌》中的地主一家三代(包括小孩)等,也是血统遗传。林道静要切断和地主父亲的关系(有农民母亲的阶级基因),刘思扬必须造家庭的反,王晓华因母亲是叛徒,不能入团,不能恋爱。"十七年文学"和"十年文学",都在无形当中或正或反地强调阶级斗争与家族血统的关系。问题的严重性是当时的人们没有足够意识到的,"老子革命儿接班,老子反动

---

[1] 卢新华、刘心武、张洁等:《〈伤痕〉及其他:短篇小说和评论选》,北京:北京出版社,1978年,第260—265页。

儿造反",或者还是阶级斗争,"老子英雄儿好汉,老子反动儿混蛋",必须代代相传的世袭的阶级斗争,在某种意义上已接近变相的种族斗争——社会成员不是因为自己的立场行为表现,而是因为自己不能选择的生理条件即家族血脉而被斗争。

小说并没有进一步写,假如叛徒是真的?假如王晓华母亲真是地主、资本家、刑事犯等,那么她女儿的命运会怎么样?

几十年过去了,"某二代"之类符号仍然在中国的现实及文学中到处存在,说明家庭背景(家族血统)始终还在社会上升阶梯或人才选拔机制中具有一定的影响。"假如王晓华的母亲真有历史问题……"《伤痕》当时不会马上进入这一步的反思。"伤痕文学"最重要的特征是击中时代泪点,一连串的呼喊就是泪点。"伤痕"作为文学现象,也是作者、评论者和读者无意间共同创造的。

在政治伦理、职业伦理和家庭伦理三者关系之中,从30年代的《家》,到50年代的《青春之歌》《红岩》等,政治伦理常常会战胜家庭伦理,职业伦理则被忽略。《伤痕》无意中是一个转折点,小说哭诉家庭伦理被政治伦理扼杀,实际上预示了家庭伦理会在后来几十年的中国(至少在文学中)超越政治伦理。当然,在这过程当中,职业伦理依然不受重视。

回头看伤痕文学的两篇代表作,艺术成就并未超越"十七年",之所以能够"划时代",关键还是无意中触及了当代中国文化发展中的关键问题。

1979

高晓声《李顺大造屋》《陈奂生上城》
卑微的农民和好心的干部

一 《李顺大造屋》：这个农民典型吗？

"五四"作家里，夏志清说，留日的比较激进，留英美的比较温和。[1] 50年代则有延安作家和国统区作家之分，后者的艺术修养高，前者的创作成果多。到了80年代，作家基本可分为"五七作家群"（1957年被错划右派，"文革"后重新写作的王蒙、李国文、张贤亮、高晓声、韦君宜、宗璞、陆文夫等）和"知青作家群"（韩少功、阿城、贾平凹、王安忆、张承志、史铁生、陈村、叶辛等）。激进与保守倾向是思想不同，延安和国统是背景差异，但"文革"后的两类作家，虽有年龄距离，却都是先下乡，再回城。特殊时代给了这些不同的作家以相同的机会（你别无选择），必须从社会底层（具体的衣食住行，怎么"活着"）来观察讲述"中国故事"。"五四"文学的两条主线，农民和知识分子，在六七十年代的社会与80年代的文学中自然重合。

高晓声（1928—1999）是"五七作家群"中的佼佼者。他是江

---

1 夏志清：《中国现代小说史》，香港：香港中文大学出版社，2016年，第17页。

苏武进人，童年在农村长大，家境清贫，中学曾付不起学费，后来读了两年上海的法学院。1957年参加"探求者"文学社团，后被错划成右派。从1958年起，在农村生活20多年。时间比柳青更长，而且不像柳青那样有一个县委常委身份。

老实巴交的农民李顺大，理想是自己有房。他28岁，"土改"分到六亩地，立志要造三间屋。小说写他，"粗黑的短发，黑红的脸膛，中长身材，背阔胸宽，俨然一座铁塔。一家四口（自己、妻子、妹妹、儿子）倒有三个劳动力……"[1]

这很像《骆驼祥子》的开局：贫苦人，有正当人生目标，相信劳动创造幸福。李顺大想盖屋还有特别的原因，他爹妈当年穷得只能住在船上，大雪把船压沉，他们进村求助，村民以为是强盗，都不开门，所以活活冻死。以前抗日、内战，在旧社会造不起房，现在翻身了。李顺大认为靠了共产党，靠了人民政府，才有可能使雄心壮志变成现实。在他看来，搞社会主义就是"楼上楼下，电灯电话"，主要也就是造房子。

有乡亲嘲笑李顺大好高骛远，"在众多的议论面前，李顺大总是笑笑说：'总不比愚公移山难。'他说话的时候，厚嘴唇牵动着笨重的大鼻子，显得很吃力。因此，那说出的简单的话，给人的印象，倒是很有分量的。"

为造房子，他家用最原始的方法积累每一分钱。农活中一有空闲，李顺大就去卖糖，回收废品再卖钱。他的儿子长到七岁，不知道糖是甜的还是咸的，偶尔偷尝一次，还被他娘打屁股，被说败家精，三家屋都要被吃光了。李顺大的妹妹又勤劳又漂亮，也有心晚点出嫁，为了帮哥哥挣钱造屋。这样一直忙到1957年底，他们真的买回来了三间青砖瓦房的全部建筑材料。但1958年，公社化了。

---

[1] 高晓声:《李顺大造屋》,《雨花》1979年第7期。以下小说引文同。

有一夜李顺大一觉醒来，忽然听说天下已经大同，再不分你的我的了。解放八年来，群众手里确实是有点东西了。例如李顺大不是就有三间屋的建筑材料吗？那么，何妨把大家的东西都归拢来加快我们的建设呢？我们的建设完全是为了大家，大家自必全力支持这个建设。任何个人的打算都没有必要，将来大家的生活都会一样美满。那点少得可怜的私有财产算得了什么，把它投入伟大的事业才是光荣的行为。不要有什么顾虑，统统归公使用，这是大家大事，谁也不欺。

　　这种理论，毫无疑问出自公心。李顺大看看想想，顿觉七窍齐开，一身轻快。虽然自己的砖头被拿去造炼铁炉，自己的木料被拿去制推土车，最后，剩下的瓦片也上了集体猪舍的屋顶，他也曾肉痛得簌簌流泪。但想到将来的幸福又感到异常的快慰。……不管集体要什么，他都乐意拿出来。……

　　这段文字，貌似是李顺大的角度，也可以读出一点叙事者的调侃和嘲讽。但紧接着一句很重要，完全跳出主人公的口吻，像是作家的议论："后来是没有本钱再玩下去了，才回过头来重新搞社会主义。自家人拆烂污，说多了也没意思。"

　　这里有两点值得注意，一是高晓声显然认为，60年代初农村政策调整才是真正的社会主义，二是作家采取"自家人"的理解态度，是惋惜、痛心，而不是"伤口上撒盐"。这是小说能够在1979年《人民文学》杂志发头条，而且获得全国短篇小说奖的关键原因。

　　错误和教训，看你站在什么立场上说。比方说自己家、国有问题，自己人说可以，别人骂就不行，高晓声在写小说时非常清楚国情和国人心态。当然这也是80年代。在这之前，可能别人骂不怪（反正是敌人），自家人却不能批评。你看《创业史》《艳阳天》，怎么书写同一时期的农民生活？

"大跃进"失败后，党有退赔政策，但公社也穷，十赔九不足，这时小说里出现了一个干部形象（基层官员）：

> 区委书记刘清同志，一个作风正派、威信很高的领导人，特地跑来探望他，同他促膝谈心，说明他的东西，并不是哪个贪污掉的，也不是谁同他有仇故意搞光的。党和政府的出发点都是很好的，纯粹是为了加快实现社会主义建设，让大家早点过幸福生活。为了这个目的，国家和集体投入的财物比他李顺大投入的大了不知多少倍，因此，受到的损失也无法估计。现在，党和政府不管本身损失多大，还是决定对私人的损失进行退赔。除了共产党，谁会这样做？历史上从来没有过。只有共产党，才对我们农民这样关心。
>
> ……李顺大的感情是容易激动的，得到刘清同志的教导和具体的帮助，他的眼泪，早就扑落扑落流了出来，二话没说，呜咽着满口答应了。

结果有些可退赔的建材，李顺大也放弃了。从1962年到1965年，几年苦干奋斗，李顺大又积累了一些造房的钱，这次他打定主意不买材料，先存钱。但是接下来，就是十年"艰辛探索"了。也不是李顺大要"探索"，他一直是"跟跟派"："可是'文化大革命'开始以后，他就跟不上了。要想跟也不知道去跟谁，东南西北都有人在喊：'唯我正确！'究竟谁对谁错，谁好谁坏，谁真谁假，谁红谁黑，他头脑里轰轰响，乱了套，只得蹲下来，赖着不跟了。"

这段话多少有点作家借农民之口发自己牢骚。"他看到那汹汹的气势，和五八年的更不相同，五八年不过是弄坏点东西罢了，这一次倒是要弄坏点人了，动不动就性命交关。"有个公社砖瓦厂的"文革"主任，问李顺大要钱，说要代买一万块砖——很像《骆驼祥子》

里的孙侦探。李顺大借出了钱,第二个月就被专政机关请去了——要他交代几件事：一、你是哪里人？老家是什么成分？二、你当过三次反动兵,快把枪交出来。三、交代反动言行（例如他说过"楼房不及平房适用,电话坏了修不起"的话,就是恶毒攻击社会主义）。最后砖瓦厂"文革"主任把李顺大救了出来,当然,作为报答,那200多块砖钱,也就不提了。

就在这时,李顺大重遇劳改当中的刘书记,两个人面对面一起流泪。但是李顺大还是想盖屋,还是在努力,他渐渐就知道了,买材料要开后门,开后门要送礼。等到了1977年,他就知道去求重新做官的刘书记了……最后这个房子有没有造成？他最后有没有成功利用刘书记的关系？余下来的故事,就要路遥、余华、阎连科他们接着写了。

小说获奖,高晓声出名,来上海作协开会。有记者问,您的小说写了一个老实忠厚的农民,辛苦30年仍然盖不了自己的房子,这是否写出了几十年来中国农民生活的典型状态？

高晓声马上否认："我不知道什么典型不典型,我就是写村里的一个邻居,真人真事,不信你们可以去调查。"

严格说来,《李顺大造屋》其实也有些概念化和"主题先行"。主题就是各种政治运动对农民生存状态的影响。不过和"十七年文学"的主题先行不同：杨沫、梁斌、柳青、浩然是要用生活细节尽量体现主题概念,高晓声、茹志鹃、古华、周克芹等是要用生活细节尽量隐蔽主题概念。

《李顺大造屋》除了写几十年政治实验对普通农民生态的影响外,小说还触及农民和干部的复杂关系。从农民的角度,好像是被诱导、哄骗甚至欺负。从干部的角度,则是真诚关心和同舟共济。这种令人哭笑不得的关系,在高晓声另外一篇更加出名的短篇《陈奂生上城》里,有更精彩的发挥。

二 《陈奂生上城》：新时期的农民与干部关系

李顺大造屋30年，陈奂生已活在"新时期"；李顺大历经种种政治风波，陈奂生却只做一件日常小事；李顺大活得垂头丧气，陈奂生却感觉十分幸福。小说一开始，"陈奂生肚里吃得饱，身上穿得新，手里提着一个装满东西的干干净净的旅行包……一路如游春看风光。他到城里去干啥？他到城里去做买卖。稻子收好了，麦垄种完了，公粮余粮卖掉了，口粮柴草分到了，乘这个空当，出门活动活动，赚几个活钱买零碎。自由市场开放了，他又不投机倒把，卖一点农副产品，冠冕堂皇。他去卖什么？卖油绳。……"[1] 卖油绳大约能赚三块钱，陈奂生想给自己买顶帽子。这个小说开局既写1979年社会气氛，自由市场开放，农民生活转好，又以歌颂的笔调道出悲凉事实——这个农民几十年来买不起一顶帽子。对比《平凡的世界》和《插队的故事》里不少农民做小生意都被批"走资本主义道路"，人们才能体会陈奂生上城的幸福。

卖油绳是在车站附近摆摊，摸准了旅客人流的规律，油绳倒是顺利卖完了，点钱少了三角钱，不知道被哪个人贪污走了，陈奂生叹了一口气，自认晦气。

但真正的麻烦是他累了一天，到了深夜，突然浑身无力，双腿发软，就在车站候车室病倒了。这时正好以前认识的县委吴楚书记经过，关心问候，这个农民怎么半夜病倒在车站，那怎么行，就叫司机送陈奂生到机关门诊室。医生说没大病。百忙之中吴书记又指示："还有十三分钟了，先送我上车站，再送他上招待所，给他一个单独房间，就说是我的朋友……"

病倒，看医生，住招待所，这些经过陈奂生都是次日才回想起来，

---

1 高晓声：《陈奂生上城》，《人民文学》1980年第2期。以下小说引文同。

他"听见自己的心扑扑跳得比打钟还响,合上的眼皮,流出晶莹的泪珠,在眼角膛里停留片刻,便一条线挂下来了。这个吴书记真是大好人,竟看得起他陈奂生,把他当朋友,一旦有难,能挺身而出,拔刀相助,救了他一条性命,实在难得"。

"陈奂生想,他和吴楚之间,其实也谈不上交情,不过认识罢了。要说有什么私人交往,平生只有一次。记得秋天吴楚在大队蹲点,有一天突然闯到他家来吃了一顿便饭……还带来了一斤块糖,给孩子们吃。细算起来,等于两顿半饭钱。那还算什么交情呢!说来说去,是吴书记做了官不曾忘记老百姓。"

接下来一段,是小说真正的高潮——既不是动作,也不是对话,而是描写一个房间。

原来这房里的一切,都新堂堂、亮澄澄,平顶(天花板)白得耀眼,四周的墙,用青漆漆了一人高,再往上就刷刷白,地板暗红闪光,照出人影子来;紫檀色五斗橱,嫩黄色写字台,更有两张出奇的矮凳,比太师椅还大,里外包着皮,也叫不出它的名字来。再看床上,垫的是花床单,盖的是新被子,雪白的被底,崭新的绸面,呱呱叫三层新。陈奂生不由自主地立刻在被窝里缩成一团,他知道自己身上(特别是脚)不大干净,生怕弄脏了被子……随即悄悄起身,悄悄穿好了衣服,不敢弄出一点声音来,好像做了偷儿,被人发现就会抓住似的。他下了床,把鞋子拎在手里,光着脚跑出去;又眷顾着那两张大皮椅,走近去摸一摸,轻轻捺了捺,知道里边有弹簧,却不敢坐,怕压瘪了弹不饱。然后才真的悄悄开门,走出去了。

这段文字,"怕压瘪了弹不饱",当时成为作家议论的话题。

房间是好,但肯定贵,陈奂生马上想离开。他走到柜台处,朝里面正在看报的大姑娘说:"同志,算账。""几号房间?"那大姑娘恋着报纸说,并未看他。"几号不知道。我住在最东那一间。"那姑娘连忙丢了报纸,朝他看看,甜甜地笑着说:"是吴书记汽车送来的?你身体好了吗?""不要紧,我要回去了。""何必急,你和吴书记是老战友吗?你现在在哪里工作?……"大姑娘一面软款款地寻话说,一面就把开好的发票交给他。笑得甜极了。陈奂生看看她,真是绝色!

但是,接到发票,低头一看,陈奂生便像给火钳烫着了手。他认识那几个字,却不肯相信。"多少?"他忍不住问,浑身燥热起来。"五元。""一夜天?"他冒汗了。"是一夜五元。"

回到40多年前,五块大概相当于今天的100块,或者500块,要看什么情况。反正对一个农民来说,忙了一整天,卖这么多东西,走几十里地,才赚三块钱,所以五块这个数字是太大了。

陈奂生的心,忐忑大跳。"我的天!"他想,"我还怕困掉一顶帽子,谁知竟要两顶!"

"你的病还没有好,还正在出汗呢!"大姑娘惊怪地说。

千不该,万不该,陈奂生竟说了一句这样的外行语:"我是半夜里来的呀!"

大姑娘立刻看出他不是一个人物("人物"比"人"重要,"人物"就是"人"加上"物"吗)。她不笑了,话也不甜了。陈奂生只好付钱,卖油绳的钱几乎都要付出去了,再回房间时,往弹簧太师椅上一坐,管它,坐瘪了也不关我事,出了五元钱呢!

当年我们参加笔会,作家们在酒店里都跳到沙发上,重复陈奂生的话。后来凡住高级酒店,总想起陈奂生。由此想到文学,要写阶级,也会穿越阶级。

陈奂生再回房间也睡不着了,把各种设备享用一番,被子也不怕弄脏了。最后,陈奂生想起了吴书记——这个好人,大概只想到关心他，不曾想到他这个人经不起这样高级的关心。不过人家忙着赶火车，哪能想得周全！千怪万怪，只怪自己伤了风，才走不动，才碰着吴书记，才住招待所，才把油绳的利润用光，连本钱也蚀掉一块多……那么，帽子还买不买呢？他一狠心：买，不买还要倒霉的！所以离城时用尽全力，买了帽子，回来路上也不难过，因为终于有件事可以跟乡亲们吹吹了！你们坐过有弹簧的太师椅吗？

这个短篇又获全国短篇小说大奖，读完令人感觉十分复杂，五味杂陈——农民是这个社会的主人公，生活欲望竟如此卑微；干部真心实意为人民服务，却好心办坏事，害了弱势群体；羞辱、损失又可以重新演变为光荣和幸运；而且在艺术上，我们看到了怎样用歌颂、欢快的笔调写出沉重、凄凉的内容。

20世纪中国小说除了一直以农民和知识分子为主要人物外，官员形象也从晚清延续到当代。如果说在晚清小说里的官员形象大都负面（是社会腐败的主因），"五四"小说则有意无意"忽视"官员形象，那么在1942年以后官员（干部）形象重回小说舞台则承担双重叙事功能，负面角色继续负责社会腐败，正面人物努力解救社会灾难。50年代以后，当代文学中官员（干部）形象又有两个重要发展：一是好干部或偶然或必然地逐步演变为讲究权术世故的官僚主义者（如刘世吾等），二是一些干部常常好心办坏事，既关心农民又伤害农民——《陈奂生上城》就是第二类当代官员故事的一个早期样本，后来余华、阎连科等都延续高晓声这一书写策略，而且把这类"好心办坏事"的干部传统写得更具体更复杂。也因为官员（干部）形象在当代"中国故事"里的重要性，干部与农民，干部与知识分子，也就和知识分子与农民的关系一样，成为20世纪中国小说的三大主题线索。梁生宝和书记们的激动握手，陈奂生上城跳"太师椅"等，都可以从这条"农民—干部"关系的文学线索上重新阅读。

1979

茹志鹃《百合花》《剪辑错了的故事》
"三红"与"一创"的拼贴

在读1979年的短篇《剪辑错了的故事》之前，我们需要先读茹志鹃1958年发表的《百合花》。两篇都是她的代表作，一篇是红色经典，抒情，崇高，纯洁；一篇是反思文学，"意识流"，尖锐，犀利。放在一起重读，颇能显示"十七年文学"与"新时期文学"的复杂关系。

茹志鹃（1925—1998），杭州人，生于上海，家境贫困，18岁跟随她哥哥参加新四军，在文工团工作。她的背景和梁斌、柳青、曲波等人一样：先参加革命，后从事创作。1947年入党，1955年转业，到《文艺月报》（即后来的《上海文学》）做编辑。80年代，她是上海作协的副主席，当时的主席是巴金。

一 《百合花》：三个人谁是主角？

《百合花》小说6000多字，写了三个人物，都没有名字。第一人称叙事者，是文工团女干部。前两千字讲通讯员带"我"到前沿包扎所。"我"脚受伤，走不快，通讯员不时要停下来等。"我"观察小通讯员是高挑挑的个子，块头不大，厚实实的肩膀，十分年轻、稚气的圆脸，顶多18岁。休息时问话，原来还是同乡——浙江天目山人。再问他有没有娶媳妇，通讯员飞红了脸，走路没出汗，说几句话倒紧张得满头是汗。

　　中间一段写前沿卫生站，为救伤病员要向百姓借被子。"我"是女干部，很快借到三条，可是小通讯员却空手无收获，嘴里直怪老百姓死封建，好像跟什么人吵了架。"我"怕他得罪乡亲们，就去刚才碰壁的那家问情况。一个静静的院子，出来一个年轻媳妇，小说描写道："这媳妇长得很好看，高高的鼻梁，弯弯的眉，额前一溜蓬松松的刘海。穿的虽是粗布，倒都是新的。""我"向乡亲道歉，新媳妇也没生气，反而忍住笑，可能刚才跟小通讯员有点误会，转身进去抱了被子出来。一看，"我"就明白了她刚才为什么不肯借——原来这是一条里外全新的新花被子，被面是假洋缎的，枣红底，上面撒满白色百合花。"我"把小通讯员批评了一顿：你看看，你还骂人家死封建，这是人家的新婚被子。

　　"新婚被子"在西方学院理论中，可能会被分析出"初夜"仪式等象征含义。不过50年代读者纯朴，否则，小说不会入选中学教材。

　　小说第三部分，写"我"在包扎所救伤员，前方打仗，气氛紧张，不断有伤兵下来，新媳妇也在帮忙。到了半夜，又来了新伤员，担架队的人说，求求你们一定要救活他，"'这都是为了我们……'那个担架员负罪地说道，'我们十多副担架挤在一个小巷子里，准备往前运动，这位同志走在我们后面，可谁知道狗日的反动派不知从哪个屋顶上撂下颗手榴弹来，手榴弹就在我们人缝里冒着烟乱转，这时这位同志叫我们快趴下，他自己就一下扑在那个东西上了……'"[1]

　　就在这时，新媳妇惊叫一声——她看见这个新伤员就是小通讯

---

[1] 茹志鹃：《百合花》，《延河》1958年第3期。以下小说引文同。

员。可是小通讯员救不回来了。小说结尾,"卫生员让人抬了一口棺材来,动手揭掉他身上的被子,要把他放进棺材去。新媳妇这时脸发白,劈手夺过被子,狠狠地瞪了他们一眼。自己动手把半条被子平展展地铺在棺材底,半条盖在他身上。卫生员为难地说:'被子……是借老百姓的。''是我的——'她气汹汹地嚷了半句,就扭过脸去。在月光下,我看见她眼里晶莹发亮,我也看见那条枣红底色上撒满白色百合花的被子,这象征纯洁与感情的花,盖上了这位平常的、拖毛竹的青年人的脸。"

前面淡淡积蓄的抒情,就在最后这一笔爆发。《百合花》发表后,当时已经不写小说的茅盾十分称赞:"《百合花》可以说是在结构上最细致、严密,同时也是最富有节奏感的。它的人物描写也有特点,是由淡而浓,好比一个人迎面而来,愈近愈看得清,最后,不但让我们看清了他的外形,也看到了他的内心。"[1]

《百合花》体现了革命历史小说在艺术技巧上的努力追求,不过在60年代初,姚文元等人也还是批评这篇小说没有写重大题材和英雄人物。

二 《剪辑错了的故事》:"三红"与"一创"的拼贴

回顾1958年的《百合花》,才能理解《人民文学》1979年第2期发表的《剪辑错了的故事》。小说第一段,《拍大腿唱小调,但总有点寂寥》,讲的也是1958年。周围的公社、大队,前脚后脚都放出了亩产一万二、一万三千斤的高产卫星。这时甘木公社的甘书记在一大队放一颗亩产一万六千斤的大卫星。报告送到省里、中央,当然风光,甘书记也升官为县委副书记。

---

[1] 茅盾:《谈最近的短篇小说》,《人民文学》1958年第6期。

高产就是将十几亩的稻子硬搬到一亩地里。一时风光,"随着高产,便来了个按产征购",接下来一大队就要多交很多公粮。也是党员的农民老寿(浙江话中,谐音"寿"是有点傻乎乎的意思)想不通了,说这么交粮以后,农民一天只有八两(旧制八两,等于半斤),不够吃了。交粮时,他到县委找甘书记。老寿还没开口,甘书记就语重心长:"不是我一见面就批评你们。你们的眼光太浅了,整天盯着几颗粮食。现在的形势是一天等于二十年,要跑步进入共产主义的时候,一步差劲,就要落后。你们老同志更应该听党的话,想想过去战争年代,那时候,咱算过七大两、八大两吗……"[1]

老寿想想——甘书记的话句句在理,过去真的没计较过七大两、八大两,为了将来能过上好日子,饿肚子也没叫苦的。交粮以后,坐空车回村,老寿有点朦胧起来了。小说第二段,标题有点长,叫《老甘不一定就是甘书记,也不一定就不是甘书记,不过老寿还是这个老寿》。意思是"官"可能有变,"民"还是"民"。故事场景,突然从1958年回到了1947年冬天,这是一个时空倒叙,或者说是整段拼贴的"意识流",等于从《创业史》合作社前景,突然回到《红日》沂蒙山岁月。1947年也正是茹志鹃在军中入党的年份。国共正在内战,"土改"还没开始。还乡团领着一个团的国民党兵到了镇上,老寿就给老甘报了信,老甘要带队伍转移,说之后再打回来。但是转移要带点粮食,老寿的老婆是个苦死累死也不讨饶的女人,嘴里发着牢骚,还是把家里仅有的一袋高粱面拿了出来,"摔到老寿怀里,说道:'就这点高粱面了,这天寒地冻,咱不吃,叫孩子也不吃?你看着办吧!''有难处,这不假啊!'老寿仍旧两眼瞅着地上,说道:'可是我是个在党的人。再说我们冷了,饿了,在家还能烤烤火,摘把野菜。老甘他们走出这么远去,还不知睡哪里,吃什么呢!

---

[1] 茹志鹃:《剪辑错了的故事》,《人民文学》1979年第2期。以下小说引文同。

这不都是为了咱……''唉！装吧装吧！啰唆个啥！我才说了两句，你就说了一大套，谁不知道革命就是为了咱穷老百姓呀！'"

全部高粱面也只装了三个干粮袋，最后老寿两公婆就把烙好的饼切成了条条，装进了第四个干粮袋，给老甘的时候还表示歉意，说三袋是高粱面，一袋是做好的饼。老甘说："老寿，你放心。哪里有老百姓就饿不着咱们。你们这点心，我带去防个急用。"然后，"老甘紧紧捏了捏老寿的手就走了。"

小说第三段，又回到1958年。老寿交粮后从县里回来，没法向乡亲们交代，一头钻进梨园。原来今年梨是大年，"大伙儿可是指望着它，过冬的口粮，过年的新衣裳，都在这树上长着呢。"老寿一边用纸包住梨，防小虫，一边心里又发愁："他说不出，但总觉得现在的革命，不像过去那么真刀真枪，干部和老百姓的情分，也没过去那样实心实意。现在好像掺了假，革命有点像变戏法，亩产一万二，一万四，自己大队变出了一个一万六。为什么变戏法？变给谁看呢？……说起来也丢人，种地的人心里都有数，可是装得真像有那么一回事，还一层层向上报喜。看来戏法还是变给上面看的，这，这革命为了谁呀！……"

老寿，一个普通农民党员在果园包梨时的这段牢骚独白，却道出一个中国革命的关键问题：不仅是质疑革命如同变戏法，更重要的是戏法变给谁看？"还一层层向上报喜。看来戏法还是变给上面看的，这，这革命为了谁呀！……"看来老寿，还有茹志鹃，相信革命应该为了老百姓，干部的眼睛理应向下，看到艰难"活着"的人民。而老甘，还有其他官员，却一层层向上看，表面上相信上面代表更广大人民，实际上可能是趋利避害或习惯使然。

我们这时才意识到《百合花》的主题，既不只是叙事者的细腻的女性视角，也不仅是歌颂战士勇敢或感激百姓奉献，《百合花》的核心，就是民众与革命的关系，一种能用"新婚被子"来象征来纪念的抒情关系。《剪辑错了的故事》延伸着这一主题，将《红旗谱》《红日》歌颂的民众与革命关系，放在《创业史》"大跃进"时间背景下（用高晓声的白描法）比较拷问。"三红"与"一创"的剪辑拼贴并置，制造了1979年反思文学的深刻。

"颠倒了，倒过来了……"老寿捏着早已熄灭的旱烟杆，喃喃着。这不，做工作不是真正为了老百姓，反要老百姓花了功夫，变着法儿让领导听着开心，看着满意。老百姓高兴不高兴，没人问了。老寿一想到这里，心里顿时害怕起来，吓得手脚直凉了。可不得了，咱这不是有点反领导的意思了吗？……甘书记劝我要听党的话，难道自己真的有了二心？"杀了头也不能有这个心啊！"老寿陡地站了起来，当即离了窝棚，当即走出梨园，当即找到支部书记老韩的家里，他要原原本本，向党反映自己的思想。

老寿去找村支书老韩，不料甘书记也在。老寿还没检讨，老韩已经尴尬地传达了甘书记的最新指示：以粮为纲，砍掉梨园。

"毁了！这下全毁了！"老寿腿一软，坐到了地上。他恨不得在地上打滚，可是他连打滚的力气都没了。老韩说："这事是上面有文的。"老寿说："上面的文也得听听老百姓的。"老寿真的急了。

接下来第四段，《"大地啊！母亲"不是诗人创造的》。时间又回到1949年，淮海战役，百万大军捷报频传，老寿见到了副区长老甘，不敢认了，老甘"瘦落了形，眼窝塌下去了，腮帮子凹下去了，一脸黑茬茬的络腮胡子，围着一张干裂的嘴，裂开的血口子都发了黑"。甘区长一进门就召集开会，动员乡亲，部队要柴草。老寿很不含糊，就把自己家门口六棵枣树全部砍了，合成七担柴。老甘紧紧捏着老寿的膀子，眼里转着泪花，说："将来我们点灯不用油，耕地不用牛，当然也有各种各样的果园。不过现在，你还是留两棵给孩子们解解馋吧！"说话间，乡亲们挑的挑，扛的扛，都来了。大木柜，石榴树，旧水车，洋槐树，一个老大爷带了两个孩子，抬来了一副板，老大爷挤到老甘面前说:"咱没树,我有副寿材板,可行?"老甘没有说话,他环顾着大家,又仔细地看着一件件的东西,最后说道:"老少爷们,革命的衣食父母,你们对革命的贡献,党是不会忘记的。"

第五段,还是1958年,题目是《一味的梨呀!梨呀!哪像个革命的样子》。甘书记下来蹲点,带人要砍梨园,老寿求他们:"再等二十天,只要二十天,梨熟了再砍,啊?等梨下来了就砍,啊?麦子先下在树行间,不耽误啊!""不行!"甘书记面容严肃,说道:"我们现在不是闹生产,这是闹革命!需要的时候,命都要豁上,你还是梨呀,梨呀!还是一个党员,像话吗?"

"不是闹生产,是闹革命",这句话我们在梁生宝和杨书记那里也听过,当时困惑:到底是为了革命而打粮食,还是为了打粮食而革命?

老寿执迷不悟,最后被"搬了石头"(撤销生产队队委、梨园负责人的职务)。甘书记却摇头叹息道:"可见这场革命考人。他要向右倒,想拉也拉不住啊!"

小说一、三、五段,就是《创业史》以后的背景——"人民公社""大跃进";二、四段,写的是"三红",尤其是《红日》当中的军民鱼水情。把《创业史》和"三红"剪辑在一起,居然就有了这么多时空错乱、因果颠倒的历史画面。既是革命主体的"意识流"反思中国道路,也是农民集体记忆对往事的神奇穿越。小说最后第六段从现实主义走向魔幻,出现了一场虚构的反侵略战争。老寿又在找老甘,"告辞了乡亲,直往西边的大山奔去。山哪!好高哦!老寿却头也不抬,只顾一步一步往上攀。"一片苍茫大地,到哪里去找老甘呢?"老甘哪!回来呀!咱有话对你说,咱有事跟你商量!""回来呀!跟咱同患难的人!回来呀!为咱受煎熬的人!回来啊!咱们党的光荣!回来啊!咱们胜利的保证!"老寿嘶声地喊着……

这是民众对党的呼唤,也是茹志鹃对她1947年入党信念的不忘初心。可是老甘听不见，没找到。老寿回到村里，粮仓中弹，打仗了，附近又有敌人的伞兵。就在这时老甘回来了，老寿反而不接受领导了，有文也不听，不给吃的，周围又响起了枪声。

第七段——《这不是结尾》。又是1958年，乡亲们在庆祝炼出了钢铁，老寿颤巍巍地走出村去。小说最后一句是"结尾于一九七九年元月，老寿老甘重逢之时，互诉衷肠之际"。

三 "自家人"的反思

茹志鹃的小说提出这样一个尖锐的问题：之前的军民血肉关系怎么会演变成后来的干群紧张矛盾？这篇小说的技巧看似简单，将"三红"和"一创"穿越并置——看运涛、江涛、沈振新、许云峰的浴血奋战，如何走向梁生宝、老寿和李顺大的农村生活？可以说，材料都是别人的，茹志鹃凭她1947年的入党信念，依据1958年写《百合花》的忠诚敏感，将这些文学／现实材料重新剪辑、拼贴，就使人们不仅看到几十年的伤痕，也使人们反思这些伤痕是怎么来的。

这里的两个"人们"，有微妙的区别。伤痕是他人造成，反思却是自己有责。"伤痕文学"作为70年代末的一种文学现象，以《班主任》《伤痕》为代表，一开始就引来争议。因为几十年来习惯了文学必然歌颂，只能欢笑，突然要写悲剧，可以哭泣，这就形成了当代文学的一个转折。"伤痕文学"这个概念是旅美华裔学者许芥昱"在美国加州旧金山州立大学中共文学讨论会的讲话"最早使用——以一部艺术成就不高的小说的篇名，概括一个时期的文学趋势。对"伤痕文学"可有狭义和广义的理解，狭义的"伤痕文学"，特指70年代末一些以批判灾难后果、控诉人民生活苦难的作品。除了《班主任》《伤痕》，还有宗福先的《于无声处》、古华的《芙蓉镇》、张贤亮的《灵与肉》、宗璞的《我是谁》、冯骥才的《啊！》、从维熙的《大墙下的红玉兰》、莫应丰的《将军吟》、戴厚英的《人啊，人！》等。广义的"伤痕文学"，海外学界使用较多，大致包括1978—1985年的文学，也称之为"解冻文学""暴露文学"，即包括所谓的"反思文学"。

"伤痕文学"和"反思文学"的确有微妙的区别。第一，在概念名称上，"伤痕"写病痛、症状，"反思"查病因、后遗症。第二，"伤痕文学"侧重农民、学生受害角度，"反思文学"带有官员干部的检讨忏悔成分。两类文学的共通点，就是高晓声《李顺大造屋》当中的一句插话——"自家人拆烂污，说多了也没意思"。"自家人"立场十分重要。《剪辑错了的故事》就是典型的以自己人的态度，来检讨1958年和1947年的时代关系。茹志鹃既写了经得起考验的红色经典，又在"文革"后留下"反思文学"的尖锐批判。这是一个跨越两个历史时期的作家，这是一位"穿着军装走进新时代的女战士"。后来，她的女儿王安忆走得更远了。王安忆最近有篇回忆她母亲的文章，标题是《他们的人性比我们深刻得多……》。[1]

---

[1] 子张:《"他们的人性比我们深刻得多……"：王安忆说母亲茹志鹃》,《文汇报》2019年11月21日。

1979

张洁《爱，是不能忘记的》、
张弦《挣不断的红丝线》
70年代末的爱情小说

　　隔了大约二三十年的空白，终于，爱情故事重新出现在中国小说之中。其标志是发表于《北京文学》1979年第11期上的张洁的短篇《爱，是不能忘记的》。

　　50年代也有小说写爱情，代表作如《青春之歌》，恋爱对象不仅是异性，更主要是革命。《创业史》女主角改霞，恋爱也是政治标准第一，非党员不嫁。这种"恋爱革命"的故事到了"十年"也不见了。样板戏中，《智取威虎山》里少剑波的主角地位及爱情线索都消失了。《沙家浜》中阿庆嫂可能与几个男人都有"戏"，但绝不能是"情戏"（阿庆也不知在哪里）。本来《白毛女》颇有点暗合传统的王子拯救落难仙女的古典芭蕾情节模式，但解说词特意说明：大春和喜儿产生了深厚的阶级感情……

　　禁欲太久导致读者市场饥荒，一度"爱情"两字要在标题上包装。1978年刘心武的《爱情的位置》，收到不少读者来信。具有轰动社会效应且可以进入文学史的是张洁的《爱，是不能忘记的》和张弦的《被爱情遗忘的角落》。这一时期书写爱情小说颇有成就的还有张抗抗（《北极光》）、张辛欣（《在同一地平线上》）……（写爱情小说的作家大都姓张，当然只是巧合，之后我们还会看到，张贤亮、

张承志、张炜等男作家怎么书写不同的中国爱情故事）

一 《爱，是不能忘记的》

张洁（1937— ）的《爱，是不能忘记的》的第一人称叙事者是个30岁还在犹豫是否结婚的都市女性，男友据说很帅，像希腊雕塑掷铁饼者，即使不算小鲜肉，至少也是有颜值有体型。但他很少说话，不知道是不爱说话，还是无话可说。女主角问：你为什么爱我？男友挣扎了很久，憋了一句说：因为你好。女的不大满意，想起母亲去世时的遗言："我看你就是独身生活下去，也比糊里糊涂地嫁出去要好得多。"

她母亲很早就离婚了，丈夫也很帅，但年轻时大家不知道自己要什么，所以是个错误的婚姻。母亲说："我只能是一个痛苦的理想主义者。"之后她母亲其实也爱过一个人，最终留下一本笔记本，题字"爱，是不能忘记的"，零星杂乱地记录了叙事者母亲一生的苦恋。苦恋对象是一位高干，有次听音乐会，小姑娘偶然看见，"一辆黑色的小轿车悄无声息地停在人行道旁边。从车上走下来一个满头白发、穿着一套黑色毛呢中山装的、上了年纪的男人。那头白发生得堂皇而又气派！他给人一种严谨的、一丝不苟的、脱俗的、明澄得像水晶一样的印象。特别是他的眼睛，十分冷峻地闪着寒光，当他急速地瞥向什么东西的时候，会让人联想起闪电或是舞动着的剑影。要使这样一对冰冷的眼睛充满柔情，那必定得是特别强大的爱情，而且得为了一个确实值得爱的女人才行。"[1]

象征"特别强大的爱情"的，就是高干送给母亲的一套几十本《契诃夫全集》，女人一生视之为最珍贵的礼物，临死都要求跟她一

---

[1] 张洁：《爱，是不能忘记的》，《北京文学》1979年第11期。以下小说引文同。

起烧掉。母亲和这个高干，几十年当中在一起的时间不超过24小时。音乐会之前，高干跟小女孩握过手，小女孩和她母亲两个人的手都冰凉发抖。母亲是个作家，喜欢双簧管，女儿说她长得不漂亮——在张洁的小说里，颜值不是重要因素。

　　高干以前做地下工作时，娶了一位因为救他而牺牲的老工人的女儿，所以他的家庭婚姻捆绑着政治道德，无法改变。而母亲迷恋高干，"为了看一眼他乘的那辆小车，以及从汽车的后窗里看一眼他的后脑勺，她怎样煞费苦心地计算过他上下班可能经过那条马路的时间；每当他在台上做报告，她坐在台下，隔着距离、烟雾、昏暗的灯光、攒动的人头，看着他那模糊不清的面孔，她便觉得心里好像有什么东西凝固了，泪水会不由地充满她的眼眶。为了把自己的泪水瞒住别人，她使劲地咽下它们。逢到他咳嗽得讲不下去，她就会揪心地想到为什么没人阻止他吸烟？担心他又会犯了气管炎。她不明白为什么他离她那么近而又那么遥远？"

　　这些心理细节写得十分细腻真实，或者真有其事？我们只读文本，不谈作者。可是，难得在机关大院里碰了面，两人又在竭力地躲避着对方，匆匆地点个头便赶紧地走开去……她一定死死地挣扎过，因为她写道："我们曾经相约：让我们互相忘记。可是我欺骗了你，我没有忘记。我想，你也同样没有忘记。我们不过是在互相欺骗着，把我们的苦楚深深地隐藏着。"

　　女儿后来想起，"每每母亲从外地出差回来，她从不让我去车站接她，她一定愿意自己孤零零地站在月台上，享受他去接她的那种幻觉。她，头发都白了的、可怜的妈妈，简直就像个痴情的女孩子。"

　　女孩子可以唱 *On My Own*（音乐剧《悲惨世界》插曲），美梦之后告诉自己一切都是幻觉。可这已是一个头发花白的母亲，这样苦恋几十年，是否只是一厢情愿？这是不幸，还是幸福？

　　关键是高干心里怎么想？他有没有想过要不惜代价挣脱政治和

道德束缚？或者他也和女人一样铭心刻骨地苦恋，而无法摆脱家庭（长期精神出轨）？又或者他只是喜欢、享受有人崇拜他，有人爱他（在政治前途与家庭稳定之外的一种精神补偿）？我们再推想，假如女儿有能力、有机会去侦探高干的私生活和隐秘心思，她要不要、该不该去了解那些真相？她应不应该去提醒她的母亲？或者再说下去，一个人的爱与回报有多大关系？

小说里，高干在1969年死于非命，因为得罪了当时的理论权威（或指张春桥、姚文元），女人自觉为他戴了黑纱。年近五十，头发突然全白，之后她在笔记本里记载："我独自一人，走在我们唯一一次曾经一同走过的那条柏油小路上。听着我一个人的脚步声在沉寂的夜色里响着、响着……我每每在这小路上徘徊、流连，哪一次也没有像现在这样使我肝肠寸断。那时，你虽然也不在我身边，但我知道，你还在这个世界上，我便觉得你在伴随着我，而今，你的的确确不在了，我真不能相信！我走到了小路的尽头，又折回去，重新开始，再走一遍。……除了我们自己，大概这个世界上没有一个活着的人会相信我们连手也没有握过一次！更不要说到其他！"

1992年，在《爱，是不能忘记的》发表十几年后，美国作家罗伯特·詹姆斯·沃勒发表中篇小说《廊桥遗梦》，后来改编成同名电影 The Bridges of Madison County，克林特·伊斯特伍德做导演，而且和梅丽尔·斯特里普两个人主演，情节非常像张洁的小说。男女主角见面只有四天，然后终生苦恋。故事也是从下一代的角度，子女找遗物时一步步发现，伴随下一代对上一代苦恋方式的评价。

不同的是，《廊桥遗梦》男女主角至少还有过一夜情，有过四天铭心刻骨，而《爱，是不能忘记的》主角连手都没有握过，男主角到底是情圣还是……最后读者也只看到一张模糊不清的面孔。

张洁这个短篇在70年代末引起强烈的社会反响，既因为标题上开宗明义呼唤"爱"，强调了婚姻、家庭、人生都不能没有"爱"，也因为小说中,家庭和爱情处在矛盾对立状态。曾因《红楼梦》批判研究而出名的评论家李希凡提出疑问:"我们的法律、道德、舆论,究竟应当怎样对待这种'呼唤'与'被呼唤'的爱侣们呢?"[1]

小说中这一句是整篇的高潮:"我是一个信仰唯物主义的人。现在我却希冀着天国,倘若真有所谓天国,我知道,你一定在那里等待着我。"李希凡说:"我们只能劝慰那些已经不该相互呼唤爱情的相互呼唤者,如果因此而会影响到一个不应该被背弃的人的生活,那么,还是倾听一下这样的'道德'呼唤,而割舍我们的那种爱情'呼唤'吧!因为'倘若真有所谓天国',我们也得去见马克思,我们不能背弃革命的道德,革命的情谊!"[2]

当初小说里高干大概也是提早就听到了李希凡的警告,所以最终都坚持着革命道德去见马克思。张洁后来写过不少作品,中篇《方舟》分析女性命运,更加复杂。长篇《沉重的翅膀》《无字》则是全方位解剖社会的写实小说,两次获"茅盾文学奖",是获奖最多的作家之一。

二 《挣不断的红丝线》

张弦(1934—1997),本名张新华,50年代就开始创作。最出名的小说是《被爱情遗忘的角落》,自己改编成电影,获得金鸡奖编剧奖。之前有个短篇《记忆》,讲放映员一时疏忽,倒放了有领袖形象的影片,因此获罪,小说获当时的全国优秀短篇奖。《挣不断的红丝线》和《爱,是不能忘记的》有些相似,都写女性知识分子和老革命干部的感情关系,但是小说的格局、意旨、主题、技巧

---

[1] 李希凡:《"倘若真有所谓天国……"》,《文艺报》1980年第5期。
[2] 同上。

完全不同。

小说一开始写轿车别墅，都是身份的象征："司机轻轻地一按喇叭，庄严的铁门打开了。于是，车轮就沙沙地滚动在两旁有整齐的冬青的、洁净的水泥路面上。绕过花坛，在一座精巧的小楼前，轿车停了下来。这小楼同相邻的几幢一样，深隐在法国梧桐的浓荫之中。月光在它褐色的墙和红色的尖顶上，投下昏黄的斑点。"[1]

这么隆重的开场，原来只是引子。女主角傅玉洁，下了车进洋房，见到了20多年没见的马大姐，一个拥抱，故事就回到战争年代。少女时代傅玉洁无忧无虑，刚离开教会女中就被火热的学生运动吸引，迎接解放军进城，三百人大合唱《解放军的天是明朗的天》。她写信通知做银行襄理的父亲，"我要走自己的路！！！"然后报名参军，加入部队文工团。演出辛苦，纪律批评，傅玉洁都不介意，只是有一件事让她为难：组织股长马秀花找到她，说齐副师长"相中了"她。17岁的小傅一呆，吓哭了。

"嗨！哭个啥？革命军人嘛……难为情？怕丑？嗨，这光明正大的事嘛！"

马股长很严肃地帮她分析——"老齐作战勇敢、坚决，立过两次二等功——这你是知道的。今年三十三岁，年纪是大了点。可你想想，他二十岁上就参加了部队，打鬼子，打老蒋，把青春都献给革命啦！咱还能嫌人家老嘛？嫌他没文化，就更不该啦！旧社会念得起书的都是啥出身？他没文化，正说明苦大仇深，立场坚定……"小傅的头垂到胸前，两手搓揉着手绢。"嫌老齐长相不俊？小傅，对这个问题，也要有正确的观点。什么美，什么丑，不同阶级有不同的看法。他脸黑，那是风吹的，日头晒的，战火硝烟熏的！咱无产阶级看来，就是美！那些地主、资本家用劳苦大众的血汗养得白

---

[1] 张弦：《挣不断的红丝线》，《上海文学》1981年6月号。以下小说引文同。

白胖胖的，才最丑不过的啦！……小傅，我知道你们知识分子，讲究个什么爱呀情呀的，其实呀，都是些小资产阶级的调调儿！毛主席早就讲过，世上没有无缘无故的爱。一个人爱谁，恨啥，都是他的立场、观点所决定的……"

傅玉洁跑回宿舍，蒙着被子哭。想想齐副师长真是好领导，她就是无法想象跟他搂抱，贴着面颊。她觉得自己思想感情有问题，就和同房女生汪婉芬商量，汪说，你不妨接触一下。于是就在齐副师长办公室见了一次面，半个小时，男的就说了两句话——"小傅，咱们都是革命同志，对我有什么意见，可以提嘛！""你有什么看法和要求，大胆地讲嘛！"

后来王安忆的中篇《小城之恋》，写两个文工团员陷入性爱肉搏战了，但是口头表达第一句也是："你对我有什么意见？"显示在爱情领域，时代特征就是集体失语：会做，不会说。

同房汪婉芬听说小傅谈得很好，就说愿她成功，"否则马股长就要找我了"。这个消息使小傅十分不快。加上文工团里有个中文系毕业的苏骏，说领导老批小资产阶级思想，可是老革命自己又不找农村姑娘，偏找小资产阶级小姐，为什么呢？这句也给了小傅拒绝的理由和勇气。整个过程写得比较婉转，也不伤感情。

之后傅玉洁退伍当了老师，嫁给了转业做编辑的苏骏。这个时期他们在一起的生活，周围就是贝多芬、舒曼、游艇、园林。"大雪纷飞的假日，如果没有赏梅的豪兴，便围着炭盆，一个用浑厚的低音朗诵《叶甫盖尼·奥涅金》，另一个织着毛衣，不时发出柔声的叹息。"

过了几年，苏骏戴上了右派帽子，傅玉洁开始并没有灰心，她期盼丈夫总有"摘帽"的一天。而且两人还有个女儿叫左英，因为他爸爸恨死了"右"字，所以给女儿起名叫左英。"大跃进"时，傅玉洁对前景还抱着希望，但是"摘帽"以后的苏骏却让傅玉洁彻底失望了。他不能再当老师了，只能做杂务。他修长的身材佝偻了；眼睛里再没有笑意和神采，变得忧郁而迷茫；潇洒的风度不见了，开朗的性格不见了，精辟而风趣的言谈不见了。他按时听中央台的新闻广播，专注地看省报社论，担心地寻找着有什么搞运动的迹象。任何风吹草动，丈夫就非常惊慌。家里要听个唱片，他也要关起门来，并且换成革命歌曲。更让傅玉洁受不了的是，学校副书记的儿子打了左英，苏骏还给人家去赔不是。

傅玉洁的工作倒很有成绩，受人尊敬，可是丈夫在外拖煤球，在家里喝酒，还说要自杀。傅玉洁一气之下说那我们分手，丈夫就跪在她面前请求宽恕。小说写："正是这一跪，把傅玉洁对丈夫的最后一点眷恋击碎了。"大概打她一个耳光，也好过下跪……当然这种细节，也和地域有关，在有的地方打个耳光就把人打跑了，下跪可能管用；在有的地方打个耳光管用，下跪反而把女人给跪走了。总之"文革"来临时，他们离婚了。

离婚以后有个工宣队队长，老缠着傅玉洁，要她去当秘书。拒绝以后，她的房子就给强占了。所以等到接到马秀花（现在市委书记的太太）的电话时，傅玉洁在学校里也是每天打杂，整日受气，做总务管理。

现在又回到小说开篇的洋楼，原来这是市委领导的家。主人马秀花怪小傅，你当初就走错一步啊！后来小汪（汪婉芬）嫁了齐副师长，这些年一直幸福，一直升到副师级了。

傅玉洁无语。

可是真不幸，小汪"得了白血病了"，顶多还有一个月。转了半天，才回到正题，马秀花说老齐也到这个城市来做市长了——"小傅，老齐一直很惦记你哪！他可关心人啦！……"她的眼光意味深长地注视着傅玉洁，"这样吧，你去洗个澡，回头咱们在我房里再细细地聊！"

浴室很漂亮，白瓷砖一尘不染，墙上有大镜子，空气中充满了香味。张弦安排饱经生活与爱情磨难的女主角在这里入浴，别有用意。"她不敢看镜子里自己的裸露的身子，赶快跳进宽阔的浴盆，温暖的水浸泡着她的全身，莲蓬头冲刷着她的头发，每一个毛孔都沉醉在这奇妙无比的享受之中……啊，平时到女浴室去洗澡，是怎样的情景啊？排着长队等了又等，然后在闹哄哄的、散发出阴沟气味的淋浴间里，喷到身上的水时冷时热，说不定会突然中断……"

她明白了马秀花要和她说什么，莫非又要重演当年那热心的安排……哦，如果真是这样，如果真能成功，那么我的一切苦难、一切厄运，一切窘境和烦恼，不就顷刻之间雪解冰消了吗……

她向镜子里的女人偷偷地瞄了一眼。健康的肤色，匀称的线条……哦，青春尚未完全消逝，她还应该有权利去重新开始生活！

读者替她算一算，当年17岁，20多年后，现在40岁出头，完全可以风韵犹存、性感动人。事实果真如此发展了，她和老齐低调结婚。那天夜里，老齐说：

"婚姻是前生注定的，月下老人在上一辈子就用红线拴好了。小傅，咱们俩不也早就拴上红线了吗？"

"是的，那是根挣不断的红丝线！"

红丝线固然代表传统因缘，但红色是否也象征某种政治因素？张洁和张弦两部小说，结束了二三十年的空白，重新把爱情作为文学主题。但吊诡的是，两位追求恋爱自由的女主角，她们的对象却都是老干部，貌似延续着《青春之歌》恋爱革命的模式？好像都在"恋爱革命"，林道静是一个革命恋人牺牲了，再爱一个他的同志，张洁的主人公是苦恋已婚高干而不成，张弦的女主角则是想逃离高干权势而不得。《青春之歌》的恋爱对象是革命。《爱，是不能忘记的》和《挣不断的红丝线》则写恋爱与革命（道德或权势）之间的矛盾。但是无论如何，令人惊讶的是，爱情故事始终和革命和权力有关。

张洁笔下的老干部严肃、令人尊敬,张弦笔下的齐副师长(齐市长)随和、锲而不舍,他们之间的主要差别是一套《契诃夫全集》。将干部(官员)看不看文学书,作为衡量其境界、价值的主要标准,这种写法在之前和以后的中国小说里常常出现,也是人文知识分子的一种一厢情愿的自恋。

张弦小说结尾处,女儿左英来信说,要回到父亲那里,"我要走自己的路",下面打着三个惊叹号,这就是傅玉洁的当年了。从小说发表又过了几十年了,现在她的女儿左英不知怎么样了,会不会也后悔她自己走的路?她的挣不断的"红丝线",又是什么呢?

1979

蒋子龙《乔厂长上任记》
改革文学与官场斗争

　　蒋子龙（1941—　）的小说《乔厂长上任记》，在当代文学史叙述中被视为"改革文学"的代表作。在重读 20 世纪中国小说的整个过程中，我们可能会错过很多小说，尤其 90 年代以后，会有不少作品无论艺术质量还是内容深度都不在《乔厂长上任记》之下，那为什么一定要读这篇小说？至少有三个理由：

　　第一，这个中篇发表于《人民文学》1979 年第 7 期，和卢新华、高晓声、茹志鹃等人的小说几乎在同一时段出现——也就是说，新时期文学中所谓的"伤痕文学""反思文学""改革文学"，并不是一种递进的逻辑发展，而是差不多同时出现，见证 70 年代末当代文学的多元方向。第二，如果纯粹着眼于艺术性，可能会先读林斤澜、宗璞、冯骥才、陈村等，但是《乔厂长上任记》无论作为罕见的城市工业题材，还是"改革文学"的代表，在"中国故事"里都是不可或缺的一环。而且，这篇小说还描写了新时期的官场斗争。第三，在 2018 年人民大会堂庆祝改革开放的大会上，40 年间，一共只表彰了两位作家，一位是已经去世的《平凡的世界》的作者路遥，另外一位就是《乔厂长上任记》的作者蒋子龙。

一　从第四次文代会到剧本创作座谈会

　　70年来作协有两次会议最为重要。第一次是1949年建立文联，第二次是1979年秋天的第四次文代会。据与会者回忆，发言领导在报告中讲：作家想写什么就写什么，想怎么写就怎么写，"不要横加干涉"。说到这里，全场爆发经久不息的雷鸣般的掌声。华东师大老教授许杰、徐中玉等开会回来十分激动，一再转述"不要横加干涉"这句话。经历了反右、"文革"几十年劫难的老知识分子，从此也进入了新时期。

　　也在第四次文代会上，周扬向一些"右派作家"——丁玲、艾青、萧军、王蒙等道歉，回应并不强烈。主持第四次文代会的还是茅盾。刚刚发表了《乔厂长上任记》的蒋子龙在会议上是大家瞩目的新人。

　　现在回头看，从1977年底《班主任》发表，到1980年2月北京召开剧本创作座谈会，这两三年间是作家和各方关系最和谐的一个特殊时期。

　　要解放思想，要拨乱反正，要改革开放，20世纪中国文学出现了文学、政治与大众三者这么合作的一个时期。比如《李顺大造屋》，作家在为农民申诉，政府在检讨农村政策，民众也找到了苦难记忆共鸣。在某种意义上，这真正是文艺为工农兵服务。作家出于真心，写自己的血肉经历。《剪辑错了的故事》的作者1947年参加革命，赤胆忠心，因为坚信党必须为老百姓服务，所以才对1958年的情况痛心疾首。第四次文代会的说法，开启了一个新时期。

　　当然，换个角度看，作家的个人政见如果与官方意识形态或者与大众审美要求有矛盾分歧，也很正常。从古至今，许多伟大的作品就是在这种矛盾关系当中产生的。所以，1980年2月的剧本创作座谈会就构成了一个转折。这次座谈会提出了"社会效果说"。剧本创作座谈会之后不久，北京召开纪念鲁迅百年诞辰大会，我在人民大会堂亲睹了领导激情洋溢的讲话。"社会效果说"，意思是作品可能有些越界，但作家动机是好的。或者倒过来说，单有好动机还不够，还要注意效果，这是委婉的批评。当时被点名批评的小说，有写将军和女护士关系的《飞天》。有写知青为了回城，不择手段走后门，甚至出卖身体的徐明旭的《调动》，小说里有句名言，干部说"研究研究"，就是"烟酒烟酒"（现在"烟酒"也不管用）。剧本《在社会的档案里》，也涉及干部子弟。

这几部作品是"文革"以后第一批被批判的作品。"社会效果说"使得作家们忽然明白，文学与政治与大众的复杂关系是常态，一直需要调整磨合。剧本创作座谈会以后，中国作家的写作策略出现了大致三个方向的分化：一是继续"为政治的文学"，以笔为枪，坚持表达自己的政治信念。比如一些报告文学，戴厚英长篇《人啊，人！》、白桦剧本《苦恋》等。二是"为人生的文学"。用很多不同写法——意识流、反讽、变换叙事方法等，首先追求文学性，反思过去，正视现实。王蒙、张贤亮、茹志鹃，还有年轻一代的韩少功、张炜、张承志等都大致上使用这种写作策略。第三个方向，仍借用"五四"的说法，"为艺术的艺术"，主要关心怎么写，而不大关心写什么，也不大在乎文学和社会、政治的关系。比如说汪曾祺、史铁生、阿城、早期的余华，等等。

当然三者之间的界限不一定分明，常常被评论混淆，或者作家主动混淆。

二 《乔厂长上任记》："以笔当枪"的代表

回顾时代背景，《乔厂长上任记》其实是上述第一类"以笔为枪"中罕见的成功范例。这类作品，不少都被批评，蒋子龙之所以成功，是因为小说既呼应政府提倡的政治改革，也抒发作家自己的政治观念——正好也是改革。仔细阅读，小说主人公其实是以"前三十年"的革命逻辑来从事后几十年的改革开放事业。或者说，是以"十七年"的文学方法来书写新时期的"中国故事"。

晚清写官场，都是幕后交易。从《华威先生》以后，小说中的官场故事则主要是开会，或者从开会写起。《乔厂长上任记》一开始是机电局党委会，"四人帮"倒台两年，1978年已经过去六个月了，电机厂两年六个月没有完成任务了。

"日本日立公司电机厂，五千五百人，年产一千二百万千瓦；咱们厂，八千九百人，年产一百二十万千瓦。"生产落后，是电厂老大难问题。党委会开会，讨论派谁去当厂长。这时机电局电器公司的经理乔光朴自告奋勇。公司经理是个肥缺，工作轻松，所以乔光朴要去电厂，大家都很惊讶。而且他立下军令状："我去后如果电机厂仍不能完成国家计划，我请求撤销我党内外一切职务。"[1]这个举动让党委会上的众人吃惊。

乔光朴这时候已经53岁了，小说写他"这是一张有着矿石般颜色和猎人般粗犷特征的脸：石岸般突出的眉弓，饿虎般深藏的双眼；颧骨略高的双颊，肌厚肉重的阔脸；这一切简直就是力量的化身"。

"十七年小说"的读者都知道，凡这样的面容长相，一定是正面英雄人物。他的行动也是如此，用一种革命精神去从事经济生产，用军事术语来从事政治活动。"军令状""第一炮""爆炸了一颗手榴弹""要完成任务"等话语，很有意思。

乔光朴当厂长有个条件，就是让已经在养鸡喂鸭的退休干部石敢来担任党委书记。任命其实还没提出，他已经违反程序，私下通知石敢，叫他赶到党委会，然后当面说明，要让他接受。1958年乔

---

[1] 蒋子龙：《乔厂长上任记》，《人民文学》1979年第7期。以下小说引文同。

光朴留苏回国，做过重型电机厂厂长，石敢当时是党委书记。两人在"文革"当中一起挨斗时，乔厂长肚子里暗唱京戏，渡过了次次难关。石敢摔下批斗台，自己咬断了半条舌头。在乔光朴的热情鼓舞下，号称身体思想都已经残废了的石敢居然也同意再次出山。总之，厂长职务调动，被描写成大胆的革命姿态、突然的军事行动，甚至有点像大侠出山。

用革命军事术语描写工业经济活动并非蒋子龙个人爱好。以政治、战争语言指挥民众日常生产生活也是某种时代特征，甚至也是具有巨大社会动员能力的政经融合军民一体的某种体制特点。

乔光朴1957年留苏时认识了女留学生童贞。童贞回国后也在电机厂工作，但当时乔光朴已婚，童贞的外甥郗望北特别保护小姨，不让她被人欺负，所以童贞和乔光朴有心却无事。现在浩劫过去了，乔厂长妻子也去世了。大家于是怀疑他自告奋勇再去当厂长，也许因为昔日旧梦？乔厂长一上任就去找40来岁的童贞，第一句话就问："童贞，你为什么不结婚？"童贞反问："你说呢？"第二句话，乔厂长说："我干吗要装假？童贞，我们结婚吧，明天或者后天，怎么样？"小说写童贞等这句话等了快20年，所以就同意了。但她一想到要回厂，闲言碎语杀死人，就和厂长说晚一些时候再结婚。

单看这个开局，乔厂长的相貌和言行读者都很熟悉，如果许云峰或者朱老忠或者梁生宝到了电机厂危难时刻，他们也会立下军令状，自告奋勇，也会以革命姿态解决经济问题，以军事术语形容革命工作。但是接下来乔厂长上任后的情况，就跟"十七年文学"不同了。

处在对立面的原电机厂一把手冀申倒是想当公司经理——这个轻快的肥缺。冀申在"文革"当中做过干校副校长，保护了一些老干部，所以积累了不少人脉关系。另外一个领导是以前的造反派头头，童贞的外甥郗望北。后来冀申果然一直在底层官场与乔厂长作对，最后不合手续地调去了外贸局。郗望北经过了一番考验，倒成了乔厂长的得力助手，当了副厂长。即使在1979年，小说里同情前造反派也比批判丑化要多，值得注意。

石敢书记深入了解电机厂的情况，发现运动之后人心已不单纯。改革来临时，可能赏罚分明甚至裁员，随时会导致新的矛盾。可是乔光朴一意孤行，一到场就宣布自己的婚事，观察一段时间以后就全场考核，所有业务不达标的都成为编外人员，叫服务大队。

这样的改革结果引起民愤，党委收到一大堆控告信，从生活作风到工作方法——新婚妻子童贞任副总工程师，童贞侄子做副厂长。这些控告信当然都是针对乔厂长。而且乔厂长发现他想要增产，外面的电力部门也不支持，因为他们想多买进口设备。厂外社交比厂内工作更困难。总而言之，虽然他的现代化治厂方针初步奏效，电机厂生产可能向上，但是得罪了不少干部群众，收到很多实名举报。

想想如果在现实当中，不用说那时，就是在今天，这样的厂长是什么命运呢？

好在从一开始就信任乔厂长的机电局长霍大道（看名字就像个好人）来到电机厂，坚决挺乔。晚清官场小说，贪官要做坏事，是因为上面有人。新时期的"官场小说"，好官要做事，上面也要有人。同级同层是第一战场，上上下下是第二战场。霍大道对乔厂长说："昨天我接到部长的电话，他对你在电机厂的搞法很感兴趣，还叫我告诉你，不妨把手脚放开一点，各种办法都可'试一试，积累点经验，存点问题，明年春天我们到国外去转一圈。中国现代化这个题目还得我们中国人自己做，但考察一下先进国家的做法还是有好处的……'"

接下来是小说的光明结尾，霍局长、乔厂长、石敢书记三个人就坐下来喝茶、唱京戏了。

三 干部间的矛盾如何解决？

1979年，"文革"刚结束不久，在城市工业领域、干部集团内部，蒋子龙的小说已经展示了改革开放所面临的种种困难，阻力不仅来自各个派别，也来自群众干部关系。结尾虽然是急刹车，虚了一点，但乔光朴的处境好像比20年前去敲区委书记大门的林震要更光明一些。

官民关系是20世纪中国小说（尤其是早期和晚期）的一条主要线索，晚清主要写官府压迫民众，"五四"探讨官民之间的国民性共通点，1942年及50年代以后，小说主要表现官员如何代表、带领民众，同时改造较落后的民众。到了"文革"后，反省官民矛盾的小说主题，又向两个方向发展：一是直接正视官民矛盾，例如《李顺大造屋》《剪辑错了的故事》，同期还有小说《许茂和他的女儿们》等；二是分析官员之间的矛盾——哪些官员是否及怎样代表民众。《乔厂长上任记》属于第二种写法，同类作品还有莫应丰的《将军吟》、从维熙的《大墙下的红玉兰》、李国文的《花园街五号》、张洁的《沉重的翅膀》等。王蒙《组织部来了个年轻人》其实是这类作品超越时代的先声。其情节框架都是同一级别里必有正反人物纠缠争斗，伴随着斗争当中的绯闻、私事和历史旧账。这种斗争往下延伸，就会依靠不同的群众基础，往上延伸也总有不同的派系力量支持。规律是下面群众好人多，级别最高的领导总是支持正面人物。

假如主人公政治忠诚、勇敢、智慧，可偏偏上级领导不支持，却重用主人公的反对派，或者对矛盾冲突就是不表态。比方说小说中如果（如果！）霍局长不再欣赏乔光朴，再比如说他更上级的部长突然换人了，你再也找不到其他级别更高的干部了，怎么办呢？

1980

汪曾祺《受戒》《大淖记事》
礼失求诸野

汪曾祺和张爱玲同年，出现在20世纪70年代末80年代初的文坛，显然是个异数。汪曾祺既不属于当时两个最活跃的作家群体——"五七战士"（平反"右派"）和"知青一代"，也和梁斌、曲波、吴强、柳青、罗广斌等50年代作家截然不同。在《受戒》之前，汪曾祺已经写了30多年了。"十七年"中，大部分"从旧社会过来"的作家基本都不再写小说，"文革"后老作家们虽获平反，但除了巴金的散文有影响以外，其他人也都少有新作——唯独汪曾祺和杨绛。杨绛《洗澡》独树一帜，主要是选题精彩，与文学潮流关联不大。汪曾祺短篇也独具一格，却对后来寻根文学和文化小说产生深远影响。当时人们觉得汪曾祺像"出土文物"，拉开时间距离看，他却是80年代"为艺术而艺术"的一个代表，更被誉为"抒情的人道主义者，中国最后一个纯粹的文人，中国最后一个士大夫"。[1]

汪曾祺（1920—1997），江苏高邮人，出生时家有田两千多亩，药店两家，房屋上千间，是非常富有的大地主。他从小就读桐城派

---

[1]《中国最后一个士大夫早已远去》，搜狐网纪念汪曾祺逝世15周年专栏题目，2012年5月15日。

古文，也看屠格涅夫的小说。19岁，汪曾祺考进西南联大，中文老师有闻一多、朱自清、沈从文等。汪曾祺很早就开始接触存在主义等西方学说。1944年的小说《复仇》，主角是和尚，文字学《野草》，有一种刻意的诗体追求。50年代，汪曾祺在武汉、北京教书，做编辑。1958年他所在的《民间文学》杂志社，把他错划为右派。摘帽后，到北京京剧团。"文革"期间参加样板戏《沙家浜》的编剧，汪曾祺是唯一直接参与样板戏创作的当代知名作家。一般认为，阿庆嫂、胡传魁、刁德一三人斗智一段，是所有八个样板戏当中最受群众喜爱的段落之一，这里就有汪曾祺的修改创作。

垒起七星灶，铜壶煮三江。摆开八仙桌，招待十六方。来的都是客，全凭嘴一张。相逢开口笑，过后莫思量。人一走，茶就凉……有什么周详不周详！

原来的沪剧本："摆出八仙桌，招待十六方。砌起七星炉，全靠嘴一张。来者是客勤招待，照应两字谈不上。"汪曾祺后来说，核心是"人一走，茶就凉"，没有这一句，前面都是数字堆砌、废话，等于零，有了这句"人一走，茶就凉"，前面的堆砌就都有意思了。[1]他后来在小说里也很讲究堆砌的技巧。

汪曾祺早年小说《羊舍一夕》，手稿全以毛笔书写。和沈从文的《会明》相似，写劳动者的快乐、朴素。不过他的早期小说，如《复仇》等，相当程度上是在1980年10月《受戒》发表后，重新被人回顾重视。所以，虽然汪曾祺是一个老作家，文学道路跨越四十载，但在文学史上，他是一个80年代的作家，他的作品的意义、影响

---

1 汪曾祺:《关于沙家浜》，选自季红真主编、赵坤"谈艺卷"主编:《汪曾祺全集》第10卷，北京：人民文学出版社，2019年，第164页。

首先属于80年代。

从小说内容看，汪曾祺著名的《受戒》和《大淖记事》却又和80年代初文坛潮流有很大反差。重读20世纪小说，百年来，近百部名作，竟有12部（篇）出现在1979年至1981年这三年——不仅时间上是个井喷期，内容上也都有相近的社会政治兴趣：或揭开"血统论"伤痕，或哭诉农民困苦，或对照跨时代干群关系，或想象改革中的官场斗争，即使写爱情，也放不下对革命（干部）的苦恋或屈服，再往后，我们还会读到社会政治斗争更广泛更尖锐的《芙蓉镇》《绿化树》《古船》……汪曾祺插在80年代的这些"中国故事"里，近看完全格格不入，远看又十分和谐。

一 《受戒》：新和尚与小女孩的爱情

《受戒》篇尾标注写作时间是1980年8月12日，同时又说明在写43年前的一个梦，那就要回到1937年，作家17岁。《受戒》男女主角明子和小英子的年龄都很模糊，基本上是少男少女。汪曾祺的小说貌似脱离时代潮流，也拓展当代文学的题材空间，最突出的主角是个和尚。民国时期有许地山探索多种宗教之间的关系，以后我们还会读到张承志对伊斯兰教的政治热情，但总体来说，1949年以后涉及宗教的小说不多。从《红旗谱》到《白鹿原》，中国文学的主流毫无疑问是写农民，写乡土，在农民乡土当中写民族史诗。汪曾祺也写农民和乡土，可是他寻找的不是史诗，是底层世俗的充实与空灵，是一种男女情爱当中的"佛系"风景。虽不在主流，不是粗犷的史诗，却是"为艺术而艺术"的精品。

汪曾祺最令人瞩目的是文字与文体，他说自己是个文体家。陈思和主编的《中国当代文学史教程》里说："这种顺其自然的闲话文体表面上看来不像小说笔法，却尽到了小说叙事话语的功能。正是这种随意漫谈，自然地营造了小说的虚构世界。这个世界中人的生活方式是世俗的，然而又是率性自然的，它充满了人间的烟火气，同时又有一种超功利的潇洒与美。"[1] 洪子诚也认为汪曾祺"在'散文化'小说的展开中，让叙述者的情致，自然地融贯、浸润在色调平淡的描述中。文字则简洁、质朴，但不缺乏幽默和典雅"。[2] 为了证明他们说得都对，我想更加具体地观察，汪曾祺的文字到底是怎么顺其自然、随意漫谈，到底是如何色调平淡、简洁质朴。

第一，汪曾祺喜欢用简单的数字来写景叙事。比如写庙："过穿堂，是一个不小的天井，种着两棵白果树。天井两边各有三间厢房。走过天井，便是大殿，供着三世佛。佛像连龛才四尺来高。大殿东边是方丈，西边是库房。大殿东侧，有一个小小的六角门，白门绿字，刻着一副对联：一花一世界，三藐三菩提。"[3]

汪曾祺应该不是故意要编排数字游戏，但仅仅这一小段，读者看到一个、两棵、两边、三间、三世、四尺、六角门……

于是想起了汪曾祺崇拜的沈从文，《边城》的开篇是："由四川过湖南去，靠东有一条官路。这官路将近湘西边境到了一个地方名为'茶峒'的小山城时，有一小溪，溪边有座白色小塔，塔下住了一户单独的人家。这人家只一个老人，一个女孩子，一只黄狗。"[4]

沈从文是"五个一"，一小溪，一户人家，一个老人，一个女孩子，一只黄狗。而汪曾祺是一、两、两、三、三、四、六。都是中国画境界，似乎简朴而笨拙，但那是一种故意的笨拙。中国式的抒情传统，常常尚简约，不铺张。

再读汪曾祺：

---

[1] 陈思和主编：《中国当代文学史教程》，上海：复旦大学出版社，1999年，第248页。
[2] 洪子诚：《中国当代文学史》，北京：北京大学出版社，1999年，第332页。
[3] 汪曾祺：《受戒》，《北京文学》1980年10月号。以下小说引文同。
[4] 沈从文：《边城》，台北：金枫出版社，1998年，第36页。

进门有一个狭长的天井,几块假山石,几盆花,有三间小房。小和尚的日子清闲得很。一早起来,开山门,扫地。……然后,挑水,喂猪。

写小英子的父亲赵大伯能干:"不但田里场上样样精通,还会罩鱼、洗磨、凿砻、修水车、修船、砌墙、烧砖、箍桶、劈篾、绞麻绳。他不咳嗽,不腰疼,结结实实,像一棵榆树。"

这是汪曾祺在简单数字之外的第二个文字特点,不厌其烦地排比、堆砌短句。同样喜欢排比,王蒙是出了名的长句,汪曾祺是非常精彩的短句。

写赵大伯的女儿能干:"她一天不闲着。煮猪食,喂猪,腌咸菜——她腌的咸萝卜干非常好吃,春粉子,磨小豆腐,编蓑衣,织芦篚。"一样一样,细细叨叨,句式极简,难字不少。

又写小明子画画:"凤仙花、石竹子、水蓼、淡竹叶、天竺果子、腊梅花,他都能画。"

余光中曾经批评戴望舒《雨巷》形容词太多。[1] 闻一多的《死水》较多用动词形容,"绿成翡翠","锈出几瓣桃花","织一层罗绮","蒸出些云霞",效果果然更强烈。在汪曾祺的短句里,有些是动词加名词:修水车、修船、砌墙、烧砖。有时候干脆就是名词的堆砌:凤仙花、石竹子、水蓼、淡竹叶、天竺果子、腊梅花。

以名词堆砌完成叙事,同时也构成意象,学术一点的说法,这叫"诗画同源",通俗一点的解释,袁枚说是"大巧之朴"[2]。

除了简单数字和短句堆砌,汪曾祺文体的第三个特点是,通篇

---

[1] 余光中曾经批评戴望舒《雨巷》:"两段十二行中,唯一真实具象的东西是那把'油纸伞',其余只是一大堆形容词,一大堆软弱而低沉的形容词。"余光中:《评戴望舒的诗》,选自《青青边愁》,北京:国际文化出版公司,2014年,第166页。

[2] 袁枚:《随园诗话》第5卷,杭州:浙江古籍出版社,2011年,第90页。

啰里啰唆只是铺垫，关键动作极其简练。

《受戒》的故事，先说小明子要跟和尚舅舅出家，又写庙旁小英子一家普通农家生态，为大英子绣花，找明子来画画，明子怎么认赵大娘做干妈，明子跟小英子一起劳动，也不多说话。

终于有一天，小说写明海看见小英子的脚印："明海看着她的脚印，傻了。五个小小的趾头，脚掌平平的，脚跟细细的，脚弓部分缺了一块。明海身上有一种从来没有过的感觉，他觉得心里痒痒的。这一串美丽的脚印把小和尚的心搞乱了。"

通过一个女孩的脚印，写小和尚的性心理。后来王安忆在中篇《小城之恋》里也有类似笔法。男主人公听隔壁女生洗澡，洗完以后跑去看地上，周围是湿的，中间有两个干的脚印，他就从脚印开始往上幻想……[1]

《受戒》的高潮是受戒的过程。事先女孩问，不受戒不行吗？明子说，不行。事后，女孩问，疼不疼？明子说，疼。小和尚回家的船上，小英子终于说，你不要当方丈——这是和尚将来的美好前景——然后就趴在明子耳朵边上小声说，我做你老婆，你要不要？明子眼睛鼓得大大的，最后说，要。

英子跳到中舱，两只桨飞快地划起来，划进了芦花荡。接下来就是小说著名的结尾，还是由一连串名词动词加形容词，混合堆砌而成："芦花才吐新穗。紫灰色的芦穗，发着银光，软软的，滑溜溜的，像一串丝线。有的地方结了蒲棒，通红的，像一枝一枝小蜡烛。青浮萍，紫浮萍。长脚蚊子，水蜘蛛。野菱角开着四瓣的小白花。惊起一只青桩（一种水鸟），擦着芦穗，扑噜噜噜飞远了。"

小女孩把新和尚带到芦苇荡里，读者就看到这么一片风景。汪曾祺不写时代政治，只画希腊小庙般的人性。故事结构近于沈从文，

---

[1] 王安忆：《小城之恋》，北京：中国电影出版社，2004年。

文笔技巧更像周作人：一种刻意的漫不经心，一种由细节堆成的冲淡。

二 《大淖记事》：锡匠与靓女的爱情

《大淖记事》延续了《受戒》的主题，写地方风土人情更加详细，但不如《受戒》空灵。有一段文字常常被人引用：

> 这里人家的婚嫁极少明媒正娶，花轿吹鼓手是挣不着他们的钱的。媳妇，多是自己跑来的；姑娘，一般是自己找人。他们在男女关系上是比较随便的。姑娘在家生私孩子；一个媳妇，在丈夫之外，再"靠"一个，不是稀奇事。这里的女人和男人好，还是恼，只有一个标准：情愿。有的姑娘、媳妇相与了一个男人，自然也跟他要钱买花戴，但是有的不但不要他们的钱，反而把钱给他花，叫做"倒贴"。因此，街里的人说"风气不好"。到底是哪里的风气更好一些呢？难说。[1]

汪曾祺这段夹叙夹议，与其说是对地方乡土人伦的写实，不如说更像对现行道德规范的乌托邦想象。这个道德规范可以是传统礼教，或者资本主义婚姻制度，或者是无产阶级家庭道德等，总之是一种乌托邦式的反叛。从沈从文起，不少作家愿意这样理解某些乡土民俗。但很少有女作家认真描写过这种乡土民间的"性解放"，虽然这种"性解放"好像也有某种女性解放的意识。在现实中，大部分还是男人的梦。

《大淖记事》写当地生活了两帮人。

---

[1] 汪曾祺：《大淖记事》，《北京文学》1981年第4期，以下小说引文同。

一边是不少锡匠。"香炉、蜡台、痰盂、茶叶罐、水壶、茶壶、酒壶，甚至尿壶，都是锡的。"又看到作家的名词堆砌技巧。老锡匠的侄儿名字叫十一子："他长得挺拔厮称，肩宽腰细，唇红齿白，浓眉大眼，头戴遮阳草帽，青鞋净袜，全身衣服整齐合体。天热的时候，敞开衣扣，露出扇面也似的胸脯，五寸宽的雪白的板带煞得很紧。走起路来，高抬脚，轻着地，麻溜利索。"

大淖另一边，大部分是挑夫，不仅男人，女人也会挑。有个挑夫娶了一个大户人家逃出来的丫鬟莲子，次年生了个女儿叫巧云。可是莲子不久自由恋爱，跟了一个过路戏班子的小生跑了。巧云长到15岁，长成了一朵花。"她上街买东西，甭管是买肉、买菜，打油、打酒、撕布、量头绳，买梳头油、雪花膏，买石碱、浆块，同样的钱，她买回来，分量都比别人多，东西都比别人的好。"排比的结果说明靓女总是讨人喜欢。但不久，巧云的父亲跌伤，家里要靠女儿养。接下来，"巧云织席，十一子化锡，正好做伴。"到此为止，故事就很像一个中国民间故事了。

没想到接下去更像了。出现了一个坏人，保安队的刘号长，强占了巧云。巧云又委屈又气愤，主动去找十一子。事情传出去后，刘号长带人赶走小锡匠，要他告饶认错，小锡匠骨头硬，牙关紧，不低头，小说写小锡匠被他们打死了，简单的一句话。

打死了？故事就这么完了？不会。原来巧云弄来了尿碱汤，灌进十一子喉咙，把帅哥救活了。锡匠们在县里游行三日，县长也没镇压，还被迫处罚了刘号长。小说结尾是一个女人养着两个男的，挑夫残疾，小锡匠重伤。最后一句却比《边城》光明多了："十一子的伤会好么？会。当然会！"

《大淖记事》的文笔其实还是朴素流动，冲淡美丽，但整个故事比起空灵的《受戒》，有点向《刘三姐》方向靠拢了。因为小说里出现了绝对的坏人，比较符合一般民众的阅读期待。即便如此，汪曾祺还是代表了80年代中国抒情小说的艺术水准，他的成就是周作人散文风格和沈从文乡土梦幻在1949年以后的某种复活。周作人本来提倡"人的文学"，沈从文写《边城》也有意抗衡30年代"左倾"潮流，抒情传统发展演变到"文革"后，汪曾祺的"礼失求诸野"便成了当代的"为艺术而艺术"。当然，只要是艺术，总包含人生。汪曾祺的清淡文笔虽然少有人能习，但歌颂乡土民俗，描写乡女多情、性风俗开放等，在后来像《红高粱》《白鹿原》等有意无意寻根的作品里，都有各种衍生和影响。汪曾祺喜欢和年轻的作家、评论家在一起，当时的新一代作家也很难得在"老作家"中找到这么真心实意的一个知音。我们以后会讨论汪曾祺对莫言、对阿城的评论和支持，就像"五四"时期周作人为《沉沦》辩护一样重要。近年，也有"新时代"评论家，在汪曾祺坎坷的文学道路和"艰辛探索"过程中，又看到"十七年""十年"和"新时期"的"互不否定"某种可能，所以现在汪曾祺是一个可以从各种角度都得到理解推崇的作家。

1981

古华《芙蓉镇》
一本书了解"十年"

一 "伤痕文学"的代表作

几十上百年后,假如有人想只看一本书而了解那史无前例的"十年",如果还一定要我现在推荐,我大概会推荐看古华(1942—)的《芙蓉镇》。虽然我认为,通过这本书认识"文革",并不靠谱。

出于三个原因,我们说《芙蓉镇》是"伤痕文学"的代表作。第一,这是一部长篇。《班主任》《伤痕》《李顺大造屋》《剪辑错了的故事》都是短篇,管中窥豹。《芙蓉镇》原原本本从描写一个乡镇上七八家农民和干部家庭的颠来倒去的"十年"生活,全程记录。第二,《芙蓉镇》不仅写"十年",而且有很大篇幅描写"四清",是当代文学中罕见的描述"四清"运动的小说,因此也写出了"十年"的部分前因。第三,《芙蓉镇》出版以后获奖畅销[1],改编电影也引起巨大反响甚至争议,"说明中国大陆人数众多的读者观众有意无意地接受欢迎这一种对'文革'的解释,这一种讲述故事的方法,这一种灾

---

[1] 20世纪90年代初在台北开会碰到古华,说他的小说很畅销,作家不无得意:"嗯,销量排第二,第一是《第二次握手》。"

难发生与解脱的线性秩序。"[1]

换言之,《芙蓉镇》能否概括"十年"的真实历史另当别论,至少,小说中的叙事模式和意义结构,非常契合80年代初中国民众对刚刚过去不久的"十年"的集体记忆和公众想象。

二 小镇上的"艰辛探索"

《芙蓉镇》也是四章,起承转合,夏秋冬春,以四季循环概括动乱的前因后果。小说第一章《山镇风俗画》,介绍风土人情。80年代初湖南作家成群,号称"湘军"——韩少功、徐晓鹤、何立伟、古华等,都喜欢写乡情民俗,这和沈从文当时重新"出土"有一定的关系。

"芙蓉镇坐落在湘、粤、桂三省交界的峡谷平坝里,古来为商旅歇宿、豪杰聚义、兵家必争的关隘要地。有一溪一河两条水路绕着镇子流过,流出镇口里把路远就汇合了,因而三面环水,是个狭长半岛似的地形……""芙蓉镇街面不大。十几家铺子、几十户住家紧紧夹着一条青石板街……"这么一个地方,如果有人吵架满街都听得见,一家有好吃的东西,也会拿给大家分享,民风乡情淳朴。[2]

除了介绍乡情民俗,还要简述社会变迁——这个地方曾经一度集市发达,有过"万人集"的历史。1958年,大家都忙着炼钢铁了,批判资本主义,所以芙蓉镇就由三天一圩,改为一星期一圩。"可是据说由于老天爷不作美,田、土、山场不景气,加上帝修反捣蛋,共产主义天堂的门坎太高,没跃进去不打紧,还一跤子从半天云里

---

[1] 参见许子东:《为了忘却的集体记忆》,北京:生活·读书·新知三联书店,2000年,第171—172页。

[2] 古华:《芙蓉镇》,1981年11月由人民文学出版社出版。以下小说引文同。

跌下来，结结实实落到了贫瘠穷困的人间土地上，过上了公共食堂大锅青菜汤的苦日子，半月圩上卖的净是糠粑、苦珠、蕨粉、葛根、土茯苓。"直到"前年"——公元1961年的下半年，又改成了五天圩，芙蓉镇上又开始恢复生气了。

在这么一个时空背景下，我们认识了小说女主角——芙蓉镇上卖豆腐的美女胡玉音。"黑眉大眼面如满月，胸脯丰满，体态动情……镇粮站主任谷燕山打了个比方：'芙蓉姐的肉色洁白细嫩得和她所卖的米豆腐一个样。'"

这话换个语境会有性骚扰嫌疑，虽然说话的人，后来小说交代是个战争中受伤的性无能。在20世纪60年代的湘西小镇上，领导干部这样夸奖女人皮肤，等于给这家豆腐店加了政治保险。"芙蓉姐子"不久就靠卖豆腐赚的钱，在镇上盖起了新房子，众人祝贺羡慕。景象很像柳青笔下的富裕中农郭世富十年前的盖房上梁。一是1953年，一是1963年。更重要的不同是写作出版时间，一是1959年，一是1981年。当年鼓吹"红牛黑牛，能曳犁的都是好牛"的富裕中农，是承包耕种国民党师长的土地而致富，而胡玉音却是自己劳动，卖豆腐致富。同样在乡村"经济鄙视链"上端，一个是吝啬的老农，一个是白嫩的乡女。更不一样的是，党员梁生宝，一心要消灭私有制，挑战郭世富，支书黎满庚，却是胡玉音昔日的情人。因为胡玉音的母亲是妓女，所以领导干预，没让他们结婚，后来胡玉音认了黎满庚当干哥，也有了政治后台。

客观来看，在小说开局，胡玉音在镇上有旁人羡慕的经济优势，也有旁人没有的政治保护伞，唯一不足的是老公黎桂桂是个屠夫，而且两人没有孩子。这是通俗政治小说的伏笔——灾难前的生活缺陷，可以铺垫灾难后的圆满幸福。

《芙蓉镇》作为"伤痕文学"故事情节复杂，作为"反思文学"价值观简单，还是善恶分明，坏人迫害好人。好坏怎么分？首先以貌取人。"芙蓉姐子""胸脯丰满",肤色"如米豆腐般白嫩",大家都喜欢她。对比女的反派——工作组组长李国香,照着镜子,眼睛布满了红丝,色泽浊黄,脸蛋也是皮肉松弛,枯涩发黄,谈恋爱到处碰壁。要是这两个女人的外貌倒过来的话,读者该怎么办?

又如谷燕山,小说直言他为人忠厚朴实。黎满庚根正苗红,一表人才,思想单纯,作风正派。后来造反的王秋赦,则嘴巴贪吃,见到胡玉音老公就拍肩说:"兄弟!怎么搞的?你和弟嫂成亲七八年了,弟嫂还像个黄花女,没有装起窑?要不要请个师傅,做个娃娃包皮靠!"一看就是乡土油腻男。所以小说人物的善恶,已由相貌决定,不用读者纠结。但是更重要的,还是观察他们的行为是否符合当时的革命道德。

小说的第二章第三节,《女人的账》,十分关键。在电影里也是波澜不惊,但又惊心动魄。李国香找到胡玉音的家里,给她算账——

从一九六一年下半年起,芙蓉镇开始改半月圩为五天圩。这就是讲,一月六圩……到今年二月底止,一共是两年零九个月……也就是说,一共是三十三个月份,正好,逢了一百九十八圩……你每圩都做了大约五十斤大米的米豆腐卖……你一圩卖掉的是五百碗,也就是五十块钱,有多无少。一月六圩,你的月收入为三百元。三百元中,我们替你留有余地,除掉一百元的成本花销,不算少了吧?你每月还纯收入两百元!顺便提一句,你的收入达到了一位省级首长的水平。一年十二个月,你每年纯收入二千四百元!两年零九个月,累计纯收入六千六百元!

是的,工作组组长李国香性心理扭曲,嫉妒美女,但是在桌面上算的账,让读者看到60年代中期农村的贫富悬殊,却是事实。即使放在今天,如果镇上有这么一个美丽的"豆腐西施"突然发迹盖房，众人是不是难免也会羡慕嫉妒恨？尤其是在发迹过程当中，有官员（旧情人）保护，还有粮站主任廉价卖稻谷，会不会也有人想要揭发"权色贪腐"？

于是，客观上小说就写出了"四清"的历史背景。"四清"前期是"清工分，清账目，清仓库和清财物"，后期是"清思想，清政治，清组织和清经济"。《芙蓉镇》发生的事情，说不好听，就是一种被误导的仇富心理，说好听、美化一点，就是一种被压抑的平等愿望。

小说中"经济清查"怎么转化或者说被利用到政治斗争？《芙蓉镇》第二章提供了一个相当典型的实例。李国香在小说里是少数，她能够战胜多数，战略战术上有几个要点。

第一是上级支持。当时的政策，文件的精神，还有县委杨书记，对她可谓非常"知音"，有裙带关系。

第二，李国香也需要下面有人支持。怎么找法？诀窍是到"鄙视链"最底端找积极分子。小说里就是那个"土改"以来好吃懒做的无赖汉王秋赦，一来因为懒惰或无能造成赤贫，这样的"弱者"最喜欢要重新分割成果的运动和革命。二来在政治运作上扶植低端，较容易培养亲信。王秋赦住在吊脚楼，生态心态全是阿Q的正宗遗传。阿城后来为谢晋的电影剧本做编剧，大大地突出了王秋赦这个角色的社会意义。

第三，李国香的战术能够以少胜多，还在于她擅用经济和女人这两个罪名来打政治仗。经济和女人相加，必然引起群众不满。小说主观上批判李国香、王秋赦少数坏人迫害了胡玉音、支书、谷燕山等多数好人，客观上也证明了这种斗争方式有长久的民意和社会土壤。

小说第二章第四节，《鸡与猴》，写在集市戏台上召开群众大会。象征政治斗争如唱戏，权力斗争也要让广大群众当看客。王秋赦等民兵代表武装力量，明靶是右派秦书田，目标是通过批判刚刚发财的胡玉音,打击坐在群众席上的支书黎满庚和粮站主任。结果"男女关系"加"政治保护"加"经济不平等",三合一的斗争方式大获全胜。胡玉音走投无路,会后慌忙把自己存的千元储蓄交给黎书记帮她保管,可是黎书记吃醋的老婆"五爪辣"以几个孩子的名义吵闹、警告,逼得黎满庚向领导自首……维护了纪律,背叛了爱情。

胡玉音被打成新富农以后,她的屠夫老公暴力抗争,结果被专政力量消灭。于是寡妇女主角一下降到了"鄙视链"最底层,和右派秦书田天天一起打扫青石板街。

知识分子在农村的改造是80年代小说的一个重大主题,其作品的数量可跟"十七年"的革命历史小说相比,但《芙蓉镇》里还是以民众胡玉音的受难为主,读书人秦书田装疯卖傻,想把右派身份改为坏分子,因为后者的罪要轻一些(黑色幽默)。

小说四章,开端、灾难、拯救、结局,第三章总是转折。这种转折以后在王蒙、张贤亮、张承志等作家笔下都会看到,但《芙蓉镇》的特色,就是通过捉奸、偷情而互相拯救。

原来"文革"初期,李国香一度也被批,不久又重新做官。造反派头头王秋赦,就要求她原谅,原谅原谅就原谅上了床。秦书田清晨和胡玉音一起扫街,发现了李国香和王秋赦的奸情,他们用了一堆稀家伙(脏东西)做埋伏,捉奸过程写得很详细——

"他们脸块对着脸块,眼睛对着眼睛,第一次挨得这么近。""秦书田个头高,半蹲下身子。胡玉音把腮巴靠在他的肩膀上,朝同一个方向看着。"他们是在观察王秋赦中计,样子非常狼狈。"胡玉音竟像个小女孩似的拍着双手,咯咯地轻轻笑了起来。秦书田连忙捂住她的嘴巴,捉住她的手,瞪了她一眼。秦书田的手热乎乎的,不觉的有一股暖流传到了胡玉音的身上,心上。"

这是秦书田第一次接触这个女人的手,共同捉奸过程成了他们恋情的触发点。象征意义上,这也是民众和读书人联合对付坏官与刁民。

秦书田与胡玉音关系的真正突破，在小说里某天夜晚，雷鸣电闪，狂风大作，两人扫街，衣服全湿，到一客栈，房里一片漆黑，两人各自脱衣服，然后突然想起对方没穿衣服，伸手不见五指之中，"爱情的枯树遇上风雨还会萌生出新枝嫩叶"。

改编电影时问题来了：两个人各自脱衣服，不大自然；而且一片漆黑，拍出来也看不见。所以谢晋片中设计的是姜文（秦书田的扮演者）去探望病中的刘晓庆（胡玉音的饰演者），女的盛了碗米豆腐，男的低头吃，女的深情看，音乐起，男的忽然醒悟了，伸手抓住对方的手，下面省略号……

由食物导致"性"的突破，我们以后还会在张贤亮《绿化树》、王安忆《小城之恋》《长恨歌》等小说中看到不少类似的"中国故事"。

小说结尾，云开雾散，黎书记、谷燕山高升，多数好人似乎都有好报，尤其是女主角，这是最容易让观众、读者进行"无意识内模仿"的投射对象。

三　关于灾难的美好故事

《芙蓉镇》受到读者普遍好评，一是描写"十年"历史过程故事比较完整，甚至写到了运动前的"四清"；二是将复杂的形势斗争简化为善恶分明的道德对抗，少数坏人迫害多数好人的情节叙事，契合当时民众的心理宣泄需要。小说能够帮助刚刚经过"十年"的国人从纠结的灾难记忆中尽快走出来。《芙蓉镇》让人们自然而然认同才子美女主角，确定他们（自己）只是好人受害，对于灾难没有责任，所以也不需要忏悔，比较容易获得解脱。同时，"坏事变成好事"的意义结构又符合官员和知识分子的美好愿望。具体到女主角身上，运动以后，依然美丽，依然开豆腐店，依然生意好，依然有政治保护伞，而且屠夫老公换成了文化馆馆长，而且还有了一个叫谷军的男孩，真是不要太美满！至于反派，李国香继续升官，因为杨书记在保护她。王秋赦却发疯了，恶有恶报。当然，它也暗示了窃国者比窃珠宝者结局反而要好。连做反派也是底层最倒霉。

说到底，这部长篇社会学意义大于艺术价值，是当时国人对"四清"和"文革"的有选择的集体记忆和公众想象。记忆主要是前两章，想象主要是后两章。这种有选择的记忆和一厢情愿的想象，渗透了国人想赶紧解释并摆脱、忘却这段灾难历史的集体无意识。归根结底，《芙蓉镇》是一个关于灾难的美好故事。

1981

韩少功《飞过蓝天》、
梁晓声《这是一片神奇的土地》、
张承志《绿夜》

知青文学三阶段

一 知青文学的意义

　　知青文学是20世纪中国文学中一个很特别、很有成就的文类，一个在别的国家、地区罕见的文类。上世纪一些最优异的作品，如阿城《棋王》、史铁生《插队的故事》、张承志《黑骏马》、王小波《黄金时代》等，都出自知青作家笔下。几十年来，知青作家在所有中国知名作家中的比例，远超过知青在全国人口中的比例。"五四"以来，新文学中数量最多、写得最出色的就是农民和知识分子，尤其是年轻知识分子。这两类形象，却直到知青文学，才有可能真正生活在一起，天天在一起劳动、欢乐、苦闷、挣扎。两者之间产生了化学作用，催生了一种新的文学形态。而且，几十年后，有知青经历背景的中高层领导也很多。有关"知青"的故事，在某种意义上，成为晚清及"五四"以来"士""农""官"三种人物形象的一次既偶然又必然的重叠。当然，青年知识分子能和农民同框，需要一场史无前例的社会运动做背景。上山下乡最初在50年代中期出现，具有理想主义实验成分。

　　"农村是一个广阔的天地，在那里是可以大有作为的。"这句话后来人人会背。当时样板人物是邢燕子,她和王铁人、陈永贵、雷锋一样,成了"十七年"中人人都要学习的英雄人物。但是具有社会学意义的上山下乡,是到1968年才大规模展开的,这是近代史上罕见的一场"反向都市化"的人口移动。

上山下乡的确造就了一代作家,催生了一个文类。在其他领域,商界、艺术界,甚至政界,都有不少卓有成就的昔日知青。但同样不可否认的是,一代城市青年,当时则无法接受正常教育的机会,离乡背井。有相当数量的知青,一生道路彻底改变,即使日后有机会回城,大概率也在社会竞争中处于弱势地位。

知青文学和知青运动同时存在。文学理论讲真善美,真绝对是第一位的,即使达不到真实,也至少要真诚,离开了真、善、美就是恶、丑。1978年以前的知青文学里,也有处于地下状态的朦胧诗(食指、北岛等人的作品),阿城、马原都说他们最早的小说是下乡时写的手抄本。当然,这只是作家回忆,人们看到文本是很晚的事情。

在70年代末80年代初,知青小说大量出现,且有阶段性的变化。简单概括,第一个阶段是在乡下,想回城;第二个阶段是在城里,怀念乡下;第三个阶段是再到乡下,梦境破灭,无路可走。

二 《飞过蓝天》:在乡下,想回城的知青

"文革"后第一个阶段知青小说的主题是哭诉——终于可以抱怨下乡是受难,终于可以争取回城,并感叹青春被浪费了。文字比较精致的有陈村的《当我二十二岁的时候》《我曾经在这里生活》。陈村擅长写优美的短句,一种有节制的青春挽歌。故事比较凄惨"狗血"的是孔捷生《在小河那边》,男知青下乡糊里糊涂睡了自己的妹妹,有点抄袭莫泊桑小说的情节。反响很大的是竹林的长篇《生活的路》,写女知青为了回城,跟乡村干部睡觉。还有叶辛的《蹉

跎岁月》，后来改编成电视剧，知青几百万，受影响的家人加起来就有几千万了，所以有社会共鸣。

韩少功（1953—　）的《飞过蓝天》写一只鸽子，但有人名：晶晶。小说又写了一个知青，这个人却叫麻雀。麻雀是晶晶的主人，非常爱他的鸽子，可是为了调回城市，招工师傅喜欢鸽子，他就把鸽子装在纸盒里，送给了招工的人。临别他用剪刀给纸盒挖了两个透气窗，看到鸽子眼睛里亮晶晶的——读者知道这是眼泪。韩少功在文字细节上十分精致细腻。但是送礼还是白送，公社推荐一环过不了，结果麻雀就只能继续在乡村偷懒、颓废。另一边厢，晶晶坐火车到了北方，突然从纸盒里逃脱，一头扑进了无边无际的开阔、自由的天空——广阔天地，大有作为——凭着本能的记忆，晶晶一路向南飞，朝着它主人的方向。

六年前刚下乡时，麻雀也充满火热幻想。他是瞒着母亲转户口，揣着诗集溜进下乡行列。他渴望在瀑布下洗澡，在山顶上放歌。但是几年后，同学们都招工走了，他的改天换地梦想也渐渐破灭了。他只能在乡村耍赖：放牛，丢了牛；打牌，钻桌子；今天队里派他去打鸟，好吧，去吧，转了半天，终于打下一只——

> 一跃而起，跑过一个草坡，看到了苞谷地里的尸体。
> 这原来是一只鸽子。它软软地躺在草丛中，半闭着眼皮，胸脯流着血。不过它太瘦了，简直像一包壳，也太脏了，全身都是泥灰。实在是让人败兴。它是谁家的鸽子？大概飞了很远很远的路吧？大概是失群和迷路了吧？
> 突然，他眨眨眼，惊得脸色突变……[1]

---

[1] 韩少功：《飞过蓝天》，《中国青年》1981年第13期；《飞过蓝天》，长沙：湖南人民出版社，1983年。以下小说引文同。

麻雀"捧着逐渐冷却的鸽子,带血的手指在哆嗦","不可想象,蓝天这么大,路途这么远,遥遥千里云和月,它从未经历过这么远的放飞训练,居然成功地飞回来了。当他酒酣昏睡时,它却在风雨中搏击前进,喷吐着满嘴的血腥气味向他一步步接近……"

小说的前提也是哭诉知青厄运,写乡下受苦,想招工回城,先否定上山下乡的意义。但小说又不仅写知青苦难颓唐,还通过飞过蓝天的鸽子来呼唤青年人风雨搏击。社会处境虽苦,奋斗还是神圣。韩少功这个短篇在1981年获全国优秀短篇小说奖,同时强调知青既是社会牺牲品,又是时代弄潮儿。

三 《这是一片神奇的土地》:在城里,怀念乡下的知青

韩少功《飞过蓝天》写想回城而不得,同期王安忆《本次列车终点》更现实地描写知青回城后的困境。好不容易从新疆回到上海,却发现城市空间狭小无处容身,家里人口众多,工作生活乏味。"本次列车终点"标志着知青文学回程梦的终点,也是新的烦恼的起点。知青一代,没文凭,缺技能,成为社会竞争的弱者(作家和领导例外)。所以知青小说的第二阶段就是写人已回城,却想乡下。在无聊的城市环境中重新怀念留在广阔天地里的青春岁月。比如孔捷生《南方的岸》、梁晓声《今夜有暴风雪》、张承志的《北方的河》《黑骏马》。其中梁晓声《这是一片神奇的土地》,可以视为这一时期知青文学的代表作。

梁晓声(1949—),生于哈尔滨,本名梁绍生。他做过知青,1974年作为工农兵大学生到复旦大学上学(工农兵大学生叙述"文革",感情态度与同时代其他作家有所不同)。除了知青小说以外,梁晓声还写过《一个红卫兵的自白》等作品,是一个非常勤奋的作家。短篇《这是一片神奇的土地》,原载《北方文学》1982年第8

期,写东北生产建设兵团一个先遣小队,屯垦戍边开发一个号称"鬼沼"的"满盖荒原"。这是一个死寂的沼泽地带,先遣小队十几个人,由连队副指导员李晓燕带领,第一人称的"我"则暗恋这美丽又刚强的副指导员。后来李晓燕在开荒成功之际连续发高烧,昏迷不醒。另一个女知青梁姗姗为了寻找食物,在"鬼沼"里没了顶。男主角的"情敌","摩尔人"王志刚,也在和狼群搏斗中牺牲。所以"满盖荒原"被征服时,知青们立下了一块墓碑:垦荒者李晓燕和她的战友王志刚、梁姗姗长眠于此。

在梁晓声笔下,知青岁月和以前的革命历史小说气息相通:这是一种牺牲,但是"求仁得仁",光荣神圣,绝不后悔。梁晓声基本上是用"十七年"的英雄主义笔调,来书写"十年"当中的故事。小说也获得优秀短篇小说奖,说明已经回城的几百万知青,并不愿意完全否定留在身后的苦难记忆。

从文字上看,《这是一片神奇的土地》也延续《青春之歌》的"多么"文体——

> 哦!我们这些年轻人!
> 我们是多么珍重责任感啊!
> 我们是多么容易激动和被感动啊![1]

在文学中,知青比较多情,容易感动。在现实中,由于个体经济开始出现,加上计划生育政策,70年代末几百万知青回到大城市,并没有造成太大的人口压力和社会问题。

---

[1] 梁晓声:《一个红卫兵的自白》,《北方文学》1982年第8期;《中国短篇小说百年精华》当代卷,中国社会科学院文学研究所当代文学研究室编,香港:香港三联书店,2005年。

四 《绿夜》：再回乡下，梦境破灭的知青

在城市平庸现实的包围下，知青不仅重新想象和歌颂农村岁月，甚至也有人真的回乡寻找旧梦。一个小说中的案例，就是张承志（1948— ）的《绿夜》。

> 他终于登上了那座小山。他抬起头来，深深地吸了一口气，向远方望去。明亮而浓郁的绿色令人目眩。左右前后，天地之间都是这绿的流动。它饱含着苦涩、亲切和捉摸不定的一股忧郁。这漫无际涯的绿色，一直远伸到天边淡蓝的地平线，从那儿静静地等着他、望着他，一点点地在他心里勾起滋味万千的回忆。[1]

"明亮而浓郁"，"苦涩、亲切和捉摸不定的一股忧郁"，张承志的文字有点像路翎的笔法（当然他们的倾向非常不同）。主角就是一个离开草原回到北京，又对大城市生活感到窒息，所以重新回乡寻梦的男人。离开草原已经八年了，他对城市生活的概括是："冬天运蜂窝煤、储存大白菜，夏天嗡嗡而来的成团蚊蝇，简易楼下日夜轰鸣的加工厂，买豆腐时排的长队……"疲惫与疲劳中，他总是怀念青春、回味昨天、幻想绿色、渴求梦境。现在他回来了，穿着风衣站在草原上，周围都是绿色，他老记着他走时小奥云娜才八岁。

蒙古族姑娘小奥云娜在张承志笔下，不仅是个人物，而且是一个意象，是性灵的绿色，是大地的精英，是主人公情感观照下的客体。正因为她的纯真，小奥云娜才标志着他的梦。没想到再见的时候，蒙古族少女已经长成，她已经不再是主人公的天使了："没有羊角

---

[1] 张承志；《绿夜》，《十月》1982年第2期；《骑手为什么歌唱母亲》，北京：东方出版社，2014年。以下小说引文同。

似的翘小辫,没有两个酒窝。她皮肤粗糙,眼神冷淡……蓬松的长发低垂在沾满油污、奶渍和稀牛粪的蓝布袍上。"眼前的少女和他的记忆相去太远。在古老的劳动节奏里,她坦然、麻木,连半醉的瘸子的调戏,她也不生气。男主人公在城里这么多年,一直把小女孩当作一个梦幻般的存在。现在看到这个长到十几岁的蒙古族少女,在非常粗糙的环境下生活,衣服乱七八糟。于是,主人公慌了、失望了:"生活露出平凡单调的骨架。草原褪尽了如梦的轻纱。"这种情绪转折纤细而又惊心动魄,虽然主人公已经意识到他寻找的已不复存在,震动之余,他还是留下来,在草原上住了一些时日,注视着奥云娜,反省自己。

终于在古老、神圣的生活旋律中,在广袤的绿色和如水的星夜中,他平静了、感悟了,他做出了反省:"表弟错了。佴乙己错了。他自己也错了。只有奥云娜是对的。"表弟和佴乙己是两个看不起乡下生活的城里人。抒情主人公最后告别草原时,感到了自己的心从来没有这样湿润、温柔、丰富和充满活力,这也很像张承志后来的追寻。

小说后半部奥云娜的形象太意念化了,最后一段笔调有点虚,但总体上《绿夜》非常严肃。同样是延续英雄主义精神,张承志的抒情超越了不少同代人。

简单来说,《飞过蓝天》是承认知青走向颓唐,《这是一片神奇的土地》是虚构昨日的英雄主义,《绿夜》则是解构自己的梦,也正视梦醒之后的自己。这是80年代初知青小说的三个阶段,基本上都是知识青年的情绪记录。农民都是虚的,乡村只是背景。到这时为止,知青小说中真正的杰作还没有出现。

1984

阿城《棋王》
革命时代的儒道互补

一 《棋王》的第一个层次：民以食为天

阿城（1949— ）的《棋王》原载《上海文学》1984年第7期，阿城后来说这是他在云南做知青时写的，不经意被人传了出去。某日，一个好友向他推荐说，这个手抄本好像还不错，可以看看。阿城拿来一看：怎么像是我写的——当然，这是阿城的神聊，十分有趣，仅供参考。在北京的作家圈，阿城出了名地会讲故事。这倒有旁证，郑万隆说他们听阿城讲过"棋王"的故事，讲完以后大家说这倒可以写小说，于是就有了发表在《上海文学》的这个中篇。

《棋王》既不是写知青对命运的自艾自怜，也不是写知青对理想的神奇美化，而是首先把知青的特殊境遇与农民的日常生态，在"民以食为天"这个道理上联系起来，从而反衬了强调精神力量的"十年"政治环境的荒谬与失败。

上海《文汇报》1984年7月25日发表的《〈棋王〉过眼录》，可能是第一篇评论《棋王》的文章：

在踏上"征途"的月台上,并没有着意渲染口号声和哭声;农场里伙食清苦,油星宝贵,也听不见知青们如何抱怨苦叹。在那奇特的年代,青年人有多少奇特的雄心和奇特的遭遇,然而阿城,至少在《棋王》里,却既不激昂,也不呻吟,既不愤怒,也不戏谑。烈日、臭汗、饿鬼、香烟、粗话、破梦……城市学生与乡村现实的种种不协调,都脱离一切语气词、感叹号而平淡无奇地呈现。文雅的学生杀蛇待客,可怜巴巴地珍藏酱油饼,再讲讲海味作精神聚餐……种种本来可以用来自怜或者哭喊的细节,作者却写得若无其事,不厌其烦,甚至还有点津津乐道、带着欣赏的意味……[1]

《棋王》的第一段第一句,后来被评论家李劼称为当代小说的最佳开局:"车站是乱得不能再乱,成千上万的人都在说话。喇叭里放着一首又一首的语录歌儿,唱得大家心更慌。"[2](既是高度象征,又是高度写实)

第一人称"我",决定下乡去建设兵团,"此去的地方按月有二十几元工资,我便很向往,争了要去,居然就批准了。欢喜是不用说的,更重要的是,每月二十几元,一个人如何用得完?"

车厢靠站台一边挤满了知青,在和家人道别,"另一面的窗子朝南,冬日的阳光斜射进来,冷清清地照在北边儿众多的屁股上。"(阳光和屁股,这又是写实,又是象征)就在冷清的车厢南面,"我"碰到了男主角王一生。两人都没什么家人来送,王一生说:"我他妈要谁送?去的是有饭吃的地方,闹得这么哭哭啼啼的。来,你先走。"他摆下来,要下棋了。(这个历史环节,我有亲身经历。1970

---

[1] 许子东:《〈棋王〉过眼录》,上海《文汇报》1984年7月25日。
[2] 阿城:《棋王》,《上海文学》1984年第7期。以下小说引文同。李劼:《论中国当代新潮小说的语言结构》,《文学评论》1988年第5期。

年4月1日上午11：08，当满载下乡知青的列车在上海北站启动那一刻，喇叭里响起了庄严的《东方红》乐曲，伴随着整个站台一大片哭喊声。我当时却没哭，因为我母亲不哭。她说：我送你两个哥哥去北京，去别的地方读书，我从来没哭过。多年后才知道4月1日是愚人节，中学同学们现在每年纪念）

小说一面介绍王一生痴迷下棋，在下乡火车的混乱环境下还要下棋，但同时又花了同等分量的笔墨写他对于"食"的虔诚。有同学问：你下棋可以不吃饭？王一生想了想，又摇摇头，说自己可不是这样。"我"告诉王一生，说曾经一天没吃东西。王一生便仔细盘问细节：后来什么时候吃东西的？吃的是什么？第二天又吃了什么？他对吃饭有一种类似于科学研究的态度。小说里写他在火车上吃盒饭一段，堪称经典：

> 听见前面大家拿吃时铝盒的碰撞声，他常常闭上眼，嘴巴紧紧收着，倒好像有些恶心。拿到饭后，马上就开始吃，吃得很快，喉节一缩一缩的，脸上绷满了筋。常常突然停下来，很小心地将嘴边或下巴上的饭粒儿和汤水油花儿用整个儿食指抹进嘴里。若饭粒儿落在衣服上，就马上一按，拈进嘴里。若一个没按住，饭粒儿由衣服上掉下地，他也立刻双脚不再移动，转了上身找。吃完以后，他把两只筷子吮净，拿水把饭盒冲满，先将上面一层油花吸净，然后就带着安全到达彼岸的神色小口小口地呷。……喉节慢慢地移下来，眼睛里有了泪花。他对吃是虔诚的，而且很精细。

这段描写，文字本身好，场景也精彩，最简单的事情可以写出最复杂的意思。

王一生觉得杰克·伦敦的《热爱生命》写的是"饿"，巴尔扎克的《邦斯舅舅》里写的是"馋"。前者是庄严的生存需要,后者是奢侈的享受,甚至浪费。

因为在火车上下棋聊天,"我"和王一生交了朋友。下乡后,王一生来做客,小说这样写他的形象:"说着就在床上坐下,弯过手臂,去挠背后,肋骨一根根动着。我拿出烟来请他抽。他很老练地敲出一支,舔了一头儿,倒过来叼着。我先给他点了,自己也点上。他支起肩深吸进去,慢慢地吐出来,浑身荡一下,笑了,说:'真不错。'"

平淡朴素的文字中,"支"与"荡"这些动词,极其有力。

小说又写知青们杀蛇,欢天喜地聚餐,家境较富有的上海知青脚卵,拿出一点珍藏的固体酱油,大家都十分享受。《棋王》对知青的困苦生活,一点都没有抱怨,反而苦中作乐。和高晓声写李顺大、陈奂生异曲同工,都是写实加调侃,用一种对"食"的认真态度,将知青和农民的命运联系在一起。《棋王》暗示,知青没必要发那么多牢骚,农民一辈子都在乡下,怎么生活?"民以食为天",是比"一不怕苦,二不怕死"更加重要的真理。

二 《棋王》的第二个层次:棋与人生

"食"是小说的第一个层次。第二个层次则是棋与生的复杂关系,也就是精神与物质在人生当中的关系。很惊讶一个中篇小说敢触碰这么大的题目。王一生一方面否认下棋可以不吃饭,似乎物质生存是第一位的,但他又再三强调,"人生何以解忧?唯有象棋",所以外号"棋呆子"。"我"问王一生,你有什么忧?他说:"没有什么忧,没有。'忧'这玩意儿,是他妈文人的佐料儿。我们这种人,没有什么忧,顶多有些不痛快。何以解不痛快?唯有象棋。"既否认有"忧",又需要下棋,下棋代表精神宣泄、文化追求、心理欲望。"伤痕一反思文学",一般主人公落难,都有女人(异性)相救,如《芙蓉镇》《绿化树》等。《棋王》里也有拯救者,"我"的拯救者就是奇人王一生,王一生的拯救者就是一个捡烂纸的老头。他靠捡破旧的大字报(注意这个象征意义)为生,在小说里担任"智慧老人"的角色。老头不仅教下棋,还讲阴阳之道,说阴阳之气相游相交,初不可太盛,太盛则折,太弱则泻。若对手盛,则以柔化之。可要在化的同时,造成克势。柔不是弱,是容,是收,是含……

如此这般,阴阳之道知识变成棋艺乃至人生哲学。老头传给王一生最重要的祖传秘方其实是"为棋不为生"——"为棋是养性,生会坏性,所以生不可太盛。"

大概我们每个人,至少读书人,都有自己的"棋"——学术是棋,文学是棋,音乐、绘画、建筑等等艺术追求,都是我们要献身的"棋"。一般来说,专业成绩自然会带来社会名声以及生活水平的提高,可是那个捡破纸的老头告诫我们"为棋不为生"——创作、学术、艺术等等,目的是养性,如果只为稻粱谋,一味追求销量、获奖、知名度、明星效应等等,那就会"坏性"。怎么做到"为棋不为生"呢?王一生的回答就是,生不可太盛。

"为棋不为生",这不是对农民的要求,而是回到士的反省。《棋王》的理想境界是:社会(农民)要"民以食为天",个人(干部/知识分子)需"为棋不为生"。或者,一以贯之也好,自己不求享乐,也要求别人艰苦朴素。倒过来也行,自己追求世俗快乐,也赞成社会物质繁荣。最糟糕的情况是要求别人(百姓)注重精神力量,"为棋不为生",自己或家人却"官以贪为先"。这种情况,我们在李伯元的小说里见过。

三 《棋王》的第三个层次：儒道文化

但小说除了讲究吃法、钻研棋道以外，还有第三个层面。《棋王》是整个当代文学中较早重写中国文化传统的小说。

小说中的道家色彩很早就被王蒙等作家、评论家注意[1]。不用说王一生瘦弱潦倒又怡然自得的山野形象，其貌不扬又才艺过人的江湖风度，还有阴柔阳刚去化之道。退一步海阔天空的道家传统，在"文革"中，正可以给人一些避世方法。其实，儒家精神在《棋王》中更不可忽视。王一生人生态度的核心是由他母亲的一副无字棋构成的。因此他不愿脚卵牺牲家传棋具，为他争取比赛资格。因此他不为名利，九人大战最后进入了武侠般的超拔境界。

> 王一生孤身一人坐在大屋子中央，瞪眼看着我们，双手支在膝上，铁铸一个细树桩，似无所见，似无所闻。高高的一盏电灯，暗暗地照在他脸上，眼睛深陷进去，黑黑的似俯视大千世界，茫茫宇宙。那生命像聚在一头乱发中，久久不散，又慢慢弥漫开来，灼得人脸热。……
>
> 人渐渐散了，王一生还有一些木。我忽然觉出左手还攥着那个棋子，就张了手给王一生看。王一生呆呆地盯着，似乎不认得，可喉咙里就有了响声，猛然"哇"的一声儿吐出一些黏液，呜呜地说："妈，儿今天……妈——"

几十年来，能够这样呼唤"妈，儿今天……妈——"的小说，为数不多。

---

[1] 比如王蒙：《且说〈棋王〉》，《文艺报》1984年第10期；苏丁、仲呈祥：《〈棋王〉与道家美学》，《当代作家评论》1985年第3期。

小说最后试图得出一个儒道互动的结论："不做俗人，哪儿会知道这般乐趣？家破人亡，平了头每日荷锄，却自有真人生在里面，识到了，即是幸，即是福。衣食是本，自有人类，就是每日在忙这个。可囿在其中，终于还不太像人。倦意渐渐上来，就拥了幕布，沉沉睡去。"

这是《棋王》现在的结尾。据说曾有一稿，结局是王一生最后向官场世俗低头，加入了地区象棋队，吃得白白胖胖，说吃得这么好，还下棋干啥。如果那样写，太叫人悲观了。

另外两个短篇，《孩子王》是写"十年"期间知青教书，没书可教，最后教字典。晚清流行的口号是"汉字不灭，中国必亡"，《孩子王》想证明，汉字不灭，中国就不会亡。《树王》则写知青主人公反对为发展生产砍掉大树，不只体现了超前环保意识，更是自然与人的传统观念古今相通。这两个短篇从不同方面分别补充了儒家精神"汉字不灭"与道家传统"天人合一"。显示即使在"文革"当中，儒家、道家也还是延续在中国社会底层。

《棋王》的文学史意义，一是不仅在政治倾向上，而且在文学方法上都超越了"十七年"。大部分"伤痕—反思文学"，首先是拨乱反正，柳青歌颂合作化消灭私有制，高晓声、茹志鹃正视几十年农民苦难，虽然各自观念各不相同（《创业史》提前评议了"红牛黑牛论"），但关注社会问题的方法则不无相通之处。梁晓声的《青春之歌》文体，或乔厂长的战斗精神军事术语，更是"十七年"笔法书写改革开放的明显例证。直到1984年阿城的《棋王》，文学焦点才摆脱了直接的社会政治视野，不再描写怎样革命、为什么革命或革命的方向正确错误等等，而是详细描写革命之中普通人的吃饭下棋，描写儒家道家传统命脉如何在当代革命之中继续生存挣扎。

《棋王》的文学史意义，还在于其文字结构，既不同于40年代以来令人激动的革命浪漫主义，也有别于"五四"以来的欧化文艺腔。作品并不满足于回归"五四",而且还企图至少在文字上衔接明清笔记和旧白话小说。稍微举几个例子:在火车上周围一片哭声,"我实在没心思下棋,而且心里有些酸,就硬硬地说:'我不下了。这是什么时候!'他很惊愕地看着我,忽然像明白了,身子软下去,不再说话……"记得巴金小说里的人物说话时常常皱紧眉头表情丰富,《财主底儿女们》则会"忧郁而又快乐地"笑着说。阿城的人物说话,既没有大的肢体动作,也没有文雅复杂的形容词,只是"硬硬地说","身子软下去"。一硬一软,意境全出。

再如脚卵拿出家传象棋,"王一生大约从来没有见过这么精彩的棋具,很小心地摸,又紧一紧手脸。""紧一紧手脸"也是用动词形容表情。"喝得满屋喉咙响"——这是《水浒传》里的句子,小说里出现了不止一次。"我"给王一生送行,看他的背影:"王一生整了整书包带儿,就急急地顺公路走了,脚下扬起细土,衣裳晃来晃去,裤管儿前后荡着,像是没有屁股。"最后一句是大雅之俗,"像是没有屁股"活化出王一生现代济公一样的背影。

因为《棋王》大写吃的庄严,又崇拜棋的神圣,"文革"背景下出现了最新的儒道互补,文字又是经得起推敲的当代白话,所以小说出版以后,在台湾和海外华人文化圈几十年来一直是课堂内外的中文范本。朱天文说:"上个世纪80年代,《棋王》《树王》《孩子王》横空出世,震动大陆台港,和世界上所有能够阅读华文的华人地区,惊涛拍岸,阿城达到的高度至今还高悬在那里。阿城从生命现场得来的第一手经验,独特到仿佛禅师棒喝人的观察角度,任何时候对我来说都是启发的,非常之刺激脑啡。"汪曾祺也在一篇题为《人之所以为人》的评论中写道:"读了阿城的小说,我觉得,这样的小说我写不出来。我相信,不但是我,很多人都写不出来。这样就很好。这样就增加了一篇新的小说,给小说的这个概念带进了一点新的东西。否则，多写一篇，少写一篇；写，或不写，差不多。"[1]汪曾祺也正是在"礼失求诸野"的主题背景之下，与阿城找到了共同语言。

《棋王》起点很高，后来甚至作家自己也难以为继。小说发表后，1984年底有一批国内新锐的作家评论家在杭州召开了一次后来被认为引发"寻根文学"的重要研讨会。经过这次会议的酝酿、催化，《棋王》也就被追认为"寻根文学"的第一批代表作。在文学史上，正是在《棋王》（还有《红高粱》）之后，当代文学才出现了一批可以在艺术上与三四十年代对话的小说。

---

[1] 汪曾祺：《人之所以为人：读〈棋王〉笔记》，选自季红真主编、赵坤"谈艺卷"主编：《汪曾祺全集》第9卷，北京：人民文学出版社，2019年，第324页。

生态篇

作家的一天

1984年12月14日，杭州会议与韩少功的一天

依照本书惯例，我们要关注80年代一个作家的一天：韩少功（1953— ）的1984年12月14日这一天。这次不是依据他的日记，那一整天我和他在一起开会，参与目睹了所谓"寻根文学"的发端。而寻根文学正是80年代最重要的文学现象。

洪子诚的《中国当代文学史》对"杭州会议"有如下记载：

在1983年到1984年间，以"知青作家"为主的一些中、青年作家，如韩少功、李陀、郑义、阿城、李杭育、郑万隆、李庆西等，围绕文学"寻根"问题，交换过意见，召开过座谈会。[1]

陈思和是与会者，他主编的《中国当代文学史教程》记录得更详细一些：

1984年12月（12日到16日），在《上海文学》杂志社与杭州《西湖》杂志社等文化单位在杭州举办座谈会上，许多青年

---

[1] 洪子诚:《中国当代文学史》第21章第1节,北京:北京大学出版社,1999年,第321页。

1984年梵蒂岡以舍影。

作家和评论家讨论近期出现的创作现象时提出了文化寻根的问题。此后韩少功在《文学的"根"》一文中,第一次明确阐述了"寻根文学"的立场,认为文学的根应该深植于民族文化的土壤里,这种文化寻根是审美意识中潜在历史因素的觉醒,也是释放现代观念的能量来重铸和镀亮民族自我形象的努力。阿城、郑万隆、郑义、李杭育等作家对这一主张也做了各自的阐述,由此开始形成了自觉的"寻根文学"潮流。[1]

陈晓明教授晚近出版的《中国当代文学主潮》,也记录了"杭州会议"的历史意义:

> 酿就"寻根"的契机可以追溯到1984年12月在杭州西湖边一所疗养院里的聚会,随后(1985年)有各种关于"寻根"的言论见诸报端。其中比较重要的文章有,韩少功的《文学的"根"》,郑万隆的《我的根》,李杭育《理一理我们的根》,阿城《文化制约着人类》,等等。[2]

从50年代起,当代文学生产机制本来就有"计划文学"的性质,常常希望通过会议引导文学创作倾向的变化,但"杭州会议"有些不同。一是此会不在北京召开,也不是高层策划,发起方是《上海文学》和《西湖》杂志社及浙江文艺出版社。二是此会确实引发了一个重要的文学潮流,而不像其他更大规模更高级别的会议只是调整文艺政策。所以"杭州会议"后来被各种文学史记载,背后有一些微妙的历史原因。

---

[1] 陈思和主编:《中国当代文学史教程》,上海:复旦大学出版社,1999年,第279页。
[2] 陈晓明:《中国当代文学主潮》,北京:北京大学出版社,2009年,第325页。

陈晓明的观察是："80年代中期，虽然意识形态领域反反复复进行着各种斗争，但关于人道主义和主体论以及异化问题的讨论，使知识分子的思想与主导意识形态构成一种紧张关系，若隐若现的碰撞似乎预示着内在更深刻的分歧。"[1]

与其说是知识分子的思想与主导意识形态构成紧张关系，不如说是主流意识形态内部存在不同观点的分歧矛盾——80年代，晚年周扬重新从马克思主义的角度讨论人道主义问题，同时期胡乔木等人则比较坚持延安意识形态的传统。

当时比较宽容的思想解放背景，促使文艺界有更多的理论探索的可能性。80年代的"主流意识形态"的定义和60年代不同。

冯牧主编的北京《文艺报》比较代表陈晓明所说的"主导意识形态"，李子云主持的《上海文学》"理论批评版"以及刘再复主编的北京的《文学评论》，更倾向于思想解放。不过，许志英和丁帆主编的《中国新时期小说主潮》，将冯牧、唐因、唐达成、王蒙（时任《人民文学》主编）都列在周扬、张光年、夏衍为首的"惜春派"——意思是珍惜文艺界的春天。另外一边被称为"偏'左'派"，有胡乔木、王任重、林默涵、贺敬之、刘白羽等。今天回头看，双方都有自己的信念和理据，正是这种有矛盾有争论的意识形态背景，促进了80年代中期文学和理论的繁荣。

除了人道主义争论背景，当时文艺界还争议几个现代派"小风筝"——几篇比较欣赏西方现代派技巧的文章，发表在《上海文学》上，引起了北京《文艺报》批评。这些大小论争和五六十年代很不一样，不是完全一面倒，也不全是自上而下，中间有不少偶然性。比如《上海文学》本是地方文学刊物，小说影响远不如《人民文学》或《收获》。但主持"理论批评版"的李子云是一个很有政治远见

---

[1] 陈晓明：《中国当代文学主潮》，北京：北京大学出版社，2009年，第322页。

和学术情怀的编辑，此前是夏衍的秘书。所以《上海文学》十分引人注目地发表了一系列关于现代派的文章，引起争论，还邀请巴金、夏衍等前辈作家撰文声援。就是在这么一种微妙的京派、海派的文艺论争形势下，1984年12月的杭州会议，客观上是在《文艺报》的指导方向之外，开启了当代文学一个新的发展潮流。

一　杭州会议的开会情况

我们可以从文艺生产场域、意识形态操作的角度来讨论寻根文学的背景。

参加会议的有北京来的阿城、陈建功、郑万隆、李陀、黄子平、季红真；上海的周介人、陈村、曹冠龙、陈思和、蔡翔、程德培、吴亮、南帆、许子东等；鲁枢元和韩少功是京沪以外的作家、评论家；东道主是浙江文艺出版社的李庆西（"新人文论"丛书的编辑）；主持人就是王安忆的母亲茹志鹃，还有李子云。

这不是一次正式的学术会议或常规的作协会议，没有预定的日程，没有事先安排的发言题目，没有发言时间限制和专家讲评，没有领导讲话也没有与会者提交论文，却是我参加过最有学术气氛的一次会议。会议在杭州的一个部队疗养院连开了三天。就在西湖边上，也没安排游览，很少有媒体关注。蔡翔后来回忆，说到会时，没有安排谁住哪里，疗养院里有单人房、双人房、三人房，与会者进去随便住。结果大家都先抢三人房，最后来的人才住单间（现在情况正好相反）。不知社会进步了，还是文化退步了？

会议通常由周介人（《上海文学》编辑）负责串场。大家没有预定次序，随意发言，或长或短，可以打断，却都认真严肃。讨论的问题，有时很大，比方禅宗、现代派等，有时很小，甚至是某小说细节，如阿城的发言，通常是讲故事说段子，还很幽默，引起哄堂大笑。

从1984年当代文学的发展趋势看,茹志鹃、李子云构思此会,应该是要讨论两个大问题:第一,怎么处理文学和政治的关系;第二,讨论文学创作和西方现代派的关系。结果出乎会议主办方的意料,第一个问题居然完全没讨论;第二个问题的意见也基本一致,也没有太多争论。

"三红"描写农民在党指引下反抗地主,或者华东野战军战胜张灵甫,或者重庆革命烈士道德高尚,《创业史》要农民消除私有制,宣传合作化政策——这些当然都是文学直接为政治服务。但1978年以后,《李顺大造屋》同情农民几十年生活困苦、《剪辑错了的故事》反思"大跃进"、《芙蓉镇》描述"四清"与"文革",是否也在为改革开放服务?不也是响应或契合了十一届三中全会以后的大环境?《上海文学》最早刊出理论文章,质疑文艺是否应该成为阶级斗争的工具,可是这样的质疑本身也是思想解放的先锋。

当然,改革开放前后文学和政治的关系有重要变化。"伤痕—反思文学"中的政治,可以从作家个人信仰出发,和以前从特定时期政策政令出发有极重要的区别。但是,对于参加"杭州会议"的这些年轻新锐作家来说,他们并不太思考如何继续为狭义或广义的政治服务,而是在想小说还应该有怎么样的发展空间。关于文学和政治的关系,到会作家基本已有共识,所以一下子跨越了(实际也是回避了)这个关键话题。既然要少写政治,又要面对社会,那另一选择就是多写"文化"。开会第一天,大家就谈论几个月前发表的《棋王》。西方现代派文学虽有很多吸引人处,但不可简单效法,尤其不能只从文字语言上去学习。各位如果不精通英文、法文、德文、俄文——这是当代作家和"五四"一代相比明显的弱项——学习现代派,其实学的是翻译腔,学的不是海明威、卡夫卡,而是李文俊、袁可嘉。而小说最重要的因素,语言,必须从中国文字源流上寻找,这就是阿城和贾平凹的《商州初录》在会上受到关注的主要原因。换言之，1984年底，部分新锐中国作家意识到当代小说不仅应和时局保持距离（保持距离也是一种策略），也应和"西方现代派"保持距离——当然，从后来文学史发展来看，"寻根文学"也是调整文学与政治关系的一种策略，文学寻根和现代派技巧也完全可以融合（比如《爸爸爸》《红高粱》等）。

二　既懂文学，又懂政治的韩少功

在这一批50后知青作家中，韩少功比较有明确的政治抱负，有理想主义色彩，而且也有理论追求。他既懂文学，又懂政治，说起来是茅盾、王蒙之后的第三代了。当然，历史条件不同，个人的处境也不一样。

韩少功出生于长沙，初中毕业以后下乡插队。他后来一面在海口做海南省文联主席，另外一年有半年住在湖南某个乡村，像一个永远的知青。他的早期作品《月兰》《回声》，就有对"文革"参与者造反派的一定的理解。之前我们读过《飞过蓝天》，看到他又想写知青苦难，又要写知青理想。在杭州会议上，他比较沉默，看得出他有不少想法，很紧张地思考着。会议的明星，是阿城、李陀、黄子平等。

我记得会议第三天，晚饭以后沿着西湖散步，那时阿城喝醉了，要朋友们帮忙抬回去。我问韩少功对会上大家发言有什么想法，他犹豫了一下，说不管他们怎么说，我回去要拿点干货出来。也许没有用"干货"这个词，我的记忆不一定可靠，但大致是这个意思。

后来我才知道，他的思考就是在《作家》上发表的《文学的"根"》这篇文章，所以严格说来"寻根文学"的口号是由这篇文章提出来的，但我记得在杭州会议上并没有明确地使用"寻根文学"这个概念。

我在1988年写过一篇论文,叫《寻根文学中的贾平凹和阿城》,里面这样概括:"寻根文学"大致有三个不同路向,一是在"文革"后重新认识和整理民族文化支柱或检讨当代革命对中国传统文化的影响,代表作家是贾平凹和钟阿城。二是挖掘当代政治运动在传统文化民族心理上的深层根源,最典型的作品是韩少功的《爸爸爸》和王安忆的《小鲍庄》。三是在社会现代化的"危机"中寻找"种族之根"或"道德之气",以解救当代(城市)文化的堕落及人的精神价值困境,郑万隆、李杭育以及某种程度上的莫言、张承志等,都比较接近于这个倾向。[1]

我在另一篇叫《〈爸爸爸〉与〈小鲍庄〉》的论文里专门讨论了韩少功:"从外表上看,韩少功像个优秀的青年团干部——衣着严肃,谈吐沉稳,待人(尤其在老一辈面前)谦和方正,总是微笑而又认真地听别人讲述哪怕是他不感兴趣的话题,给人以踏实甚至'听话'的感觉,绝无张承志的孤傲张辛欣的灵敏,也不像阿城般洒脱莫言般木讷(1985年前后,韩少功以专业作家身份,还真的兼任过湖南某自治州的团委副书记)。只有细读韩少功作品或与他深交,才会感觉到他在保尔·柯察金式的外表下的'于连气质'和躁动不安的杰克·伦敦式的灵魂。"[2] 我一直认为保尔·柯察金(《钢铁是怎样炼成的》)、于连(《红与黑》)、马丁·伊登(杰克·伦敦半自传体小说《马丁·伊登》主人公)对中国当代文学产生过重大的影响。

《爸爸爸》有点像拉美魔幻现实主义,主人公丙崽只会说两句话,好,就叫人家"爸爸爸";不好,就是"×他妈"。

在阿城大讲其"故事"的杭州座谈会上,向来控制局面的韩少功基本上只做听众,听同行们大谈直觉、非理性、神秘主义、民俗

---

[1] 许子东:《寻根文学中的贾平凹与阿城》,《岭南学院中文系系刊》1996年3月号,第81—91页。

[2] 许子东:《〈爸爸爸〉与〈小鲍庄〉》,《岭南学院中文系系刊》1997年第4期,第55—66页。

与现代派的关系等。韩少功并非一个被动的听者，所有从旁而来的刺激和启发（如果确有这种刺激和启发的话），在他那里都会围绕着一个焦点而起作用。这个焦点在我看来，就是他对"文革"的性质、起因、意义的持续思考，古怪晦涩惊世骇俗的《爸爸爸》无疑也是这种思考的延续、深化和"变形"。

我认为《爸爸爸》也是对"十年"根源的"艰辛探索"——学生狂热和30年代租界撒传单的热情有关系吗？平民造反和阿Q的梦有异同吗？近代以来的改革者为什么都像仁宝那样不战而败呢？

这可以说是有点简单粗暴地概括《爸爸爸》的复杂主题，但是，造反、权斗、游街、示众，哪一个能跟我们的传统文化心理，甚至集体无意识脱离关系呢？卡夫卡式的变形技巧，把《爸爸爸》变得令人联想到拉美的现代派，不过老作家，像康濯他们，还说《爸爸爸》是革命现实主义。

值得注意的是，韩少功近年又改写《爸爸爸》，对民族文化心理的苛刻批判又多加了一些复杂的同情。

从1985年到现在，30多年过去了，韩少功始终是一线作家，获得过"鲁迅文学奖"、美国"第二届纽曼华语文学奖"、法国文化部颁发的"法兰西文艺骑士勋章"等。其他重要的作品，还有《马桥词典》《日夜书》等。他不仅写小说，还写理论文章，也翻译过米兰·昆德拉的小说，很有国际视野。在我看来偏重理性的创作态度是韩少功的特色，是他的优点，当然，有时候也可能是某种局限。

90年代和他留念摄于台湾（北京：作为代表团团长）

1984

张贤亮《绿化树》《男人的一半是女人》
一个知识分子的身心历程

1984年第2期北京《十月》期刊发表了张贤亮的中篇小说《绿化树》，1985年中国文联出版公司出版了《男人的一半是女人》。张贤亮这两部小说是"伤痕—反思文学"中最重要最有艺术分量的作品。

张贤亮（1936—2014），生于南京，19岁从北京移居宁夏。1957年因为发表了诗歌《大风歌》被划为"右派"，在农场劳动改造前后22年。70年代末，他重新创作，短篇《邢老汉和狗的故事》很受圈内好评；《灵与肉》因为贯穿的"狗不嫌家贫，子不嫌母丑"的感谢苦难的姿态，被谢晋改编成电影《牧马人》，一度很受注目（2020年，中央电视台还在播放题为《灵与肉》的电视连续剧，剧情与小说原作已有很大出入）。不过，张贤亮真正的代表作是《绿化树》和《男人的一半是女人》。这两部小说也是写劳改的文学作品的代表作。

孔子曰"食、色，性也"，张贤亮小说也有分工：《绿化树》写吃，写饥饿；《男人的一半是女人》写性，也是饥饿。

《绿化树》一开篇，一个25岁的年轻右派，高1.78米，体重88斤，瘦皮猴，坐了大车跨过一座桥，从一个劳改农场转到旁边另一个农场继续劳动改造。虽然都是西北高原,都是田野荒凉,村落残旧,但对主人公章永璘来说,这是他重获自由的一天。

  太阳暖融融的。西山脚下又像往日好天气时一样,升腾起一片雾霭,把锯齿形的山峦涂抹上异常柔和的乳白色。天上没有云,蓝色的穹窿覆盖着一望无际的田野。而天的蓝色又极有层次,从头顶开始,逐渐淡下来,淡下来,到天边与地平线接壤的部分,就成了一片淡淡的青烟。

  在天底下,裸露的田野黄得耀眼。这时,我身上酥酥地痒起来了。虱子感觉到了热气,开始从衣缝里欢快地爬出来。虱子在不咬人的时候,倒不失为一种可爱的动物,它使我不感到那么孤独与贫穷——还有种活生生的东西在抚摸我!我身上还养着点什么![1]

  这段文字,直到"裸露的田野黄得耀眼",看上去是一幅有层次、有色彩的油画,张贤亮的文笔有点受俄罗斯文学的影响。但是,突然"我身上酥酥地痒起来了",黑色幽默瞬间解构了19世纪的油画。这段文字可以概括张贤亮小说的基本格局——看似庄严抒情,研读《资本论》,讴歌苦难历程(小说前言直接引用阿·托尔斯泰《苦难的历程》序文),又在细节、文笔中调侃解构这种苦难的赞歌。如果套用张爱玲的句型,那就是"生活像一大片裸露的田野,身上爬着欢快的虱子"。

---

[1] 张贤亮:《绿化树》,《十月》1984年第2期。以下小说引文同。

一　饥饿与智慧、计谋、知识及生存策略的关系

《绿化树》写"吃"分三个阶段，先写饥饿与智慧、计谋、知识、生存策略的关系；然后写"吃"或者饥饿与人格尊严的关系；再往后就是"吃"与爱情的关系。

劳改制度曾是我们法治史上的一个重要组成部分。《绿化树》男主角章永璘回想自己在劳改农场，一见到炊事员，便会谦卑地、讨好地笑着，炊事员如果骂他"你这狗日的"，他觉得"亲昵的语气使我受宠若惊"。自1959年春天伙房不做干饭，只熬稀粥以后（记录时代），劳改农场兴起用大盆打饭的风气。因为炊事员舀汤速度快，用小口饭具汤汁就会滴回到桶里，无疑是个损失。用敞口饭具，脸盆太大，磕磕碰碰的不好往窗口里送，稀饭沾得满脸盆都是，得不偿失。所以，必须是比脸盆小而又比饭碗大的儿童洗脸用具。那时不少犯人想尽方法，叫家里人带儿童脸盆进来，而章永璘有创意思维，他用一个五磅装的美国"克林"奶粉罐头筒——特别说明："这是我从资产阶级家庭继承下来的一笔财产。我用铁丝牢牢地在上面绕了一圈，拧成一个手柄，把它改装成带把的搪瓷缸，却比一般搪瓷缸大得多。它的口径虽然只有饭碗那么大，饭瓢外面沥沥拉拉的汤汁虽然牺牲了，但由于它的深度，由于用同等材料做成的容器以筒状容器的容量为最大这个物理和几何原理，总使炊事员看起来给我舀的饭要比给别人的少，所以每次舀饭时都要给我添一点。而这'一点'，就比洒在外面的多得多。"章永璘为此专门做了测验，每次比用儿童脸盆的人多100毫升。

为了抵抗饥饿，男主角要用尽计谋、知识、策略。到了农场，他可以自食其力了，可是赶集时他又忍不住用欺诈的方法和老乡做买卖。但得意扬扬计谋得逞时，回家路上掉进冰河，骗来的黄萝卜丢了一半。小说写劳改农场炊事员最后一次多给了他两个黑馍馍，

他不舍得吃，像宝贝一样地藏着，晚上和《资本论》一起放在枕头边。只要有这馍馍在，他就觉得不饿，心里踏实。可是第二天，这两个馍馍被老鼠偷走了。这时他感到了饥饿的恐惧。"饥饿会变成一种有重量、有体积的实体，在胃里横冲直闯；还会发出声音，向全身的每一根神经呼喊：要吃！要吃！要吃！……"

在和饥饿的斗争过程中，主人公反省"我"究竟是怎样的一个人，这就进入了饥饿的第二个层次，就是"吃"与人格、尊严的关系。

作为劳改犯，一方面，"轻蔑，我也忍受惯了，已经感觉不到人对我的轻蔑了"，所以被炊事员骂也很开心。劳改生活当中，只和外号"营业部主任"的另一"右派"较劲，就像阿Q，闲人打不过，就跟王胡、小D争斗。但饥饿不仅压迫胃，也压迫神经。晚上睡觉时，"我的另一面开始活动了……深夜，是我最清醒的时刻"。

> 白天，我被求生的本能所驱使，我谄媚，我讨好，我妒忌，我要各式各样的小聪明……但在黑夜，白天的种种卑贱和邪恶念头却使自己吃惊，就像朵连格莱看到被灵猫施了魔法的画像，看到了我灵魂被蒙上的灰尘；回忆在我的眼前默默地展开它的画卷，我审视这一天的生活，带着对自己深深的厌恶。我颤栗；我诅咒自己。
>
> 可怕的不是堕落，而是堕落的时候非常清醒。

假如王一生看到章永璘的反省，大概又会说："'忧'这玩意儿，是他妈文人的佐料儿。"张贤亮的小说里，在劳改、老鼠、稗子面、虱子等细节之间，常常夹着普希金、道连·格雷、笛卡儿之类的文化符号。最重要的护身符，就是在极简单的行李当中还有一套《资本论》，晚上当枕头，白天真读。同样面对精神物质双重饥饿，《棋王》中有儒道互补，《绿化树》里有《资本论》。

二　"吃"与爱情的关系

《绿化树》写"吃"的第三个层面，也是贯穿全书的核心情节，就是"吃"与女人的关系。女主角外号"美国饭店"——"饭店"就是不少男人都能去的地方，"美国"代表着堕落、放荡。可是马缨花听到这个外号也不生气，好像只是个玩笑。她是一个20多岁的单亲妈咪，大家也追问孩子的父亲是谁，小孩两岁。小说里说她长得很漂亮，和男主角第一次见面，是一起在刨粪。男的刨粪，女的把粪砸碎，然后铺到地里去。

回想20世纪中国小说里有很多男女相会之处：涓生在会馆房间里给子君"上课"；郁达夫的男主角在贫民窟里同情女工；倪焕之见路上走过来的一美女，后来就成为他老婆；觉慧在自家花园亭子里开玩笑说要娶鸣凤；余永泽、林道静在天安门金水桥边一吻；老干部和张洁的女主角，在音乐厅门口手都不敢握；齐副师长找文工团女生到办公室，让她提意见；还有秦书田、胡玉音两个"牛鬼蛇神"，扫街时去捉奸，结果首次触碰到对方的身体……

一路发展到《绿化树》，匪夷所思（又十分现实），男女主角初次见面是在刨粪。之后，女人以请他帮修炉子为理由，找章永璘上她家。女人的家很温馨，男主角一进去就想起《叶甫盖尼·奥涅金》当中的诗句："有个主妇，还有一罐牛肉白菜汤。"没想到女人真从锅里拿出来一个白面馍馍。男人惊起，推却了一阵，发现女人是诚心要他吃——

> 这确实是个死面馍馍，面雪白雪白，她一定箩过两道。因为是死面馍馍，所以很结实，有半斤多重，硬度和弹性如同垒球一样。我一点点地啃着、嚼着，啃着、嚼着……尽量表现得很斯文。我已经有四年没有吃过白面做的面食了——而我统共

才活了二十五年。它宛如外面飘落的雪花，一进我的嘴就融化了。它没有经过发酵，还饱含着小麦花的芬芳，饱含着夏日的阳光，饱含着高原的令人心醉的泥土气，饱含着收割时的汗水，饱含着一切食物的原始的香味……忽然，我在上面发现了一个非常清晰的指纹印！它就印在白面馍馍的表皮上，非常非常的清晰，从它的大小，我甚至能辨认出来它是个中指的指印。从纹路来看，它是一个"罗"，而不是"箕"，一圈一圈的，里面小，向外渐渐地扩大，如同春日湖塘上小鱼喋起的波纹。波纹又渐渐荡漾开去，荡漾开去……噗！我一颗清亮的泪水滴在手中的馍馍上了。……

她大概看见了那颗泪水。她不笑了，也不看我了，返身躺倒在炕上，搂着孩子，长叹一声："唉——遭罪哩！"她的"唉"不是直线的，而是咏叹调式的。表现力丰富，同情和爱惜多于怜悯。她的叹息，打开了我泪水的闸门，在"营业部主任"作践我时没有流下的眼泪，这时无声地向外汹涌。我的喉头哽塞住了，手中的半个馍馍，怎么也咽不下去。土房里一时异常静谧。屋外，雪花偶尔地在纸窗上飘洒那么几片；炕上，孩子轻轻地吧唧着小嘴。而在我心底，却升起了威尔第《安魂曲》的宏大规律，尤其是《拯救我吧》那部分更回旋不已。啊，拯救我吧！拯救我吧……

这一大段文字，是20世纪"中国故事"中不可删节的一个片段。既说明食与色之写实／隐喻关系，又显示知识分子（垒球、威尔第歌剧）必须依靠来自劳动／人民的拯救（"饱含着高原的令人心醉的泥土气，饱含着收割时的汗水"）。"一会儿，她在炕上，幽幽地对孩子说：'尔舍，你说：叔叔你放宽心，有我吃的就有你吃的。你说，你跟叔叔说：叔叔你放宽心，有我吃的就有你吃的……'"。"有我吃的就有你吃的"，这种爱情宣言，几乎就是《泰坦尼克号》里"You jump, I jump"的中国版。

问题是马缨花孤儿寡母，怎么能保证有吃的？年轻农民海喜喜，很喜欢马缨花，所以视"我"为情敌。"我"虽然瘦弱，但干活聪明，后来和海喜喜比试了一回，并不输人。劳动技能帮助"我"建立信心。另外还有一个瘸子保管员，也经常向"美国饭店"提供粮食增援，但他看到马缨花总是小心翼翼的。"美国饭店"的生态有点像芙蓉姐，瘸子保管员就像粮站站长，提供实际经济支持；海喜喜好像屠夫黎桂桂一样，体力好，人老实；但是乡村美女最后都心向落难书生，秦书田或者章永璘——当然这是落难书生及文青读者的白日梦。

再客观一点旁观，"美国饭店"同时欢迎海喜喜，招呼瘸子保管员并照顾章永璘（还不包括小说之前或之后的情节，小孩的父亲等），《海上花列传》《秋柳》中的"青楼家庭化"到了革命时代悄悄转变为温馨良善的"家庭化青楼"。还是落难书生与红尘女子的文学传统，以前是于质夫以启蒙同情名义想救海棠，现在是"绿化树"以人民的名义拯救知识分子（真正字面意思上从启蒙到"救亡"）。

吃了白馍馍以后，章永璘常常找理由来"美国饭店"。女人喜欢唱民歌，又有男人讲故事。某天"我突然地张开两臂把她搂进怀里。我听见她轻轻地呻吟了一声，同时抬起头，用一种迷乱的眼光寻找着我的眼睛。但是我没敢让她看，低下头，把脸深深地埋在她脖子和肩胛的弯曲处。"为什么"我"没敢正视女人的眼睛，或者害怕有任何承诺？"……不到一分钟，她似乎觉得给我这些爱抚已经够了，陡然果断地挣脱了我的手臂，一只手还像掸灰尘一般在胸前一拂，红着脸，乜斜着惺忪迷离的眼睛看着我，用深情的语气结结巴巴地说：'行了，行了……你别干这个……干这个伤身子骨，你还是好好地念你的书吧！'"

写《绿化树》，张贤亮对于怎么在苦难记忆中处理男女关系还有些犹豫。所以让女人找了个传统的理由，推开眼前的柔弱男人。后来男人真的（假的？）常到"美国饭店"来念书。女人把有个男人在身旁正经读书，当作由童年时的印象形成的一个憧憬，一个美丽的梦，一个中国妇女的古老的幻想（带入史无前例的那个时代）。

"红袖添香夜读书"的过程，有时也出戏。男的动情说："亲爱的，我爱你！"女的说不好听："你要叫我'肉肉'。""那你叫我什么？""我叫你'狗狗'。"这时男人发现了距离，他想："我能娶她作为妻子吗？我爱她不爱她？在万籁俱寂的深夜，我冷静分析着自己的情感，在那轻柔似水、飘忽如梦的柔情下，原来不过是一种感恩，一种感激之情。"

三　一代人的集体无意识

小说结尾得很匆忙，让男主人公很快解脱，并留下怀念。"情敌"海喜喜在逃亡前劝"我"和马缨花结婚。管理村子的谢队长假装追赶，其实放走了海喜喜，他也劝"我"和马缨花结婚。"我"毫无激情地把两人的建议转告女人。女人其实真爱章永璘，但也不愿拒绝别的男人送的东西。她对章永璘表白："要不，你现时就把它拿去吧，嗯，你要的话，现时就把它拿去吧。""它"是指女人身体。男人退却了："我们还是等结婚以后吧。"女人说："你放心吧！就是钢刀把我头砍断，我血身子还陪着你哩！"

此时叙事者就感慨："有什么优雅的海誓山盟比这句带着荒原气息的、血淋淋的语言更能表达真挚的、永久的爱情呢？"

《绿化树》的结尾意味深长。先是男主角被"营业部主任"告发，调去别的劳改队，告别马缨花的时间也没有。之后又重新劳改，又坐监狱，20年以后才摆脱出来。"还是在那种多雪的春天，我和省文化厅的负责人及制片厂的同志，分乘两辆'丰田'小轿车，带着一部根据我写的长篇小说拍摄的彩色宽银幕影片,到这个农场来举行答谢演出。"询问之下,谢队长找不到了;马缨花一直没有结婚,后来就去了青海,也再没有踪影。小说写:"深夜,我还是从设备很好的招待所里悄悄走出来。月色朦胧,夜凉如冰。我没有惊动司机,独自一人踏上了通往一队的大路。"

这是"文革小说"常常出现的"重回故地"情节。

在这之后又加了一段,引起不少人争议。"一九八三年六月,我出席在首都北京召开的一次共和国重要会议。军乐队奏起庄严的国歌,我同国家和党的领导人,同来自全国各地各界有影响的人士一齐肃然起立,这时,我脑海里蓦然掠过了一个个我熟悉的形象。……他们,正是在祖国遍地生长着的'绿化树'呀!那树皮虽然粗糙、枝叶却郁郁葱葱的'绿化树',才把祖国点缀得更加美丽!啊,我的遍布于大江南北的、美丽而圣洁的'绿化树'啊!"

作为小说看,结尾是"蛇足"。但扬扬得意感谢苦难,也正体现了"天将降大任于斯人……"的中国士大夫心态,也是知识分子想象中的干部/官员境界。

落难以后,"文革小说"里男女主人公都会被异性相救。但规律是,凡男主角叙事,最后救他的女人在帮他解脱灾难以后都会自动消失,如《绿化树》,如王蒙的《蝴蝶》等。反过来,如果第一主角是女的,男女之后会一直相守,比方说戴厚英的《人啊,人!》、古华的《芙蓉镇》。这个现象能够说明中国作家和读者之间一种怎样的集体无意识的默契?

张贤亮的文笔,有点俄罗斯荒凉风味,又常装饰欧洲文化符号,用《资本论》垫枕头,但骨子里还是充满一种传统士大夫的落难情怀,依然编织"红袖添香夜读书"的梦想。但是第二年,在《男人的一半是女人》里,已经出名的作家迅速解构这种士大夫梦想。直面惨淡的人生,人的一半是吃,还有另一半也不可回避。

四　田野偷窥

《绿化树》中男女主人公初次见面是在田野里刨粪，《男人的一半是女人》则是女人野地沐浴，男主角无意中偷窥。

在安排好莱坞式的庸俗场景之前，小说做了两层铺垫。一是全面介绍劳改农场的环境、气氛，读来更符合写劳改的文学作品的特点。男主人公还是章永璘，告别马缨花五六年后，"文革"已经爆发，到劳改农场是二进宫，有经验，一来就是大组长，分管四个小组，64个犯人，今非昔比。

铺垫第二层是劳改犯们的春梦，《绿化树》里基本被忽略，《男人的一半是女人》就大肆夸张渲染。男人憋得慌，就讲什么地方有女鬼，女劳犯经过时，大家注意力高度集中。男主人公的诗在外面还在被批判，而他也跟别的劳改队员一样，在晚上梦见女人。"这年我三十一岁了，从我发育成熟直到现在，我从来没有和女人的肉体有过实实在在的接触。"和马缨花那段，他不敢再回忆，想都不敢再想。正在这时，某一天一个偶然的机会，劳动之中，在芦苇丛中，他突然看到了一个赤裸的女人。

> 她在洗澡。……两脚踩着岸边的一团水草，挥动着滚圆的胳臂，用窝成勺子状的手掌撩起水洒在自己的脖子上、肩膀上、胸脯上、腰上、小腹上……她整个身躯丰满圆润，每一个部位都显示出有韧性、有力度的柔软。
>
> 阳光从两堵绿色的高墙中间直射下来，她的肌肤像绷紧的绸缎似的给人一种舒适的滑爽感和半透明的丝质感。尤其是她不停地抖动着的两肩和不停地颤动着的乳房，更闪耀着晶莹而

温暖的光泽。而在高耸的乳房下面，是两弯迷人的阴影。[1]

丝质感，阴影，光泽，像看卢浮宫的画，哪有田野偷窥的紧张慌乱？"她忘记了自己，我也忘记了自己。开始，我的眼睛总不自觉地朝她那个最隐秘的部位看。但一会儿，那整幅画面上仿佛升华出了一种什么东西打动了我。这里有一种超脱了令人厌恶的生活，甚至超脱了整个尘世的神话般的气氛，世界因为她而光彩起来……"

正在男主人看呆还要"升华"时，女人转过身来，一抬头，突然发现了"我"。"女人没有叫，也没有跑，反而站在那里。她并不急于穿衣服，却撂下手中的内裤，像是畏凉一样，两臂交叉地将两手搭在两肩上，正面向着我。"

这时男人基本上就犹豫了。"我心中涌起了一阵温柔的怜悯，想占有她的情欲渗进了企图保护她的男性的激情。"——后来我们知道当时女人的想法，才会俯看男人有时是多么自作多情。

"我"听到哨声赶紧逃走。当晚睡不着，反省自己所接受的各种文化，相信文明使"我"区别于动物，很为自己的能克制自豪。但是睁眼闭眼，只看见她那两臂交叉将两手搭在两肩的形象。

他们再次相遇是八年以后，1975年，小说从这里才正式开始。

八年间，黄香久结了两次婚，离了两次婚，当年进劳改队也是因为男女关系问题。章永璘则入狱两次，出狱两次，现在又到农场继续劳动改造。

围绕着男女主人公，小说里出现了一批形形色色的生活在底层的人们。复员军人"哑巴"，原是学习积极分子，偶然捡到一大笔钱，被迫上交，做了英雄，人反而傻掉了。国民党军校毕业生周瑞成，

---

[1] 张贤亮：《男人的一半是女人》，《收获》1985年第5期；北京：作家出版社，2009年。以下小说引文同。

被批斗时主动交代了一些老同学的材料，大概得罪了谁，之后一直被卡在监狱和劳改队，再申诉也没有用。40多岁就很苍老的马老婆子，16岁拒绝了一个贫农团长，就被划成地主，一直不能翻身，马老婆子还很怀念贫农团长。小说里还写北京知青黑子，他老婆何丽芳主动挑逗章永璘。支书曹学义，是张贤亮笔下很罕见的一个负面干部角色……

这些人物看上去都有原型，挤在《男人的一半是女人》里，因为读者们只关心男女主人公的那条"性"的线索，多少有点浪费张贤亮的劳改资料储备。也因为《绿化树》出名太快，作家再也没有沉下心来细写他的这类文学，这和莫言《红高粱》没写成长篇一样值得惋惜。

章永璘和黄香久的结婚，与其说是延续八年前丛林洗浴的春梦，不如说是残酷的现实生活需要。男主角在和罗宗祺谈心时已经清楚了，自己是为了有一个空间能够写东西而结婚的。"要在乱糟糟的九百六十万平方公里中划出几平方公尺的清净土地给自己"，"潜心地思索其他九百六十万平方公里的前景。"

但另一方面，章永璘又对所谓的婚姻、爱情保留着浪漫的想象。倒是女主人公心口如一，毫不隐瞒，在一起就是过日子。小说写求婚一段十分精彩。马老婆子安排，把"我"和黄香久关进一个房子。黄香久在看一本书，男的以为有话说了，把书拿过来一看，是《实用电工手册》。女的说是剪鞋样用的。男的犹豫了半天，最后说："马老婆子跟你说了吗？"女的说："说过了。""怎么样？"女的就说："咱们为什么不自己谈？"口气好像是讨论借钱一样。然后问清楚过往的历史，女人就表示同意。

男人正想用点亲密的举动表示一下，没想到女人马上又问："那么你现在手头有多少钱？"男人说现在有七八十块。女的说："你咋就存了这么少钱？单身了这么多年。"然后女人笑着告诉他："我还存下钱来着呢……"

五　新婚之夜的意外

后来的问题，倒不是怎么过日子。

两间土房，经过"装修"成了不错的新房。新家一切很温馨，只是男人在新婚之夜发现自己"不行"了。

"来吧。"她说。

我撩开被子，原来她这时和我在芦苇荡中见到的完全一样……

这是一片滚烫的沼泽，我在这一片沼泽地里滚爬；这是一座岩浆沸腾的火山，既壮观又使我恐惧；这是一只美丽的鹦鹉螺，它突然从室壁中伸出肉乎乎黏搭搭的触手，有力地缠住我拖向海底；这是一块附着在白珊瑚上的色彩绚丽的海绵，它拼命要吸干我身上所有的水分，以至我几乎虚脱；这是沙漠上的海市蜃楼；这是海市蜃楼中的绿洲；这是童话中巨人的花园；这是一个最古老的童话，而最古老的童话又是最新鲜的，最为可望而不可即的……

中国现当代文学中写"性"的文字，各种"艰辛探索"。从郁达夫《沉沦》偷窥"那一双雪样的乳峰，那一双肥白的大腿"，到张爱玲写肥皂泡沫吸吮男人的手指；从王安忆《小城之恋》红军舞伴奏性爱搏斗，到张贤亮"国家地理杂志"一样的床上风景画面，到底哪一种新白话能够衔接《金瓶梅》传统同时又体现现代性？

张贤亮的性描写成功与否再说，章永璘的新婚之夜肯定失败。

男人说想喝水，女人说："你不行，事儿还多得很！"……男人说对不起，"这有啥对得起对不起的。下一次再试试。"几天后，又"不行"。"'你是不是有病？'她叹息了一声,问我。'我不知道……我想,我大概是因为长期压抑的缘故。'"男人解释：压抑是因为想问题太多。"那么,你想问题干啥？你看书干啥？想啊看啊顶啥用？"说来说去,提起了八年前的旧事,没想到黄香久说："你为啥还提过去？你这个废人！半个人！""八年前……哼哼！那天你要是扑上来,我马上把你交给王队长,让你加刑！那时候,我正想立功哩！"

当代中国小说里其实不止一次出现过男人性功能障碍的细节,《芙蓉镇》里有谷燕山,打仗留下残疾；韩少功《马桥词典》里的万玉,乡镇风流,其实也是"半个人"。不过作为小说核心情节渲染,还是比较少见。评论集《评〈男人的一半是女人〉》,汇集了批评界的各种不同意见：黄子平的文章题为《正面展开灵与肉的搏斗》；周惟波的文章标题是《章永璘是个伪君子》；许子东的文章是《在批评围困下的〈男人的一半是女人〉》……全书收了批评文章44篇[1],小说当时引起了广泛争议。

张贤亮写这些"床话",似有真实体验,当然,象征意义更加明显：一个男人多年劳改,长期压抑,导致功能障碍,于是被人看不起,被家人看不起。自己也看不起自己,觉得成了一个废人,成了"半个人"。

六　被压抑的,只有性吗？

就在男主角发现自己是"半个人"以后,小说突然进入了魔幻现实主义的境界。

"我"骑的大青马陷入了泥淖。这时候,马突然说话了。先是

---

[1] 本社编,黄子平、许子东等撰：《评〈男人的一半是女人〉》,银川：宁夏人民出版社,1987年。

指出说:"你结婚一个多月已经分床睡了,所以你害怕晚上,害怕回家。"然后跟主人公说:我是一匹骟马(被切除了生殖器的马)。为什么被骟呢?因为人类害怕马比他们聪明,所以要把我们阉割了。(害怕读书人思考吗)大青马的劝告是:"把你的知识和思想隐蔽起来吧,这样你才能保全你的性命。"

魔幻只是片段,大部分篇幅还是写实主义。男人依然"不行",女人继续失望,但也无法离婚,家庭成了合作社。这样的婚姻给男主角带来了巨大精神压力,而精神压力当然又会转移到身体。"是生存?还是毁灭?"哈姆雷特的名言出现在中国无用读书人口中极其反讽。某天村官曹学义给章永璘派了一个夜差,没想到拖拉机出故障,"我"半夜回村报告,亲眼见到曹书记走进了自己的家,而且马上就熄了灯。

男主角瘫倒在地上,什么也没做,只是和空气当中的宋江对话,当然不敢杀"阎婆惜"。然后见到奥赛罗,也是一个杀妻的英雄。又见到孟子,重复一遍"天将降大任于斯人也"……又有庄子跑来告诉他"退一步海阔天空"。最后见到了马克思,讲了一通东西方人生哲学的异同,居然还使男主人公恍然大悟,豁然开朗——就在书记进他房间,房间黑了灯的这段时间。

总而言之,小说家用了魔幻手法把自己的不少抽象思考硬塞在小说最关键的时空里,再联想男人与知识分子的象征关系,就是说有人正在受欺凌,知识分子只是梦见伟大的古人。

黄香久发现丈夫知道了她和书记的暧昧关系,在家里的态度变温柔了。不再责怪男人,甚至提议帮男人去看病,但是不愿离婚。

接下来,男人终于出现了转机。转机来得有意思,村里发大水,抗洪抢险,挡不住,眼看渠坝要垮,这时章永璘把自己当麻袋,勇敢下水堵缺口。乡亲们还以为是解放军来救灾。

这天晚上,女人也对他很好,"来,把脸贴在我胸口上",结果就好了。

从"废人"复原的过程也有明显象征意义。抗洪抢险当然是革命行动,"我"平常是劳改犯人,是敌人,在革命行动当中为民立功,所以恢复了男人,也是人民一分子的身份。

小说最后部分越写越精彩,《男人的一半是女人》,前面是庸俗的引子,新婚之夜"不行"才进入正题,洪水抢险以后才进入高潮。写夫妻吵架部分,可与《围城》相比。但《围城》只写普通夫妻矛盾,张贤亮笔下的男女之争,又有读书人与民众关系这一层隐喻。当男主角成为真正的"男人"之后,坚决要走,女人却真心相爱,又带着出轨的内疚,实在是传统、贤惠、美德的当代扭曲版。

一般来说,小说总有叙事角度优势,就是故事由谁讲,读者不自觉地会偏向谁。可这部小说到最后,读者既理解"男人的一半是女人",另一半想着忧国忧民,也同情"女人的全部是男人",全身心是绝望的传统温情。

1985

残雪《山上的小屋》
当代版"狂人日记"

在人们的印象里，1985年标志着当代文学的转折。其实，应该是"1985年前后"。《棋王》《绿化树》发表在1984年，《红高粱》《古船》《平凡的世界》《插队的故事》均在1986年出版。我们选读的百年中国小说，真正在1985年发表的，是《人民文学》第8期上的《山上的小屋》。1985年的文学名声其实是由"寻根文学"、新潮诗歌及理论探索共同造就。

《山上的小屋》引起注意首先是因为同行朋友们说"看不懂"。《人民文学》是主流文学期刊，虽不一定篇篇"看懂"，至少也会把握"人民文艺"大方向，为什么会发表一篇令人"看不懂"的小说？当时主持《人民文学》的是王蒙。小说作者叫"残雪"，没听说过，显然是个化名。

1985年，文学是社会大众关注的焦点。全国至少有几十种文学期刊，每种文学期刊都有几万到几十万的销量，每期文学月刊或双月刊至少有几十万字不同文体的作品。就是说每个月中国文学至少有几亿文字的"产量"。作家创作大致有三个方向——继续反思革命、开始文化寻根和实验现代派技巧。王蒙、张贤亮、从维熙、邓友梅、韦君宜等"中年作家"（当时都是四五十岁），比较坚持回首革命道路,反思自己亲身经历的革命/被革命的过程。韩少功、王安忆、张承志、阿城、贾平凹、李杭育、郑万隆等知青一代作家,更愿意往文化寻根的方向努力,梳理当代革命与民族传统之间的复杂关系。另外还有一些作家,更受西方现代主义的影响,更注重技巧实验、形式探索,文学史上称之为"先锋文学",或者说"前卫文学""探索文学"。代表作家有马原、残雪,早年余华,还有洪峰、格非、孙甘露,某种程度上也包括宣泄青年愤世嫉俗情绪的刘索拉、徐星等。当时比较知名的评论家吴亮、李陀、黄子平、程德培等,积极与寻根文学、先锋文学互动发展。"三个方向"中间当然有交叉有融合,比如王蒙既关心革命问题,也从事意识流实验;冯骥才《神鞭》、邓友梅《烟壶》也有文化寻根倾向;莫言小说,既乡土又现代;残雪、马原等人的艺术技巧实验,其实也在"艰辛探索"那魔幻的"十年"。

一　被翻动的抽屉

残雪(1953—　),本名邓小华,湖南耒阳人,生于长沙。发表小说之前,曾经做过裁缝个体户。1988年来香港开会,整天躲着中外记者,人家采访问写作目的,她说是赚钱,趁大家还没识破,多卖几本……弄得记者和会议主办方都尴尬。后来有一次金庸到岭南大学演讲,最大的教室座无虚席。讲演中金庸毫不掩饰他对文学史地位的一些疑虑,说不清楚像残雪这样的小说,为什么是纯文学?2019年,诺贝尔文学奖要同时颁发两个,发奖前突然传出消息,残雪在西方博彩公司预测中名列前茅。消息一时在网上广泛传播,很多人在问:谁是残雪?

《山上的小屋》的第一句:"在我家屋后的荒山上,有一座木板搭起来的小屋。"[1] 每一个字都浅白、简单、明了，合成句子却意义晦涩。鲁迅、张爱玲的意象，既有写实，又有象征，比方说"药""红玫瑰与白玫瑰"，但"山上的小屋"貌似童话，其实不存在。

> 我每天都在家中清理抽屉。当我不清理抽屉的时候，我坐在围椅里，把双手平放在膝头上，听见呼啸声。是北风在凶猛地抽打小屋杉木皮搭成的屋顶，狼的嗥叫在山谷里回荡。
>
> "抽屉永生永世也清理不好，哼。"妈妈说，朝我做出一个虚伪的笑容。

这是小说的第二第三段，原文照抄。到此为止，小说四个主要人物中的三个，和一个重要道具都已经出场。

第一个人物当然是"我"，小说的叙事者；第二个人物就是做出虚伪笑容的妈妈；第三个是狼，之后会联想到父亲；第四个人物就是小妹，暂时还没出现。小说开始阶段是"我"跟妈妈的对立，对立的原因就是小说中最重要的道具——抽屉。在写实的意义上，抽屉常常用来放比较重要的个人文件或印章、信用卡、日记、书信、照片之类。象征意义上，抽屉就是私人空间，是一个物质化的精神世界。现在妈妈怪女儿，你的抽屉"永生永世也清理不好"，既可以是批评女儿办事缺乏条理，东西乱放乱扔，没有秩序；也可能觉得女儿思考问题缺乏逻辑，没有条理，大概是不成熟甚至精神忧郁。"我"的确一直在整理自己的抽屉，或者说整理自己的脑子。同时"我"又听到外面北风抽打小屋的木顶，还有狼叫，这是一种危机想象和环境灾难。然而这种危机、灾难环境，家里其他人好像感受不到。

---

1 残雪：《山上的小屋》，《人民文学》1985年第8期。以下小说引文同。

"所有的人的耳朵都出了毛病。"我憋着一口气说下去,"月光下,有那么多的小偷在我们这栋房子周围徘徊。我打开灯,看见窗子上被人用手指捅出数不清的洞眼。隔壁房里,你和父亲的鼾声格外沉重,震得瓶瓶罐罐在碗柜里跳跃起来。我蹬了一脚床板,侧转肿大的头,听见那个被反锁在小屋里的人暴怒地撞着木板门,声音一直持续到天亮。"

残雪的小说,很多篇都是相通的,在某种意义上,解读了一篇,也就可以理解一个时期,认识一种风格。小说里的"我"害怕有人偷窥,很像"狂人"觉得人家要吃他,是害怕自己的精神世界被人整理的一种生理表现。窗上的纸洞、屋外的小偷,可能都只是她的被迫害狂幻想。反锁在小屋里的人,远在山上,怎么听得见他撞击木板门?看来也是幻听。但有一件事不是幻觉。"'每次你来我房里找东西,总把我吓得直哆嗦。'妈妈小心翼翼地盯着我,向门边退去,我看见她一边脸上的肉在可笑地惊跳。"妈妈有点心虚。她到女儿房间找什么东西,这是一个关键。

二 从《狂人日记》到《山上的小屋》,是谁生病了?

"有一天,我决定到山上去看个究竟。"

既然"我"老听到山上小屋的声音,想象着另外一个世界、另外的力量,"我"就去寻找。"风一停我就上山……"可见主人公有行动能力,也有行动自由。

"我爬了好久,太阳刺得我头昏眼花……"(这当然可以有多种解读)

"每一块石子都闪动着白色的小火苗。"(头昏眼花?)

"我咳着嗽,在山上辗转。我眉毛上冒出的盐汗滴到眼珠里,我什么也看不见，什么也听不见。我回家时在房门外站了一会，看见镜子里那个人鞋上沾满了湿泥巴，眼圈周围浮着两大团紫晕。"

到目前为止，"山上的小屋"还是没找到。

"'这是一种病。'听见家人们在黑咕隆咚的地方窃笑。"

在20世纪中国小说里，主人公常常听到类似窃笑，从《狂人日记》开始，你想找点别的什么，周围的同胞同乡同志都会来说你病了。"等我的眼睛适应了屋内的黑暗时，他们已经躲起来了——他们一边笑一边躲。我发现他们趁我不在的时候把我的抽屉翻得乱七八糟，几只死蛾子、死蜻蜓全扔到了地上，他们很清楚那是我心爱的东西。"

这是小说的第一个高潮，第一次矛盾的正面爆发，抽屉的象征意义于是充分显现。主人公并没抗议家人们变态或者抢劫。抽屉里有什么是近在咫尺却不知道的秘密？身体行动没问题，看来病在脑子里。病症、病因会不会在日记书信里？在残雪长大的年代，中学生的日记（和现在的微信微博一样）都是随时准备公开的，大家都要创造性地用一些金句，比如"对同志要像春天般温暖"之类。如果来了火灾、地震，你恐怕会不顾性命地去救家人，为什么你的手机微信却不能公开分享？难道有什么见不得人的秘密？于是家人们把"我"的抽屉翻得乱七八糟，完全可能出于关爱，出于关心，扔掉的是死蛾子、死蜻蜓——只有小资情调的人才会刻意保留这种浪漫颓废的纪念品。帮你整理一下抽屉，就等于帮你清洗一下大脑。

"'他们帮你重新清理了抽屉，你不在的时候。'小妹告诉我，目光直勾勾的，左边的那只眼变成了绿色。"

小妹是"我"、妈妈、父亲之外的第四个人物。如果妈妈代表家长秩序，小妹本应也是弱势受害者，但小说里的小妹更像是一个告密者，一个打小报告的人——她看"我"的时候眼睛发绿。残雪作品的特点之一，就是喜欢用生理现象来描述心理症状。"母亲假装什么也不知道，垂着眼。但是她正恶狠狠地盯着我的后脑勺，我感觉得出来。……每次她盯着我的后脑勺，我头皮上被她盯的那块地方就发麻，而且肿起来。"这种笔法，写实与象征一体，是残雪的特长。

三　现代世界的预言

"吃饭的时候我对他们说：'在山上，有一座小屋。'"

简单翻译：在世上有一种理想。

"他们全都埋着头稀里呼噜地喝汤，大概谁也没听到我的话。"

《山上的小屋》，四个实体人物，三个不难理解，"我"是被迫害者、反抗者。妈妈是压迫者，是秩序规则的代言人。小妹身为受害者，却胆怯害怕，告密做帮凶。只有父亲这个角色比较复杂矛盾。一方面："父亲用一只眼迅速地盯了我一下，我感觉到那是一只熟悉的狼眼。我恍然大悟。原来父亲每天夜里变为狼群中的一只，绕着这栋房子奔跑，发出凄厉的嗥叫。"好像父亲也是帮凶之一，主角是女性，更怕狼眼偷窥。但是另一方面，父亲又对"我"表白："那井底，有我掉下的一把剪刀。我在梦里暗暗下定决心，要把它打捞上来。一醒来，我总发现自己搞错了，原来并不曾掉下什么剪刀，你母亲断言我是搞错了。我不死心，下一次又记起它。我躺着，会忽然觉得很遗憾，因为剪刀沉在井底生锈，我为什么不去打捞。我为这件事苦恼了几十年，脸上的皱纹如刀刻的一般。终于有一回，我到了井边，试着放下吊桶去，绳子又重又滑，我的手一软，木桶发出轰隆一声巨响，散落在井中。我奔回屋里，朝镜子里一瞥，左边的鬓发全白了。"

整篇小说很短，这段寓言却很长，令人费解。掉在井底的"剪刀"代表失落的理想？或是被遗忘的技能，被压抑的志向？总之，为了打捞这把"剪刀",这个男人苦恼了几十年,最后还是不成功。听了这段告白,"我的胃里面结出了小小的冰块",什么事情让主人公彻底心冷?这时抽屉的旋律又回来了。"我一直想把抽屉清理好,但妈妈老在暗中与我作对……小妹偷偷跑来告诉我,母亲一直在打主意要弄断我的胳膊,因为我开关抽屉的声音使她发狂……'这样的事,可不是偶然的。'小妹的目光永远是直勾勾的,刺得我脖子上长出红色的小疹子来。"又是亲人目光刺出皮肤疾病。"比如说父亲吧,我听他说那把剪刀,怕说了有二十年了?不管什么事,都是由来已久的。"

由来已久便对吗?主人公在这里显然跟"狂人"默默对话。

"我"听见有人在井边捣鬼,打开隔壁房门——"看见父亲正在昏睡,一只暴出青筋的手难受地抠紧了床沿,在梦中发出惨烈的呻吟。"读到这里,父亲好像又是没法摆脱记忆的受难者……山上的小屋里有一个人在呻吟,这个人好像在呼应她的父亲。然后就是小说最后一段:

那一天,我的确又上了山,我记得十分清楚。起先我坐在藤椅里,把双手平放在膝头上,然后我打开门,走进白光里面去。我爬上山,满眼都是白石子的火焰,没有山葡萄,也没有小屋。

不管"小屋"是什么,山上没有小屋。《山上的小屋》童话般的文字,只是山下的人们在困境中的绝望幻想。即使在微信、微博、Facebook、推特的世界里,也依然会有"狂人",觉得保卫自己的精神抽屉越来越困难。

在《山上的小屋》之前,残雪已经写过长篇《黄泥街》,用审丑意象的重复堆砌集合,比如泥巴、绳子、小虫、皮肤病等概括形容一个小镇上的"十年"风景。80年代后期,她又写了《苍老的浮云》

《突围表演》等中长篇。90年代"先锋小说"步入低潮，倒是残雪，像吴亮说的"真正的先锋一往无前"，坚持不懈解读卡夫卡、博尔赫斯，也不断有新作探索，如《痕》《新生活》《断垣残壁里的风景》。残雪小说有不少英语、法语、日语的译本，在国外成为汉学研究的重要课本。一方面，她的文字意象颇受翻译小说影响，因此也比较容易为海外读者理解接受；另一方面，她也的确是80年代"先锋文学"的寂寞坚守者，一直在中国文学的边缘独行。2019年进了诺贝尔奖博彩公司的排名榜，或许也不完全是空穴来风，也不完全是幻想出来的"山上的小屋"。

1986

史铁生《插队的故事》
最杰出的知青小说

一 最杰出的知青小说

有一些知青小说更加有名,但艺术上可能不如《插队的故事》;也有艺术上同样精湛的小说,但已不再是典型的知青文学。所以,史铁生的《插队的故事》是最杰出的知青小说,没有之一。

史铁生(1951—2010),生于北京,1967年清华附中毕业。1969年,史铁生去延安插队落户,结果两腿瘫痪回到北京。之后他在街道工厂工作,又患肾损伤、尿毒症等,一直坐在轮椅上写作,代表作有《我与地坛》等。早期《我的遥远的清平湾》(获1983年全国优秀短篇小说奖)写"我"在陕北一个叫清平湾的小山村插队放牛,一起拦牛的白老汉,也叫破老汉,会唱民歌。这个农民抗战时就入党,随军打到广州,但最后还是农民。因为没有给大夫送十斤米或面做礼物,他儿子的病就被耽误了。后来"我"回城治病,破老汉还专门给知青捎去了十斤陕西粮票。同样写知青生活,史铁生写读书人和农民在社会灾难面前共同命运、互相支持。记得有次和陈村议论一些知青文学及电视剧,有些不满。陈村说:什么故事都可以编,可这一段生活我们亲身经历,不应该乱写。其实陈村的这段话也不仅仅是讲知青小说。

《插队的故事》好在哪里?

> "有人说,我们这些插过队的人总好念叨那些插队的日子,不是因为别的,只是因为我们最好的年华是在插队中度过的……"[1]

这是小说的引言,摘自第二章里的一段对话。作者自己对这段话并不满意:"不过我感觉说这话的人没插过队,否则他不会说'只是因为'。使我们记住那些日子的原因太多了。我常默默地去想,终于想不清楚。"

很少有作家的只言片语,不仅说出我的信念,还道出我的疑惑。

小说开始写"去年我竟做梦似的回了趟陕北",小说的第一人称叙事者想回当年插队的地方看看,已经快十年。因为残腿,觉得不可能。因为写小说出了名,就有作协安排,居然成行。整部小说从想回乡到回忆乡下生活到真的回乡。

二 清醒抒情,坦然面对历史

一般来说,小说一旦抒情,就会偏重感性,超越现实,融化理智。史铁生创作的第一个特点就是清醒抒情。

梁晓声讴歌"北大荒":这是一片神奇的土地;张承志咏叹"北方的河",想念"绿色的夜",一往情深;甚至阿城写平常不动声色的王一生,九人大战的时候也要大叫"妈,儿今天……妈——"。

---

[1] 史铁生:《插队的故事》,《钟山》1986年第1期;北京:求真出版社,2011年。以下小说引文同。

可是史铁生的抒情小说，却从不激动，十分节制清醒。"十几年前我离开那儿的时候……村头那面高高的土崖上，好像还有人站在那儿朝我们望……十几年了，想回去看看，看看那块地方，看看那儿的人，不为别的。"

在《我的遥远的清平湾》里有一段关于劳动的抒情文字，可以作为这种清醒抒情的范例：

> 和牛在一起，也可谓其乐无穷了，不然怎么办呢？方圆十几里内看不见一个人，全是山。偶尔有拦羊的从山梁上走过，冲我呐喊两声。黑色的山羊在陡峭的岩壁上走，如走平地，远远看去像是悬挂着的棋盘；白色的绵羊走在下边，是白棋子。山沟里有泉水，渴了就喝，热了就脱个精光，洗一通。那生活倒是自由自在，就是常常饿肚子。[1]

美丽的劳动图景当中插进了"不然怎么办"或者"就是常常饿肚子"，使史铁生的抒情小说充满诗意又极其现实。

《插队的故事》写知青出发的火车开出北京："我心里盼着天黑，盼着一种诗境的降临。'在九曲黄河的上游，在西去列车的窗口，是大西北一个平静的夏夜，是高原上月在中天的时候……'（这是贺敬之的诗，北岛也会背诵。又是'十七年文学'和'文革后文学'的穿越与颠覆——引者注）还有什么塞外的风吧；滚滚的延河水啦；一群青年人，姑娘和小伙子怎么怎么了吧；一条火龙般辉煌的列车，在深蓝色的夜的天地间飞走，等等。还有隐约而欢快的手风琴声，等等。想得呆，想得陶醉。嗐，你正经得承认诗的作用，尤其是对十六七岁的人来说。尤其是那个时代的十六七岁。"

---

[1] 史铁生：《我的遥远的清平湾》，《青年文学》1983年第1期。

请注意这两个"尤其"。生在那个时代的十六七岁,是一种苦难,还是一种幸福?

接着小说写:"当然,发自心底想去插队的人是极少数。像我这么随潮流,而又怀了一堆空设的诗意去插队的就多些。更多数呢?其实都不想去,不得不去罢了;不得不去便情愿相信这事原是光荣壮烈的。其实能不去呢还是不去。今天有不少人说,那时多少多少万知青'满怀豪情壮志',如何如何告别故乡,奔赴什么什么地方。感情常常影响了记忆。冷静下来便想起本不是那么回事。"

书名叫《插队的故事》,有意无意,作家在为知青运动写"史"。史铁生小说的第二个特点,就是坦然地面对历史:"延安对我确有吸引力。不过如果那时候说,也可以到儒勒·凡尔纳的'神秘岛'去插队,我想我的积极性会更高。"圈内同行、圈外读者都说史铁生纯洁、真诚,这是一个很好的例子。现在人们看了《战狼Ⅱ》觉得自己特别爱国,有没有想过观看《阿凡达》又说明什么?今天谴责他人如此这般的时候,有没有想过,假如你在他的位置上,可能又会怎么想、怎么说、怎么做呢?史铁生回首自己亲身经历的历史,两腿伤残,心灵健全,记住昔日的天真烂漫,也不忘其中的艰辛残酷。当代小说家里,史铁生的心态真是坦荡透明。

三 知青小说写农民

在清醒抒情和不回避历史的同时,《插队的故事》与其他知青文学的另一个区别,就是史铁生既写知青的境遇感受,又花了更多的笔墨描写农民生态心态。

之前梁晓声、韩少功、阿城等人主要都在写知青,但是史铁生不是。小说里有不少可以独立成篇章的农民故事,比之前之后的农村题材小说还要具体真实。比如"我"住的窑洞旁边,有个农民叫疤子，儿子叫明娃。"疤子那年三十七岁，看上去像有五十。疤子是不大会发愁的人，或者也会，只是旁人看不出。他生来好像只为做两件事，一是受苦，一是抽烟，两件事都做得愉快。疤子婆姨三十五岁，已经有七个儿子。除去明娃，个个都活蹦蹦的，结实着哩。冬天的早晨，雪刚停，五元儿、六元儿站在窑前撒尿，光着屁股在雪地里跳，在雪地里嚷，在雪地上尿出一排排小洞。晚上，一条炕上睡一排，一个比一个短一截，横盖一条被。这时候明娃妈就坐到炕里去，开始纺线或者织布。油灯又跳又摇，冒着黑烟。疤子或者一心抽烟，或者边抽烟边响起鼾声。"

两个人在讨论要不要卖了玉米换红薯，为了留钱给明娃看病。同一时间在隔壁的窑洞里，知青们在拉小提琴，讨论苏联社会主义经济问题。半夜，知青起来撒尿，明娃妈还在织布。明娃知道母亲好心，但坚持说"不要叫我大炭窑上去"。因为挖煤下窑等于搏命，生死难卜，非常辛苦危险。说是凡下窑的人欠了债，人家就不催要了，"不然就是逼人去死"。可是小说写："不去又怎么办？明娃妈停下手里的事。卖猪、卖鸡蛋、卖青油，直能卖多少？治病的钱多会儿能攒够？"

小说中的知青讲起明娃、随随这些农民家的事情，就像自己的事情一样。随随家是全村数得着的穷户。随随的大是个瞎子。三岁害了场大病，就瞎了眼。六十载，他没走出过清平湾。之前一直跟哥嫂过，46岁时好意收养了一个孤儿，就是随随。老人瞎眼，但是铡草从来不误事，努力地受苦（干活），勉强生存。可是随随讨不起女人。当地的婚俗是很早订婚，男家要付很多钱，比方说明娃家里这么穷，还凑了600块，给明娃找了一个叫碧莲的17岁女孩。随随家是完全没办法了。

但是随随长成一个漂亮小伙子，放羊的时候跟邻村的一个捡柴的叫英娥的女子，两个人在山里对唱山歌："梳头中间亲了个口,你要什么哥哥也有。不爱你东来不爱你西,单爱上哥哥的二十一。……三十三颗荞麦九十九道棱,妹子虽好是人家的人。蛤蟆口灶火烧干柴,越烧越热离不开。……"

写到这里,知青叙事者出场了——

"好了,我的想象过于浪漫了。事实上也许完全不像我想象的这样。事实上我们到了清平湾的时候,随随和英娥的罗曼史已告结束。"英娥已经嫁人了,嫁了一个难看的老实人,她一度想自杀,后来生了两个娃娃,也就不吵了。随随还是光棍一条。

穷是十分普遍的,有对老人住在高山上的窑洞,因为以前是红军,现在没有劳力,所以破格允许养鸡、养猪,生活得不错。其他人不能养鸡、养猪。农民栓儿力气大,技艺高,偷偷离乡做铁匠活,不久就被绑了人绳抓回来了——走资本主义道路。

四 "革命"的知青与"愚昧"的农民

张富贵原是个大队书记,因反对大队分红而被降职;知青们都觉得大队分红比小队分红更进步。大队分红就是几百上千个人在一起结算,小队分红可能就是几十上百个人一起结算。理论上大队分红是"从小集体到大集体再到全民所有制",知青们都觉得这是正确的大方向,于是去找张富贵,想争取他革命。小说写,"我们自信比梁生宝和萧长春水平高"(又出现前后"三十年"文本互涉)。

> 张富贵不在窑里。炕上坐着个老汉,是怀月儿的爷爷……
> "您说,大队分红好,还是小队分红好?"

怀月儿爷爷啰啰唆唆半天讲不清楚。窑里有猪,在灶台边上蹭痒,上面睡了一只猫,家里几乎是一无所有。

"那您说，是小队分红好呢？还是单干好？"

我们想引导他忆苦思甜。似乎只要证明了小队分红比单干好，就自然证明了大队分红更具优越性。

怀月儿爷爷愣了一下，把脸凑近些，压低声音问："能哩？"颇为怀疑地看我们每一个人。

"什么能哩？"

"球——谁解不下这事？不是不敢言传？众人心里明格楚楚儿价。小队分红好，可还是不顶单干。"

大家又互相看，都没敢轻易相信自己听见了什么。怀月儿爷爷是彻底的贫农，烈属，有三个儿子，一个死在青化砭，一个死在沙家店。

这一段知青老农的对话，和之前写农民的小说不大一样。《绿化树》里有农民，但主要为了解救读书人受难而存在。李顺大几十年造不了屋，但是没有单干思想。再早一点，萧长春、梁生宝，都是合作化先锋、农村新人。

史铁生小说里有一句话，当知青到黄土高原上，知道当地小麦亩产才七八十斤时，同学们都傻了眼，"不知是这些老乡在骗我们，还是临来时学校的工宣队骗了我们。"

20世纪中国小说的读者们，大概也会提出这样的疑问：萧长春和疤子、随随，谁的故事更真实？梁生宝和《插队的故事》里的老乡，究竟谁在骗我们？

也许，柳青和史铁生都是真诚写实的，宽容一点说，只是50年代与80年代的不同；苛刻一点论，或是干部身份（县委常委）与普通知青视角不同？

又或者，从梁生宝买稻种到史铁生下乡延安，农民生活越来越苦了？

《插队的故事》不仅写知青心态，同时写农民生态，常常将两者并置，意味深长。刚下乡时，好像是文明和原始对比——村子里的小孩不请自来，挤在知青窑洞里，看到半导体也非常好奇。然后写农村婚俗，男方要花不少钱，女方也不觉得这是买卖。发展下去，如上所述，知青觉得自己是梁生宝、萧长春，却没法说服烈属贫农放弃单干梦想。还有一个细节更加耐人寻味：知青们砍柴砍不动，烧不着火，就到山上破庙去砍木的门槛，挖菩萨的木头的心来烧饭。与此同时，愚昧虔诚的乡民们却还在努力修补和使用这个破庙，在那里烧香、磕头、祈祷。

小说从开始的城乡差别，慢慢写到在窑洞油灯前，在庄稼的地里，在洪水前面知青和农民的共同命运。"五四"以来知识分子和农民两条文学主线，终于在当代知青小说，特别是《插队的故事》里真正同框。真正同框的意思，就是闰土不必叫"我"老爷，梁生宝见到县委常委柳青也不必那么激动，海喜喜也不能随意教训章永璘……结尾处，作家毫不回避读者可能有的疑问——"有人会说我：'既然对那儿如此情深，又何必委屈到北京来呢？用你的北京户口换个陕西户口还不容易吗？'更难听的话我就不重复了。拍拍良心，也真是无言以对，没话可说。说我的腿瘫了，要不然我就回去，或者要不然我当初就不会离开？鬼都不信。"

推想开去，回首当代中国革命，种种艰辛残酷，无法否认。否则为什么后来要改革呢？好，现在既然改革成功了，为什么又要怀念革命呢？用史铁生的说法，"拍拍良心，也真是无言以对……"

但是，再次回乡那天——"汽车沿着山道颠簸，山转路回，心便一阵阵紧，忽然眼前一亮：那面高高的黄土崖出现在眼前，崖畔上站满了眺望的人群……"

1986
———

张炜《古船》
"民族心史的一块厚重碑石"

莫言《红高粱》的突破，主要在形式语言上，用"洋腔洋调"讴歌土得掉渣的东北高密乡，以现代派手法改写"革命历史小说"。张炜《古船》的突破，主要在内容人物上，最早书写"家族史"（后来才有《白鹿原》），最早重写"土改"（至今仍是有争议的话题）。

现代文学很少写"家族史"，《家》《子夜》写家族，但没有时代变化（当时觉得批判现实就能把握未来）。《死水微澜》有时代变迁但没有家族。《财主底儿女们》有现代文学中罕见的"家族史"，但只有一个家族，逐渐分化。50年代写"家族史"是《红旗谱》，家族与阶级与政党逻辑关系清晰（甚至过于清晰）。读过《红旗谱》，才会明白《古船》想写什么。

2017年长江文艺出版社的《古船》封底有三位大家的推荐。公刘说："这是迄今为止我所接触到的反映变革阵痛中的十亿人生活真实面貌的杰作。"陈思和说："《古船》当之无愧为当代长篇创作的一部杰构。"雷达说："环顾文坛，能以如此气魄雄心探究民族灵魂历程（主要是中国农民的）、能以如此强烈激情拥抱现实经济改革，又能达到如此历史深度的长篇巨制，实属罕见。所以，我把它称作民族心史的一块厚重碑石。"

"民族心史""厚重碑石",措辞分量也很重。私底下,90年代中王蒙来香港谈起张炜,在当时有关"人文精神论争"中,王蒙和张炜不在一个阵营,但他也说张炜的小说好。称赞跟自己观点不完全一致的作家作品,这是真正的称赞。

张炜(1956—)的《古船》用山东东北部洼狸镇上隋、赵、李三个家族之间几十年的恩怨情仇,贯穿了"土改""大跃进""文革"和"改革开放"初期四个历史阶段的阶级关系、社会秩序的复杂变化,小说甚至也触及了改革以后的所谓中国方向的问题。

一 用家族斗争的线索贯穿中国现代史

隋家父亲隋迎之,出场篇幅很少,可是他的身份重要。隋家祖上是大户,不仅洼狸镇,远近好几个县都有隋家产业,最主要是粉丝工业(背景可能是龙口粉丝,写一部小说写出一个行业,以后还会看到王安忆的《天香》等)。"土改"时,隋迎之主动上交自己的不少产业,说隋家欠了天下人的债。他的政治身份被定为开明士绅,属于统战范围内的地主或资本家。"土改"时开批斗会,他还想是不是应该站上台去,但人家把他劝下来,因为他是开明士绅。某日民兵头头赵多多来串门,问隋迎之老婆茴子借鸡油擦枪,当时隋迎之不在。赵多多把枪越擦越亮,最后站起来要走时,顺便将油碗扣在了茴子耸着的胸脯上,茴子转身摸剪刀,赵多多早已跑了——穷人要抢地主老婆的情结由来已久,但这种方式这个细节,令人难忘。之后农会开会,辩论隋迎之算不算开明士绅,隋迎之被叫到会上。刚辩论了一会儿,赵多多就以手代枪,嘴里发出"砰"的一声,用食指触了一下隋迎之的脑门。隋迎之却像真的被枪击中一样,倒了下去,气息全无,救回以后也元气大伤。之后某天,他骑了一匹老红马,走到高粱地里,吐血身亡。这就是《古船》的叙事风格,事情、情节荒诞离谱，叙事口吻相当平静，若无其事。

隋迎之的弟弟隋不召，是个半神奇半疯癫的人物，整天说他上了郑和的船，要光复古中华国威，洼狸镇也有辉煌历史。因为他半痴半醉，神神道道，也没什么财产，所以历次运动也伤害不了他。在"文革"当中，他还能同时跟很多不同派别的组织联络。隋不召活了很久，小说结尾时，因为救科学迷李知常，被实验机器搅进去。死的时候，镇上的人们很敬重他。同样神神道道，曾经很漂亮的巫婆张王氏是他最知心的人。《古船》的家族史渗透了不少乡俗、神话、巫术和古怪传统，颇似《百年孤独》的风格技巧。在某种意义上，《古船》也可以改用路翎小说的书名——《财主底儿女们》。

小说主角之一是隋迎之的次子见素。70年代末，见素30多岁，血气方刚，浪漫冲动，很有女人缘。他特别不服气老赵家的多多承包粉丝工厂，欺负不少女工，又占了地方经济很多便宜。所以他一直暗暗算账，图谋夺回当地的经济大权，甚至诅咒或者说间接造成了粉丝厂的"倒缸"——化学因素导致材料出问题，一种重大的生产事故，当地人视之为灾难。

《古船》的第十五章是一个转折，见素和赵多多竞争承包粉丝厂。结果见素失败，表面是招标差钱，实际是赵家和地方干部利益相通。之后见素到城里做生意，认识了县长侄女，丢弃了对他很痴情的乡间女工。其实见素在城里的小生意也不成功，最后是大病一场，回乡后终于和他的哥哥隋抱朴沟通和好。

第一男主角隋抱朴是隋迎之长子，比弟弟年长十来岁，亲眼见过"土改"以来自己家族的衰落过程。抱朴与见素分别代表了改革开放以后中国农村新兴力量的两个侧面：见素血性、激进、实力、机智，抱朴诚实、稳健、多虑、忠厚。弟弟整天图谋要夺回祖传的粉丝工业，抱朴却一直枯坐在老磨坊里，静静地观察镇上风云。到晚上，抱朴研读一本薄薄的小书——《共产党宣言》。章永璘拿本《资本论》，基本上是做符号，抱朴却真的是逐段逐句阅读，还要和别人分享体会。小说里有不少对《共产党宣言》观点的阐发，包括资产阶级怎么在过去百年来创造了人类有史以来都没有过的巨大的经济社会成就，包括基督教的一些禁欲主义怎么压抑人的欲望，等等。兄弟俩都有些概念化：见素只想发展资本主义，复兴家族荣耀；抱朴却不忘社会主义初心，考虑公平扶贫等问题。他问弟弟，你要是承包粉丝厂，能保证镇上的穷人过得好吗？看上去，抱朴有点继承梁生宝传统，这在"文革"后文学中也很少见。见素看到工厂"倒缸"，幸灾乐祸；抱朴却跑去为仇家"扶缸"（救灾）。如果说见素是以恶抗恶的于连，抱朴就是学习道德清高的列夫·托尔斯泰。

二　隋家与赵家

隋迎之老婆茴子，在丈夫死后坚决不肯搬出他家大宅，最后放火烧屋自焚。

茴子自焚的时候，民兵队队长赵多多破门而入，撕掉了茴子的衣服，在快死的女人身上撒尿，少年抱朴目睹了这一切。隋家的女儿含章，十分美丽，皮肤白到透明，可她在"文革"当中却做了赵家四爷爷的干女儿。

四爷爷，本名赵炳，他是镇上几十年来最有实权的人物。隋家女儿含章名义上是他干女儿，实际是情妇，或者说是被长期奸淫。隋家人并不知道实情。含章这样做，是换取四爷爷保护隋家两兄弟，不至于被迫害到死。

赵家的两个主要人物——赵多多和四爷爷，是《古船》最鲜活生动、最令人印象深刻的两个人物，从人物塑造来说，他们远比整天关在磨坊里读《共产党宣言》的抱朴，或者是努力经商、愤世嫉俗的见素来得更加深刻。

我们已经惊奇地见识过，赵多多借油擦枪，最后把这个碗扣在女主人胸部；以手当枪，"打死"了开明地主。作品里还有不少性暴力细节，随手调戏女工，差不多每个女工他都被摸来摸去；专政对象的女人们，不少被他奸淫；等等。

不过，小说精彩之处不是写赵多多无恶不作，而是写他本是穷人孩子，并不是一开始就好色好斗。小时候，孩子饿了什么东西都吃，田鼠、花蛇、刺猬、癞蛤蟆、蚯蚓。第十八章写赵多多到地主家去捡杀猪以后丢弃的垃圾，结果，地主家的黄狗咬得他身上流血。这个时候，有人就教他用绳子、铁钩去抓黄狗。

> 他照着做了，果然就钩到了黄狗。它在绳子的一端滚动、哀叫，就是挣不脱带倒刺的铁钩。鲜血一滴滴洒到土里，老黄狗绞拧着那条绳子。他看着老黄狗挣扎，两手乱抖，最后"哇"地大叫一声松了绳子，头也不回地跑了。
>
> 这年里他好几次差点饿死在乱草堆里。一个雪天，有人掏出两个铜板，让他去干掉老黄狗。他实在饿坏了，就再一次用铁钩钩到了它。这次无论它怎样哀叫翻滚他都不松手了，直咬着牙把它牵到河滩上……
>
> 后来他才知道给铜板的人是土匪，那些人当夜就摸进去绑了黄狗的主人，把他拉到野地里用香头去触，最后还割下他一个耳朵。[1]

地主的狗咬穷人孩子的腿，这是非常有象征意义的故事。张炜写了又一个地主的狗和一个穷人孩子的故事。孩子开始没有忍心杀

---

[1] 张炜：《古船》，1986 年，《当代》杂志首次刊发，单行本 1987 年由人民文学出版社出版。以下小说引文同。

掉狗，但在土匪教唆下把狗杀掉了，那家主人也被绑了。这是一个穷人孩子后来一步一步变成乡间恶霸过程当中的关键一环——儿时受不了黄狗挣扎，长大却能在大火中的地主老婆身上撒尿。

张炜后来解释自己的小说："出身贫苦的人一定要是好人、革命者、勇敢的人吗？你也知道不一定。穷人的打斗都一定是有理有利，是符合大多数人的利益的吗？你知道也不一定。"[1]《古船》就是写这种"不一定"，而在"前三十年文学"当中，穷人与好人与革命的关系，基本上是"一定"的。

小说里写得更出色的一个反派形象是四爷爷："四爷爷原是个穷孩子，可是自小敏悟过人，长脖吴的父亲与他父亲有旧交，就出钱让他和自己的儿子一块上学堂。从学堂里出来，赵炳就做了书房先生。"

长脖吴是一个小学校长，小说里一直是赵家的座上客。"'土改'复查之后，赵炳一直当高顶街的头儿，名声上下都响。"下面老百姓服他，上面干部也欣赏他。

都是赵家人，赵多多是霸道武夫，赵炳是掌权文人。"四爷爷"这个称呼非常奇特，给赵炳一个文雅旧派长辈的形象。小说第十二章，细细描述渲染，写这个乡镇太上皇的气度、学养、举动、仪容。他在自己的大院里，一边让神奇巫女张王氏给他按摩，松体宽心；又和小学吴校长讲诗书茶礼，很有文化。一会儿，隋家的干女儿来了，吴校长就跑到隔壁房边，朗朗地读书——就在读书声的伴奏下，四爷爷把美丽的干女儿含章捧在腿上慢慢把玩……

这样描写一个儒雅的当代恶霸，细节到底是不是可信，很难说，但是艺术效果确实精彩，象征意义也非常复杂。

到了70年代末，四爷爷其实也就是60来岁，但是镇上干部要

---

[1] 张炜：《在〈古船〉研讨会上的发言》，济南，1986年10月；参见张炜：《古船》附录，武汉：长江文艺出版社，2017年，第337页。

紧的事情一定要来听他的意见，小事他还懒得管。有一次调查组来了，书记、主任就来找他，四爷爷请张王氏掌厨，他自己迟到，怎么把上面干部在气势上搞定，小说里有很精彩的细节。在"文革"中赵炳也受到打击。当时赵多多是造反队司令，把四爷爷救出来。同时，四爷爷还运用权力保护隋家人。

20世纪小说中官员与民众关系有几次大的变化：晚清主要写"官压迫民"；"五四"写官民身份不同但"国民性"相通；延安文学时期写"民反抗官"（或"好官解救人民"）；到了80年代的《古船》，又出现了主奴关系可以转换的情况，穷人也可以翻身做恶霸，财主的儿女们也可能艰难地活着，苦苦地挣扎。

隋家、赵家以外，还有个李家也是镇上的大户。隋家是富人倒霉，赵家是穷人掌权，李家过去也是资本家，后来一直关心科技生产。李其生在"大跃进"当中挖出了地下古船。儿子李知常，也是科学狂，一直研究变速轮。轮子会使得粉丝工厂更加赚钱，但他不知道在隋赵两家的争斗当中应该站在哪一边。同时，他又一直非常痴情地爱着隋含章。

小说里的其他女性都是配角。抱朴最早娶了家里的女工桂桂，桂桂病死后抱朴和小葵私通，在田野里非常激情。但是小葵的老公后来死于矿难，抱朴又自责，又怀疑小葵的小孩是不是他的。若干年一直犹豫着不敢接近小葵，小葵最后失望，嫁给了另外一个农民。阅读让抱朴学会了忧乡忧民，却没教会他怎么对待女人。小说最后，张炜安排了一个美丽女工闹闹，痴情地爱着抱朴。英雄事业成功，总得有美人相爱。见素很晚才知母亲死况，起意要杀赵多多。结果赵多多自己撞车而死。抱朴自然接收了粉丝工厂（也掌握了小镇的前途）……

三　夸张、魔幻、神奇、荒诞的小说

《古船》情节非常荒诞、魔幻，既是全知角度，有时又装糊涂。因为是长篇，所以也是当时回顾五六十年代历次社会变动最详细（有些也是最夸张）的文学作品。第九章写"大跃进"，第十八章写"土改"，第二十三章写"文革"，时序上有意混乱，前后穿插，故意剪辑成错的故事。其中写"大跃进"这一章，主要突出数字效果。

> 省里领导连夜开会，决定地瓜每亩必须种六千三百四十多株；玉米每亩必须种四千五百至八千六百三十棵；豆子必须播下四万八千九百七十多粒。数码印成了红的颜色，印在了省报上。开始人们都不明白为什么数码还要印成红的？后来才知道那可是一个了不起的先兆。

有个老汉觉得不应该下种这么多，就偷偷地倒掉了一半，结果被民兵发现暴打，投井自杀。就此镇上的人明白为什么报上的数码要印成红的。接下来就是"高产卫星""大炼钢铁"，炼钢需要用一种锅，这锅需要陶瓷，于是大家都要献碗。瓷器用尽，镇长又引导镇上人行路低头，留意捡取泥土里的所有碎瓷片。后来井底的瓷片也给掏上来。路上远远地有个什么在阳光下发亮，大家认为是瓷片，就飞一般跑上去争抢。久而久之，那些骨骼发育还没有成熟的孩子，由于长期低头寻觅瓷片，就再也抬不挺头颅了。后来若干年过去，人们遇见不能昂首挺胸的人，还说他必定是洼狸镇人。

夸张、魔幻、神奇、荒唐，像开玩笑，不能细想。

"大跃进"之后就是大饥荒。整个洼狸镇都在寻找吃的东西。一些青嫩的野菜早被抢光，接下去又收集树叶。麻雀吃不到东西，死在路边和沟汊旁，人们也把它收起来。河汊的淤泥被掘过十次以上,大家都同时记起了泥鳅。秋初有蝉从树上掉下来,有人拾到直接放进嘴巴。

"文革"故事比"大跃进"更夸张,首先也还是强调数字。"短短五十多天里,镇子的政权就变动了二十多次。最早夺得洼狸镇大权的是'井冈山兵团',后来是'无敌战斗队',再后来是'激三流战斗队',接上又是'革命联总''五二三一联总指'等等。"

《古船》写"文革",有些牵涉暴力与性的细节过于荒诞,缺乏节制。有一度,"文革"像个垃圾桶,什么脏东西都丢在里边。

四 "我仅仅是在写'土改'吗?"

《古船》写"大跃进"、三年饥荒或者"文革",再怎么夸张,再怎么荒诞,也没人批评,但是一写到"土改",情况就不一样了。

张炜后来解释,在写《古船》前,他翻阅了几十上百万字的相关历史材料。小说第十八章,详细写"土改"的情况,1947年国共还在内战之中。地主富农的浮财拿出来分给农民了,可是有些农民不敢收,半夜偷偷又把东西送回给老东家。

赵炳当时教书,就给干部建议,哪一家地主富农回收了浮财,就关地窖。然后再开大会,深入发动群众,不仅要翻身,而且要"翻心"——"翻心"是丁玲、周立波、赵树理写"土改文学"的主题。

张炜在写"土改"时,其实小心谨慎,颇讲策略。策略之一,被民兵群众打死的地主都确实有罪,或者是在批斗当中有反抗。有一个叫麻脸的,不肯交出银圆,就被赵多多用烟头烫了,之后麻脸就扑向民兵,最后被砍。还有一个叫面脸——说他脸很大,被揭露他曾叫丫鬟帮他穿裤子,就引起了民愤。还有一个名叫驴,他的小老婆和长工勾搭,他就切了长工的一个睾丸。这些地主,民愤极大,所以开了杀戒。策略之二,小说特地把"土改"中批斗地主和之后地主还乡团血洗村庄做对比。还乡团的暴力厉害得多，他们将几十个干部群众用铁丝穿锁骨穿在一起。这是《林海雪原》的情节，一模一样，不知道有没有参考，还是"英雄所见略同"。穿了锁骨的人被全部活埋，说明国民党反动派对翻身农民的凶残报复。策略之三，"土改"出现暴力过火的时候，共产党干部王队长坚决反对，他却被批成是"富农路线"。王队长说，发动的是群众的阶级觉悟，不是发动一部分人的兽性。虽然这句话不大像1947年的农村语言，但道理是对的。所以，后来济南开会，有人批评小说当中的"土改"描写，张炜就说："农民的过火行为，党也是反对的，党都反对，你也应该表示反对；至于'土改'运动当中'左的政策'在当时就批判了的，当时就批判了的，现在反而不能批判了吗？最后问一句：我仅仅是在写'土改'吗？"[1]

《古船》并不仅仅写"土改"，还写"土改"之后的几十年，甚至改革开放之后中国农村的未来方向。小说当中还有一个重要人物，一个神秘兮兮的老中医郭运。在这个镇上能够透视全局的，看上去是贫苦出身的恶霸四爷爷，或者研读马列的地主儿子隋抱朴，其实却是一个拿着《天问》的中医郭运。

---

[1] 张炜：《在〈古船〉研讨会上的发言》，济南，1986年10月，参见张炜：《古船》附录，武汉：长江文艺出版社，2017年，第336—337页。

1986

莫言《红高粱》
当代小说的世界意义

其实，莫言（1955— ）在获得诺贝尔文学奖之前，已经被评论界认为是1978年（或1949年）以后最优秀的中国作家之一。描写"土改"的《生死疲劳》曾获第二届"红楼梦奖"（世界华文长篇小说奖），莫言自己最喜欢的是《丰乳肥臀》。而诺贝尔评奖委员会在宣布得奖消息时，特别提到《天堂蒜薹之歌》，这是一部尖锐批判现实的作品。莫言的小说，有不同风格探索不同艺术成就。我个人还是认为《红高粱》是他的代表作。唯一遗憾的是篇幅太短了。

1985年中国作协为新人新作《透明的红萝卜》开讨论会，会上莫言的军官身份一再被介绍,他坐在一边,几乎一言不发（我想：怪不得叫"莫言"）。《透明的红萝卜》故事基本写实，又偶尔写特异感官——农村小男孩能把红萝卜看成有着金色外壳包着银色液体的透明物体。小说里的铁匠和石匠，同时喜欢一个叫菊子的姑娘。当时《百年孤独》获奖不久，中国当代小说作家突然发现现代主义的魔幻和现实主义的乡土也有结合的可能。曾镇南称赞小说写实，举例说生产队队长骂小男孩，"你跑哪儿去了，你跑阿尔巴尼亚去啦？"很能体现"文革"的历史环境和细节。李陀等人也发言了，印象最深的是汪曾祺的提问：小说里明明石匠对小男孩好，铁匠对他不好，为什么最后两人打架，小男孩反而去帮铁匠？大家一时不知怎么回答时，汪曾祺说应该是小男孩偷恋菊子，属于少年性心理无意识。对照《受戒》，可见汪曾祺对乡村男孩性心理的兴趣一直十分前卫，莫言还是谦虚微笑，坐在旁边。

那是1985年。《红高粱》已经写好，尚未发表。

一　影响中国新时期小说发展的三大因素

1985年中国小说的发展受到至少三种因素的制约，或者说有三种潮流在互动。第一还是和政治的关系。作家要反思"文革"，批判现实；你干预生活，生活也要干预你——从"社会效果说"，到"清除精神污染"，所以作家们都必须要有调节跟大气候的不同策略。莫言深知行规，所以《红高粱》跳过了"文革"和"十七年"，写到了更早的抗战历史。第二个潮流是文化寻根。要和政治拉开距离，于是写文化。贾平凹、阿城寻找文化传统；韩少功、王安忆等人挖掘国民性病根；张承志、莫言迷恋乡土、地域、民俗、历史；等等。莫言把高密东北乡给写活了、写神了，寻根努力也有意无意呼应了中断已久的侠义文学传统。第三个因素是现代派影响。19世纪欧洲文学的影响，早已渗透"五四"以后的几乎所有作品（也许除了"十年"以外）。但20世纪现代主义文学，诸如卡夫卡、萨特、加缪、海明威，当时代表另一种吸引力。尤其是加西亚·马尔克斯，的确给中国作家带来了一个启示，原来觉得现代主义是写欧洲国家的人性异化、孤独隔膜、他人即地狱等，没想到也可以写民族寓言，写乡土，写家族史，以魔幻可以写现实。

莫言几乎是本能地[1]将上述三种因素协调综合,《红高粱》的文学史意义,就是最早将文化寻根和现代派技巧结合起来重新书写"革命历史小说"。

二 《红高粱》中的现代派技巧

《红高粱》中的现代派技巧,具体来说就是后设的叙事技巧和暴力审丑美学。我曾有专文讨论《红高粱》的两种后设叙述。[2] 一种是叙述时间上的后设:叙事者,包括读者,早就知道故事的结局,然后回述当年的事情。一般小说有点像现场直播的球赛——故事顺着时间发展,读者不知下一分钟会发生什么。但是《红高粱》里有个细节,戴凤莲出嫁坐轿,路遇土匪,轿夫余占鳌等把土匪赶跑以后,男主角就去掀轿子的布帘,碰了一下新娘子的脚。这不仅不礼貌,基本上属于"性骚扰"。就在读者紧张期待故事会怎么发展时,小说突然插了一句:"余占鳌就是因为握了一下我奶奶的脚唤醒了他心中伟大的创造新生活的灵感,从此彻底改变了他的一生,也彻底改变了我奶奶的一生。"[3] 这就等于足球将进未进之际,突然有旁白说"这场比赛的胜负,就在这一瞬间决定了"。甚至这一届世界杯的进程,就此被改变了——这等于是从现场直播变成录像回放。虽

---

[1] 莫言后来说:"马尔克斯的作品《百年孤独》的汉译本1985年春天我才看到,而《红高粱》完成于1984年的冬天,我在写到《红高粱家族》的第三部《狗道》时读到了这部了不起的书。不过,我感到很遗憾——为什么早没有想到用这样的方式来创作呢?假如在动笔之前看到了马尔克斯的作品,估计《红高粱家族》很可能是另外的样子。"《我为什么要写〈红高粱家族〉》,http://book.sina.com.cn,2012年10月16日,金羊网——羊城晚报。

[2] 《当代小说中的现代史:论〈红旗谱〉〈灵旗〉〈大年〉和〈白鹿原〉》,收入《许子东讲稿(第2卷):张爱玲·郁达夫·香港文学》,北京:人民文学出版社,2011年,第268—289页。

[3] 莫言:《红高粱家族》,《人民文学》1986年第3期;北京:作家出版社,2012年。以下小说引文同。

然观众读者喜欢现场直播，实时目睹事件发展，但"录像回放"也有特别效果。所有的历史研究都是"录像回放"。回放的时候，才看得清楚比赛（事件）当中，哪些事情看上去热闹，其实无关紧要。哪些时候以为不重要，其实是关键时刻。在这种关键时候，就会出现马尔克斯的著名句型："多年以后……"

生活当中每天每月碰到很多事情，再争取一下？还是放弃？这时多么希望有个事后的声音角度，告诉我"多年以后"……人生就是没有"多年以后"，所以要靠小说给予虚拟的机会。后来，不少当代中国小说家都使用这种加西亚·马尔克斯的"多年以后"叙事策略，目的就是要写顺时态中的"后见之明"。提前出现的结局会逼使读者从关心"后来怎么了"转到"怎么会这样"。《红高粱》一方面是强调小说叙事的后设角度，强调"多年以后"，比如说"我"还到家乡去查县志、访老人等写作过程；另一方面，"后设角度"还直接体现在人物称呼上，男女主角大部分时间不叫余占鳌、戴凤莲，而是"我爷爷""我奶奶"。既突出了叙事者与历史人物的血缘关系，又将"奶奶"之类的乡土符号和诸如"个性解放"等现代语言巧妙并置。小说里的典型句式是"她老人家（我奶奶）不仅仅是抗日英雄，也是个性解放的先驱，妇女自立的典范"。季红真认为，这是家族、宗法、乡土语言和现代城市语法观念的混合。[1] 小说里也有不少性感场面，也因"我奶奶"这个称呼使人感到多了乡土气味，少了色情意味。"奶奶一把撕开胸衣，露出粉团一样的胸脯"，"奶"是一个性器官，重叠两字又变成一个家人的称呼。

小说还有一段乡土文字的现代语法，令台湾的周英雄等教授非常困惑：

---

[1] 参见季红真：《忧郁的土地，不屈的精魂：莫言散论之一》，《文学评论》1987年第6期；《现代人的民族民间神话：莫言散论之二》，《当代作家评论》1988年第1期。

高密东北乡无疑是地球上最美丽最丑陋、最超脱最世俗、最圣洁最龌龊、最英雄好汉最王八蛋、最能喝酒最能爱的地方。

谨以此文召唤那些游荡在我的故乡无边无际的通红的高粱地里的英魂和冤魂。我是你们的不肖子孙,我愿扒出我的被酱油腌透了的心,切碎,放在三个碗里,摆在高粱地里。伏惟尚飨!尚飨!

革命者,不是应该与时俱进,一代更比一代强吗?什么原因造成了"种的退化"?

《红高粱》接受现代派影响的另一特征是暴力审美。《红高粱》里面写罗汉大爷被剥皮那一段,令读者印象深刻。[1]《红高粱》以后,寻根派的小说常有撒尿之类的动作,也不忌讳暴力血肉细节。一般来说,通俗文学常常写海滩、月亮、玫瑰、烛光,"严肃文学"则渲染各种刑罚暴力,如莫言《檀香刑》、余华《现实一种》《一九八六年》。《红高粱》有撒尿酿酒的情节,余华的《兄弟》对厕所风景有大段描写。

三 《红高粱》为何救活了革命历史题材?

《红高粱》写丑,写暴力,用现代派的手法寻根,却写出了陌生化的抗日小说。雷达曾撰文称赞《红高粱》"它与以往我们的革命战争文学都不相像……在审美方式上它是一次具有革命性的更新"[2]。"革命历史题材"中,抗日本来应该是重头戏,尤其前后八年。可是在 20 世纪上百篇中国小说名作里,描写抗日的作品不多,这

---

[1] 在 1988 年访日期间,曾有日本汉学家包括"左倾"立场的对我说,那时并没有这样一种刑罚。
[2] 雷达:《灵性激活历史》,《上海文学》1987 年第 1 期。

个现象值得研究。最早的《生死场》，大部分写农村苦难女人不幸，很少写到抗战，打仗也没有胜利。抗日时期，延安或国统区，直接写抗日也非常之少。丁玲的《我在霞村的时候》，后来张爱玲的《色，戒》，都没有直接描写战场。1949年以后，写革命历史小说，"三红"（《红旗谱》《红日》《红岩》）全部写国共斗争。是巧合？还是有必然的因素？从艺术上看，正反派太绝对，人性解剖就难以复杂深刻。写阶级矛盾，还有灰色地带，比方说开明士绅，国共之间有分有合。一到抗日题材，民族矛盾，非人即鬼，故事只能侧重于写抗争的手段工具，比如《铁道游击队》《地雷战》《地道战》，往革命通俗文学方向发展。最成功的文学片段在汪曾祺写的《沙家浜》里，但不是小说，改成样板戏时，也必须以郭建光武装斗争为主线。直到今天，抗日戏依然是影视屏幕当中主要的填充材料，但是也依然要靠"手撕鬼子"之类的特殊手段才能吸引观众。在抗日题材方面的任何突破，比如姜文的《鬼子来了》、陆川的《南京！南京！》，还有张军钊《一个和八个》等，都非常艰难。

回顾抗战文学背景之后，再看看《红高粱》，怎么救活了革命历史题材？

在《红旗谱》等"红色经典"里，中国农村的阶级斗争模式，主要是穷富与国共。再细一点，则有六种力量——穷人、富人、祠堂、学校（常常是地下党教员），还有国民党、共产党。《红高粱》里除了这六种力量以外，加了（或者说还原了）第七种土匪，"我爷爷"余占鳌等。

在《红高粱》当中，无论国共都变成了抗日的配角，主力居然是土匪和他带领的普通民众。国民党冷支队长有兵力，可是打完伏击战以后才赶到收军火，坐享现成。有个长得很秀气的任副官，小说中的"我父亲"猜他八成是个共产党。任副官教兄弟们唱革命歌曲，成功训练了余司令土匪大队的纪律性。余占鳌的叔叔强奸妇女，余占鳌就逼迫叔叔，要把他枪毙掉——这种驯化改造土匪队伍的情节在不少文学作品里出现过。改造是有成效的，这个兼有书生气、英雄气的任副官，象征意义上又代表知识分子，又代表党，却被自己的勃朗宁手枪擦枪走火打死了——不知是否隐喻虽然无敌，却会被内斗所害？

余司令的队伍能够在《红高粱》中成为抗日英雄，浅一点说，就是抗日题材一向黑白分明，缺少人物性格矛盾，一向只在手段上做文章，所以现在土匪参加甚至主导抗日，余占鳌的性格身份处境比较复杂。深一点讲，"五四"以来，晚清侠义文学传统在中国大陆失落很久了。"五四"文学本身也并不包含还珠楼主、王度庐等人的文学。五六十年代金庸、梁羽生的新派武侠也进不了内地，所以民众只能在杨子荣、阿庆嫂他们身上点滴回味昔日的江湖气味。

莫言能够理直气壮把家乡的先辈讴歌成那么英雄的王八蛋，或者那么王八蛋的英雄，在潜意识的层面是有山东豪杰水浒底气的。晚清文学狭邪、科幻、侠义、谴责四大类，"五四"以后似乎只有谴责现实类在发展。其实我们看到，狭邪文学仍然暗暗存在并演化（从"青楼家庭化"到"家庭青楼化"），而侠义传统的复兴，《红高粱》功不可没。这才是莫言对传统文学的真正传承。侠义精神的复活，加上后设叙事技巧，再加上对城市的道德批判，就有了政治反省、文化寻根和西方现代派技巧三者碰撞结合的客观效果。

但这不一定是作家的主观把控。作家本人其实更多是从他60年代初的儿时饥饿记忆出发，借点西方技巧，考虑中国政治，又歌颂家乡土地。儿时的饥饿记忆，是莫言创作的真正动力。就《红高粱》而言，作家自己说："他所要表现的是战争对人的灵魂扭曲或者人性在战争中的变异。"[1]

---

1 莫言：《我为什么要写〈红高粱家族〉》，http://book.sina.com.cn，2012年10月16日，金羊网—羊城晚报。

四　莫言获诺贝尔文学奖之我见

　　2012年诺贝尔文学奖公布前夕，有媒体采访，问莫言获奖的可能性。我当时说莫言会获奖，原因是比较符合世界文学（主要是欧洲文学界）对当代中国作家的一些期待。这些期待分别是：一，写乡土；二，写革命；三，现代派技巧；四，不同立场；五，中国文学传统；六，有好的翻译。

　　这些期待或者说条件，一部分是总结前一位华文作家获奖情况，一部分是评奖委员会委员马悦然教授访问岭南大学时我们也有相关讨论。第一、二、三项关于乡土寻根、改写革命历史题材和运用一些现代小说技巧，前面已经讨论。第四项，所谓批判时局本不是莫言的"强项"，不过他的长篇《蛙》，批判"　孩"政策，也是表达立场。第五项，莫言的小说是否继承中国文学传统？本来评论界只看到他明显受到南美魔幻现实主义的影响，但是后来《生死疲劳》用了章回体，蒲松龄也是山东人，所以和中国文学传统也有关系的（评委会没有特别注意莫言现象与《水浒传》侠义传统的联系）。第六项，很明显，要感谢葛浩文、陈安娜等出色的汉学家（以及汉学家背后的华人伴侣）。

　　当然，六个因素云云，都是事后分析。没有作家会依照着不同的配方或需求来创作。只是从《红高粱》等作品看，当代中国小说（到目前为止）的世界意义，相当程度上在于用现代主义技巧描写中国乡土大地上的独特的革命历程。

1986

路遥《平凡的世界》
改变青年三观的"中国故事"

三部《平凡的世界》,从1985年写到1988年,大约每年写一部。最初发表在1986年12月《花城》。1991年《平凡的世界》获得第三届"茅盾文学奖"。如果从文艺社会学角度特别关心"小说里的中国",《平凡的世界》应该是20世纪"中国故事"里非常重要的一章。

路遥(1949—1992),本名王卫国,陕北榆林清涧县人,出生于贫困农民家庭。当代作家真出身农民家庭的,为数不多。七岁时路遥过继给伯父,也是农民。他读过县立中学,之后回乡务农。1973年进入延安大学中文系(工农兵学员)。1982年发表了一部中篇小说《人生》,后来被改编成电影。《人生》男主角高加林在农村姑娘刘巧珍和城市姑娘黄亚萍之间的艰难的感情选择——该不该为了进城抛弃痴情的乡下姑娘,一度引起社会争议。在"寻根文学"和"先锋小说"形成热潮的1985年前后,路遥埋头写《平凡的世界》,他的写实主义当时并没有受到文坛的特别关注,而且英年早逝。不过近年来,《平凡的世界》持续热销,成为最受评论家关注的几部当代小说之一。这里有哪些偶然的人事因素,有哪些是文学史意义上的必然性,值得讨论。

一 《平凡的世界》近年热销的两个原因

洪子诚的《中国当代文学史》资料很全，论述80年代后期小说时，列举了先锋派的莫言、马原、格非、孙甘露、苏童、余华、残雪等，同时也讨论池莉、方方、刘恒、刘震云的"新写实主义"，另有一个章节"其他重要作家"，包括阿城、史铁生、韩少功、张炜、张承志等作家。近年有研究者注意到，洪子诚似乎没有特别论述《平凡的世界》。努力"超克"80年代文学批评的一些年轻学者，可能觉得"忽略"《平凡的世界》是文学史的疏漏。其实任何文学史也难面面俱到，夏志清后来也承认他没有讨论萧红、端木蕻良是一个缺憾。而且在80年代中后期，《平凡的世界》的确并非文坛关注的焦点。在各种当代文学的会议上，当时比较活跃的评论家，很少特别讨论路遥的作品。陈思和主编的《中国当代文学史教程》同样也没有专门评论《平凡的世界》。

为什么《平凡的世界》在80年代中后期并未引起文坛足够关注，却在二三十年后，越来越引起了青年读者（也包括专业评论家）的关注？

我认为至少有两个原因：第一是中国文学读者人口的变化。1985年前后，程德培讲过一句非常精辟的话：当代小说不是城里人下乡，就是乡下人进城。"城里人下乡"即知青小说，韩少功、王安忆、阿城、张承志、史铁生等，作品中的乡村，其实是知识分子考验、历练自己灵魂感情的一个背景。其中只有极少数人，比如史铁生，会关注农民的生态，但关注的主体还是知青的心态。所谓"乡下人进城"，指的是莫言、贾平凹、路遥等人的作品。莫言像沈从文一样美化乡村批判城市，贾平凹是努力发掘乡土传统当中的善恶，其中大概只有路遥，真正从字面上来描写"乡下人进城"。

《平凡的世界》第一部，写到主人公孙少平要离开县城回乡时，他说:"老实说,你(指县城)也没有能拍打净我身上的黄土;但我身上也的确烙下了你的印记。可以这样说,我还没有能变成一个纯粹的城里人,但也不完全是一个乡巴佬了。"[1] 路遥的这段话可以形容他的人物与读者。在过去几十年,中国社会的最大变化,中国在世界上崛起的关键,就是几亿农村人口急速向城市转移,就是"乡下人"(中性概念)或主动或被动地"进城"。《插队的故事》写过黄土高原农民生态,一家人很多小孩睡在一个破窑洞里,男女婚嫁有不少买卖的习俗,在贫困的土地上唱着浪漫的山歌,做点小生意要被当作资本主义批斗等等。路遥小说也有同样的细节,但史铁生是"知青看农民",同情的是农民的"生态"。可是路遥却是"农民做知青",理解的是农民的"心态"。

孙少平说:"最叫人痛苦的事,你出身于一个农民家庭,但又想挣脱这样的家庭,挣脱不了,又想挣脱……"这话差不多可以概括这部小说,以及整个"中国故事"的主题。80年代中后期,当代小说的读者群,主要是城市里中学以上的文化人口;到了21世纪,大量乡镇青年也已中学毕业,也已进入城市,成为新时代文学人口的主流。在这种情况下,"乡下人进城"就比"城里人下乡"能够获得更多读者的共鸣。这是《平凡的世界》,还有余华的《活着》等作品近年持续热销并影响青年人三观的一个可能的解释。

当然路遥和余华还是不同,余华是策略调整,路遥是别无选择。

除了文学人口的变化以外,第二个原因是80年代文学,首先强调"新时期"否定"文革"。但是《平凡的世界》却突出70年代中后期中国政治生态的微妙延续性。中间当然有断裂——从革命到改革,但断裂之中又有体制、人事和政治文化的延伸。偏偏这两

---

[1] 路遥:《平凡的世界》第一部,《花城》1986年第6期;北京:十月文艺出版社,2009年。以下小说引文同。

个历史时期的复杂关系,近年来是中国文学界——恐怕也不止文学界——的一个热门话题,所以人们突然发现,《平凡的世界》描写的正是"革命"与"改革"的交接部位。这个交接期,在其他作品里是一个相对的空档,比较难以诉说。《晚霞消失的时候》《芙蓉镇》《古船》都从"十年"直接跳到80年代。路遥小说,却非常写实非常平静地叙述"革命"后期普通农民的生态、心态,然后一步一步、一天一天描写他们从集体生产体制走向承包制单干的详细过程。所以,《平凡的世界》记录了20世纪"中国故事"的一个重要转折点。

二 《平凡的世界》里的三类农民

"平凡的世界",一半在写黄土高原上的一个双水村。和《创业史》一样,村里的人也可分成三类:贫穷农民,想发财的村干部,还有地主和中农的后代们。

第一类人物是贫穷农民,如孙少安、孙少平一家,父亲孙玉厚老实巴交,辛苦耕作,艰难生活。祖母病在炕上,全家挤一个破窑洞,小妹妹兰香借宿他人家里。少平在县里读中学,只能吃最差的黑面馍,很为自己的穷困而羞愧,却爱上了漂亮的地主女儿郝红梅。姐姐嫁了一个不务正业的王满银,因为倒买几块钱的老鼠药被批为走资本主义道路,要到建筑工地劳改。少安只好求儿时朋友田润叶,润叶的叔叔是县革委副主任田福军,随即批条放了他姐夫。男主角孙少安,相貌英俊,心胸开阔,为人正直,近年有评论认为孙少安和梁生宝一样,属于"社会主义文学"的"新人"。[1] 但"新人"拯救姐夫的方法,也还是走同学关系(干部子女)的后门。非常现实主义。

---

[1] 参见杨辉:《总体性与社会主义文学传统》,《2019年度唐弢青年文学研究奖论文集》,武汉:长江文艺出版社,2020年,第301—337页。

总之，孙少安一家代表了勤劳、刻苦、老实的农民，在小说第一部里，他们生活艰辛、悲惨。

第二类人物是村干部，以大队书记田福堂和副手孙玉亭为代表。孙玉亭是孙少安的叔叔，同样吊儿郎当，姐夫倒卖老鼠药，玉亭忙着革命宣传，整天抓阶级斗争，要大家学《水浒传》。田福堂从50年代合作化起就是双水村的头号实权人物，对村里情况了如指掌。第一部结尾，田福堂想学陈永贵，炸山筑坝造良田，结果炸了不少私人窑洞及学校，一事无成。

双水村的第三类农民，大都姓金，有的是地主或中农出身。俊山、俊文、俊武、俊斌等，窑洞好，实力强，为人低调。田福堂把一队队长孙少安、二队队长金俊武都视为竞争对手。

对照看《平凡的世界》与《创业史》的人物分类法，很有意思。相同之处，都是贫苦农民、基层干部和富农中农（及后代）三大类，贫苦农民都是正面主角"时代新人"，还都"偶然"认识上面领导。不同之处，一是梁生宝要搞合作化，孙少安要承包单干；二是柳青笔下富农中农是反派，路遥小说里村干部才是负面角色。阶级斗争悄悄转化为干群矛盾。

很少有作品细写"文革"后期的农村生态，《平凡的世界》第一部提醒读者注意以下几种情况：

第一，即使大家都赤贫，穷富仍有差异。田福堂的弟弟田福军在县委做事，哥哥借光。从1953年到1976年，富裕中农各家光景也还是比赤贫农户好。小说突出孙少安一家的贫穷惨况，显示再彻底的"革命"也救不了孙少安一家。

第二，生产大队之间为了抢水可以互相破坏。为了集体利益，犯法也符合村民道德。金俊斌在抢水战斗当中被洪水冲走，算是付出代价。俊斌死后他老婆偷人，导致了王姓、金姓、田姓三族农民械斗。20年代许杰小说《惨雾》中的械斗情节，居然在这部小说中依然存在。双水村的家族之争，虽然不如《古船》那么壁垒分明，但还是有迹可循。路遥小说里，中国农村的宗族乡俗，在红彤彤的70年代，仍然没有完全消失。

第三，"文革"期间，婚姻还是买卖，讨老婆还是要钱。少安后来找到不要彩礼的媳妇，因为他的相貌人品。但是办婚事，钱、粮、窑洞都没有，结果都有人帮忙，还是和他的队长身份有关。

第四，《平凡的世界》与其他乡土文学的最大不同在于，小说不仅写穷富差异，不仅写原始械斗，不仅写婚恋习俗，不仅写传统残余，而且特别强调农民，尤其是年轻的农民想离开乡村，或者想改变乡村，或者逃离乡村。小说既写费孝通意义上的中国乡村秩序的崩溃，也写这种乡村秩序的变形转移。

三 "乡下人"孙少平进城

小说第一男主角是少安的弟弟少平，据说人物原型是作家的弟弟王天乐。[1] 少平高中毕业曾借队长哥哥的光回村教书。承包制后村里初中办不下去，少平不肯种田，便离开家乡进城打工。少了个男劳力，家人也支持。少平并不清楚自己进城的具体目的，只是读了书，好幻想，觉得乡村天地太小，想去见识更多的新世界。从外表和身份看，少平只是一个普通揽工汉，蹲在大城市高速公路底下等待被临时雇用，身无分文，甚至无处睡觉。很长一段时间，少平帮不同的建筑工地做苦工，搬石头。背上皮肤裂开，流血，受伤，结疤，再受伤。一天也就是挣两块钱的工资。在小说第一部，少平是一个好幻想的文青；到第二部，就变成了一个没时间思想的苦力了。

---

[1] 程光炜有专文讨论王天乐对《平凡的世界》创作过程的影响，以及路遥兄弟失和的原因。参见《路遥兄弟失和原因初探》，《南方文坛》2021年第1期。

这一时期，双水村不少乡亲境遇都在改善，大队、公社、县城、地委各级干部轮流升迁。但小说转一圈回到主角少平处，他还是在做不同工地的苦力，靠打工维持最低的城市生活水平，还要帮助读高中的妹妹兰香，同时还一直维持着与中学同学田晓霞的精神友谊。报社记者晓霞是田福军的女儿，聪明、开朗、有气质、有思想，不知不觉渐渐地爱上了这个睡在建筑工地、点蜡烛读《红与黑》的小伙子。

艰辛的体力劳动与艰深的文艺探索同时并存在一个身体，肉体与精神两方面都要超越常人，这很像枕着《资本论》睡觉的劳改犯章永璘，或者是杰克·伦敦笔下的水手作家马丁·伊登。在一群麻木粗鲁苦力之中，咬紧牙齿清醒读书，这正是"乡下人进城"与"城里人下乡"的一个交叉点。《平凡的世界》中，除了少安、少平兄弟的婚恋线索外，还写了同辈同学当中好几对男女的关系演变。田润叶坚决不跟丈夫李向前同居，直到有一天，伤心的老公喝酒出了车祸，断腿残废，这时润叶反而回心转意。在高中甩了少平转爱富家子的郝红梅，因为偷手帕被人揭发，也被男友抛弃。匆忙嫁人后老公又意外身亡。某天，她背着孩子在街边卖小吃谋生，遇上了田福堂的儿子田润生，没想到润生倒是一心一意爱上了这个苦命寡妇。不顾精明父亲反对最后成婚。

《平凡的世界》里有不少故事，违反"故事"常规，却遵循世界常理。

少安运砖烧砖，也不是一帆风顺。有一次烧砖出了意外，停工、欠债，陷入绝境。一个"夸富"会上认识的商人胡永合介绍他贷款，真的救了急。后来人家来逼债，又靠县长周文龙帮忙应对。总之，孙少安自己是很努力，但是他做过队长，也积累了一些乡镇基层的社会关系，人情关系都是资源。

乡村不搞革命了，大家各过各的，谁能够比较发达？小说描写大队干部田海民养鱼发财，二队队长金俊武种地高产，金俊山卖羊奶，金光亮养"意大利蜂"。有个地主成分的青年，这时也能当兵了。客观总结，拔尖户不是之前的基层干部，就是财主儿孙，或者至少中农等殷实户的后代。

作家路遥在大是大非的问题上政治正确，十分坚定。但同时，小说又通过无数写实细节，写出了"文革"与"文革"后农村干部体系的变与不变。

改革开放以后，土地被透支，偷窃、诈骗、迷信活动增加。双水村有个"神汉"刘玉升，装神弄鬼，一度很得人心。已经发家了的少安反省双水村的历史，说以前最神气的是地主；之后，最有威望的是教书的金老先生；之后几十年，最有权力的是书记田福堂；再下来，难道现在人们最相信刘玉升？想到这里，孙少安就把本来要投资拍三国的钱，重修双水村的学校。作家在这个人物身上灌输了自己对农村发展的理想。不过少安的妻子，贤惠能干的秀莲在学校落成仪式上吐血，她得了肺癌。

少安家最有出息的竟是小女儿兰香，国家重点大学学天文物理，男朋友是省委副书记的儿子吴仲平。读者在羡慕祝贺贫主人公一家翻身幸福之际，会不会有个疑问：少安、少平、兰香这一家人，好像是婚恋高攀专业户？都是普通农村青年，怎么都有机缘碰到干部子弟？

少安本来可以娶县革会副主任田福军的侄女，是他自己放弃，选择务农致富。少平一直在城里打工，从建筑工地转到了大牙湾的煤矿，但他一直在和省委副书记田福军的亲女儿晓霞谈恋爱。现在，小妹妹兰香，马上又要做另一省委副书记的媳妇。

有几种解释的方法：一，孙家儿女自身太出色，所以少安、少平、兰香自然就会吸引到干部子女，甚至高干子女。出身于泥土，却有精英气质，是黄金，到哪里都闪光。二，在"平凡的世界"里，少安、少平与田家女儿们，原有乡亲关系，再加上作家情节安排，于是代表官场与乡土的联系。三，通过这种偶然的社会上升阶梯，读者才有可能观察干群关系，而层层级级的干群关系，正是小说的经纬与肌理。

四　怎么评论《平凡的世界》的结尾？

少平到煤矿后每天下井，从农民户口转为工人身份，劳动强度一点没有减少，危险度反而增加。少平认识了一个善良的班长，班长和他的老婆、小孩都对他很好。后来班长工伤身亡，少平就和班长老婆、小孩互相照顾，像家人一样。

晓霞之前曾到煤矿看望少平，省城美女记者被众多矿工围观，这个情景很大程度上满足了少平的虚荣心。当然，也促进了两人关系，发展到可以在山上接吻的地步。

但是小说结尾出人意料。首先是晓霞在采访洪水灾难时牺牲。田福军书记就把矿工孙少平叫去，交给他三本女儿的日记，记载她们之间的爱情。之后，少平自己也出工伤，眼睛、脸部严重受损，送到省城急救。人救回来了，但脸上破相。妹妹和未来的妹夫说可以由省委副书记下调令，把少平调回省城，可少平拒绝了。又有医学院女生金秀，朋友金波的妹妹，此时向少平表达爱情。少平也婉拒了。最后，脸部严重创伤破相的孙少平回到了他热爱的煤矿。

应该怎么理解、怎么评论这个结尾？

百万字的《平凡的世界》，文学语言并无特别之处，基本上是当代白话。偶尔夹一些当地方言，"烂包""言传"等，根据上下文也读得懂。小说里文艺抒情的段落，有点渲染过度。叙事特点，是虚拟叙述者与读者之间有对话。一个人物出现什么事情，小说就写：我们认识的这个人他以前是怎么样的，你们怎么看他，等等，好像作者跟读者在议论小说里的人物。总体上，人们不会特别注意这部小说的技巧，艺术成就主要在主题结构、大量细节，以及小说结尾。

　　从艺术上看，这个结尾一是打破了读者们的阅读期待，二是使少平成为一个性格有发展有变化的人物。其他人物命运、场景变化，性格特征不变。只有少平在第一部里是文青学生，第二部是委屈身处底层，发展到第三部境界升华，最后拒绝向上，坚守底层。不管读者是不是理解、相信或认同主人公最后的选择，小说的确想刻画主人公的性格转化，同时也理想化了"乡下人进城"的主题意义。

　　反过来讲，如果觉得这样的理想主义结尾有点虚幻甚至做作，作家还能有什么别的选择？

　　假如晓霞不死，最终少平受伤或者有成就了回城结婚？人们难免会怀疑少平的"于连气质"（现在叫"凤凰男"）——他与高干子女的恋爱是否早有功利布局？是否有意无意给他带来了利益和退路？

　　如果晓霞还是牺牲，少平在煤矿有特别贡献，发明创造之类，再顺理成章回城，与妹妹、妹夫团聚，或者要回到双水村，委以重任，某某村官之类。那么这时候，少平不也像章永璘一样吗？最后也要到铺着红地毯的会堂，向黄土高原表示感谢？这不就又在重复"天将降大任于斯人"的士大夫主题？

　　如果既不想让少平成为马丁·伊登或者于连般的理直气壮的个人奋斗者，又不想少平有意无意重复读书人落难而后承担重任的传统，那还能怎么办呢？

　　路遥整体小说十分写实，结尾却相当浪漫：拒绝城市，回到煤矿，放弃高层，回到人民。一种令人悲欣交集的理想。

　　青年读者不妨续写《平凡的世界》，想象一下在现实生活当中，假如你是少平，接下来会怎么选择，怎么生活？然后你就可以理解，为什么《平凡的世界》需要一个不平凡的结尾。

"十年"中，政权渗透乡村角落，是否代表乡土社会秩序的崩溃？"十年"后，农民经商进城，是否乡土经济价值系统在瓦解？但最后，进城的农民又要回到底层，《平凡的世界》可能想告诉人们，乡土理想即使进入城市却依然存在。

《平凡的世界》写"官"，有的"欺民"有的"助民"，不仅层层有"忠奸对立"而且正邪还有转变。写"民"也超越麻木受苦与被欺欺人等"五四"分类，更强调底层自强奋斗。"官""民"之外，"士"基本不出现。或者说孙少平的打工、读书和恋爱中出现了"民"与"士"与"官"的（一厢情愿的）虚拟结合。《平凡的世界》对中国小说主要人物形象关系模式有所修正和突破，因此作品受到非专业读者欢迎，也使文学史家一度感到陌生。

1987

马原《错误》
叙述的圈套

1985年"先锋文学"的代表作家有马原、残雪、余华、格非、孙甘露、洪峰等。后来余华、格非转向写实主义,成为文坛主流,畅销获奖。孙甘露转做上海作协领导。残雪一条道走到"黑"("摸黑探索",或追问"人性之黑")。马原(1953—)写小说,做生意,在大学教书,《上下都很平坦》影响不如早期的《冈底斯的诱惑》和《虚构》。但他在80年代的形式探索,对不少别的小说家有重要影响,评论家吴亮将马原小说概括为"马原的叙述圈套"[1]。

一 兜兜转转的叙事手法

短篇《错误》,原载1987年第1期《收获》,被黄子平、李陀选入了香港三联书店的《中国小说年选:1987》,作品在海外也有影响。小说有个题记:"玻璃弹子有许多种玩法,最简单又最不容易的一种,是使弹子途中毫不耽搁,下洞。"[2] 潜台词是小说有很多种

---

[1] 吴亮:《马原的叙述圈套》,《当代作家评论》1987年第3期。
[2] 马原:《错误》,《收获》1987年第1期。以下小说引文同。

写法，写实最简单又最不容易。

　　小说第一段："这两个孩子一个有妈没爸，一个没妈没爸。"显然是故弄玄虚。"有妈的那个不是爸死了，是他妈不说谁是他爸——他爸自己又缺乏自觉站出来的勇气。三十多个男人谁都是可疑分子，除了我。"

　　"我"是小说叙事者，一边讲故事，一边议论自己讲故事的方法，类似莫言的"后设小说"技巧，"元叙述"。

　　"我实在不想用倒叙的方法，我干吗非得在我的小说的开始先来一句——那时候？"这是戏说、解构当时流行的"多年以后……"的句型。"那个夜里还发生了另外一件事。我的军帽不见了，丢了！丢得真是又迅速又蹊跷。"两个孩子，一顶帽子，先按下不表，"我想啰里啰唆地讲一下我们住的地方。"

　　短篇小说应该尽可能简洁，为什么还要啰里啰唆？为什么明知道啰里啰唆还要啰里啰唆？把马原的原文精简一下，16个知青睡东北大炕，"我"和朋友赵老屁睡在最里面。13个人已经都睡了，另外三个人就是"我"、赵老屁和二狗。老屁和"我"最铁，两个人睡前还玩了摔跤，回来以后发现帽子不见了。

　　当时军帽黑市卖五块钱。"文革"结束时，农民陈奂生住招待所五块一晚，吓得不轻。所以回到1969年或1970年，五块钱是高价。不仅高价，"主要它还是一个小伙子可否在社会上站得住脚的象征。那时候抢军帽成风……我军帽就这么丢了。"

　　知青一代为什么以军大衣、军帽为荣？因为当时接近隐形军管，1967年整顿学校的也是军宣队。时装符号也是政治标记。

　　兜了一圈，又讲到两个孩子。江梅是"我"喜欢的女生，小学中学都是同班。另一个孩子情况不明。看上去乱纷纷的知青生活，孩子关系到"性"，帽子代表"政治"，还是性和政治两个要素。

二　下落不明的军帽，来路不清的小孩

读马原的小说是要准备绕圈子的，许多阅读障碍，像智力测验。小说第二节的悬念是：谁是孩子的父亲，军帽怎么丢的？

"我的帽子一年前是崭新的，我拿到帽子的当时就下决心与他共存亡，我咬破右手食指用血在帽里写上我的名字。这一年时间我几乎帽不离头，谁都知道这顶帽子是我的命……"在帽子里用血写字，并不夸张，当时有人直接把像章别在胸前皮肉上，比写血书更夸张。结果问题就出在血写的名字上。后话。

这还是"多年以后……"句式，提前预告后事。

接下来，"我"和赵老屁逐个打扰已睡下的13人：

"哎，起来一下。"
"哎，起来一下。"
"哎，起来一下。"
"哎，起来一下。"
……

这句话在短篇小说里重复了13遍，占了整整一页。为什么要连写13遍？读者可以想象：把已经睡下的知青朋友叫起来，不好意思（等于怀疑指控人家），越到后面就越困难。所以这个"哎，起来一下"要不断地重复，逐步加重紧张气氛，睡着的不肯起来，检控方也有些心虚和犯罪感。

"我"和赵老屁抄检大家的箱子，另外一个知青黑枣说："你要翻可以，翻不出来怎么办？""在谁那儿翻出来大家找谁说话。翻不出来谁要怎么办就怎么办，我没说的。"黑枣说："这话是你说的，大家听好。"

这是一段很重要的对话，或者说是一种契约。那个年代坐公共汽车，如果车上有人喊丢了钱包，司机会马上停车，售票员关了门，然后大家互相翻检衣袋，证明无辜方可离开。当时竟无人抱怨，其实这是有罪推定（每个乘客都有小偷嫌疑）。推广开去，今天若有什么事情发生，大家也会马上自觉声明"不是我做的""不是我说的""我没有错"，然后为自己能脱身感到幸运，并不怀疑他人是否有权怀疑我和检查我，包括我的钱包、抽屉。

知青黑枣当时就认为，你搜我们的箱子，等于怀疑、指控甚至侵犯了我的人格，所以假如找不到，你抄检方就要受罚。

"指控方有责任举证"是法律常识，控告他人，最后没有证据，就犯了诬告罪。小说里"我"和赵老屁半夜把13个人叫起来，等于指控其中有人藏了偷了军帽，假如找不到，"我"和赵老屁就是诬告。

13个破木箱全打开了，"军帽自然没有"。而且这时"我"发现了一个残酷的现实，就是这些人都是一无所有的穷光蛋，大家都没有一件可以值五块钱的东西。可"我"继续在翻查大家的行李，明知自己错了，得罪众人，依然没有停手。但多数人都不做表示，愤怒的或者厌烦的也不作声，只有黑枣勾住门框，在那里做引体向上动作。悬念。

这时女生宿舍有人来说江梅生孩子了，叙述圈套又兜回去了。

三 "简单、平静"的血腥暴力

小说进入了第三节，先说"我"对江梅生孩子很沮丧，这个男孩以后成了整个农场的儿子。每个男人都去说"让爸抱抱"，每个人都如愿做爸。"这个江梅后来死了，我也是听说。我先回锦州了，她留在农场，听说她终于自杀了。又是后话，后话不提。"

又是一个"多年以后……"句式，以结局证明当年过程无意义。

"那天大家给江梅送礼,'我'回到宿舍,老屁不见了,黑枣拿着木铁锹,他看上去心平气和,慢慢地退下了铁锹头。我知道好戏就要开场了。我记不住细节,因为时间已经过去太久。结果我的脚踝被木锹把扫成粉碎性骨折,我成了终生跛脚。"

寻根派、先锋小说都喜欢写暴力,但寻根派是夸张、慢镜头处理,莫言写罗汉大叔被剥皮,《爆炸》中一个小孩被打耳光,写了好几页形容那记耳光的种种效果。但是马原正相反,马原用极简单平静的笔调来处理血腥暴力。

"我记得我极认真地对黑枣说我要挑他两根大筋。我记得黑枣完全不在乎地笑了一下。黑枣没下暗的,他是个男人。他是打过招呼以后才动手的……"

打过招呼,就是刚才的警告:搜不出军帽,就要负责,要承担诬告侮辱大家的责任。在那个年代,在底层学生中间,这不是法律,而是一种江湖道德。

小说进入第四节。"这个故事比较更残酷的一面我留在后边,我首先想的是这样可以吊吊读者的胃口;其次我也在犹豫,我不知道我讲了是否不太合适。我说了它比较更残酷一些,我无法从原罪或道德的角度对这个事件作出恰如其分的评价。"

一面讲故事,一面吊胃口,还要告诉读者我在吊胃口。好像残酷的不仅仅是知青之间滥用暴力,而是怎么讲述军帽故事的方法。"马原的故事形态是含有自我炫耀特征的,他常常情不自禁地在开场里非常洒脱无拘地大谈自己的动机和在开始叙述时碰到的困难以及对付的办法。有时他还会中途停下小说中的时间,临时插入一些题外话,以提醒人们不要在他的故事里陷得太深,别忘了是马原在讲故事。"[1] 马原小说的真正主角不是任何一个人物,而是他的叙述。

1　吴亮:《马原的叙述圈套》,《当代作家评论》1987年第3期。

"我"受伤以后没住医院，找到一个民间巫医治了一下，止了血。然后另一个男主角二狗回来了，大家很奇怪他带回来一个婴儿，还不是江梅的孩子。黑枣这时候发现婴儿睡在军帽里，二狗发现"我"受伤了，大家都吃了一惊。

　　既然军帽是二狗拿去的，"我"就要惩罚二狗了（刚刚受伤，憋了一肚子气）。"我同样不露一点声色，一把抓住他衣领，接着用那条没受伤的右腿直捣二狗胯下，他当时就倒下了，倒在地上疯狂般地打滚嚎叫。""我"打二狗理直气壮，因为他偷了军帽。二狗受伤后连夜就被农场的马车送回锦州。之后他其实就残废了，丧失了生儿育女的能力。后来"我"去看他，都绝口不提这回事。二狗先在街道工厂，后来患直肠癌。"他命不好，他只活了二十三年。到现在，他死也是十几年的事了。他死前的那段时间，我们成朋友了。有保留的朋友，不能无话不谈。"

　　到现在为止，小说还在谜团中。只是一个短篇，好像很多故事，其实大都是圈套。

　　小说第六节只有一个情节。"二狗被大家抬上车以前，大声喊着对我说：'赵老屁让我告诉你，他走了，不回来了。'我同样大声喊道：'为什么？''没说！他就说告诉你。他还说让你管管江梅，管管那孩子。'哪个？哪个孩子？'他被抬上大车。他没回答我，也许是没听到我的话。"

　　两个孩子都是江梅在养，"我"认为江梅的孩子是赵老屁的。最铁的朋友，明知道"我"喜欢江梅，他还插一杠，所以"我"后来再也不管江梅的事了。但"我"一直想不明白丢军帽的事情。

　　叙事者反省：就是现在仍然想不好，为什么二狗把话留到他最后的时间，他本来可以早说，早说早就有个结果。早有结果有什么不好？

　　看来二狗最后的话是小说的一个终极悬念。

四　残酷又高尚的道德审判

第八节又写既合理又荒谬的暴力。众人当夜送走负伤的二狗，屋里只剩下黑枣和"我"。现在的情况是，军帽的确是有人拿走的，"我"去查室友的东西没有查错。换言之，黑枣惩罚"我"是错误的。但这些话没有明说。

"他先是回到自己铺位上一个劲儿地抽烟，我估计至少是抽了五袋烟以上。也就是说大约一个多小时他一直不停地抽烟。天快亮了。"这也是非常紧张的一个多小时。

……远处有公鸡叫了。黑枣随着公鸡的第一声啼鸣突然跳到地上，他经过我身边时也留一点迹象，他是跨过我两步以后弯身捡起锹头的。我没来得及想他可能干什么，他已经动手了，他看来用力很大又很猛，他的左腿后脚跟上面给剁开了，血汩汩地流了一地，他当时就倒了，倒下的时候神志还清，他朝我笑了一下，那是多么满足多么灿烂的一笑呵。

"我们两清了。"

这就是说，黑枣承认刚才剁了"我"的脚踝是错了（因为军帽确实是同屋知青拿的）。当初惩罚"我"，道德依据是你错怪了我们，现在发现是错惩了"我"，所以他只好自残表示歉意，"我们两清了。"

先锋文学甚至在这么奇特荒谬的语境里，还使用了《青春之歌》的句式，"多么满足多么灿烂"，写的是一个"多么残酷"的道德审判。

往浅里说，特殊时代，一群天性善良的年轻人，为了一点小事误会滥用暴力，造成不可弥补的损伤。往深处讲，即使在特殊年代，人和人之间还是有不成文契约和江湖道义。既惩罚他人，也追究自己，所以说是"多么灿烂的一笑"。

现在文艺中的暴力，大都为了阶级报复，或者纯粹感官宣泄。马原写暴力，欣赏的却是国人心里一种又残酷又高尚的道义惩罚。

"我"和同样跛脚的黑枣后来也成了朋友，才弄清楚江梅生的孩子其实是田会计的。赵老屁的确也生了个孩子，是和村里一个小寡妇张兰生的。寡妇难产，正好二狗撞到，所以二狗把孩子抱着，要给赵老屁。赵老屁不要，逃走了，同时随手把军帽交给二狗，说是摔跤时"我"忘在地上。二狗憋着这些关键细节，至死方说，大概也是为了让"我"跟赵老屁等人不用那么自责。二狗的境界很高。

评论家吴亮曾这样概括《错误》："这篇小说情节的逐渐'错位'使因果联系发生了移动：军帽失窃——江梅生孩子——孩子的来龙去脉——和黑枣的斗殴——二狗捡来的孩子——赵老屁的失踪——二狗的死和江梅的死，这些前后接续的事件，因果都是不甚明了的。马原十分善于讲这么一些由无因之果或有因无果组成的故事。""马原在进行他的故事组装时，没有一次不漏失大量的中间环节，他的想象力恰恰运用在这种漏失的场合。他仿佛是故意保持经验的片段性、此刻性、互不相关性和非逻辑性。这种经验的原样保持在马原的小说里几乎成为刻意追求的效果，比如存心不写原因，存心不写令人满意的结局，存心弄得没头没尾，存心在情节当中抽取掉关键的部分。马原的小说在这一点上酷似生活本身——它仅仅激起人的好奇，却吝啬地很少给好奇以满足。马原不像是卖关子，人为地留下所谓的'空白'，或者布下迷魂阵，心里对真相一清二楚。……他不说是因为确实不知。马原小说所显现的经验方式，表明了马原承认了如下的事实：世界、生活和他人，我们均是无法全部进入的。是我们在那些现象之上或各种现象之间安置上逻辑之链的（别无选择），而这样做又恰恰违背了经验的本体价值，辜负了经验对人构成的永恒诱惑。"[1]

　　吴亮认为马原藏着编着关键的细节，绕出复杂的叙述圈套，不是"存心在情节当中抽取掉关键的部分"，而是"因为确实不知"，尊重"经验的本体价值"——曾几何时，知青之间，"文革"因果，军帽与暴力，究竟哪些是"错"，哪些是"误"？这中间真有逻辑之链吗？荒诞生活，悲凉历史，真能讲成一个故事吗？就在这种故弄玄虚的文字实验（以及天才诠释）之中，《错误》等作品已经在叙事技巧上影响同时代作家，即使不能提供"十年"中国故事的另一种讲法，至少也令人怀疑《芙蓉镇》式"坏人迫害好人"模式或者王蒙、韦君宜等人小说里的干部反省与民众关系的故事。《错误》用侦探小说式的推理、"多年以后"的句式和故弄玄虚的叙事圈套，实际上在叙述"很多好人合在一起做成一件坏事"。

---

[1] 吴亮:《马原的叙述圈套》,《当代作家评论》1987年第3期。

1987

王蒙《活动变人形》
对一个"新派"知识分子的审判及其他

一 王蒙：始终引领文学潮流的作家

王蒙（1934— ）的重要性使我们必须在两个不同历史时期讨论他的作品。《组织部来了个年轻人》代表了50年代中国小说的水准——在20世纪初李伯元、刘鹗之后，相隔半个世纪"官场"重新回到文学当中，当然不是晚清文人痛斥清廷腐败宣泄民愤，而是在新的体制内部正视官僚主义。即使到了八九十年代，到了"新时代"，像林震这样的年轻人的困惑，像刘世吾这样的老干部的犬儒，依然是中国文学，甚至也是中国社会必须继续面对的问题。仅仅因为《组织部来了个年轻人》，王蒙在中国当代文学史上已经有了不可忽略的地位。但是王蒙没有停步，王蒙总在前行。80年代初左右的《夜的眼》《春之声》等短篇，是"文革"以后最早实验意识流的新潮作品。在引进现代派技巧方面，王蒙也走在最前面，令不少青年读者佩服。中篇《蝴蝶》把"十年浩劫"写成革命干部反思与民众关系的契机。《蝴蝶》中的"坏事变成好事"与《芙蓉镇》中的"坏人迫害好人"，是当时国人重组和摆脱"文革"记忆的最基本的两种叙事模式。中篇《布礼》，知音评论家李子云诠释：主人公经历了八千里路云和月，无数坎坷苦难历程，依然坚持少年布尔什维克的理想。除了创作引领新潮以外，80年代王蒙还担任《人民文学》的主编，曾任中央委员、文化部部长。他对寻根文学、先锋小说的理解和支持对当时文学的多元发展非常重要。

长篇小说《活动变人形》最初在1985年第5期《收获》节选发表，1987年由人民文学出版社首次出版单行本。当时文坛上令人瞩目的作品，比如《芙蓉镇》《绿化树》《棋王》《李顺大造屋》等等，都在反思"十年"或者"大跃进"。王蒙的大部分作品，包括他早年创作但很晚出版的长篇《青春万岁》，还有王蒙晚年的季节系列长篇，也都一直在反思1949年以后中国革命的各种成就与教训。王蒙应该说是最擅长写革命内部矛盾的作家，可是偏偏这部"代表作"《活动变人形》，写的却是1949年以前。其实，这是王蒙又一次引领潮流。稍后，人们就看到了陈忠实的《白鹿原》、莫言的《丰乳肥臀》、王安忆的《长恨歌》，还有铁凝的《笨花》等，这么多作品也都纷纷回首民国，从民国甚至清末故事讲起。大概要深刻检讨革命的经验教训，必须回头看看当代中国革命到底是怎么来的。

二　一个民国家庭的内部矛盾：资产阶级与封建主义？

《活动变人形》的男主角倪吾诚，民国时期在北平两家大学当讲师，是一个"先天不足"的"新派"知识分子。"新派"是因为家族传统。祖上是乡下大地主，祖父是举人，主张变法维新，参加过公车上书，失败以后自杀；有个伯父疯疯癫癫的也是"狂人"。所以，倪吾诚有着反叛的家族遗传。倪吾诚自己九岁一进洋学堂就迷上了梁启超、章太炎、王国维，看到家人裹脚就控诉批判。在大学里教的是西学、逻辑、伦理、黑格尔、柏拉图等等，都是"新派"知识，但为什么"先天不足"？小说写倪吾诚祖父激进，伯父特异，可是他父亲倪维德却十分平庸，被妻子管教，抽鸦片抽成了一个安宁、安分、安然的人。倪吾诚是个遗腹子，少年虽然反叛，但很快也被母亲管教得老老实实，管教方法一是鸦片，二是早婚（七巧当年也是这般管教儿子）。后来倪吾诚烟是戒了，媳妇却早早说下了，就是小说的女主角姜静宜。

1987年人民文学出版社版的《活动变人形》"内容介绍"这一栏里写着："作家以辛辣幽默的笔调和独特扎实的细节，描绘了一个知识分子家庭内部资产阶级与封建主义两种文化形态的殊死斗争。"

倪吾诚作为"新派"知识分子，与"中国资产阶级"或有"先天不足"的共同特点。但他妻子姜静宜，和她的姐姐姜静珍，还有她的母亲，这三个女人组成的联合阵线，能否代表"封建主义"？更是疑问。"封建"这个词汇容易引起歧义被人误解。在阅读巴金的《家》时，我们讨论过"封建"的不同定义，或者是《左传》所谓"封建亲戚，以藩屏周"，特指中国先秦的分封制；或者是马克思理论中的Feudalism，特指欧洲中世纪9世纪到15世纪的政治制度；或者泛指中国古代传统制度和礼教，简而言之就是天地君亲师、三纲五常、三从四德等。小说里的静宜、静珍怎样实践"封建主义"？第二章，有好几页详细描写静珍早上洗脸化妆。静珍早婚，丈夫早逝，她现在和妹妹静宜住在一个四合院里。静珍早上"大白脸"（梳洗化妆），好像是履行一件重大的使命。先是洗脸，"开始兴奋地、几乎可以说是冲动地用沾满了胰子和水既光滑又黏稠的毛巾在脸上抹过来、蹭过去。同时她鼻孔里发出一声声闷响，好像是有什么人企图堵住她的嘴、她的鼻孔，要她窒息，而她的呼吸器官正在出声地挣扎和反抗。"[1]之后，"她开始梳妆。一天之中，只有在这个时候，她才感到一种神秘的力量在酝酿，在积累，在催促她，她感到一阵

---

[1] 王蒙：《活动变人形》，北京：人民文学出版社，1987年。以下小说引文同。

紧迫的心跳，她身上开始发热，有一种强烈的要哭、要发昏、要上吊、要闹个天翻地覆的冲动在催着她，于是用一连串冷笑掩盖住自己。她首先用手心蘸着水把香粉蜜调匀抹到脸上，然后用两手轻轻在脸上拍打。她自己觉得并没怎么用力，但脸上发出了细碎的'叭叭'声，声音越来越大。这声音常常使倪藻感到心痛，他痛苦地觉得姨母分明是在自打嘴巴。"

倪藻是倪吾诚八岁的儿子，看不懂年轻守寡姨母洗脸仪式的目的究竟是什么。评论家曾镇南说《活动变人形》是王蒙的"审父"之作。[1] 可能有些画面细节，确是儿时记忆印象深刻。[2] 小说写三个女人，文笔刻薄，但是描写倪吾诚也不客气。男主角请杜教授吃饭，虽然长得潇洒，但衬衫领子上面不干净，寒碜。吃饭时倪吾诚夸夸其谈，海阔天空，但是不知道在讲什么，"他的思想正像他的语言，机敏、犀利、开阔、散漫、飘忽不定、如风如雨、如雾如烟。"以前他上中学时，老师们对他的评价截然相反，一些人说他天才，另外一些人说他废物。只有对于吃，他是非常实际地享受的。对于要回家，他是十分害怕的。"他与静宜的矛盾是不可调和的，常常是连一句话也说不到一块儿去。他讲欧洲，讲日本，讲英美，讲笛卡儿和康德，讲人不应该驼背，讲晒太阳对人有好处，讲不是妓女的女人也可以跳舞，讲不但应该刷牙，而且可以并应该早晚各刷一次牙……"

王蒙喜欢排比句，重复夸饰。"他讲这些话的时候，静宜是何等地痛恨他，恨得可称得上咬牙切齿哟。全是狗屁！终于，她红着眼宣战了。钱呢钱呢钱呢？没有钱，不全是狗屁吗？早晚各刷一次

1　曾镇南：《历史的报应与人的悲剧：谈〈活动变人形〉及其他》，《当代》1986年第4期；《静珍静宜合论：〈活动变人形〉人物论》，《文学自由谈》1987年第3期。
2　小说第一章写倪藻后来作为学者，到H市遇到"文革"中去国的汉学家赵微土。汉堡大学关愚谦教授1968年离国有类似经历。王蒙借用真人真事做小说素材完全可能。

牙、费牙粉、费牙刷、费水，也费漱口盂子，还费牙呢！钱呢钱呢钱呢？别驼背，扯你的邪，扯你的臊！正经人有挺着胸脯走道的吗？挺着胸的女人不是暗娼就是明娼，挺着胸的男人不是土匪就是神经病！你们一家子都是神经病！你爷爷是神经病！你爸爸是神经病！你大爷是神经病！你别糊弄我了，你当我不知道吗？你妈也是活活的神经病……"

夫妻吵架是活动变人形的情节主轴，重复、排比、夸饰、连续感叹号是王蒙独特的文体特征。静宜提到了倪母，男人拍桌子喊"你混账"，可是女人声音更响：

你混账！你一千个混账、一万个混账、一万年混账！你这一辈子混账！下一辈子混账！你们倪家祖祖辈辈混账！你是混账窝里的混账球下的混账蛋儿的混账疙瘩，混账嘎巴！你妈就是头一个混混账账的老乞婆！嫁给你们倪家，我受她的气还少吗？还少吗？欺负我们娘家没有人啊！她挑鼻子、挑眼、挑头发、挑眉毛、挑说话、挑咳嗽、挑拉屎、挑放屁、挑笑、挑哭！我当时才是个孩子，她横看着不顺眼，竖看着不顺心呀！她管得我大气不敢出、小步不敢迈、饭也不敢吃啊！就是，就是没吃饭……现在给我讲康德来了！我先问问你，康德他活着的时候吃饭不吃饭？吃饭，那钱呢钱呢钱呢？

王蒙使用排比句的语言天才或许有家族遗传。这不是一个偶然的爆发，而是日积月累和家常便饭。20世纪中国小说里，写夫妻吵架最出色的《围城》的最后几章，以及《男人的一半是女人》的结尾，都是话赶话，意气用事，短兵相接，旗鼓相当，而王蒙写的是大段大段的单向倾泻。不用标点，不录上下文，狂风暴雨，泼妇骂街，气急败坏，强词夺理，首先在气势上压过对方。这还只是一个静宜，再加上姐姐母亲，三个女人一台戏，"先天不足"的"资产阶级"完全不是历史悠久的"封建主义"的对手。

小说二至五章是紧张基调，但在第六章，父母吵成这样，倪藻的童年生活还是温暖、和平的，大家互相关心。小说虽然以男女家庭战争来贯穿，孩子的第三视角也非常重要。

凡事都有个过程，小说第七章就从姜静宜的角度回顾婚后生活。原本姜静宜是想嫁鸡随鸡的，读书识礼，家风、乡风皆如此。姜家祖上是中医，倪家祖上主张变法维新，姜家比倪家要更现实一些。结婚以后，姜静宜发现倪吾诚说的话她听不懂。"静宜听到吾诚的英文就发慌，就觉得气短心跳、头晕胃痉挛。"静宜娘家为了抗拒一个过继儿子而联手打官司，怕过继儿子姜元寿来分家里的财产。王蒙写道："如果姜元寿得手，就会家破人亡，社会瓦解，山河变色，人头落地。"这是作家写顺手了，把"文革"社论句式夹入了民国官司。"战斗中，三位女性同仇敌忾，结为一体……三位女性的江山坐定"，从此姜静宜在夫妻战场上占有优势。

倪吾诚和方鸿渐一样，拿的是女家的钱去欧洲留学。回北京后他带着静宜去听蔡元培、胡适之、鲁迅、刘半农的演讲，一度两人关系和谐，男的读书教书，女的怀孕生小孩，有空时还一起划船，属于典型的"五四"风景。但是后来静宜怀孕反应强烈，听学者名流讲演忍不住打瞌睡，男人就说她是无知、愚昧、麻木、白痴。

"倪吾诚说的每一句话都缺八辈的德。横行霸道、拍马溜须、装洋蒜，放狗屁，这就是静宜的回敬。"近两年来，静宜和母亲姐姐共同战斗，今非昔比。人民文学出版社1987年版的《活动变人形》第98—99页，有一段两人吵架，概括了男女战争（"资产阶级VS封建主义"）的基本矛盾——

倪吾诚说，感谢"你"生了孩子，但"我们"之间其实并没有感情。据说他只爱几个人，他爱胡适，爱自己的小孩，爱他自己的母亲，反正就是没讲到爱他的老婆。但是"我们"之间没有爱情没关系，"我们"可以共同努力，"见到生人要礼貌，要微微一笑，把头轻轻一点，就像我这样一点。要跳舞、喝咖啡、吃冰激凌，首先要喝牛奶。月子里我给你订了牛奶你不喝，说腥气，说上火，说喝了打饱食嗝。这就是彻头彻尾的野蛮。"

你这是扯的哪一家的邪哟！着三不着两，信口开河，就像说梦话。

……人家都野蛮，人家都龌龊，人家都白痴。连我们的爹妈祖宗全都白痴，就你一个人文明！就你一个人文明！我看就你一个人做梦！张口欧洲，闭口外国，少放你的洋屁！"密斯""密斯脱"我早就会说，我还会说"古德拜""三块油喂你妈吃"，我就是不说！我是中国人，又不到他英国去，说他那英文做什么？树高千丈，叶落归根，你去欧洲去了两年，不过才两年而已，这不是回来了吗？哪至于忘了自家姓甚名谁，忘了祖宗牌位供在哪里？姓倪的我告诉你，我听出你话里的话来了，你没安好心，你少发坏！你是我夫，我是你妻，这孩子是你亲骨肉，你愿意也是这样，你不愿意也是这样。你没有一点爱情了。没有一点爱情，孩子哪里来的？你想想你去欧洲留学用了谁的钱？你刚才的一番话简直像禽兽！

写到这里，作家特别说明一句："这样的争论一直贯穿静宜与倪吾诚的全部生活，贯穿每年三百六十五天的每一个黑夜和白天。"再仔细想想，直到今天，这样的争吵是否也贯穿在网络上、微博上，每年三百六十五天，每一个黑夜和白天呢。这边说：你太不文明了，你们野蛮，做了奴才还洋洋自得。那边说：少放你的洋屁，你忘了你的祖宗了？你简直是禽兽，你就想做洋奴！跪舔！

王蒙厉害的地方,是写吵架就能把双方的道理和潜意识都讲透。谁都有理,谁都无理,这叫没办法。夫妻如此,社会亦然。

先抛开后面的城乡之争、中西之别,就讲男女吵架,吵得再厉害,静宜心中还是有她的男人。直到某天,她从丈夫那里拿了一个图章,跑到大学里发现拿不到工资。这下子,她真正发火了,经济权是决定性的。

倪吾诚说,这个假图章只是玩的,被女人抢去,也不忍心拿回。所以一方是欺骗,一方是误解。两三天以后,丈夫回家了,小说出现了言语之外的戏剧性高潮:倪吾诚砸锁入门,静宜却偷走了他的证件现金。之后静珍向妹夫泼了一碗绿豆汤。我写过一篇论文,说这绿豆汤和七巧泼的酸梅汤有得一比。[1] 三女战一男,文攻变武斗,两个小孩目瞪口呆,男人被赶走了。可是过了一阵,男人醉酒,半夜得重病回来了。怎么办呢?家里人还是要照顾他。

倪吾诚醒过来,羞愧致谢,这时妻子又有大段独白式的对话,实在精彩,不抄不行:

> 吾诚,孩子他爸,谈不上谢,你那话说远去啦。此言差矣!你是谁?我是谁?好也罢,赖也罢,哭也罢,笑也罢,美也罢,丑也罢,死也罢,活也罢,你的命就是我的命,我的命就是你的命,你生病就是我生病,你见好了也就是我见好。……人无百日好,花无千日红,好时须想赖时,留得退身步。花花绿绿,既不当吃,又不当喝,又不治病。你摸摸良心想一想,除了我这样管你、待你,你还能找得到第二个人吗?……花花绿绿我也不怨,人非圣贤,人非草木,谁不知道个花天酒地、吃喝玩乐?欲海无边,享受无边,坏了望好了,好了望更好……谁不愿意吃喝玩乐、

---

[1] 许子东:《重读〈活动变人形〉》,《当代作家评论》2004年第3期,第69—73页。

高谈阔论？可这一切能从天上掉下来吗？你又有多大能耐、多大本事、多大福分去奔这些个幸福去呢？你奔不来，想得比天高，也是白搭！心比天高，命薄如纸，这不是自寻烦恼吗？再说不能只顾一时。人活一世，不过百年……

原文有几千上万字，从夫妻感情到天下大事，从家庭伦理到人生哲学，有情有义，声泪俱下，肺腑之言，掷地有声。看来封建主义真是有文化积淀和道德底蕴。倪吾诚听来也无言可对。又是疾病，又被解聘，元气大伤。养病期间，倒是倪家比较和谐的时候。生病之前，倪吾诚当了他的瑞士表，给儿子买了两个礼物，一个是补身体的鱼肝油，另外就是一个日本玩具书叫《活动变人形》，后来用作书名。小说写父子同去澡堂，又温馨又凄凉。儿子看到父亲低声下气去问人家借钱。拿了钱，却去买了一个好像完全没有用的寒暑表，饭都吃不饱，还喊"科学万岁"——高档版的孔乙己，民国时期的"地命海心"。

三　光荣与耻辱，幸福与痛苦，爱情与怨毒

《活动变人形》写事件少，写对话多。叙事角度也是"活动变形"——貌似全知叙事，其实每一章节都依据了不同人物的视角。写静珍，除了化妆洗脸仪式，也写她喜欢抽烟看书，看的书甚至包括巴金、郁达夫。很难将"大白脸"的静珍和郁达夫小说联系起来。她还喜欢做吃的，更喜欢给妹妹出主意。倪藻的姐姐倪萍说过一句话，把几个大人都吓坏了。她说只要爸爸和妈妈的关系一缓和，三个女人的关系就不好了。说得很深刻。

岳母姜赵氏和女婿翻脸，是因为她当初吐痰被女婿批评，后来女婿道歉也没用（中国人一旦翻脸，靠道歉很难扭转）。丈母娘还

很享受修小脚、倒尿罐之类的生活方式。倪萍儿时和外婆关系好,整天帮她翻箱倒柜找东西。倪吾诚给儿子倪藻买了不少新学启蒙读物,《世界名人小传》等等,但是他的教育方式令儿子反感。他要严格检查两个孩子吃饭、走路的身体姿态。两个小孩不能容忍这种侮辱性的所谓关心,还有整套的繁文缛节和理想主义的高论。"'你爸爸有神经病。不用理他。'……倪萍和倪藻都乐于接受母亲的观点。"传统的妈妈一般会原谅子女所有的缺点。如果这些家庭琐事都有象征意义,儿女们将来参加社会主义革命,是否觉得还是"封建"的母亲比"资产阶级"的父亲更加包容自己?

但有的时候,孩子也会看到父亲突然动情。小说写:"一个高大的男人哭了,为自己而哭了,哭得那样丑,这使倪藻终于忍不住自己的泪水了。"

也许下一代对父母的"审判"就像当代人是对传统、历史的批判一样,感情非常复杂。

倪藻可以辩证看待母亲的保守温情,但小说总结倪吾诚人生矛盾时比较苛刻。小说中用德国汉学家史福岗的新儒学反衬倪吾诚反传统太极端,又以医生赵尚同的"圣人"形象批判倪吾诚不够道德,在妻子怀孕时想离婚,倪吾诚被赵医生打耳光。小说中,儿子和父亲还有一段关于时局政治的对话,谈到日本人、汪精卫,也谈到蒋介石、毛泽东。倪吾诚的政治态度即使按后来的标准也大致正确,可是明明爱国,为什么一点实事都做不了?

儿子的总结是:"直到时过境迁,中国解放,乡村土改,种种变化以后,倪吾诚才琢磨出自己的骨子里充满了碱洼地地主的奴性的髓。"所以,在儿子看来,父亲表面太洋,实际上还是太土。在小说续集里,儿子这样审判他所挚爱的父亲:"他一生追求光荣,但只给自己和别人带来过耻辱;他一生追求幸福,但只给自己和别人带来过痛苦;他一生追求爱情,但只给自己和别人带来过怨毒。"

郜元宝说："王蒙在《活动变人形》中理解了、宽恕了、审判了倪吾诚，也在随后的《王蒙自传》中照样理解了、宽恕了、审判了倪吾诚的原型王锦第先生。"郜元宝还编了一本《王锦第文录》，以证明他是一个现代启蒙知识分子、诗人、日本研究者、现代德国哲学（斯宾格勒、士榜格、胡塞尔、雅思佩尔斯、海德格尔……）专家。[1]

四 《活动变人形》的艺术成就

《活动变人形》的艺术成就，简而言之：

第一，当然是王蒙独特的排比、夸张、讽刺文体。在钱锺书以后，王蒙是20世纪中国最刻薄也最成功的讽刺作家。

第二，在夫妻吵架、男女战争当中，或者说在城乡观念之争、中西文化对抗当中，在两个活生生的人物之间，王蒙有一种相对主义的深刻。作家对谁都理解，对谁也不帮；他把这边的话说透，他对那边的无意识也要解析；谁都是对的，谁都是错的。写吵架中的感情，写无理中的逻辑，王蒙确实是高手。

第三，本来倪吾诚这个人物，宽厚一点看也就是一个凡人。百无一用是书生，像方鸿渐一样，做不了大事，也做不了坏事。静宜、静珍基本上都是曹七巧的亲戚，破落人家，又为金钱所困，又聪明又可怜。

泼绿豆汤那一幕，方鸿渐碰上了七巧，这个吵架本来很值得期待，所谓中国式知识分子和小市民之间的无奈又持久的战争。但从一个相信可以改造世界的倪藻的革命视角来描述观察批判，倪吾诚

---

[1] 郜元宝的发言，参见《南方文坛》编辑部：《王蒙与文学中国：王蒙作品研讨会暨第11届"今日批评家"论坛纪要》，《南方文坛》2021年第1期，第61页。

和三个女人之间的战争,才显得如此丑恶,如此荒唐,如此可悲。按照倪藻这一代人的革命信念,倪吾诚、静宜、静珍这些人的丑陋矛盾、无聊争吵、荒唐纠纷、琐碎疯狂,都应该为新时代所蔑视、所抛弃、所消灭。在这个意义上,"资产阶级"和"封建主义"两败俱伤,谁也战胜不了谁,只有社会主义才是救星。《活动变人形》的主题,是回看民国,证明当代中国革命的历史必然性。

可是同时代的方鸿渐、七巧等,虽然没有倪藻一样的儿子来革他们的命,但小市民和知识分子的无奈人生,依然具有文学审美价值。这也是现代文学与当代文学的关键差异。从艺术角度看,在更长远的历史背景下,究竟是倪吾诚一代的家庭矛盾丑恶荒唐,还是后来倪藻一代人的理想虚幻天真可悲?这还是一个问题。

即使在王蒙笔下,书写民国故事里倪吾诚、静宜、静珍的庸俗荒唐的细节文字,也比倪藻后来出国开会时的深沉抒情要精彩生动,更有历史感,也更富人情味。这可能也是《活动变人形》比王蒙其他革命小说更有艺术魅力的原因所在。超拔的革命是一时的,世俗的人生更为长远。

小说续篇基本上全是倪藻的叙述角度,比较轻蔑地简略补充了倪吾诚的后半生——1946年去了解放区,1950年离婚,第二次婚姻也不幸福,解放后在大学里做不出什么研究成果,1955年肃反被斗,1958年"大跃进",他很积极,1966年被红卫兵批斗时还有极"左"的发言,1978年以后基本双目失明。"倪藻想起父亲谈起父亲的时候仍能感到那莫名的震颤。一个堂堂的人,一个知识分子,一个既留过洋又去过解放区的人,怎么能是这个样子?他感到了语言的贫乏。"王蒙的语言不会贫乏,最后再次展示他的排比长句——

倪藻无法判定父亲的类别归属。知识分子?骗子?疯子?傻子?好人?汉奸?老革命?堂吉诃德?极左派?极右派?民主派？寄生虫？被埋没者？窝囊废？老天真？孔乙己？阿Q？假洋鬼子？罗亭？奥勃洛摩夫？低智商？超高智商？可怜虫？毒蛇？落伍者？超先锋派？享乐主义者？流氓？市侩？书呆子？理想主义者？这样想下去，倪藻急得一身又一身冷汗。

倪藻想着父亲的一生，急出一身冷汗。但如果他也想想自己后来的坎坷革命历程，是否应该对父亲一代更宽容一些，更温情一些？

1987

王朔《顽主》《动物凶猛》
"流氓"的时代

一 "英雄派""世俗派""流氓派"

"英雄派""世俗派""流氓派",三个概念都打上引号,说明都不是严格的学术话语,而是一种会议论文之外同行聊天中的说法。

"英雄派"就是主人公(及作家)在作品里做英雄状。比如在几十年家族苦难中忍辱负重,一直还苦读《共产党宣言》(《古船》);又比如用革命话语阐释理想和精神——(《金牧场》《心灵史》);还有称颂同伴光荣牺牲的《这是一片神奇的土地》(梁晓声)。在某种意义上,《红高粱》也是充满英雄气息的硬派风格,责骂自己,崇拜前辈。甚至《平凡的世界》,写的是底层人的梦,但最后主角还是要模拟英雄,重回煤矿。

"英雄派"的北方小说是当代文学的主流之一。

"世俗派"就是主人公(及作家)做俗人状。人物是普通俗人,主题重视世俗价值。比如《棋王》,"我"、脚卵、王一生都强调民以食为天。再比如《插队的故事》,知青也好,农民也好,都是少英雄,多凡人,少豪情,多无奈。往传统上追寻,"礼失求诸野"的汪曾祺的小说也追寻衣食住行、男女情欲。

做英雄状的，可能真是英雄；做俗人状的，其实是大雅之俗；做流氓状的，是不是真的流氓呢？《错误》写一帮知青为了一顶军帽大打出手，行为很像流氓，但是打斗和叙述当中又透出某种很高的江湖道德标准。之后还要读王小波，整天写做爱细节，在交代材料里详细汇报乱搞男女关系的姿势，看上去也是缺乏廉耻，没羞没臊，可是学者陈晓明称他是"在荒诞感中表达一种自由的价值"。[1]

更典型的"流氓状"是王朔的"痞子文学"。王朔给八九十年代中国文学的冲击，一是嬉笑怒骂、玩世不恭，属于一种奇特的抗议反叛姿态。二是毫不忌讳文学的商业属性。1992年华艺出版社出版了四卷本的《王朔文集》，因为作者要求，采用版税而不是稿费制。50年代建立的文学制度，"存稿费、废版税"曾经是一个重要基础。张志忠后来评论"王朔，则是当代文坛上第一个个体户"[2]，意思是王朔虽写干部子弟出名，却是当代文学生产机制明目张胆的破坏者。三是，王朔小说在表现北京"大院文化"时，戏仿、延续和解构了当代中文的一个重要组成部分，而迥异于当时流行的一套话语系统、一种语言风气。

王朔（1958— ），满族人，生于南京，自幼住在军区大院，后来在北京读小学、中学。1977年，入伍海军。80年代开始写作，因小说《一半是火焰，一半是海水》而出名。王朔，本名王岩，也有报道说他小名叫"锵锵"。在小说《看上去很美》里，有个人物叫"方枪枪"。王朔上过《锵锵三人行》。他一上节目，窦文涛和梁文道就没机会说话了，基本上是王朔一人独白。谈话中像加了很多"标点符号"，后期要不断消音。剧组有人开玩笑：王朔来过，就像打了野战，

---

[1] 陈晓明：《中国当代文学主潮》，北京：北京大学出版社，2009年，第537页。
[2] 张志忠：《1993：世纪末的喧哗》，济南：山东教育出版社，1998年，第33页。

没法好好做事了。

题外话：英雄、俗人、流氓这几种"范儿"，张承志、阿城、王朔，正好也是这一辈中国作家中说话最有感染力的。张承志是激情、有号召力；阿城是冷幽默，不经意就冒出金句；王朔是嬉笑怒骂、玩世不恭，说话像开了水龙头，拦也拦不住。

二 嬉笑怒骂、玩世不恭的"顽主"

嬉笑怒骂、玩世不恭是王朔成名作《顽主》的基调。《顽主》1987年发表在面目严肃的老牌期刊《收获》上，反差很大。年轻人于观、杨重和马青办了一个异想天开的"三T"公司，专门替人解难、替人解闷、替人受过，简单说就是"出气包"公司。具体工作，比如有个男人不愿和女友刘美萍约会，一时又摆脱不了，就请杨重顶替，假装拍拖（要有职业道德，还不能真拍拖）。马青在一个少妇的公寓里，代替她丈夫，假装吵架，当然主要是要被少妇骂，不能反抗。还有"作家"宝康，想得奖没机会，"三T"公司就帮他组织（假造）一个"三T"文学奖。

《顽主》的各位主角，从小说角度看，其实没有一个是性格特别的，故事情节也不算复杂曲折，作品能在80年代一下子引起广大读者和同行的兴趣、关注或不满，主要因为作品当中有一种无所不在的讽刺戏谑态度。

同样是讽刺，《顽主》跟《围城》《活动变人形》不同。钱锺书和王蒙的讽刺幽默，都是针对特定的人和事，《顽主》的嬉笑怒骂好像没有明确的目标，好像针对全部社会——"好像"。

第一，小说讽刺作家。宝康愿花钱为自己发奖，接待他的于观就说："当然哪篇获奖我们不管，您自己定，我只是从来没这么近地和一个货真价实的作家脸儿对脸儿过，就是再和文学无缘也不得不受感动。"[1]

宝康"获奖"了,一个叫林蓓的女文青跟他说:"你说得真深刻。"宝康就说:"我帮助你,想不想学着写小说?""我一直就想写小说写我的风雨人生就是找不着人教这回有了人我觉得要是我写出来别人一定爱看别看我年龄不大可经的事真不少有痛苦也有欢乐想起往事我就想哭。"

女文青讲话没标点。马青在旁警告:"林蓓你小心点,宝康不是好东西,你没听说现在管流氓不叫流氓叫作家了吗?"

作家先把自己的职业"流氓化"了,人们再怎么说呢?

第二,讽刺领导。其实小说里没有真的领导,但"发奖会"上需要领导(照例以出席的领导级别来决定会议规格及报道级别)。找来假装的人竟说老实话:"临时把我请来思想没什么准备话也说不好我看客气话也不用说了表示祝贺祝贺'三T'公司办了件好事……今天来的都是年轻人嘛。……我看了看获奖的同志年龄也不大,年轻人自己写东西自己评奖,我看是个创举,很大胆,敢想敢干,这在过去简直是不可思议的事……"

演领导演上了瘾,停不下来,最后被主办方打断。假冒的"市委领导同志"还在满面红光地微笑着频频向群众致意。

第三,讽刺学术理论。有个客户爱谈人生,杨重顶不住了,打电话向于观求助,于观说,"跟她说尼采","向弗洛伊德过渡"。马青就说:"弗洛伊德我拿手,我就是弗洛伊德的中国传人。"于是马青就跑去跟她聊了:"你一定特想和你妈妈结婚吧?""不不,和我妈妈结婚的是我爸爸,我不可能在我爸爸和我妈结婚前先和我妈妈结婚,错不开。""我不是说你和你妈结了婚,那不成体统,谁也不能和自个儿的妈结婚,近亲。我是说你想和你妈结婚可是结不成因

---

[1] 王朔:《顽主》,《收获》1987 年第 6 期。以下小说引文同。

为有你爸除非你爸被阉了但就是你爸被阉了也无济于事因为有伦理道德所以你痛苦你看谁都看不上只想和你妈结婚可是结不成因为有你爸怎么又说回来了我也说不明白了反正就是这么回事人家外国语录上说过你挑对象其实就是挑你妈。""可我妈是独眼龙。""他妈不是独眼龙他也不会想跟他妈结婚给自己生个弟弟或者妹妹因为没等他把他爸阉了他爸就会先把他阉了因为他爸一顿吃八个馒头二斤猪头肉又在配种站工作阉猪阉了几万头都油了不用刀手一挤就是一对像挤丸子日本人都尊敬地叫他爸睾丸太郎。"马青斜刺里杀出来傍着刘美萍站下来露出微笑。

大段无标点,"睾丸太郎",水龙头拦不住,这是典型的王朔风格。胡搅蛮缠说了一大堆,把80年代中国的伪现代派也给嘲笑了。

第四,讽刺流行审美标准,比如阳刚美。"什么男子汉不男子汉,我就烦这贴胸毛的事。其实那都是娘儿们素急了哄的,咱别男的当着男的也演起来。""贴胸毛"原是讽刺海明威,后来引进中国讽刺装男子汉的演员或作家。

讽刺作家、领导、时髦理论、流行审美标准,基本上社会上什么吃香王朔就讽刺什么。反潮流也是一种新潮。

第五,讽刺老师及思想教育,这才是小说的核心。《顽主》里真正的反派只有一个,就是一本正经的赵尧舜。

一上场宝康就介绍:"赵老师就是爱和年轻人交朋友。"

赵尧舜说:"我不认为现在的年轻人难理解,关键是你想不想去理解他们。我有很多年轻朋友,我跟他们很谈得来,他们的苦闷、彷徨我非常之理解,非常之同情。"可见不是一般老师,而是自觉有责任理解同情教导年轻人的"老师"。

"三T"公司的年轻人说:"我们不过是一群俗人,只知饮食男女。"

"不能这么说,我不赞成管现在的年轻人叫'垮掉的一代'的说法，你也是有追求的，人没有没有追求的，没追求还怎么活？当然也许你追求的和别人追求的不一样罢了……"接着，赵尧舜像牧马人爱抚自己心爱的坐骑一样轻轻拍着于观的背，"年轻人，很有前途的年轻人。"

在另一个场合，赵老师又关心于观、杨重了：

"你们平时业余时间都干些什么呀？"

"我们也不干什么，看看武打录像片、玩玩牌什么的，要不就睡觉。"

"找些书看看，应该看看书，书是消除烦恼解除寂寞百试不爽的灵丹妙药。"

"我们也不烦恼，从来不看书也就没烦恼。"

"烦恼太多不是什么好事，一点烦恼没有也未见得就是好事——那不成了白痴？不爱看书就多交朋友，不要局限在自己的小圈子里，有时候一个知识广博的朋友照样可以使人获益匪浅。"

"朋友无非两种：可以性交的和不可以性交的。"

"我不同意你这种说法！"赵尧舜猛地站住，"天，这简直是猥亵、淫秽！"

当年确有一个德育老师，到处演讲做"灵魂工程师"，可能是道貌岸然的"赵老师"的原型。

第三次对话，赵老师认为青年人很痛苦，"我一想到你、马青、杨重这些可爱的青年，我就不能自己，就睡不着觉。"

可是年轻人说他们并不痛苦。

"那只能让我感到可悲，那只能说明你们麻木不仁到了何等程度。这不是苏生而是沉沦！你们应该哭你们自己。"

"可我们不哭，我们乐着呢。"

这是社会对青年、制度对犬儒、虚伪对戏谑之间的对话。这代年轻人真的是冷漠、不痛苦、无动于衷吗？

小说接着:"'我想打人,我他妈真想打人。'赵尧舜退出后,马青从桌后跳了出来,撸胳膊挽袖子眼睛闪着狂热的光芒说。"

为什么在玩世不恭的对话以后,年轻人要骂人、打人呢?这就是愤怒。

"三T"公司,以及喜欢他们的年轻读者想争取的是两个目标:第一,在庄重、严肃、热情、崇高与嬉笑、戏谑、无奈、平凡当中,他们认为后者更真实。宁可做真小人,不要做伪君子。《顽主》的使命,就是揭破这种假模假式的崇高,几十年了,揭都揭不完,总是有人要假模假式。第二,在理论上,追求救世、激情、奋斗、牺牲,这是"积极自由",但是和平、世俗、自由、无为也是同样需要保障的"消极自由"。积极地追求"消极自由",是《顽主》背后的主题。

王蒙后来对王朔现象有个解释:"他和他的伙伴们的'玩文学',恰恰是对横眉立目、高踞人上的救世文学的一种反动。""他撕破了一些伪崇高的假面",而且,"他的语言鲜活上口,绝对的大白话,绝对的没有洋八股党八股与书生气。"[1]

反对"洋八股党八股与书生气"的方法,小说里也沿用和戏仿。举两个例子。比如作家发奖会,有些与会者并非对文学有兴趣,只是为了参加后面的舞会。于观就对宝康说:"没办法,有人群的地方就有左中右。"

熟悉历史语境的读者,会心一笑。

又比如,有顾客来抱怨爱情不顺利:"您说怎么办呀?我爱她她不爱我,可她明明该爱我因为我值得她爱她却死活也明白不过来这个道理说什么全不管用现在的人怎么都这样男的不干活女的不让喇。""三T"公司的人开玩笑接了一句:"不破不立,破字当头,立也就在其中了。"

---

[1] 王蒙:《躲避崇高》,《读书》1993年第1期,第13—14页。

要是明白北京方言"不让喇"的意思,接下去就会更加领悟"不破不立"的象征与写实意义。

看上去只是语言戏仿,其实也有对历史语境的解构功能。

总而言之,《顽主》是写一群以出卖虚情假意谋生的人,却反抗虚情假意追求自由。与王朔同时期,也以这种玩世不恭的方式宣泄年轻人不满的,还有模仿贵族气的刘索拉的《你别无选择》和徐星的《无主题变奏》。

三 "流氓"是怎么产生的?

但是这种口口声声"我是流氓我怕谁"的一代人究竟是怎么产生的?我们要细读王朔1991年在《收获》上发表的中篇《动物凶猛》。

我的上海同行陈思和、王晓明在90年代初关于人文精神的讨论当中,比较倾向于张承志、张炜,不大支持王朔、王蒙,但私下他们却特别跟我推荐《动物凶猛》。

《动物凶猛》三要素是少年、"文革"、大院。大院是干部子弟聚集区,小说里有段说明:"他们为我和那个女孩做了介绍,她的名字叫于北蓓,外交部的。关于这一点,在当时是至关重要的,我们是不和没身份的人打交道的。我记得当时我们曾认识了一个既英俊又潇洒的小伙子,他号称是'北炮'的,后来被人揭发,他父母其实是北京灯泡厂的,从此他就消失了。"[1]

可见在"十年"当中,表面是无产阶级与资产阶级之分,实际还是干群之分。

少年主人公不大要上学,当时教育名存实亡。"错过了人生最关键的点化,以至如今精神空虚。"但他并不后悔:"我感激所处的

---

[1] 王朔:《动物凶猛》,《收获》1991年第5期。以下小说引文同。

那个年代,在那个年代学生获得了空前的解放,不必学习那些后来注定要忘掉的无用知识。"不上课,不工作,没有生活目的,"我仅对世界人民的解放负有不可推卸的责任。"他幻想的是对苏开战。

单独来看,解放世界人民只是一个无知无聊少年的白日梦,但是不要忘了同时期还有地主儿子苦读《共产党宣言》,还有劳改犯拿《资本论》当枕头睡觉,还有红卫兵真的参照油画、戏剧而重走长征路。把王朔主人公和他的同时代人放在一起,"对世界人民的解放负有不可推卸的责任"不是一句玩笑话。

除了解放全人类外便没有任何人生目标的主人公,自己研发了一种技术,能够打开各种各样的锁。"当人被迫陷入和自己的志趣相冲突的庸碌无为的生活中,作为一种姿态或是一种象征,必然会借助于一种恶习,因为与之相比恹恹生病更显得消极。"找了不少理由,其实就是随便开锁,溜进人家房间,偷窥人家生活,说是说不偷十块以上的东西,其实也还是小偷,一种模拟的流氓。

某天他钻进一个少女闺房,看到一张照片很激动,这是伪流氓的初恋。大院同党中有个女生于北蓓,大大咧咧有时搂住"我"的脖子,也让15岁少年感到最初的性觉醒。这批中学生打群架时,用砖砸人只为了在同伴面前显示英雄气("流氓"与"英雄"有辩证关系)。有次被警察抓到派出所,主人公就害怕了,哭了。没想到这时见到了朝思暮想的照片主人,这个女孩名叫米兰。

在路上,"我"和比"我"高半个头的米兰搭讪。米兰觉得小男孩胆大且可笑,于是和他交往。男生去女生家,看米兰洗头,要半张照片。也许稍微有点暧昧念头,女生只当他是小男孩,觉得好玩。

转折点是主人公把米兰带到了他的大院团伙面前,有意显摆,说是他拍的"圈子"("我"找的女人)。没想到——其实应该想到——米兰就跟了团伙当中的大哥高晋。主人公变成了旁观者,多余的人。这时他非常仇恨米兰,才发现米兰怎么这么胖,脸上这么多缺点,态度也不文雅,等等。总之,由爱生恨,甚至发展到在莫斯科餐厅借酒疯当场挑衅高晋和米兰。人家不跟他争,觉得他是小孩。

小说写到这里,有一段很微妙的作家自省:说有可能这一切只是他的幻想,原来根本没有上街搭讪这回事儿。米兰本来就是认识高晋的,主人公只是高晋身边的小伙伴。但是也有可能这些是事实,主人公不敢回首,不敢描写了。

王朔和马原、残雪一样,一面叙述一面强调故事的虚构性。另一些作家如路遥、张承志,则不断强调故事的真实性。

经过叙事者一段犹豫以后,小说继续前行。某天主人公有机会和于北蓓同床亲嘴,"我要进一步努力,她正色道:'这可不行,你才多大就想干这个'……她傍着我小声教育我:'我要让你呢,你一时痛快,可将来就会恨我一辈子,就该说当初是我腐蚀了你。你还小,还不懂得感情。你将来要结婚,要对得起你将来的妻子——你就摸摸我吧。'她抓起我按在心口的一只手掌。那真是我上过的最生动的一堂思想政治工作课。"

最后一句又是时代话语。在于北蓓那里没办成事儿,"思想政治工作课"的结果,主人公就像疯了似的,骑自行车骑了很远的路,最后冲进了米兰的房间。

"她刚脱了裙子,穿着内衣坐在床边换拖鞋,见到我突然闯进,吃一惊,都没想起做任何遮掩动作。我热血沸腾地向她走去,表情异常庄严。她只来得及短促地叫了一声,就被我一个纵身扑倒在床上。她使足全身力气和我搏斗,我扭不住她便挥拳向她脸上猛击。她的胸罩带子被我扯断了,半裸着身子,后来她忽然停止了挣扎,忍受着问我:'你觉得这样有劲吗?'我没理她,办完了我要干的事站在地上对她说:'你活该!'然后转身摔门而去。"

案件重组,最关键就是这句:"你觉得这样有劲吗?"之后她放弃挣扎,或者一直挣扎到底,从法律上讲,不管怎么样这都是强奸。

小说主人公从开锁，模拟流氓，到假装拍"圈子"，装扮流氓，到最后真的变成流氓。米兰被男主角强奸，男主角被时代强奸。

小说贯穿了两个主题：一个是少男之爱，青春朦胧，激情疯狂；二是人性怎么在特殊环境里，会变得像动物般凶猛。后来姜文把这部小说改编成电影，片名叫《阳光灿烂的日子》，进一步强化了环境——"文革"背景的重要性。

从浪漫理想到火热激情，再到欲望疯狂变成流氓，不只是15岁小男生，更多的人，各个社会阶层各种政治地位的人们，都可以在这过程当中看到自己，并看到一个制造流氓的时代。

1988

杨绛《洗澡》
从"国民"变成"人民"

80年代后,好像只有两位老作家还在写小说,一个是汪曾祺,另一个就是杨绛。两人之所以引人注目,汪曾祺是因为文字和风格,杨绛是因为题材和书名。

杨绛(1911—2016),并不仅仅因为钱锺书而出名。她多年研究英国小说,论文很出色。翻译《堂吉诃德》在圈内也很受好评,散文集《干校六记》是"文革"书写中最温柔敦厚的一种。长篇小说《洗澡》在80年代回首50年代,在《亚洲周刊》"20世纪中文小说100强"里排第48名(余华《活着》排第96名,《平凡的世界》不在百强之列)。

一 知识分子在50年代

大致上,《洗澡》就是记录方鸿渐、倪吾诚这些人,到了50年代以后怎样从"国民"变成"人民"。《洗澡》的叙事像《围城》一样琐碎,不过除了开始两章,通篇并没有很强的讽刺基调,读者要耐心地读下去,才会慢慢分清一堆读书人中的正反两个阵营,或者说叙事者到底是要褒贬哪两派人物。

一群背景不同的知识分子，新中国成立初都在北平国学专修社谋职。被作家（隐形作者）含蓄批评的负面人物，合在一起就是"汝南文"，三个字包括四个人。"汝"中的三点指作家江滔滔，她丈夫傅今是国学社（后来改成文学研究社）的副社长。"汝"中的"女"代表施妮娜，外号老河马，主要特点是不学无术。比如法国文学研究，她说不应该研究马拉梅的《恶之花儿》。《恶之花》是波德莱尔的诗，和马拉梅没有关系，到处都加上儿化音，也很可笑。"汝南文"中的"南"字就是余楠，他是这个组合里唯一真正一个"从旧社会过来"的人。曾经想抛弃妻儿跟解放前有背景的胡小姐出国，后来则有点拉帮结派、浑水摸鱼。"汝南文"的"文"是青年学者姜敏，"敏"字的右边就是"文"。此人气量小，喜欢关心别人的绯闻。

这个知识分子小帮派，并非因政见或年龄而形成。四个人以"汝南文"为笔名联合写了一篇文章，批判研究社里的美女姚宓，说姚宓的研究存在资产阶级倾向。姚宓是小说的女主角。可见人们之所以联合，多半是为了对付共同假想敌。杨绛把故事写得漫不经心，好像没什么情节，都是松散琐碎的人际关系。后来读者才知松散琐碎的人事局面，都是为了衬托后来"洗澡"的戏剧性变化。

姚宓原是图书管理员，后来升为研究工作者。小说写她人长得漂亮（各种小说女主角的共同特点，连杨绛也未能免俗），学术能力强，专修社创始人是她去世的父亲，现在研究社正在使用她家的房产。而她母亲姚太太还把丈夫的藏书全都捐出来，这是一个待人处世非常通透的老人家。

处在"汝南文"对立面的还有许彦成、杜丽琳夫妇，两人分别从英国、美国回来。许彦成悄悄爱上姚宓，他夫人仿佛长了第三只眼，全程观察。这段三角关系是书中情节主线，《洗澡》的前两卷，"许姚恋"令人又期待又尴尬。

留法的朱千里，是个老实人，常常出洋相，偷偷往乡下寄钱，又怕老婆。还有两个青年,罗厚也暗暗喜欢姚宓,陈善保则追求余楠的女儿余照。他们和女青年姜敏之间又有一些说不清楚的、很微妙的感情互动。

研究社里的两个领导,傅今和范凡,令人瞩目。都是正面形象,话不多,讲政策,有分寸,一点也没有可供人批评之处——颇能代表50年代初人们对干部(当时不叫官员)的典型印象。

小说第2卷有一章专门描写这群知识分子划组分工做研究计划。江滔滔说领导提了几个重点,莎士比亚、巴尔扎克、狄更斯,还有勃朗特姐——应该是勃朗特姐妹。这些名单就是当时外国文学研究的重点,强调现实主义。苏联文学一时还没有专家,但是强调苏联的观点要在各项研究之上。根据以上四个重点,分了四个小组,余楠做莎士比亚,许彦成、姚宓做狄更斯,朱千里做巴尔扎克(因为留法),剩下杜丽琳做"勃朗特姐"。

许彦成抱怨:"雨果呢?司汤达呢?福楼拜呢?莫里哀呢?拜伦、雪莱呢?斐尔丁呢?萨克雷呢?倒有个勃朗特!"[1]

当代文学生产机制的要素之一,就是计划性,这个分组就是例证。

讨论课题以外,这些人物之间的关系基本上是请客吃饭,说悄悄话,借书写信,男女试探,互相追逐,再加上各种争风吃醋。也许这是任何办公室里都会出现的情景,杨绛观察又特别细致。情节主线的许姚关系,两人眼神说话,心有灵犀,但是平常没接触。许彦成常到姚太太家里去听唱片,姚小姐却跑来办公室。某天,他们终于约好去香山,各自对家人编了谎话。姚宓一夜兴奋,不料,次日到公共车站看到的却是一张尴尬的脸。许彦成结结巴巴地说:"对对对不起,姚宓,我忘忘忘了另外还还有要要要紧的事,不能陪陪

---

[1] 杨绛:《洗澡》,北京:生活・读书・新知三联书店,1988年。以下小说引文同。

陪……"姚宓唰的一下满脸通红，嘴里说不相干，转身眼泪就流出来了。

许彦成有什么急事吗？没有，他只是晚上期待游山快乐，期待太厉害时，顿时感悟到完了，这是爱上姚宓了。当年他结婚是女方主动，所以他觉得不爱杜丽琳也没什么责任，但他也没爱过什么人，直到碰到姚宓，他害怕了。

临时打退堂鼓，之后却又悄悄地跟在姚宓后面。看姚宓锁了自行车，上了去香山的巴士，许彦成也在同一辆车的后门上车。到了香山下车，又找不到姚宓，结果独自一人去登"鬼见愁"，十分郁闷。

实际上姚宓发现许彦成在后面，下车时故意躲开，马上搭同一辆车回城。两个人捉迷藏一样，这个过程却被同事陈善保和余照看见了。余照不确定是不是看错了人，在家里议论，被姜敏听到。姜敏对姚宓有敌意，于是在办公室将其当作绯闻宣扬。众人在场，男女当事人顿时脸上变色，许夫人杜丽琳全看在眼里。这女人聪明，表面替丈夫遮盖，私下回家警告。许彦成犹豫、矛盾、内疚、冲动，结果一事无成，里外全败。

这种办公室言情小说的桥段，显示这群知识分子浪漫无能。后来，许姚差点被许夫人堵在小书房里，但他们真的只是促膝谈心，"君子偷情，十年不成"。

二　读书人如何"洗澡"

小说第三卷开始后，所有这一切琐碎、世俗、浪漫、无奈突然呈现出不同的意义。

"三反""五反"是1951年底到1952年10月，在党政机关工作人员中开展的"反贪污、反浪费、反官僚主义"和在私营工商业者中开展的"反行贿、反偷税漏税、反盗骗国家财产、反偷工减料、反盗窃国家经济情报"的斗争的统称。《洗澡》只写了"三反"。按说文学研究社也不是党政机关,何来官僚主义？在学术研究当中又怎么贪污浪费？小说里的人们开始也是这样想的,认为"三反"跟他们没关系。他们不知道——自己正处在作家（评论家）干部化的过程之中。

单位领导来动员了,动员就是示范检讨,他们才知道"洗澡"就是人人过关。小说里解释:"职位高的,校长院长之类,洗'大盆',职位低的洗'小盆',不大不小的洗'中盆'。全体大会是最大的'大盆'。人多就是水多,就是'澡盆'大。一般教授,只要洗'小盆澡',在本系洗。"

怎么个洗法呢？领导先做示范——

傅今检讨自己入党的动机不纯。因为追求资产阶级的女性没追上,争口气,要出人头地,想入党做官。群众认为他检讨得不错,挖得很深,挖到了根子。

范凡检讨自己有进步包袱,全国解放后脱离了人民,忘了本,等等。

还有些组长检讨自己自高自大,目无群众,为名为利,一心向上,好逸恶劳,贪图享受。

除了示范检讨,领导也做动员报告,范凡说新中国把旧知识分子全部包下来了——意思是旧社会的知识分子要变成新中国的干部,中间每个人都要自觉自愿地改造自我。

听了动员报告以后,文学研究社大家都表态,余楠说不知道以前自己多臭多脏,这次要洗个干净澡,脱胎换骨。旁边就有人指出,洗个澡怎么就能脱胎换骨呢？

杜丽琳说,大家讲的都是形容词,这样说吧,洗心革面,重新做人。大家说好,同意同意。

泛泛表态容易,每个人单独洗的时候就难了。最初是丁宝桂——

介绍余楠来的读书人——他一上来就说共产党是全国人民的大救星。这时，小说写："长桌四周一个个冷漠的脸上立刻凝出一层厚厚的霜。"原来大家觉得这样的"洗澡"太空泛了，是蒙混过关。

"洗澡"之前，不管是偷情或其他日常事务，中年人和年轻人，大家还能打成一片。可一到"洗澡"的时候，阵线分开了。"洗澡"的都是旧社会过来的人，年轻人都成了群众或看客。一成看客，他们都没了面目，说话都没有名字了。小说里常写"满座的年轻人都神情严肃""一个个冷漠的脸上""忽然有人问""到会的人不说话"，他们全都没了姓名。感觉上被"洗澡"的人是在强光灯下，而周围暗处里就是群众、审讯者、陪审团或者说看客。

在象征意义上，"洗澡"第一说明身上"脏"，旧社会带来不少垃圾；第二是感觉上要脱衣赤裸，被剥夺隐私。脱衣的过程是最"性感"刺激的，所以"洗澡"的过程也是杨绛要写的重点。

几个比较年长的主角一一登场。法国回来的朱千里，总结别人的教训，觉得"洗澡"检讨要对自己狠，才能过关。于是他把桌子一拍说："你们看着我像个人样儿吧？我这个丧失民族气节的'准汉奸'实在是头上生角，脚上生蹄子，身上拖尾巴的丑恶的妖魔！"

一瞬间，周围的人脸上都非常诧异。"我自命为风流才子！我调戏过的女人有一百零一个。我为她们写的情诗有一千零一篇。"有人当场打断了他，问为什么要"零一"？

"实报实销，不虚报谎报啊！一人是一人，一篇是一篇。我的法国女人是第一百名，现任的老伴儿是一百零一。"这时有人笑出声来，但笑声立即被责问的吼声压没。有人愤怒地举起拳头来喊口号："不许朱千里胡说乱道，戏弄群众！"另一人愤怒地喊："不许朱千里丑化运动！"

最后他被赶下去了。朱千里其实总结了之前的"洗澡"要素：第一要狠挖罪恶出身，凡有钱就有罪。第二要爆情色料，于是有一百零一个女人（其实他怕老婆，哪里来这么多女人）。第三，用词要重，帽子要大，态度要狠。可是，三个要素都有，太夸张还是不行。脱衣太快。

接下来是余楠，好不容易混了个组长，结果要洗"中盆澡"，检讨不到一半就被群众一片口号呵斥："余楠！你这头狡猾的狐狸！""余楠！你把自己包裹得严严密密，却拿些鸡毛蒜皮来搪塞！""余楠休想蒙混过关！""群众的眼睛是雪亮的！""余楠！你滑不过去！""不准余楠捂盖子！"

他当年跟胡小姐的往事被人知道了，所以这一个"中盆澡"没有过。不肯脱衣也不行。

一次成功过关的是杜丽琳，所以她的"洗澡"过程要详细介绍，万一以后还能用。

首先，讲出身。"我祖祖辈辈喝劳动人民的血，骑在他们头上作威作福，饭来开口，衣来伸手，只贪图个人的安逸，只追求个人的幸福，从不想到自己对人民有什么责任。我只是中国人民身上的一个大毒瘤；不割掉，会危害人民。"

这一段，在家里操练时，老公笑场了。但是丽琳坚持说她是真诚的，她说被自己骂好过被别人骂。"我祖上是开染坊的，父亲是天津裕丰商行的大老板，我是最小的女儿，不到两岁就没了母亲。""我生长在富裕的家庭里，全不知民间疾苦，和劳动人民简直没什么接触，当然说不到对他们的感情了。我从小在贵族式的教会学校上学，只知道崇洋慕洋。我的最高志愿是留学外国，最美的理想是和心爱的人结婚，有一个美满的家庭。我可算都如愿以偿了。"

杜丽琳讲的都是真事，所以大家都比较相信。接下去她讲解放前夕，父亲去世，兄长去香港，她去了美国，但是丈夫许彦成要从英国回国。他主动要回国，她还劝他不要回国，但他坚持，她只好抱定爱情至上信念，跟他回来，她不是"投奔光明"。

虽然琐碎一点，但也是由衷之言。本来杜丽琳还想借机讲讲爱情婚姻的大道理，旁敲侧击一下丈夫，后来怕失控就放弃了。她只讲回国以后被人认为是资产阶级女性，外号叫"标准美人"。她说实际上是自己浅薄、虚荣、庸俗，努力工作是积累资本，斤斤计较私利，现在"三反"就非常后悔，千不该万不该不该跟许彦成回来，所以批评自己只图个人幸福，"觉得自己即使自杀了，也无法偿还我欠人民的债。"

说得声情并茂。会场主席说："杜先生的检讨，虽然不够全面，却是诚恳的。"

杜丽琳过关，朱千里、余楠、许彦成等人就压力很大了，朱千里第二次检讨不少人来旁听。这次他只说实话，说他原来是下中农出身，在法国也是勤工俭学，没拿到博士，不过帮不少人写过博士论文。关于法国女人，真假博士，群众眼睛雪亮，还是不放过，各种追问，愤怒地喊口号，甚至有人喊打倒"千里猪"。老实人朱千里冲出会场，当晚企图自杀，没有成功。

一个一个，写不同人的洗澡，小说叙述不慌不忙，很有层次。

丁宝桂的检讨非常详细，也通过了。丁宝桂放下了一颗悬在腔子里的心，快活得几乎下泪。"他像中了状元又被千金小姐打中了绣球，如梦非梦，似醒非醒，一路回家好像是浮着飘着的。"

三 "人民"，是一种资格

现实生活中的"洗澡"基本上是私人活动，就像反省忏悔也是个人面对自己（或者面对神父）。如果在某些海滩裸泳，也是大家公平透明，不是多数人围观个别人赤裸，然后评论审核个别人的身材特点。综述以上"洗澡"过程，谈出身，曝私隐，扣帽子，实际上都是一个过程，是最早的思想改造运动，是当代文学生产机制中

"作家干部化"的必要程序。这个过程的标准就是要将"旧社会过来的人"编入"人民"的队伍。"洗澡"之前,你可能是臣民、国民、良民、公民,但是不是"人民"。"人民"是一个资格,一种身份,并不直接等同于群众。群众(没有问题的群众),再加上干部,才是"人民"。从小说提供的案例来看,围观喊口号的是群众,下结论的还是干部。回到"人民"的队伍,是"洗澡"的意义和目的。

余楠第二次"洗澡"的时候,许彦成夫妇已经在紧张准备了,杜丽琳就替她老公担心,香山这一段怎么讲?现在大难临头了,追小三的崇高感情怎么解释?读者这时候才明白作家为什么在前面那么精心仔细地铺垫一些琐碎的男女绯闻香山约会。看似浪漫无聊,都是危险伏笔。

余楠承认自己是国民党反动政客的走狗,重婚未遂的罪人,把自己揭开解放前夕和胡小姐计划出国的伤疤,也是越臭越香,越丑越美吧。最后,深挖了自己的私隐,检查居然通过了。

余楠觉得自己像一块经烈火烧炼的黄金,杂质都已炼净,通体金光灿灿,只是还没有凝冷,浑身还觉得软,软得脚也抬不起,头也抬不起。

这只是早期,后来也许像余楠这样的料还要不断被锤炼,不知道会炼成什么钢。

小说做足了铺垫,让人一路担心许彦成怎么带着他的未遂婚外情故事过关,结果高举轻放,他的"洗澡"过程避重就轻,轻易过关。洗过澡以后,全体人员填表填志愿,重新分配工作,而且加人工。这是"当代文学生产机制"三个要素同时体现:一是思想改造,作家干部化;二是加人工,经济制度支持;三是演习了一整套理论程序,知道怎么批判自己,也知道怎么批判别人。

20世纪小说里还没有哪一部作品如此详细地记录"三反"细节,而且是通过钱锺书夫人的回忆和虚构记录的。

小说尾声,许彦成、杜丽琳夫妇分配到中国最高学府任教,朱千里去了外语学院,姚宓到了图书馆。分手的一天,许彦成到姚家坐到很晚,姚宓送他出来。

　　他们俩并肩走向门口,许彦成觉得他们中间隔着一道铁墙。姚宓开了走廊的灯,开了大门。许彦成凄然说:"你的话,我句句都记着。"

　　姚宓没有回答。她低垂的睫毛里,留下两道细泪。

　　杨绛写的夫妻之外的爱情,无论庸俗如余楠和胡小姐,或者清纯如许彦成和姚宓,都有一个共同点,最后都不会成功。

1988

铁凝《玫瑰门》
非常年代与女性命运

铁凝（1957— ）早期的代表作《哦，香雪》，清纯美丽，饱含乡土气息。当时南有王安忆的"雯雯"的世界之《雨，沙沙沙》，北有铁凝的《哦，香雪》。单看篇名上的"哦"字，就知道多么文艺，多么实诚。这篇1982年发表的小说获全国优秀短篇小说奖。之后，铁凝也写过《没有纽扣的红衬衫》，拍成电影《红衣少女》，同时获得了金鸡奖、百花奖。她还写过中篇《麦秸垛》等。总之，铁凝早期的风格给人的印象就是清新纯净。

2006年，铁凝继茅盾、巴金之后担任中国作协主席。铁凝是中共第十七届中央候补委员，第十八届、十九届中央委员，现在还兼任全国文联主席。人们关注铁主席的领导形象时，却可能忽略她的几部分量很重的长篇——《大浴女》《笨花》，还有我们要读的《玫瑰门》。

《玫瑰门》最初发表于1988年。2006年人民文学出版社版有如下简介："反思'文革'的一部敢于直面惨淡人生和丑恶人性的成功之作。小说以一个女孩儿在喧嚣混乱的岁月中，迷茫地穿越生命之门为线索，通过庄家三代女性司猗纹、竹西、苏眉不同的生存状态和人生轨迹的刻画，形象地概括了半个多世纪以来中国女性命

2018年，张涛和许子东。

运的历史演变,全面深刻地呈现出女性生存的百态图。"

通过什么,描写概括什么,这是常见的图书介绍句式。通常前面是人物,后面是历史。钱谷融先生的批评是"人物变成了工具,时代变成了目的"。《玫瑰门》有两个关键主题:一个是女性,一个是革命。到底哪一个是"通过",哪一个是"目的"?通过女性命运写革命风景,还是通过革命风景写女性命运?还真不好说。不过有一点,图书介绍说对了,铁凝的创作风格由清新纯净转向深沉厚重,就是从《玫瑰门》开始的。

乍一看,《玫瑰门》的前面部分简直和王蒙的《活动变人形》异曲同工,两部长篇写作时间也差得不远,应该不是受影响或者借鉴。两部小说的主角,或者说部分的主角,都是奇奇怪怪的女人和她们之间奇奇怪怪的关系。

《活动变人形》上来就是一段姨妈静珍"大白脸",一个年轻寡妇,举止荒诞,行为夸张,命运凄惨,形象诡异。

《玫瑰门》当中的姑爸,和静珍一样,也有短暂、不幸的婚姻,新婚之夜新郎跑了。这个受伤的女人之后就特别打扮成男人,剪短发,穿男装,名字改成姑爸,半男半女。她的行为夸张、荒诞、诡异,比起静珍有过之而无不及——见人就帮人家掏耳朵,掏出来的"成果",放入随身的一个小瓶,留作纪念。

这两个早早守寡的奇葩女人都不是小说主角。静珍的妹妹,泼辣多情"克夫"的静宜和她丈夫倪吾诚的婚姻战争,才是小说的主线。《玫瑰门》中,姑爸的嫂嫂司猗纹在"十年"当中的畸形生存技巧,她一生的奇怪情史,以及书中三代女性人物的复杂关系,才是小说叙事的主轴。

《玫瑰门》和《活动变人形》的相通之处,不仅是写北京四合院里的破落有钱人,不仅是写奇葩女人的荒唐言行,更重要的是,以下一代或者下二代的晚辈的视角展开叙事和批判。

倪藻在40年代是八岁,青年以后他坚信投身的事业,彻底否定、无情审视父母一辈的腐朽与无用。苏眉在60年代中期才六岁,目睹了外婆、姨婆她们的荒唐悲惨生态,也非常反感。都是儿童视角,时代不一样,批判角度也不同。倪藻更坚信40年代革命的前景,苏眉更困惑60年代革命的后果。

一 《玫瑰门》如何写抄家

《玫瑰门》开篇写女主角苏眉"多年以后",在机场送别她的妹妹苏玮和美国丈夫尼尔。和倪藻汉堡访学一段相似,这种貌似与国际接轨的包装文字,其实可以省略。

回到"十年"中,因为父亲被剃阴阳头,六岁的苏眉被妈妈带到了北京外婆家。外婆司猗纹住在响勺胡同的一个四合院。行为打扮古怪的姑爸,和她的宠物猫大黄住在西屋。舅舅庄坦,舅妈竹西,婴儿宝妹,还有外婆和苏眉,大家都挤在两间南屋。四合院的南屋朝北,通常是比较差的房间。北屋是宽大的、朝南的,有谁住呢?小说第四章有非常详细的描写,说司猗纹看到运动要来了,便主动给街道红卫兵写信,请求他们来抄家。同时她让家里的人把北屋不少贵重的家具搬到了室外,等候被抄。

等了很久,红卫兵终于来了,司猗纹非常诚恳动感情地做了一番演说。"她说,她万万没想到就这么一封微不足道的认识尚浅薄的请罪信,真惊动了革命小将,还有革命干部革命的大婶儿大妈。她从灵魂深处感到他们不是来造她的反的,是来帮她造封资修的反,帮她摆脱封资修的束缚,帮她脱胎换骨重新做人的,因为谁也没有把她打翻在地再踏上一只脚。"[1]

---

[1] 铁凝:《玫瑰门》,最初发表在《文学四季》1988年创刊号;1989年6月,单行本由作家出版社出版。以下小说引文同。

小将们把家具都搬走了，抄家完了，这时司猗纹又自己举报，说她公公临死前在后院埋过什么东西。这下抄家的人兴奋了，抄家最喜欢的就是掘地三尺，掘出什么东西。他们真的到后院去掘，真的挖出了一个金如意。大家表扬司猗纹虽然是剥削阶级，但是思想改造得好，觉悟高。只有姑爸私下问她：你为什么作假？你这么积极想要什么好处？

司猗纹反驳姑爸：要什么好处？你向谁要好处？"我交给的是新社会，是革命，是党。什么人才向新社会要好处？什么人才向革命要好处？什么人才向党要好处？我倒是想听听。"一串革命话语把姑爸讲得哑口无声，最后掏耳朵，她们就和解了。

各种"文革"书写中，写抄家的好作品不多。在写实层面上，抄家是没收财产，查封房子。在象征的层面上，拆掉的是家庭伦理价值。对外，被抄家代表有罪。对内，夫妻家人间可能突然发现对方的存款、照片和其他私人秘密，甚至家里的人要互相揭发批判，伤害可以是永久的。礼平《晚霞消失的时候》写红卫兵无意中抄了梦中情人的家，戏剧性地拆散爱情。郑念的英文自传小说《上海生与死》写被抄家者抗议，红卫兵还是砸了明代的花瓶。《玫瑰门》里写抄家，也是被抄者角度，却主动邀请，积极配合，故意埋伏，显示忠心——一方面说明了革命压力巨大，迫不得已。另一方面又说明连"剥削阶级"也开口闭口革命道理。或者也可以说阶级敌人非常狡猾，心怀不满，善于伪装。三种解释，都可以用来解释小说的女主人公司猗纹。

抄家以后，小说情节朝着两个方向发展：一是司猗纹和她媳妇竹西、外甥女苏眉的感情关系，前仆后继的女性命运。二是四合院北屋搬进了劳动人民大家庭。前者写女性（主义？）的宿命，后者写阶级斗争新格局。

二　四合院里的阶级斗争与阶级调和

同一个房子、同一个屋顶下的阶级矛盾，近年仍是国际热门题材。电视剧《唐顿庄园》讲阶级，不斗争。同一庄园，普通仆人一生努力尽职，想要往上升到"贴身仆人"。经历过"文革"的国人，会奇怪怎么他们的志气不是翻身发财做主人？据说这是职业道德，好比主人们要遵守贵族责任，战争爆发必须上战场。当然，这种理想的英国梦也是100年前的背景，再往下，越来越难编下去。韩国电影《寄生虫》，也是一个房子两个阶级，穷人混入豪宅，最后演成悲剧。《玫瑰门》里，破落有钱人家苏眉外婆一家挤在南屋，街道主任罗大妈一家搬进了四合院里最有气派的北屋。罗家两个女儿已经出嫁，三个儿子带着他们寒酸的铺板、家具和老土的生活习惯搬进来，同一个天井，同一个厕所，天天抬头不见低头见。被打倒了的剥削阶级与刚刚翻身的劳动人民，怎么在一个四合院里朝夕相处呢？小说描写了几种阶级斗争（或调和）的不同形式。

第一种是暴力对抗。姑爸的宠物猫大黄，擅自溜进罗大妈家偷了一块肉，价值五毛钱。罗大妈和她的儿子二旗、三旗到西屋去搜查，猫赃俱获，于是就要管教管教。他们用绳子把猫倒悬在空中抽打。罗大妈说，打猫的意义远远胜过打猫本身，否则连猫也以为天下太平了，阶级斗争熄灭了。

一顿抽打以后，猫没动静。二旗、三旗以为猫完了，没想到解了绳子，大猫居然重新站起来了，还走在他们前面。接下去的细节铁凝敢写，我却不敢复述了。简单说，绳子从不同的方向绑住了大黄的四条腿，旁观的司猗纹就想到了古代的"车裂"……姑爸把大黄的尸体搬回自己西屋，当时没作声，但是到了半夜突然尖叫，跑到天井里大骂罗家："我骂你们罗家祖祖辈辈！你是主任谁承认你是主任你不是连人都不是你们全家老小都不是你们是什么什么你们是东西不是东西你这个臭妖婆臭女人南腔北调净吃大葱蘸甜面酱连耳朵垂儿都长不大不配有耳朵都长不大。你们、你们……"还有不少,包括"十八层地狱下油锅炸焦小鬼锯从头到脚皮剥开你们",等等。气势、排比、修辞,无标点,和倪吾诚老婆有得一比。当晚,罗家也没有反击,罗大爷把他们劝住了。可是第二天,二旗、三旗就带了五六个手持棍棒的小将到西屋采取革命行动。这是报复阶级敌人的阶级报复。姑爸被架出屋来,裸露着上身赤着脚,被命令跪在青砖地上……

这段暴力描写,在意象层面,有一种女性主义的隐喻:姑爸本是女人,先被男人欺负(抛弃),再想要假扮男人(反抗),但是仍然被男性暴力打回原形。

姑爸之后将大黄的尸体煮了,自己一点一点全部吃掉,然后她就死了。小说没有写司猗纹一家有什么报警或报复的举动,大概惩罚报复也是无法的。

但是总体上,这个四合院里的暴力冲突是偶然的。另外一种生存状态是虚假和解。小说写司猗纹假装热心地向罗大妈学习怎么蒸窝窝头,其实心里很看不起对方,半夜里怀念自己喜欢的食物。偶尔她自己蒸两条鱼,一条送给对面罗家,结果还回来的盆子洗都没洗过,没礼貌。罗家在天井乱倒水,外婆也不敢说,只能婉转地说哪儿有个下水道。平时一个眼神、一句废话,司猗纹都要非常谨慎小心地看罗大妈的态度。渐渐地,她的委曲求全、虚假奉承也初见成效。不久,她被批准可以读报,这是一个很重要的身份。眉眉还可以带领大家早请示。再过一段时间,街道上表演样板戏,司猗纹还参加表演。

司猗纹与罗大妈之间有心无意的每日细节较量,占据了小说相当大的篇幅。在我看来,描写"文革"十年人与人之间的阶级关系怎样在一个共享空间里得到调解和发展,这是铁凝《玫瑰门》的一个重要贡献。

整天对着老土罗大妈阿谀奉承的剥削阶级婆娘，其实有她自己非常丰富的人生。司家原是大户，女主角读圣心女中时，爱上了革命党人华致远，曾经有过浪漫一夜情。但华致远很快不见了，司猗纹就嫁给了浪荡公子庄绍俭。公子很快发现新娘的贞洁历史问题，于是长期不在家，在外风流，还染上风流病并传染给司猗纹。而且夫家还没钱，靠女家贴钱买房子，等等。20世纪中国小说中，在七巧以后，司猗纹是又一个非常复杂的女性形象。她是一个既浪漫又无情的女人，一个十分庸俗又有些担当的女人，一个有心计，很刻薄，很虚伪，但是又很不幸，也很坚强的女人。哪一个词都用得上。和华致远的一夜情，还有她解放前夕和朱吉开准备再结婚，重新开始新生活，这些短短的浪漫经历就耗尽了她一生的感情。但为了报复色诱庄老太爷，等于请老太爷"扒灰"，行为"出位"。最后她丈夫的情人齐小姐送回半盒庄绍俭的骨灰，她都倒到厕所里，十分无情。

司猗纹对姑爸之死反应冷淡，对媳妇、对外孙女倒有不少心计。但另一方面，成家以后，夫家财困，子女教育全靠她操心支撑，再刻薄，再虚荣，再没心没肺，她却始终是个坚强的女人。将司猗纹与竹西、苏眉三代人联系起来，这里有铁凝对女性主义的严肃思考。

在不同阶级的共享空间里，除了暴力对抗、虚伪和解以外，还有第三种斗争形式，那就是报应与颠覆。

小说写罗家三子，大旗最忠厚、善良、有理想。罗大妈甚至认为大黄偷肉那天，如果大旗在，姑爸就不会死。大旗悄悄喜欢南屋的少女眉眉，眉眉当时十二三岁，大旗常给她送一些印刷品。同时眉眉的舅妈竹西，不知什么理由却看中了大旗。竹西是医生，聪明、漂亮、能干，是四合院里少有的头脑清楚的人。但是，她为什么要勾引比她年轻不少、身体健壮但头脑简单的工人大旗呢？是色诱？

也是某种形式的阶级报复？竹西的丈夫庄坦，有打嗝不停的毛病。竹西一直忍了，一面忍他的打嗝，一面自己高潮。但是某日打嗝停了，丈夫的身体就"不行"了，不久就死于心脏病。竹西主动跟大旗在一起，眉眉和她妹妹无意捉奸时，看到她还在床上不穿衣服地"游泳"。本来是丑闻，后来却变成好事，两个人真的结婚了。

在南北两屋的关系当中，剥削阶级寡妇和无产阶级子弟在一起，这种"阶级斗争新动向"，到底谁输谁赢？司猗纹一度觉得局势翻盘了，所以她就去警告罗大妈，让以后对她客气点。但不久生了孩子，罗大妈也觉得赚了，罗家有孙子了。这样双赢的局面并不长久，转眼"十年"过去了。小说很具体很露骨地写了很多细节，但是很少点明政治符号。"十年"是什么？小说不写。现在北屋要归还给司猗纹了，罗大妈每个月要来交房租了，革命中刚刚建立的新的"平衡"马上打破了，竹西要和大旗离婚。翻身和报复的双重目的都达到了，四合院里的阶级关系又出现了崭新的局面，或者说是回到了老局面。

三 《玫瑰门》的诡异与荒唐

《玫瑰门》整个长篇弥漫着一种诡异的气氛，当然是和司猗纹这个诡异的女人有关。司猗纹晚年，苏眉当了有名的画家，老太太却戴上胸罩，衣着时髦，一定要跟外孙女的朋友一起去郊游。当苏眉和男人登上"鬼见愁"时，司猗纹突然出现在眼前，把下一辈的人吓得不轻。

小说中另一个人物也十分诡异。姑爸死后租住西屋的男人叶龙北，单位是艺术研究院，说话飘忽有哲理，单身一人，喜欢养鸡，搬走时，却把这些鸡都埋掉。后来罗大妈又把这些鸡挖出来吃，司猗纹还得捧场说好吃好吃。

叶龙北引起了竹西的兴趣，竹西离婚以后去找这个男人，两人有时"在一起",像知识分子的外遇一样,但也只是"有时"。另一方面叶龙北又对苏眉说,说苏眉是他人生的灿烂。小说结尾时,婚后的苏眉还和叶龙北有来往,最后被外婆像侦探一样地打断。

总之,非常荒唐但又顽强的司猗纹、大胆而又理性的竹西、既批判前辈又步后尘的苏眉,她们的共同点,都不是传统的贤妻良母,都是很强的女人,敢做敢当,挣扎在女人的宿命当中,服从,占有,孝敬,生育。

小说结尾,令人印象很深。司猗纹残废在床,竹西无微不至地照顾她,又当护士又当医生。其实她明说自己并不爱婆婆,只是想延长她的痛苦。苏眉虽然抱怨外婆,但最后还是雇了辆车,陪老女人到政协礼堂外面看了一眼当年的初恋情人——已经脑瘫了的高干华致远。她不忍心看着外婆继续受苦,小说写苏眉为司猗纹擦嘴,只是她没有再把手绢从她嘴上移开,她的手在她嘴上用了一点很小的力气,外婆就去了。然后苏眉为她梳了头发,扶在床上,亲了亲她额角上新月般的疤痕。

她和竹西的最后对话是:

"也许你是对的。"竹西对苏眉说。
"也许你是对的。"苏眉对竹西说。
"你完成了一件医学界、法学界尚在争论中的事。"
"你完成了一个儿媳和大夫的双重身份的任务。"

两个女人互相称赞,互相羡慕对方。如果外婆本人并无明确"安乐死"的指示,苏眉的举动在法律上等于谋杀。但是乐衷于报复惩罚婆婆的竹西,很理解苏眉想与"前辈"分割决裂甚至谋杀的愤怒与无奈。在象征意义上,这种"前辈",既是民国旧时代(四合院、剥削阶级、封建主义……),也是传统的软弱、扭曲而又坚韧的女性生存智慧。然而,等到苏眉自己艰难地生下女儿的时候,她发现婴儿额头也有一弯新月形的疤痕——也就是说,DNA还在,女性(主义?)的宿命还在延续。

另一边厢,罗大妈每月要给自己过去的媳妇交房租,而且可能要搬走了。劳动人民在四合院里也只是为期"十年"的过客,parasite(寄生虫)……

1993

陈忠实《白鹿原》
"政权""族权""神权"

重读 20 世纪中国小说，接近世纪末，本来在想怎么写一个世纪末回顾，但突然发现大可不必，因为到了 90 年代，已经有作家作品有意无意地在回顾过去的百年。如果说余华《活着》是 20 世纪"中国故事"的后半生，那么陈忠实《白鹿原》就是 20 世纪"中国故事"的前半生。

一 20 世纪"中国故事"的前半生

《活着》写 40 年代后期到 70 年代末，大概接近于文学版的共和国"前三十年"史；《白鹿原》写 10 年代到 50 年代初，时间上完全覆盖了"前五十年"中的民国史。

《活着》是写一个人、一个家庭历经苦难厄运，道德清洁，心灵高尚，九死一生，坚强活着；《白鹿原》写两个家族三代人，贫富矛盾，国共冲突，礼崩乐坏，也是世事难料。

《活着》与《白鹿原》是上世纪 90 年代文学的两个高峰。自 1993 年问世以来，持久受读者欢迎，获得专业权威奖项，影视改编也备受关注（甚至太受关注）。两部小说都可以读成上世纪近百部优秀的中国小说的一个提纲、目录和缩写本。但是相比之下,从字数看,从格局看,《活着》是把"前三十年"戏剧性简化,《白鹿原》是努力将民国历史复杂化。前者更感人,催人泪下,后者更有挑战性,令人深思。

陈忠实(1942—2016)一辈子主要就写这一部作品,作品前引用了巴尔扎克的话:"小说被认为是一个民族的秘史。"《白鹿原》也写了六个历史时期:晚清,军阀混战,国共斗争,抗日,国共内战,解放与镇反。小说基本格局在前两个时期,即晚清和军阀混战时期已经基本成形。第一到第五章写的是1910年之前,第六到第十二章大概写1911年到1927年。

毛泽东在《湖南农民运动考察报告》中有一段著名的论述:

> 中国的男子,普通要受三种有系统的权力的支配,即:(一)由一国、一省、一县以至一乡的国家系统(政权);(二)由宗祠、支祠以至家长的家族系统(族权);(三)由阎罗天子、城隍庙王以至土地菩萨的阴间系统以及由玉皇上帝以至各种神怪的神仙系统——总称之为鬼神系统(神权)。至于女子,除受上述三种权力的支配以外,还受男子的支配(夫权)。[1]

按照《白鹿原》的描写,晚清时期,至少在乡村的基层,"政权"影响力有限。白嘉轩设计买卖鹿子霖的宝地,请中医冷医生做中介,签约就行了,不需要官员批准。农民贪财,种鸦片,县令说要禁,却也禁不了,没有人来贯彻。白鹿两家为了换地打架,甚至要打官司,结果白鹿书院的朱先生写一幅字给两边,就讲和了。更重要的事件,

---

[1] 毛泽东:《湖南农民运动考察报告》,《毛泽东选集》,北京:人民出版社,1951年,第33—34页。

比如说第五章，白嘉轩主持重修祠堂，在祠堂内办学，而且有谁如果犯了赌、毒等违反乡规的事情，也在祠堂里执法、体罚。这些事情关乎乡村基本社会秩序，没有看到有清廷的官员来参与。

毛泽东所说的"政权"，具体出现是在小说第七章。"皇帝在位时的行政机构齐茬儿废除了，县令改为县长：县下设仓，仓下设保障所，仓里的官员称总乡约，保障所的官员叫乡约。白鹿仓原是清廷设在白鹿原上的一个仓库，在镇子西边三里的旷野里，丰年储备粮食，灾年赈济百姓，只设一个仓正的官员，负责丰年征粮和灾年发放赈济,再不管任何事情。"[1]现在白鹿仓变成了行使革命权力的行政机构，不可与过去的白鹿仓同日而语。保障所更是新添的最低一级行政机构，辖管十个左右的大小村庄。

作家对于地方行政概念交代得非常清楚。白鹿仓的总乡约是田福贤，第一保障所乡约是鹿子霖。小说里，田福贤上面的县长换了好多个，但是国民党县部书记从北伐到1949年都是岳维山。

从情节上讲，田福贤、岳维山这些乡县的干部一做二三十年，也没有调走，也没有升官，不大可信。小说大概是为了稳定这些人物的符号意义，强调滋水县（原型是蓝田县）国共长期斗争的政治格局，所以这几位国民党干部也别想升官了。处在对立地位的共产党员鹿兆鹏，北伐时已是中共省委委员、县委领导，30年代是红三十六军副政委了，可是十几年以后，到1949年，他还只是解放军十七师的联络科长，也是为了白鹿原上的阶级斗争需要而没怎么升官。

这些人物几十年围绕着白鹿原战斗，就是为了争夺"政权"。读者其实不大在意这些细节破绽，因为小说的重点从来不是写岳维

---

[1] 陈忠实:《白鹿原》,《当代》1992年第6期（上半部），1993年第1期（下半部）;北京：人民文学出版社，1993年。以下小说引文同。

山、田福贤或鹿兆鹏的仕途，甚至关键也不在他们几十年里的恩怨，小说的真正主题是"政权""族权""神权"三者之间的关系。

《白鹿原》之所以重要，正因为这是一部试图从"族权"和"政权"的矛盾关系来解析20世纪中国农村社会结构的小说。这种"族权"和"政权"的矛盾统一关系，直接体现在白嘉轩、鹿子霖两个财主家三代人几十年错综复杂的明争暗斗历史。《白鹿原》，就剧情来讲，完全可以改编一下路翎小说的书名，叫"两个财主底儿女们"。

二 白鹿原上的"政权""族权""神权"的暂时平衡

据说长篇小说第一句很重要，奠定基调。《白鹿原》的第一句是这样的：

> 白嘉轩后来引以豪壮的是一生里娶过七房女人。

这里的关键词既不是"七房女人"，也不是"豪壮"，重点是"后来"。这是加西亚·马尔克斯"多年以后……"的写法。

在艺术上，陈忠实有一大堆乡土政治故事，但写法技巧受到1985年寻根文学、魔幻现实主义的影响。所以某种意义上，《白鹿原》是以《红高粱》笔法写出来的《红旗谱》。在思想上，这种"文革"以后出现的对中国乡村伦理秩序的再思考，和80年代海外新儒学理论的输入间有意无意的关系，还要仔细观察。

白嘉轩前六个女人都在婚后不久死去，貌似抱怨命运不济，也像夸耀男主角阳具威武。阳具崇拜是寻根派在"多年以后……"之外的另一个写作特征（又如刘恒《伏羲伏羲》等）。

某天，白嘉轩在雪地偶然发现奇物异草，姐夫朱先生把异草解释成当地传说中的神话吉祥物白鹿。于是，白嘉轩就通过冷医生做中介，和鹿子霖做买卖，获得了这块不起眼的宝地。买卖当中，白嘉轩用了一点欺骗手法，先说没钱要卖地，后来又说换地，连正直忠厚的冷医生也被蒙在鼓里。自从把父亲的坟迁到宝地以后，白嘉轩果然诸事一帆风顺：先娶了最后一任妻子仙草，接连生了三个儿子，一个女儿；又在岳父的指点下种鸦片发财；然后主持祠堂重修，并办学堂。姐夫也称赞白嘉轩，说："你们翻修祠堂是善事，可那仅仅是个小小的善事；你们兴办学堂才是大善事，无量功德的大善事。"这时，"白嘉轩确切地验证了自己在白鹿村作为族长的权威和号召力，从此更加自信。"

在中国现代文学里，"族权"的形象有一个从"可疑"到"可憎"的变化过程。鲁迅《祝福》里坚持礼教的鲁四老爷，对祥林嫂的悲剧多少有点责任。沈从文《萧萧》里的长辈，因为没有多读四书五经，没有把犯了通奸罪的童养媳马上卖掉。在巴金的《家》里，长辈高老太爷当然是旧秩序的基石，不过黄子平也讨论过，"高老太爷临终时与觉慧的对话是最动人的一幕"，真正败坏礼教传统的是克安、克定一帮人。[1] 路翎《财主底儿女们》笔下的财主蒋捷三，比他的儿女们更坚持人伦底线，也更富有抗日热情。但是到了梁斌《红旗谱》，地主冯老兰同时是祠堂的主人，他儿子是国民党驻军司令的同学，所以封建"族权"和反动"政权"狼狈为奸，族长的负面形象渐渐成为模式，甚至变成集体积淀。如张艺谋将刘恒小说《伏羲伏羲》改编成电影《菊豆》，故事背景也从"文革"搬到了无争议（必然坏）的民国早年，电影中要惩罚和婶婶偷情的侄儿，法庭就是阴森森的宗族祠堂。

重读《白鹿原》，不难发现小说不仅颠覆"十七年文学"的"族

---

[1] 黄子平：《命运三重奏:〈家〉与"家"与"家中人"》，巴金《激流三部曲》（家·春·秋），参见《巴金小说全集》第4卷，台北：远流出版公司，1993年，第1—9页。

长—地主"联盟,而且比现代文学中任何一部作品都更加正面歌颂"族权"的代表,即第一主角白嘉轩。整个长篇贯穿了"族权"与"政权"的分离,当然"政权"还是在争夺之中。

白鹿祠堂重修以后的第一件大事,是在祠堂里办学堂。学堂和三个权力系统都有关系。现代学校可以由政府办,《白鹿原》后来也出现了官办的新式学校。但小说里学堂最初就在祠堂里,这是族权(香港至今还有不少民办学校有地方宗亲组织或宗教团体背景)。第三个权力"神权"不只是土地庙、玉皇大帝,而且可以广义理解为信仰系统,而信仰又依托于道德和知识,所以学校又和"神权"有关。这也是为什么小说里一贯英明的朱先生特别称赞办学堂比修祠堂更重要。

《白鹿原》中各色人物称得上主角的也不下十来个:白嘉轩、鹿子霖、鹿兆鹏、白灵、白孝文、黑娃、鹿三、田福贤、冷先生等。但其中思维最清醒,地位最独特,看透所有政治人伦关系,甚至能感悟阴阳世界问题的,几乎最不犯错误的就是"神权"代表、白鹿书院的朱先生。

白嘉轩发现宝地,是因为朱先生解图;方巡抚领清军进攻辛亥革命军张总督,也是被朱先生劝退;后来军阀刘军长围攻西安,亦是朱先生的预言导致他崩溃——至少是预言他崩溃;国共翻脸以后互相追杀,只有朱先生超然,得到双方或明或暗的尊敬。类似的例子,整个长篇,整个白鹿原民国史,都一再证实。

理智上,读者当然也会怀疑朱先生的形象到底是否真实可信。但是国人既然都相信诸葛孔明,为什么就不能假想(或者至少盼望)孔明在20世纪"中国故事"里也有一个传人?小说里,谁认识朱先生,谁就会在各种争斗中获得一定的优势。因为朱先生的功能太重要,读者甚至作家都不大计较这个角色和情节是否真实可能。小说出版后,还有人找出朱先生的原型。朱先生在《白鹿原》里的功能就是一生兼有认识魔幻（迷信）和具备知识（信仰）的双重能力。前者比如领悟白灵，感知生死，小说里其他人也有梦中显灵、鬼魂附体等描写。后者比如研究县制，综观天下，使得军阀、土匪，包括国民党军队、共产党军队都十分信服。

既懂魔幻神奇，又通知识书本，朱先生在小说里的功能就是把学校教育与"神权"信仰系统挂钩。这点非常重要，因为在其他革命历史小说里，学校都是祠堂与迷信的对立面。小学老师通常是地下党，宣传革命新思潮，反对祠堂封建文化。《白鹿原》里，鹿兆鹏也是新学校长。但朱先生的白鹿书院，客观上却与"政权""族权""分庭抗礼"。

《白鹿原》要想象虚构这么一个"政权""族权""神权"三权分立局面，还要加上一个辅助因素——三者之间要有专业人士沟通——那就是中医冷先生。

小说开始时还在晚清，冷先生就40多岁了，后来到40年代末，他大概90多岁了，作家也不让他休息，不让他衰老，让他几个女儿也都遭受灾难。在整个《白鹿原》的各种社会经济文化活动中，冷先生始终严守中立，负责文书、手续、契约、信用、担保，凡有重大官司、人事纠纷、红白喜事等，假如有公共卫生事故，当然更加要请他出面。冷先生的中立地位，不仅因为信用，他将两个女儿分别嫁给鹿家长子和白家二子，说明他必须和本地两大士绅——也是"政权"和"族权"的代表——同时保持亲家关系。冷先生不仅是一个神奇尽职的中医，而且在《白鹿原》里代表了一种知识分子的专业精神——不必忧国忧民，纯粹专业精神。

在小说的第一个历史阶段——辛亥革命前，两个地主，一个医生，一个校长，互相又被子女婚姻关系相连，形成了一个人事人伦关系网，维持着白鹿原的"政权""族权""神权"的暂时平衡。

三 白鹿原上的农民运动

但是到此为止,小说好像回避、淡化了一个农村故事必须处理的重要矛盾,那就是贫富矛盾、阶级关系。

鹿三从白嘉轩的父亲秉德老汉开始,就在白家打工。主仆关系和谐,长工觉得找到最好的主人,地主也觉得找到最好的长工。小说常写白嘉轩和鹿三一起下地干活,家里事从不把鹿三当外人,白家甚至让唯一的女儿白灵认鹿三做干爹。《白鹿原》是否有意淡化或者否定阶级斗争?

陈忠实,1942年出生,1965年"文革"前夕就开始发表散文,当过公社革委会副主任、党委副书记。他当然有很高的政治觉悟,所以,驯服长工鹿三就有了一个强悍造反的儿子黑娃。黑娃虽然和地主的儿子们一起在祠堂读书,但是跟他们就不一样,不安心。明明在白家打工,但讨厌白家主人腰板太硬,形象太正。他反而和鹿兆鹏关系良好。阶级身份,和对这种身份的挑战,后来决定了黑娃的悲喜命运。

小说第六章是全书当中最有和平气息的一章,不仅因为出现了辛亥革命,不仅因为白灵认鹿三为干大——阶级调和,也不仅因为朱先生奇迹般地劝退了清军方巡抚,还因为朱先生为白鹿祠堂拟了一份乡约。

这有点像乡村自己的宪法,也有点像"五讲四美""八荣八耻"等精神文明准则,不仅书写在祠堂墙上,所有族人还都要背诵:一、德业相劝;二、过失相规;三、礼俗相交……乡约好像也是"顶层设计",一时间"族权"好像等同"民间政权"。

有两件事突然打破了祠堂里朗诵乡约的美好气氛。一是黑娃出外打工,居然带回来一个来历不明的风骚女人。小说第九章专门描写黑娃娶田小娥的全过程。地主娶二奶主要为了"泡枣"(要知道"泡枣"的意思,或参考《金瓶梅》"潘金莲醉闹葡萄架")。女人送餐递碗时,和黑娃手指触碰。半夜入房,小伙子初次性体验——《白鹿原》非常喜欢浓墨重彩地描述男人的初次性生活经验,后面还有白孝文新婚、白家三儿子娶媳妇等,都是强调男性生理角度。

事情暴露,黑娃被郭举人赶走,差点丧命。又追到田小娥家乡,把名誉扫地的美女带回白鹿原。陈忠实的性描写不像王小波那么有间离效果,也不像贾平凹那样细密写实,主要特点就是强调处男感觉,反复强调。

农民想睡地主小老婆,也是老桥段,同时可强化造反的合理性与荒谬性(反过来"十七年文学"常写地主看中农民女儿,也是强调地主生活荒淫与必然被打倒,殊途同归)。但黑娃带田小娥回白鹿原仅仅是悲剧的开端。族长不准黑娃、田小娥上祠堂,他们只能住在村外破窑。与此同时,鹿兆鹏娶妻,比黑娃更加不幸。新婚次日就不与妻子同房,说是没有爱情。父亲、祖父到学校,求校长回家见妻子。当然,革命者意志坚强,宁死不睡老婆,害得妻子性苦闷,日后熬出病来。

男人在新婚之夜就逃走的情节,似曾相识,《活动变人形》《玫瑰门》都有。《玫瑰门》里也是一个地下党人,他们忠于爱情,抛弃一夜婚姻,结果女人就付出了一生的代价。

并不是《白鹿原》里第二代年轻人的婚事都在呼应其他小说,白孝文是一个特例。他被父亲培养成一个极正经的男人,以致初夜懵懂无知,后来是在别人的共同教导下终于开窍。但一旦开窍,势不可当。父亲、祖母只好警告新媳妇,赶快多照顾丈夫的身体,身体要保重。"族权"下的家庭,充满关心,也充满管控,但再怎么关心和管控,龙不生龙,凤不生凤,《白鹿原》里财主的儿女们都会走跟父母不一样的道路。

打破暂时平衡局面的，除了黑娃和小娥，还有一帮兵痞。军阀刘军长围攻西安城，派了杨排长带几十个兵到白鹿原强行征粮。怎么个征法？把老百姓一起找来，进行射鸡（击）表演。怎么表演？找来一批鸡，吊在那里，一排士兵举枪打去，打得血肉横飞，一地鸡毛。

在这种情况下，田福贤、鹿子霖等乡官没法违抗（"兵权"暂时不归"政权"管），村民只好乖乖交粮。唯一的反抗行动，就是地下党员小学校长鹿兆鹏，找黑娃帮手，还有另一个地下党韩裁缝，三人一起烧了征粮的米仓。

下面排长军头虽然胡作非为，但是上面刘军长却很敬重白鹿书院朱先生。这可能是中国知识分子的一个美梦：不管什么样的政治势力，都要尊重一个中立的文人。刘军长请朱先生算命，预测战局发展。朱先生就讲了一些婉转的话，劝走了军阀。拖了几个月，军阀果真放弃围城。前后八个月，白鹿原渡过了一个难关。

军阀混战快结束时，就是北伐胜利进军之际。小说用了一个非常特别的细节来渲染国共第一次合作的历史气氛：白家独生女白灵和鹿家次子鹿兆海，在保卫西安的时候结下革命友谊，两个人讨论将来前途。结果决定一人入一个党，反正两个党都齐心北伐。少男少女掷铜圆，白灵参加国民党，鹿兆海加入了共产党。两人抱在一起，又以铜圆起誓，友谊变成爱情——这是20世纪中国小说里最富戏剧性的一个国共蜜月瞬间。

《白鹿原》在当代文学史上的第一个贡献，就是讨论"族权"有没有在乡村秩序下与"政权""神权"互相制约。其实，也是探讨中国传统社会当中是否存在某种独特的朴素的政教分离模式。

小说的第二个贡献，是在作家茅盾之后，再次反省检讨北伐时期的农民运动。鹿兆鹏介绍黑娃去了城里的一个农民运动讲习所，短短数月，回来以后，换成了"新人"。他接下来就在各村组织农会，口号是"一切权力归农协"。农民运动做了几件事情：一是惩罚好色之徒。把好色和尚、碗客捆绑在戏台上，揭露他们的性罪行，群情激奋，与"性"有关的审判总是最引人注目（记得茅盾《动摇》写过重新分妻的"解放妇女保管所"）。二是算经济账。批斗总乡约田福贤的时候，让他的秘书招供，说账面上、台底下贪污了多少钱，这可是大家的血汗钱……于是民情再度激愤。这次因为鹿兆鹏校长掌握政策，所以没有马上用铡刀来杀头，前面的和尚就被当场宰了。三是算文化账，砸祖宗祠堂——砸碎祠堂当中的那些碑石乡约，打破精神枷锁。当然，祠堂里的学堂，也顺带被冲击——封建主义的教书匠，毒害我们乡村子弟的时代，再也不能继续下去了。

农民运动的三步骤，一揭色情史，二算经济账，三砸祠堂碑，后来至少在50年代初和60年代中两次重演，大致上也是这个顺序。区别是最后一次冲击范围更加大，并不马上分浮财。

阿Q和红卫兵，虽然都像农民造反，但还是有区别。后者中的部分人至少在早期比较理想主义。黑娃主要是复仇（祠堂怎么侮辱田小娥），鹿兆鹏更多是出于理想。

总乡约田福贤逃走了，一段时间内，农民运动甚至得到了省政府的支持（又和茅盾小说呼应，《白鹿原》后来获得"茅盾文学奖"）。县长轮流换，局势非常乱。连修县志的朱先生也怀疑，史书里说这个地方水深土厚，民风淳朴，但在农民运动前，还能下这个结论吗？朱先生这个问题每隔若干年就可以拿出来问一次。

《白鹿原》描写农民运动，检讨批判多于歌颂赞扬。证据是小说描写运动的基本盘几乎没有一般老百姓。黑娃是会长，副会长是赌棍烟鬼白兴儿，妇女主任是田小娥。

任何运动或者新政出台，要看支持者的基本盘。如果不是普通群众，而是平常在基本秩序之外的奇葩人物，那么这个运动、这个项目大都是有问题的，或者至少是时机不成熟的。不过，有些从政的人特别愿意找一些弱势的奇葩来帮助自己。

四 在女人身体上的"阶级斗争"

1927年，国民党"清党"剿共。田福贤回乡，在同一个戏台惩罚农协，吊打农运分子，黑娃逃走了。

这时，之前沉默的族长白嘉轩出面做了两件事情。

第一件事，修复祠堂，重订乡约。朱先生称赞说这才是治本之策，言下之意：农民运动或反动，争来争去，都是治标。祠堂重开的仪式是族长儿子白孝文主持，所以暗示"族权"如果真的取代"政权"，领袖常常世袭。

第二件事，白嘉轩当众跪求田福贤不要反攻倒算。也算是卖族长的面子，放过了一些农运分子。不过，白兴儿、田小娥还是被惩罚。

到这个时期，非常正气英武的"族权"已经受到三次挑战：先是军阀射鸡表演，然后农会砸祠堂，第三次是族长跪求一个乡官。祠堂威信的建立和被损坏、再建立再毁坏，是《白鹿原》一条非常重要的情节主线。

黑娃逃走后，先给革命军旅长当警卫，军队失败后，就落草做土匪二头目。他虽然安全，田小娥却受难，受迫害时就去求乡约——长辈鹿子霖。不想，鹿乡约见美女起色心，连哄带骗地以保护为名占有了田小娥。问题是，鹿子霖占有田小娥不只是因为好色，他还要女人去色诱白家长子白孝文，白孝文眼看要成为族长接班人，鹿乡约想要打击白家和祠堂。

这段情节比较"狗血"，充满巧合，匪夷所思，过分煽情。但从长篇布局看，的确推动了叙事节奏，达到了令祠堂正义蒙羞受挫的叙事效果。鹿子霖和田小娥的奸情被人发现，乡约又嫁祸于狗蛋。

在祠堂上，白孝文和鹿子霖亲手鞭打奸夫淫妇。晚上鹿子霖搂着裸体的田小娥说，鞭打在你身上，其实白嘉轩就是在打我的脸。

之后，田小娥果然色诱白孝文。白孝文是太压抑、太正经了，见到田小娥居然脱衣就"不行"，穿上又可以，反复循环。但他不像鹿子霖，他真的有点喜欢田小娥。到此为止，田小娥先后和郭举人、农民黑娃、鹿乡约、白孝文四个男人睡过觉了，在地主、土匪、乡官、族长接班人之间，她的身体就成了各派势力的竞技场。

李劼人的长篇《死水微澜》，早有类似"一女多男"的情节模式：女主角先嫁世俗商人，又爱上江湖好汉，最后再跟信洋教的人。女人的功利选择，显示清末民初四川社会文化的戏剧性变化。田小娥的身体先是凝聚着地主和雇农的阶级矛盾，然后又变成土匪和官员的斗争战场，接着又要成为"政权"暗算"族权"的阴险工具。

而且，好戏还没完。白嘉轩坚守的祠堂文化已经接连被军阀、农会和总乡约破坏，但接下来的两个打击更加惨烈。

第一是黑娃派土匪夜袭白、鹿两家，打死了鹿子霖的爹，重伤了白嘉轩的腰。黑娃小时候就嫌他的腰板太硬了。

第二是孝文小娥事发，两个人在祠堂当众被鞭刑，培养已久的"族权"接班人毁于一旦。奇妙的是，颜面全失、被全村人唾弃的白孝文，反而恢复了性能力。

不少当代小说，"行"与"不行"之间，一般都不只是生理问题，都有象征意义。《男人的一半是女人》里章永璘因为劳改压抑而"不行"，后来抗洪抢险，回归群众队伍，"行了"。这是个人性能力要和人民身份挂钩。白孝文祠堂重任压身，"不行"，被村民唾弃，"行了"，证明性能力和宗族道德责任是成反比。

白孝文卖地、卖楼、抽鸦片，很快就堕落成乞丐，几乎饿死。在绝境时，他跟不少灾民一起去讨舍饭。因鹿子霖、田福贤介绍他到保安团当兵，绝处逢生。

白孝文的前半生，就是在祠堂失败，然后投靠官府，最后成为小说中的实际胜利者。他的命运，是否也意味着整本《白鹿原》，写的就是"族权"对"政权"的不断妥协、抗争与失败呢？

问题还没有这么简单，白孝文看似反派，其实他的形象，不那么简单。

另一边厢，鹿兆海做了军官，鹿家二子入了国民党。他回来碰到白灵，白灵却在大革命失败时参加了共产党。两个人还是两个党，不过位置换了换，政治上谈不拢了，现在有冲突了。白灵骂国民党的语汇读者比较熟悉，鹿兆海批评共产党和农会，也有他自己的批评逻辑。比较麻烦的，是白灵在地下工作当中居然要扮演鹿兆鹏太太。这段情节设计90年代看有点勉强，领导安排太巧了，后来电视剧播出观众也看得尴尬。《边城》里也有两兄弟爱上一个女人——沈从文安排老大、老二轮流唱山歌，像抽签一样，方法朴素可笑，最后还是悲剧。《白鹿原》的两兄弟爱同一女子，还要夹在党派斗争、谍战背影当中，更加残酷。最后哥哥鹿兆鹏与白灵假婚成真，怀孕时还请军官弟弟护送出城。作家在此时插入"多年以后"的预告，当白灵还在革命征途上奋斗，就已经让读者提前知道她将来会死于党内肃反。这种马尔克斯式的手法，在《白鹿原》当中虽然次数不多，但是作用非常关键，使读者对白灵任性的革命爱情选择，更多了一层悲哀感悟。

总体来说，《白鹿原》写鹿兆鹏、白灵在白区地下工作，主要还是歌颂基调，和"十七年"革命历史小说以及后来麦家等人的红色谍战格局相似、情节相近。

五 "如果日后你们真的得势……"

1998年，《白鹿原》在争议声中获"茅盾文学奖"。茅盾在《子夜》里写过白区地下党人在男女问题上的"开放",或者说"混乱",《白鹿原》在这方面的描写,远远没有超过茅盾的自然主义。

小说从第十四章到第二十八章,都是在写二三十年代的国共斗争,抗日只有第二十九章。第三十章到第三十四章又写国共内战。所以,国共的政治斗争是《白鹿原》最主要的政治背景。

祠堂族长白嘉轩开始对农会和乡官都不支持,象征知识信仰系统的朱先生对国共争斗有更长远的忧虑。小说第十九章很关键,写鹿兆鹏被捕,岳父冷先生拿出全部家当贿赂总乡约田福贤,鹿子霖也在一旁求情。田福贤把所有送来的钱都埋在一棵树下,然后向上级要求把共产党分子鹿兆鹏押回白鹿原镇反。结果他另外找了个罪犯顶替,放走了鹿兆鹏。被放走的鹿兆鹏想不通,问朱先生:田福贤怎么会放过我?朱先生劝这位地下党人赶快离开西安,不然救你的人全不得活。朱先生转告:田福贤让冷先生问你一句话,如果你们日后真的得势,你还能容得下他吗?

这个问题太尖锐了。田福贤之所以承担风险放人,一方面是贪财,另一方面也是人情——冷先生的面子,还有鹿子霖是同党。日后你们真的得势……当然读者知道,鹿兆鹏同志党性强,哪敢受贿救敌人?党性强、战斗性强,所以就能胜利。

但是,万一要杀的人是"错划",是"冤案"?今天看是要杀,明后天再看是个英雄?比如说小说中被肃反的白灵?20世纪中国小说早有伏笔,刘鹗《老残游记》曾预言自以为是的清官比贪官更可怕,而田福贤就是一个贪官。

鹿乡约、田福贤、岳维山代表"政权",白嘉轩、白孝文、白孝武修补"族权",小说中只有一个朱先生在维系象征信仰系统的"神权"吗?其实,朱先生的工作有两个女人在帮手。一个是象征白鹿的白灵。白灵之死,几个主要人物都有梦中感应,这是现实主义小说中的魔幻成分。另一个是田小娥。她被愤怒的鹿三杀掉以后,鹿三就被鬼附体，生不如死了，这也是魔幻之笔。正好白鹿原瘟疫，白嘉轩的老婆仙草、他母亲白赵氏都被鬼影所扰。村民们纷纷不安，跑去祭拜被埋掉的窑洞。最后朱先生建议，给田小娥的亡灵建一个塔，把她压住——其实是化怪力乱神为信仰图腾——再一次证明了"神权"既是"土地庙和灶王爷"又不只是"土地庙和灶王爷"。之前人人唾骂的田小娥，现在化蝶让大家跪拜，"神权"是朴素的乡村宗教，是迷信、知识和信仰共同组合而成。

"十七年文学"描写国共斗争，主要是四种故事模式：一、农民运动；二、白区谍战；三、武装斗争；四、改造土匪。《白鹿原》居然四个模式全部都有。对农民运动，有批评检讨；写白区谍战，有真假夫妻；武装斗争和土匪改造，都是用旧情节写出新故事。战场戏是红色三十六师进攻西安，叛徒出卖，红军战败，退居山里。改造土匪，是鹿兆鹏到山上找黑娃和匪首大拇指。黑娃身在匪阵心在共，但结果这股土匪却投了国民党保安团，最后又在白孝文、黑娃带领下起义。

从《红高粱》起，土匪在革命战争文学里扮演着重要角色，深层原因是侠义传统在读者民间有深厚基础。《白鹿原》里黑娃既代表底层农民造反，又带领农会砸祠堂，再作为土匪游离国共之间。小说第二十七章细写保安团军官白孝文回乡向祖宗下跪；第三十章黑娃被招安，娶妻，也回白鹿原祭祖，还成为朱先生的关门弟子，而且得到白嘉轩出乎意料的原谅。这是两个意义不太相同的"浪子回头"。一方面，显示直到40年代，"族权"在"政权"争夺、"神权"动摇之时，至少在形式上仍维持自己的道德尊严（至于小说结束以后，白鹿祠堂的前景如何，就留给各位读者自己想象了）。另一方面，也证明碑石上的乡约和白嘉轩的腰板合成的乡村宗族文化，终究也无可奈何、无可回避地要和世俗权力，尤其是军事权力妥协合作。假如白孝文、黑娃不是骑马的军官，而是乞丐、土匪，他们还有资格重回祠堂吗?

　　50年代以后,《红旗谱》中的中国农村社会结构模式影响深远。贫农、教师和共产党,对抗地主、祠堂和国民政府,这么一个斗争格局被不少作品重复、演变。莫言的《红高粱》加上了第七个因素——土匪,故事结构有所改变。《白鹿原》是更大规模地调整重组。虽然还是这六个因素,还是穷人、共产党对抗地主、国民政府,但是学堂和祠堂站在了一起——他们本来是对立的。学堂和祠堂站在一起以后,就和前面两者分离制约,形成了一个三角状态,土匪是在这个三角状态之外的一个游离的、相对次要的因素。

　　穷人—共产党,地主—国民党,学堂—祠堂,这个三角关系到底是作家一厢情愿的历史想象,还是比《红旗谱》模式更加真实的历史回顾?下结论的权力属于读者。不管怎么样,到了90年代,总算有作家对这个世纪的大是大非有了一些世纪末角度的回顾。陈忠实基本上就写了这一部小说,但已经够了。20世纪中国小说史永远都不会缺少他的名字。

　　从晚清到"五四"到延安再到当代文学,农民、知识分子和官员/干部形象一直贯穿在大部分中国小说里,而且三者之间的复杂关系有很多变化。最基本的关系模式是知识分子或愤慨或无奈或冷漠地看着官府如何欺负民众。愤慨如《老残游记》中江湖医生目睹并抗议官员(包括清官)胡乱判案伤害民众;无奈如"我"眼见祥林嫂被政权、族权、神权、夫权束缚至死而无力援救于是自责歉疚;冷漠如阿Q最后被审判时,旁边有"长衫人物"虽然鄙夷阿Q下跪是"奴隶性",事实上他们也是审判阿Q的有文化的帮凶……到了《红旗谱》时代,更简捷的关系模式是"士助民反官":小学教师地下党帮助贫苦农民与地主及国府斗争……直到80年代余华的《活着》,福贵一家在厄运、环境和官员(县长夫人等)压迫下"八死一生",很苦很善良,但也还有一个文青视角来转述老农民(其实也是地主儿子）的故事。在《白鹿原》中，当然也贯穿有"士—民—官"三种人物形象，但具体到个人，却又常常超越典型的阶级共性（作品引来非议、获得激赏皆因于此）。比如男主角白嘉轩，在祠堂教训体罚族人时他是白鹿原的"统治阶级"，抗议或哀求军阀和国民党官员时他又代表了乡亲民众。黑娃和他爸鹿三都是农民，一个忠于主人保卫礼教（还杀害不幸的田小娥），一个打坏主人腰骨，上山为匪，最后作为国军起义却反被新社会县长枪毙。谁才能真正代表农民形象？中国革命里的阶级斗争，在《白鹿原》中显得特别复杂。小说里的"士"又至少可分成三类：一是小学校长鹿兆鹏及白灵等年轻人，由学生成为革命党（由"士"而"仕"，新的官员/干部其实大都是从知识分子发展而来）；二是以冷先生代表的"专业人士"，不问政治只办文书债务法律，是农村里的"工具理性"；三是最重要的"神权"代表，就是朱先生和他的学堂，始终站在"政权"与"族权"之外，始终旁观晚清、军阀及国共各种政治斗争。所以《白鹿原》的基本模式也还是"士见官欺民"，不过是"士"不只一类，"官"又有几种，"民"也不是一个整体概念。如何用"文学是人学"的原则来书写复杂的民国阶级斗争历史，《白鹿原》做了颇有文学史意义的尝试。

六 史诗般的篇幅，简单而有力的结尾

小说最后几章，乡约制改成了保甲制。田福贤、岳维山仍然奉命剿共，抽壮丁。黑娃被招安，又去祭祖，人人称赞，只有去延安的鹿兆鹏反对。岳书记请朱先生发表反共宣言，朱先生婉拒。

黑娃受鹿兆鹏之托送毛泽东的书给朱先生，说："听说延安那边清正廉洁，民众爱戴。"朱先生的回答留有余地，说："得了天下以后会怎样，还得看。"

白鹿两家争斗几十年。白嘉轩看上去为人比较正直，强调做事要坦白，光明正大，不过最初买地，后来帮三媳妇借种，也不是什么事都能够公开。鹿子霖好色、贪财，但偶尔也有善心，比方救白孝文，最后是机关算尽，人财两空。冷先生把女儿分别嫁给两家，保险投资。两个财主的儿女在国共纷争中也交叉站队，白家长子和鹿家次子都是国民党军官，鹿家长子和白家女儿是共产党员，这种情节设计既增加了作品戏剧性，也使历史回顾有了复杂性，同时至少也打破了简单"血统论"。

　　《白鹿原》史诗般的篇幅，几十年大事，结尾却异常简单而极其有力。1949年，解放军十七师联络科科长鹿兆鹏，找保安团营长黑娃谈论过起义。之后兵临城下，黑娃的部队和一营的白孝文共同举事。

　　但是半年之后，副县长鹿兆谦——就是黑娃——在办公室被逮捕，罪名是土匪头目，围剿红军三十六师和杀害共产党员（他在起义前处决过一个叛徒）。这时鹿兆鹏随军打去新疆，后来便无消息，所以没人帮黑娃说话。

　　白嘉轩找到县长白孝文求情，回答说是新政府不讲人情面子，该判就判，不该判的一个也不冤枉。最后枪毙大会还是在白鹿原的戏台广场，在曾经见证过农民运动、反攻倒算、抗日功绩等历史场面的乡土戏台广场，黑娃和岳维山、田福贤一起被执行死刑。

　　白嘉轩目睹宣判大会时晕了过去，冷先生这时候90多岁了，还要帮他看病。同时，鹿子霖却真的疯了。

　　为什么说这个结尾十分有力？

　　第一，回答了田福贤之前的提问："如果你们日后真的得势……"

　　第二，谁让岳维山几十年不升官，一直待在这个地方，然后被枪毙？

　　第三，黑娃和鹿兆鹏单线联系，单线联系很危险。

第四,为什么只剩下白孝文继续执政?是因为他吃得苦中苦,最能忍辱负重?还是因为毕竟他是白嘉轩的儿子?

第五,白孝文县长将来的命运又会如何呢?

第六,白鹿祠堂还会存在下去吗?还会重修吗?

第七,20世纪的故事还有后半段……

1993

余华《活着》
几十部当代小说的缩写本

一　2019年最畅销的虚构类书籍

2019年中国最畅销图书，虚构类是《活着》。而且虚构类和非虚构类对比，前者销量更高。

在重读近百部20世纪小说的过程中，我不止一次地想，这一个世纪的文学，有没有一个总标题？

首先想到鲁迅的《药》，因为几十上百位中国最出色的小说家，几乎都以描写批判拯救苦难中国为己任（成就？局限？），都觉得中国社会"病"了，虽然病症、病因、病源不同。李伯元、刘鹗觉得官场是病源，鲁迅觉得国民性是病根，延安作家觉得反动派是病毒，80年代作家觉得"文革"是病体，但总之社会生病了，作家的工作就是看病治病。有个说法，说病情是鲁迅看得准，药方是胡适开得好——当然也是后见之明，未有定论。民主、科学、自由、恋爱、革命、实业、国学等，都是不同药方。作家希望文学也是一种"药"。

后来又想到销量千万的巴金《家》。《家》是一个极有象征性的书名，中国人的故事大部分都发生在家里，围绕着"家"的人伦关系，都试图保卫、延续或挑战、反叛广义狭义的"家"。《家》的销量在某种意义上也代表这个标题的影响力。

到了当代部分，路遥《平凡的世界》这个书名也很有代表性，作品广泛影响了年轻一代的三观。但是看到2019年最畅销图书的统计数据，我以为《活着》应该是20世纪中国小说的总标题。

从理论上讲，文学是人学。晚清小说依据"人伦"道义批判"怪现状"，"五四"注重"人生"——人的定义，首先要生存、生活、生命。延安以后讲"人民"，强调阶级。当代文学再次回归"人生"，首先是"活着"。30年代斯诺编的中国小说英译选，书名就叫《活的中国》。当然，2020—2021……"活着"更是世界主题。

余华（1960—　），生于杭州，父亲华自治是医生，母亲余佩文，母亲和父亲的姓加起来就是"余华"。

1960年，就是所谓的"60后"，几年之隔，余华确实和"50后"知青作家群有明显不同。余华写作之前做过牙医，但不像莫言、贾平凹、张承志、史铁生、韩少功等，在从事文学前都有一段刻骨铭心的、影响终身记忆的农村苦难历程。莫言的创作总是铭记儿时饥饿痛苦，张承志始终守望红卫兵理想主义，史铁生是用残缺的生命写作，知青农村背景也一直是阿城的灵感源泉。相比之下，余华更接近于现代职业小说家。如果说与余华齐名但年长几岁的这批作家，好像是生命注定、青春血肉，不得不那么写，余华似乎有更多选择，有更多技巧、风格、匠心的选择能力，所以他能写几种很不一样的小说——从早年残酷拷打人性暴力的先锋派探索《现实一种》，到中国古代酷刑传统的当代展览《一九八六年》；从同情底层的写实转向《许三观卖血记》，到将"文革"与"文革后"两个时代对比的《兄弟》。

《兄弟》里，"兄是假胸"，"弟是真谛"。善良的哥哥，后来沦落到卖女人假胸的地步，而粗俗暴发的弟弟，成了新时代发展的"真谛"。

在余华不同阶段、不同方向的小说实验中，从影响、销量来看，

《活着》最为成功。小说描述了福贵一家人历经国共内战、"土改"、"大跃进"、自然灾害、"文革"和改革开放整整六个历史阶段。这六个历史阶段也存在于过去几十年的不同小说里,从《小二黑结婚》《财主底儿女们》开始,整个当代文学一直都在讲这六个阶段。在某种意义上,《活着》好像是几十年当代小说的精简缩写本,将40年代到80年代的各种中国小说简明扼要再说一遍。有些地方是呼应,是证明,有些地方是补充,是提问,整体来说很少颠覆,互不否定。这是一个非常特别的文学现象。

二 前两个历史时期:"解放前"与"土改"

小说的叙事者是两个"我":一个是下乡采风的文青,另外一个是向文青讲述自己一生故事的老农民。写民众苦难,有"士"的旁观视角,这是自《祝福》《故乡》以来的文学传统,不过在《活着》中,文青很少打断老农自述,也很少议论。

老农民的第一人称其实比较难写,又要有点戏剧性,又要有点农民腔。从农民腔角度,余华的语言不如《秦腔》《古炉》(贾平凹的小说恐难非常畅销),但余华也尽量避免文艺腔。故事生动,情节紧凑,节奏很快,尤其是细节精彩,读者很快就忘了,或者说原谅了这个福贵的第一人称,到底是不是老农民语言。自然而然地,读者进入了他的(而且更重要,也是很多中国人的)四十载人生经历。

在考察福贵经历的六个历史时期和其他小说同类故事的互文关系时,我们始终想讨论一个问题:为什么是《活着》,而不是别人或余华别的小说,至今仍然这样持久受到民众的欢迎?

在解放前,福贵是一个地主的败家子,家有百多亩地,而福贵只热衷于嫖和赌。"这个嫖和赌,就像是胳膊和肩膀连在一起,怎么都分不开。后来我更喜欢赌博了,嫖妓只是为了轻松一下,就跟水喝多了要去方便一下一样,说白了就是撒尿。赌博就完全不一样了,我是又痛快又紧张,特别是那个紧张,有一股叫我说不出来的舒坦。"[1]

显然,小说家在小心地寻找一种农民能够说的文艺腔,比如"撒尿"这个比较农民,"又痛快又紧张",稍稍有点文艺。

福贵当时很离谱,父亲管教也不听,甚至带了妓女去向他的丈人——一个米行的老板请安,完全是恶作剧。作为地主儿子,福贵既不像"财主底儿女们"那样在时代大潮当中挣扎沉浮,也不如《古船》里的抱朴,受不少迫害还沉思苦读《共产党宣言》。福贵的少爷形象,接近《官官的补品》,是以第一人称扬扬得意炫耀自己的恶行。这是作家比较陌生的一段历史。就像王安忆《长恨歌》写旧上海选美,主要依靠第二手材料,依靠左翼文学提供的公众想象。

最后一次赌博时,年轻的妻子家珍怀着七八个月的儿子,找到青楼赌台,劝老公停手。福贵继续赌,家珍又拉他衣服,又跪下。"我给了她两巴掌,家珍的脑袋像是拨浪鼓那样摇晃了几下。挨了我的打,她还是跪在那里,说:'你不回去,我就不站起来。'现在想起来叫我心疼啊,我年轻时真是个乌龟王八蛋。这么好的女人,我对她又打又踢。""后来我问她,她那时是不是恨死我了,她摇摇头说:'没有。'"打骂不恨,坚持一生,女人善良,男人做梦。

女人走后,赌运转了。其实是对手龙二作弊,福贵把全部家产都输掉了。

福贵父亲很生气,但也替儿子认账,把地和房子都卖了,以两大筐的铜钱,叫儿子挑着进城还赌债。卖房时他父亲说:"我还以为会死在这屋子里。"后来他爹死在粪坑旁。丈人看女婿太不像话,

---

[1] 余华:《活着》,《收获》1992年第6期;武汉:长江文艺出版社,1993年。以下小说引文同。

把家珍接走了。女儿凤霞留在福贵这里,新出生的男孩就在女家。一个地主人家就此衰败。

到这里为止,余华的旧社会故事,和吴组缃、萧红、茅盾等"左联"文学基本吻合。除了贤妻家珍,这是一个重要的伏笔。

龙二成了地主,福贵反过来向龙二租了五亩地,自己学习农耕。因母亲得病,福贵到城里去请大夫,莫名其妙被国民党军队拉了壮丁。福贵于是参加了解放战争,不过是在国民党军队阵中。这时福贵认识了老兵老全,还有少年兵春生。抓来的壮丁当然不肯认真打仗,连凶狠的连长都不知道自己在什么地方。《活着》里的内战故事,又可以和革命历史小说如吴强《红日》呼应对照。福贵的队伍很快投降了,他战战兢兢,选择拿路费回家,再次证明了《红日》描写过的解放军是文明之师。

接下来就进入第二个历史阶段——"土改"。"离村口不远的地方,一个七八岁的女孩,带着个三岁的男孩在割草。我一看到那个穿得破破烂烂的女孩就认出来了,那是我的凤霞。凤霞拉着有庆的手,有庆走路还磕磕绊绊。"

当然,小儿子不认识爹,没见过。凤霞认识,但是聋哑了,说不出话。"这时有一个女人向我们这里跑来,哇哇叫着我的名字,我认出来是家珍,家珍跑得跌跌撞撞,跑到跟前喊了一声:'福贵。'就坐在地上大声哭起来,我对家珍说:'哭什么,哭什么。'这么一说,我也呜呜地哭了。"

"土改"时,福贵已是穷人,结果分到五亩地,就是原先租龙二的五亩地。"龙二是倒大霉了,他做上地主,神气了不到四年,一解放他就完蛋了。共产党没收了他的田产,分给了从前的佃户。他还死不认账,去吓唬那些佃户,也有不买账的,他就动手去打人家。龙二也是自找倒霉,人民政府把他抓了去,说他是恶霸地主。被送到城里大牢后,龙二还是不识时务,那张嘴比石头都硬,最后就给毙掉了。"枪毙那天,龙二还见到福贵,说:"福贵,我是替你去死啊。"

对当代作家来说,怎么写"土改",是一个难题和考验。《创业史》里地主已经杀完,但有富农蒙混过关,一直给社会主义添乱;张炜《古船》里地主是开明士绅,活活被吓死,儿子后来成为当地经济的救星;比较一下莫言《生死疲劳》,地主死了以后不甘心,变牛、变马、变猪,一直活跃在那片土地上。

相比之下,余华的《活着》选择了一个比较安全的叙事策略:首先强调龙二坏,所以枪毙活该,这就符合了关于"土改"的主流定论。但是龙二本来不是个地主,就是投机取巧。他租地给福贵,也没有特别苛刻。富人被剥夺财产,是否还应处死?这也让读者存疑。更重要的是,本来地主是福贵,他因祸得福,输掉了地主的帽子,换来了贫穷的新生,成了人民的一分子了,可见世事难料,世事荒诞。

世事难料是《活着》非常重要的一个主题。福贵一家的悲惨经历,都是"世事难料"。但在"世事难料"中,小说又有两个情节规律:只有厄运,没有恶行;只有美德,没有英雄。

三 50年代的农村:只有厄运,没有恶行

正当梁生宝要带着贫苦农户走向金光大道的时候,也是在50年代中期,福贵一家的生活却出现了实际的困难。地主少爷转身变成劳苦农民,为了省钱让儿子读书,福贵跟家珍商量,想把凤霞送人。在儿女间做选择,牺牲女儿也是常态。

小说写将凤霞送人时,女儿的眼泪在脸上哗哗地流。到了别人家,凤霞要伺候两个老人。这边,儿子有庆也不干了,他说:"我不上学,我要姐姐。"福贵就打,打得儿子上学以后,屁股都没法坐在椅子上了。

过了几个月,女儿凤霞跑回来了,福贵还是要送她回去。"那

一路走得真是叫我心里难受,我不让自己去看凤霞,一直往前走,走着走着天黑了,风飕飕地吹在我脸上,又灌到脖子里去。凤霞双手捏住我的袖管,一点声音也没有。"因为女儿走路脚痛了,福贵又揉揉她的脚,最后就背起女儿走。"看看离那户人家近了,我就在路灯下把凤霞放下来,把她看了又看,凤霞是个好孩子,到了那时候也没哭,只是睁大眼睛看我,我伸手去摸她的脸,她也伸过手来摸我的脸。"这段父女互相伸手摸脸的细节文字,简单朴素,笔力千斤。余华很能把握平淡和煽情之间的分寸。

"她的手在我脸上一摸,我再也不愿意送她回到那户人家去了。背起凤霞就往回走,凤霞的小胳膊勾住我的脖子,走了一段她突然紧紧抱住了我,她知道我是带她回家了。"

《活着》就是由几十个这样用故事抒情的细节连贯而成。

"回到家里,家珍看到我们怔住了,我说:'就是全家都饿死,也不送凤霞回去。'"

可见在中国人的宗教里,"活着"从来不是个人的事情,而是一家人的事情。

小说里写儿子有庆的鞋,差不多可以单独成一个短篇。有庆十岁光景,又要割草喂羊,又要赶上学,每天来回走几十里,他的鞋底很快就破了。福贵骂他:"你这是穿的,还是啃的?"孩子不敢哭,以后走路,鞋就套在脖子上,光脚丫跑,到了学校里或者回到家才穿鞋——这样无意当中练就了快跑能力,后来在学校体育课大出风头,再后来又抢着去输血⋯⋯《活着》就是连环祸福,世事难料。

小说进入了第三个阶段——人民公社来了。五亩地归公,乡亲们都吃共产主义食堂——这时候余华其实还没出生,当然还是要靠第二、第三手材料来想象"大跃进"。《活着》这时就和"十七年文学"(如《创业史》)分道扬镳,而和《李顺大造屋》《剪辑错了的故事》等"新时期主流"基本同步。但是没有《古船》那么夸张,因为小说叙事要保持福贵的麻木、无知状态。高晓声写到万亩地、土高炉，有段非常精彩的议论："后来是没有本钱再玩下去了，才回过头来……自家人拆烂污，说多了也没意思。"[1] 在余华或者说福贵这里，也知道"说多了也没意思"，所以只有事实表象，没有政治议论，只有荒诞细节，没有复杂背景。

小说写大家把牲口都入了公社，之后牲口就倒霉了，常常挨饿。儿子有庆偷偷去割草，半夜去喂他以前养的两只羊。福贵就骂他："这羊早归了公社，管你屁事。"有庆还找机会去抱抱那两只羊。

公社要建一个煮钢铁的炉子——余华不用"大炼钢铁"之类的话语，而是用农民的语气，"煮"，不是煮豆腐，是煮钢铁。村里人找了一个放汽油的桶来煮铁器，还问煮的时候要不要加水。所有事情都是队长来指挥，大家都听话，都不觉得队长有错。队长就听上面的话。小说里没有一点对队长或者上面怀疑的意思，队长做了很多蠢事，但一点都不像坏人。小说描写 50 年代，只写现象不找背景，只列细节不寻原因——这也是《活着》的灾难故事，至今还可以成为畅销书的原因之一。

"大跃进"期间，任劳任怨的家珍病了，软骨病。"看着家珍瘦得都没肉的脸，我想她嫁给我后没过上一天好日子。"这时乡亲们庆祝钢铁煮出来了。"队长拍拍我的肩膀说：'这钢铁能造三颗炮弹，全部打到台湾去，一颗打在蒋介石床上，一颗打在蒋介石吃饭的桌上，一颗打在蒋介石家的羊棚里。'"可见羊棚很重要。但是公社食堂最后一餐，把村里的羊全给宰了吃了。有庆像掉了魂一样。福贵后来就给儿子买了一个羊羔——当然，"大跃进"以后才能买的。有庆非常高兴，在学校里跑步又得了第一名。

但是没过多久，饥饿的浪潮来了，小说悄悄地转入第四个历史

---

[1] 高晓声：《李顺大造屋》，《雨花》1979 年第 7 期。

时期——"三年自然灾害"。当然,"自然灾害"是习惯的说法,灾害里边多少天灾,这不是《活着》要直接回答的问题。"那一年,稻子还没黄的时候,稻穗青青的刚长出来,就下起了没完没了的雨,下了差不多有一个来月,中间虽说天气晴朗过,没出两天又阴了,又下上了雨。我们是看着水在田里积起来,雨水往上长,稻子就往下垂,到头来一大片一大片的稻子全淹没到了水里。村里上了年纪的人都哭了,都说:'往后的日子怎么过呀?'"看来小说的确写"自然灾害"。接下来就等国家救济。"队长去了三次公社,一次县里,他什么都没拿回来,只是带回来几句话:'大伙放心吧,县长说了,只要他不饿死,大伙也都饿不死。'"

但几个月以后,再节省,存粮都快完了,福贵、家珍就商量要卖羊换米,可是羊已经被有庆喂得肥肥的,像宝贝一样。

福贵很艰难地跟儿子说这个事,"有庆点点头,有庆是长大了,他比过去懂事多了。"但是有庆有个要求,他说:"爹,你别把它卖给宰羊的好吗?"这是不可能的事情,但福贵还是先答应了。

卖羊的路上,父子同行,这又可以成为一个短篇,令人想起《生死场》里王婆卖马——人和畜牲一起,忙着生,忙着死。二三十年过去了,中国的农民还是一样地活着。从煮钢铁、父子卖羊起,《活着》就越来越偏离"十七年文学"而回归"五四"的人生主题,"人"首先是要"生",要"活着"。

换了几十斤小米,不到三个月又吃完了,之后就挖野菜。挖地瓜的时候,福贵跟一个平常不坏的王四打起来,差点出人命。人为了一个地瓜,能冒着死的风险。山穷水尽时,还是家珍这个老婆好,已经生病了,但硬撑着进城,从父母口中挖出一些小米,放在胸口带了回来。但是一煮粥,烟囱冒烟,村民都看见了,饿极了的队长也上来要分上一口。

从人民公社到"自然灾害",无穷无尽地受苦,但是小说里没有一个坏人——多厄运，少恶行。

四　悲惨年代的善良家人：多美德，少英雄

《活着》的特点不仅是多厄运，少恶行，而且多美德，少英雄。

余华早期写《现实一种》，解剖人性之恶十分残酷。但实际上，余华在同辈作家当中是最擅长写老百姓的善良美德的。福贵的妻子家珍就是一个百分百的好人，传统道德的当代样板，几乎难以令人相信这样的好人真的存在。

小说开始时，她跪求败家子戒赌，被打耳光也不怨恨，既是女人的常态，也是圣人的境界。之后丈夫被抓了壮丁，几年内她独自带大儿女，多少艰辛。后来女儿聋哑被人欺，儿子养羊又归公……一会儿煮钢铁，一会儿挖野菜……就像福贵自己说过的，她本来也是富家女，嫁了男人以后，没有一天好日子，可是从来不抱怨。到"三年自然灾害"，家珍病倒了，但还要去挣工分，到娘家去求救，最后摔倒，起不来了。福贵说："家珍算是硬的，到了那种时候也不叫一声苦。"

她还要把自己的衣服拆了，给儿女做衣服，说："我是不会穿它们了，可不能跟着我糟蹋了。"衣服没有做成，连针都拿不起了，家珍又说："我死后不要用麻袋包我，麻袋上都是死结，我到了阴间解不开，拿一块干净的布就行了，埋掉前替我洗洗身子。"

在《活着》这本小说里，在家珍身上，读者几乎找不到缺点。照理说，这样写人物，不大能够令人信服。余华，或者说福贵，用不少世事难料的细节，一波接一波，完全出乎读者期待。

某天有庆学校的校长，她是县长的女人，生孩子大出血，教师就把学生集中在操场上要他们去献血。学生们很踊跃，跑去医院。有庆跑第一，但老师说他不遵守纪律，不让他献血。结果其他同学

血型不对，有庆又乖乖地认错，所以就被允许抽血。"抽一点血就抽一点，医院里的人为了救县长女人的命，一抽上我儿子的血就不停了。抽着抽着有庆的脸就白了，他还硬挺着不说，后来连嘴唇也白了，他才哆嗦着说：'我头晕。'抽血的人对他说：'抽血都头晕。'"结果有庆脑袋一歪摔在地上，医生才发现心跳都没了。

大概是多年后的回述，老汉也没有多少感慨用语，只说他到医院，找来找去总算找到一个医生，问清了名字，医生点点头，然后说："你为什么只生一个儿子？"（问得精彩！）

不仅老婆家珍，儿子有庆也是一个没有缺点的、善良至极的人物。福贵昏过去了，醒来再找医生算账，被人阻止。《活着》一直只述厄运，不查原因，只见苦难，不见恶人，这时突然出现一个坑害百姓的符号——县长和县长女人。干群矛盾突出了，是不是需要问责了？不会。

原来，福贵怒火朝天找到了县长，发现县长就是当年一起在战壕里的国民党兵小战士春生。

于是，本来可能激化的干群矛盾马上又淡化了。

同样的矛盾在茹志鹃《剪辑错了的故事》里，比较点到要害——到底是面对着谁而革命？但余华是不会这样提问题的。

既然是当年共生死的战友，小说马上写他们回忆往事："说着我们两个人都笑了，笑着笑着我想起了死去的儿子，我抹着眼睛又哭了，春生的手放到我肩上，我说：'春生，我儿子死了，我只有一个儿子。'春生叹口气说：'怎么会是你的儿子？'"（也问得精彩，可这潜台词很奇怪，要不是你的儿子，事情就不严重吗？）

福贵说："春生，你欠了我一条命，你下辈子再还给我吧。"

这类细节，一个连一个，多而且惨。叙事节奏推进很快，所以人物性格虽然刻画得不太完美，人们还是很容易被感动。

接下来，福贵背着儿子尸体回村，埋在父母坟头。他想瞒家珍，但瞒不了，所以就背着老婆去上坟。回家的路上，家珍哭着说："有庆不会在这条路上跑来了。"孩子之前不穿鞋子跑步。福贵说："我看着那条弯曲着通向城里的小路，听不到我儿子赤脚跑来的声音，月光照在路上，像是撒满了盐。"

有次余华来香港岭南大学演讲，特别解释最后这句话。把月光写成"像是撒满了盐"，作家颇费心思，反复推敲。怎么让一个农民在这样极度悲伤的情况下看月亮呢？古今中外，写月光千万种，说是像盐，真是特别——要写出农民心理，又要让作家抒情。

《活着》的情节框架就是一连串世事难料：赌输家产，逃过了"土改"；壮丁难友，却做了县长；儿子跑步献血，丢了性命；老婆病入膏肓，却突然有了好转。

五　福贵一家的结局

接下来，就是聋哑女儿凤霞的故事了。

女儿大了，羡慕人家婚嫁恋爱。队长介绍了一个偏头万二喜。初次上门也不多看凤霞，也不讲其他婚嫁条件，只在福贵家的屋前屋后转，然后就走了。福贵以为这男人嫌弃他家穷，不料过几天，二喜带了一帮伙计上门，直接帮福贵家修屋顶，刷墙，整家具，还带来了猪头、白酒。

虽说高尚的爱情不应该物质化，但"中国故事"里也有马缨花拿馍馍表达爱意，芙蓉姐用米豆腐关心男人。像二喜这种话不多说（反正凤霞聋哑）直接就帮女家修房子，也是一种现实主义求婚方式，令人感动。

他问："爹，娘，我什么时候把凤霞娶过去？"福贵只有一个要求："凤霞命苦，你娶凤霞那天多叫些人来，热闹热闹，也好叫村里人看看。"

史铁生、路遥写乡土婚俗都是同情或批判,到余华笔下却变得无比浪漫。办事那天,来了很多人,又派烟,又送糖,敲锣打鼓。

就在乡村农民挣扎着活下去的时候,"文革"开始了,小说进入了第五个阶段。"文革"和乡下人有什么关系?"城里的'文化大革命'是越闹越凶,满街都是大字报……连凤霞、二喜他们屋门上都贴了标语,屋里脸盆什么的也印上了毛主席他老人家的话,凤霞他们的枕巾上印着:千万不要忘记阶级斗争;床单上的字是:在大风大浪中前进。二喜和凤霞每天都睡在毛主席的话上面。"

枕头上是"斗争",床单上是"大风大浪",男女两人睡在话上面。"话"当然有别的意思,不知道作家是有意还是无心。

文本细读,很有必要。

村里来了红卫兵,十六七岁,先找地主,大家看着福贵,把他吓得腿都哆嗦了。结果队长说了:地主早就毙了,有个富农,前两年也死了。那怎么办?找走资派。走资派是谁?就是队长,就把队长抓了,村民也不敢救。福贵进城,看到了县长春生被人批斗,挂了牌,任人踢打。有天晚上,春生逃到福贵家,跟福贵说他不想活了。家珍之前不原谅春生,不让他进门——因为有庆的死。但这时她和福贵一起劝春生要活下去,讲了很多要"活着"的理由:"死人都还想活过来,你一个大活人可不能去死。""你的命是爹娘给的,你不要命了也得先去问问他们。""你走南闯北打了那么多仗,你活下来容易吗?""你还欠我们一条命,你就拿自己的命来还吧。""春生,你要答应我活着。"

余华坚持用一个不懂政治的农民角度来写"文革",所以《活着》的细节远不如《古船》《玫瑰门》那么血腥,反而像王蒙的《蝴蝶》,还有高晓声、茹志鹃一样,借干部落难的机会来缓和干群矛盾、调整两者的关系。

答应了福贵这么多"活着"的请求,县长春生不久还是自尽了。

在人生写实意义上，说明小说对"好死不如赖活"这个主题有伸张也有怀疑。在象征意义上，意味着干群矛盾即使有"文革"这样的教训，也未必能够永久修复和调和。

对福贵一家来说，世事继续难料。凤霞怀孕了，全家兴奋流泪，但到了有庆抽血的那家医院生产的时候，医生跑出来问：要大还是要小？女婿说要保凤霞。结果却是凤霞难产死去。凤霞死去三个月以后，家珍也病死了。

小说写"文革"结束包产到户，没有新时期新气象的细节。这是余华与其他作家最不协调的一段。对老人来说，做社员还可以偷懒，单干了好像更累了。留下的孩子叫苦根，就跟他爹二喜形影不离。但是在苦根四岁的时候，二喜工伤，被两大块水泥板夹死。余下来，就福贵带着小外孙，老人、小孩形影不离，还有不少可爱的细节。可是作家写到这里还不停手，某天小孩病了，老人关心，煮了不少新鲜豆子，结果小孩吃多了，撑死了。

从福贵的父亲、龙二到有庆，再到凤霞、春生、家珍，再到二喜、苦根，福贵眼看着跟他生命有关系的七八个人先后死去。"八死一生"，老人最后买了一头牛，孤苦伶仃地"活着"。

六 "很苦很善良"

现在来回顾一下：这部小说为什么能持久畅销？《活着》到底怎样简化缩写了当代文学几十部作品中的"中国故事"？而《活着》的意义到底是什么？

从晚清到"五四"，也有官员形象被淡化的情况，当时是官民矛盾已成社会共识，所以"五四"新文学强调官民可能"共享"国民劣根性。90年代再次"淡化"官员形象，文学史语境完全不同。其实《活着》写县长，不是淡化，而是重举（强调办坏事）轻放（强调是好人）。这也是20世纪晚期不少中国小说共同的书写策略,《活着》是其中最明显也最成功的一例。

《活着》第一特点是多厄运,少恶人。一个家庭经历了内战、"土改""大跃进""三年自然灾害""文革"和包产到户各个历史阶段,这一家人受的苦难,大概比任何一本小说都还要多。但是作家并不特别强调这些苦难的社会背景,也没有突出的坏人恶行,多荒诞,少议论;多细节,少分析;多流泪,少问责。所以苦难等同于厄运,好像充满偶然性。世事难料,一个人、一个家庭的苦难就和社会、政治、历史的背景拉开了距离。

第二,《活着》的特点是赞美德,无英雄。像家珍、有庆、凤霞,甚至苦根,福贵身边的家人、穷人,全都道德完美,善良无瑕,厄运不断,仍然心灵美。大量动人细节、语言尺寸的把握,叙事节奏一气呵成。他们道德高尚,但是身份平凡,命如野草,他们不想,也做不了英雄。

说到底,余华的《活着》最受欢迎的关键两点,就是"很苦很善良"。"很苦",是记忆积累,又是宣泄需求,是畅销保证,也是社会安全阀门。"很善良",是道德信念,又是书写策略,是政治正确,也是中国的宗教。至少在80年代以后的文学中(甚至在整个20世纪中国文学中),"苦难"是个取之不尽的故事源泉,"善良"是作家、读者和体制"用之不竭"的道德共享空间。对苦难的共鸣,使国人几乎忘却了主角地主儿子的身份。对美德的期盼,使得小说里的心灵美形象,好像也不虚假。虽然没有谁家里会真的有那么多亲人连续遭厄运,但是谁的家里在这几十年风雨中,都可能会经受各种各样的灾祸病难,谁都需要咬咬牙,抓住亲人的手活着。

模拟农民的角度看国史,虽然有无数灾祸、很多危难,但是家人没有背叛,道德没有崩溃,凡是人民自觉而且持久喜欢的作品,总有其正能量。

从艺术上来讲,《活着》是对很多其他小说的成功缩写。"成功"是令人羡慕的,"缩写"又总是令人不满,之后余华也想过更复杂地描写厄运和美德。在长篇《兄弟》里,兄长坚持美德善良,弟弟展现物欲人性,不过细节和语言都不如《活着》这么清洁节制。《第七天》则有点困惑于网络比小说更现实,新闻比文学更荒诞。

余华是一个专业小说家,有比较超然冷静的相对主义视野,又有相当广泛的社会、政治甚至经济兴趣。期待他还会写出令人吃惊的小说进一步分析厄运与美德的历史关系,在艺术上超过他的《活着》。

云心山书房（许志摄）

1993

贾平凹《废都》
"一本写无聊的大书"

一 一本严肃小说的意外畅销方式

1993年是中国当代文学重要的一年,《活着》《废都》《白鹿原》都在这一年出版。

贾平凹(1952—),生于陕西丹凤县,1975年毕业于西北大学中文系,工农兵大学生。和张承志、梁晓声一样,是被推荐上大学的作家,对"十年"的政治批判一般比较含蓄。早期获奖小说《满月儿》,写山地青年发现苦难中的爱,当时很受好评。从那时起,贾平凹的创作就一直在两种倾向之间摇摆。一种比较靠近文坛主旋律,写农村改革。中篇有《鸡窝洼人家》《小月前本》《腊月·正月》,长篇代表作是《浮躁》。另外一条路子,最初是一些散文,《晚唱》《"厦屋婆"悼文》《二月杏》,包括《商周初录》,被认为比较灰暗,艺术上比较讲究。这类作品的代表就是长篇小说《废都》。

80年代陕西文艺界就开会,帮助刚成名的贾平凹,鼓励他走前面一条光明大道,尽量不要走后面一条崎岖山路。贾平凹后来的主要作品《古炉》《秦腔》《带灯》等,似乎在融合上述两种艺术探索,又有对人性的悲观同情及细细碎碎的文字讲究,又试图表现社会、时代的政治变化，用《金瓶梅》笔法写三国故事。

我们没有讨论几部长篇如《秦腔》《古炉》，反而选择读《废都》，因为《废都》在20世纪中国小说的文体语言发展中有独特意义，是比较罕见的旧白话创作。整个长篇40多万字，不分章节，没有标题，打开每一页，基本上全部被字填满，极少段落之间的空隙。在阅读效果上，有一种虚拟的古典白话小说的感觉。而且书中缺乏连贯的情节，行文少有戏剧性的形容词。人物谈话部分，没有"五四"作家喜欢用的动作表情辅助说明，基本上就是"某某某说"（但也不用"某某某道"）。故事线索，啰唆繁杂，对话场景，一地鸡毛。所以这是一次对"五四"形成、"十七年文学"强化的现代汉语欧化模式的"反动"。

这种文体语言实验，起始于1985年前的《商周初录》和《棋王》。但是作为长篇，《废都》是第一次，也是迄今为止最有名的一次尝试。

另外一个引人注目的特点，是书中有不少方块空白。一写到床事、性爱，就有"（此处作者删去×××字）"。举个例子，小说里第一次出现了方块空白，是写唐宛儿和周敏："妇人高兴起来，赤身就去端了温热的麻食，看着男人吃光，碗丢在桌上，也不洗刷，倒舀了水让周敏洗，就灭灯上床戏耍。□□□□□□（作者删去三百十二字）。妇人问：'景雪荫长得什么样儿，这般有福的，倒能与庄之蝶好？'"[1]

没有听说过《废都》另有未删节全本（除非贾平凹有手稿藏在书房），所谓"作者删去×××字"，只是一种文字游戏、行为艺术，是模仿《金瓶梅》洁本的一种印刷手段。历来出版商为了让名著流传，又考虑未成年读者，所以《金瓶梅》有各种删节版本。但是没想到"空

1　贾平凹：《废都》，《十月》1993年7月第4期，北京：北京出版社，1993年。以下小说引文同。

格"也有奇特阅读效果——联想反而多了。好像民国的报纸开天窗，此处无字胜有图。

这种艺术含量不高的印刷效果，调戏了当代文学机制和出版规范，在90年代也有畸形的轰动效应。据说在1993年，街头书摊总共有1000多万《废都》盗版本——数字当然令人怀疑，既是盗版，如何统计？但是这种模拟的《金瓶梅》效果，加上一度成为官方禁书，大大增加大众读者的好奇心。这也是一个令人尴尬的文学史现象。

如果说读者只是为了文字官能刺激，而要忍受《废都》几十万字啰里啰唆的旧白话叙事，好像也太费周折了。后来地摊商也盗印莫言《丰乳肥臀》，结果就不好卖出去了（《丰乳肥臀》是象征山河母亲，和性关系不大）。

《废都》以特别方式走红，评论界反差很大。据说学者季羡林有言，《废都》20年后将大放光芒。"古往今来，也许还没有一本专门写无聊写到极致的小说，现在有了。……它是一本写无聊的大书，非常到位。"[1]作家马原说：《废都》在中国现当代文学里空前地把当代知识分子的一种无聊状态描写到极致。"[2]评论家孟繁华说："《废都》是对明清文学的皮毛仿制。"[3]

各位看官，如果你们之前没读过此小说，之后又想好好读，最好在此打住，以后再看评论。不想剧透，也不想影响各位的看法。

假如已经读过了，或者现在你也不大会有时间去读这个长篇，那就继续。这个阅读提示，其实也适合别的长篇小说。

---

[1] 《季羡林预言：〈废都〉将大放光彩》，《文摘报》2009年8月6日第5版。
[2] 马原：《论贾平凹》，选自《马原散文》，杭州：浙江文艺出版社，2001年，第199页。
[3] 孟繁华：《贾平凹借了谁的光》，多维编：《〈废都〉滋味》，郑州：河南人民出版社，1993年，第92页。

二　一个作家的琐碎的社会生活

男主角庄之蝶40多岁,个子不高,生活态度随便,艺术口味讲究,喜欢把玩文物,为人不拘小节,从政坛到民间,看得很通透。书前有提示,不要联想到作家:"情节全然虚构,请勿对号入座;唯有心灵真实,任人笑骂评说。作者1993年声明。"写小说时贾平凹41岁,个子也不高,也是西安名作家,"任人笑骂评说",说明作家早有思想准备和道德自信。

话说西京有四大名人:画家汪希眠,书法家龚靖元,乐团阮知非,作家庄之蝶。庄之蝶在《废都》里的全部活动,占了小说八成篇幅,概括起来就是两部分生活:一是社会生活,二是性生活。

社会生活方面,庄身边有几个来往密切的男人:孟云房、周敏、赵京五、洪江,还有《西京杂志》的主编钟唯贤和一些编辑。这里真正称得上朋友的就是孟云房。

小说开端,孟云房以庄之蝶的名义,介绍周敏到《西京杂志》当编辑。周敏在老家潼关的一个跳舞厅里认识了美女唐宛儿。舞厅出来打完"野战",才知道女人已婚有子,但周敏还是把她拐走,逃到西京。周敏编了一篇以庄之蝶为原型的作家绯闻旧事文章,效果轰动。但文章惹恼了当事人景雪荫,她与作家藕断丝连,并无真正性关系,现在已经做官的景雪荫就状告周敏和杂志,顺带也告了庄之蝶。

《废都》全篇多细节少情节,这个官司勉强算是一条故事线索。除了引起官司,孟云房还帮庄之蝶在尼姑院旁边弄到一套空房。这个房子后来叫"求缺屋",是作家婚外情的作案现场。在小说里,孟云房常常出入庄家,聊天、说笑,也买东西,帮忙做菜。紧要关头,他还能跟庄家夫妇分别推心置腹,讨论婚姻爱情话题。孟本人神道道,红茶菌,打鸡血,学气功,又拆字算卦。庄之蝶对他半信半疑。

除了孟云房，其他几个作家身边的男人基本上是帮手、伙计。赵京五曾介绍小保姆柳月，又让庄之蝶帮农药厂老板写文章做宣传，稿费很高。作家本不愿意，但毕竟是钱（尤其在90年代的中国），所以还是帮他写了。作为报应，后来黄厂长老婆喝了农药自杀未遂，说明农药质量不行。最后农药改进了，她再喝就真死了。这是一个非常荒诞的讽刺。

洪江帮庄之蝶老婆开书店。卖的书中有一本畅销，作者"全庸"——人家一看以为是"金庸"。作家也不喜欢，但是赚钱，老婆又说好，所以也不反对了。不过后来作家失势时，洪江书店居然倒卖抹黑庄之蝶的书。一个小人。

周敏因为文章打官司，庄之蝶有责任要帮他。但同时作家又在睡他的女友，情况比较复杂。

整理主人公庄之蝶的各种社会关系，可以部分看到作家的面貌：帮编辑打官司，求市长批"求缺屋"，替农药写广告，家人开书店赚钱……如果看到最后的结局，好像都不是一个"灵魂工程师"的典型形象。

但在小说具体描写之中，在不知道结果的情况之下，好像也看不出作家有什么自我批判的意思（自省与自我批判，一直是20世纪中国小说中知识分子的精神常态，从魏连殳到"财主底儿女们"，从张贤亮的章永璘到张承志的主人公……），为什么贾平凹只是津津乐道一个文化名人如何为世俗琐事所累？鲁迅写读书人如吕纬甫、魏连殳，常常抱怨自己无聊、百无聊赖，庄之蝶的生活真的无聊，却并不觉得自己百无聊赖。

除了打官司、写文章、卖广告、开书店、拆字算卦，还有整天开一个木兰摩托车满街跑以外，主人公偶尔也有高尚行为，比如写假情书安慰《西京杂志》老主编钟唯贤。钟唯贤单相思一个根本不存在的女人，庄之蝶就假装写情书，给钟唯贤一丝安慰，直到他临死都没有揭穿，还拼命帮钟争高级职称。小说写到最后，要烧骨灰，主编不够级别，不能单独进火葬场，这时一贯玩世不恭的庄之蝶也发怒了。

有偶尔高尚的，也有偶尔卑鄙的，比方说书法家龚靖元犯事进去了。庄身边的赵京五、洪江就趁机敲诈他吸毒的儿子，借钱给他，再叫他抵押家藏书画。后来父亲放出来，一看，气死了。这悲剧也许并非庄之蝶本意，然而四大名人之一的丧礼，还是另外三个名人隆重主持。如此荒唐反讽场面，作品中也没人表示不满，作家也没有明确批判。

三　一个作家的繁忙性生活

如果《废都》只写作家社会生活这一面，不用说畅销，或被批判，恐怕大众能读完的也不多。正因为还有另一面，有性生活穿插在他的社会生活、家庭饭局、人际关系、角色心理当中，文字上的"废都"才成为象征意义上的"废都"。

初步统计，庄之蝶身边和他有性关系或者男女感情关系的女人一共有六个：景雪荫、牛月清、唐宛儿、柳月、汪希眠的夫人，还有一个阿灿。

景雪荫是庄之蝶以前的同事，两个人曾经有点意思，但从未真有关系，现在被人拿出来编故事，女方就恼怒了。打官司，杀敌一千，自伤八百。贾平凹在"后记"里说，写小说时，他个人和家庭经历过各种不幸，其中包括一场官司。显然，作家对在中国打民事官司颇有一些实际的体会。《废都》里的官司进程，开始是大家想策略，找证据，寻理由，后来则是找市长的关系，中级法院赢了，最后又在高院被翻转——因为景雪荫的小姑子能和高院某要人上床。一个由假的性关系引起的官司，竟以真的性交易终结。《废都》

将丑恶现实设置成淡淡的背景,犹如当代《官场现形记》。不同之处,李伯元是无差别批判,贾平凹是无差别不批判。

庄之蝶的夫人——叫"夫人"有点怪怪的,夫人、太太、妻子,都不符合旧白话的语境,"老婆"又太直露,另外一个叫法是"妇人",但"妇人"这个古典性感称号又被唐宛儿抢去了——所以,只能称为牛月清。

牛月清30多岁,结婚十多年了,还没有孩子,已经预约请干表姐生个孩子来领养。小说里大家也称赞她长得大方、美丽。婚后不大注意打扮衣着,整天忙家务及家庭生意。因为官司事关庄之蝶名声,牛月清积极参与,把周敏视为自己人。周敏的女人已经在和她老公睡觉,她也没发现。家里来了个俊俏女佣人,她和柳月姐妹相称,主仆关系亲密。小说里牛月清一会儿忙着帮老公过生日,一会儿又用老公的名义去开书店,总而言之是一个善良、糊涂,但有时也很强悍的大奶正室形象。

庄之蝶与牛月清的关系,平常偶有吵闹,基本上平安、和好。除了一点,两人房事不太和谐。一般读者只注意到《废都》里有十几处或几十处"此处删去×××字"的性爱场面,其实小说里还有几乎同样多的尴尬、不成功的房事细节。在情节推进、人物性格的意义上,这些不成功的房事同样重要。比如:"我嫁的是丈夫不是偶像。硬是外边的人宠惯坏了他,那些年轻人哪里知道庄老师有脚气,有龋齿,睡觉咬牙,吃饭放屁,上厕所一蹲不看完一张报纸不出来!"除了不满生活习惯,晚上的郁闷更加尴尬。"当下被牛月清逗弄起来,用水洗起下身,双双钻进蚊帐,把灯就熄了。庄之蝶知道自己耐力弱,就百般抚摸夫人,□□□□□□(作者删去一百一十一字)。牛月清说:说不定咱也能成的,你多说话呀,说些故事,要真人真事的……忽然庄之蝶激动起来,说他要那个了,牛月清只直叫甭急甭急,庄之蝶已不动了,气得牛月清一把掀了他下来，骂道：你心里整天还五花六花弹棉花的，凭这本事，还想去私生子呀！庄之蝶登时丧了志气。牛月清还不行，偏要他用手满足她，过了一个时辰，两人方背对背睡下，一夜无话。"

比较《男人的一半是女人》里右派劳改释放犯在新婚妻子身上那种"国家地理杂志"般的失败挣扎，贾平凹的床上文字更像古典小说：不动声色的尴尬写实，一种探究人性及生理的自然主义笔法。

写庄之蝶和老婆的不成功床事，也是为了对照主人公与周敏女人唐宛儿的出轨。庄之蝶第一次见唐宛儿是在周敏家，小说这样写："唐宛儿二十五六年纪吧，一身淡黄套裙紧紧裹了身子，拢得该胖的地方胖，该瘦的地方瘦。脸不是瓜子形，漂白中见亮，两条细眉弯弯，活活生动。最是那细长脖颈，嫩腻如玉，戴一条项链，显出很高的两个美人骨来。庄之蝶心下想：孟云房说周敏领了一个女的，丢家弃产来的西京，就思谋这是个什么尤物，果然是个人精，西京城里也是少见的了！"

大家都在谈话，唐宛儿走到院子里，庄之蝶借故上厕所，也到了院子里。"唐宛儿在葡萄架下，斑斑驳驳的光影披了一身。"《金瓶梅》的读者应该知道，葡萄架是个什么典故。"（唐宛儿）就站到一个凳子上去摘葡萄，藤蔓还高，一条腿便翘起，一条腿努力了脚尖，身弯如弓，右臂的袖子就溜下来，露出白生生一段赤臂，庄之蝶分明看见了臂弯处有一颗痣的。"

第一次见面，一顿饭写了三四页。文字太写实了，平静得可怕。边读边想：到底这种明清旧白话小说体在20世纪中国能否残存、延续？左拉式的自然主义笔法与一般现实主义主流到底有什么区别？

庄之蝶和唐宛儿初次谈话，居然上厕所时发现自己尘根勃动。之后，人清醒了些，情绪反而消沉了。本来和牛月清床事不成，可以解释成婚姻久了，习惯麻木，左手摸右手了，是社会普遍现象；

或者人到中年，压力太大了，身体不行了。但为什么现在突然见到一件朋友拐来的"尤物"，不仅心动，还有反应？更深一层，作家就会想：人到中年，婚姻疲劳，好像不仅是现实环境和生理规律。

读者旁观，最简单的批判是：这是渣男，就怕流氓有文化。说人品有问题，说是骗子卑鄙，这是最容易的解释。说"男人都花心"，表面谴责男人，其实等于说男人"天生花权"？如果同性恋是由DNA先天决定，那必然合理合法？如果男人都天生不能忠实于一夫一妻，是否制度有了问题？而女人的天性是否必然倾向于忠实婚姻制度？

在《废都》里，唐宛儿和庄之蝶，一个无聊的故事也可以引出不少严肃的问题。

庄唐偷情，虽然一见心动，但也有好多铺垫。比如眼神："庄之蝶看着那一对眼睛，看出了里边有小小的人儿，明白那小人儿是自己。"张爱玲《第一炉香》中的葛薇龙在乔琪乔的墨镜里也看到自己缩小的身影，这是一种有意无意的文本互动。

后来，庄之蝶送了唐宛儿一双高跟鞋，"庄之蝶动手去按她的脚踝下的方位，手要按到了，却停住，空里指了一下，妇人却脱了鞋，将脚竟能扳上来，几乎要挨着那脸了。庄之蝶惊讶她腿功这么柔韧，看那脚时，见小巧玲珑，跗高得几乎和小腿没有过渡，脚心便十分空虚，能放下一枚杏子，而嫩得如一节一节笋尖的趾头，大脚趾老长，后边依次短下来，小脚趾还一张一合地动。"这段文字比当年西门庆去碰潘金莲，或者姜季泽去摸七巧的脚，基本上是同一个套路，但更加细致细腻。尤其是手在空中停住，只写视觉，不写触觉。

中间又隔了不少日常琐事，庄之蝶夫妇在床上还是谁也不接触谁。某天，他们在家里请一帮朋友吃午饭——这顿午饭很重要。庄之蝶开了摩托到周敏家去通知。周敏上班了，这时庄之蝶又一次看到那双鞋。"妇人说：这鞋子真合脚，穿上走路人也精神哩！庄之蝶手伸出来，却在半空划了一半圆，手又托住了自己的下巴，有些坐不住了。"这已是第二次了，说明如何犹豫，怎样焦灼。两人接着又说闲话，看得着急。妇人用木棍去撑老式的窗子，终于一不小心身体倒下，"妇人吓得一个小叫，庄之蝶才一扶她要倒下的身子，那身子却下边安了轴儿似的倒在了庄之蝶的怀里。庄之蝶一反腕儿搂了，两只口不容分说地粘合在一起、长长久久地只有鼻子喘动粗气。□□□□□（作者删去二十三字）"

古典小说写到此处，一般要加"有诗为证"：美色从来藏杀机，多行不义必自毙，或者，奸夫淫妇，如何如何。贾平凹完全中性，既不褒也不贬，就写女人掉泪，男人的手怎么伸到她裙下。"庄之蝶把软得如一根面条的妇人放在了床上，开始把短裙剥去，连筒丝袜就一下子脱到了膝盖弯。庄之蝶的感觉里，那是幼时在潼关的黄河畔剥春柳的嫩皮儿，是厨房里剥一根老葱，白生生的肉腿就赤裸在面前。"这个比喻，春柳，老葱，令人无语。然后变姿势，时间久，又删去几百字。"庄之蝶醉眼看妇人如虫一样跌动，嘴唇抽搐，双目翻白，猛地一声惊叫，□□□□□（作者删去五十字）。"

贾平凹和王小波的做爱文字，共同点都是非常直露，但效果很不一样。王小波玩世不恭，有点自嘲；贾平凹细腻投入，渐入境界。王小波是布莱希特，贾平凹是斯坦尼斯拉夫斯基。

做爱以后，"庄之蝶好不自豪，却认真地说：除过牛月清，你可是我第一个接触的女人，今天简直有些奇怪了，我从没有这么能行过。真的，我和牛月清在一块总是早泄。我只说我完了，不是男人家了呢。唐宛儿说：男人家没有不行的，要不行，那都是女人家的事。"这段话，比任何诗情画意都强有力。

四　一顿浓墨重彩的午饭

刚办完事，庄之蝶就回家里招待了不少客人，包括画家汪希眠的母亲和他的老婆（画家正好不在），孟云房和他的妻子夏捷，还有周敏和唐宛儿。牛月清是主妇，赵京五买菜，庄之蝶在厨房帮忙剖鱼。那天还新到了一个女佣人柳月。从第87页开始，一直写到第102页，整整十几页，这顿午饭写了七八千字。这是《废都》（甚至整个当代文学）里描写最详细的一顿饭。作家在十几页里写了什么？读者又看到了什么？

《三国演义》《水浒传》等小说是不会那么详细写一顿饭的（除非鸿门宴）。在《红楼梦》《金瓶梅》等世情小说里，一顿酒席可以汇聚流动各种戏剧因素，杯盏之间，还连诗猜拳。但在当代小说里，以这样篇幅描写一个家庭午餐聚会，《废都》是个特例。

在这里，第一，我们看到男主角刚刚在周敏家中初次表现意外地好，人也比较累，现在却要在饭桌上镇定面对这么多人。这里有自己的老婆，有偷情妇人，还要招呼其他客人，比方说汪希眠太太（后来才知汪夫人一直暗恋庄之蝶）。所以，男主人这时的快乐的辛苦和骄傲的尴尬，可想而知。

第二，风情万种的妇人来了，还带着她自己的男人，立刻要和主妇寒暄客套——你刚刚骗了人家哦——脸面上，肚子里又是怎样的心情？读者看得焦急。

第三，柳月，这是小说的第三女主角初次登场。这是一个长得也很出挑、心气很高的少女。一来就和主妇牛月清搞好关系，两个人看上去竟像姐妹一般。实际上，牛月清马上悄悄对庄之蝶说："请的是保姆，可不是小妾，你别犯错误啊！"

到此为止，小说里牛、唐、柳三个女人同台登场。"金瓶梅"指的分别是潘金莲、李瓶儿、庞春梅；《废都》如果一定要文雅一点，就是"月宛柳"。牛月清其实更像吴月娘，唐宛儿比较接近潘金莲，柳月当然就是庞春梅的命运，最后她的地位是最高的。

这是对古代名著的戏仿（致敬？），既明显又隐晦。明显在一男三女模式以及此处删去若干字，隐晦在这个午餐满足读者的双重欲望。第一重，是读者可以意识到的紧张——看男人怎么在老婆、情人之间装假；看情人怎么在男女喝交杯酒时吃醋；看男主人公怎么立刻注意到第三个女人的存在，还有人与人之间的关系以后会怎么发展。这些都是小说里明显存在的戏剧矛盾，这是第一个层面的张力。

但是，就在这种喝酒欢笑彼此融洽的气氛当中、表象之下，潜意识里，这里又在满足男主角，同时恐怕也是中国男人的一种旧梦，也就是张爱玲在《小团圆》里所批判的一种男人的美梦。按胡兰成的理论，中国男人他们是要把所爱的女人视为"家人"，而不是西方式的男女"一对一"面对上帝。[1] 家人永远是家人，但不一定只有一个，潜意识里，他们追求的恐怕不仅是证明自己的艳遇，也不一定是把艳遇变成新的婚姻，或者获得更多的艳遇。这些追求都有，但还不够。在潜意识里，以贾宝玉为代表的中国男人，梦寐以求的是自己喜欢的女人们彼此像姐妹般相处，彼此相亲相爱。当然，这是白日梦。

---

[1] "……男女之际，中国人不说是肉体关系，或接触圣体，或生命的大飞跃的狂喜，而说是肌肤之亲，亲所以生感激。'一夜夫妻百日恩'，这句常言西洋人听了是简直不能想象。西洋人感谢上帝，而无人世之亲，故有复仇而无报恩，无《白蛇传》那样伟大的报恩故事，且连怨亦是亲，更惟中国人才有。"（胡兰成：《今生今世》，北京：中国社会科学出版社，2003年，第228页）"西洋人的恋爱上达于神，或是生命的大飞跃的狂喜，但中国人的男欢女悦，夫妻恩爱，则可以是尽心正命。孟子说，'莫非命也，顺受其正。'姻缘前生定，此时亦惟心思干净，这就是正命。……秀美……竟是不可能想象有爱玲与小周会是干碍。她听我说爱玲与小周的好处，只觉如春风亭园，一株牡丹花开数朵，而不重复或相犯。她的是这样一种光明空阔的胡涂。"（《今生今世》，同上，第237页）除了强调男女关系的缘分、亲情因素以及赞扬女性明理宽容（没说男人是否也要有"光明空阔的胡涂"）以外，胡兰成更主张中国人的男女之"爱"，其实就是"知"。

在潘金莲、李瓶儿、庞春梅的时代，这种姐妹家人关系，虽然有金钱、法律保障，但相亲相爱还是几乎不可能的。春梅和金莲总归还是主仆，潘金莲和李瓶儿一直在争斗。

到了20世纪晚期，居然又有这种两三个或者更多女人像姐妹一样相处的情景，哪怕是短暂时光，哪怕是建立在不知情和欺骗基础上，哪怕充满虚情假意，哪怕只是一顿午饭也好……当然，这是梦想，只是在潜意识层面。庄之蝶想都不敢想，只能胆战心惊地隐藏并享受他的犯罪感，未见得清晰意识。贾平凹不惧众怒，描绘出来，也未见得会承认为什么要写他的"小团圆"。

放在20世纪青楼小说的文学传统中，却又不难理解了。《海上花列传》《秋柳》都描写吃饭叫局嬉戏的"青楼家庭化"，从《第一炉香》起，风流姑妈就把自己的半山大宅变成模拟的"长三堂子"。到了革命年代，劳改农场边上也能出现"美国饭店"（美丽善良的马缨花同时应付至少三个男人），现在庄之蝶在自己家里，憧憬想象实践同时与几个女人的暧昧关系，是否也在无意识中梦幻并享受某种"家庭青楼化"？

不管小说后来怎么发展，这顿月清、宛儿、柳月一起登场的冗长午饭，是《废都》真正的高潮，是主人公短暂的黄金时光。

五 "一男多女"的白日梦

"家庭化"的青楼毕竟不是青楼，接下来读者要替主人公担心三件事情。

第一，整体家庭和谐格局建立在主妇不知情的基础上，这个不知情能维持多久，被发现了怎么办？

第二，唐宛儿已经认定自己是庄之蝶的人，她觉得和著名作家发生关系非常光荣。所以她能够忍受委屈，在周敏、牛月清以及女佣人面前，都有很多表演。但她心存希望：要嫁给庄之蝶……可是庄之蝶此时并无离婚再娶计划，他怎么应对唐宛儿的"爱的压力"？

第三，庄之蝶很快就对柳月另眼相看，而柳月又可以冷眼旁观其他几个人的关系。那么在作家的家里，柳月又会扮演什么角色呢？

《废都》的写作手法，不是欧洲油画般突出戏剧矛盾，而是散漫铺开《清明上河图》市井画面。所以，在庄、牛、唐、柳复杂关系主线以外，还有不少其他的情节混在一起。

例如打官司还夹杂互不相关的细节。比如牛月清的母亲要抱一只鞋睡在棺材里，整天见神梦鬼的，不过她和女婿关系很好。刘嫂养了一只奶牛，庄之蝶喜欢用嘴直接去喝牛奶，奶牛又会自己发议论。魔幻成分和现实细节混在一起。庄之蝶又托秘书黄德复，为了房子求市长批条，秘书说市长没空。可是某天报上有文批评市府，市长突然接见作家，说对文学非常热情，房子也批了。接见以后，黄秘书说有一篇文章，帮市府说话，最好明天见报，让作家去跑一跑。

描写整个事件过程，小说并无贬义。市长真的爱文学，秘书真的努力工作，报纸真的是喉舌。

这是《废都》最令人看不懂又最叫人佩服的地方。整个长篇，上至官府、商家、文艺界，中到家庭、情场、单位，下到鬼市、低洼地、黑道，几乎没有一个人被作家批判。批判的标志一个是作家直接议论，另一个是其他人物批评，《废都》里都没有。

想想社会、家国、单位，有些人……唉，人怎么能做到不愤怒？人怎么能做到不批判？

20世纪中国文学，李伯元无差别批判；刘鹗怒斥昏庸的清官；鲁迅痛揭国民性；"十七年文学"打倒反动派；"伤痕文学"含泪否定"文革"；《活动变人形》《玫瑰门》对自己可怜的长辈也不能原谅；张承志对左宗棠对无聊文人都充满怒火；连"玩世不恭"的王朔也受不了道貌岸然的赵舜尧……怎么到了《废都》，好像没有火气一样，全篇没有坏人。是作家的乡民视野，习惯了世俗的无聊，还是作家的艺术胸怀，原谅人人心中的可怜？

鲁迅在《中国小说史略》里评《金瓶梅》："作者之于世情，盖诚极洞达，凡所形容，或条畅，或曲折，或刻露而尽相，或幽伏而含讥，或一时并写两面，使之相形，变幻之情，随在显见，同时说部，无以上之。"[1]

《废都》或许没有达到上述境界，但在同时代小说里用这种方法描画世俗相，也是非常罕见。放在晚清文学传统中看，《海上花列传》和《秋柳》是把青楼当作家庭写，《废都》的确把家庭当作青楼写。

回到剧情，牛月清的糊涂维持了大半部小说的戏剧张力。庄之蝶有两个住处，一个是牛家旧宅，一个是文艺之家，主人公能以写稿或喝醉酒为理由分开而住。

之后幽会常常安排在危险的地方。比如庄之蝶参加市人大会议，就在人大代表住的酒店（挑战政治），或在庄的书房，隔壁岳母耳朵不好（漠视伦理），保姆柳月随时会回来（紧张气氛）。有时通过鸽子传纸条约会，奸情在，生活照旧。

庄之蝶和唐宛儿的眼神默契瞒得过牛月清，却逃不过保姆柳月。柳月注意作家一言一行，有她自己的道理。因为同居一家，常有身体暴露。有几次庄之蝶貌似不经意地摸摸柳月的身体，吻一下她的胳膊，也不知道从哪一代祖先学来的风流主人习性。柳月发现庄、唐关系时，想的居然是：主人能跟宛儿睡，那我也有机会？"上进心"很强。

说来有点令人难以置信，主人公在老婆、情人、女仆之间已经很繁忙，却还碰到另外两个女人。都是女人主动，不怪庄之蝶多情，

---

[1] 鲁迅：《中国小说史略》，《鲁迅全集》第9卷，北京：人民文学出版社，2005年，第187页。

只怪贾平凹"多事"。一个就是画家汪希眠夫人。汪夫人和画家关系不好，两个人自己都有外遇，这是公开的秘密。但有一天汪夫人竟然向庄之蝶倾诉衷情，说原来庄之蝶婚前，她已倾心于他，是崇拜加爱情。庄作家听后很感动，但是想要做事时被婉拒了，说还是相思一辈子好，不要再进一步，否则双方家庭破坏，大家都是悲剧。发乎情，止乎礼。

另外一个女子叫阿灿，和主要剧情没有关系，她妹妹曾帮庄之蝶寄信，阿灿也崇拜作家，有过一夜情，又有很多空白格子。阿灿除了美艳相貌、魔鬼身材，据说身上还有香气。但是两次以后，就用刀自残面孔，说"我"此生愿望已了，我们从此分手。

不知这类细节是庄之蝶的自恋梦，还是贾平凹的催眠剂。这两个女子除了证明男主人公的自恋狂以外，没有其他的叙述和象征功能。

偶尔有一次好友孟云房为了安慰作家，还给他找了个妓女，这次作家总算把妓女赶走了。

六　一大堆坏事，并不见坏人

官司一直在打，茶饭天天要吃，风流依然进行，家庭还是和谐。直到某一天，人们期待已久的几个人的命运转折点终于同时到来了。先是鸽子传信，被柳月发现，获得庄、唐关系证据。然后是唐宛儿上门，跟庄之蝶"此处删去×××字"。

这时出现最"废都"的情节——柳月在门外窥视，不料自己也有反应，不经意撞破了门，结果庄之蝶慌乱之中也把柳月"搞定"，唐宛儿还在旁边帮手。

唐宛儿事后怪庄之蝶,说为了封口就行了,何必那么认真投入？这当然也是《金瓶梅》的传统，春梅当年就服侍、目睹，甚至亲身帮助潘金莲和西门庆的床上活动。

之后，庄家进入更诡异的"恐怖平衡"：宛儿、柳月谁也不能说，命运共同体。庄作家倒好，书房写作时还会想到拿一个梅子塞到柳月处，也是模仿"醉闹葡萄架"，然后把梅子吃掉。

小说文字如旧白话，有些情节却似惊悚电影。牛月清到处找不到丈夫，柳月细声提示：会不会在"求缺屋"（尼姑庵旁边的文艺之家）？牛月清赶来途中，庄之蝶正和唐宛儿推心置腹。略早，唐宛儿怀孕了，为免作家烦心，自己去打了胎。庄之蝶大为感动，小说写道："庄之蝶陷入一种为难，又痛苦地长吁短叹了。"他说总是要娶唐宛儿，唐宛儿也不知道真假，说真心爱过就好了，有时候想起也觉得对不起师母，却又觉得她更不应该失掉庄之蝶。

就在穿衣要走时，牛月清赶到。居然勉强遮掩过去，找了一些其他的废话，重举轻放。

小说最后部分情节日趋紧张。某日牛月清终于发现鸽子传信，她冷静地把柳月关起来，用打灰尘的摔子边打边问。柳月本来就觉得自己委屈，于是就把真情招供，只隐去自己的一部分。

平时傻乎乎、善良贤惠的主妇牛月清，仔仔细细把丈夫、唐宛儿和柳月一起约过来吃饭，把门锁掉。吃什么呢？打开一看，一只炖熟了的鸽子。

小说真正的高潮，进入了恐怖片的境界。贾平凹自己说过，他的写作有点像巴萨的踢法：层层叠叠，慢条斯理，绕来绕去，突然一脚，击中要害。

小说最后这样安排几个人的命运：柳月被庄之蝶介绍给市长患小儿麻痹症的儿子做媳妇，从此坐轿车，进入上层，步春梅后尘；唐宛儿被潼关原丈夫派人抓回，回去后遭受虐待、暴打，甚至性侵，无人救她；牛月清提出离婚以后，也不知道下一步怎么走；庄之蝶感到走投无路，莫名其妙，在火车站上貌似心脏病发，或者中风。

这几个人物当中，为什么特别惩罚唐宛儿？是不是觉得她像潘金莲，女人淫乱，必有恶报？中国古典小说的手法细节可取，道德结构应该质疑。庄之蝶中风也有点突兀，大概是为了升华主题，证明这是一个"废都"。

　　最肤浅的解读就是说，这是90年代中国知识分子在商业化大潮当中失去了人文精神，等等。说得也不错，不过只是这样读《废都》，"浪费"了贾平凹的时间，也"浪费"了许子东的时间。

　　回看全书，还是佩服作家的道德自信，敢于这样写一个红尘中人，敢于这样写无聊。整个《废都》一大堆坏事，并不见坏人。现实主义相信人的性格、命运主要取决于各种社会制约，自然主义认为人的性格、命运，相当部分取决于人的生理需求。大部分中国现当代小说都追随现实主义，所以偶尔有一部自然主义的作品，应该可以容忍。大部分小说的主人公，都热情、深刻、忧郁、奋斗，偶尔有一个人比较无聊，是否也可以原谅呢？

　　又或者我们始终在纠结《废都》有没有对"无聊人生"的批判，是否说明我们还是遵循批判写实的文学主流标准？事实上，当代文学虽然仍以批判写实为主流，但晚清以来的侠义风格、科幻实验和青楼狭邪传统，其实也都在20世纪末重新出现。《废都》至少证明了从"青楼家庭化"到"家庭青楼化"这一条文学史发展线索，虽不明显，却一直存在。

1994

王小波《黄金时代》
身体快乐,是我们唯一的精神武器

一 "流氓小说"作家,还是精神教父?

王朔的作品,曾被人批评是"痞子文学""流氓小说",其实在模拟和记录"流氓时代"(制造流氓的时代)方面,王小波比王朔有过之而无不及,有这么几点证据。

第一,中篇小说《黄金时代》的第一部分,主人公直接宣称:"我的本质是流氓土匪一类。"[1] "倒退到二十年前,想象我和陈清扬讨论破鞋问题时的情景。那时我面色焦黄,嘴唇干裂,上面沾了碎纸和烟丝,头发乱如败棕,身穿一件破军衣,上面好多破洞都是橡皮膏粘上的,跷着二郎腿,坐在木板床上,完全是一副流氓相。"

这是主人公的自画像。"流氓"这个标签不是旁人或评论家随便贴的,而是主人公自己声明的。小说里主人公在不少地方说自己是"流氓",例如"人家都能知道我是流氓","那是我的黄金时代。虽然我被人当成流氓"。但这几段引文也说明,"流氓",先是他人

---

[1] 王小波《黄金时代》第一辑最初于 1991 年在台湾《联合报》副刊连载;1994 年 7 月《黄金时代》由华夏出版社出版。本文中的小说引文均引自 1997 年《黄金时代》广州花城版。

对他的看法，当然主人公也不拒绝。

第二，主人公对"流氓"还有一个非常奇葩的定义，有人骂他要流氓，他的回答是："我说，你爸你妈才要流氓，他们不流氓能有你？"这就把"流氓"等同于男女关系了，这是非常"流氓"的一种定义方法。

第三，小说从开篇到结尾，确实充满了不少"儿童不宜"的字眼："破鞋"，"我的小和尚直翘翘地指向天空"，"因为女孩子身上有这么个口子，男人就要使用她"……习惯了冰心或是杨绛文字的读者，对于这种文字上的暴露癖可能有些受不了。

王小波（1952—1997），生于北京，父亲在"三反"运动中被划成"阶级异己分子"，等于"洗澡"没通过。这对王小波的家庭、童年都有很大影响。王小波和很多同时代知青作家一样，曾经下乡到云南兵团，后来又到山东插队。1973年回到北京做工人；1978年考取中国人民大学。但不同的地方是：王小波不像王安忆、韩少功、阿城、张承志那样，并非在80年代就以知青小说出名，而《黄金时代》未定稿时他还在美国匹兹堡大学读研究生（导师是许倬云），走的是一个学者的道路，似乎和小说里的"流氓"形象反差很大。

整个80年代，轰轰烈烈的中国文学的"黄金时代"，王小波基本是个局外人。直到1991年，《黄金时代》获得第13届台北《联合报》中篇小说大奖。1992年香港繁荣出版社出版《王二风流史》，就是《黄金时代》的内容。同年8月，台湾联经出版时，把书名印错了，变成《黄金年代》了。一直到1994年，《黄金时代》由华夏出版社出版，王小波的小说才算正式"海归"——知青故事，海外出名，重回大陆，这是90年代文坛的一个特殊现象。

1997年，王小波突发心脏病去世，他的妻子李银河发文，说他是浪漫骑士、行吟诗人、自由思想者。从那时候开始，王小波凭借其小说、散文，在一部分青年粉丝当中成为偶像，甚至是精神教父。

《黄金时代》也被选入了《亚洲周刊》的中文小说"世纪百强"。

"精神教父"和"流氓小说",这两个标签反差有点大。

简单回顾作家出名的过程,我们可以看到,第一,这是一条从知青到学者,再到作家的道路。如果说王朔的"痞子文学"更多呼应大众文化市场的因素,包括与影视文化的互动,王小波的"我是流氓"就更多自觉的学术理论准备,"流氓文字"后面其实有更多哲学思考。第二,大部分的当代成名作家都是一起步就和评论界互动,比如说李陀及时注意到余华的成名作《十八岁出门远行》;阿城的《棋王》原来是和郑万隆他们聊天时讲的故事;王安忆的一些小说还没正式发表,吴亮、程德培就已有评论意见。相比之下,王小波是在海外孤独地反复改写他的知青做爱故事。所以,故事是和韩少功、张贤亮、张承志他们同样的故事,但写法完全不一样。局外人有局外人的特点,或者说有局外人的好处,当然,也会有局外人的局限。

到了90年代,写知青及右派受难历程的叙事潮流,已经过了高峰,王安忆《叔叔的故事》已经开始解构当代知识分子的苦难崇拜。《黄金时代》在这个时候"海归",重讲知青身体与精神旅程,却照样吸引读者。

二 知青和医生的"伟大友谊"

《黄金时代》由三篇组成,分别题为《黄金时代》《三十而立》《似水流年》。可以分开来读,但都是同一个主人公。

第一篇是非常典型的王小波风格,小说从头到尾在描写一个知青和一个医生的男女关系。这样说,一点都不夸张,从头到尾,一共十一节,一直在写两个人的肉体关系,青少年不宜。

第一节开始:"我二十一岁时,正在云南插队。陈清扬当时二十六岁，就在我插队的地方当医生。我在山下十四队，她在山上十五队。有一天她从山上下来，和我讨论她不是破鞋的问题。那时我还不大认识她，只能说有一点知道。"这个女的说她不是破鞋，可大家说她是，"我"也说她是。为什么呢？"我"的解释是："大家都认为，结了婚的女人不偷汉，就该面色黝黑，乳房下垂。而你脸不黑而且白，乳房不下垂而且高耸，所以你是破鞋。假如你不想当破鞋，就要把脸弄黑，把乳房弄下垂，以后别人就不说你是破鞋。当然这样很吃亏，假如你不想吃亏，就该去偷个汉来。"

结婚以后女人不难看，就是"破鞋"——想想这是什么流氓逻辑？男主角知道这样说话一副"流氓相"。他自己也正是被人视为"流氓"。陈清扬是北医大毕业生，主动来找一个比自己小五岁的面色焦黄、嘴唇干裂、一副流氓相的男知青，还要讨论像破鞋之类那么挑逗性的话题，常理来说，大概是对这个她曾经给打过针的男知青有点好感，但小说里没写，主人公也没感觉。

不久，"又有了另一种传闻，说她在和我搞破鞋。"

这也是常理，同事、同学之间一旦传说有绯闻，哪怕无中生有，之后也可能慢慢变成真的——因为当事人会互相躲避，同时也互相注意。

"她要我给出我们清白无辜的证明。我说，要证明我们无辜，只有证明以下两点：一，陈清扬是处女；二，我是天阉之人，没有性交能力。……陈清扬说，我始终是一个恶棍。她第一次要我证明她清白无辜时，我翻了一串白眼，然后开始胡说八道，第二次她要我证明我们俩无辜，我又一本正经地向她建议举行一次性交。"

男女初见，就建议举行一次性交，这在20世纪中国小说里也不算创举，之前就有阿Q对吴妈说"我要和你困觉"。当然，从辛亥革命，进化了几十年，"困觉"的意义、形式和结局都不同了。

第二节，"我过二十一岁生日那天，正在河边放牛。下午我躺在草地上睡着了。我睡去时，身上盖了几片芭蕉叶子，醒来时身上已经一无所有（叶子可能被牛吃了）。亚热带旱季的阳光把我晒得浑身赤红，痛痒难当，我的小和尚直翘翘地指向天空，尺寸空前。这就是我过生日时的情形。"

这些细节在《王二风流史》中会反复出现：

"我过二十一岁生日那天，打算在晚上引诱陈清扬，因为陈清扬是我的朋友，而且胸部很丰满，腰很细，屁股浑圆。除此之外，她的脖子端正修长，脸也很漂亮。我想和她性交，而且认为她不应该不同意……那天晚上我把我的伟大友谊奉献给陈清扬，她大为感动，当即表示道：这友谊她接受了。不但如此，她还说要以更伟大的友谊回报我，哪怕我是个卑鄙小人也不背叛。"

男女关系，隐晦私情，淫乱细节，突然回到了科学的名称"性交"，又配合口号式用语"伟大友谊""奉献""回报"……王小波用熟悉的语言写出陌生效果，迫使读者思考眼前到底在发生什么事。不用挤眉弄眼交头接耳，像残雪小说里的群众一样；也不必故作镇定假装忏悔，像张贤亮笔下的知识分子野地偷窥。

"我已经二十一岁了，男女间的事情还没体验过，真是不甘心。她听了以后就开始发愣，大概是没有思想准备。说了半天她毫无反应。……后来陈清扬说：'我真笨！这么容易就着了你的道儿！'说完满面通红。我看她有点不好意思，就采取主动，动手动脚。她揉了我几把，后来说，不在这儿，咱们到山上去。我就和她一块到山上去了。"

整个《黄金时代》的故事大部分不是"正规军"，而是"野战军"。

"陈清扬后来说，她始终没搞明白我那个伟大友谊是真的呢，还是临时编出来骗她。"

始终不明白你们男的只是想"炒饭"呢，还是真的有点意思。

陈清扬要先回家一趟，让"我"在后山等她，后来她果然来了。

"我"看见陈清扬慢慢走近,怦然心动,无师自通地想到,做那事之前应该亲热一番。陈清扬对此的反应是冷冰冰的。她的嘴唇冷冰冰,对爱抚也毫无反应。等到"我"毛手毛脚给她解扣子时,她把我推开,自己把衣服一件件脱下来,叠好放在一边,自己直挺挺躺在草地上。

"先回家一趟",还有这个"叠好"衣服,听上去整个感觉像预约好的医学实验。

"陈清扬的裸体美极了。我赶紧脱了衣服爬过去,她又一把把我推开,递给我一个东西说:'会用吗?要不要我教你?'那是一个避孕套。我正在兴头上,对她这种口气只微感不快,套上之后又爬到她身上去,心慌气躁地好一阵乱弄,也没弄对。忽然她冷冰冰地说:'喂!你知道自己在干什么吗?'我说当然知道。能不能劳你大驾躺过来一点?我要就着亮儿研究一下你的结构。只听啪的一声巨响,好似一声耳边雷,她给我一个大耳光。我跳起来,拿了自己的衣服,拔腿就走。"

都是写"未遂性交",王小波和张贤亮的文字可以比较。都是女人更冷静更有经验,男的更慌张更激动。《男人的一半是女人》故事中段突出男人的精神没用,《黄金时代》处处强调男人的身体强悍。张贤亮的男人,其实是软弱无奈的知识分子,王小波的知识青年,是想以女人证明自己是个男人。简而言之,张贤亮用男女故事写历史,王小波用历史故事写男女。

《黄金时代》的文字,王小波后来在美国和回国以后还修改过很多次,看上去非常粗糙,其实很讲究。这么精细地描写一场未成功的"野战",在现当代文学里十分罕见。

第三节,还是接着写"我"在山上被打耳光以后那个晚上。

"我们俩吵架时,仍然是不着一丝。我的小和尚依然直挺挺,在月光下披了一身塑料,倒是闪闪发光。"

作家写阳具崇拜比刘恒（《伏羲伏羲》）和陈忠实（《白鹿原》）更加直接，但也略带嘲讽。"她用和解的口气说：不管怎么说，这东西丑得要命，你承不承认？……等我抽完了一支烟，她抱住我。我们俩在草地上干那件事。"

这个是"干"字的一种用法。现在也有地方召开"干文化"学术研讨会，"干"还有很多别的用法，容易引起误解。

"我过二十一岁生日以前，是一个童男子。那天晚上我引诱陈清扬和我到山上去。那一夜开头有月光，后来月亮落下去，出来一天的星星，就像早上的露水一样多。那天晚上没有风，山上静得很。"

这段文字很美，张贤亮或者汪曾祺，大概会把这片风景继续发挥下去，像气象报告或者山水画，给读者不少想象空间，可是这是王小波，"……那天晚上没有风，山上静得很。我已经和陈清扬做过爱，不再是童男子了。但是我一点也不高兴。因为我干那事时，她一声也不吭，头枕双臂，若有所思地看着我，所以从始至终就是我一个人在表演。"

《黄金时代》和20世纪中国小说里的各种男女故事都不一样，其他的男女故事，大部分是从好感、同情、理解、喜欢开始，慢慢进入感情和爱情。比如《伤逝》从涓生讲雪莱入手；《边城》唱山歌起步；秦书田和芙蓉姐一起扫街，再去捉奸；小英子也是和小和尚待了很长一段时间，朦朦胧胧，最后才一起划船到了芦苇荡深处。当然，也有些男女的故事比较实际功利。白流苏是考虑长期饭票的价值，才去浅水湾谈情说爱；林道静要考验对方是否革命，才决定自己感情的投入，等等。总而言之的规则是，先有情感，才有性感，先有灵犀相通，才有肉体相亲。甚至在很多情况下，主人公最后根本没有进入性感、肉体的层面。好像只有王小波的《黄金时代》的方向是反的，所以令人惊讶。这是一个典型的以性写情、以肉写灵的小说。当然，小说最后有没有情，有没有灵，还要读者自己来判断。

现当代文学中，直接写性的小说也有。沈从文的《柏子》，一夜欢愉，第二天风尘女子在做什么，男人就不敢去设想了，还是不要去想的好。老舍《骆驼祥子》中的虎妞醉酒突袭，后来又用枕头哄骗，但最后也没有抓住祥子的心。张贤亮《男人的一半是女人》章永璘对黄香久的第一面印象，也是全裸出浴，但后来成了夫妻，还是要吵开。规律好像是，直接写性，要么没有未来，要么悲剧收场。

不妨再观察下去，看看王二不再是处男以后的种种"野战"性爱，能否操练出某种真实情感？

初夜之后，"我"回队里和农民发生争执，被打昏过去。有人就叫医生，小说这样写："陈清扬披头散发眼皮红肿地跑了来，劈头第一句话就是：你别怕，要是你瘫了，我照顾你一辈子。"这口气很像《绿化树》里的马缨花——"有我吃的就有你吃的。"男人在患难之中对这样的话记得特别牢，也不知道是真的听过，还是一种幻觉。

伤没大碍，之后男人就去荒山上住了，给陈清扬画了一个路线图，她居然真找来了。"陈清扬说，她决定上山找我时，在白大褂底下什么都没穿……风从衣服下面钻进来，流过全身，好像爱抚和嘴唇。"

第四节："陈清扬来到草屋门口，她看见我赤条条坐在竹板床上，阳具就如剥了皮的兔子，红通通亮晶晶足有一尺长，直立在那里，登时惊慌失措，叫了起来。"

接着，小说详细描写"我"和陈清扬第二次做爱。第一次有很多细节当时"我"大感不解，这一次不同了。"我和陈清扬做爱时，一只蜥蜴从墙缝里爬了进来，走走停停地经过房中间的地面，忽然它受到惊动，飞快地出去，消失在门口的阳光里。这时陈清扬的呻吟就像泛滥的洪水，在屋里蔓延。我为此所惊，伏下身不动。可是她说，快，混蛋，还拧我的腿。等我'快'了以后，阵阵震颤就像从地心传来。后来她说，她觉得自己罪孽深重，早晚要遭报应。"

现代文学当中怎么写性，很多作家有不同的探索。直露有《沉沦》，偷窥房东女儿洗澡——"那一双雪样的乳峰，那一双肥白的大腿"；隐晦如《小团圆》，"警棍""老虎尾巴""小鹿……饮水"，等等。复杂似《男人的一半是女人》，床事像火山地震；简单像《一个人的圣经》，干脆使用大量动词——摸、插、揉、抓等。《黄金时代》对于文学怎么写性有什么特别贡献？除了重复"小和尚直翘翘"以外，作家喜欢直接使用一些医学卫生术语，比如性交、射精，各种姿势。

"晚上我和陈清扬在小屋里做爱。那时我对此事充满了敬业精神，对每次亲吻和爱抚都贯注了极大的热情。无论是经典的传教士式，后进式，侧进式，女上位，我都能一丝不苟地完成。"当《黄金时代》一本正经用"敬业精神""极大的热情"等严肃话语与"传教士式，后进式，侧进式，女上位"等医学术语来描写主人公"乱搞男女关系"并产生令人啼笑皆非的效果时，作家是不是在问：难道男女关系，本来不应该贯注"极大的热情"、充满"敬业精神"？男女做爱，本来不就有"传教士式，后进式，侧进式，女上位"等不同姿势吗？（那个时代也确实有人不知，后来年老出国看到电影，十分后悔）王小波用戏谑方法提出了学术问题：为什么本来应该是天生自然的东西，写出来反而是陌生化呢？

三 把做爱细节写进交代材料

除了以性写情，以肉写灵以外，《黄金时代》把全部这些"乱搞男女关系"的详细过程、具体细节都写在了交代材料里，这非常"重要"。

第五节记录了农场人事部说他们乱搞男女关系，要他们写交代，

"我"写了，上面说写得太简单了，要重写。

后来"我"写，"我"和陈清扬有不正当关系，"我"干了她很多回，她也乐意让我干。上面说，这样写缺少细节。后来，又加上了这样的细节："我们俩第四十次非法性交。"

甚至还要交代情绪反应。主人公交代：她总要等有了好心情才肯性交，不是只要性交就有好心情。这一句其实非常关键，但军代表还是不满意。主人公那时昏天黑地，也不知道外面世界发生了什么事，他说："我甚至想到可能中国已经复辟了帝制，军代表已经当上了此地的土司。"

把这些啰唆具体、不厌其烦的做爱细节文字，正式装进交代材料这么一个特殊话语框架里，更产生了一种奇特的效果。在高压时代背景下，在群众公开窥伺中，本来当事人也不觉得好看的这些器官表现，本来为人忌讳的各种"野战"之事，现在变成了畸形压迫中仅存的自然人性，变成了苦难当中名副其实的"黄金时代"。

小说第六节，还在写交代材料。写了好几遍，终于写出陈清扬像考拉熊。"她承认她那天心情非常激动，确实像考拉熊。因为她终于有了机会，来实践她的伟大友谊。于是她腿圈住我的腰，手抓住我的肩膀，把我想象成一棵大树，几次想爬上去。"这一段是两人无数肢体运动当中最美的一个姿势。

考拉熊后，小说突然时空跳跃到90年代，两人在北京相逢。陈清扬说她离了婚，和女儿住在北京。两人一边叙旧，一边到旅馆里，又重演往事，但也不怎么动感情。

原来当年陈清扬还真想给主人公生孩子，但是他们太忙了，常常要出"斗争差"——别处开批斗会，他们作为坏分子跑去陪斗。每次斗了以后，陈清扬都要做爱。小说最后几节仍然是男女主角各种场面的运动，例如亲吻肚脐眼、射到田里作肥料等等，这都是写在交代材料里的。

"那是我的黄金时代。虽然我被人当成流氓。那也是她的黄金时代。虽然被人称作破鞋……就算是罪孽，她也不知罪在何处。……

"陈清扬说她真实的罪孽，是指在清平山上。那时她被架在我的肩上，穿着紧裹住双腿的筒裙，头发低垂下去，直到我的腰际。天上白云匆匆，深山里只有我们两个人。我刚在她屁股上打了两下，打得非常之重，火烧火燎的感觉正在飘散。打过之后我就不管别的事，继续往山上攀登。

"陈清扬说，那一刻她感到浑身无力，就瘫软下来，挂在我肩上。那一刻她觉得如春藤绕树，小鸟依人。她再也不想理会别的事，而且在那一瞬间把一切都遗忘。在那一瞬间她爱上了我，而且这件事永远不能改变。"

以性写情，以肉写灵。写到这里，性即情，肉即灵。

《黄金时代》一共有三篇，以上来自第一篇《黄金时代》。第二篇《三十而立》，相对比较沉闷一点，主要讲王二的父母，王二的青少年时代，还有其30岁时在大学教书，做老师还是玩世不恭。

举例说，写到他自己的出世："那天晚上，他们用的那个避孕套（还是日本时期的旧货，经过很多次清洗、晾干扑上滑石粉）破了，把我漏了出来。"

现代主义的三个基本问题：你是谁？你从哪里来？到哪里去？王小波回答了第二个问题。

第三篇《似水流年》，人生四十，重写"文革"。一方面把自己（王二）塑造成一个革命时代的多余人，但是和郁达夫时代的"零余者"不一样，他的"性苦闷"变成了性快乐，"生苦闷"他也无所谓。如果说王朔创造了一套玩世不恭的文风，那么王小波就是创造了一个玩世不恭的人物。王二的整个人生姿态和文笔腔调都在宣泄，宣泄那些眼界高、能力低、任性、无聊、童心不灭、拒绝成熟、不正经一代的反叛欲望。

《似水流年》还写了三个老人：有一个跳楼自杀的贺先生，有一个回国以后忍受逆境、后来得到少女爱情的李先生，还有一个装傻贪吃、善良可怜的刘老先生。在各种各样有关"文革"的文学记载当中，王小波提供了更荒唐的严肃记录，他不是愤怒控诉，而是荒诞戏谑，他不是沉痛反思，而是黑色幽默。

可以举例，管中窥豹。贺先生跳楼自杀，脑浆涂地，之后警察收尸，主人公觉得他的脑子还在地上，半夜睡不着，下楼去看，小说这么写："看到一幅景象几乎把我的苦胆吓破。只见地上星星点点，点了几十支蜡烛。蜡烛光摇摇晃晃，照着几十个粉笔圈，粉笔圈里是那些脑子，也摇摇晃晃的，好像要跑出来。在烛光一侧，蹲着一个巨大的身影……"

这其实是贺先生的长子半夜来现场祭奠一下，吓着了年轻的王二。

王二不仅写贺先生的脑子很大一部分永久地附在水泥地上——这是很英雄主义的反思，但是他又回到他习惯的腔调。他不解贺先生尸体——据说他那杆大枪又粗又长，是完全竖起来的。王二就探讨："有人认为，贺先生是直了以后跳下来的。有人认为，他是在半空中直的。还有人认为，他是脑袋撞地撞直了的。我持第二种意见。"

文字里充满暴露癖，很多年轻读者一直喜欢或者痴迷王小波的小说，面对无所不在、没完没了的虚假崇高，只好在荒诞之中寻找自由，身体力行。少壮不努力，老大徒伤悲。

没想到抵抗谎言和权力，人们唯一的精神武器，有时竟然只有身体的快乐。

王小波的小说题目《黄金时代》耐人寻味。一方面在写实意义上，要在"坏分子"交代材料中详细坦白男女私情的时间、地点、动作、细节、具体感受，证明特定时代的人最后只剩下赤裸裸的身体反抗。但在象征层面，王二的做爱方法即使在资本主义的爱情游戏规则中也是异数（小说曾写于美国匹兹堡大学）。小说中的身体行为恰恰需要"十年"的革命符号包装，才具有某种文化上的合理性甚至先锋性。在这一层意义上，"黄金时代"的说法，是否也不仅仅只是反讽？

放在文学史中看，王小波还是延续知识分子精神自省的传统，不过不是呐喊斗争，或忧郁彷徨，而是无可奈何但又清醒追求"消极自由"——我不愿献身神奇的土地，我也不怎么关心村里老乡的生活，我甚至也不怎么焦虑自己的前途理想。我无所追求，除了身体的快乐——身体的快乐不就是本我，不就是无意识，不就是快乐的源泉吗？把这种身体的快乐用检查交代的表格形式包装起来，再卑微的人欲也就关系到了天理。貌似特殊时代的"存天理灭人欲"，其实是声明：即使在这样的时代，人欲就是天理。身体快乐，成了唯一的精神武器。可以躺平，但决不认命。

"寻找油画路的时候",1988年在香北,许文友在丰沙。

1996

王安忆《长恨歌》
写女人，还是写上海？

一　写作《长恨歌》的地方

写作《长恨歌》的地方，是上海镇宁路一处破旧的公寓住宅。王安忆（1954—　），90年代曾在那里居住。当然，这"地方"，也是指《长恨歌》所书写的——上海。

按本书惯例，每一个十年，还原一位作家的某一天，依据日记、散文或者其他第一手实际材料。20年代是郁达夫《日记九种》，30年代是鲁迅去世前的情况，40年代是萧军的延安日记，50年代是巴金日记，60年代是老舍的最后一天，70年代暂缺，80年代，韩少功参加杭州会议……接着，就是90年代。

1993年我离开UCLA（即加州大学洛杉矶分校），到香港岭南大学教书。在洛杉矶时，常常就在张爱玲最后一个住所附近停车，当时并不知道。1994年夏天，我到上海镇宁路拜访王安忆。具体是哪一天，为了什么事，记不清楚了，但这次访问印象深刻。[1]那是

---

[1] 写作本文前，我还特地致电王安忆求证。她在镇宁路上住过两个地方，我去的是第一个地址。镇宁路靠近华山路一带，过去和现在都是上海的高档住宅区。但是愚园路以北的镇宁路，至少在20多年前，是一个比较普通的市民住宅区。

70年代盖的五六层的灰白水泥楼,没有电梯。她住的单位是一室半,一室就是卧室,一张大床倒是三面悬空,角落还有衣柜、书桌等,但余下的空间有限。谈话时,我们分别坐在那张大床的两边,这在一般的社交礼仪上是不大可能,也不合适。因为在作协认识很久,她也多次到过我家,所以就不拘常理了。当然,也因为在她一室半的公寓里并没有更宽敞合适的地方可坐。

讲到作家生态,其实很有必要记录作家的衣食住行,尤其是书房的情况。30年代我们回顾了鲁迅的住宅和他的经济情况;萧军在延安住的是窑洞;其他人的,就很少有细节了。90年代这一天,虽然没有日记书信,但是有第一手资料,可以让读者看到,作家在什么样的具体物质环境里展开她的文学想象。

一间卧室以外,还有半间,其实就是一个过道,放了一张餐桌,两张凳子。我和王安忆谈话时,她丈夫李章(上海文艺出版社的音乐编辑)就一直坐在外面半间的过道里,不打搅我们。

1994年秋,《长恨歌》初稿刚刚完成。第二年,王安忆搬到镇宁路的一个两居室单位,修改《长恨歌》的文稿,1996年出版。这是1949年以后最著名的一部描写大都市的文学作品,也是中国当代女性文学的代表作之一。[1]

王安忆当时的居住环境其实很典型,并不是特别困苦。那个时期,陈村、吴亮、宗福先等上海作家,家居情况大同小异。80年代中国新一代作家的生活条件,其实是不如30年代作家或者50年代的作家。那时大家有点羡慕嫉妒王安忆,因为她母亲茹志鹃是作

---

1 2000年时,上海作协邀请100位学者,投票推荐90年代最重要的10个作家、10部作品。最后公布名单是:王安忆、余华、韩少功、陈忠实、史铁生、张炜、贾平凹、张承志、莫言、余秋雨。具体排位不确定,但记得王安忆排在前面。最有影响的10部作品是:《长恨歌》《白鹿原》《马桥词典》《许三观卖血记》《九月寓言》《心灵史》《文化苦旅》《活着》《我与地坛》《务虚笔记》。在这个评选结果中女作家只有一位,写大城市的也只有《长恨歌》,但是《长恨歌》得票最多。

协副主席,王安忆发表小说有点像"文二代",好像有沾光的嫌疑。没想到多年以后,人们反过来要说茹志鹃是王安忆的母亲。

王安忆和贾平凹一样,从80年代初到现在,每个发展阶段都引领文坛潮流,或者说每隔几年都会有令人耳目一新的作品。

第一个阶段,程德培概括为"雯雯的世界"。主人公雯雯总以朦胧、美好、纯真的眼光,应对浑浊复杂的世界,有点像小说里的顾城。比如《雨,沙沙沙》,女生下了汽车碰到下雨,有个男生说"我"可以用自行车载你。女生上了自行车后座,心里一路打鼓,紧张害怕。最后到了目的地,男生什么也没说,骑车走了——女孩这时才觉得世界真美好,雨,沙沙沙。和铁凝《哦,香雪》或者贾平凹《满月儿》一样,这一代作家,因时代制约,起步都是"心灵美",然后一步步慢慢地走进司猗纹、庄之蝶和王琦瑶的复杂人生。

"一步一步"中,王安忆有三步,特别重要。

一是中篇《小鲍庄》,和韩少功《爸爸爸》并列为1985年寻根文学代表作。农村小孩在洪水中救人,朴素行为经过报纸歌颂,变成了当地乡村文明标志。小说写了仁义传统的朴素遗传,又写了仁义传统的当代异化。

二是著名的"三恋":《荒山之恋》《小城之恋》《锦绣谷之恋》。《小城之恋》写文工团里一个矮个男演员和一个高大女生的性爱肉搏过程。两个人已经眼对眼了,但表达爱意的第一句话竟然是"你对我有什么意见吗"——非常典型的"爱情失语症"。小说里男女主角躲在后台,靠着小红军音乐伴奏"炒饭"。最后女方怀孕,靠孩子才解脱情欲之困。

三是中篇《叔叔的故事》。这是作家自己在八九十年代之交,整整沉默了一年以后的创作转向。小说反省了以苦难为资本的时代文化现象。王安忆的小说在检讨反思"前三十年"时,角度明显和其他作家有些不同。

二 《长恨歌》的评论叙事体

《长恨歌》的第一章非常特别：整整22页，将近1万字，没有一个人物，没有一个情节，没有一个故事；有的全部都是对城市风景从宏观到逐步缩小的一种俯视，全部是对上海的具体而又抽象的描写。

先是从高处看里弄，然后写里弄的生态是流言，再写里弄里的少女闺阁，然后有空中鸽子的俯视，最后说这些弄堂里生活着不少"王琦瑶们"。"王琦瑶"变成了一个符号，是一个类型，一种社会生态。

第一章不仅给后来的人物戏剧圈定了一个都市空间，而且给小说情节确立了一种辩证分析的评论叙事基调。

王安忆的小说，尤其是《长恨歌》，有一种与众不同的叙述文体，和大部分同时代甚至"五四"和"十七年"小说都不大一样。这种"评论叙事文体"有三个特点：第一，主要不是通过人物对话动作叙事，也不详细描写人物外貌或心理，而是叙事者直接评论人物的状态；第二，"评论叙事文体"特别强调人物处境的矛盾；第三，"评论叙事文体"会从抽象到具象，一再重复、排比、回旋……

在《长恨歌》第一章，大段风景不是为了抒情："站一个制高点看上海，上海的弄堂是壮观的景象。它是这城市背景一样的东西。街道和楼房凸现在它之上，是一些点和线……当天黑下来，灯亮起来的时分，这些点和线都是有光的，在那光后面，大片大片的暗，便是上海的弄堂了。……上海的几点几线的光，全是叫那暗托住的，一托便是几十年。这东方巴黎的璀璨，是以那暗作底铺陈开。一铺便是几十年。"[1]

---

[1] 王安忆：《长恨歌》，1995年于《钟山》杂志连载；1996年2月，由作家出版社首次出版。本文中的小说引文，均依据人民文学出版社2014年版。

简单说就是，繁华高楼只是点线地标，背后弄堂背景才是上海底色。和张爱玲用菜场的老百姓补丁衣服来写"中国的日夜"异曲同工，都是强调小市民才是推动城市历史发展的真正动力。

王安忆喜欢重复具象来解释抽象："流言是上海弄堂的又一景观……流言是贴肤贴肉的……""在这城市的街道灯光辉煌的时候，弄堂里通常只在拐角上有一盏灯，带着最寻常的铁罩，罩上生着锈，蒙着灰尘，灯光是昏昏黄黄，下面有一些烟雾般的东西滋生和蔓延，这就是酝酿流言的时候。这是一个晦涩的时刻，有些不清不白的，却是伤人肺腑。"

以评论带动叙事，分析矛盾状态是关键。还讲流言："这真却有着假的面目；是在假里做真的，虚里做实，总有些改头换面，声东击西似的。""它是有些卑鄙的，却也是勤恳的……它虽是捣乱也是认真恳切，而不是玩世不恭……虽是无根无凭，却是有情有意。"

把两个不同概念并置，这是路翎的常用写法，"热情地、凄惶地笑"，"惊恐的娇媚"等。但王安忆不是用来形容表情动作，而是旁观一种状态。比如写弄堂里的闺阁梦："梦也是无言无语的梦……绣花绷上的针脚，书页上的字，都是细细密密，一行复一行，写的都是心事。心事也是无声无息的心事……这是万籁俱寂的夜晚里的一点活跃，活跃也是雅致的活跃，温柔似水的活跃……满满的都是等待。等待也是无名无由的等待，到头总是空的样子……"

"梦"与"无言无语"，"心事"与"无声无息"，"活跃"与"温柔似水"，"等待"与"无名无由"……都是一系列的反差矛盾，作家几乎会无限地排列下去，以证明她要写的闺阁梦的存在和不可能。

这种"评论叙事体"，在第二章以后写人物，更加凸显矛盾状态。比如，王琦瑶的照片上了杂志封面，学校里"原先并不以王琦瑶为然的人，这回服气了；倒是原先肯定王琦瑶的，现在反有些不服了，存心要唱对台戏的"。

王琦瑶最初去片厂，小说不写片厂景象，只评论说："一种是银幕上的，人所周知的电影；一种是银幕下的，流言蜚语似的明星轶事。前者是个假，却像真的；后者是个真，倒像是假的。"

　　王琦瑶在拍照，叙事者也不细描女主角容貌化妆服饰，只是辩证分析："景是假，光是假，姿势是假，照片本身说到底就是一个大假，可正因为这假，其中的人倒变成个真人了。"

　　王琦瑶和蒋丽莉都觉得自己与众不同："王琦瑶是因为经历，蒋丽莉则来源于小说，前者是成人味，后者是文艺腔，彼此都有些歪打正着，有些不对路，也自欺着挡过去了，结果殊途同归。"

　　《长恨歌》总是概括多于细描，评论多于对话。叙事者全知但不全能，无所不在永不退场但也不会高高在上摆布人物命运走向。"评论叙事体"，比较像主人公身边的闺密知己，温馨、体己，但又聪明、刻薄。有时候主人公也受了叙事声音的影响："王琦瑶很快就领会了它的真谛。她晓得晚会总是一迭声的热闹，所以要用冷清去衬托它；她晓得晚会总是灯红酒绿五光十色，便要用素净去点缀它；她还晓得晚会上的人都是热心肠，千年万代的恩情说不完，于是就用平淡中的真心去对比它……她是万紫千红中的一点芍药样的白；繁弦急管中的一曲清唱；高谈阔论里的一个无言。"

　　除了"评论多于描写"，和"分析矛盾状态"，王安忆文体的第三个特点，就是反反复复，没完没了。一个意象、一个比方、一个景物、一个心情，一两句能讲完的，必定讲七八句。说好听点，这是回旋效果："流言总是带着阴沉之气。这阴沉气有时是东西厢房的黄衣草气味，有时是樟脑丸气味，还有时是肉砧板上的气味。它不是那种板烟和雪茄的气味，也不是六六粉和敌敌畏的气味。它不是那种阳刚凛冽的气味，而是带有些阴柔委婉的，是女人家的气味。是闺阁和厨房的混淆的气味，有点脂粉香，有点油烟味，还有点汗气的。"

　　王安忆是用王蒙的排比铺陈句法写张爱玲的"流言"："夜里边，

万家万户灭了灯,有一扇门缝里露出的一线光,那就是流言;床前月亮地里的一双绣花拖鞋,也是流言;老妈子托着梳头匣子,说是梳头去,其实是传播流言去;少奶奶们洗牌的哗哗声,是流言在作响;连冬天没有人的午后,天井里一跳一跳的麻雀,都在说着鸟语的流言。"

"评论叙事体"除了排比、罗列,还会在重复中螺旋上升:"王琦瑶总是安静,以往的安静是有些不得已,如今则有希望撑腰,前后两种安静,却都是一个耐心。王琦瑶就是有耐心,她比人多出的那颗心就是耐心。耐心是百折不挠的东西,无论于得于失,都是最有用的。柔弱如王琦瑶,除了耐心还有什么可作争取的武器?无论是成是败,耐心总是没有错的,是最少牺牲的。"

"评论叙事体"的效果,有时不是为了看清事物,而是将貌似简单的女人和城市,写得更复杂更暧昧更矛盾。王琦瑶,或者说上海,到底是柔弱多情还是精明坚强?到底是功利世故还是无可救药的浪漫?

三 40年代的海上繁华

《长恨歌》的三段恋爱,其实象征三个时代。一是旧上海繁华虚荣,女主人公爱丽斯"初恋";二是50年代的日常生活,庄敬自强爱情无奈;三是80年代上海复兴,一个绝望的旧梦冒险。

小说第二章第一句:"四十年的故事都是从去片厂这一天开始的。"拍戏是上海女人的人生从真到假的一个转折,从此"梦成了真,生活成了假"。

王安忆分析sisterhood(姐妹情谊是女性主义文学批评的一个重要术语),说吴佩珍"是那类粗心的女孩子。她本应当为自己的丑自卑的,但因为家境不错,有人疼爱,养成了豁朗单纯的个性,使这自卑变成了谦虚"。"王琦瑶无须提防她有妒忌之心,也无须对她有妒忌之心,相反,她还对她怀有一些同情,因为她的丑。"王安忆并没有具体比较两个女生的容貌,也没有细写她们之间的对话,但已经评论了这对闺蜜的友谊基础。吴佩珍联络她表哥去参观片场,本是迎合王琦瑶的希望。不想王反而勉强,故意改期,弄到最后去片场好像是给了吴佩珍面子。小说评论王琦瑶的矜持是自我保护,或者是欲擒故纵。姐妹情谊里有错爱,也有心计。

在片场认识了"导演",导演觉得王琦瑶很美,就让她试镜。试镜以后,"导演在镜头里已经觉察到自己的失误,王琦瑶的美不是那种文艺性的美,她的美是有些家常的,是在客堂间里供自己人欣赏的,是过日子的情调。她不是兴风作浪的美,是拘泥不开的美。她的美里缺少点诗意,却是忠诚老实的。她的美不是戏剧性的,而是生活化,是走在马路上有人注目,照相馆橱窗里的美。"

不写眼睫毛,不写眼睛,不写表情,不写姿态,反而又是抽象评论,"文艺性的美","不是戏剧性的,而是生活化",不"兴风作浪","忠诚老实"……

这个擅长评论的"导演"后来代表左翼对王琦瑶选美提出劝告。导演本人无名无姓,幕后力量?

试镜不成,拍照却有收获。导演介绍了一个26岁的摄影师程先生,在外滩一个工作间给王琦瑶摆拍。王安忆写拍照,仍然没写眉目服装首饰形体。"程先生的眼光和导演是不同的,导演要的是性格,程先生只要美。性格是要去塑造什么,美却没有这任务。在程先生眼里,王琦瑶几乎无可挑剔,是个标准美人……"后来《上海生活》封二刊出照片:"这张照片其实是最寻常的照片,每个照相馆橱窗里都会有一张,是有些俗气的,漂亮也不是绝顶的漂亮。可这一张却有一点钻进入心里去的东西。照片里的王琦瑶只能用一个字形容,那就是乖。那乖似乎是可着人的心剪裁的,可着男人的心,也可着女人的心。"作家接下去就用一连串具象来诠释"乖"这个概念:"她的五官是乖的,她的体态是乖的,她布旗袍上的花样也是最乖的那种,细细的,一小朵一小朵,要和你做朋友的。"

王安忆不让人物自己说话,也不细写容貌、景色,而总是模棱两可地旁观评论,进一步,退半步,让读者得到充满矛盾的印象。也许写人物和景象的"矛盾",正是作家的意图——《长恨歌》获得"茅盾文学奖",特别合适。

登了封面成为"沪上淑媛"后,王琦瑶和吴佩珍的关系却不好了。这时资本家女儿蒋丽莉,接替了吴佩珍的位置。蒋丽莉动用全家(母女俩)的人力、物力帮助王琦瑶选美。明明对王琦瑶有利,蒋丽莉却更加起劲。王琦瑶接受闺蜜的热情,住进蒋家的洋房,她们常常办热闹的party。到此为止,王琦瑶的父母还没有出场,家庭背景是个空白。只有一处,说王琦瑶住在蒋家底层书房:"窗户对了花园,月影婆娑。有时她想,这月亮也和她自己家的月亮不同。她自己家的月亮是天井里的月亮,有厨房的烟熏火燎味的;这里的月亮却是小说的意境,花影藤风的。她夜里睡不着,就起来望着窗外,窗上蒙着纱窗帘。她听着静夜里的声音,这声音都是无名的,而不像她自己家的夜声,是有名有姓:谁家孩子哭,奶娘哄骂孩子的声;老鼠在地板下赛跑的声;抽水马桶的漏水声。"通过这段小女生看夜色,作家悄悄透露了女主角的家庭背景、阶级身份。

程先生追王琦瑶,蒋丽莉又追程先生,王琦瑶在三角关系中游刃有余。三个人看电影,故意让蒋坐在中间,左右传话。女主角想:"退上一万步,最后还有个程先生;万事无成,最后也还有个程先生。"十六七岁少女的这个想法,后来支撑了她半生的冒险,也危害了她一世的幸福。曾有一度,王琦瑶甚至想去撮合蒋丽莉和程先生:"有一点为日后脱身考虑,有一点为照顾蒋家母女的心情,也有一点看笑话的。她再明白不过,程先生的一颗心全在她的身上,这也是一点垫底的骄傲。"一个少女心，分了三部分，又成熟，又糊涂，又"绿茶"。王安忆插嘴说："形势是无法分析，真相也不便告诉。"叙事者有时很残酷。

选美出名后，有商场请王琦瑶当剪彩嘉宾，其实是高官李主任赞助。李主任正室在老家，北平上海各有一房妻室，但他喜欢王琦瑶，说她"娇媚做在脸上，却是坦白，率真，老实的风情"。这样的故事在20世纪中国小说里屡见不鲜：30年代，张恨水写刘将军举着存折跪求卖唱女沈凤喜；40年代，张爱玲让潮汕商人司徒协，把金刚石手镯突然套在葛薇龙手上；到了50年代，张弦笔下的女文工团员不肯马上嫁给首长……基本模式都是女的不断挣扎，最后都屈服于"金丝线"或"红丝线"，但从来没有像爱丽丝公寓这么快捷、顺利。

李主任请吃几顿饭，汽车送回家。这时王母登场。"做母亲的从早就站到窗口，望那汽车，又是盼又是怕，电话铃也是又盼又怕。"女孩子做富人小三或小四、小五，连母亲也不反对，不知是不是海上小市民社会的独特风景？李主任提出为王琦瑶租个公寓，王琦瑶的回答是：什么时候住过去？明天吗？这一来，李主任反而被动了，因为公寓其实还没租好。

蒋丽莉母亲听到流言后议论："这样出身的女孩子，不见世面还好；见过世面的就只有走这条路了。"然后小说评论："这话虽是有成见的，也有些小气量，但还是有几分道理。"叙事者有理解，有批评。

王琦瑶其实很清楚自己处境。有一次蒋丽莉到爱丽丝公寓找她——谁都知道这是交际花公寓了。王琦瑶就以蒋丽莉的母亲来打比方，因为蒋母是大奶，但是丈夫在重庆有一个二房。"你母亲是在面子上做人，做给人家看的，所谓'体面'，大概就是这个意思；而重庆的那位却是在芯子里做人，见不得人的，却是实惠。"

王琦瑶那时还不到20岁，貌似追求浪漫，内心非常实际——不知道这是不是上海的城市形象？在那个时代拐点上她／他们都是寂寞之人。爱丽丝公寓光景不长，不久李主任就死于空难，他给王琦瑶留了一盒金条，影响了女主人公后来的命运，成就另一个版本的《金锁记》。

四　50年代以后的日常生活

小说第二部没有"旧社会"那么绚丽繁华，却是《长恨歌》里最精华的部分，也是女主人公生活最平淡的一个时期。

王琦瑶先是到江南小镇避难疗伤。外婆看着受伤的外孙女："她想这孩子的头没有开好，开头错了，再拗过来，就难了。她还想，王琦瑶没开好头的缘故全在于一点，就是长得忒好了。这也是长得好的坏处。长得好其实是骗人的，又骗的不是别人，正是自己。"王安忆的笔下，外婆也懂辩证法，话糙理不糙。

小镇青年阿二，相当迷恋王琦瑶。当然只是崇拜海上繁华梦，隔着城乡界限不会有结果。回上海以后，王琦瑶住进中低档的平安里，早上听到刷马桶声，看见煤球炉升烟，竹竿交错晾衣服。作家安排前"沪上淑媛"在护士学校只学了三个月，就可以靠注射执照给人家打针自食其力了。知道是年轻寡妇，有人来介绍对象，但和一个秃顶哮喘教书先生看过一次电影后，她就放弃了。平安里也有栋洋房，资本家老婆严家师母，断定王琦瑶有些来历，于是引为知己，时常串门。小说写王琦瑶"看见她二十五岁的年纪在苍白的晨霭和昏黄的暮色里流淌"，很快从任性的少女变成了温婉的少妇。照照镜子，感觉"中间那三年的岁月是一剪子剪下"。

王琦瑶还认识了严家师母的表弟毛毛娘舅。三人一起打牌、聊天、做点心，消磨时间，典型的上海弄堂里的小资生活。毛毛娘舅是个北大毕业生，分配在甘肃，"他自然不去"——上海的市民价值观，分配到甘肃，自然不去。宁可留在上海吃父亲定息。

张爱玲笔下的人物，怎么在50年代以后的上海生活下去？看看王琦瑶、严家师母，还有毛毛娘舅："半遮了窗户，开一盏罩子灯，真有说不出的暖和亲近。这是将里里外外的温馨都收拾在这一处，这一刻；是从长逝不回头中揽住的这一情，这一景。"为了打麻将，又找来毛毛娘舅的桥牌搭子，一个高干和苏联女人生的混血儿萨沙。

《长恨歌》第二部第二章，最少故事情节，文字最细腻柔情，最有上海味道。不就是几个时代的闲人吗？这里只有王琦瑶有正当工作，每周定期在一起打牌、聚餐、点心、闲聊，小说悄悄透露一句："这是一九五七年的冬天，外面的世界正在发生大事情，和这炉边的小天地无关。"这就是《长恨歌》开篇所言，弄堂是大厦广场的底色。

在平安里的聚餐牌局活动进行很久以后——小说没有细写到底是几个月，还是几年——小说才出现了毛毛娘舅的名字，叫康明逊。

第二章为什么特别温馨？我觉得是因为这一章只写三四个人的不少琐事，作家退出来了，侧面描述，很少直接分析。分析留在潜台词里。

王琦瑶和康明逊早就各自有心，读者想想，四个小市民，一个资本家女人30多岁，一个打针护士20多岁，另外两个20多岁的"社会青年"，几个月甚至几年，都在那里打牌、聚餐，没有一点"性"的因素，怎么可能？王琦瑶和康明逊早就对上眼，但是谁都不说，边试探，边防卫，因为两人知道困难重重。

王琦瑶通过无数的生活琐事爱上了这个细心体贴的男人；康明逊则发现王琦瑶的风尘往事正符合自己的旧梦。但是他们都知道没有希望，因为康明逊的资本家家庭有非常严格的礼教秩序，不可能接受像王琦瑶这样的前国民党高官的情妇。所以最后他们点破关系，却只是互相流泪。

康明逊倒也是一开始就说清楚：我没有办法，没有办法不爱你，也没有办法娶你。王琦瑶清楚看到两人鸳梦难圆，没有将来，就抓住现在。所以还是当初进爱丽丝公寓义无反顾的王琦瑶，不过这次她更加理直气壮，因为这次是真爱。从此，"他们不再去想将来的事，将来本就是渺茫了，再怎么架得住眼前这一点一滴的侵蚀，使那实的更实，空的更空。因是没有将来，他们反而更珍惜眼前，一分钟掰开八瓣过的，短昼当作长夜过，斗转星移就是一轮回。他们也不再想夫妻名分的事，夫妻名分说到底是为了别人，他们却都是为自己……爱是自由，怨是自由，别人主宰不了。"

当然，也可以说这是自欺欺人，但是归根结底，爱情不总是有点自欺欺人的吗？王琦瑶发现自己真爱这个男人时，她怀孕了。怀孕了，康明逊还是没有办法，王琦瑶就找了萨莎顶包。这个阶段的王琦瑶是一个真正的女人，为了爱，敢做敢为。

丁玲、张爱玲的女主角，都迷恋过生理或精神上的混血儿，这种混血儿到王安忆笔下象征中苏友谊，他还以为有了艳遇，于是跑到医院，准备打胎。"王琦瑶和男人的经验虽不算少，但李主任已是久远的事情，总是来去匆忙，加上那时年轻害羞，顾不上体验的，并没留下多少印象；康明逊反而还要她教；只有这个萨莎，给了她做女人的快乐，可这快乐却是叫她恨的。"显然，描写性生活也是条理分析多于细节描述。

做手术前，王琦瑶又犹豫了。30岁的女人，什么都没有。就在这时，她重新碰到了程先生。12年前，就想程先生打底，现在真的付诸实行。这个老老实实的小职员，心甘情愿地过来照顾王琦瑶。程先生一直喜欢王琦瑶，守身如玉。这时，他们又碰到蒋丽莉。蒋丽莉参加革命，嫁给军代表，已经有三个孩子。

"上海的市民，都是把人生往小处做的。对于政治，都是边缘人。"

但有一天，蒋丽莉要填入党申请书，居然要王琦瑶做她中学时的证明人。王琦瑶生活的年代和《活着》里的福贵差不多，六个历史阶段也是一个都不少，只是她的政治分期淡淡隐在小市民的衣食住行、琐碎欲望后面，偶尔一闪一闪。王安忆写五六十年代的上海生活，小市民在弄堂里聚餐、打麻将，旧社会过来的人重新相聚等等，比她虚构想象40年代选美，以及后来批判80年代上海复兴都更加真实朴素，是《长恨歌》写得最好的部分。

王琦瑶生了个女孩，程先生接她出院。这时王母终于又出现了，炖了鸡汤，也不看小孩，静静地抹眼泪，为女儿伤心。严家师母看不懂，王琦瑶周围有康明逊、萨沙、程先生，不知道是怎么回事。骨子里，严师母有点看不起王琦瑶。康明逊来的时候，王琦瑶不让他看孩子，两个人流泪，也是蛮惨的一段。程先生无微不至的照顾让王琦瑶非常感动，她心里诧异，呆木头似的程先生其实解人很深，她就是不愿意跨出那一步。

比起几个女学生去片场做明星梦，现在的人与事都更加实在，更加无奈。前面后面都是戏，中间一段是人生——我也模拟王安忆文体。

曾经有一度，只要程先生开口，王琦瑶准备接受，他们就会在一起。可是程先生注意到了康明逊和王琦瑶的关系，知道他是小孩的父亲，他便悄悄退出，还流泪托蒋丽莉照顾王琦瑶。所以王琦瑶30多岁，身边不乏男人，但她还是一个单亲妈妈。

时间就这样过去。"当王琦瑶明白嫁人的希望不会再有的时候，这盒金条便成了她的后盾和靠山。夜深人静时，她会想念李主任……王琦瑶禁不住伤感地想：她这一辈子，要说做夫妻，就是和李主任了，不是明媒正娶，也不是天长地久，但到底是有恩又有义的。"

王安忆笔下常常出现恩义与情爱两组概念的对立。1965年，上海好像很繁荣，蒋丽莉却生了癌，还在家里看《支部生活》（极精彩的时代符号），临终还在跟王琦瑶、程先生吵闹、哭喊。然后，"一九六六年的夏天里，这城市大大小小，长长短短的弄堂，那些红瓦或者黑瓦、立有老虎天窗或者水泥晒台的屋顶，被揭开了。多少不为人知的秘密暴露在光天化日之下。……它确是有扫荡一切的气势，还有触及灵魂的特征。它穿透了这城市最隐秘的内心，从此再也无藏无躲，无遮无蔽。这些隐秘的内心，有一些就是靠了黑暗的掩护而存活着。它们虽然无人知无人晓，其实却是这城市生命的一半，甚至更多。……程先生的顶楼也被揭开了，他成了一个身怀绝技的情报特务，照相机是他的武器，那些登门求照的女人，则是他一手培养的色情间谍。这夏天，什么样的情节，都有人相信。"跳楼的时候，"没有一个人看见程先生在空中飞行的情景，他这一具空皮囊也是落地无声"，远不像王小波《黄金时代》那么戏剧性，跳楼人半空中勃起，然后脑浆涂地。

五　80年代的"旧上海梦"

小说第三部跳到"文革"之后。

女儿薇薇出生于1961年，到1976年15岁了，她没有母亲这样漂亮，听人议论，心生嫉妒。现当代文学当中，写母女冲突的，最著名的就是《小团圆》和《长恨歌》。王安忆在改编话剧《金锁记》时，索性把长白全部删除，专心只讲七巧和长安的母女斗争。《长恨歌》里的"新时期"，主要由一连串母女之间的细碎折腾构成。剪烫个头发要比较，晒个衣服要感慨，女儿穿旧旗袍，王琦瑶怅然若失，因为她看见的并非当年的自己，而是长大的薇薇。这不只是母女代沟，更是上海两个时代在对话——40年代"旧社会"与70年代"文革后"互相鄙视。

薇薇的时代，照王琦瑶看来，旧和乱还在其次，重要的是变粗鲁了。马路上一下子涌现出来那么多说脏话的人，还有随地吐痰的人……这城市变得有些暴风急雨似的，原先的优雅一扫而空。王琦瑶甚至感叹，如今满街的想穿好又没穿好的奇装异服，还不如"文化大革命"中清一色的蓝布衫，单调是单调，至少还有点朴素的文雅。

在王安忆小说里，"文革"常常不仅是灾难。

薇薇中学同学张永红，打扮时髦，家境困难。父亲修鞋，母亲是病人。张永红崇拜王琦瑶，说："薇薇姆妈，其实你是真时髦，我们是假时髦。"本来时装，旧久即新。几十年时装，王琦瑶历历在目，不思量，自难忘，所以时装也成了时代精神。从时装到男朋友，张永红和王琦瑶好像变成朋友，无话不谈。她把那些交交玩玩的男友，走马灯似的找来请王琦瑶评论。薇薇开始做电灯泡，后来自己有了男友，"王琦瑶看见小林第一面的时候，就禁不住地想：这才叫糊涂人有糊涂福呢！"潜台词里，她不大看得起自己女儿。比较之下，妈妈却是聪明人却没有聪明福。这个阶段的王琦瑶，已经从任性的姑娘、矜持的少妇变为很懂风情的老阿姨了。上海的粗俗话，"老阿姨喜欢童子鸡"，王安忆的小说也正是在往这个方向发展（甚至，作家说这个结局是整个长篇构思的起点）。

虽然知道女儿有很多弱点，有时也看不起，但到底是自己女儿，拍拖给她很多方便，悄悄维护她的幸福。小林考取大学，王琦瑶就给他一块金条去换钱，此事对女儿也是保密的。之后三个人又游杭州，一起去舞会。王琦瑶看着年轻一代热恋，心里的感受是："你们还有时间呢，像我，连时间也没了。"

母亲嫉妒女儿，是否正常或典型的女人心理？王安忆的小说，问号总是多过句号。

准备嫁妆，披纱照镜——王琦瑶在旁便暗暗惊叹，想一个相貌平平的女人，一旦做起新娘，竟会焕发出这样的光彩。作家进一步评论："这是将女人做足了的一刻，以前的日子是酝酿，然后就要结果。这一个交界点可是集精华于一身的。"同样严肃思考女性命运，铁凝《玫瑰门》贯穿残酷悲剧，王安忆《长恨歌》更多的是日常生活。

为女儿缝新婚被子，王琦瑶要求人，她说我这样的女人是不能缝那鸳鸯被的。这句话很辛酸，原罪背了半辈子。女儿结婚，父亲也没有来。婚后，小林和薇薇去了美国，养育女儿20多年，王琦瑶头发白了，现在又回到了一个人的生活。

这时，她认识了"老克腊"，一个26岁的体育老师，热爱老唱片、机械表、爵士乐、旧款咖啡壶，盲目崇拜各种昔日的殖民地文化，故名"老克腊"。"像老克腊这样的孩子，却又成了个老人，一下地就在叙旧似的。心里话都是与旧情景说的。……他就喜欢这城市的落日，落日里的街景像一幅褪了色的油画，最合乎这城市的心境。"

老克腊在一次家庭舞会上，看见屋角里坐着一个女人："白皙的皮肤，略施淡妆，穿一件丝麻的藕荷色套裙。她抱着胳膊，身体略向前倾，看着电视屏幕。窗幔有时从她裙边扫过去，也没叫她分心。当屏幕上的光陡地亮起来，便可看见她下眼睑略微下坠，这才显出了年纪。但这年纪也瞬息即过，是被悉心包藏起来，收在骨子里。是蹑着手脚走过来的岁月，唯恐留下痕迹，却还是不得已留下了。这就是一九八五年的王琦瑶。"

小说的最后部分，要写一个55岁昔日上海小姐和26岁老克腊的老少恋，这是很难写的一部分。张爱玲说，她写"《倾城之恋》里的白流苏，在我原来的想象中决不止三十岁，因为恐怕这一点不能为读者大众所接受，所以把她改成二十八岁"。[1] 王安忆对读者趣味的挑战大胆得多，当然也辛苦得多。

《长恨歌》里的老克腊象征上海怀旧热，他们的恋爱后来以悲

---

[1] 张爱玲:《我看苏青》,《天地》1945年4月第19期。引自《余韵》，台北：皇冠出版社，1987年，第95—96页。

剧收场，说明作家对上海怀旧热的保留与质疑——虽然客观上《长恨歌》也可以被视为90年代上海怀旧思潮的一个组成部分。依靠一些符号和往事的开掘，把旧上海变成光荣历史，王琦瑶的品位、风情当然是击倒了老克腊。"事情竟是有些惨烈，他这才真触及旧时光的核了，以前他都是在旧时光的皮肉里穿行。"他们一起跳慢舞，触觉、目光都能说话，此后他们渐渐相熟。老克腊对王琦瑶说，他怀疑自己其实是40年前的人，大约是死于非命，再转世投胎，前缘未尽，便旧景难忘。在时光倒流的感觉里，老克腊说："你是没有年纪的。"说是没有，其实更加强调了时间。做爱一段，写得很尴尬，老克腊浑身发烫，去抱王琦瑶，"她叹息了一声，伏在了他的胸前，而他趁势一翻身，将王琦瑶压住了。"但一夜之后，老克腊不见了。王琦瑶想什么都没发生。但过些天，他们又在一起了，一夜无声。作者说只有楼顶晒台上的鸽子，一夜闹腾。

老克腊再是崇拜40年前，心还是一颗现在的心。他去到王琦瑶处想了结，不想王琦瑶绝望地搬出了金条盒子，"只求你陪我几年"。

老克腊最后还是逃走了。这段时间，张永红和她那个冒充阔佬但其实是炒汇谋生的男友长脚也和王琦瑶他们来往。老克腊就把钥匙交给张永红，让她去归还。长脚拿了钥匙，半夜潜入了王琦瑶的家里，去寻找传说中的上海小姐的小金库，被王琦瑶发现了。

本来长脚被责骂时已想逃走，可是王琦瑶要他去派出所自首，于是他就用手掐住了王琦瑶的脖子。王琦瑶临死时，见到40年前，在电影摄影棚里看到的一个女人横陈在床上。

有的长篇精彩在于想象民国历史格局政治生态，比如《白鹿原》，有的长篇精彩在于一个人见证"前三十年"，比如《活着》，但白嘉轩和福贵作为典型人物，他们的性格在小说里基本不变。按照传统的文学理论，王琦瑶的性格不仅充满了内在矛盾，而且随着剧情和时代变化：40年代的虚荣繁华，五六十年代的困苦磨难，80年代的浪漫悲剧。至少前两个阶段，又分明在写上海：虚荣繁华点出中国资本主义的虚弱；困苦磨难象征解放后小市民上海，仍然是国家经济支柱。最后结局是经济复兴还是文化衰败？是对现代性的悲观预言，还是强调上海注定像女人一般颓废、坚强、浪漫？人们自然可有不同的解读空间。

《长恨歌》和《废都》都是当代世情小说的代表作，不过男女作家角度不同。

2006

刘慈欣《三体》
中国故事与科幻小说

刘慈欣（1963—　）长篇小说《三体》是我们"重读20世纪中国小说"之中唯一一本硬科幻小说，不仅象征着几乎空白了一个世纪的中国文学神奇魔幻传统的归来，并且在某种意义上也试图证实当代"中国故事"的"世界意义"。这种"世界意义"，又是从最中国的"文革"故事开始讲起。

我们主要是读《三体》的第一卷和第二卷。[1]《三体》三卷有不同的主人公，也有贯穿线索。在文学意义上，可以分开来读。个人觉得第二卷最出色，第一卷和20世纪小说中的"文革"叙述最有关联。

如果说梁启超的政治幻想预见了（也局限了）之后百年小说拯救中国的各种方案，刘慈欣的世纪末（新世纪初）硬科幻，是否在显示中国小说的一些新的发展可能，在物理上走向太空，在心理上走向世界？

刘慈欣《三体》在科幻文学界得到了世界级的雨果奖。奥巴马、马云等名人都非常欣赏。英文版据说文字漂亮，在美国也有不少读

---

[1] 《三体》由《三体》《三体Ⅱ·黑暗森林》《三体Ⅲ·死神永生》组成，第一部于2006年5月起在《科幻世界》杂志上连载，第二部于2008年5月首次出版，第三部于2010年11月出版。本文中的小说引文，除特别说明，均引自2008年重庆出版社版。

者。文学界、学术圈里，比较早注意到刘慈欣的是哈佛大学的王德威教授，他说："我最初知道《三体》是我学生推荐的，我看了觉得特别奇怪。我必须说他的文字是不够好的，但是你又觉得他处理人类文明的手法，诸如'三体人要来'的情节，完全不是王安忆、莫言、苏童或者阎连科可以处理的。在那个意义上，他让我吃了一惊。"[1]

相比贾平凹、王安忆、阎连科这些作家精心刻意讲究语言，《三体》的叙述语言比较文艺腔。小说第一卷中，汪淼的现在时态的叙事，叶文洁的往事回忆全知视角，还有三体游戏当中汪淼的体验，三种不同的叙事状态，使用的是同一种语言、同一种笔调。

本来，当代小说如果语言不够有特点，评论家或者要求高的读者通常就读不下去了。但刘慈欣是一个例外，他用几个精彩绝伦的细节，还有奇幻的情节框架，活生生弥补挽救了文字叙述方面的不足。

我初读《三体》时，还没进入故事，就被几个细节意象吸引。第一个是在暗室里发现照片上有数字。汪淼叫家人拍同一个相机，没有数字，可是他自己看哪里都有数字，而且是逐渐减少的数字。象征意义上，每个人都在目睹自己的人生在分分秒秒消失，在眼看死期逼近……太可怕了。后面讲到宇宙大背景上去看倒数信号，宏大遥远，反而感觉没那么强烈。所以，文学中刺激人的东西，最好是读者感官能触及的东西。

第二个印象极深的细节是脱水者。在模拟游戏中，三体人为了适应无规则的冷热生态，太热时就要全身脱水，变成一张皮，折起来存放，等气候合适，再把这些"人干"放回到湖里，就恢复成三

---

[1] 参见《界面文化》：《王德威：刘慈欣的文字不够好，但他处理人类文明的手法不是莫言可处理的》，2017年6月14日。原文网址：https://www.jiemian.com/article/1391364.html。

体人。单单为了脱水者这个场景,《三体》也应该拍成电影。听说是早有拍电影的计划,Netflix要请《权力的游戏》的主创来参与电影改编,值得期待。

第三个细节是在巴拿马运河上架起纳米线,将6万吨的第二红岸基地"审判日"号游轮在一瞬间平切成几十个薄片。

> "审判日"号开始散成四十多片薄片,每一片的厚度是半米,从这个距离看去是一片片薄板,上部的薄片前冲速度最快,与下面的逐级错开来,这艘巨轮像一叠被向前推开的扑克牌……

描述得很冷静。想象一下纳米材料,"泰坦尼克号"成了扑克牌。

一 《三体》中的"文革"叙述

《三体》第一卷分三条叙事线索。

第一条线索是物理学家汪淼旁听军事会议,认识了丁仪、魏成、申玉菲等科学家,身边有警察大史保护。读者跟随着汪淼的眼光、知识、思想,一步步知道有一个神秘的外星人文明要入侵地球了。这时小说基本上是侦探悬疑的格局。

第二条线索是汪淼认识了科学家杨冬的母亲叶文洁,当时她已经70多岁了,是老科学家。叶文洁用第三人称,分成几段回溯她的"文革"往事,有时是事后的角度。

第三条线索用了另外一种字体,汪淼在玩三体游戏。这套游戏其实是三体人的一套广告片,借用了地球上的重要人物,周文王、纣王、墨子、牛顿、秦始皇、爱因斯坦、冯·诺依曼、哥白尼、伽利略等,宣讲三体文化的来龙去脉。解释三体人生态环境困难,所以要寻找其他文明,也许要来地球。如果玩游戏的人层层深入,最后同情三体人移民愿望，那就会成为三体人在地球上的朋友。

侦探、"文革"、游戏三条线索交叉进行，其中第二部分最有中国特色。

刘慈欣生于60年代，本人是一个工程技术人员，但对政治题材一直有兴趣。他在1989年写过一部幻想2185年的长篇，讲一个年轻人潜入纪念堂，将领袖的大脑用计算机模拟再生，导致产生了一个共和国，在人类社会里只存在了几个小时，在电子空间里却有600年的历史。《三体》里的"文革"没有这么奇特的情节，基本上是已有小说桥段的综述，比较符合海内外关于"十年"本来想象——叶文洁的父亲叶哲泰也是物理学权威，接受批斗时，只因他为爱因斯坦相对论辩护，就被四个14岁女小兵打死。临死时还看到了自己妻子绍琳对他揭发批判。而叶文洁这个小女孩目睹这一切。这一章的题目叫《疯狂年代》。叶文洁后来就是地球上呼应三体人的叛军统帅。

《三体》的宇宙空间想象需要一个情节支点——向外层空间发射信号。这个疯狂情节需要一个疯狂背景，于是就安插在"文革"背景上。而且主人公想靠外力来拯救人类，这个疯狂想法的形成也需要"文革"土壤。当年的口号，正是要拯救地球、解放三分之二生活在水深火热中的世界人民。父亲去世后，叶文洁到内蒙古建设兵团，她每天看到也参与的兵团建设，其实就是破坏草原森林，让她十分不解。男生白沐霖也有同感："这是搞生产还是搞破坏？"白沐霖介绍叶文洁看一本书 *Silent Spring*（《寂静的春天》），作者是 Rachel Carson（蕾切尔·卡森）。此书白沐霖参与翻译，讲的是一些西方环保概念。38年后，在叶文洁的最后时刻，她还回忆《寂静的春天》对自己一生的影响，这时叶文洁对所有地球人的命运都有影响。

蕾切尔·卡森所描写的人类行为，比如使用杀虫剂，本来叶文洁觉得是正当的科学技术,《寂静的春天》让她看到,从整个大自然的视角看,这个行为与"文化大革命"是没有区别的,对我们的世界产生的损害同样严重。"这个行为与'文化大革命'是没有区别的",这句话要画一条重点线,这是《三体》第一卷里最重要的一句话——不仅让"文革"在《三体》科幻里承担情节支点、铺垫信仰背景,而且也使《三体》在各种各样中文"文革"叙述当中具有某种世界背景。

《三体》的写法,原是为奇幻剧情找支点,有意无意却出现了"横向联系型"叙述:把"文革"和世界其他问题联系起来。说西方科技危害大自然,与"文化大革命"是没有区别——与其说这是生产建设兵团十七八岁女战士叶文洁的远见,不如说是20世纪90年代以后刘慈欣等新一代书写的超越策略。很多看来正常甚至正义的人类行为,其实都可能是邪恶的。"再想下去,一个推论令她不寒而栗,陷入恐惧的深渊:也许,人类和邪恶的关系,就是大洋与漂浮于其上的冰山的关系,它们其实是同一种物质组成的巨大水体,冰山之所以被醒目地认出来,只是由于其形态不同而已,而它实质上只不过是这整个巨大水体中极小的一部分……人类真正的道德自觉是不可能的,就像他们不可能拔着自己的头发离开大地。要做到这一点,只有借助于人类之外的力量。这个想法最终决定了叶文洁的一生。"

《三体》第一卷将"十年"从独特的中国话题转为世界与人类的某种困境,但不是写实检讨其中的历史关系,而是借助了科幻和外星人的神奇方式。

夏志清在他的著名论文《现代中国文学感时忧国的精神》里,曾经批评中国现代作家非常感怀中国的问题——无情地刻画国内的黑暗和腐败,但并没有把国家的病态拟为现代世界的病态。"中国的作家,则视中国的困境为独特的现象,不能和他国相提并论……假使他们能独具慧眼,以无比的勇气,把中国的困塞,喻为现代人的病态，则他们的作品就更可能进入现代文学的主流。"[1]

年轻的叶文洁好像早就听到了夏志清的劝告，所以她马上把西方科技伤害大自然和中国"十年"等同起来，把中国的问题扩展为人类的问题（甚至还不仅仅是人类的问题）。夏志清的批评，其实也是我们重读20世纪中国小说过程中的一个困惑：中国作家从梁启超、鲁迅开始，到余华、阎连科，是否真的太聚焦于"中国问题"？刘慈欣现在把"艰辛探索"带向外层空间，是延续还是告别20世纪的中国梦？

叶文洁被男生白沐霖出卖，年纪轻轻被打成"现行反革命"，使她在父亲、妹妹死亡以后，进一步对社会对人性失望。因为研究太阳黑子，她被调入保密的军工项目红岸基地。基地原来是为了向外层空间发射代表中国的声音，叶文洁发现可以利用太阳信号做放大器，就擅自向外层空间发出了一条介绍地球文明的信息，于是改变了全人类的命运。

《三体》写"十年"，有两个细节比较特别。一是女主角发射信号以后，冷血谋杀了基地政委和自己的丈夫，这两人对她其实都有过帮助。第二，"十年"以后，叶文洁特地找来打死她父亲的四个女小兵，结果来了三个，她们全无忏悔之意。有的说自己的手在武斗当中被坦克压坏了，有的说是为了救生产队的羊，被洪水冲走了，她们还直接提到了《枫》，提到无谓的牺牲。总之，她们也觉得是受迫害者，早就忘了她们也迫害别人。

这场拒绝忏悔的戏，使叶文洁对世界彻底死心。其他写"十年"的小说也有写迫害者被迫害的情节，但没有《三体》写得这么直接，而且毫无罪感。可能借助时间优势，60年代以后的作家们，更清楚

---

1 夏志清：《现代中国文学感时忧国的精神》，《中国现代小说史》，台北：传记文学社，1979年，第535—536页。

看到"十年"中的受害者之前也害过人，也可能被操控或者操控别人。所以和陈忠实、莫言他们的苦苦纠缠是非善恶不同，新一代文青更超脱。小说的第二卷将大大发挥生存主题——安全是最高道德，这也给了"十年"故事一个普世的诠释角度。

小说里的象征符号有的明显，有的隐晦。等到后来三体逼近地球时，地球上就出现了不少派别：降临派、拯救派、幸存派。降临派等于革命派，要彻底打破旧世界。拯救派又想崇拜三体，又想保留地球，属于改良派。幸存派基本上贯彻余华的小说题目——"活着"就好。在《三体》里，专制政体不仅是在地球，也出现在外层空间。"对个体的尊重几乎不存在，个人不能工作就得死；三体社会处于极端的专制之中，法律只有两档：有罪和无罪，有罪处死，无罪释放。我最无法忍受的是精神生活的单一和枯竭，一切可能导致脆弱的精神都是邪恶的。我们没有文学没有艺术，没有对美的追求和享受，甚至连爱情也不能倾诉。"

三体元首有一段话，是这样的——"你向往的那种文明在三体世界也存在过，它们有过民主自由的社会，也留下了丰富的文化遗产，你能看到的只是极小一部分，大部分都被封存禁阅了。但在所有三体文明的轮回中，这类文明是最脆弱最短命的，一次不大的乱世纪灾难就足以使其灭绝。"

所以，对叶文洁来说真是反讽——她对"十年"不满，把"十年"等同于人类各种邪恶，把中国问题转成世界问题，可是她希望来拯救地球的外星文明，恰恰又是如此。

这是《三体》的真正特别之处。大部分中国小说描述这类话题，都是过去式，《三体》却可能是未来式。大部分美国电影描绘独裁政治，都是较低级星球，《三体》却想象是更高的科技文明。刘慈欣笔下的"三体"，生态恶劣，制度集权，为了生命保障，文学、艺术、爱情缺乏，言论更不自由。无所不在的权力机器，基本上就像托马斯·霍布斯在 300 多年前描写的"利维坦"[1]。而且三体科技发达到能监视所有的地球人——小说里是一种人类看不见的智子，监视着地球人的一举一动、一言一行。微信、微博、脸书、推特，甚至人们在客厅、书房、床头、枕边的谈话动作，智子全部了如指掌，全部记录在案。

这是近 20 年前的预测，还有 400 年，就要来了，和梁启超"神预言"有得一比。怎么办呢？

二　世界性灾难的中国版解决方案

从三卷本规模看，"文革"只是一个信号发射器，一个科幻故事的情节起点。第一卷引来地球灾难。第二卷才想象在人类灾难面前，世界格局将如何改组，国际秩序将怎样剧变。第二卷的叙事格局更大。先是序章，点出叶文洁告知男主角罗辑所谓宇宙社会学的基本原理——第一，生存是文明的第一需要；第二，文明不断增长和扩张，但文明中的物质总量保持不变——再加上两个重要概念，猜疑链和技术爆炸，然后小说就进入了上部《面壁者》。

如果说《三体》第一卷试图（只是试图）走出忧国忧民的"中国故事"传统，那么第二卷中的"宇宙社会学原理"就是小说与普世内涵的连接点。小说分六个叙事线索：章北海和吴岳在军舰上谈论战争胜败；阿拉斯加某军事堡垒；北京几个老人议论地球新闻；无名的破壁者和字幕对话；周文王、牛顿又在虚拟游戏当中；罗辑在酒店和临时情人约会，差点被暗杀。一时间小说令读者眼花缭乱。但接下来，叙事渐渐集中到两三条主线：一是章北海在国际合作的

---

[1] ［英］托马斯·霍布斯:《利维坦》,全名为《利维坦,或教会国家和市民国家的实质、形式、权力》,又译《巨灵》《巨灵论》,1651 年出版。

太空军中仍然强调思想工作的重要，这是革命传统；二是北京市民议论逃亡主义理论，如果让一部分人先离开，问题是不管谁先走，精英也好，富人也好，老百姓也好，只要有人走有人留，就意味着人类最基本的价值观和道德底线的崩溃！因为权利平等观念已经深入人心，生存权的不公平是最大的不公平……

罗辑莫名其妙地坐上飞机，到了联合国大会堂，成了"面壁者"。因为三体派来的智子已经了解地球上的一切，唯独不能了解人心。三体人说和想是一回事，而地球人想的和说的可以不同。所以为了计划组织400年以后的抵抗，联合国决定任命四个面壁者，这四个人拥有极大的权力和自由，各自设计保密的抗三体计划。

看到这里，不免疑问：何以是4人而非4400人？多一点人，三体不是更难追踪吗？是不是成本太高了？还有，这四个人是怎么选出来的？联合国真有这么大的权力作用吗？……总之，刘慈欣对联合国以及面对灾难的世界秩序，还是有比较美好的想象期待。

四个面壁者中，美国前防长泰勒后来的抵抗方案是要搞宏原子核聚变，导致量子化等；委内瑞拉左派总统雷迪亚兹也对核弹感兴趣；两获诺贝尔奖的英国人希恩斯，专门研究人体大脑；第四个就是中国代表罗辑。

中国读者读到这个地方，很亲切，很容易代入——假如我是罗辑，我会怎么样？先推却，推却不了就"佛系"对待，要求雪山、湖泊、森林、别墅，花几十万欧元买一点红酒，画一个图画，找一个女人，全都找到了。小说里写罗辑和美少女一起谈人生哲学，夜游卢浮宫等，属科幻文艺腔样板。

罗辑感到自己站在万仞悬崖之巅，少女的眼睛就是悬崖下广阔的深渊，深渊上覆盖着洁白的云海，但阳光从所有的方向洒下来，云海变成了绚丽的彩色，无边无际地涌动着。……他开始了向深渊的下坠，坠落的幸福在瞬间达到了痛苦的极限。蒙娜丽莎在变形，墙壁也在变形，像消融的冰。卢浮宫崩塌了，砖石在下坠的途中化为红亮的岩浆，这岩浆穿过他们的身体，竟像清泉般清凉。他们也随着卢浮宫下坠，穿过熔化的欧洲大陆，向地心坠去，穿过地心时，地球在周围爆发开来，变成宇宙间绚烂的焰火；焰火熄灭，空间在瞬间如水晶般透明，星辰用晶莹的光芒织成银色的巨毯，群星振动着，奏出华美的音乐；星海在变密，像涌起的海潮，宇宙向他们聚集坍缩……最后，一切都湮没在爱情的创世之光中。

写爱情、性欲之类，实在不是刘慈欣的特长。以前读过张贤亮的"国家地理杂志"般的床戏，这次是"天文物理"升级版。读者看不下去的时候，联合国秘书长也忍受不了了——泰勒的计划被揭破，马上自杀，另外两个面壁者也一筹莫展、陷入冬眠，联合国秘书长将罗辑的女人小孩都送去冬眠了，然后告知罗辑：为什么选你？就是因为三体要杀你。

这时，罗辑想起了他和叶文洁讨论的宇宙社会学原理。始发在中国的灾难，还得要靠中国智慧来解；被革命信号招来的外星力量，还是要用革命计谋来应对。某天晚上，他在冰面上苦苦思索"猜疑链"，脚下冰块破碎，他掉进水里。就在那死寂的冷黑之间，他看到了宇宙的真相。被救出来后，罗辑要求去更安全的地方，最好能在自己的国家内——紧要关头仍然爱国。

地球大难临头，人们常常提及中国。联合国专家会，罗辑在中国的地堡里视频参加。他的计划很简单，用现有科技通过太阳向宇宙发一份信息，锁定 50 光年外的某个行星。罗辑这个咒语据说是要 50 年甚至 100 年后才知效果，中国人的计谋当场被西方嘲笑了。

在会场的一阵静止后，美国代表首先有了动作，把手中的那三张印着黑点的纸扔到桌面上，"很好，我们终于有了一个神。"

"躲在地窖中的神。"英国代表附和道，会场上响起了一片笑声。

"更可能是位巫师。"日本代表哼了一声说，日本始终未能进入安理会，但在行星防御理事会成立时立刻被吸收进来。

"罗辑博士，仅就使计划的诡异和让人莫名其妙而言，您做到了。"俄罗斯代表伽尔宁说，他曾在罗辑成为面壁者的这五年中担任过几次PDC轮值主席。

科幻小说里边，仍有不少现实国际政治描写。

三体元首当时已经下令要再谋杀罗辑，用一种貌似感冒的生化病毒武器（又是神预言）。罗辑中招，马上冬眠。说等那颗行星毁灭时，叫醒他。

原来在叶文洁的宇宙观（及社会处境）里，所有星星（所有人）都充满了猜疑，基本上都是见光死。用霍布斯《利维坦》或者达尔文的理论来解释世界犹如"黑暗森林"，众人都可能是敌人，对反复"洗澡"的中国读者来说确实不难理解。说是理想，原来也只是因为生存恐惧——这是《三体》"中国故事"与"世界意义"的相通之处。

刘慈欣有时把三体文明写得很邪，有时又把智子写得很笨。假如智子聪明，既然地球上一切都看得透明，只要把那些国与国的交易、政治集团的秘史、商业运作的秘密、家庭内部的隐私全部公开，这地球上的国与国、阶级与阶级、民族与民族、男人与女人、好友与亲人之间，恐怕就都承受不了，现行世界文明秩序恐怕不战而溃，哪里还有中俄美英法联合抗敌，还要等400年？刘慈欣笔下的三体看似恶托邦，其实还是乌托邦。

在罗辑冬眠后，小说的主人公转到另一个中国人身上，原海军部队政委章北海，今在太空军中任要职。他的行为其实应该很有争议——用陨石的子弹暗杀航天工业主管人，目的是要推进无工质辐射推进飞船。就算目的正当，手段是否可以不拘？然后，章政委又主动向太空军司令常伟思请假。"常司令"说明在《三体》想象中，中国人在主导全球抗战格局。章北海建议说400年后，地球更需要政工干部——这真是深谋远虑。他说政委要先去冬眠，技术将来可以发展，政治思想一直是最重要的。很有远见的一个干部。

两届诺奖得主希恩斯和他的日本太太对人类大脑的计算机研究进展缓慢，却率先推出了一个成果，叫"思想钢印"。联合国当初嘲笑罗辑的美英法代表，纷纷反对思想钢印，说是思想控制。妥协之下，只允许太空军士兵和低级军官可打思想钢印，而且只能打一种，就是要坚信地球必胜，三体必败。思想钢印就是一种彻底的、不可逆转型的洗脑。

委内瑞拉总统雷迪亚兹的面壁计划更荒唐，要用多少百万当量的核弹去炸水星，让水星掉到太阳里，最后地球也毁掉——以此为赌注，和三体谈判。不仅技术上难办，他自己马上被人破壁（识破心计），被联合国判反人类罪。最后遣送回国，被委内瑞拉人民用石头砸死。

面壁人真不是好当的。

三　水滴：三体人的武器

享乐、佛系、咒语、冬眠，罗辑就这样过了差不多200年，现在三体舰队距离地球只有2.1光年了，罗辑醒来，眼前完全是未来世界。

刘慈欣的想象力不仅在于室内可以全部透明，墙壁就是显示屏，可以上网，而且房子都挂在树上，树是深植地下千米的柱子。粮食是合成的，能源是无穷的，到处是美女、机器人。到时世界语言中英对半（小说如有法译本，会不会修改呢）。国与家都在消亡当中。国的消亡有详细论述：三个太空舰队变成独立国家，原有的国家地位都削弱，不热斗，也不冷战，大家共同抗敌，真正的全球命运共同体。但是家怎么消亡，语焉不详。人类性生活方式的改变等，也无细节。罗辑还常常在思念他的年轻太太和他的孩子，多年未见。他醒来当天就有五六次几乎被暗杀，全靠老公安大史随机保护，逃过数劫。

其实这时他的面壁人资格已经没了，新时代并不相信他原来的理论，所以他已变成局外人。从地下树城回到地面，看到老北京到处黄土，他才知道地球在过去200年经过一个"大低谷"困难时期，人口曾经饿死大半。然而否极泰来，后来主张"给岁月以文明"，而不是"给文明以岁月"。于是罗辑看到了新时代。当然，新时代的一个重要基础就是地球上已有2000艘宇宙飞船严阵以待，使得人们都相信三体只有和谈的出路。

这时，前太空军政委章北海也醒过来了，被派到了一艘最大型的太空舰"自由选择"号上当执行舰长。因为所有的现任舰长是没经冬眠的新人类，思想钢印曾经出错，有一些人被错打"失败主义"和"逃亡主义"的钢印，打后钢印隐蔽，但太空军怀疑他们不可靠。章北海原是干部，就被派到舰队去审查那些掌权的舰长。原来200年以后，还是红比专更重要，可靠比才华更重要。

但是，小说好就好在，万万想不到刘慈欣给我们布了一个局，万万想不到章北海一旦获得了舰长权力，马上将最大型"自由选择"号向太空远方高速航行。这个航行，司令部称之为叛逃，他自己说是逃亡而不是叛变，他的目的是为人类的将来留些种子。

不管章北海是背叛地球还是拯救人类，总之，这么重要的国际角色又是中国军人，而且执行任务时他还念念不忘我们的传统。这可能是书写策略，毕竟小说首先要在中国出版，但也可能是基于作家的教育背景，甚至是无意识当中的信仰。

在章北海"前进四"叛逃后，小说进入了《三体》的最高潮，在倒计时、脱水者、纳米线之外，第四个也是最天才的一个文学意象，就是水滴。看过这一段描写，我忘了刘慈欣的文字，忘了宇宙社会学，忘了各种复杂难懂的科学术语、名称，甚至也暂时忘了小说里的中国梦。我只记得水滴的形状、水滴的质地、水滴的颜色，当然还有水滴的力量。

水滴是三体派出的探测器，有10个，但第1个走在最前面，长3.5米。严阵以待水滴的是2000个耀眼的太阳，每艘太空战舰都是航母的三四倍。相比之下，探测器太小了。

> 探测器呈完美的水滴形状，头部浑圆，尾部很尖，表面是极其光滑的全反射镜面，银河系在它的表面映成一片流畅的光纹，使得这滴水银看上去纯洁而唯美。当全世界第一次看到探测器的影像时，所有人都陶醉于它那绝美的外形。这东西真的是太美了，它的形状虽然简洁，但造型精妙绝伦，曲面上的每一个点都恰到好处，使这滴水银充满着飘逸的动感，仿佛每时每刻都在宇宙之夜中没有尽头地滴落着。于是很快出现了一个猜测：这东西可能根本就不是探测器……最合理的推测是：它是三体世界发往人类世界的一个信物，用其去功能化的设计和唯美的形态来表达一种善意，一种真诚的和平愿望。

三大舰队都不肯落后，这是人类文明的庄严伟大时刻。他们列成非常雄伟的一个阵势，然后派出了一支叫"螳螂"的小型无人飞船，靠近水滴。

"螳螂"上有三个军官和一个德高望重的物理学家。当然，这个物理学家也一定是中国人，他就是《三体》第一卷就登场的叶文洁的女婿——丁仪教授。他也经过了200多年的冬眠，现在才80多岁，还在北大教物理。

在地球人与三体世界第一次实体接触的历史性时刻，整个舰队的阵列像是一片沉默的远古巨石阵。舰队中的120万人屏住呼吸，注视着"螳螂"号这段短短的航程。舰队看到的图像，要经过三个小时才能以光速传回地球，传到同样屏息注视的30亿人眼中。本来最坏的打算是水滴会自毁，但是"螳螂"号接近的时候，水滴并无反应。丁仪慢慢飘浮到水滴前，把一只手放到它的表面上。他只能戴着手套触摸它，以防被绝对零度的镜面冻伤。接着，三位军官也都开始触摸水滴了。

"看上去太脆弱了，真怕把它碰坏了。"西子小声说。

他们用显微镜测试水滴光滑的表面，放大100倍以后，看到的还是光滑镜面。再放大1000倍，如果是人类制造的物质，在1000倍的放大镜下面，光滑早就变成粗糙了，可是水滴的表面还是光滑。1万倍、100万倍、1000万倍，还是光滑表面……

这时丁仪教授知道不对了。

丁仪突然说："快跑。"这两个字是低声说出的，但紧接着，他扬起双手，声嘶力竭地大喊："傻孩子们，快——跑——啊！"

但已经晚了，水滴的尾部出现了蓝色光环。考察队瞬间汽化了。舰队看到千里之外，"螳螂"号爆炸，还以为是水滴自毁。

但接下来刘慈欣所描绘的图景，全人类都没有准备。

水滴撞击了"无限边疆"号后三分之一处，并穿过了它，就像毫无阻力地穿过一个影子。由于撞击的速度极快，舰体在水滴撞进和穿出的位置只出现了两个十分规则的圆洞，其直径与水滴最粗处相当。穿过"无限边疆"号的水滴继续以约每秒三十公里的速度飞行，在三秒钟内飞过了九十公里的距离，首先穿透了矩形阵列第一列上与"无限边疆"号相邻的"远方"号，接着穿透了"雾角"号、"南极洲"号和"极限"号，它们的舰体立刻都处于红炽状态，像是舰队第一队列中按顺序亮起的一排巨灯……热核爆炸的火球在被撞击处出现，迅速扩张，整个舰队都被强光照亮，在黑天鹅绒般的太空背景上凸现出来，银河系的星海黯然失色。

……

在接下来的八秒钟内，水滴又穿透了十艘恒星级战舰。

……

水滴用了一分钟十八秒飞完了二千公里的路程，贯穿了联合舰队矩形阵列第一队列中的一百艘战舰。

刘慈欣在写这些场面的时候，大概想到了日俄战争中的远东海战，或者珍珠港奇袭、中途岛之战，人类历史上其实也有这些准备多年、毁于瞬间的场面。但这次不同，这次就是一个水滴。

目睹一百艘战舰像一挂鞭炮似的在一分钟内炸完，还是超出了人类的心理承受能力……舰队的指挥官们都处于一种震颤麻木状态中……"北方"号战舰赵鑫与"万年昆鹏"号战舰上尉李维通话。李维问：用的是什么武器？赵鑫说：我不知道……

作家特别说明："这段对话用的不是现代舰队语，而是21世纪的汉语。"紧要关头，还是说家乡话。这一大段空中海战、科技暴力的文字，充满了被虐狂与虐待狂两种心理本能的满足。据说冬眠者比新人类更快理解了地球的处境，即人类完全不是三体的对手。

20分钟后，千余艘战舰被毁，再过30分钟，经过200年建成的人类的太空武装力量全军覆没，只有"量子"号和"青铜时代"

号逃脱。其实，另外还有四艘军舰，在另一个方向逃脱，现在归之前叛逃的章北海指挥了。

四　为了生存，什么都能做吗？

现在的网络上，章北海很受青年人崇拜，他是世纪末／世纪初中国小说里最新的一个干部形象。章北海对五位舰长以及官兵列队训话，说："同志们，我们回不去了。"

对舰长和五千官兵来说，就是我们回不去地球了。但对《三体》的中国读者来说，对"同志们，我们回不去了"的感想、感受可能更复杂一些：没有听到"集结号"，回不去了？80年代回不去了？80年代之前回不去了？或者什么回不去了？……

这几千个星舰地球人自认是地球文明唯一的继承者，他们要飞向18光年外的一个行星，需要2000多年。全体星舰公民确认，我们现在是一个独立国家，要制定宪法。

这时，小说出现了关于社会制度和文明秩序的讨论。这是梁启超《新中国未来记》以来，小说家再次有机会幻想设计自己的社会形态。

有人建议说我们是军队，所以是专制社会。章北海摇头——他一个人摇头，就否定了这个社会形态。

有人说现在可以建立人类历史上第一个真正的民主社会，因为我们才几千人，什么都可以投票。章北海也不同意。

大家选这位章北海做权力委员会主席，掌握星舰地球最高权力。他又推却，说只做执行舰长，就是掌握军舰实际航行的人。

这么一个浮在真空当中的军舰社会，不久也出问题了。先是大家心理焦虑，怀念地球，然后发现前面是一条死路，燃料不够。结论非常尖锐，要么部分人死，要么全体死。

几个军舰上的舰长同时都想到了一个悲惨结论。当然，"自由选择"号，还是由章北海来动手。可是攻击其他军舰时，因为人性软弱，犹豫数秒钟，结果"蓝色空间"号消灭了其他军舰，获得了更多的燃料设备。之后，就独自航向新的行星了。

历史存亡之际，不是大团结，不是人类充满了爱，而是走到绝境还要自相残杀——《三体》不仅偏离了我们的主流叙事，也不同于大部分其他涕泪纵横的小说故事。另一方向也发生了同样冷酷的自相残杀："青铜时代"号消灭了"量子"号，携带了两个船的燃料，向另一个远方航行。

《三体》设计的关于社会模式的自由选择，用小说里（太空中）的一句北京话来说就是："黑，真他妈黑！"人类真的为了自己生存，什么都可以做吗？这就回到了小说"黑暗森林"的假设主题了。

水滴击败联合舰队后，地球陷入全盘混乱。知道逃走的星舰上地球人还要自相残杀，人类就更加陷入绝望。

第二卷中地位重要的中国人丁仪，最早触摸水滴，瞬间汽化；章北海带着一个"诺亚方舟"，结果自己也身亡；现在就只有罗辑还在，因为当年设定的咒语突然有效，那颗做实验的行星果然被毁，所以罗辑在世界末日之前，一度又被恢复了面壁者的权力。

但是水滴封锁了太阳，没法再直接发信号。罗辑就要借助一个雪地工程，悄悄布置了一系列核弹。换言之，他还是可以发射信号来暴露地球和三体的位置。所以，他最后能够和三体谈判：我不暴露你们三体，你们的水滴舰队也必须转向或者撤退。换言之，就是以恐怖平衡换取地球暂时安全。

三体效率很高，仅仅考虑了三分钟就与罗辑达成了协议。罗辑就站在叶文洁的墓地，后者是给世界带来灾难，前者拯救了世界。

必须承认，至少《三体》前两卷，和上世纪大部分中国小说很不一样。梁启超的幻想就是60年后，中国的民富国强和世界地位。

之后，几十部小说一直在描写为实现这一幻想，过程如何艰难、怎样艰辛、何等艰苦。

《三体》可以从很多不同的侧面维度去展开阅读，可以是追溯"文革"对世界的影响，可以是想象人类困境中的中国地位，也可以将社会达尔文主义发展到天文级别——生存第一，物质有限，人人是敌，恐怖平衡。

严锋说，刘慈欣是单枪匹马把中国科幻文学提升到了世界级的水平[1]；也有评论说他是中国新科幻作家中的新古典主义作家。[2]当然，作品译成各种文字以后，也会有一些完全意想不到的科幻阅读效果。比如说，日文本畅销以后，就出现了拟人化的智子形象像美少女战士，不少人最喜欢的角色是警官大史。

人们完全可以把小说里的量子幽灵、三体模式、高维宇宙、歌者文明、降维过程都看成是烧脑的哲学课，但也可以像扎克伯格那样，他说他一直在读经济学和社会学，《三体》可以让他很好地缓解阅读的疲惫。[3]

所以中外之间、雅俗之间，无论如何，这是20世纪中国小说的一次越界、一次转向。虽然转向、越界当中，中国小说一贯的焦点——中国革命的历程、中国人的世界形象，还始终存在。

100年前，梁启超的未来幻想，中国前途光明。100年后，刘慈欣的地球往事，世界前景灰暗。整整100年了，历史在进步，还是在螺旋之中上升？

---

1 严锋：《追寻"造物主的活儿"：刘慈欣的科幻世界》，《书城》2009年第2期。
2 吴岩、方晓庆：《刘慈欣与新古典主义科幻小说》，《湖南科技学院学报》2006年第2期。
3 2015年10月21日，Facebook创始人扎克伯格在其社交网络平台的个人主页上更新了一条阅读状态，"我在读刘慈欣的《三体》"，获得近30000个点赞。扎克伯格同时介绍了阅读这本书的原因："这是一本非常畅销的中国科幻小说，甚至现在好莱坞都将它作为剧本来拍摄电影。我最近一直在阅读经济学和社会学方面的书，《三体》可以让我很好地缓解阅读的疲惫，并且也不会无聊。"

纵论篇

20世纪中国小说中的人物形象及若干问题

从1902年梁启超的《新中国未来记》起,到2008年《三体》第二卷为止,我们按作品发表时序重读近百部(篇)长、中、短篇小说,大部分是中、长篇。另外还有一些章节,分别记录某个十年中一位作家的一天生活——根据日记或其他第一手材料。在阅读小说文本、重述中国故事的过程中,我们也讨论一些文艺理论、流派思潮等文学史背景。为了尽可能选择已有定评的名作,本书参考各种版本的文学史,也参照《亚洲周刊》的"20世纪中文小说100强"名单。在"100强"目录的基础上,再增加了一些"十七年"的作品,如"三红一创一歌"等,放在上世纪文学发展的过程中,这些作品有一定历史价值,不该回避。篇幅已经超额,还有很多作家作品暂时遗漏,比如林斤澜、冯骥才、苏童、毕飞宇、阿来、麦家、金宇澄、格非、李锐、严歌苓等人的作品,还有很多新人的作品,希望以后有机会补上。还有台湾、香港地区的小说,更需要专书研读。

老老实实读原作,从文本而不是从理论出发,这是本书的宗旨。下面是暂时读完近百部(篇)小说之后的一些初步感想。

一　百年中国小说中的官员形象

学界基本上有共识，现代文学最重要最成功的人物系列是知识分子和农民形象。黄子平、陈平原、钱理群在他们的合作论文《论"二十世纪中国文学"》中指出："与'改造民族的灵魂'这一总主题相联系，在20世纪中国文学中，两类形象始终受到密切的关注：农民和知识分子。在这两类形象之间，总主题得到了多种多样的变奏和展开：灵魂的沟通，灵魂的震醒，灵魂的高大与渺小，灵魂的教育与再教育的互相转化，等等。"[1]但是阅读20世纪中国文学，从胡适、鲁迅读起，还是从梁启超、李伯元读起，有很大分别。在上世纪初的晚清四大名著中，主人公并不是"士农工商"，而是各种各样的官员。官员形象虽然在"五四"以后的小说中被有意忽视，但是到当代小说又成为重要人物系列。很多作品，如果抽掉干部形象，小说结构都无法成立。所以，有必要考察官员／官场形象在20世纪小说中的发展变化（官员、官场、干部，在本文中均为中性概念）。

李伯元对晚清"官本位"现象的无差别批判，分四个层次。

第一，解析无官不贪的人性原因——贪腐是刚需。清朝后期半数官员是捐的，捐官投资，官员家庭开销，以及向上级送礼（"政治保险金"），合起来超过官俸部分，必须靠实缺贪腐。这是经济学原理。

第二，普遍贪腐必然导致教育、经贸、军事、吏治，还有救灾、慈善、外交等等官场全方位失职。而且从县市省至京城，层层贪腐，层层保护，上下价值观一致，反正"佛爷"也知道，"通天下十八省，哪来的清官？"现实当中的慈禧也没有派人到租界去抓小说家，反

---

[1] 黄子平、陈平原、钱理群:《论"二十世纪中国文学"》,《文学评论》1986年第5期，第3—14页。

而把小说当作官场反贪的线索。《官场现形记》人物太多，没有突出的文学典型。但作为群像刻画，对中国社会的理解，却为后人所不及。"五四"以后，人们以为"官本位"现象应该一去不复返了，其实中国的传统官僚制度历史悠久，也可能来日方长，中国小说在百年前就已看到，后来国人忙于追求革命和现代性，居然没有足够重视。

第三，小说为什么批判贪腐，不是因为社会成本太高，或者延误军机政事，而是官员道德堕落违反儒家基本伦理（最触目惊心的底线，是晚清官员将女儿送给上司做妾）。文学始终是人学，但晚清重视"人伦"，"五四"最关心"人生"，延安以后强调的是"人民"，80年代以后，重新回到"人生"。

第四，李伯元等人的写作动机，是真心认为中国病了，病因就在官场。官员怎样，百姓就怎样，上行下效。所以，批判拯救官场，正是拯救国家的关键。

全部晚清四大名著，还有梁启超的《新中国未来记》，主要人物都是官员，差别只是李伯元冷嘲，吴趼人热讽。《孽海花》男主角既是官员也是知识分子，状元出身的外交官。艺术价值最高的晚清小说是《老残游记》，小说中关于官场的立论也最令人注目——清官可能比贪官更坏。

20世纪中国小说中知识分子和官员、干部有一个身份转换和"互相改造"的过程，在晚清阶段（只有在晚清阶段），知识分子自以为拥有巨大精神优势，或如梁启超在体制外设计国家前途（还极为精准），或如李伯元写小说把官员当学生教训。晚清小说中的官员主角，到"五四"新文学以后，几乎忽然全部不见了——这是笔者在系统重读上世纪近百部代表作之前所没有预想到的，或者说没有足够注意的一个文学现象。

从1918年的《狂人日记》，到1943年的《小二黑结婚》，二三十年代的中国现代小说，极少以官员为主要人物。罕见的例外有1938年的《华威先生》、茅盾早期中篇《动摇》等。

为什么晚清作家认为官员是中国问题的关键，到了"五四"文学却好像被忽视了？这是一个可以从中国作家生态变化、民国出版审查制度、社会政治思潮变迁，以及现代文学本身发展规律等不同角度深入探讨的课题。

第一，鲁迅说过，"专制使人们变成冷嘲……共和使人们变成沉默"。[1] 在军阀和国府管治下，文学要批判官员（后来改称"干部"），比在租界嘲讽晚清官员技术难度更大。

第二，辛亥革命、北伐、"清党"等政局变化，让人们看到即使打倒旧官场，新官上去未见得会变好。所以，关键并不只是在官员和官场。"五四"作家不再像李伯元那样视官员和老百姓的二元对立为中国问题关键。鲁迅看到的是在传统礼教和社会秩序下，国人同时都有被人压迫和欺负别人的两重性。"大约国民如此，是决不会有好的政府的；好的政府，或者反而容易倒。也不会有好议员的；现在常有人骂议员，说他们收贿，无特操，趋炎附势，自私自利，但大多数的国民，岂非正是如此的么？这类的议员，其实确是国民的代表。"[2] "中国人向来就没有争到过'人'的价格，至多不过是奴隶……但我们自己是早已布置妥帖了，有贵贱，有大小，有上下。自己被人凌虐，但也可以凌虐别人；自己被人吃，但也可以吃别人。一级一级的制驭着，不能动弹，也不想动弹了。因为倘一动弹，虽或有利，然而也有弊。"[3] 因此，"五四"文学的重点就不再是官，也并不是民，而是官民共享的国民性。"五四"文学的确主要写知识

1　鲁迅：《小杂感》，《鲁迅全集》第3卷，北京：人民文学出版社，2005年，第554页。
2　鲁迅：《通讯》，《华盖集》，《鲁迅全集》第3卷，北京：人民文学出版社，2005年，第22—23页。
3　鲁迅：《灯下漫笔》，《鲁迅全集》第1卷，北京：人民文学出版社，2005年，第227页。

分子和农民,但放在晚清和延安的前后背景下,才能看见官员形象曾经"缺席"二三十年。

第三,民国文学"官场"缺席也可能是表象。魏连殳做过将军的秘书,"孤独者"陷入尴尬身份。"狂人"最后病愈候补实缺去了,做官等于失败堕落。茅盾《动摇》详细记录北伐前后大革命中一些干部,如何选举,怎样恋爱,也是民国官场一角。官府当然依旧迫害民众,只是作家有时不必让军阀政要直接露面(除了通俗文学需要绝对反派,《啼笑因缘》《秋海棠》才会直写军阀作恶),"五四"小说更注重写官场的帮凶爪牙,给奴才做奴才的奴才,比如《药》里的康大叔、《骆驼祥子》里的孙侦探。

直到1943年的《小二黑结婚》,官员形象才再次成为现代小说的主角。主人公名义上是小二黑、小芹,最出色的形象是三仙姑、二诸葛,但是对剧情起关键作用的是村武委会主任兴旺、村镇委员金旺、妇救会主任金旺老婆,当然,最后还有区长。

《小二黑结婚》重新接续了"官民对立"的传统小说模式,但不仅有贪官欺压民众,还有好官为民做主。官分忠良奸邪,民分先进落后,从1943年一直到70年代末,中国小说里一直贯穿这种人物四分法。区别官员善恶主要看是国是共,后来则看路线(有时也考虑是否读书)。划分群众的标准有时看年龄——年轻的先进,年老的落后;有时看经济——贫穷的先进,富裕的落后。

黑白分明、善恶对立既是通俗文学规则也是战争文化需要。虽然革命历史小说中的男主角大部分都是中青年,帅哥靓仔,英俊正气,但如果改编为舞台剧,常常要选年轻美丽的女性吴琼花、韩英、江姐等,被丑陋的老男人南霸天、彭霸天、徐鹏飞等审问迫害……

从文学角度看,晚清小说的"官员"形象,共性多个性少,除了状元官雯青与行医文侠老残。"五四"文学虽将"官场"隐于二线,魏连殳、华威先生的性格还是充满矛盾或戏剧性。50年代小说中比较知名比较感人（也比较有文学意义）的形象，大都有"干部"之心，尚无"官员"之位（如许云峰、江姐、卢嘉川等）。或者说，新的干部官员其实也是从知识分子发展来的（"士"与"仕"有历史渊源）。

如果说晚清写"官"是无差别批判，"五四"写"官"是有差别忽略，"十七年"写"官"是忠奸分明，那么第四个阶段，从《组织部来了个年轻人》开始，更准确地说是70年代末开始，官员形象不仅重新回到了中国小说的中心舞台，而且至少出现了五个类型。

第一类是许云峰、江姐等正面形象在新时期的延伸，内心品德高尚，做事也有益于社会。比如说乔厂长，《平凡的世界》当中的田福军，《芙蓉镇》里的谷燕山，这些干部都是胸怀坦荡，时刻把民众利益放在首位。组织部的林震是这类形象的先锋。毛泽东在《组织部来了个年轻人》中看到官僚主义的问题[1]，也看到了"干部"与"官员"两个概念之间的联系。当然乔厂长、田福军因为身处改革开放时代，更幸运一些，更容易得到上级的支持。比起许云峰一代英雄，他们也可以有些小缺点，比如乔厂长急急忙忙找女工程师结婚，比如田福军开会以前要抠脚，谷燕山战争当中被打成性无能等等。小缺点是为了纠正"高大全"，使英雄更有人情味。

第二类，就是反派形象——徐鹏飞、张灵甫及金旺、兴旺的继承人。这些人内心丑恶，行为害民，至少也是"精致的利己主义官"（如韩常新）。

比起50年代文学，这类形象在新时期有很多新的发展。《芙蓉镇》里的李国香是性心理不平衡，要在政治运动当中出风头。《古船》里的赵多多与赵四爷，一个粗野，一个文雅，却都是贫苦出身，

---

[1] 1957年2月27日毛泽东在最高国务会议第十一次（扩大）会上的讲话（后改为《关于正确处理人民内部矛盾的问题》）和3月12日宣传工作会议的讲话中都谈到王蒙小说发现官僚主义问题。参见黎之：《回忆与思考：1957年纪事》，《新文学史料》1999年第3期。

最后变成新恶霸——一对令人印象深刻的文学典型。《平凡的世界》里有几位在"文革"后期积极打击农民"资本主义"的干部，后来有的跟形势转向，有的像徐治功、高凤阁一直有问题，不是睡寡妇，就是搞权斗。在新的路线斗争格局下，他们属于反改革的反派人物，而且一定道德败坏。

第三类官员是"文革"后文学的新品种，在晚清、"五四"、延安和"十七年"都没出现过，却是20世纪晚期小说中最常见的干部/官员形象。通俗讲就是"好人做坏事"，分明是好官，有心为人民服务，却坏了老百姓的事情。

李顺大辛苦积累盖房材料，结果被"大跃进"折腾没了。区委书记刘清同志，一个作风正派、威信很高的领导人，特地跑来探望他，同他促膝谈心，最后把应有的赔偿给劝没了，劝得李顺大还流泪感动。另外一个吴书记，看到农民陈奂生躺在车站，身体不舒服，好心叫车把他送进县委招待所，没想到一晚上五块住宿费，陈奂生进城卖农副产品的收入去掉了大半。刘清同志、吴书记在高晓声笔下都是好人，可是做的事情分明苦了农民。

更典型的案例，当然是《活着》。农民土地入社，忙于煮钢铁，然后怎样等，都是听从队长的指挥。农民都相信队长，队长是好人，可是好人领导大家走向灾难。县长夫人生病，抽血把福贵的儿子抽死了，可是偏偏县长春生和主人公福贵又是军队战友，又是好人办了坏事。只能流泪，不能问责。只写细节，不论背景。这种好心却做坏事的传统，一直可以追溯到《白鹿原》。20年代共产党员鹿兆鹏就鼓动农民运动，结果砸了祠堂毁了乡约……

《受活》里的茅枝婆是好干部在本书中的最后一个榜样。一个老红军，几十年来领了一村的残疾人，入社、炼铁、度荒年、经"文革"，茅枝婆绝对革命道德高尚，不忘初心，可是一生做的大部分事情都害了受活庄的乡亲。所以，最后她非常后悔。

第四类官员形象是"官僚主义者",是一种从理想朝气渐渐变成世故犬儒的干部。最典型的当然是刘世吾,年轻时可能也是一个林震,多年"官场"经历,百般锤炼,成熟了,世故了,有涵养了,也变得明哲保身,事不关己,高高挂起了。

这种官僚化的过程到底是特例还是规律?王蒙提出的问题,在中篇《蝴蝶》里,还有韦君宜的长篇《洗礼》,都有更细致的探讨。总体上,作家们相信经过"文革"洗礼、忘了初心的好干部,能够在人民的感化下重新成为好战士、好官员。另一方面,作家也喜欢想象或期待干部官员的知识分子化——如果某官员爱读书,尤其是爱读文学书,通常至少曾经是个好官。

第五类官员形象特别奇葩,分明不是"好人",人格道德都有明显缺陷,却也能够为民众办实事。比如《受活》里的柳县长,追求个人崇拜,相信白猫黑猫,想做老百姓的父母官,但是实际上他的"政绩",绝术团的确帮残疾人赚了人民币。想买政治家遗体,要不是选错政治符号,如果修个伏羲或西施墓,也完全可能振兴当地经济。还有另外一个让人忘不了的官员,《白鹿原》里的白孝文,小说结尾做了新社会的县长,他将来会不会有政绩呢?还有阎连科《炸裂志》里的领导,还有余华《兄弟》里边的李光头,即使不是官员,但也很有权势。明明是个坏人,居然也能为乡亲谋福利?这又是一个严峻问号。

五种干部类型中,以第三种、第四种最有文学意义。因为中国现代文学最有成就的人物形象系列,就是农民和知识分子。第三种"好心坏事"现象,主要显示农民与官员的复杂关系;第四种关于官僚主义的反省,则是从知识分子角度思考官场的游戏规则。

二　百年中国小说中的农民形象

无论如何，农民总是中国现当代文学最重要的主角，贯穿20世纪各个历史阶段。晚清小说一般不会特别突出农民形象。《官场现形记》里从大小官员到书生、丫鬟、仆人，都在迫害与被迫害的权力关系网络中。《老残游记》写官员欺压民众，但"民众"范围里，其实有财主，也有雇工，阶级意识不强。20年代以后，小说里的农民，基本上还是很苦很愚昧的弱势群体，从麻木的闰土，到卖人奶、被抽血的《官官的补品》中的农民夫妇，从《生死场》里忙着生忙着死的东北妇女，到沈从文笔下将妻子送出来卖笑的丈夫……还有茅盾的《春蚕》、叶圣陶的《多收了三五斗》等，都是主要强调农民苦境。但也有作品描写农民不仅被欺而且欺人的两面性，所以《阿Q正传》既代表又超越那个时代的农民文学。

《小二黑结婚》以后，农民形象被分化，不是在被欺和欺人的两重性上分化，而是分化成了先进和落后。年轻的先进，父母落后；或者贫农先进，中农落后。从周立波《暴风骤雨》、赵树理《三里湾》、柳青《创业史》一直到浩然的《艳阳天》《金光大道》，农民一直都被划分成两大群体。到了70年代末，农民在小说里又从幸福翻身主体变回受欺负的苦难群体。高晓声、茹志鹃笔下，麻木善良的农民辛苦劳作几十年，在多次社会危机中，承受最实实在在的损失。李顺大、陈奂生，流着阿Q的血，延续阿Q的命，既狡黠又麻木，好像打尽小算盘，还是糊里糊涂在底层"幸福"挣扎。这些农民的命运与"好心办坏事"的干部之间，有一种互相依存的关系，被理解成官民关系的基调和主流。这种官民关系偶尔也有不和谐的时候。

比如张一弓的《犯人李铜钟的故事》写农民抢粮，和《秧歌》同一主题，迟了二十多年。但在大部分小说里，在大部分时段里，农民和干部还是可管控的矛盾关系。《平凡的世界》和《插队的故事》

里都有农民做小生意被批"走资本主义道路"。卖豆腐发财,会变成"新富农"(《芙蓉镇》)。余华的《活着》,本来主角是地主儿子,无奈太多感人细节,很苦很善良,符合一般文学对劳动人民的精神概括,于是善良的中国读者,看着看着也就忘了阶级斗争这条弦,认同了福贵似乎就代表了几十年中国农民的典型命运。

只有极少数作品,不仅写农民很苦很善良,也写他们很坏很愚昧。《白鹿原》中鹿三和他的儿子黑娃,分别代表农民的麻木、忠厚和暴力、残酷。《受活》中的农民,残疾人被人欺,圆全人也欺人。这又回到了鲁迅早分析过的底层群体,也有着两重性。

官员与农民形象在20世纪小说中的关系,简单概括,是从官府压迫到国民性同构再到合作化再到"好心办坏事"。晚清官场压迫广义的农民,包括地主和贫农。"五四"后官府主要压迫贫农,地主有时是帮凶。但农民被欺亦欺人。延安以后,农民分成先进和落后,官员必须黑白分明。好官代表并拯救人民,不认识不听从好官的,便属于另一类人。官民关系,有一个互相证明的逻辑关系。

到了80年代,农民又回到晚清和"五四"状态,整体被人欺。不过回顾历史,欺负人的官员大多数还是好人,不知怎么糊里糊涂地办了坏事。农民很苦很善良,想想终究是好官,所以也原谅。诉苦免不了,但多细节,少分析,多流泪,少问责。

在20世纪中国小说里,官民关系的演变规律,很值得深入探讨。

三 百年中国小说中的知识分子形象

知识分子当然也一直是现当代小说的主角,一来作家的身份就是知识分子,是小说的创作主体;二来大部分小说的主人公也是知识分子。

20世纪中国小说里的知识分子形象,晚清时期比较勇敢,"五四"

时代比较彷徨，50年代比较现实，最后20年比较多元。

晚清时期作家不是官场中人，除了梁启超是政治家，其他文人都躲在租界办报，也做医生、工程师、矿主，偏偏都不是官。在作品里，主人公或知识分子叙事者对儒家伦理仍然信任，对晚清政治不抱希望，觉得少年中国前途无量，小说主角或是勇敢义侠，或能凭才学考成大官。百年间，这是知识分子形象最乐观、最勇敢、自我感觉最好的一个阶段。

晚清小说作家心态与知识分子形象几乎重合，都是感时忧国，救世救人。梁启超不仅首先提出"中华民族"的概念，还大力主张"欲新一国之民，不可不先新一国之小说……"[1] 无论"新"什么，都要先"新"小说。从黄克强、李去病开始，20世纪小说中很多知识分子主角，在心态上由"士"而"仕"。《官场现形记》里读书人不多，但小说结尾作者直言，他之所以批判官场，目的是教人家怎么做官。《二十年目睹之怪现状》以书生"九死一生"为主角，"九死一生"也说要跟各种腐朽肮脏的现状做斗争（虽然实际上有很多妥协）。《孽海花》主角原型是同治七年（1868）状元，官至内阁学士。老残更是晚清知识分子忧国救世形象的典型代表。虽有高官赏识提拔，依然坚持街头行医，路见不平，看见官府执法不公，就挺身而出，像侠客一样仗义执言（当然身上带着"尚方"信件）。

总之，晚清作家感时忧国，小说主角也救世救民。感时忧国，救世救民，或是中国读书人的传统使命，鲁迅一代和梁启超、刘鹗完全一致。不同的是，梁启超、刘鹗从感时忧国出发，写出了创建国家、解救百姓的黄克强、"九死一生"、老残，写出了革命家与侠客，可是鲁迅等人也从感时忧国出发，笔下的知识分子形象却主要是病人、弱者和孤独的人。

---

1 梁启超：《论小说与群治之关系》，《新小说》创刊号，1902年11月14日。

"五四"作家和官场也有距离，主要靠写稿、办报或教书谋生，但郭沫若、茅盾、胡适都曾参与"体制"，鲁迅也是教育部官员。"五四"小说里的"士"，几乎都充满矛盾——"狂人"既大声疾呼，自己却候补做官；魏连殳能够流泪长嗥，"像一匹受伤的狼"，[1]但也会担任军阀的秘书官；《沉沦》男主角在妓寨写爱国诗；超人相信尼采又相信小花；莎菲又喜欢男色又追求革命；"财主底儿女们"在幻想里预尝着这种甜美的荒唐和悲惨……总之，这个时期的知识分子形象，一方面呐喊启蒙救世，不仅想唤醒农民也要改造官场，另一方面又怀疑悲观动摇，怀疑无力唤醒农民无法改变官场。两面作战，均无胜利希望，于是彷徨，或如路翎般激奋，或似方鸿渐般无奈。

　　整个民国时期，现代作家笔下的知识分子，基本上就是三个类型——病者、弱者、孤独者。

　　50年代，作家在生态上既是干部又是作家（文坛地位通常比官员职位更重要）。在作品人物中，知识分子也身兼干部身份。主人公的革命处境是危险的，甚至要牺牲性命；作家的写作策略却是安全的，广受欢迎。80年代以后创作的50年代故事，主要补叙知识分子当年"洗澡"过程，非常现实地配合各种程序。

　　80年代以来，理论上、技术上作家还在作协系统，属于干部体制。但实际上，作家同时要考虑读书市场。从作品人物看，这个时期知识分子形象比较复杂，兼有勇敢、侠气，更多彷徨、怀疑，无意识中亦显示安全智能。

　　《金牧场》《心灵史》的抒情男主角比较勇敢，侠客般抵抗投降；梁晓声、韩少功笔下的知青，坚守理想，对革命前景乐观。《绿化树》《男人的一半是女人》写劳改基本重复郁达夫式的情欲／思想苦闷，不同的是郁达夫曾想拯救女工，张贤亮则是被农民拯救。在技巧实

---

[1] 鲁迅：《孤独者》，《鲁迅全集》第2卷，北京：人民文学出版社，2005年，第90页。

验的小说中，怀疑是基调，知识分子或者怀疑家庭（《山上的小屋》），或者怀疑江湖（《错误》），或者怀疑究竟什么是"流氓"（《动物凶猛》《黄金时代》）。还有一些前所未见的知识分子，神奇如白鹿原上的朱先生，颓废如《废都》中的著名作家……

百年小说里的知识分子形象在"五四"前后有微妙反差。之前国家不幸，作家忧国，小说人物也像英雄如侠客；之后革命来临，作家还是忧国，可是小说里的知识分子，不是疯狂、忧郁，就是孤独。究其原因，因为科举被废，"士"实际上无法"仕"，断了读书人传统救世之路。也因为现代小说注重人物心理，可能外表看着像侠客英雄，内心恐怕也是孤独彷徨。疯狂、忧郁、孤独，这三个知识分子的类型，早就出现在鲁迅的小说里，代表人物分别是狂人、孔乙己、魏连殳。这三种知识分子形象，后来几乎贯穿中国小说百年。

鲁迅虽然自己很悲观，最后安排狂人重新做官，但是这个人物在"生病"期间的清醒、勇气、战斗精神，引导了20世纪不止一代知识分子。例如觉慧、林震、蒋纯祖，还有还没被冰心感化以前的"超人"，苦读《共产党宣言》的抱朴，《金牧场》里的"人民之子"，甚至还有《白鹿原》里，面对各种军阀政党都毫无惧色的白鹿书院的朱先生……

这帮"堂吉诃德们"天真、勇敢、执着，像狂人，呼喊"不要吃人""救救孩子"。他们都是努力在黑屋子里开窗的战士，也不管开了窗以后，能不能开得了门，也不管屋子里的人是真睡还是装睡，或者会不会责怪他们。甚至许云峰、江姐他们也属于这种救世传统，也有狂人的遗传。

这是20世纪中国小说里的第一类知识分子——"狂人"。

第二类读书人的最初代表是孔乙己，特点是身处社会底层，精神上还残留着儒家文化教育的优越感。连吃饭喝酒钱都没了，腿都被人打瘸，还扬扬得意地跟旁人说："茴"字有四种写法。这个形象让大家很难忘。

其实民国小说里,"孔乙己"并不多,说明知识分子底层经验还不多。王蒙在80年代回首审父,发现倪吾诚其实是喝洋墨水的"孔乙己"——自己陷于乱世,没法修身,更难齐家,被家中女人泼了一身的绿豆汤,却还念念不忘欧洲先进文明的种种习惯,像咒语一样,但没有人欣赏。

50年代以后的知识分子轮流"洗澡",都要在被改造和接受再教育过程中,艰难保留士大夫基因。身在底层精神优越的"孔乙己精神",于是渐渐转化演变为一种知识分子生态心态存在巨大反差的普遍情况,一直发展到人们今天说的"地命海心"。

劳改犯章永璘饿得跟狼一样,还读《资本论》,最后要到大会堂里去感谢绿化树。《古船》中的地主儿子抱朴,终年躲在小屋里研究《共产党宣言》。知青们年纪轻轻陷入沼泽地,说是为神奇的土地献身。秦书田低声下气要求从右派改为坏分子。孙少平和其他搬运工不同,因为在工地点油灯读西方小说。当年孔乙己只是一个科举制度中断以后的可怜读书人,因为小伙计的叙述角度,人人可见科举后果可怜可笑。假如孔乙己自己也从第一人称表达心志呢?会不会获得人们更多同情和共鸣?后来无论右派平反或知青下乡,共通点都是生态心态互相嘲讽,"身处低贱心比天高"确是20世纪小说中的一个知识分子"传统"。

"孤独者"是现当代小说中知识分子形象的第三个类型。这些人的内心感时忧国,但不如"狂人"般勇敢坚定,他们的社会处境也不如意,但也没有孔乙己们那么悲惨。基本上,他们的生活还在一般民众之上,他们的主要特点是内心痛苦、忧郁、矛盾、彷徨、孤独。在"狂人"战士看来,他们的忧郁多少有点自作自受;在普罗大众看来,他们的烦恼又有点矫情,自作多情;但是在这类知识分子自己心里,这种心理危机就是一切,是最真实的世界。有时这种孤独可以很深刻，比如《在酒楼上》中的吕纬甫，比如《孤独者》中的魏连殳做官也很痛苦。有时这种孤独连着身体，灵肉冲突，性苦闷，更容易得到青年人的共鸣，比如《沉沦》。

也有时是被放大夸张的孤独，袋中无钱，心头多恨，自觉是社会上的零余者、多余人，从俄国文学那里学来一些知识分子无力济世、无力救民的自责感，说明虽然无力，至少还有心。这一系列形象，包括有心无力、追求爱情的涓生，包括"承上启下"的觉新——既承受上一代重托，又理解下面弟妹反叛，也包括整天不需要操心经济人生，可以专职追求爱情，但还是孤独苦闷的莎菲女士等。

有意思的是，这类忧国忧民无力、社会地位小康、内心好像特别痛苦的知识分子形象，主要集中在20年代到40年代。50年代以后，对不起，零余者连"多余"的资格也没有了。编入了不同级别的干部队伍，要么学习狂人反抗姿态，像林震；或者像韩常新那样去努力"上进"；也可在社会底层研读《资本论》保护自己。总之忙得很，没时间孤独郁闷。所以50年代以后，中国小说里很少有多余人、零余者。

除了鲁迅小说里的狂人、孔乙己、孤独者等三种知识分子类型以外，还有第四种，鲁迅没有写，钱锺书等人补上。就是一个读书人，没有特别忧国忧民的志向，也不接受别人对他的拯救或者改造，他就在社会生存中做些无奈的选择和挣扎，人生虽然于事无补，却也于世无损。比如《白金的女体塑像》里的医生，《梅雨之夕》中为陌生女子撑伞的上海男人，还有我们熟悉的方鸿渐（《围城》）。方鸿渐就是缺乏知识分子忧国忧民传统、不会救人也不要人来救的一个知识分子。

表面看，生活颓废的庄之蝶，以性爱做精神武器的王二，好像也是方鸿渐的传人，也是拒绝救人和谢绝被救的追求消极自由的知识人形象。

简单概括,百年小说里的知识分子,晚清是侠客救世,"五四"是彷徨孤独,延安是英雄为民(不能做"多余人"),80年代后主流是"地命海心",但也有人坚持抵抗投降,也有人追求消极自由。

普遍认为现代文学最重要、最有成就的人物形象是知识分子和农民,知识分子和农民的关系便成为现代文学一条最重要的主题线索。我们重读20世纪中国小说名著,注意到官员形象也是知识分子与农民之外另一个重要的人物系列。因此在考察小说中知识分子与农民关系的同时,我们也要分别探讨知识分子与官员形象关系的历史演变规律,以及农民命运与官员/官场的互相依存的矛盾关系。

如果说,在小说中,知识分子与农民的关系,有一个"同情—启蒙—被改造—再启蒙"的发展变化过程,那么知识分子与官员形象的关系,也有一个"批判—疏离—同步—地命海心"的历史过程。从晚清知识分子批判官场教育官员,到"五四"的疏离官场(视仕途为堕落),再到50年代作家干部化(主角也大都是干部),再到80年代后知识分子想象自己与和官场关系的复杂演变:或者回顾苦难历程,生处底层仍然充满士大夫政治使命感;或者寄希望于干部官场的知识分子化;或者寻求不同的脱离政治的方法,下棋、做爱、受戒、祭祠等。

20世纪中国小说中的官员/官场与农民形象的关系,也有一个"压迫—同构—解救—好心办坏事"的历史过程。晚清是直接对立(官府压迫广义的农民)。"五四"还是官压民苦,但官员不是焦点,主要写帮凶爪牙。延安以后官场/干部分化,或者是敌人或者是救星。最吊诡的就是80年代回首,则发现"好心办坏事",有时甚至"坏官"也可能为农民谋幸福。

本来是两种人物形象系列合成一个主题线索,现在要考察三种人物形象系列,同时出现至少三条主题线索,多了很多变量,"中国故事"有些复杂。

四 百年中国小说中的工人和商人形象

和农民相比,近百年小说中写工人的佳作确实较少。现代文学史评论郁达夫《春风沉醉的晚上》是较早描写中国无产阶级的小说。20年代中期,郁达夫一边描写青楼文化,抒发性苦闷,一边又提倡无产阶级文学。他的《薄奠》也写了人力车夫。人力车夫算不算工人?虽然不是严格的产业工人,但显然也不是农民或者职员。

如此分类,祥子就是现代文学最重要的工人形象,特别是自己的生产资料早早被兵痞抢走以后。和烟厂女工彻底否定自己从业的烟厂不一样,祥子是把人生希望建筑在他的工作上。另外,《子夜》里也有一些工人群像,和工贼斗争当中有大公无私的,有投机叛变的,有贪图私利的。《淮南子·齐俗训》里说:士农工商,"农与农言力,士与士言行,工与工言巧,商与商言数"。所谓"言巧",指的是工艺、技术。在这个角度看,写工人的文学,真是老舍最实在——只有祥子,曾经全心全意地追求他的工艺技术、他的生产工具,还有他的职业道德。

到"十七年文学"里,工人阶级名正言顺成了领导阶级,但在文学史上有定评的作品,直接写工人的、以工人为主角的,仍然很少。有意思的现象是,"红色经典"里的主人公自己是干部或者农民,是职业革命者,可是他们都被安排有一个不用出场的产业工人父亲。《红旗谱》里,领导农运的教师贾湘农,祖父是农民,父亲是工人;《青春之歌》里的卢嘉川、江华,还有《红岩》里的许云峰,他们都是工人家庭出身。许云峰还是工委书记,在长江兵工总厂当过钳工。总体上,这些工人身份标志很有符号意义。

到了80年代以后,这个情况还是没有很大的改变。"重放的鲜花"《组织部来了个年轻人》要下工厂调查,改革文学《乔厂长上任记》要写工业生产,《平凡的世界》有工地搬砖、煤矿工下井等,但这些小说的主题还是农民"进城",是农民变成工人。

为什么近百年中国小说,士农工商之中,相比之下工人形象比较单薄?甚至在"文革"期间,任何大批判,批判资本主义都用无产阶级的名义,怎么就没有描写无产阶级的、有艺术价值的小说?《朝霞》上工人创作比例高了,文学意义恐怕仍然存疑。这也值得研究者思考,尤其是据说现在中国城市人口已经超过农民了,人民的主要成分已经发生变化。

中国小说的三大主角是官员、知识分子和农民,相对来说,工人和商人是"弱势群体"——不是在剧情里是弱势,而是较少有机会成为小说的主人公。如果还要再比较,商人其实比工人受到更多关注,尤其在20世纪上半叶。

"十七年文学"和"十年文学"当中,读者记得住的工人主角,不分男女,实在很少。反过来讲起商人,人们马上想起吴荪甫、赵伯韬,"财主底儿女们",还有《林家铺子》里的林老板等(不好意思,大部分就靠茅盾一个人在写)。

从研究的角度看,现当代文学怎么写商人,其实这是非常值得做的题目。

按照《淮南子》的说法,"商与商言数",晚清小说里的官员之间的来往,其实也是言政少,言数多。他们并不关心国事,整天讨价还价:这个官,多少年,值多少银子;上面来了巡视组,下面交多少钱,要交得太多,宁可坐牢去……十分精彩。现在机场等飞机,书铺大都是成功学与通俗官场小说,原来内容一直可以互通。

全面剖析商家历史处境,还是有政治经济学理论武装的茅盾。《子夜》中的商人群像,简单说有四类:一是赵伯韬买办;二是吴荪甫民族实业家;三是在这两者之间投机,又想办实业又想多赚钱的杜竹斋;第四类最惨,就是像冯云卿这种在乡下的土财主,进城经商,到处失败,最后用女儿做工具骗情报,白白赔了千金和"白银"。

晚清小说里的堕落底线，到了茅盾笔下，变成商人沉沦标志。人们一方面佩服茅盾作为小说家对于都市商界各色人物的观察兴趣，另一方面也可惜茅盾的商人分类有时候太迁就《中国社会各阶级的分析》的理论框架。相比之下，在更多激情、更少理论的路翎笔下，商人蒋捷三和他的后代是比较难以定性也比较真实的商人形象。严格来说，张爱玲笔下的男人也大都算是商人。乔琪乔和季泽是花心男，没有出息的商人。范柳原虽然跳交谊舞、背《诗经》，恋爱的基础还是有钱帮女主角订头等舱船票和浅水湾海景房。之后情人一到手，马上又要坐船去英国做生意，商人本色。最有意思的是佟振保，他的商人性格并没有表现在他怎么开厂，如何办实业，而是一发现老婆出轨，气昏了头出门，居然没讲价就上了黄包车。让一个商人气到忘了讲价的地步，想想该是多么令人激动、愤怒的事情。

50年代以后，"三红一创"里基本没有商人形象。刘思扬作为革命者，出生于有钱的家庭，但那只是背景。《青春之歌》里的林道静有同学贪图物质，下嫁权贵。但是，总体上前三十年里，公私合营，商人不见了。

80年代以后，张炜的《古船》里老隋家的两个儿子抱朴和见素，可以视为新时代商人形象的代表，而且代表两种不同的发展方向。弟弟是以恶抗恶，不择手段，反抗他的家族所蒙受的不公正的历史遭遇。所以，他拼命要抢夺家族粉丝企业，要争着承包，也要到城里去投机打拼。当然，张炜把他写成是失败者。出身更低性格比较类似的，还有《兄弟》里的李光头，在余华笔下，他非常无耻地在新时代从成功走向新的成功。

哥哥抱朴，张炜把他写成一个韬光养晦、等待时机、积蓄力量，同时又苦苦研读《共产党宣言》的人。所以，最后他发展了商业，复兴了家族，还拯救了父老乡亲。这是一个知识分子化的商人形象。放在20世纪文学背景中，《古船》颇有野心地虚构想象了中国式新时期资本主义的两种发展可能。

80年代以来，让一部分人先富起来，商人在中国改革开放当中就扮演越来越重要的社会角色。电视剧里，也有更多晋商的传统、大宅门的历史、胡雪岩的传奇等。总之，有钱人也有了光荣历史。全面回顾民国史的《白鹿原》中，白嘉轩和鹿子霖说是财主，是地方上的"族权"和"政权"的代表，但在某种程度上，他们又何尝不是善于讲数的商人？买卖土地、销售鸦片、创办学堂、建造白塔，无意有意地还培养书记、县长等家族接班人兼政治代理人。历史的经验，做生意首先要做官——晚清作家早就告诉各位。你们不听，以为时代变了？也许时代易改，中国难移。白嘉轩和鹿子霖的形象，正好补充"革命历史小说"当中有钱人形象的缺失。补得是否合适，是另外一回事。

五　百年中国小说中的女性形象

最后，在官员、士农工商之外，我们还可以讨论女性人物形象在20世纪中国小说里的变化发展。显然，这又是一个需要写很多论文甚至学术专著才能深入讨论的课题。限于篇幅，我们只能简单地回顾一下重读过程中印象比较深刻的女性形象。

《官场现形记》里的晚清社会，女人在各种官员贪污、渎职、腐败的故事里，都不缺席。有时是纯粹的牺牲品，比如船妓被控偷窃珍宝，含冤自杀。也有时是工作尽职分享好处，如山东官员到上海买外国机器，一直陪他的四马路新嫂嫂，及身旁另一少女，也在贪腐过程当中获得利益。有个江山船妓比较受宠，她并不要求多点赏钱，而是趁着官员高兴，替自己亲戚求缺，有政治眼光。

还有徐都老爷，本来比较清高，可是他太太吵着要赎当头，所以徐都老爷也只好受贿。好像官场腐败，官太太也都有责任。

女人"参政"各有奇法，官员多欢有 12 个老婆，某晚批阅官员任命档，十二姨"啪"地打在多欢手背上——说是有蚊子，其实是要阻止他批文，然后提出一个新的（自己已受贿的）人选。这种时候，女人真是"半边天"。同样的例子是姓贾的司法官，判案要听老母意见。当然，女人偶然参与分享权力运作，更多时候还是忍受屈辱。比如官太太要认上司小妾做干妈，自己却比干妈大 20 岁。冒得官的女儿被父亲拿去当礼物送给上司，等等。

总而言之，女性在晚清官场多数是被侮辱和被损害者，少数也会侮辱和损害他人。就像四马路的新嫂嫂所说："你们做官的身不由己，跟我们风月场中的女人其实是一样的。"

这个时期小说中最突出的女性形象，还是不同阶级的妓女。《孽海花》的女主角，以赛金花为原型。从船妓，变成官妾，然后出使欧洲进入上层，又出轨，又恋爱，充满反抗精神。《老残游记》里有很长一段戏，描写老残和一个县官，出于天气原因被困在黄河边上小客栈，讲述各种冤案、政事。两个男的也不会干聊，叫来两个妓女陪酒。风尘女子本是地主家千金，只因省官乱治黄河，家乡被淹，所以沦落至此。县官替翠环赎身，送给老残。老残后来把女人名字前后调整调整，"翠环"比较像丫头，"环翠"就像小姐了。

这个忧国忧民的知识分子"拯救"风尘女子的细节，其实开启了"五四"文学很多爱情故事的基本格局。"风尘女子"定义宽泛一点，《春风沉醉的晚上》《秋柳》《伤逝》《创造》《啼笑因缘》，还有《日出》《家》等，都有一个读书人企图教育、引导、感化、拯救另外一个女性。而这个女性，要么被家庭所困，要么在社会上挣扎，或者是比较"无知"（没受过教育），或者身处社会下层。这些小说，以爱情为名义，以启蒙为目的。看上去是男人拯救女人，实际上象征知识分子自以为能够拯救弱势群体社会大众。但是"五四"小说不仅幻想这种教育、拯救式的爱情，同时也反省这种教育拯救的失败或局限：涓生救不了反害了子君；郁达夫的穷书生不敢拥抱可怜纯真的烟厂女工；君实创造了妻子，反而被抛弃；觉慧也是好心害了他喜欢的丫鬟鸣凤；《啼笑因缘》里的樊家树最后也帮助不了天桥卖唱的沈凤喜。

很快，连小说中的女人们也都知道了，等待、依靠这些感时忧国的书生来拯救，是没有希望的。《日出》里陈白露对方达生说："你救不了我。"所以接下来，小说中的女主人公就必须各自奋斗，至少也走出了五种不同的人生道路。

第一类，从女性本能和生存智慧出发，与男人周旋、博弈，直面男性中心主义之惨淡人生。可以追求，可以忍耐，可以妥协，但绝不放弃女人自我。有时会成功，比如《倾城之恋》，至少争得了十年八年的岁月安稳；有时会失败，比如《第一炉香》，名为婚姻，实际是沉沦；有时人生路很长，也说不清什么是输，什么是赢，比如《长恨歌》里的女主角，少女的时候很现实，中年的时候很任性，老年了反而很浪漫，还有《玫瑰门》中的媳妇竹西,面对生病的丈夫、工人邻居大旗和知识分子叶龙北，都没有失却自己的主动权。

20世纪几位最杰出的女作家，张爱玲、王安忆，还有写王婆、金枝的萧红，都以这一类女性为主人公。

第二类，继续沿着晚清模式，写女人在男性社会的游戏当中，既被人欺，也欺负别人。有时候被欺的情况严重，有时候欺人的成分更厉害。最典型的当然就是《金锁记》里的七巧，还有《玫瑰门》里的司猗纹；《财主底儿女们》里疯狂在家族里抢钱的媳妇金素痕；还有《活动变人形》里的静珍、静宜姐妹。

这一类的形象常常很凶狠泼辣，如虎妞，设局套住男人，也死在祥子身边。但偶然也会很美很善良，比如自己是童养媳又招童养媳的萧萧，麻木忍受欺压，无意当中害人。

第三类女性形象，就是反抗社会压力，追求革命。从莎菲到林道静，从《白鹿原》里的白灵到《挣不断的红丝线》里的女主角（年轻时居然敢于拒绝跟首长的婚事,也是一种大胆反抗)。还有《创造》里超越丈夫、参加社运的娴娴,《创业史》里先进的农民改霞。当然,还有目睹丈夫头颅高挂城门,从而更坚定革命意志的江姐。这一类勇敢、反叛、追求革命的女性形象,和男性主人公当中的"狂人"系列一样,很多人后来会挫折、失败或者牺牲。娴娴和林道静暂时是胜利的,但她们的故事发展下去,结局也很难说。

第四类是女人的身体成为小说情节焦点,成为各种势力男人的战场,成为社会矛盾的集中体现。这类案例居然很多:《我在霞村的时候》的贞贞,《色,戒》的王佳芝,《白鹿原》的田小娥,《丈夫》的老七,《死水微澜》的大女主邓么姑,《红旗谱》的春兰(运涛、大贵、冯老兰都喜欢她)。再比如,《绿化树》的"美国饭店"马缨花,一个人至少跟三个男人周旋;《男人的一半是女人》的黄香久,又嫁给知识分子、劳改犯,又跟当地干部通奸,等等。

这些人物当中,贞贞、田小娥是最典型的阶级斗争战场,其他的"一女多男"关系模式,也都不仅是三角恋爱关系,都渗透有不同的政治符号。

20世纪中国小说中的第五类女性形象,读者闭起眼睛都看得到,这是人们最熟悉的"很苦很善良"系列:祥林嫂、商人妇、烟厂女工陈二妹、子君、翠翠,还有《生死场》里大部分的女人,特别是最美丽的,生病很惨的月英……

值得注意的是,这些形象大部分集中在二三十年代;之后从50到70年代,这类很苦很善良的女性形象基本不见了。到了80年代以后,又重新出现了。

80年代以后,《金牧场》里的草原母亲,《平凡的世界》里的哥哥孙少安的妻子,美丽、贤惠、能干,最后得癌症。还有白嘉轩的女人。还有中国读者最感动的《活着》里的福贵的老婆。福贵女人从老公去赌场做花花公子,到后来他变成受苦人,家里各种各样的灾难，可以说是忍受了一切的社会之苦，当时毫无怨言，事后也不后悔。女性主义文学批评完全可以说：这就是你们男人发梦，你们就希望女人永远都这样吗？

六　百年中国小说的基本模式以及历史共识与分歧

20世纪中国故事的关键词始终是革命，晚清是批判／推翻帝制，民国是国共（及中日）战争，50—70年代是"继续革命"，80年代后是改革开放。革命的关键问题始终是阶级关系的调整与变化，具体在小说里，主要就是"士""官""民"等人物形象的复杂关系及其演变。

晚清模式是"士见官欺民"："官"总是坏，不管贪官清官。"民"总受欺，无论财主或穷人。何以必须"士"见？因为晚清的"官"不会承认欺民，晚清的"民"则麻木或不敢言被欺。"士"的"见"法有二，或作为主人公（如老残），或作为小说叙事者（如李伯元）。

在"五四"小说里，"士""官""民"三种形象都比较复杂。仅以鲁迅小说论，"士"至少有四种：有战斗的狂人，有卑微的孔乙己，有《祝福》《故乡》里的"我"（因无力救"民"而内疚），还有鄙夷阿Q"奴隶性"但自己做帮凶的"长衫人物"。"民"亦可分三类：祥林嫂、闰土麻木不争；阿Q和《药》里的茶馆看客及狂人的邻居们，被人欺而且也欺人；《一件小事》车夫则体现底层尊严。"官"不再是主角，但仍然有爪牙帮凶，或是隐形背景（赵家人、财主及礼教），也是知识分子的堕落"前途"（狂人最后候补，魏连殳做将军秘书）。"士"入仕途，在民国的现实和文学中都是前景悲观。

50年代"红色经典"的最大变化是"士成新官而助民救民"。首先，大部分的知识分子都成为革命干部：贾湘农、江涛、运涛、江姐、成岗、刘思扬、林道静、卢嘉川、江华……目睹"官欺民"现实，"士"

几乎没有选择余地,除非变成叛徒(甫志高、戴瑜)。唯一的中间人物是余永泽(类似的方鸿渐、倪吾诚一度被文学忘却或抛弃)。官场"忠奸模式"与社会"官民对立"格局相结合,官分忠贞奸邪(好官大都由"士"而"仕",这个现象值得注意),民分先进落后,先进如小二黑、梁生宝等也是基层干部,落后的中农们因为联系着乡村的宗族文化和神权信仰,文学形象比较丰富。

到了80年代,"士见官欺民"模式重现。"士"和晚清一样,或是小说叙事角度(高晓声、茹志鹃),或者出场做见证(《活着》《插队的故事》)。农民回归"五四"分类,李顺大、陈奂生等是麻木受欺一群;《受活》中的"圆全人"是被欺欺人一类;孙少安兄弟等则体现底层尊严。变化最多的还是干部/官员形象。我们分析过,主流是"好心办坏事",淡化"官民对立"模式,"官"有反思和自我纠错能力,各级都有"忠奸对立"而且有转化。甚至"官场"也有新发展,比如不择手段为民谋利益的柳县长,比如饱受磨难、性格复杂、很难说善良却执掌大权的白孝文县长。最新一代的干部偶像是《三体》中的章北海,为正当目的而刺杀竞争对手,以政工干部经验设计船舰(及人类)社会模式并叛逃地球……

百年来近百部代表作,题材背景不同,人物形象各异,艺术风格多元,文体情调驳杂,但共同点很明显,都在讲述中国故事,都在思考中国命运,都在记录20世纪中国革命。夏志清批评,太关心中国问题,可能成为艺术上的局限,"Obsession with China"。[1] 大部分现当代文学史,都认为感时忧国是中国文人精神传统,是一种光荣使命。作家们觉得,其实这不是自己的有意选择,他们只能写自己认识、自己生活、自己在此生死的中国。评论家也可以说,

---

[1] 夏志清:《现代中国文学感时忧国的精神》,《中国现代小说史》,台北:传记文学社,1979年,第535—536页。

中国现象本来就有世界意义，中国问题从来就是人类问题（时间越来越证明这一点）。所以，观察上世纪近百部小说如何合作虚构同一个中国故事，是文艺社会学的结构主义分析——对同一现象，有多少种不同的艺术解读；对同一段历史，有多少种不同的文学看法。

再看小说中的一些重要事件或者历史阶段。晚清小说写清朝末年，充满怪现状，官场现形，无官不贪，混乱、肮脏、衰落的景象。"五四"小说写辛亥革命前，比如阿Q早前状况，也是穷苦被欺。大部分现代文学，即使不再直接描写晚清社会状况，也基本假定那是一个黑暗的旧时代。连并不宣传革命的《金锁记》，写1910年代旧式家庭，也是充满鸦片、小脚的腐朽气息。《死水微澜》里的清末民初社会，貌似有些社会运作规则，黑手党、官府、商人互动合作。只有到了90年代的《白鹿原》，拉开审美距离，也对比之后的革命进程，读者才看到北伐前，乡村的"族权""政权""神权"分立的格局最为完整。在沈从文的《新与旧》里，在老舍的《断魂枪》里，好像也对旧日时光颇有留恋之处。

总之，关于清末民初社会，距离越远，画面越好。

到了20年代北伐前后，《倪焕之》直接写大革命。《创造》隐喻革命方向不可阻挡。《红旗谱》里的运涛，北伐军连长，后来被"清党"入狱，表现国共分裂与30年代农村阶级斗争。最花功夫写这一个历史时期的也还是《白鹿原》，不仅展现军阀对革命军的反扑，而且暴露了农民运动的偏颇。《白鹿原》重写《红旗谱》，用文学的方法解构现代史，所以被称作"民族心灵的秘史"，作家有这样的使命感。

关于三四十年代的中国社会，各种不同流派的小说，各种不同的历史画面，有分歧，也有共识。

关于城市的共识就是很繁华很罪恶。左派的《子夜》，浓墨渲染繁华罪恶；新感觉派穆时英也概括，"上海——造在地狱上的天堂"；甚至白流苏在上海也觉得老宅很腐败沉闷，待不下去，所以要去香港冒险。

当然，再仔细阅读，30年代茅盾写黎明前的子夜，意思是这个历史阶段很快会消失，会被革命、被光明取代。但到了40年代，张爱玲、钱锺书再写这些都市男女，种种虚荣贪欲故事，好像根植于都市人性异化，并不只是时代病。所以40年代的城市故事，比30年代的左翼文学拥有更长远的文学生命，虽然实际上的社会情况比30年代更糟糕。

反而到了90年代——这中间跨度很大，因为近半个世纪，很少名著写城市——又出现了像《长恨歌》这样，对旧上海繁华的重新幻想与粉刷。也许因为到了新时代，旧上海的腐败已经尽人皆知，所以可以重新审视一番，给一个女人的感情冒险搭一个旧社会的戏台。张爱玲、钱锺书仔细拷问的虚荣与人性的问题，王安忆反而很宽容理解。

第二个分歧和共识，是怎么描写三四十年代的中国农村。共识是农民很苦，无论《柏子》《丈夫》《萧萧》《官官的补品》《生死场》等，农民都很苦，各家各派都写农民的苦。分歧是在30年代《边城》，农民苦，地主也不坏，靠阶级斗争解决不了问题。但是50年代《红旗谱》，农民苦，因为地主压迫，所以必须阶级斗争。在《生死场》里，有阶级，却不知道该怎么斗争。赵三要造反，却误打了小偷，还要财主保他出来，这个细节象征阶级斗争之难。同样的社会矛盾和复杂性，更体现在路翎的《财主底儿女们》中。

到了1950年以后，中国小说几乎都要写重大社会事件，"三红"写农村阶级斗争、国共战争还有监狱里面的信仰，符合50年代的标准，但是在60年代至70年代受到批判。

80年代至90年代很多中国小说也总要围绕重大历史事件。一是十年"文革"，有的是回顾全过程并前因后果，《芙蓉镇》《古船》《玫瑰门》《活着》《长恨歌》等。有的是放大一片段，如《晚霞消失的时候》《男人的一半是女人》《错误》《金牧场》《动物凶猛》《黄金时代》《平凡的世界》，甚至《三体》。也有的是插一笔旧事或后话，如《乔厂长上任记》《活动变人形》《白鹿原》。总之，有段时间几乎没有小说会绕过"文革"。

尽管有这么多不同的"文革"书写，但是对"文革"的基本批判却是一致的。而且不仅是"文革"，如果写到"三年自然灾害"，也是既有天灾又有人祸。如果涉及"大跃进"，一定有很大篇幅渲染煮钢铁的荒诞，大锅饭的可笑。如果回顾反右，也总是错划，而且大概率是有才华者才会被错划。

1978年以后中国小说对"文革"、自然灾害、"大跃进"及"反右"等历史事件的集体否定态度，与当年"十七年文学"的政治倾向很不一样，与后来大众媒体影视制作的意识形态管理也不完全一致。在某种意义上，中国小说在世纪末再次成为思想解放的先锋（或者至少是思想解放成果的守卫者），这也是有评论家认为小说在当代中国仍然重要的原因。

只有在一两个历史事件上，作家们的描写比较有分歧。有分歧就有不同的切入角度，也有不断的挑战，不少知名作家都"前赴后继"去试探这些有争议的历史事件，比如50年代初的"土改"。

在《创业史》里，"土改"正确，可惜不能一直斗地主，梁生宝等要靠生产互助，不让穷人再穷，富人再富。到《古船》里，开明士绅被民兵活活吓死，地主儿子后来成了小说正面人物。《活着》的男主角，赌输地产才在"土改"中逃过一劫，赌博赢的就被枪毙。《受活》就更荒唐，说受活庄每人以前都有十几亩地，居然漏了"土改"这个历史环节，没有地主，也没有贫农。后来必须补课，硬划阶级，干部冒称自己是地主以保护乡亲。还有莫言的《生死疲劳》，地主早早被枪毙，可是不断投胎，变成不同动物，让人们不得安生。

简而言之，20世纪中国小说中的重大社会事件，写晚清阶段距离越远越"美好"，写三四十年代，共识多分歧少。关于"文革""大跃进"和"反右"，至少到目前为止，还是批判为主。最多的不同探索，就是关于50年代的"土改"。在文学史研究方面，现在的学术焦点则主要有两个，一个是晚清与"五四"的关系，本书企图讨论，晚清与"五四"的关键不同就是对待"官场"的态度，这也是理解中国问题的关键；另外一个分歧的焦点就是关于"十七年文学"的问题——既是对"十七年文学"的评价问题，也是如何描写"十七年"的问题。

参考书目

第一部 ……1902—1916……

1902 梁启超《新中国未来记》——20世纪中国小说的起点

王德威：《被压抑的现代性：晚清小说新论》，台北：麦田出版社，2003年
阿英：《晚清小说史》，北京：人民文学出版社，1980年
袁进主编：《中国近代文学编年史：以文学广告为中心（1872—1914）》，北京：北京大学出版社，2013年
夏晓虹：《觉世与传世：梁启超的文学道路》，北京：中华书局，2006年
夏晓虹编：《追忆梁启超》，北京：生活·读书·新知三联书店，2009年
夏晓虹：《阅读梁启超》，北京：生活·读书·新知三联书店，2006年
梁启超著，徐俊西主编，李天纲编：《海上文学百家文库·梁启超卷》，上海：上海文艺出版社，2010年
陈伯海、袁进主编：《上海近代文学史》，上海：上海人民出版社，1993年
陈平原：《中国小说叙事模式的转变》，北京：北京大学出版社，2003年
陈平原：《左图右史与西学东渐：晚清画报研究》，香港：香港三联书店，2008年
[美] 费正清等编：《剑桥中国晚清史》，郭沂纹等译，北京：中国社会科学出版社，1985年
黄子平、陈平原、钱理群：《"二十世纪中国文学"三人谈》，北京：人民文学出版社，1988年
郑振铎编：《文学大纲》，上海：商务印书馆，1927年
蔡元培、胡适、鲁迅等：《中国新文学大系导论集》，上海：良友图书印刷公司，1940年
钱穆讲述，叶龙整理：《中国文学史》，成都：天地出版社，2018年

1903 李伯元《官场现形记》——贪腐是一种官场的"刚需"？

方正耀：《晚清小说研究》，上海：华东师范大学出版社，1991年
王德威：《被压抑的现代性：晚清小说新论》，台北：麦田出版社，2003年

李伯元：《南亭笔记》，南京：江苏古籍出版社，2000年
李伯元：《文明小史》，上海：上海古籍出版社，1982年
李伯元著，徐俊西主编，袁进编：《海上文学百家文库·李伯元卷》，上海：上海文艺出版社，2010年
阿英：《晚清小说史》，北京：人民文学出版社，1980年
胡适：《白话文学史》，北京：北京大学出版社，2014年
陈伯海、袁进主编：《上海近代文学史》，上海：上海人民出版社，1993年
陈建华：《"革命"的现代性》，上海：上海古籍出版社，2000年
康来新：《晚清小说理论研究》，台北：大安出版社，1986年
杨联芬：《晚清至"五四"：中国文学现代性的发生》，北京：北京大学出版社，2003年
鲁迅：《中国小说史略》，《鲁迅全集》第9卷，北京：人民文学出版社，2005年
［日］樽本照雄：《清末小说研究集稿》，陈薇译，济南：齐鲁书社，2006年
颜健富：《从"身体"到"世界"：晚清小说的新概念地图》，台北：台湾大学出版中心，2014年
魏绍昌编：《李伯元研究资料》，上海：上海古籍出版社，1980年
David Der Wei Wang: *A New Literary History of Modern China*, The Belknap Press of Harvard University Press, 2017

1903　吴趼人《二十年目睹之怪现状》——第一人称的出现

王德威：《被压抑的现代性：晚清小说新论》，台北：麦田出版社，2003年
王国伟：《吴趼人小说研究》，济南：齐鲁书社，2007年
任百强：《小说名家吴趼人》，广州：广东人民出版社，2006年
李楠：《晚清民国时期上海小报研究》，北京：人民文学出版社，2005年
何宏玲：《晚清上海文艺报纸与近代文学变革》，北京：人民出版社，2016年
阿英：《晚清小说史》，北京：人民文学出版社，1980年
陈伯海、袁进主编：《上海近代文学史》，上海：上海人民出版社，1993年
张中等：《李伯元·吴趼人》，沈阳：春风文艺出版社，1999年
张天星：《报刊与晚清文学现代化的发生》，江苏：凤凰出版社，2011年
魏绍昌编：《吴趼人研究资料》，上海：上海古籍出版社，1980年

1903　曾朴《孽海花》——读书人、名妓与官场

李楠：《晚清民国时期上海小报研究》，北京：人民文学出版社，2005年
阿英：《晚清小说史》，北京：人民文学出版社，1980年
冒鹤亭、陈子善编：《孽海花闲话》，北京：海豚出版社，2010年
时萌：《曾朴及虞山作家群》，上海：上海文化出版社，2001年
陈伯海、袁进主编：《上海近代文学史》，上海：上海人民出版社，1993年
张佩纶、李鸿章等：《张佩纶家藏信札》，上海：上海人民出版社，2016年
张子静、季季：《我的姊姊张爱玲》，台北：时报文化出版公司，1996年
鲁迅：《鲁迅全集》第9卷，《中国小说史略》《汉文学史纲要》，北京：人民文学出版社，1981年
燕谷老人：《续孽海花》，哈尔滨：黑龙江人民出版社，1982年

魏绍昌编：《孽海花资料》，上海：上海古籍出版社，1982年

1903　刘鹗《老残游记》——清官比贪官更可怕？

王德威：《从刘鹗到王祯和》，台北：时报文化出版企业有限公司，1986年
李欧梵：《未完成的现代性》，北京：北京大学出版社，2005年
马幼垣：《中国小说史集稿》，台北：时报文化出版企业有限公司，1983年
陈伯海、袁进主编：《上海近代文学史》，上海：上海人民出版社，1993年
［捷］普实克：《普实克中国现代文学论文集》，李燕乔等译，长沙：湖南文艺出版社，1987年
刘德隆、朱禧、刘德平：《刘鹗及〈老残游记〉资料》，成都：四川人民出版社，1985年
刘德隆：《刘鹗别传》，北京：中华工商联合出版社，2018年
蒋逸雪：《刘鹗年谱》，济南：齐鲁书社，1980年
［日］樽本照雄：《清末小说研究集稿》，陈薇译，济南：齐鲁书社，2006年
Jaroslav Průšek: *Chinese History and Literature*, Berlin: Springer-Verlag, 2011

1912　徐枕亚《玉梨魂》——20世纪的文言小说

王德威：《被压抑的现代性：晚清小说新论》，台北：麦田出版社，2003年
王小逸：《鸳鸯蝴蝶派·礼拜六小说》，沈阳：春风文艺出版社，1997年
范伯群编选：《鸳鸯蝴蝶派作品选》，北京：人民文学出版社，2011年
范伯群：《礼拜六的蝴蝶梦》，北京：人民文学出版社，1989年
范烟桥、程小青著，徐俊西主编，栾梅健编：《海上文学百家文库·范烟桥／程小青卷》，上海：上海文艺出版社，2010年
胡安定：《多重文化空间中的鸳鸯蝴蝶派研究》，北京：中华书局，2013年
徐枕亚：《雪鸿泪史》，台北：文光图书，1978年
袁进：《鸳鸯蝴蝶派》，上海：上海书店出版社，1994年
陈伯海、袁进主编：《上海近代文学史》，上海：上海人民出版社，1993年
夏志清：《夏志清论中国文学》，香港：香港中文大学出版社，2017年
鲁迅：《鲁迅全集》，第4卷《二心集》、第9卷《中国小说史略》，北京：人民文学出版社，2005年
魏绍昌编：《鸳鸯蝴蝶派研究资料》，上海：上海文艺出版社，1984年
魏绍昌：《我看鸳鸯蝴蝶派》，上海：上海书店出版社，2015年

第二部　……1917—1941……

1918　鲁迅《狂人日记》《药》《阿Q正传》——"五四"新文学，到底"新"在哪里

王德威：《被压抑的现代性：晚清小说新论》，台北：麦田出版社，2003年
王瑶：《中国新文学史稿》，一卷本，上海：新文艺出版社，1953年；上下卷，上海：上海文艺出版社，1982年

王晓明：《无法直面的人生：鲁迅传》，上海：上海文艺出版社，1993年
平心：《人民文豪鲁迅》，上海：上海文艺出版社，1981年
石一歌：《鲁迅传》，上海：上海人民出版社，1976年
［日］竹内好：《鲁迅》，李心峰译，杭州：浙江文艺出版社，1986年
［日］竹内好：《从"绝望"开始》，靳丛林译，北京：生活·读书·新知三联书店，2013年
朱栋霖、丁帆、朱晓进主编：《中国现代文学史：1917—1997》，北京：高等教育出版社，1999年
余英时：《中国思想传统及其现代变迁》，桂林：广西师范大学出版社，2014年
李欧梵：《中国现代作家的浪漫一代》，北京：新星出版社，2005年
吴福辉：《插图本中国现代文学发展史》，北京：北京大学出版社，2010年
唐弢主编：《中国现代文学史》，北京：人民文学出版社，1979年
夏志清：《中国现代小说史》，香港：香港中文大学出版社，2001年
夏济安：《黑暗的闸门：中国左翼文学运动研究》，香港：香港中文大学出版社，2016年
陈平原：《二十世纪中国小说史》第1卷，北京：北京大学出版社，1989年
许子东：《许子东现代文学课》，上海：上海三联书店，2018年
梁启超著，徐俊西主编，李天纲编：《海上文学百家文库·梁启超卷》，上海：上海文艺出版社，2010年
鲁迅：《鲁迅全集》，第1卷《呐喊》《坟》，第5卷《南腔北调集》，北京：人民文学出版社，1981年
钱理群、温儒敏、吴福辉：《中国现代文学三十年》修订本，北京：北京大学出版社，1998年
钱基博：《现代中国文学史》，上海：上海书店出版社，2005年
［德］顾彬：《20世纪中国文学史》，范劲等译，上海：华东师范大学出版社，2008年

1921　冰心《超人》、许地山《商人妇》《缀网劳蛛》——文学研究会

王盛：《许地山评传》，南京：南京出版社，1989年
王炳根：《爱是一切：冰心传》，北京：作家出版社，2016年
宋益乔：《追求终极的灵魂：许地山传》，福州：海峡文艺出版社，1989年
肖凤：《冰心传》，北京：北京十月文艺出版社，1987年
吴泰昌：《我知道的冰心》，北京：生活·读书·新知三联书店，2010年
周俟松、杜汝淼编：《许地山研究集》，南京：南京大学出版社，1989年
范伯群编：《冰心研究资料》，北京：北京出版社，1984年
夏志清：《中国现代小说史》，香港：香港中文大学出版社，2001年
许地山：《缀网劳蛛》，北京：人民文学出版社，1998年
许地山：《玉官》，北京：京华出版社，2005年
许燕吉：《我是落花生的女儿》，长沙：湖南人民出版社，2013年
许子东：《许子东现代文学课》，上海：上海三联书店，2018年
张炯、邓绍基、樊骏主编：《中华文学通史》，北京：华艺出版社，1997年
赵家璧主编：《中国新文学大系：1917—1927》，上海：良友图书印刷公司，1936年
郑振铎编：《文学大纲》，上海：商务印书馆，1927年
郑振伟：《郑振铎前期文学思想》，北京：人民文学出版社，2000年

钱理群、温儒敏、吴福辉:《中国现代文学三十年》修订本，北京：北京大学出版社，1998年
C.T.Hsia: *A History of Modern Chinese Fiction*, New Haven and London: Yale University Press, 1971

1921　郁达夫《沉沦》《茫茫夜》《秋柳》——民族·性·郁闷

［日］小田岳夫、稻叶昭二:《郁达夫传记两种》，李平等译，杭州：浙江文艺出版社，1984年
王德威:《被压抑的现代性：晚清小说新论》，台北：麦田出版社，2003年
王观泉编:《达夫书简：致王映霞》，天津：天津人民出版社，1982年
王自立、陈子善编:《郁达夫研究资料》，天津：天津人民出版社，1982年
［日］伊藤虎丸、稻叶昭二、铃木正夫编:《郁达夫资料》，东京大学东洋文化研究所附属东洋学文献センタ一刊行委员会，1969年
李杭春、陈建新、陈力君主编:《中外郁达夫研究文选》，杭州：浙江大学出版社，2006年
李欧梵:《中国现代作家的浪漫一代》，北京：新星出版社，2005年
郁云:《郁达夫传》，福州：福建人民出版社，1984年
许子东:《郁达夫新论》，杭州：浙江文艺出版社，1984年
张若英编:《中国新文学运动史资料》，上海：光明书局，1934年
邹啸编:《郁达夫论》，上海：上海书店出版社，1987年
曾华鹏、范伯群:《郁达夫评传》，天津：百花文艺出版社，1983年
赵景深:《文坛忆旧》，上海：上海书店出版社，1983年
韩邦庆:《海上花列传》，北京：人民文学出版社，1982年
饶鸿竞编:《创造社资料》，福州：福建人民出版社，1985年

1925　鲁迅《伤逝》——"五四"爱情小说模式

［日］丸尾常喜:《鲁迅》，京都：集英社，1985年
王晓明:《无法直面的人生：鲁迅传》，上海：上海文艺出版社，1993年
平心:《人民文豪鲁迅》，上海：上海文艺出版社，1981年
朱正:《鲁迅传》，香港：香港三联书店，2008年
［日］竹内好:《鲁迅》，李心峰译，杭州：浙江文艺出版社，1986年
［日］竹内好:《从"绝望"开始》，靳丛林译，北京：生活·读书·新知三联书店，2013年
孙郁:《鲁迅与周作人》，沈阳：辽宁人民出版社，2007年
许子东:《许子东现代文学课》，上海：上海三联书店，2018年
陈光中:《走读鲁迅：一代文学巨匠的十一个生命印记》，北京：中国文史出版社，2015年
钱理群:《话说周氏兄弟：北大演讲录》，济南：山东画报出版社，1999年
钱理群:《与鲁迅相遇》，北京：生活·读书·新知三联书店，2003年

生态篇　作家的一天：1927年1月14日的郁达夫日记

［日］小田岳夫、稻叶昭二:《郁达夫传记两种》，李平等译，杭州：浙江文艺出版社，1984年
王映霞:《我与郁达夫》，南宁：广西教育出版社，1992年
王映霞:《王映霞自传》，南京：江苏文艺出版社，1996年

王观泉编：《达夫书简：致王映霞》，天津：天津人民出版社，1982年
王自立、陈子善编：《郁达夫研究资料》，天津：天津人民出版社，1982年
［日］伊藤虎丸、稻叶昭二、铃木正夫编：《郁达夫资料》，东京大学东洋文化研究所附属东洋学文献センタ一刊行委员会，1969年
李杭春、陈建新、陈力君主编：《中外郁达夫研究文选》，杭州：浙江大学出版社，2006年
李欧梵：《中国现代作家的浪漫一代》，北京：新星出版社，2005年
郁达夫：《日记九种》，北京：外文出版社，2013年
郁云：《郁达夫传》，福州：福建人民出版社，1984年
许子东：《郁达夫新论》，杭州：浙江文艺出版社，1984年
张若英编：《中国新文学运动史资料》，上海：光明书局，1934年
邹啸编：《郁达夫论》，上海：上海书店出版社，1987年
曾华鹏、范伯群：《郁达夫评传》，天津：百花文艺出版社，1983年
赵景深：《文坛忆旧》，上海：上海书店出版社，1983年
饶鸿竞编：《创造社资料》，福州：福建人民出版社，1985年

1928　叶圣陶《倪焕之》——个人命运与大时代

朱泳燚：《叶圣陶的语言修改艺术》，银川：宁夏人民出版社，1982年
周龙祥、金梅编：《叶圣陶写作生涯》，天津：百花文艺出版社，1994年
金洁等：《叶圣陶：一代师表》，上海：上海教育出版社，1999年
夏志清：《中国现代小说史》，香港：香港中文大学出版社，2001年
商金林：《叶圣陶全传》，北京：人民教育出版社，2014年
叶至善：《父亲长长的一生》，南京：江苏教育出版社，2004年
叶炜：《叶圣陶家族的文脉传奇》，北京：人民出版社，2011年
刘增人、冯光廉编：《叶圣陶研究资料》，北京：北京十月文艺出版社，1988年
刘增人：《叶圣陶传》，北京：东方出版社，2009年
钱理群、温儒敏、吴福辉：《中国现代文学三十年》修订本，北京：北京大学出版社，1998年

1928　丁玲《莎菲女士的日记》——20年代的女性主义

丁玲：《梦珂》，上海：上海古籍出版社，1997年
丁玲：《丁玲自传》，南京：江苏文艺出版社，1997年
李向东、王增如：《丁玲传》，北京：中国大百科全书出版社，2015年
李向东、王增如编：《丁玲年谱长编》，天津：天津人民出版社，2006年
李辉：《沈从文与丁玲》，武汉：湖北人民出版社，2005年
沈从文：《记丁玲·记丁玲续集》，北京：人民文学出版社，2017年
孟悦、戴锦华：《浮出历史地表》，北京：北京大学出版社，2018年
［日］秋山洋子等：《探索丁玲：日本女性研究者论集》，王中忱译，台北：人间出版社，2017年
袁良骏编：《丁玲研究资料》，天津：天津人民出版社，1982年
陈漱渝：《扑火的飞蛾：丁玲传奇》，北京：中华书局，2017年
杨桂欣：《情爱丁玲》，北京：文化艺术出版社，2006年

蒋祖林、李灵源：《我的母亲丁玲》，沈阳：辽宁人民出版社，2011 年
蒋祖林：《丁玲传》，北京：人民文学出版社，2016 年

1928 批判鲁迅——为文学而革命，还是为革命而文学？

王瑶：《中国新文学史稿》，一卷本，上海：新文艺出版社，1953 年；上下卷，上海：上海文艺出版社，1982 年
朱正：《鲁迅传》，北京：人民文学出版社，2013 年
吴福辉：《插图本中国现代文学发展史》，北京：北京大学出版社，2010 年
周健强：《夏衍谈"左联"后期》，《新文学史料》1991 年第 4 期
胡适：《胡适来往书信选》，中国社会科学院近代史研究所编，北京：中华书局，1979 年
郭沫若：《斥反动文艺》，香港《大众文艺丛刊》第 1 辑，1948 年 3 月
唐弢主编：《中国现代文学史》，北京：人民文学出版社，1979 年
冯雪峰：《关于李立三约鲁迅谈话的经过》，参见朱正《鲁迅传》，香港：香港三联书店，2008 年
黄修己：《中国现代文学发展史》，北京：中国青年出版社，2008 年
阎晶明：《陈西滢评鲁迅作品》，《齐鲁晚报》2005 年 7 月 29 日
钱杏邨：《死去了的阿 Q 时代》，原载《太阳月刊》1928 年 3 月号；收入钱杏邨：《现代中国文学作家》，上海：泰东图书局，1928 年
钱理群、温儒敏、吴福辉：《中国现代文学三十年》修订本，北京：北京大学出版社，1998 年

1929 茅盾《创造》《动摇》——新女性与新官场

茅盾：《我走过的道路》，北京：人民文学出版社，1981 年
茅盾、韦韬：《茅盾回忆录》，北京：华文出版社，2013 年
韦韬、陈小曼：《我的父亲茅盾》，沈阳：辽宁人民出版社，2011 年
茅盾著，徐俊西主编，杨扬编：《海上文学百家文库·茅盾卷》，上海：上海文艺出版社，2010 年
陈建华：《革命与形式：茅盾早期小说的现代性展开》，上海：复旦大学出版社，2007 年
孙中田、查国华编：《茅盾研究资料》，北京：知识产权出版社，2010 年
庄钟庆：《茅盾的创作历程》，北京：人民文学出版社，1982 年
章骥、盛志强：《茅盾》，北京：华艺出版社，1999 年
杨扬：《转折时期的文学思想：茅盾早期文艺思想研究》，上海：华东师范大学出版社，1996 年
钟桂松：《茅盾传》，北京：东方出版社，1996 年

1930 沈从文《柏子》《萧萧》《丈夫》——乡村底层人物

王德威：《写实主义小说的虚构：茅盾·老舍·沈从文》，上海：复旦大学出版社，2011 年
朱栋霖、丁帆、朱晓进主编：《中国现代文学史：1917—1997》，北京：高等教育出版社，1999 年
沈从文：《沈从文自叙传》，太原：北岳文艺出版社，2016 年

邵华强编著：《沈从文研究资料》，北京：知识产权出版社，2011年
吴立昌：《人性的治疗者：沈从文传》，上海：上海文艺出版社，1993年
汪曾祺：《沈从文中学生文学精读》，香港：香港三联书店，1995年
[美]金介甫：《沈从文传》，符家钦译，北京：国际文化出版公司，2009年
[美]金介甫：《沈从文笔下的中国社会与文化》，虞建华、邵华强译，上海：华东师范大学出版社，1994年
[美]金介甫：《沈从文史诗》，符家钦译，台北：幼狮文化事业公司，1996年
周刚、陈思和、张新颖：《全球视野下的沈从文》，上海：上海交通大学出版社，2017年
夏志清：《中国现代小说史》，香港：香港中文大学出版社，2001年
凌宇：《沈从文传》，北京：北京十月文艺出版社，2004年
张新颖：《沈从文与二十世纪中国》，上海：复旦大学出版社，2014年
张新颖：《沈从文的后半生》，桂林：广西师范大学出版社，2014年
张新颖：《沈从文的前半生》，上海：上海三联书店，2018年
[美]埃德加·斯诺：《活的中国》，文洁若译，长沙：湖南人民出版社，1983年
刘洪涛：《沈从文小说新论》，北京：北京师范大学出版社，2005年
刘洪涛、杨瑞仁编：《沈从文研究资料》，天津：天津人民出版社，2006年
钱理群、温儒敏、吴福辉：《中国现代文学三十年》修订本，北京：北京大学出版社，1998年

1930　张恨水《啼笑因缘》——鸳鸯蝴蝶派代表作

王小逸：《鸳鸯蝴蝶派·礼拜六小说·春水微波》，沈阳：春风文艺出版社，1997年
石楠：《张恨水》，北京：作家出版社，2005年
朱周斌：《怀疑中的接受：张恨水小说中的现代日常生活》，桂林：广西师范大学出版社，2010年
范伯群编：《鸳鸯蝴蝶派作品选》，北京：人民文学出版社，2011年
范伯群：《礼拜六的蝴蝶梦》，北京：人民文学出版社，1989年
胡安定：《多重文化空间中的鸳鸯蝴蝶派研究》，北京：中华书局，2013年
徐迅：《张恨水家事》，北京：中国华侨出版社，2009年
袁进：《张恨水评传》，南京：南京大学出版社，2012年
袁进：《小说奇才张恨水》，上海：上海书店出版社，1999年
袁进：《鸳鸯蝴蝶派》，上海：上海书店出版社，1994年
张恨水：《写作生涯回忆》，南京：江苏文艺出版社，2012年
张伍：《我的父亲张恨水》，沈阳：春风文艺出版社，2002年
张恨水：《张恨水自述》，郑州：河南人民出版社，2006年
张明明：《回忆我的父亲张恨水》，天津：百花文艺出版社，1992年
张占国、魏守忠编：《张恨水研究资料》，北京：知识产权出版社，2009年
解玺璋：《张恨水传》，北京：北京十月文艺出版社，2018年
温奉桥：《现代性视野中的张恨水小说》，青岛：中国海洋大学出版社，2005年
赵孝萱：《世情小说传统的承继与转化：张恨水小说新论》，台北：台湾学术书局，2002年
闻涛：《张恨水传》，北京：团结出版社，1999年
魏绍昌编：《鸳鸯蝴蝶派研究资料》，上海：上海文艺出版社，1984年

魏绍昌:《我看鸳鸯蝴蝶派》,上海:上海书店出版社,2015 年
Perry Link : *Mandarin Ducks and Butterflies: Popular Fiction in Early Twentieth-Century Chinese Cities*, Oakland, California: University of California Press, 1981

1930　刘呐鸥《游戏》、穆时英《白金的女体塑像》《上海的狐步舞》
——十里洋场中的红男绿女

司马长风:《中国新文学史》,香港:昭明出版社,1975 年
李欧梵:《上海摩登》,北京:北京大学出版社,2001 年
金理:《从兰社到〈现代〉》,上海:东方出版中心,2006 年
梁慕灵:《视觉、性别与权力:从刘呐鸥、穆时英到张爱玲的小说想象》,台北:联经出版公司,2018 年
"中央大学"中国文学系主编:《刘呐鸥国际研讨会论文集》,台南:台湾文学馆,2005 年
陈海英:《民国浙籍作家穆时英研究》,杭州:浙江工商大学出版社,2015 年
许秦蓁:《摩登·上海·新感觉:刘呐鸥》,台北:秀威资讯科技股份有限公司,2008 年
彭小妍:《海上说情欲:从张资平到刘呐鸥》,台北:"中央研究院",2001 年
刘呐鸥:《刘呐鸥全集·日记集》,台南:台南县文化局,2001 年
钱理群、温儒敏、吴福辉:《中国现代文学三十年》修订本,北京:北京大学出版社,1998 年
钱晓波:《中日新感觉派文学的比较研究》,上海:上海交通大学出版社,2013 年
严家炎:《中国现代小说流派史》,北京:人民文学出版社,1989 年
严家炎、吴福辉:《都市漩流中的海派小说》,长沙:湖南教育出版社,1995 年
严家炎:《〈风雨文丛 12 种〉:"五四"的误读》,福州:福建教育出版社,2000 年
严家炎:《考辨与析疑:"五四"文学十四讲》,青岛:中国海洋大学出版社,2006 年

1931　巴金的《家》——细思极恐的爱情故事

巴金:《我的写作生涯》,天津:百花文艺出版社,2006 年
丹晨编:《巴金评说七十年》,北京:北京中国华侨出版社,2006 年
[美]司昆仑:《巴金〈家〉中的历史》,何芳译,成都:四川文艺出版社,2019 年
田夫编著:《巴金的家和〈家〉》,上海:上海文化出版社,2005 年
[日]阪井洋史:《巴金论集》,上海:复旦大学出版社,2013 年
艾晓明:《青年巴金及其文学视界》,上海:复旦大学出版社,2009 年
汪致正主编:《巴金的两个哥哥》,北京:人民文学出版社,2005 年
李存光编:《中国文学史资料全编·现代卷 44:巴金研究资料》,北京:知识产权出版社,2010 年
余秋雨等著,上海巴金文学研究会编:《巴金与一个世纪》,上海:上海社会科学院出版社,2005 年
徐开垒:《巴金传》,上海文艺出版社,1991 年
陈丹晨:《巴金全传》,北京:人民文学出版社,2014 年
陈思和:《人格的发展:巴金传》,台北:业强出版社,1991 年
陈思和、李辉:《巴金研究论稿》,上海:复旦大学出版社,2009 年

陈思和、周立民选编：《解读巴金》，沈阳：春风文艺出版社，2002年
许子东：《巴金的革命情怀》，《火：抗战三部曲》，辑于陈思和、周立民选编《解读巴金》，沈阳：春风文艺出版社，2002年
贾植芳等：《巴金作品评论集》，北京：中国文联出版社，1985年

1932 吴组缃《官官的补品》——怎样让读者讨厌主人公？

方锡德、刘勇强编：《嫩黄之忆：吴组缃先生诞辰一百周年纪念文集》，北京：北京大学出版社，2012年
［日］阪井洋史：《巴金论集》，上海：复旦大学出版社，2013年
余秋雨等著，上海巴金文学研究会编：《巴金与一个世纪》，上海：上海社会科学院出版社，2005年
周立民编著：《巴金手册》，桂林：广西师范大学出版社，2004年
徐开垒：《巴金传》，上海：上海文艺出版社，1991年
许子东：《巴金的革命情怀》，《火：抗战三部曲》，辑于陈思和、周立民选编：《解读巴金》，沈阳：春风文艺出版社，2002年
黄书泉：《乡土皖南的书写者：吴组缃创作论》，合肥：安徽大学出版社，2011年

1933 茅盾《子夜》——"中国民族资产阶级没有出路"？

金宏达、钱振纲编：《茅盾评说八十年》，北京：文化艺术出版社，2011年
金韵琴：《茅盾谈话录》，上海：上海书店出版社，1993年
茅盾：《我走过的道路》，北京：人民文学出版社，1981年
茅盾、韦韬：《茅盾回忆录》，北京：华文出版社，2013年
韦韬、陈小曼：《我的父亲茅盾》，沈阳：辽宁人民出版社，2011年
孙中田、查国华编：《茅盾研究资料》，北京：知识产权出版社，2010年
庄钟庆：《茅盾的创作历程》，北京：人民出版社，1982年
章骥、盛志强：《茅盾》，北京：华艺出版社，1999年
叶子铭：《论茅盾四十年的文学道路》，上海：上海文艺出版社，1959年
钟桂松：《茅盾传》，北京：东方出版社，1996年

1933 施蛰存《梅雨之夕》——"第三种人"的困境

王宇平：《〈现代〉之后》，台北：秀威资讯科技股份有限公司，2008年
杨迎平：《永远的现代》，北京：光明日报出版社，2007年
李欧梵：《未完成的现代性》，北京：北京大学出版社，2005年
李欧梵：《现代性的追求》，北京：生活·读书·新知三联书店，2000年
李欧梵：《李欧梵论中国现代文学》，上海：上海三联书店，2009年
林祥主编：《世纪老人的话：施蛰存卷》，沈阳：辽宁教育出版社，2003年
费正清等编：《剑桥中华民国史》，刘敬坤等译，北京：中国社会科学出版社，1994年
张柠：《民国作家的观念与艺术》，济南：山东文艺出版社，2015年
张芙鸣：《施蛰存：媒介中的现代主义者》，广州：广东教育出版社，2013年

杨迎平：《现代的施蛰存》，台北：秀威资讯科技股份有限公司，2017年
邝可怡：《黑暗的明灯：中国现代派与欧洲左翼文艺》，香港：商务印书馆，2017年
严家炎：《人生的驿站》，哈尔滨：黑龙江人民出版社，2004年

1934　沈从文《边城》——怀疑"现代性"？

巴金、黄永玉等：《长河不尽流：怀念沈从文先生》，长沙：湖南文艺出版社，1989年
王润华：《沈从文小说新论》，上海：学林出版社，1998年
朱光潜、张兆和等著，荒芜编：《我所认识的沈从文》，长沙：岳麓书社，1986年
凌宇：《从边城走向世界：对作为文学家的沈从文的研究》，北京：生活·读书·新知三联书店，1985年
张新颖：《沈从文九讲》，北京：中华书局，2015年
张新颖：《沈从文与二十世纪中国》，上海：复旦大学出版社，2014年
黄永玉：《沈从文与我》，长沙：湖南美术出版社，2015年

1934　老舍《断魂枪》——武侠三境界

老舍：《我这一辈子》，武汉：长江文艺出版社，2017年
老舍：《老舍自传》，南京：江苏文艺出版社，1995年
老舍：《我怎样写小说》，上海：文汇出版社，2009年
老舍：《老舍生活与创作自述》，北京：人民文学出版社，1997年
老舍：《老舍的北京》，北京：当代中国出版社，2004年
老舍：《老舍论创作》，上海：上海文艺出版社，1980年
胡金铨：《老舍和他的作品》，北京：北京联合出版公司，2018年
崔恩卿、高玉琨主编：《走近老舍》，北京：京华出版社，2002年
舒乙：《老舍的平民生活》，北京：华文出版社，2006年
舒乙：《老舍》，北京：人民出版社，1986年

1934　萧红《生死场》——"人和动物一起忙着生，忙着死"

［日］平石淑子：《萧红传》，崔莉、梁艳萍译，北京：中国人民大学出版社，2017年
季红真：《萧红传》，北京：北京十月文艺出版社，2000年
林敏洁：《生死场中的跋涉者：萧红女性文学研究》，北京：人民文学出版社，2011年
葛浩文：《萧红传》，上海：复旦大学出版社，2011年
骆宾基：《萧红小传》，哈尔滨：黑龙江人民出版社，1981年
萧军诠释：《鲁迅给萧军萧红信简注释录》，哈尔滨：黑龙江人民出版社，2011年
萧红：《孤独的生活》，南京：江苏文艺出版社，2013年
萧红：《萧红散文》，呼和浩特：内蒙古文化出版社，2006年
萧红：《又是春天》，北京：北京理工大学出版社，2016年
晓川、彭放主编：《萧红研究七十年》，哈尔滨：北方文艺出版社，2011年

1935　李劼人《死水微澜》——"一女多男"写中国？

中国现代文学馆编、孙金铿编选：《李劼人》，北京：华夏出版社，1997年
四川文艺出版社主编：《李劼人研究》，成都：四川文艺出版社，2019年
成都市文学艺术界联合会李劼人研究学会：《李劼人研究》，成都：巴蜀书社，2008年
成都市文联、成都市文化局：《李劼人小说的史诗追求》，成都：成都出版社，1992年
成都文联编研室编：《李劼人作品的思想与艺术》，北京：中国文联出版公司，1989年
沈穷竹：《袍哥文化与四川现代小说研究：以李劼人、沙汀小说为中心》，重庆：西南师范大学出版社，2017年
曹聚仁：《文坛五十年》，上海：东方出版中心，1997年

1936　老舍《骆驼祥子》——中国现代文学的转折

老舍：《我这一辈子》，武汉：长江文艺出版社，2017年
老舍：《老舍自传》，南京：江苏文艺出版社，1995年
老舍：《我怎样写小说》，上海：文汇出版社，2009年
老舍：《老舍生活与创作自述》，北京：人民文学出版社，1997年
老舍：《老舍的北京》，北京：当代中国出版社，2004年
老舍：《老舍论创作》，上海：上海文艺出版社，1980年
胡金铨：《老舍和他的作品》，北京：北京联合出版公司，2018年
崔恩卿、高玉琨主编：《走近老舍》，北京：京华出版社，2002年
舒乙：《老舍的平民生活》，北京：华文出版社，2006年
舒乙：《老舍》，北京：人民出版社，1986年

生态篇　作家的一天：1936年8月5日的鲁迅日记

[日] 丸尾常喜：《鲁迅》，京都：集英社，1985年
王晓明：《无法直面的人生：鲁迅传》，上海：上海文艺出版社，1993年
平心：《人民文豪鲁迅》，上海：上海文艺出版社，1981年
石一歌：《鲁迅传》，上海：上海人民出版社，1976年
朱正：《鲁迅传》，北京：人民文学出版社，2013年
陈光中：《走读鲁迅：一代文学巨匠的十一个生命印记》，北京：中国文史出版社，2015年
孙郁：《鲁迅与周作人》，沈阳：辽宁人民出版社，2013年
鲁迅：《鲁迅日记》，北京：人民文学出版社，2005年
钱理群：《话说周氏兄弟：北大演讲录》，济南：山东画报出版社，1999年
钱理群：《与鲁迅相遇》，北京：生活·读书·新知三联书店，2003年

1938　张天翼《华威先生》——官场与国民性

沈承宽、黄侯兴、吴福辉编：《张天翼研究资料》，北京：中国社会科学出版社，1982年
吴福辉、黄侯兴、沈承宽、张大明编：《张天翼论》，长沙：湖南文艺出版社，1987年
杜元明：《张天翼小说论稿》，银川：宁夏人民出版社，1985年

张天翼：《张天翼论创作》，上海：上海文艺出版社，1982年
张锦贻：《张天翼评传》，太原：希望出版社，2009年
黄侯兴：《张天翼的文学道路》，上海：上海文艺出版社，1993年
华中师范学院中文系编：《中国当代文学研究资料·张天翼专集》，武汉：华中师范学院，1979年

1941　丁玲《我在霞村的时候》——贞贞、"我"和霞村的三角关系

丁言昭：《丁玲传》，上海：复旦大学出版社，2011年
王中忱、尚侠：《丁玲生活与文学的道路》，长春：吉林人民出版社，1982年
王一心：《丁玲》，北京：中国青年出版社，2012年
王周生：《丁玲》，上海：上海教育出版社，1999年
王增如：《丁玲办〈中国〉》，北京：人民文学出版社，2011年
中国丁玲研究会：《二十世纪中国革命与丁玲精神史》，北京：清华大学出版社，2017年
李向东、王增如：《丁玲传》，北京：大百科全书出版社，2015年
周良沛：《丁玲传》，北京：北京十月文艺出版社，1996年
周芬娜：《丁玲与中共文学》，台北：成文出版社，1980年
郜元宝、孙洁编：《三八节有感：关于丁玲》，北京：北京广播学院出版社，2000年
孙瑞珍、王中忱编：《丁玲研究在国外》，武汉：湖北人民出版社，1985年
陈明口述，查振科、李向东整理：《我与丁玲五十年：陈明回忆录》，北京：中国大百科全书出版社，2010年
庄钟庆：《丁玲与中国当代文学》，厦门：厦门大学出版社，2012年
傅光明选编：《丁玲小说》，杭州：浙江文艺出版社，2007年
冯夏熊等：《丁玲作品评论集》，北京：中国文联出版社，1984年
涂绍钧：《图本丁玲传》，长春：长春出版社，2012年
杨桂欣编：《观察丁玲》，北京：大众文艺出版社，2001年
杨桂欣：《丁玲与周扬的恩怨》，武汉：湖北人民出版社，2006年
蒋祖林、李灵源编著：《丁玲》，石家庄：河北教育出版社，2001年
苏敏逸：《女性·启蒙·革命：丁玲文学与中国现代文学的对应关系》，台北：学生书局，2012年

第三部　……1942—1976……

1943　赵树理《小二黑结婚》——无意之中开启新时代

白春香：《赵树理小说的民间化叙事》，太原：北岳文艺出版社，2016年
白春香：《赵树理小说叙事研究》，北京：中国社会科学出版社，2008年
［日］釜屋修：《玉米地里的作家：赵树理评传》，梅娘译，太原：北岳文艺出版社，2000年
郭文元：《现代性视野中的赵树理小说》，兰州：甘肃人民出版社，2009年
陈为人：《插错"搭子"的一张牌》，广州：广东人民出版社，2011年

贺桂梅：《赵树理文学与乡土中国现代性》，太原：北岳文艺出版社，2016年
黄修己编：《赵树理研究资料》，北京：知识产权出版社，2010年
复旦大学中文系"赵树理研究资料编辑组"编：《赵树理专集》，福州：福建人民出版社，1981年
杨占平、赵魁元：《新世纪赵树理研究：专栏综述》，太原：北岳文艺出版社，2016年
刘旭：《赵树理文学的叙事模式研究》，太原：北岳文艺出版社，2015年
戴光中：《赵树理传》，北京：北京十月文艺出版社，1987年
戴光中：《赵树理》，北京：中国华侨出版社，1997年

1943　张爱玲《第一炉香》《倾城之恋》——张爱玲的香港传奇

子通、亦清编：《张爱玲评说六十年》，北京：中国华侨出版社，2001年
宋以朗、符立中主编：《张爱玲的文学世界》，北京：新星出版社，2013年
李欧梵：《苍凉与世故》，香港：牛津大学出版社，2006年
宋以朗、陈晓勤：《宋家客厅》，广州：花城出版社，2015年
夏志清：《张爱玲给我的信件》，武汉：长江文艺出版社，2014年
夏志清、陈子善、李欧梵、刘绍铭、陈建华等：《重读张爱玲》，上海：上海书店出版社，2008年
高全之：《张爱玲学》，桂林：漓江出版社，2015年
张爱玲、宋淇、宋邝文美：《张爱玲私语录》，香港：皇冠出版社，2010年
张子静、季季：《我的姊姊张爱玲》，吉林：吉林出版集团有限责任公司，2009年
许子东：《无处安放：张爱玲文学价值重估》，西安：陕西人民出版社，2019年
许子东：《张爱玲的文学史意义》，香港：中华书局，2011年
陈子善编：《记忆张爱玲》，济南：山东画报出版社，2006年
杨泽编：《阅读张爱玲：张爱玲国际研讨会论文集》，台湾：麦田出版社，1999年
刘绍铭：《到底是张爱玲》，上海：上海书店出版社，2007年

1943　张爱玲《金锁记》《红玫瑰与白玫瑰》——张爱玲的上海故事

子通、亦清编：《张爱玲评说六十年》，北京：中国华侨出版社，2001年
宋以朗、符立中主编：《张爱玲的文学世界》，北京：新星出版社，2013年
李欧梵：《苍凉与世故》，香港：牛津大学出版社，2006年
李欧梵：《上海摩登》，香港：牛津大学出版社，2000年
宋以朗、陈晓勤：《宋家客厅》，广州：花城出版社，2015年
夏志清：《张爱玲给我的信件》，武汉：长江文艺出版社，2014年
夏志清、陈子善、李欧梵、刘绍铭、陈建华等：《重读张爱玲》，上海：上海书店出版社，2008年
高全之：《张爱玲学》，桂林：漓江出版社，2015年
张爱玲、宋淇、宋邝文美：《张爱玲私语录》，香港：皇冠出版社，2010年
张子静、季季：《我的姊姊张爱玲》，吉林：吉林出版集团有限责任公司，2009年
许子东：《无处安放：张爱玲文学价值重估》，西安：陕西人民出版社，2019年
许子东：《张爱玲的文学史意义》，香港：中华书局，2011年

许子东：《细读张爱玲》，香港：皇冠出版社，2019 年
许子东：《许子东细读张爱玲》，北京：北京大学出版社，2020 年
陈子善编：《记忆张爱玲》，济南：山东画报出版社，2006 年
杨泽编：《阅读张爱玲：张爱玲国际研讨会论文集》，台湾：麦田出版社，1999 年
刘绍铭：《到底是张爱玲》，上海：上海书店出版社，2007 年
刘绍铭、梁秉钧、许子东主编：《再读张爱玲》，香港：牛津大学出版社，2001 年；济南：山东画报出版社，2004 年

1945　孙犁《荷花淀》——好风景，血战场，新妇女，旧美德

周申明、杨振喜：《孙犁评传》，天津：百花文艺出版社，1990 年
孙犁：《孙犁文集》第四卷，天津：百花文艺出版社，1982 年
郭志刚、章无忌：《孙犁传》，北京：北京十月文艺出版社，1990 年
孙晓玲：《布衣：我的父亲孙犁》，北京：生活·读书·新知三联书店，2011 年
杨联芬：《孙犁：革命文学中的"多余人"》，北京：中国文联出版社，2004 年
熊权：《"革命人"孙犁："优美"的历史与意识形态》，载《文艺研究》2019 年第 2 期
刘金镛、房福贤编：《孙犁研究专集》，江苏：江苏人民出版社，1983 年
滕云：《孙犁十四章》，北京：人民文学出版社，2012 年
钱理群、温儒敏、吴福辉：《中国现代文学三十年》，北京：北京大学出版社，1998 年

1945　路翎《财主底儿女们》——篇幅最长的中国现代小说

朱珩青：《路翎：未完成的天才》，济南：山东文艺出版社，1997 年
周荣：《超拔与悲怆：路翎小说研究》，北京：中国社会科学出版社，2017 年
胡风：《致路翎书信全编》，郑州：大象出版社，2004 年
张业松编：《路翎批评文集》，珠海：珠海出版社，1998 年
张业松：《路翎印象》，上海：学林出版社，1997 年
杨义、张环、魏麟等编：《路翎研究资料》，北京：知识产权出版社，2010 年
刘挺生：《一个神秘的文学天才：路翎》，上海：华东师范大学出版社，1997 年
刘挺生：《思索着雄大理想的旅行者：路翎传》，上海：华东师范大学出版社，1999 年
谢慧英：《强力的挣扎与主体性突围：路翎创作研究》，北京：中国社会科学出版社，2012 年

1947　钱锺书《围城》——方鸿渐的意义

丁伟志主编：《钱锺书先生百年诞辰纪念文集》，北京：生活·读书·新知三联书店，2010 年
吴泰昌：《我认识的钱锺书》增订本，北京：生活·读书·新知三联书店，2017 年
沉冰主编：《不一样的记忆》，北京：当代世界出版社，1999 年
[美] 胡志德：《钱锺书》，张晨等译，北京：中国广播电视出版社，1990 年
张文江：《营造巴别塔的智者：钱锺书传》，上海：上海文艺出版社，1993 年
张泉编：《钱锺书和他的〈围城〉》，北京：中国和平出版社，1991 年
汤晏：《钱锺书》，北京：文化发展出版社，2019 年
杨绛：《记钱锺书与〈围城〉》，长沙：湖南人民出版社，1986 年

钱锺书：《钱锺书集：写在人生边上·边上的边上·石语》，北京：生活·读书·新知三联书店，2002年
谢泳：《钱锺书交游考》，北京：九州出版社，2019年
栾贵明：《小说逸语：钱锺书〈围城〉九段》，北京：新世界出版社，2018年

生态篇　作家的一天：1952年3月22日的巴金日记

巴金：《巴金全集》，北京：人民文学出版社，2000年
巴金：《随想录》，北京：作家出版社，2009年
巴金：《巴金散文：怀念萧珊》，杭州：浙江文艺出版社，2014年
中国社会科学院文学研究所总纂，李存光编：《中国文学史资料全编现代卷·巴金研究资料》，北京：知识产权出版社，2010年
李存光：《巴金研究回眸》，上海：复旦大学出版社，2016年
李辉：《巴金传》，北京：人民日报出版社，2011年
林贤治：《巴金：浮沉100年》，香港：香港城市大学出版社，2018年
陈思和、李辉：《巴金研究论稿》，上海：复旦大学出版社，2009年
陈思和：《人格的发展：巴金传》，上海：上海人民出版社，1992年
洪子诚：《中国当代文学史》，北京：北京大学出版社，2007年
徐开垒：《巴金传》，上海：上海文艺出版社，2003年
王德威、陈思和、许子东主编：《一九四九以后：当代文学六十年》，上海：上海文艺出版社，2011年
洪子诚：《中国当代文学史》，北京：北京大学出版社，2007年
洪子诚：《中国当代文学概说》，香港：青文书屋，1997年
洪子诚：《问题与方法：中国当代文学史研究讲稿》，北京：北京大学出版社，2010年

1956　王蒙《组织部来了个年轻人》——"干部"与"官场"

王蒙：《王蒙自述：我的人生哲学》，北京：人民文学出版社，2003年
王蒙：《王蒙自传》，广州：花城出版社，2006年
王蒙：《王蒙精选集》，北京：北京燕山出版社，2009年
王蒙：《王蒙散文》，杭州：浙江文艺出版社，2008年
王蒙：《王蒙八十自述》，北京：人民出版社，2013年
王蒙：《恋爱的季节》，北京：人民文学出版社，2001年
王蒙：《狂欢的季节》，北京：人民文学出版社，2000年
王蒙：《失态的季节》，北京：人民文学出版社，2003年
王蒙：《青春万岁》，北京：人民文学出版社，2003年
王蒙：《王蒙文集·短篇小说》，北京：人民文学出版社，2020年
王蒙：《坚硬的稀粥》，武汉：长江文艺出版社，1992年
王蒙：《活动变人形》，北京：人民文学出版社，2004年
王蒙、李国文、陆文夫等：《重放的鲜花》，北京：解放军文艺出版社，2000年
宋炳辉、张毅编：《王蒙研究资料》，天津：天津人民出版社，2009年

1957　钱谷融《论"文学是人学"》——50年代的文学评论

洪子诚：《中国当代文学史》，北京：北京大学出版社，2007年
夏伟：《钱谷融：学术情怀》，上海：上海交通大学出版社，2013年
钱谷融：《钱谷融论文学》，上海：华东师范大学出版社，2008年
钱谷融：《当代文艺问题十讲》，上海：复旦大学出版社，2004年
钱谷融：《钱谷融文集》，上海：上海人民出版社，2013年
钱谷融：《钱谷融论学三种》，开封：河南大学出版社，2008年
钱谷融：《钱谷融文论选》，上海：上海文艺出版社，2009年
钱谷融：《艺术·人·真诚：钱谷融论文自选集》，上海：华东师范大学出版社，1995年
钱谷融：《钱谷融文选》，上海：上海人民出版社，2019年
钱谷融、谢冕顾问：《中国当代文学史写真》，杭州：浙江大学出版社，2003年
钱谷融、殷国明：《中国当代大学者对话录·钱谷融卷》，北京：中国文联出版社，2000年
新文艺出版社：《"论'文学是人学'"批判集（第一集）》，上海：新文艺出版社，1958年

1957　梁斌《红旗谱》——农村阶级斗争模式

丁帆、王世城：《"颂歌"与"战歌"的时代："十七年文学"论纲》，台北：新地文化艺术有限公司，2016年
丁帆、王世城：《十七年文学："人"与"自我"的失落》，开封：河南大学出版社，1999年
吴秀明主编：《"十七年文学"历史评价与人文阐释》，杭州：浙江大学出版社，2007年
李蓉：《"十七年文学"（1949—1966）的身体阐释》，北京：人民出版社，2014年
李松：《"十七年文学"批评史论》，北京：中国社会科学出版社，2017年
洪子诚：《中国当代文学史》，北京：北京大学出版社，2007年
贺桂梅：《书写"中国气派"：当代文学与民族形式建构》，北京：北京大学出版社，2020年
陈思和主编：《中国当代文学史教程》，上海：复旦大学出版社，2008年
陈平原：《千古文人侠客梦》，北京：新世界出版社，2002年
郭冰茹：《革命叙事与现代性》，台北：文史哲出版社有限公司，2006年
黄子平：《革命·历史·小说》，香港：牛津大学出版社，2018年
刘志华：《阐释与建构："十七年文学批评"研究》，厦门：厦门大学出版社，2018年

1957　曲波《林海雪原》——红色武侠小说

丁帆、王世城：《"颂歌"与"战歌"的时代："十七年文学"论纲》，台北：新地文化艺术有限公司，2016年
丁帆、王世城：《十七年文学："人"与"自我"的失落》，开封：河南大学出版社，1999年
吴秀明主编：《"十七年文学"历史评价与人文阐释》，杭州：浙江大学出版社，2007年
李蓉：《"十七年文学"（1949—1966）的身体阐释》，北京：人民出版社，2014年
李松：《"十七年文学"批评史论》，北京：中国社会科学出版社，2017年
姚丹：《"革命中国"的通俗表征与主体建构：〈林海雪原〉及其衍生文本考察》，北京：北京大学出版社，2011年
洪子诚：《中国当代文学史》，北京：北京大学出版社，2007年

陈平原：《千古文人侠客梦》，北京：新世界出版社，2002年
陈思和主编：《中国当代文学史教程》，上海：复旦大学出版社，2008年
郭冰茹：《革命叙事与现代性》，台北：文史哲出版社有限公司，2006年
丝乌：《论〈林海雪原〉的创作方法》，武汉：湖北人民出版社，1959年
刘志华：《阐释与建构："十七年文学批评"研究》，厦门：厦门大学出版社，2018年

1957　吴强《红日》——战争小说中的文戏

丁帆、王世城：《"颂歌"与"战歌"的时代："十七年文学"论纲》，台北：新地文化艺术有限公司，2016年
丁帆、王世城：《十七年文学："人"与"自我"的失落》，开封：河南大学出版社，1999年
吴秀明主编：《"十七年文学"历史评价与人文阐释》，杭州：浙江大学出版社，2007年
李蓉：《"十七年文学"（1949—1966）的身体阐释》，北京：人民出版社，2014年
李松：《"十七年文学"批评史论》，北京：中国社会科学出版社，2017年
洪子诚：《中国当代文学史》，北京：北京大学出版社，2007年
陈思和主编：《中国当代文学史教程》，上海：复旦大学出版社，2008年
郭冰茹：《革命叙事与现代性》，台北：文史哲出版社有限公司，2006年
黄子平：《革命·历史·小说》，香港：牛津大学出版社，2018年
刘志华：《阐释与建构："十七年文学批评"研究》，厦门：厦门大学出版社，2018年

1958　杨沫《青春之歌》——像恋爱那样革命

丁帆、王世城：《"颂歌"与"战歌"的时代："十七年文学"论纲》，台北：新地文化艺术有限公司，2016年
丁帆、王世城：《十七年文学："人"与"自我"的失落》，开封：河南大学出版社，1999年
王永生：《小说〈青春之歌〉评析》，上海：上海教育出版社，1980年
王嘉良、颜敏主编：《中国现当代文学作品选读》，上海：上海教育出版社，2004年
郑立峰、杨荣主编：《中国新文学史一百年·作品导读》，成都：西南交通大学出版社，2012年
吴秀明主编：《"十七年文学"历史评价与人文阐释》，杭州：浙江大学出版社，2007年
李蓉：《"十七年文学"（1949—1966）的身体阐释》，北京：人民出版社，2014年
李松：《"十七年文学"批评史论》，北京：中国社会科学出版社，2017年
洪子诚：《中国当代文学史》，北京：北京大学出版社，2007年
姚丹：《"革命中国"的通俗表征与主体建构：〈林海雪原〉及其衍生文本考察》，北京：北京大学出版社，2011年
陈思和主编：《中国当代文学史教程》，上海：复旦大学出版社，2008年
郭冰茹：《革命叙事与现代性》，台北：文史哲出版社有限公司，2006年
杨沫：《杨沫散文选》，北京：北京出版社，1982年
杨沫：《杨沫文集（第六卷）自白：我的日记》，北京：北京十月文艺出版社，1994年
刘志华：《阐释与建构："十七年文学批评"研究》，厦门：厦门大学出版社，2018年

1959　柳青《创业史》——唯一描写"十七年"的"红色经典"

丁帆、王世城：《"颂歌"与"战歌"的时代："十七年文学"论纲》，台北：新地文化艺术有限公司，2016年
邢小利、邢之美：《柳青年谱》，北京：人民文学出版社，2016年
董颖夫、邢小利、仵埂编：《柳青纪念文集》，西安：西安出版社，2016年
吴进：《柳青新论》，西安：陕西师范大学出版总社，2013年
吴秀明主编：《"十七年文学"历史评价与人文阐释》，杭州：浙江大学出版社，2007年
李蓉：《"十七年文学"（1949—1966）的身体阐释》，北京：人民出版社，2014年
李松：《"十七年文学"批评史论》，北京：中国社会科学出版社，2017年
孟广来、牛运清编：《柳青专集》，福州：福建人民出版社，1982年
柳青：《柳青文集》，北京：人民文学出版社，2005年
段建军主编：《柳青研究论集》，西安：西北大学出版社，2016年
洪子诚：《中国当代文学史》，北京：北京大学出版社，2007年
贺桂梅：《书写"中国气派"当代文学与民族形式建构》，北京：北京大学出版社，2020年
陈晓明：《中国当代文学主潮》，北京：北京大学出版社，2009年
陈思和主编：《中国当代文学史教程》，上海：复旦大学出版社，2008年
郭冰茹：《革命叙事与现代性》，台北：文史哲出版社有限公司，2006年
贾永雄：《新视野下的柳青》，西安：陕西人民出版社，2018年
蒙万夫等编：《柳青写作生涯》，天津：百花文艺出版社，1985年
刘建军：《论柳青的艺术观》，上海：上海文艺出版社，1981年
刘志华：《阐释与建构："十七年文学批评"研究》，厦门：厦门大学出版社，2018年

1961　罗广斌、杨益言《红岩》——发行上千万册的"信念文学"

丁帆、王世城：《"颂歌"与"战歌"的时代："十七年文学"论纲》，台北：新地文化艺术有限公司，2016年
何建明、厉华：《忠诚与背叛：告诉你一个真实的红岩》，重庆：重庆出版社，2013年
吴秀明主编：《"十七年文学"历史评价与人文阐释》，杭州：浙江大学出版社，2007年
李蓉：《"十七年文学"（1949—1966）的身体阐释》，北京：人民出版社，2014年
李松：《"十七年文学"批评史论》，北京：中国社会科学出版社，2017年
洪子诚：《中国当代文学史》，北京：北京大学出版社，2007年
孙曙、陈建新、刘和平、王庆华：《来自B类档案的报告》，重庆：重庆出版社，2000年
陈由歆：《话语权力再生产：〈红岩〉的成型过程及改编研究》，沈阳：辽宁大学出版社，2011年
陈思和主编：《中国当代文学史教程》，上海：复旦大学出版社，2008年
郭冰茹：《革命叙事与现代性》，台北：文史哲出版社有限公司，2006年
曹德权：《红岩大揭密：保密局重庆集中营纪实》，北京：中国文联出版社，1999年
厉华主编：《红岩档案解密》，北京：中国青年出版社，2008年
厉华、陈建新、刘和平、王庆华：《红岩魂纪实：来自白公馆、渣滓洞的报告》，北京：群众出版社，1997年

厉华：《信仰的力量：红岩英烈纪实》，北京：商务印书馆，2011年
刘志华：《阐释与建构："十七年文学批评"研究》，厦门：厦门大学出版社，2018年
钱振文：《〈红岩〉是怎样炼成的：国家文学的生产和消费》，北京：北京大学出版社，2011年
罗广斌、杨益言原著：《红岩英豪传》，重庆：重庆出版社，2003年

1966—1976 "十年"代表作是哪一部？

武善增：《文学话语的畸变与覆灭："文革"主流文学话语研究》，开封：河南大学出版社，2012年
洪子诚：《中国当代文学史》，北京：北京大学出版社，2007年
陈思和主编：《中国当代文学史教程》，上海：复旦大学出版社，2008年
陈晓明：《中国当代文学主潮》，北京：北京大学出版社，2009年
师永刚、刘琼雄、肖伊绯编著：《革命样板戏：1960年代的红色歌剧》，北京：中国发展出版社，2012年
师永刚、张凡编著：《样板戏史记》，北京：作家出版社，2009年
许子东：《为了忘却的集体记忆》，北京：生活·读书·新知三联书店，2000年
许子东：《重读"文革"》，北京：人民文学出版社，2011年
杨健：《1966—1976的地下文学》，北京：中共党史出版社，2013年

第四部 ……1977—2006

1977 刘心武《班主任》、卢新华《伤痕》——伤痕文学的泪点

王泽龙、李遇春：《中国当代文学经典作品选讲》，武汉：华中师范大学出版社，2009年
宋如珊：《从伤痕文学到寻根文学："文革"后十年的大陆文学流派》，台北：秀威资讯科技股份有限公司，2002年
洪子诚：《中国当代文学史》，北京：北京大学出版社，2007年
陈思和主编：《中国当代文学史教程》，上海：复旦大学出版社，2008年
许子东：《当代小说阅读笔记》，上海：华东师范大学出版社，1997年
程光炜主编，白亮编：《伤痕文学研究资料》，南昌：百花洲文艺出版社，2018年
樊星编：《中国现当代文学史》，武汉：武汉大学出版社，2012年

1979 高晓声《李顺大造屋》《陈奂生上城》——卑微的农民和好心的干部

毛定海编著：《高晓声编年事略》，南京：江苏文艺出版社，2015年
王彬彬：《八论高晓声》，上海：上海人民出版社，2019年
王彬彬编：《高晓声研究资料》，北京：人民文学出版社，2016年
曹洁萍、毛定海：《高晓声年谱》，南京：南京大学出版社，2017年
张春红：《高晓声的"陈家村世界"》，长春：吉林大学出版社，2019年
刘旭：《底层叙事：从代言到自我表述》，上海：上海人民出版社，2013年

1979　茹志鹃《百合花》《剪辑错了的故事》——"三红"与"一创"的拼贴

洪子诚：《中国当代文学史》，北京：北京大学出版社，2007年
孙露西、王凤伯编：《茹志鹃研究专集》，杭州：浙江人民出版社，1982年
茹志鹃：《漫谈我的创作经历》，长沙：湖南人民出版社，1983年
茹志鹃：《茹志鹃日记：1947—1965》，郑州：大象出版社，2006年
陈思和主编：《中国当代文学史教程》，上海：复旦大学出版社，2008年
陈晓明：《中国当代文学主潮》，北京：北京大学出版社，2009年

1979　张洁《爱，是不能忘记的》、张弦《挣不断的红丝线》——70年代末的爱情小说

王尧：《作为问题的八十年代》，北京：生活·读书·新知三联书店，2013年
洪子诚：《中国当代文学史》，北京：北京大学出版社，2007年
陈思和主编：《中国当代文学史教程》，上海：复旦大学出版社，2008年
陈晓明：《中国当代文学主潮》，北京：北京大学出版社，2009年
徐贲：《人以什么理由来记忆》，北京：中央编译出版社，2016年
许子东：《为了忘却的集体记忆》，北京：生活·读书·新知三联书店，2000年
许子东：《重读"文革"》，北京：人民文学出版社，2011年
程光炜主编，谢尚发编：《反思文学研究资料》，南昌：百花洲文艺出版社，2018年
赵园：《非常年代：1964—1978》，香港：牛津大学出版社，2019年
刘青峰编：《"文化大革命"：史实与研究》，香港：香港中文大学出版社，1996年
刘志权编：《张弦研究资料》，北京：人民文学出版社，2016年
钱理群：《我的精神自传》，北京：生活·读书·新知三联书店，2016年

1979　蒋子龙《乔厂长上任记》——改革文学与官场斗争

肖敏：《20世纪70年代小说研究："文化大革命"后期小说形态及其延伸》，北京：中国社会科学出版社，2012年
程光炜主编，陈华积编：《改革文学研究资料》，南昌：百花洲文艺出版社，2018年
程光炜编：《七十年代小说研究》，北京：中国社会科学出版社，2014年
蒋子龙：《我的人生笔记：你是穷人还是富人》，长春：时代文艺出版社，2007年
蒋子龙：《蒋子龙自述》，郑州：大象出版社，2002年
苏奎：《改革文学研究：1979—1985》，北京：中国社会科学出版社，2019年

1980　汪曾祺《受戒》《大淖记事》——礼失求诸野

季红真：《文明与愚昧的冲突》，杭州：浙江文艺出版社，1986年
汪朗、汪明、汪朝：《老头儿汪曾祺：我们眼中的父亲》，北京：中国人民大学出版社，2000年
汪凌：《汪曾祺：废墟上一抹传统的残阳》，郑州：大象出版社，2005年
卢军：《汪曾祺小说创作论》，北京：社会科学文献出版社，2007年
金实秋主编：《永远的汪曾祺》，上海：上海远东出版社，2008年
邰宇：《汪曾祺研究》，广州：花城出版社，2008年

解志熙：《考文叙事录：中国现代文学文献校读论丛》，北京：中华书局，2009年
陈徒手：《人有病，天知否：1949年后的中国文坛纪实》，北京：人民文学出版社，2011年
陆建华：《私信中的汪曾祺：汪曾祺致陆建华三十八封信解读》，上海：上海文艺出版社，2011年
陆建华：《汪曾祺与〈沙家浜〉》，济南：山东人民出版社，2014年
陆建华：《草木人生：汪曾祺传》，南京：江苏文艺出版社，2019年
孙郁：《革命时代的士大夫：汪曾祺闲录》，北京：生活·读书·新知三联书店，2014年
苏北编：《我们的汪曾祺》，扬州：广陵书社，2016年
徐强：《人间送小温：汪曾祺年谱》，扬州：广陵书社，2016年
方星霞：《京派的承传与超越：汪曾祺小说研究》，南京：南京大学出版社，2016年
林斤澜：《一棵树的森林：林斤澜谈汪曾祺》，北京：中国书籍出版社，2021年

1981 古华《芙蓉镇》——一本书了解"十年"

本书编：《〈芙蓉镇〉评论选集》，长沙：湖南人民出版社，1984年
程光炜主编，谢尚发编：《反思文学研究资料》，南昌：百花洲文艺出版社，2018年
李松林：《古华创作论》，武汉：华中师范大学出版社，2008年
许子东：《为了忘却的集体记忆》，北京：生活·读书·新知三联书店，2000年
洪子诚：《中国当代文学史》，北京：北京大学出版社，2007年
陈思和主编：《中国当代文学史教程》，上海：复旦大学出版社，2008年
陈晓明：《中国当代文学主潮》，北京：北京大学出版社，2009年
许子东：《重读"文革"》，北京：人民文学出版社，2011年

1981 韩少功《飞过蓝天》、梁晓声《这是一片神奇的土地》、张承志《绿夜》——知青文学三阶段

王力坚：《回眸青春：中国知青文学》，台北：华艺学术出版，2013年
车红梅：《北大荒知青文学：地缘文学的另一副面孔》，北京：中国社会科学出版社，2012年
李彦姝：《乡愁的辩证法：知青作家的城乡经验及其文学书写》，北京：中国社会科学出版社，2018年
郭小东编：《现代主义视野下的知青文学》，武汉：武汉大学出版社，2013年
郭小东：《中国知青文学史稿》，北京：北京十月文艺出版社，2012年
黑明：《走过青春：100名知青的命运写照》，西安：陕西师范大学出版社，2006年
杨健：《中国知青文学史》，北京：中国工人出版社，2002年
邓鹏主编：《无声的群落：大巴山老知青回忆录（1964—1965）》，重庆：重庆出版社，2006年
邓鹏主编：《无声的群落续："文革"前上山下乡老知青回忆录》，重庆：重庆出版社，2009年
邓贤：《中国知青梦》，北京：人民文学出版社，2005年
刘小萌：《中国知青史：大潮（1966—1980）》，北京：当代中国出版社，2009年
刘小萌：《中国知青口述史》，北京：中国社会科学出版社，2004年

1984　阿城《棋王》——革命时代的儒道互补

王力坚：《回眸青春：中国知青文学》，台北：华艺学术出版，2013年
车红梅：《北大荒知青文学：地缘文学的另一副面孔》，北京：中国社会科学出版社，2012年
李彦姝：《乡愁的辩证法：知青作家的城乡经验及其文学书写》，北京：中国社会科学出版社，2018年
郭小东编：《现代主义视野下的知青文学》，武汉：武汉大学出版社，2013年
郭小东：《中国知青文学史稿》，北京：北京十月文艺出版社，2012年
黑明：《走过青春：100名知青的命运写照》，西安：陕西师范大学出版社，2006年
杨肖：《阿城论》，北京：作家出版社，2018年
杨健：《中国知青文学史》，北京：中国工人出版社，2002年
邓鹏主编：《无声的群落：大巴山老知青回忆录（1964—1965）》，重庆：重庆出版社，2006年
邓鹏主编：《无声的群落续："文革"前上山下乡老知青回忆录》，重庆：重庆出版社，2009年
邓贤：《中国知青梦》，北京：人民文学出版社，2005年
刘小萌：《中国知青史：大潮（1966—1980）》，北京：当代中国出版社，2009年
刘小萌：《中国知青口述史》，北京：中国社会科学出版社，2004年

生态篇　作家的一天：1984年12月14日，杭州会议与韩少功的一天

韩少功、王尧：《韩少功王尧对话录》，苏州：苏州大学出版社，2003年
孔见：《韩少功评传》，郑州：河南文艺出版社，2008年
孔见等：《对一个人的阅读：韩少功与他的时代》，南京：江苏文艺出版社，2013年
何言宏、杨霞：《坚持与抵抗：韩少功》，上海：上海人民出版社，2005年
洪子诚：《中国当代文学史》，北京：北京大学出版社，2007年
陈思和主编：《中国当代文学史教程》，上海：复旦大学出版社，2008年
陈晓明：《中国当代文学主潮》，北京：北京大学出版社，2009年
许子东：《当代小说阅读笔记》，上海：华东师范大学出版社，1997年
许志英、丁帆主编：《中国新时期小说主潮》，北京：人民文学出版社，2002年
廖述务编：《韩少功研究资料》，天津：天津人民出版社，2008年
廖述务：《仍有人仰望星空：韩少功创作研究》，北京：新星出版社，2008年
廖述务：《韩少功文学年谱》，上海：华东师范大学出版社，2018年
刘复生、张硕果、石晓岩：《另类视野与文学实践：韩少功文学创作研究》，北京：北京大学出版社，2012年
韩少功：《文学的根》，济南：山东文艺出版社，2001年
韩少功：《为语言招魂》，郑州：河南文艺出版社，2015年
韩少功：《大题小作》，上海：上海文艺出版社，2017年
韩少功：《进步的回退》，上海：上海文艺出版社，2017年

1984　张贤亮《绿化树》《男人的一半是女人》——一个知识分子的身心历程

王晓明：《所罗门的瓶子》，上海：华东师范大学出版社，2014年
田鹰：《比较视野中的张贤亮和劳伦斯性爱主题研究》，北京：中国社会出版社，2009年

吴秀明主编：《当代中国文学六十年》，杭州：浙江文艺出版社，2009年
邱晓雨编著：《用文字呐喊》，北京：北京联合出版公司，2011年
洪子诚：《中国当代文学史》，北京：北京大学出版社，2007年
陈思和主编：《中国当代文学史教程》，上海：复旦大学出版社，2008年
陈晓明：《中国当代文学主潮》，北京：北京大学出版社，2009年
张贤亮：《中国文人的另一种思路》，北京：中国海关出版社，2008年
许志英、丁帆主编：《中国新时期小说主潮》，北京：人民文学出版社，2002年
本社编，黄子平、许子东等撰：《评〈男人的一半是女人〉》，银川：宁夏人民出版社，1987年

1985 残雪《山上的小屋》——当代版"狂人日记"

李建周：《先锋小说的兴起》，北京：中国社会科学出版社，2014年
卓今：《残雪研究》，长沙：湖南文艺出版社，2012年
洪治纲：《守望先锋：兼论中国当代先锋文学的发展》，桂林：广西师范大学出版社，2005年
马福成：《巫文化视域下残雪小说研究》，杭州：浙江大学出版社，2013年
陈晓明：《无边的挑战：中国先锋文学的后现代性》，桂林：广西师范大学出版社，2004年
张清华：《中国当代先锋文学思潮论》，北京：中国人民大学出版社，2014年
残雪：《趋光运动》，上海：上海文艺出版社，2008年
残雪：《残雪文学观》，桂林：广西师范大学出版社，2007年
残雪：《为了报仇写小说》，长沙：湖南文艺出版社，2003年
残雪：《把生活变成艺术》，长春：时代文艺出版社，2007年
残雪：《残雪文学回忆录》，广州：广东人民出版社，2017年
残雪、邓晓芒：《旋转与升腾》，上海：上海文艺出版社，2017年
焦明甲：《新时期先锋文学本体论》，北京：中国社会科学出版社，2012年
程波：《先锋及其语境：中国当代先锋文学思潮研究》，桂林：广西师范大学出版社，2006年
程德培、吴亮评述：《探索小说集》，上海：上海文艺出版社，1986年

1986 史铁生《插队的故事》——最杰出的知青小说

王力坚：《回眸青春：中国知青文学》，台北：华艺学术出版，2013年
李彦姝：《乡愁的辩证法：知青作家的城乡经验及其文学书写》，北京：中国社会科学出版社，2018年
胡山林：《寻找灵魂的归宿：史铁生创作的终极关怀精神》，北京：人民文学出版社，2005年
陈希米：《让"死"活下去》，长沙：湖南文艺出版社，2013年
郭小东编：《现代主义视野下的知青文学》，武汉：武汉大学出版社，2013年
郭小东：《中国知青文学史稿》，北京：北京十月文艺出版社，2012年
张建波：《逆游的行魂：史铁生论》，济南：山东人民出版社，2012年
许纪霖等：《另一种理想主义》，南京：凤凰出版社，2011年
黑明：《走过青春：100名知青的命运写照》，西安：陕西师范大学出版社，2006年
杨健：《中国知青文学史》，北京：中国工人出版社，2002年
赵泽华：《史铁生传》，西安：陕西师范大学出版总社，2018年
邓鹏主编：《无声的群落：大巴山老知青回忆录（1964—1965）》，重庆：重庆出版社，2006年

邓鹏主编：《无声的群落续："文革"前上山下乡老知青回忆录》，重庆：重庆出版社，2009 年
邓贤：《中国知青梦》，北京：人民文学出版社，2000 年
"写作之夜丛书"编委会：《史铁生说》，北京：中国对外翻译出版有限公司，2013 年
刘小萌：《中国知青史：大潮（1966—1980）》，北京：当代中国出版社，2009 年
顾林：《救赎的可能》，北京：商务印书馆，2019 年

1986　张炜《古船》——"民族心史的一块厚重碑石"

王光东、张炜：《张炜王光东对话录》，苏州：苏州大学出版社，2003 年
亓凤珍、张期鹏编著：《张炜研究资料长编：1956—2017》，济南：山东教育出版社，2018 年
张炜：《张炜自述》，北京：中国社会出版社，2007 年
张炜：《张炜文学回忆录》，广州：广东人民出版社，2017 年
张炜：《周末对话》，北京：作家出版社，2014 年
黄轶编选：《张炜研究资料》，济南：山东文艺出版社，2006 年

1986　莫言《红高粱》——当代小说的世界意义

王德威、张旭东、张闳等：《说莫言》，上海：上海书店出版社，2013 年
陈晓明主编：《莫言研究：2004—2012》，北京：华夏出版社，2013 年
张清华主编：《莫言研究年编》，北京：生活·读书·新知三联书店，2016 年
张旭东、莫言：《我们时代的写作：对话〈酒国〉〈生死疲劳〉》，上海：上海文艺出版社，2013 年
莫言：《莫言对话新录》，北京：文化艺术出版社，2010 年
莫言：《小说在写我：莫言演讲集》，台北：麦田出版社，2004 年
莫言、王尧：《莫言王尧对话录》，苏州：苏州大学出版社，2003 年
杨守森、贺立华主编：《莫言研究三十年》，济南：山东大学出版社，2013 年
叶开：《野性的红高粱：莫言传》，南昌：二十一世纪出版社，2013 年
宁明编译：《海外莫言研究》，济南：山东大学出版社，2013 年

1986　路遥《平凡的世界》——改变青年三观的"中国故事"

王刚：《路遥纪事》，北京：北京时代华文书局，2014 年
王拥军：《路遥新传》，北京：中国商业出版社，2015 年
申晓编：《守望路遥》，西安：太白文艺出版社，2007 年
李建军编：《路遥十五年祭》，北京：新世界出版社，2007 年
李建军、邢小利编：《路遥评论集》，北京：人民文学出版社，2007 年
厚夫：《路遥传》，北京：人民文学出版社，2015 年
马一夫、厚夫、宋学成主编：《路遥纪念集》，北京：人民文学出版社，2007 年
秦客：《路遥年谱》，北京：新世界出版社，2013 年
航宇：《路遥在最后的日子》，西安：陕西师范大学出版社，1993 年
海波：《人生路遥》，广州：广东人民出版社，2019 年
海波：《我所认识的路遥》，武汉：长江文艺出版社，2014 年
程光炜、杨庆祥编：《重读路遥》，北京：北京大学出版社，2013 年

路遥：《早晨从中午开始》，北京：北京十月文艺出版社，2012 年
雷达主编：《路遥研究资料》，济南：山东文艺出版社，2006 年
杨晓帆：《路遥论》，北京：作家出版社，2018 年

1987　马原《错误》——叙述的圈套

吴亮：《马原的叙述圈套》，《当代作家评论》1987 年第 3 期
李建周：《先锋小说的兴起》，北京：中国社会科学出版社，2014 年
洪治纲：《守望先锋：兼论中国当代先锋文学的发展》，桂林：广西师范大学出版社，2005 年
马原等：《中国作家梦》，上海：华东师范大学出版社，2008 年
陈晓明：《无边的挑战：中国先锋文学的后现代性》，桂林：广西师范大学出版社，2004 年
张清华：《中国当代先锋文学思潮论》，北京：中国人民大学出版社，2014 年
焦明甲：《新时期先锋文学本体论》，北京：中国社会科学出版社，2012 年
程波：《先锋及其语境：中国当代先锋文学思潮研究》，桂林：广西师范大学出版社，2006 年

1987　王蒙《活动变人形》——对一个"新派"知识分子的审判及其他

王蒙：《王蒙自述：我的人生哲学》，北京：人民文学出版社，2003 年
王蒙：《王蒙自传》，广州：花城出版社，2006 年
王蒙：《王蒙精选集》，北京：北京燕山出版社，2009 年
王蒙：《王蒙八十自述》，北京：人民出版社，2013 年
王蒙：《青春万岁》，北京：人民文学出版社，2003 年
王蒙：《王蒙文集·短篇小说》，北京：人民文学出版社，2020 年
王蒙、李国文、陆文夫等：《重放的鲜花》，北京：解放军文艺出版社，2000 年
王春林：《王蒙论》，北京：作家出版社，2018 年
方蕤：《我的先生王蒙》，武汉：长江文艺出版社，2004 年
朱寿桐主编：《论王蒙的文学存在》，南京：南京大学出版社，2015 年
宋炳辉、张毅编：《王蒙研究资料》，天津：天津人民出版社，2009 年
郭宝亮：《王蒙小说文体研究》，北京：北京大学出版社，2006 年
崔建飞编：《王蒙作品评论集萃》，青岛：中国海洋大学出版社，2013 年
温奉桥：《王蒙文艺思想论稿》，济南：齐鲁书社，2012 年
严家炎、温奉桥编：《王蒙研究》，青岛：中国海洋大学出版社，2014 年

1987　王朔《顽主》《动物凶猛》——"流氓"的时代

王彬彬：《文坛三户：金庸·王朔·余秋雨》，郑州：大象出版社，2001 年
王益：《卸下面具：王朔小说中的知识分子研究》，成都：西南交通大学出版社，2015 年
李然、谭谈编著：《喧嚣的经典》，沈阳：辽宁画报出版社，2000 年
沈浩波、伊沙等：《痞子英雄：王朔再批判》，北京：中华工商联合出版社，2000 年
张德祥、金惠敏等：《王朔批判》，北京：中国社会科学出版社，1993 年
萧元：《王朔再批判》，长沙：湖南出版社，1993 年
晓声编著：《我是流氓我怕谁：王朔批判》，太原：书海出版社，1993 年

1988　杨绛《洗澡》——从"国民"变成"人民"

孔庆茂：《杨绛评传》，北京：华夏出版社，1998年
田蕙兰、马光裕、陈珂玉编：《钱锺书、杨绛研究资料》，北京：知识产权出版社，2010年
朱云乔：《杨绛先生》，北京：现代出版社，2017年
吴学昭：《听杨绛谈往事》，北京：生活·读书·新知三联书店，2016年
吴学昭、周国平等：《杨绛：永远的女先生》，北京：人民文学出版社，2016年
陆阳：《杨家旧事》，南京：南京师范大学出版社，2017年
黄恽：《钱杨摭拾》，北京：东方出版社，2017年
杨国良、刘秀秀：《杨绛："九蒸九焙"的传奇》，北京：新星出版社，2013年
罗银胜：《杨绛传》，成都：天地出版社，2016年

1988　铁凝《玫瑰门》——非常年代与女性命运

吴义勤主编：《铁凝研究资料》，济南：山东文艺出版社，2009年
铁凝著，李晓明编：《铁凝小说》，长春：吉林文史出版社，2006年
马云：《铁凝小说与绘画、音乐、舞蹈》，石家庄：河北人民出版社，2006年
张光芒、王冬梅：《铁凝文学年谱》，上海：复旦大学出版社，2014年
贺绍俊：《铁凝评传》，郑州：郑州大学出版社，2005年
贺绍俊：《作家铁凝》，北京：昆仑出版社，2008年
刘莉：《玫瑰门中的中国女人：铁凝与当代女性作家的性别认同》，北京：北京师范大学出版社，2012年

1993　陈忠实《白鹿原》——"政权""族权""神权"

王仲生、王向力：《陈忠实的文学人生》，西安：陕西师范大学出版社，2012年
卞寿堂：《〈白鹿原〉文学原型考释》，西安：陕西师范大学出版社总社，2012年
李清霞：《陈忠实的人与文》，北京：中国社会科学出版社，2013年
雷达主编：《陈忠实研究资料》，济南：山东文艺出版社，2006年
铁凝、雷达、何启治等：《陈忠实纪念集》，北京：人民文学出版社，2017年
邢小利：《陈忠实传》，北京：人民出版社，2018年
张志昌：《文化传统与家国情怀的审视：以陈忠实及其〈白鹿原〉为例》，北京：中国社会科学出版社，2020年

1993　余华《活着》——几十部当代小说的缩写本

王达敏：《余华论》，上海：上海人民出版社，2006年
吴义勤主编：《余华研究资料》，济南：山东文艺出版社，2006年
洪治纲：《余华评传》，北京：作家出版社，2017年
徐林正：《先锋余华》，杭州：浙江文艺出版社，2003年
刘琳、王侃编著：《余华文学年谱》，上海：复旦大学出版社，2015年
刘旭：《余华论》，北京：作家出版社，2018年
邢建昌、鲁文忠：《先锋浪潮中的余华》，北京：华夏出版社，2000年

1993 贾平凹《废都》——"一本写无聊的大书"

王辙：《一部奇书的命运：贾平凹〈废都〉沉浮》，石家庄：花山文艺出版社，2011 年
王新民：《策划贾平凹》，西安：陕西师范大学出版社总社，2018 年
辛敏：《贾平凹纪事》，西安：陕西师范大学出版社总社，2012 年
李碧芳：《劳伦斯与贾平凹比较研究：身体·性爱·空间》，厦门：厦门大学出版社，2014 年
李伯钧主编：《贾平凹研究》，西安：陕西师范大学出版社总社，2014 年
郜元宝、张冉冉编：《贾平凹研究资料》，天津：天津人民出版社，2005 年
李星、孙见喜：《贾平凹评传》，郑州：郑州大学出版社，2004 年
孙见喜：《危崖上的贾平凹》，广州：花城出版社，2008 年
费秉勋：《贾平凹论》，西安：西北大学出版社，1990 年
贾平凹：《平凹自述：我是农民》，北京：中国社会出版社，2013 年
贾平凹：《关于小说》，北京：生活·读书·新知三联书店，2015 年
杨辉：《"大文学史"视域下的贾平凹研究》，北京：人民出版社，2017 年
刘斌、王玲主编：《失足的贾平凹》，北京：华夏出版社，1994 年

1994 王小波《黄金时代》——身体快乐，是我们唯一的精神武器

王小平：《我的兄弟王小波》，南京：江苏文艺出版社，2012 年
王毅主编：《不再沉默》，北京：光明日报出版社，1998 年
廿一行：《王小波十论：精神游牧与诗意还乡》，北京：西苑出版社，2013 年
江志全：《比较文学视域中的王小波：中西资源与态度选择》，北京：人民日报出版社，2015 年
房伟：《革命星空下的"坏孩子"：王小波传》，北京：生活·读书·新知三联书店，2014 年
房伟：《文化悖论与文学创新：世纪末文化转型中的王小波研究》，上海：上海三联书店，2010 年
曹彬彬：《看穿王小波》，武汉：武汉大学出版社，2013 年
韩袁红编：《王小波研究资料》，天津：天津人民出版社，2009 年
韩袁红：《批判与想象：王小波小说研究》，合肥：安徽文艺出版社，2011 年

1996 王安忆《长恨歌》——写女人，还是写上海？

王安忆：《小说家的十三堂课》，上海：上海文艺出版社，2005 年
王安忆、张新颖：《谈话录》，桂林：广西师范大学出版社，2008 年
王安忆：《故事和讲故事》，上海：复旦大学出版社，2011 年
王安忆：《王安忆的上海》，香港：香港三联书店，2004 年
吴义勤主编：《王安忆研究资料》，济南：山东文艺出版社，2006 年
吴芸茜：《论王安忆》，上海：华东师范大学出版社，2010 年
李淑霞：《王安忆小说创作研究》，青岛：中国海洋大学出版社，2008 年
张新颖、金理编：《王安忆研究资料》，天津：天津人民出版社，2009 年

2006　刘慈欣《三体》——中国故事与科幻小说

石晓岩主编:《刘慈欣科幻小说与当代中国的文化状况》,北京:社会科学文献出版社,2018年
吴飞:《生命的深度:〈三体〉的哲学解读》,北京:生活·读书·新知三联书店,2019年
李淼:《〈三体〉中的物理学》,长沙:湖南科技出版社,2019年
李广益、陈颀编:《〈三体〉的X种读法》,北京:生活·读书·新知三联书店,2017年
杜学文、杨占平主编:《我是刘慈欣》,太原:北岳文艺出版社,2016年
杜学文、杨占平主编:《为什么是刘慈欣》,太原:北岳文艺出版社,2016年
宋明炜:《中国科幻新浪潮》,上海:上海文艺出版社,2020年

纵论篇　20世纪中国小说中的人物形象及若干问题

毛克强、袁平:《小说人格塑造与人格批评路径研究》,北京:北京师范大学出版社,2015年
邵毅平:《中国文学中的商人世界》,上海:复旦大学出版社,2016年
王春林:《文化人格与当代文学人物形象》,广州:广东高等教育出版社,2018年
王一川:《中国现代卡里斯马典型:二十世纪小说人物的修辞论阐释》,昆明:云南人民出版社,1994年
赵园:《艰难的选择》,上海:上海文艺出版社,1986年
赵纪娜、张晓燕、潘峰:《转型期小说作品中的"小人物"形象研究》,济南:山东大学出版社,2016年
郑坚:《吊诡的新人:新文学中的小资产阶级形象研究》,南昌:百花洲文艺出版社,2005年。

图 录

本书的"老照片"(部分)

许子东

1984年,杭州会议合影。

80年代上海作协开会。前排右五,上海作协副主席吴强;最后一排左四,作协会员许子东。

1988年，和钱谷融先生在香港大学。

"当我们年轻的时候"，1988年王安忆、许子东在香港。

90年代，和张贤亮摄于台湾（张是作家代表团团长）。

王蒙、黄子平、许子东，1996年于许香港寓所。

2000年，夏志清教授来香港岭南大学开会。

2018年，铁凝和许子东。

2021 版后记

重读20世纪中国小说

大约三年前,北京理想国的刘瑞琳总编和梁文道、曹凌志等同行朋友,约我写本"中国当代(或20世纪)文学简史"。我知道,倘若没有写"繁史"的资料准备,当然也不能写"简史"。我仔细考虑了自己的能力、兴趣和工作条件,在香港的大学教书,手头并没有相关的集体项目和团队支持,在资料准备、文本阅读、理论研究和文学史书写四个环节中,我自己比较有兴趣也可以独立完成的,还是文本阅读。陈平原有次谈论赵园的治学方法,"一篇一篇读过去,这确实是'笨人的笨办法',但却是最有效的老办法。宋代大儒朱熹谈读书:'须是一棒一条痕,一掴一掌血!看人文字,要当如此,岂可忽略!'"(《阅读感受与述学文体:关于〈论小说十家〉及其他》)称赞部分是讲赵园有才气,至于"笨人笨方法",我也想学习,本书就是尝试。

依我自己20多年在大学教现代文学的经验,觉得现在大学生最缺乏的也是文本阅读。"新批评"的理论与方法,从未在中国的高校中文系普及,我们从社会政治批评很快就跨入后现代话语时代。各种文学史都以教科书形式存在。即使一位作家列有专章专节,介绍时代背景、社会环境、作家生平及潮流派别之后,具体作品分析通常也就十分简略了。我想文学评论或文学史,还是要面对文学,回到基础文本。

文本阅读也要排个次序。按作家排序,就有文学地位价值判断。按作品出版发表年份,也自然就会形成一个历史(文学史)的时间框架。于是在作品阅读之中(或之外),不得不补充一些文学史的背景(比如20年代末"批判鲁迅",比如30年代的"两个口号之争",甚至有些文学史上的事件我还有幸直接参加,如1984年的杭州会议)。

所以,一篇一篇读下来的"笨人笨方法",实行起来并不容易。每一部作品都是一个独特角度的"中国故事",都在进行作家个人的"中国社会各阶级分析",都在以文字描述或参与20世纪"中国革命"。现在有机会连贯并置一起阅读,或者也可以看看,"中国怎么会走到今天,又会走向怎样的明天?"

在某种意义上,文学史也是一连串典型人物形象的排列组合。知识分子和农民是现代文学最成功的人物形象,这基本上是学界共识。但本书从晚清小说开始,特别注意官员/干部形象的演变。不仅因为华威先生、刘世吾、江姐、乔厂长、柳鹰雀、章北海等等人物也是文学史上的重要形象,更因为在上世纪初和下半个世纪,中国小说里如果没有官员/干部形象存在,叙事结构常常就无法成立。如果说20世纪中国的关键词是"革命","革命"的关键就是阶级关系的变化调整。所以我在近百部中国小说中一直注意人物形象的阶级身份,特别留意考察"士农工商"以及"仕"互相之间的复杂关系。

我一向佩服文学史家,或坚持艺术原则以"发现优异"为己任,或从学科建设的使命感出发,论证文学如何体现社会发展规律与历史的选择,或以广阔理论视野讨论"世界"与中国文学的关系,总之,对文学背后的社会政治历史似乎都有把握清晰了解,并有自信坚持政见。对我来说，则恰恰是对20世纪中国的社会政治历史不够了解（甚至有些亲眼所见的事情，至今仍不明白其历史意义），所以才企图通过阅读作品来窥探小说背后的社会政治历史——好在我们也不是通过任意一部作品，我们依靠近百部有民意基础的"经典作品"。小说虽然虚构历史，持久畅销却是客观历史事实。一部作品很伟大却也可能对历史有偏见。但我们可以看到很多不同作家几乎都在写同一个故事，可以看到很多不同的"偏见"或"洞见"。评判选择的权利在读者这里，这点是我们读者的幸运与荣幸。

简单说，本书想做三件事，或者说试图回答三个问题：第一，上世纪百年比较有名的中国小说，究竟在讲些什么故事？第二，为什么是这些（而不是其他故事）在不同历史时期特别为国人所接受？第三，这些故事之间有什么政治和艺术上的联系？至于在这些故事里面（或后面），可以看到哪些历史的发展变化轨迹，我却也是没有多少把握。

感谢刘瑞琳、梁文道、曹凌志等朋友的热心鼓励和支持。感谢《文艺理论研究》《文学评论》《当代作家评论》《现代中文学刊》《文艺争鸣》《南方文坛》《中国当代文学研究》《名作欣赏》《上海文学》等期刊的支持，在2021年发表了本书中的部分章节。感谢马晓炎、陈天真等同学帮忙资料整理和校对。感谢吴筱兰对本书写作的帮助支持。感谢陈平原、陈丹青对《20世纪中国小说》课程的热情推荐，感谢李欧梵老师和王德威、黄子平、赵园等同行的批评指点。衷心感谢。这是我迄今为止出版的最厚的一本书。"迄今为止"四个字，大概率可删。

2021年6月22日

图书在版编目(CIP)数据

重读20世纪中国小说/许子东著. -- 北京：九州出版社, 2025.5. -- ISBN 978-7-5225-3905-8

Ⅰ. Ⅰ207.42

中国国家版本馆CIP数据核字第2025ML5197号

重读20世纪中国小说

作　　者	许子东 著
责任编辑	周　春
出版发行	九州出版社
地　　址	北京市西城区阜外大街甲35号（100037）
发行电话	（010）68992190/3/5/6
网　　址	www.jiuzhoupress.com
印　　刷	山东临沂新华印刷物流集团有限责任公司
开　　本	965毫米×635毫米　16开
印　　张	54.75
字　　数	580千
版　　次	2025年5月第1版
印　　次	2025年5月第1次印刷
书　　号	ISBN 978-7-5225-3905-8
定　　价	199.00元

★ 版权所有　侵权必究 ★